A PROPOS DE L'AUTRICE

Nora Roberts est l'une des autrices les plus lues dans le monde, avec plus de 400 millions de livres vendus dans 34 pays. Elle a su comme nulle autre apporter au roman féminin une dimension nouvelle ; elle fascine par ses multiples facettes et s'appuie sur une extraordinaire vivacité d'écriture pour captiver ses lecteurs.

Nora Roberts

Cœurs à prendre

Nora Roberts

Cœurs à prendre

Traduction française de

MARIE PASCAL

HARLEQUIN

Titres originaux :
PARTIE 1 : COMMAND PERFORMANCE
PARTIE 2 : THE PLAYBOY PRINCE

Ces romans ont déjà été publiés en 2017

HARPERCOLLINS FRANCE
83-85, boulevard Vincent-Auriol, 75646 PARIS CEDEX 13
Service Lectrices — Tél. : 01 45 82 47 47 - www.harlequin.fr
ISBN 978-2-2804-6001-9

Composé et édité par HarperCollins France.
Imprimé en novembre 2021 par CPI Black Print (Barcelone)
en utilisant 100% d'électricité renouvelable.
Dépôt légal : décembre 2021.

FSC www.fsc.org MIXTE Papier issu de sources responsables FSC® C159065

Pour limiter l'empreinte environnementale de ses livres, HarperCollins France s'engage à n'utiliser que du papier fabriqué à partir de bois provenant de forêts gérées durablement et de manière responsable.

L'HONNEUR D'ALEXANDER

1

Ce n'était pas son premier séjour au palais. Lorsqu'elle y avait résidé la première fois, sept ans plus tôt, elle avait eu l'impression de se retrouver projetée dans un véritable conte de fées. Mais elle avait quelques années de plus à présent, et elle était — peut-être — devenue un peu plus raisonnable. Cordina était un pays. Le palais était un bâtiment, magnifique certes, mais un bâtiment tout de même. Les contes de fées, c'était pour les enfants, les naïfs, ou pour ceux qui avaient la chance d'y croire encore.

Même si elle savait que le palais où logeait la famille royale de Cordina était fait de pierre et de ciment plutôt que de vœux et de rêves, elle ne pouvait s'empêcher de l'admirer. D'une blancheur étincelante, et presque immaculée, il se dressait au sommet d'un rocher qui dominait à la fois la mer et la ville.

Des tours se dressaient en flèche vers le ciel, transperçant de blanc l'azur, tandis que des tourelles et des contreforts témoignaient de son ancienne fonction défensive. Les douves avaient été comblées, mais l'on pouvait facilement les imaginer. Pour les remplacer avait été installé un système de sécurité et de surveillance haute technologie. Les fenêtres, de verre incolore ou teinté, scintillaient. Comme tout palais, il avait servi de décor à des triomphes et des tragédies, à des intrigues et des romances. Et elle s'étonnait encore d'y avoir eu un rôle si important à jouer.

Lors de sa première visite, elle avait fait quelques pas sur une terrasse en compagnie d'un prince et, le destin s'en étant mêlé, elle avait contribué à lui sauver la vie. Le destin..., songea Eve alors que sa limousine franchissait le haut portail en fer et dépassait les gardes en uniformes rouges. Il a cette habitude singulière de s'immiscer dans les vies ordinaires pour les bouleverser à jamais.

Les circonstances l'avaient conduite jusqu'à la petite principauté de Cordina, sept ans plus tôt, pour y accompagner sa sœur Chris, une vieille amie et ancienne camarade d'université de la princesse Gabriella. Si les circonstances avaient été différentes, le prince Bennett aurait pu se trouver avec une autre femme sur la terrasse cette nuit-là. Elle aurait pu ne jamais le rencontrer ni précipiter le dénouement de l'intrigue politique dont sa sœur et le reste de la famille royale avaient failli être les victimes.

Elle aurait pu ne jamais développer cet attachement particulier pour ce beau palais et ce pays de livre d'histoires. Elle aurait pu ne pas ressentir au fond d'elle-même cet appel qui, régulièrement, ramenait ses pas vers Cordina. Cette fois, cependant, l'appel avait été bien réel. On lui avait spécifiquement demandé de venir. Une commande royale. Elle fronça les sourcils. Malheureusement cette commande émanait du seul membre de la famille royale qu'elle n'appréciait pas : le prince Alexander, fils aîné du monarque régnant, et héritier du trône.

Par la vitre, elle regarda les arbres dont les branches lourdement chargées de fleurs roses ployaient sous la brise. Son Altesse royale Alexander Robert Armand de Cordina. Elle n'aurait su dire qui lui avait appris ce nom ronflant dans sa totalité ni pourquoi elle l'avait retenu.

Pour elle, c'était un titre aussi guindé et dénué d'humour que l'homme qu'il qualifiait.

Si seulement ce prince avait pu ressembler à son frère. Le simple fait de penser à Bennett la fit sourire et lui donna envie de le serrer dans ses bras. Bennett était charmant et accessible. Il ne portait pas en permanence cette couronne dont la présence, sur le front d'Alexander, était palpable bien qu'invisible. Alexander était comme son père : tout entier dévoué à ses sujets, à son pays, à sa famille, ce qui ne laissait pas beaucoup de temps pour la détente.

En même temps, ce n'était pas pour se détendre qu'elle se trouvait aujourd'hui à Cordina. Elle était là pour parler avec Alexander, et pour parler affaires. Les temps avaient changé et elle n'était plus cette jeune fille impressionnable qui pouvait être intimidée par la royauté ou blessée par une muette désapprobation. Or, Alexander ne s'était jamais gêné pour lui faire sentir combien il la méprisait. Si elle n'avait pas eu envie de passer quelques jours à Cordina, elle aurait insisté pour que ce soit lui qui vienne à Houston. Elle préférait de loin discuter affaires sur son propre terrain et selon ses propres conditions.

Un léger sourire aux lèvres, elle descendit de la limousine. Puisqu'elle avait perdu la première manche, elle avait intérêt à faire en sorte de gagner la seconde. Ce serait une immense satisfaction et un énorme plaisir pour elle d'affronter Alexander en duel, et de gagner.

Les portes du palais s'ouvrirent au moment où elle s'apprêtait à gravir le large escalier en pierre. Elle s'immobilisa. Une lueur malicieuse éclaira ses yeux bleu foncé lorsqu'elle s'inclina.

— Votre Altesse.

— Eve.

En riant, Bennett dévala les marches et bondit jusqu'à elle.

Il revenait encore des écuries, songea-t-elle lorsqu'il la prit dans ses bras. Leur odeur rustique — mélange de foin, de cuir, et de cheval — flottait autour de lui. Lorsqu'elle avait fait sa connaissance, sept ans plus tôt, il était un beau jeune homme très intéressé par la gent féminine et toujours prêt à s'amuser. En reculant pour mieux le regarder, elle vit que s'il avait logiquement vieilli, il n'avait pourtant que très peu changé.

— Quel plaisir de te revoir, lança-t-il, en l'embrassant avec un mélange de fougue et de franche camaraderie. Pourquoi as-tu attendu aussi longtemps avant de revenir à Cordina, Eve ? Deux ans, c'est trop.

— C'est que je travaille, Bennett, répondit-elle en serrant ses mains dans les siennes. Comment vas-tu ? Si j'en crois ton apparence, tu as l'air dans une forme éblouissante. Et si j'en crois la presse à scandale, tu as l'air très occupé.

— Les deux sont vrais, dit-il dans un sourire qui rendit son visage aux traits si fins absolument irrésistible. Mais entre donc, je vais te servir quelque chose à boire. Personne ne m'a dit combien de temps tu restais.

— C'est parce que je ne le sais pas moi-même. Cela dépendra.

Bras dessus bras dessous, ils pénétrèrent dans le palais. A l'intérieur, il faisait frais. Sur un côté du grand hall d'entrée, vaste et clair, un monumental escalier à vis grimpait sous un plafond à caissons. Eve avait toujours ressenti une grande sérénité dans ce lieu, grâce à ce parfum d'antan qui flottait dans l'air. Des tapisseries étaient accrochées aux murs, à côté d'épées croisées surmontant d'étincelants boucliers. Sur une table Louis XIV était posée une coupe en argent vieilli contenant une grosse gerbe de jasmin.

— Comment s'est passé ton vol ?

— Lentement...

Ils quittèrent le hall pour se diriger vers un salon dont les rideaux grands ouverts laissaient largement pénétrer la lumière. Les rayons du soleil avaient depuis longtemps décoloré les tissus, leur donnant une teinte plus douce, très agréable à l'œil. Des roses étaient disposées un peu partout, dans des vases de porcelaine ou de cristal. Eve s'assit sur un canapé en respirant leur exquise odeur.

— Disons, poursuivit-elle, que je suis heureuse d'être sur la terre ferme, heureuse d'être ici. Dis-moi comment va ta famille, Ben. Ta sœur ?

— Brie va magnifiquement bien. Elle avait prévu de venir te chercher à l'aéroport, mais son petit dernier est enrhumé.

Il alla chercher une bouteille de vermouth sec et le versa sur de la glace. Jamais il n'oubliait les préférences de toutes les femmes qu'il avait fréquentées. Et cela participait de son charme comme de son succès.

— C'est toujours difficile, même au bout de toutes ces années, de me représenter ma sœur comme une mère de famille. De famille nombreuse, qui plus est.

— J'ai une lettre de Chris pour elle, et l'ordre exprès de la lui remettre en mains propres. Elle veut aussi un rapport complet sur sa filleule.

— Laquelle est-ce, déjà ? Ah oui, Camilla. Je peux d'ores et déjà te dire que c'est une chipie. Elle fait tourner ses frères en bourrique.

— C'est à cela que servent les sœurs, non ?

En souriant, elle accepta le verre qu'il lui tendait.

— Et Reeve ?

— Il va bien. Il préférerait sans doute vivre avec sa petite famille toute l'année chez lui, sur ses terres, même s'ils ont réussi à faire quelque chose de fabuleux de la petite ferme. Mais Brie est toujours l'hôtesse officielle de

Cordina. Reeve a hâte qu'Alex se marie pour que cette responsabilité échoie à son épouse.

— Ou toi, dit-elle en l'observant par-dessus son verre. Si c'était toi qui sautais le pas, Brie serait déchargée d'une partie de ses responsabilités.

— Je l'aime, mais pas à ce point, dit-il en s'installant à son tour confortablement sur le sofa, les jambes tendues.

— Les rumeurs concernant Lady Alice Winthrop étaient donc infondées ? Ou, plus récemment, celles concernant l'honorable Jessica Mansfield ?

— De gentilles filles, se contenta-t-il de répondre. Je remarque que ton tact t'a empêchée de mentionner la comtesse Milano.

— Elle a dix ans de plus que toi, répondit-elle en feignant l'indignation, mais en souriant. Et, en effet, je fais toujours preuve de beaucoup de tact.

— Mais toi, Eve ?

Quand la conversation commençait à devenir dangereuse, Bennett était le roi de l'esquive.

— Comment une femme aussi magnifique que toi fait-elle pour garder les hommes à distance ?

— C'est très simple : grâce au karaté. Ceinture noire, septième dan.

— C'est vrai, j'avais oublié.

— Comment as-tu pu ? Je t'ai mis au tapis deux fois.

— Ah non, une fois seulement ! s'exclama-t-il en allongeant son bras sur le dossier du canapé, l'air arrogant et sûr de lui. Et je t'ai laissée gagner.

— Deux fois, insista-t-elle. Et tu étais furieux.

— Tu as eu de la chance, rétorqua-t-il d'une voix ferme. Et, puis, je suis un gentleman, je ne ferais jamais de mal à une femme.

— Espèce de mufle.

— Ma chère, il y a cent ans, vous auriez pu avoir la tête coupée, aussi jolie fût-elle, pour cette insulte.

— Votre Altesse, poursuivit-elle en souriant elle aussi, vous cessez d'être un gentleman dès qu'il y a compétition. Si tu avais pu me mettre au tapis le premier, tu l'aurais fait, Ben.

Elle en était persuadée.

— Envie de réessayer ?

S'il y avait bien quelque chose qu'elle était incapable d'ignorer, c'était un défi. Elle avala une dernière gorgée de vermouth, avant de se lever.

— Avec plaisir.

Bennett se leva à son tour et, du bout du pied, repoussa la petite table. Après s'être passé la main dans ses cheveux ébouriffés, il plissa les yeux.

— Si je me souviens bien, je devais me placer derrière toi, et te saisir… comme ceci.

Il passa un bras ferme et musclé autour de sa taille.

— Ensuite, je…

Mais il n'eut pas le temps de finir sa phrase : elle crocheta son pied et le fit chuter sur le dos.

— Oui, dit-elle en se frottant les mains tout en le regardant. C'est tout à fait comme dans mon souvenir.

— Je n'étais pas prêt, dit-il en s'appuyant sur un coude.

— Ne soyez pas mauvais perdant, Votre Altesse.

En riant, elle s'agenouilla à son côté.

— Tu n'as pas trop mal, au moins ?

— Moi, ça va. Ma fierté, c'est autre chose, marmonna-t-il en lui tirant doucement les cheveux.

Lorsque Alexander entra dans la pièce, il trouva son frère étendu sur le tapis persan, la main enfouie dans la chevelure sombre d'Eve. Leurs visages étaient proches, et se souriaient. Leurs corps se frôlaient. Il se raidit aussitôt.

— Désolé de vous interrompre.

En entendant la voix de son frère, Bennett regarda négligemment par-dessus son épaule, et Eve se figea. Alexander était exactement comme dans son souvenir, avec ses cheveux sombres qui bouclaient dans son cou et autour de ses oreilles. Il ne souriait pas — elle l'avait d'ailleurs rarement vu le faire —, ce qui conférait à son visage une beauté froide. La royauté lui allait magnifiquement bien. Même si cela lui coûtait, elle devait le reconnaître. Il était conforme aux portraits qu'elle se souvenait d'avoir vus dans la galerie du palais : de hautes pommettes bien dessinées, un teint hâlé et lumineux. Ses yeux étaient noirs, presque aussi noirs que ses cheveux, et presque aussi désapprobateurs que sa bouche pleine et délicatement ourlée qui, en ce moment même, était plus que pincée. Comme toujours, il était d'une raideur toute militaire et impeccablement vêtu.

Face à lui, elle se sentit soudain négligée, et stupide.

— Eve m'a donné une leçon particulière de karaté, dit Bennett en se levant, avant de l'aider à faire de même. J'ai fini deuxième. Une fois de plus.

— Je vois...

Alexander ne s'inclina que ce qu'il fallut pour ne pas paraître impoli.

— Mademoiselle Hamilton.

Elle exécuta une révérence, mais sans aucune malice dans les yeux, cette fois.

— Votre Altesse.

— Je m'excuse de n'avoir pu aller vous accueillir à l'aéroport. J'espère que vous avez fait bon voyage.

— Il a été excellent, je vous remercie.

— Peut-être souhaiteriez-vous vous rafraîchir un peu avant que nous évoquions la raison pour laquelle je vous ai fait venir ?

Aussitôt, elle leva le menton. Comme il l'avait sans doute espéré. En prenant tout son temps, elle se baissa pour attraper son sac à main qu'elle avait laissé sur le canapé.

— J'aime autant rentrer le plus vite possible dans le vif du sujet.

— Comme vous préférez. Nous allons monter à mon bureau, dans ce cas. Bennett, ce n'est pas aujourd'hui que tu donnes une conférence à la Société équestre ?

— Si, mais cela ne me prendra pas des heures.

Il se retourna et déposa un baiser fraternel sur le nez d'Eve, lui adressant au passage un clin d'œil qu'elle seule put voir et apprécier.

— On se voit au dîner, Eve. S'il te plaît, choisis une tenue éblouissante.

— Bien entendu.

Mais elle sentit son sourire s'évanouir lorsqu'elle se tourna vers Alexander.

— Votre Altesse ?

D'un signe de tête, il l'invita à quitter la pièce.

Ils gravirent l'escalier en silence. Il était en colère. Eve le devinait sans en comprendre les raisons. Bien que deux années aient passé depuis leur dernière rencontre, il adoptait toujours vis-à-vis d'elle une attitude distante et explicitement désapprobatrice. Etait-ce parce qu'elle était américaine ? se demanda-t-elle. Non, Reeve MacGee était américain, et il avait épousé la sœur d'Alexander. Etait-ce parce qu'elle était productrice de théâtre ?

A cette pensée, elle esquissa un sourire. Ce serait tout à fait son genre. Cordina, au sein du Centre des beaux-arts, abritait l'un des plus prestigieux théâtres du monde, mais Alexander était bien capable de mépriser les gens qui y travaillaient. Redressant la tête, elle le précéda dans son bureau.

— Un café ?

— Non merci.

— Je vous en prie, asseyez-vous.

Elle obéit, mais en gardant son dos bien droit. Le bureau d'Alexander, avec son style élégant et conservateur, reflétait parfaitement sa personnalité. Il n'y avait aucune ostentation dans le décor. Les seules odeurs qui régnaient dans la pièce étaient celles du café et du cuir. Le mobilier était ancien et lustré, le tapis épais et décoloré par le temps. De grandes portes fenêtres ouvraient sur un balcon, mais elles étaient pour l'instant fermées, comme si le prince ne souhaitait pas être dérangé par le bruit de la mer ou l'odeur du jardin.

Eve reporta son attention sur Alexander. Les signes extérieurs de richesse ne l'intimidaient pas. Elle venait d'une famille fortunée, et gagnait elle-même très bien sa vie. C'était le côté formel de leur entretien qui causait sa raideur et sa réserve.

— Votre sœur se porte-t-elle bien ? demanda-t-il en sortant une cigarette de son étui, un sourcil levé.

Eve acquiesça et attendit qu'il craque une allumette.

— Elle va très bien, merci. Elle a l'intention de passer quelque temps avec Gabriella et sa famille lors de leur prochain séjour aux Etats-Unis. Bennett m'a dit qu'un des enfants était malade.

— Dorian. Un rhume de cerveau.

En pensant au petit garçon, Alexander se détendit pour la première fois. Des quatre enfants de sa sœur, c'était le benjamin qu'il préférait.

— Mais il très difficile de lui faire garder le lit.

— J'aimerais beaucoup voir les enfants avant mon départ. Je ne les ai pas revus depuis le baptême de Dorian.

— Il y a deux ans.

Il s'en souvenait, peut-être trop bien.

— Je suis sûr que Gabriella sera heureuse de vous recevoir à la ferme.

Eve eut à peine le temps d'esquisser un sourire, qu'il reprenait déjà son air sérieux et princier, abandonnant celui de l'oncle attendri.

— Mon père est en voyage officiel, fit-il d'une voix

neutre. Il vous adresse ses hommages, au cas où vous seriez déjà repartie à son retour.

— J'ai lu qu'il se trouvait à Paris.

— Oui.

Il venait de refermer la page des affaires de l'Etat sans l'avoir jamais ouverte.

— J'apprécie que vous ayez accepté de venir, car il ne m'était pas possible de m'absenter en ce moment. Mon secrétaire vous a expliqué les grandes lignes de ma proposition ?

— Oui.

Les affaires, songea Eve. Les civilités, si brèves qu'elles eussent été, étaient terminées.

— Vous voudriez que je fasse venir ma troupe à Cordina pour un mois de représentations au Centre des Beaux-Arts. Les recettes iraient directement à l'Aide aux enfants handicapés.

— C'est cela.

— Pardonnez-moi, Votre Altesse, mais je pensais que c'était la princesse Gabriella qui présidait cette œuvre de charité.

— C'est le cas. Je préside quant à moi le Centre des Beaux-Arts. Ce projet, nous le menons ensemble.

Elle devrait se contenter de ces explications, elle le savait.

— Gabriella a vu votre troupe se produire en Amérique et elle a été impressionnée. Elle a eu l'idée de profiter de ce lien si fort et particulier qui unit Cordina et les Etats-Unis afin de lever des fonds pour l'AEH, en faisant précisément venir sur notre sol des artistes américains.

— Donc, c'est une idée de Gabriella.

— Une idée que j'ai décidé de valider, après de longues discussions et une réflexion approfondie.

— Je vois, répondit-elle en tapotant machinalement son

ongle contre l'accoudoir de son siège. Cela signifie donc que vous n'étiez, au départ, pas spécialement convaincu.

— Je n'ai jamais vu votre troupe se produire.

Il s'enfonça légèrement dans son siège et souffla la fumée de sa cigarette.

— Nous avons déjà accueilli des artistes américains, bien entendu, mais jamais pour une si longue durée, ni en prélude au bal de l'AEH.

— Vous voudriez peut-être nous faire passer une audition ?

Il desserra légèrement les lèvres pour esquisser un sourire intéressé.

— J'avoue que cela m'a traversé l'esprit.

— Eh bien, n'y comptez pas.

Elle se leva et constata avec plaisir que les bonnes manières le forçaient à faire de même.

— La Hamilton Troupe s'est attiré, en moins de deux ans, un grand succès aussi bien auprès de la critique que du public. Nous avons gagné une réputation d'excellence qui nous dispense d'audition, dans notre pays et ailleurs. Si je décide de faire venir ma troupe à Cordina, ce sera uniquement par respect pour l'AEH et pour Gabriella.

Tandis qu'elle parlait avec conviction, Alexander ne la quittait pas des yeux. En sept ans, la jeune fille curieuse de tout et timide s'était transformée en femme sûre d'elle. D'une certaine manière, elle était encore plus belle qu'autrefois. Sa peau était parfaite, pâle, et rehaussée de touches de rose au sommet de ses pommettes. Son visage avait la forme d'un diamant taillé en pointe, et il en avait aussi la beauté, avec sa bouche pleine et sensuelle et ses immenses yeux bleus poétiques. Une masse de cheveux noirs l'encadrait, qui tombait en cascade jusque sous ses épaules.

La colère lui donnait une force particulière, mais son corps était délicat, ou en tout cas, il le paraissait. Il s'était demandé, trop souvent, ce que cela lui ferait de le sentir contre le sien.

Même chargée d'impatience, sa voix conservait cette pointe d'accent texan qu'il avait appris à reconnaître. Avec ses intonations si particulières, elle caressa sa peau jusqu'à ce qu'il sente les muscles de son ventre se contracter. Avec précaution, et en faisant appel à ce fameux self-control qu'il avait appris à développer durant toute sa vie, il écrasa sa cigarette.

— En avez-vous terminé, mademoiselle Hamilton ?

— Pour l'amour de Dieu, appelez-moi Eve. Nous nous connaissons depuis des années.

Comme elle perdait visiblement patience, elle se dirigea vers les portes-fenêtres pour les ouvrir. Absorbée par la vue, elle ne remarqua pas le haussement de sourcil que son manquement au protocole avait provoqué chez Alexander, ni le léger sourire qu'il arborait à présent.

— Eve..., dit-il, laissant son prénom flotter dans les airs quelques instants. Je crois que nous nous sommes mal compris. Je ne critique pas votre compagnie. Cela me serait difficile car, comme je vous l'ai dit, je n'ai jamais vu votre troupe se produire.

— Si vous continuez ainsi, vous ne la verrez jamais.

— Si tel était le cas, j'aurais à affronter la colère de Brie. Et je préfère éviter. Asseyez-vous.

Lorsqu'elle se tourna légèrement pour le regarder, il réprima son envie d'abuser de son autorité et lui désigna simplement son siège.

— S'il vous plaît.

Elle obéit, mais laissa les portes ouvertes. On percevait le bruit de la mer. Une odeur de rose, de vanille et d'épices montait du jardin.

— Me voilà assise, dit-elle en croisant les jambes.

Il désapprouvait son effronterie. Il admirait son indépendance. Pour l'heure, il ne savait pas bien comment composer avec les deux. Une seule chose était sûre : les émotions qu'Eve suscitait chez lui, comme cela avait toujours été le cas, allaient bien au-delà de la simple courtoisie. Il se rassit lentement en la regardant.

— En tant membre de la famille royale et président du Centre des Beaux-Arts, je dois choisir avec beaucoup d'attention et de discernement les artistes que nous allons inviter. Dans ce cas précis, je me fie au jugement de Gabriella, et vous demande si nous pouvons parvenir à un arrangement.

— Peut-être, répondit Eve avec prudence.

Elle était avant tout une femme d'affaires. Ses sentiments personnels n'avaient jamais influencé ses décisions, et elle était résolue à ce qu'ils ne les influencent jamais.

— Il faudrait que je revoie le théâtre, que je vérifie les installations. Il faudrait aussi que le contrat garantisse la liberté artistique de notre compagnie et que notre hébergement, avant et pendant les représentations, soit entièrement pris en charge. Comme les recettes iraient à une œuvre de charité, je suis ouverte à toute négociation concernant notre cachet et la couverture de nos frais. Sur le plan artistique, toutefois, aucun compromis ne sera possible.

— Je veillerai à ce qu'on vous fasse visiter le centre. Les avocats du centre et les vôtres pourront s'occuper du contrat. Sur le plan artistique...

Il s'interrompit pour poser ses mains croisées sur le bureau.

— Puisque c'est vous l'artiste, je respecterai votre avis, mais je refuse de vous faire aveuglément confiance. L'idée, c'est que votre compagnie présente quatre spectacles différents, un par semaine. Le choix des pièces devra être validé par le centre.

— C'est-à-dire par vous.

Il haussa les épaules d'un air à la fois détaché et altier.

— Si vous préférez.

Non, elle ne préférait pas. Et elle n'essaya pas de faire semblant du contraire.

— Quelles sont vos qualifications en la matière ?

— Je vous demande pardon ?

— Que connaissez-vous du théâtre ? Vous êtes un homme politique, lança-t-elle avec une très légère pointe de mépris dans la voix. Pourquoi ferais-je venir ma compagnie ici, à des milliers de kilomètres de chez elle, et pour un cachet dérisoire, si, au final, c'est vous qui choisissiez pour nous les pièces que nous allons jouer ?

Alexander n'avait jamais aussi bien réussi à maîtriser son emportement. Grâce à des années d'efforts et de détermination, il avait appris à se dominer. Dans ce cas précis, il put même le faire sans détacher son regard de celui d'Eve.

— Parce que se produire au Centre des Beaux-Arts de Cordina à la demande de la famille royale représenterait pour votre carrière un tremplin qu'il serait stupide d'ignorer.

Il se pencha en avant, et poursuivit :

— Et je ne crois pas que vous soyez quelqu'un de stupide, Eve.

— Non, en effet.

Elle se leva de nouveau, mais avec lenteur, puis attendit qu'il en fasse de même.

— Je veux d'abord voir le théâtre. Ensuite, je réfléchirai à votre proposition, avant de demander l'avis des autres membres de la troupe.

— C'est vous qui dirigez la compagnie, n'est-ce pas ?

Comme elle inclinait la tête, une mèche de cheveux glissa devant son œil. Du bout des doigts, elle la remit en place.

— Vous semblez l'oublier, mais les Etats-Unis sont une démocratie, Votre Altesse. Je n'impose rien à ma troupe.

Si je trouve les installations correctes et que mes acteurs sont d'accord, nous parlerons contrat. Maintenant, si vous voulez bien m'excuser, j'aimerais défaire mes valises et me changer avant le dîner.

— Je vais demander à ce qu'on vous conduise jusqu'à vos appartements.

— Je sais où ils se trouvent.

Elle s'arrêta devant la porte, se tourna et exécuta une révérence pleine d'arrogance.

— Votre Altesse.

— Eve.

Il la regarda lever effrontément le menton. Un jour, songea-t-il, il faudrait bien que quelqu'un le lui fasse baisser.

— Bienvenue à Cordina.

Elle n'était ni impolie ni grossière, se répéta Eve, tout en choisissant une robe pour le dîner. En fait, à peu près tout le monde la trouvait même très agréable. Certes, elle pouvait se montrer dure en affaires, mais c'était dans ses gènes. Elle n'était pas grossière. Sauf avec Alexander.

Mais c'était la faute du prince, se dit-elle tout en se glissant dans une robe fourreau sans bretelle de soie bleu vif. Il était si distant et condescendant ! Elle n'avait pas à tolérer cela, pas même de l'héritier du trône. Ils ne jouaient pas au prince et à la bergère, que diable. Elle n'était peut-être pas de lignée aristocratique, mais son ascendance était irréprochable.

Elle avait étudié dans les plus prestigieuses écoles. Elle ne s'y était pas plu, mais n'empêche... Elle avait fréquenté les riches et les puissants toute sa vie. Et elle avait réussi à devenir quelqu'un. Pas grâce à sa famille, mais grâce à son talent et à sa volonté.

Certes, elle avait découvert assez tôt qu'elle n'était pas

assez douée pour devenir comédienne, mais son amour du théâtre n'avait jamais faibli. Et parce qu'elle avait un sens inné des affaires et de l'organisation, était née et avait prospéré la Hamilton Company of Players. Elle n'appréciait pas qu'Alexander le Grand ait l'air de lui accorder une faveur en autorisant sa troupe à se produire dans son théâtre.

Sa compagnie avait joué au Lincoln Center, au Kennedy Center, au Mark Tapper Forum, et dans de nombreuses salles prestigieuses.

Elle avait travaillé dur pour parvenir au meilleur niveau, pour exploiter au mieux le talent de tous ses collaborateurs, pour repousser ses propres limites, et voilà qu'il se permettait de la juger ! En fronçant les sourcils, elle accrocha à son cou un fin collier en or. La *Hamilton Company of Players* n'avait pas besoin de son jugement, qu'il fût positif ou pas.

Elle attrapa une brosse et se coiffa. Cela lui permit de se rendre compte qu'elle n'avait qu'une seule boucle d'oreille. A cause d'Alexander, elle s'égarait, se dit-elle, avant de retrouver le second saphir posé sur sa coiffeuse.

Pourquoi n'était-ce pas Ben, le président du centre ? Et pourquoi ne traitait-elle pas directement avec Brie ? Avec l'un ou l'autre, elle aurait pu discuter avec plaisir et décontraction. Hélas, il avait fallu ajouter des difficultés et des complications à quelque chose qui aurait pu être simple... Qu'avait Alexander de si particulier pour que, en sa présence, elle se montre à ce point sur la défensive ?

Elle mit la seconde boucle d'oreille et se regarda en haussant les épaules. Elle se souvenait parfaitement bien de la première fois où elle l'avait vu. Elle avait vingt ans, et bien qu'il n'eût que quelques années de plus qu'elle, il lui avait paru tellement adulte, tellement mûr. Bennett l'avait invitée à partager la première danse du bal avec lui, mais tout en valsant, c'était Alexander qu'elle avait regardé. Elle était très romantique à l'époque, et il lui était apparu comme un prince de conte de fées, toujours prêt à secourir les damoiselles en détresse et à pourfendre les dragons. Ce soir-là, il portait une épée au côté. Ce n'était qu'une arme d'apparat, mais elle l'avait très bien imaginé en train de la manier.

Elle s'était tout de suite sentie attirée par lui. Heureusement, ce n'était qu'une tocade passagère. Elle était peut-être romantique mais, comme Alexander l'avait dit lui-même, elle n'était pas stupide. Or, il aurait été stupide de continuer de rêver à un homme qui lui témoignait autant de froideur et de dédain. Il avait donc été facile pour elle de l'ignorer au profit de Bennett.

Quel dommage que ce dernier et elle-même ne soient pas tombés amoureux, se prit-elle à songer. *La princesse Eve*. En se moquant d'elle-même, elle reposa sa brosse. Non, cela sonnait vraiment trop bizarrement. Pour le bien de tout le monde, Bennett et elle étaient devenus amis, et rien de plus.

Et puis, elle avait sa troupe. C'était plus qu'une ambition dans sa vie, c'était un but. Elle avait vu nombre de ses amis se marier et divorcer, puis se remarier, ou simplement passer d'une histoire à une autre. Trop souvent, c'était l'ennui qui était la raison de tous ces fiascos amoureux. Pour sa part, c'était quelque chose qu'elle ne connaîtrait jamais. Si elle ne prenait pas garde à poser des limites, elle pourrait consacrer vingt-quatre heures par jour à diriger sa compagnie. Parfois, elle n'en était pas loin. Si un homme l'attirait, son travail et sa prudence naturelle empêchaient toujours que les choses ne deviennent trop sérieuses. Elle n'avait donc, pour l'instant, commis aucune erreur. Et elle n'avait aucune intention d'en commettre une un jour.

Elle attrapa son flacon de parfum et en vaporisa ses épaules nues avant de quitter sa chambre.

Avec un peu de chance, Bennett serait de retour, et déjà en train de prendre l'apéritif dans le petit salon. S'il était là, le dîner ne serait pas trop guindé et passerait plus vite. Il amenait de la gaieté et de la légèreté partout où il se trouvait. Elle n'était pas amoureuse de lui, mais elle l'aimait pour son tempérament joyeux.

En descendant l'escalier, elle fit glisser ses doigts le long de la rampe polie et brillante. Combien de mains s'y étaient posées avant la sienne ? Tout, à l'intérieur du palais, lui rappelait son caractère immuable et éternel. S'il y avait bien une chose qu'elle comprenait chez Alexander, c'était sa fierté.

Mais lorsqu'elle pénétra dans le petit salon et qu'elle l'y trouva seul, elle se tendit. En s'arrêtant à la porte, elle chercha Bennett des yeux.

Dieu du ciel, comme elle était belle. Lorsque Alexander se tourna vers Eve, il fut comme frappé d'éblouissement. La soie et les bijoux n'y étaient pour rien. Elle aurait pu être en haillons et lui causer la même impression. Elle était mystérieuse, sensuelle, voluptueuse. Elle dégageait quelque chose de naturellement sensuel qui le mettait mal à l'aise et le fascinait tout à la fois. Et il en avait toujours été ainsi. Sans doute était-elle née comme cela, se dit-il en la maudissant.

Il se raidit et garda un masque froid et impassible, alors qu'elle balayait la pièce des yeux. De toute évidence, elle cherchait Bennett.

— Mon frère a été retenu, dit-il en se levant, très droit et digne dans sa veste noire. Nous dînerons seuls ce soir.

Eve ne bougea pas, comme si elle n'était pas prête à faire un pas dans sa direction.

— Il n'est nul besoin de vous embarrasser pour moi,

Votre Altesse. Je peux très bien dîner dans ma chambre, si vous avez mieux à faire.

— Vous êtes mon invitée : je n'ai rien de mieux à faire que de dîner avec vous, répondit-il en se dirigeant vers le bar. Je vous en prie, Eve, entrez. Je vous promets de ne pas lutter au sol avec vous.

— Je vous crois sur parole, répondit-elle aussi poliment que lui.

Puis elle avança vers lui et prit le verre qu'il venait de lui servir.

— Et, avec Bennett, nous ne luttions pas au sol. Je venais de le faire tomber.

Lentement, il la détailla de la tête aux pieds. Elle était fine comme une liane et lui arrivait à peine à l'épaule. Il ne pouvait pas croire qu'elle ait fait tomber son frère, qui était grand et athlétique. Physiquement, en tout cas. Emotionnellement, c'était une autre histoire.

— Impressionnant. Dans ce cas, je vous promets de ne pas vous laisser me faire tomber. Vos appartements vous conviennent-ils ?

— Ils sont parfaits, comme toujours. Si je me souviens bien, vous passez rarement vos soirées au palais. Pas de dîner protocolaire ni de rôle officiel à tenir, ce soir ?

Il riva son regard au sien. La lumière tamisée donnait à sa peau la brillance du satin. En avait-elle aussi la douceur ?

— Si vous le souhaitez, faisons comme si mon rôle officiel était de vous recevoir à dîner.

— Bonne idée, répondit-elle en l'observant par-dessus son verre. Alors, Votre Altesse, allons-nous mener une conversation polie ou discuter de politique mondiale ?

— Parler politique à table coupe l'appétit. Surtout quand les avis divergent.

— C'est vrai. Nous n'avons jamais été d'accord sur rien. Optons pour la conversation polie, alors.

C'était quelque chose qu'elle avait appris et qu'elle avait fait toute sa vie. En caressant négligemment les pétales d'un bouquet de roses, Eve se lança :

— J'ai lu que vous aviez passé quelques semaines en Suisse cet hiver. La neige était-elle bonne ?

— Excellente.

Il ne précisa pas la vraie raison de sa présence en Suisse, ni ne mentionna les réunions et discussions interminables auxquelles il avait participé. Il essaya de ne pas regarder les doigts longs et fins de la jeune femme sur les pétales rouge vif.

— Et vous-même, skiez-vous ?

— Il m'arrive parfois d'aller dans le Colorado, répondit Eve, haussant les épaules malgré elle.

Comment pouvait-elle s'attendre à ce qu'il comprenne qu'elle n'avait pas le temps de s'amuser ni de prendre des vacances ?

— Je ne suis pas retournée en Suisse depuis l'école. Etant de Houston, je ne suis pas une inconditionnelle des sports d'hiver.

— Quels sont vos sports préférés, alors ?

— J'adore nager.

— Dans ce cas, la piscine est à votre disposition pendant la durée de votre séjour.

— Merci.

Soudain, le silence s'installa. Comme il durait, elle sentit son corps se crisper.

— Nous semblons déjà à cours de conversation et pourtant, nous ne sommes pas encore passés à table.

— Il est peut-être temps de le faire, alors.

Il lui offrit son bras, qu'elle accepta après un moment d'hésitation.

— Le chef s'est rappelé que vous aimiez particulièrement son poisson à la sauce bonne femme.

— Vraiment ? Comme c'est gentil de sa part, répondit-elle

en souriant. Mais, dans mon souvenir, je préférais encore ses petits pots de crème au chocolat. J'ai rendu folle la cuisinière de mon père en la harcelant jusqu'à ce qu'elle arrive à faire quelque chose d'approchant.

— Alors, le dessert de ce soir vous plaira sans doute.

— Je vais grossir, protesta-t-elle, avant de s'arrêter à l'entrée de la salle à manger. J'ai toujours admiré cette pièce, murmura-t-elle. Elle semble si hors du temps, si éternelle.

Deux lustres étincelants éclairaient de leur lumière vibrante une table massive et un parquet ciré avec amour. La taille de la pièce ne l'impressionnait pas, bien qu'elle pût accueillir plus de cent convives.

En temps normal, elle préférait les décors plus cosy et intimes, mais cette salle à manger était impressionnante. Pour l'avoir côtoyé depuis sa plus tendre enfance, Eve savait reconnaître le pouvoir, et le respecter. Mais c'était davantage l'ancienneté de cette pièce qui la fascinait. Si elle se taisait et ne faisait aucun bruit, elle avait presque l'impression de pouvoir entendre les conversations qui s'y étaient tenues au cours des siècles.

— La première fois que j'ai dîné ici, je tremblais comme une feuille, dit-elle après quelques instants.

— Vraiment ?

Intrigué, Alexander ne la fit pas tout de suite entrer, mais resta au contraire à son côté, sur le seuil de la porte.

— Je me souviens pourtant que vous sembliez tout à fait à votre aise.

— Oh ! j'ai toujours été douée pour donner le change, mais au fond de moi, j'étais terrifiée. Je sortais tout juste du lycée et je me retrouvais du jour au lendemain en train de dîner dans un palais.

— Et aujourd'hui ?

Sans savoir pourquoi cela lui semblait soudain nécessaire, Eve dégagea son bras de celui d'Alexander.

— Aujourd'hui, cela fait longtemps que j'ai quitté le lycée.

Deux couverts étaient dressés, parmi les candélabres et les bouquets de fleurs. Elle s'installa, laissant au prince la place en bout de table. Dès qu'ils furent assis, un domestique leur servit du vin.

— Cela me paraît étrange, dit-elle au bout d'un moment. Toutes les autres fois où je suis venue, il y avait un monde inouï au palais.

— Gabriella et Reeve ne viennent plus que rarement, depuis qu'ils ont leur ferme. Leurs deux fermes, devrais-je dire. Ils partagent leur temps entre leurs deux pays.

— Sont-ils heureux ?

Il leva un sourcil tout en saisissant son verre.

— Heureux ?

— Oui, heureux. Vous savez, le bonheur : cette chose qui, sur la liste des priorités de la vie, vient après le devoir et les obligations.

Pensif, Alexander garda le silence, tandis qu'on servait le homard froid. Elle n'était pas loin de la vérité. Il ne pouvait jamais faire passer son bonheur avant son devoir, ses sentiments avant ses obligations.

— Ma sœur ne se plaint pas. Elle aime son mari, ses enfants et son pays.

— Ce n'est pas la même chose.

— La famille a fait tout son possible pour la dégager de certaines de ses obligations.

— C'est merveilleux, n'est-ce pas, qu'après la terrible épreuve qu'elle a traversée, elle puisse tout avoir.

Aussitôt, Eve vit les doigts d'Alexander se crisper autour de ses couverts, jusqu'à devenir blancs, et, sans réfléchir, elle posa sa main sur la sienne.

— Je suis désolée. Même après tout ce temps, ce doit être très difficile pour vous d'y penser.

Il se tut pendant un moment, se contentant de regarder

sa main blanche et fine sur la sienne. A son grand étonnement, ce simple contact lui était d'un grand réconfort. S'il avait pu le faire, il aurait emprisonné cette main délicate dans la sienne.

— Il sera toujours difficile d'y penser, et impossible d'oublier que, grâce à vous, ma sœur et mon frère ont pu êtres sauvés.

— J'ai juste couru chercher de l'aide.

— Vous avez gardé votre sang-froid. Si cela n'avait pas été le cas, nous les aurions perdus tous les deux.

— Je ne l'oublierai jamais non plus.

Se rendant compte que sa main était toujours posée sur la sienne, elle la retira et saisit son verre pour se donner une contenance.

— Je revois encore le visage de cette femme.

— La maîtresse de Deboque.

Il prononça ces mots avec tant de violence contenue qu'elle en frémit.

— Oui. Je me souviendrai toujours de son expression lorsqu'elle a pointé son pistolet sur Brie... C'est à ce moment que j'ai compris que les palais ne sont pas juste un décor de contes de fées. Je suis sûre que vous êtes soulagé de savoir qu'elle est en prison, ainsi que Loubet et Deboque.

— Oui, et ils vont y rester longtemps. Mais être derrière les barreaux n'a pas empêché Deboque de tirer les ficelles une première fois.

— Craignez-vous qu'il recommence ? Bennett y a déjà fait allusion devant moi, mais...

— Bennett n'a jamais été un modèle de discrétion, je vois qu'il ne s'améliore pas.

Elle ne put le laisser attaquer son ami sans protester :

— Votre frère ne m'a révélé aucun secret d'Etat, s'emporta-t-elle. En parlant de Deboque, il m'a dit qu'il ne se sentirait pas tranquille tant qu'il serait en vie. Je lui ai répondu que ses craintes étaient sans doute infondées, mais je me suis peut-être trompée.

— Etre un personnage public est compliqué.

Il était plus facile pour lui d'accepter ce constat que de se souvenir du désespoir et du désarroi qu'il avait ressentis en voyant sa sœur terriblement meurtrie.

— Les Bisset règnent sur Cordina depuis des générations. Ce faisant, nous nous sommes forcément attiré des ennemis. Tous ne sont pas en prison.

Il ne lui disait pas tout. Elle le sentait, mais ne savait pas comment inciter Alexander à s'ouvrir à elle. Si elle voulait en savoir davantage, elle devrait s'adresser à Bennett.

— A vous entendre, il semblerait que les privilèges ne sont pas aux mains de ceux qu'on croit.

— En effet.

Et, avec un sourire énigmatique, il saisit sa fourchette.

Le dîner se passait assez agréablement, plus agréablement qu'Eve ne l'avait imaginé. Pour autant, Alexander ne se détendait pas. Il était aimable, poli, mais se tenait encore sur ses gardes lorsqu'ils arrivèrent à la fin du repas. Elle aurait voulu l'aider, l'aider à se soulager de cette tension presque palpable qui l'habitait. Mais il n'était pas homme à accepter l'aide d'une étrangère.

Un jour, il régnerait. C'était son destin depuis la naissance. Cordina était un petit pays de livre d'histoires, mais comme dans toute histoire, il recelait son lot d'intrigues et de tourments. Conscient de la charge qui pesait sur ses épaules, Alexander en portait tout le poids. A cause de l'éducation qu'elle avait reçue et du milieu dans lequel elle évoluait, Eve avait du mal à le comprendre. Et souvent — trop souvent, peut-être —, elle ne voyait dans le prince que cette façade rigide, oubliant les raisons pour lesquelles il avait un tel tempérament.

Au moins, ils ne s'étaient pas disputés, songea-t-elle en picorant son dessert. En même temps, on ne se disputait pas avec Alexander : on fulminait et on se heurtait à un mur.

— C'était délicieux. Avec les années, votre chef s'est encore amélioré.

— Il sera ravi de l'entendre.

Alexander voulait qu'elle reste là, à discuter avec lui de tout et de rien, de choses sans importance. Durant l'heure qui venait de s'écouler, il avait presque oublié la pression à laquelle il était en permanence soumis. Cela ne lui ressemblait pas, mais l'idée de monter à ses appartements et de se remettre au travail le rebutait.

— Si vous n'êtes pas trop fatiguée…

— J'espère que vous m'en avez laissé.

Bennett venait de faire irruption dans la salle à manger. Il s'inclina légèrement, puis vint directement s'asseoir à côté d'Eve.

— Tu as terminé, Eve ?

Sans attendre sa réponse, il finit son dessert.

— Je préfère oublier le repas qu'on m'a servi. Pendant que je mangeais ce poulet en caoutchouc, je vous imaginais tous les deux, en train de vous régaler.

— Tu n'as pas l'air si malheureux, fit remarquer Eve en lui souriant. Mais je dois avouer que les plats qu'on nous a servis étaient particulièrement exquis.

— Tu as toujours eu une chance incroyable. Si nous allions faire un tour dehors, dès que j'aurai fini cette merveille ? J'ai besoin de la douceur du jardin et la beauté d'une femme pour me faire oublier les pénibles heures que je viens de passer.

— Si vous voulez bien m'excuser, alors, dit Alexander en se levant. Je vais vous laisser seuls.

— Viens faire un tour dehors avec nous, Alex, proposa Bennett. J'aurai bientôt fini toute la mousse.

— Pas ce soir. J'ai du travail.

— Comme tous les soirs, murmura Bennett.

Sur ces mots, il s'empara du dessert d'Alexander, alors qu'Eve regardait le prince quitter la salle. Elle n'aurait su dire pourquoi, mais elle éprouvait soudain une envie irrésistible de le suivre. Mais elle se ressaisit bien vite, et se tourna vers Bennett pour rire avec lui.

2

— Quand Alexander m'a promis un guide pour me faire visiter la ville, je ne pensais pas qu'il s'agirait de toi.

Son Altesse sérénissime Gabriella de Cordina rit en poussant la porte qui menait à la scène.

— Le centre a toujours été une affaire de famille. En fait, je crois qu'Alex aurait aimé te le faire découvrir lui-même si son emploi du temps n'avait pas été aussi chargé.

Eve ne répondit rien. Au fond, elle était persuadée qu'Alexander préférait encore la paperasserie et les réunions ennuyeuses et interminables à une heure en sa compagnie.

— Je n'aime pas me répéter, Brie, mais tu es resplendissante.

— N'hésite pas à te répéter, répondit Gabriella. Après quatre enfants, on a besoin d'entendre ce genre de compliment.

Ses cheveux d'un châtain riche et profond étaient relevés en un chignon très simple et son tailleur blanc était impeccablement coupé. C'était une princesse, dans toute sa splendeur. Cependant, Eve s'étonnait qu'une jeune femme aussi jeune et fragile ait déjà pu donner naissance à quatre enfants.

— Et regarde-toi..., poursuivit Brie en la détaillant. Je me souviens de la première fois où je t'ai vue. Tu étais une enfant magnifique. Et te voilà une femme magnifique ! Chris a presque cessé de se faire du souci pour toi.

— Qu'est-ce que je pouvais détester cela.

Maintenant, elle pouvait sourire en repensant à la guerre à laquelle sa sœur et elle s'étaient livrées durant sa longue enfance rebelle.

— En vieillissant, je me prends même à espérer qu'elle n'arrête jamais complètement de veiller sur moi. C'est un tel réconfort de songer que l'on compte à ce point pour quelqu'un. N'est-il pas étrange que les liens familiaux se resserrent encore lorsqu'on devient adulte ?

— Je ne sais pas ce que je ferais sans ma famille. Ces quelques semaines où je n'arrivais pas à me souvenir d'elle, où je ne me souvenais de rien…

Gabriella chassa son trouble par un mouvement décidé de la tête.

— … m'ont enseigné que rien n'est jamais acquis. Bien…

Elle expira profondément en regardant autour d'elle.

— Que désires-tu voir en premier ?

— Allons visiter les coulisses et les loges. Je voudrais aussi jeter un œil à la salle des projecteurs. Il ne sert à rien d'assurer sur scène si, derrière, les installations ne suivent pas.

— Tu sais ce que tu fais, n'est-ce pas ?

— Espérons-le.

Elles passèrent plus d'une heure en coulisses. Eve grimpa tous les escaliers, inspecta tous les placards, examina tout le matériel. Tout était, comme elle l'avait espéré, parfait. Le Centre des Beaux-Arts était une affaire de famille, construit en hommage à la mère de Gabriella. Les Bisset avaient puisé dans l'amour qu'ils lui portaient pour construire le plus magnifique complexe théâtral du monde.

Eve sentit son excitation grandir. Sa compagnie n'avait

jamais joué dans un endroit aussi magnifique. Son esprit se mit déjà à vagabonder. Elle présenterait quatre pièces typiquement américaines pour un public international. L'attaché de presse de la compagnie s'en donnerait à cœur joie pour en assurer la promotion. Tennessee Williams, Neil Simon, Arthur Miller… Il y avait tant de talents dans lesquels piocher. Et elle voulait ses propres techniciens aux lumières, aux cordes, aux accessoires.

— Je vois que tu cogites à toute vitesse, murmura Gabriella.

— Je n'ai jamais été très subtile.

Eve entra sur la scène, se plaça en son centre, et essaya de faire le vide en elle.

C'était incroyable, ces sensations, toutes ces vibrations qui flottaient dans l'air d'un théâtre vide. Celui-là avait été pensé et dessiné pour les acteurs. Elle pouvait presque sentir le fard et la sueur. En face d'elle, les sièges s'étendaient à perte de vue, séparés par trois larges allées soulignées par un long tapis bleu roi. La lumière était dispensée par d'énormes lustres et les plafonds étaient peints à fresque. Des loges étaient disposées contre les parois latérales, et au fond de la salle, en hauteur, courait un vaste balcon. Depuis l'endroit où elle se trouvait, elle réussit à voir que la balustrade était sculptée à la main et brillait de mille feux. Et, plus important, elle se rendit compte que, depuis chaque place, on pouvait voir la scène dans sa totalité.

— « Ce soir, c'est ici que tout prend fin, misérablement. Tout ce que nous avons fait, tout ce que nous avons essayé de faire, ne compte plus. Demain, tout recommencera, et nous… nous n'aurons jamais existé. »

Sa voix s'éleva, se diffusa dans tous les recoins de la salle, jusqu'au dernier rang du balcon, avant de lui revenir. Satisfaite, Eve sourit.

— Magnifique, dit-elle en se tournant vers Brie. Je

ne sais pas qui est l'architecte de cette merveille, mais il mérite une médaille.

— J'essaierai d'en toucher deux mots à mon père. Eve, de quelle pièce venait ta tirade ? Je n'ai pas réussi à deviner.

— C'est normal. C'est l'œuvre d'un auteur débutant.

Elle ne s'attarda pas, préférant taire que l'auteur en question, c'était elle.

— Brie, ce théâtre est magnifique. Une autre fois, j'aimerais monter une pièce sur la plus petite scène, celle qui se trouve à l'étage inférieur. Quelque chose de plus intime. Mais pour ce que nous voulons faire, celle-ci est parfaite.

— Oh ! j'espérais que tu dirais cela.

Les talons de Gabriella résonnèrent lorsqu'elle traversa la scène pour venir rejoindre Eve.

— Depuis qu'Alex et moi-même avons lancé l'idée, je n'attends que cela. Eve, nous allons faire quelque chose de grand, pour ta compagnie, pour nos deux pays, pour les enfants.

— Moi, je vais me contenter de monter mes pièces, corrigea Eve en serrant fort la main de Gabriella. Je vous laisse les grandes causes, à toi et à Alexander. Mais si on parvient à régler tous les détails, toutes les formalités, les contrats, tu verras quatre productions fabuleuses.

— J'y compte bien.

Elle regarda la scène une dernière fois. Elle n'y jouerait jamais, mais ses acteurs, si. Un jour, peut-être, une de ses pièces serait montée ici. Cette idée, tant elle lui paraissait farfelue, la fit presque rire.

— Je crois que je ferais mieux de rentrer tout de suite chez moi, et de me mettre au travail.

— Oh non, nous n'allons pas te laisser filer si vite. J'ai déjà prévu un dîner en famille à la ferme. Demain soir.

Brie la prit par le bras.

— Maintenant, poursuivit-elle, je voudrais que tu rentres au palais et que tu te reposes le reste de la journée. Une fois que nous t'aurons mise au travail, l'occasion ne se présentera plus de si tôt.

— Est-ce un ordre princier ?

— Absolument.

— Dans ce cas, même s'il m'en coûte, je n'ai d'autre choix que de m'incliner.

En fait, ce n'était pas si difficile. Eve était en train de découvrir que paresser au bord de la piscine, caressée par la brise méditerranéenne qui agitait les palmiers, n'était pas une tâche trop pénible. Dans sa jeunesse, elle avait beaucoup paressé. Végété, même. Cela la surprenait encore qu'elle ait pu se satisfaire de ne rien faire pendant si longtemps. Non pas que ce fût mal de ne rien faire, ajouta-t-elle en baissant sa chaise longue d'un cran. Il était juste dommage d'en faire carrière.

Cela avait failli lui arriver. L'aisance. Les privilèges. C'était devenu si facile d'attendre que les autres fassent tout à sa place. Elle aurait pu persévérer dans cette voie si elle n'avait pas découvert le théâtre. Cela avait été pour elle à la fois une révélation, un commencement, et un but à atteindre. Une chose sur laquelle son père n'avait pas prise. Soit elle avait les capacités pour devenir comédienne, soit elle ne les avait pas. Elle avait découvert qu'elle les avait. Mais ce n'était pas sur scène qu'elle était le plus douée.

Le théâtre lui avait permis de découvrir de nouveaux horizons, et d'affirmer sa personnalité. Elle était compétente ; elle était perspicace ; elle jouissait d'un sens de l'organisation auquel elle n'avait jamais fait appel auparavant. Créer sa propre troupe lui avait permis d'affiner tous ces talents. Cela lui avait également appris à prendre des risques, à travailler dur, et surtout, à devenir responsable. Il y avait des gens qui comptaient sur elle pour développer leur art et pour gagner leur vie. La petite fille gâtée s'était donc vite transformée en une femme travailleuse et persévérante.

A présent, une occasion inespérée lui était offerte d'obtenir la plus belle des récompenses. La reconnaissance internationale pour sa compagnie. Tout ce qu'elle avait à faire, c'était choisir les bons textes, produire quatre pièces, superviser quatre séries de costumes, d'accessoires et de décors. Entre-temps, elle aurait à traiter avec les avocats, les metteurs en scène, les transporteurs, soixante-dix acteurs et techniciens. Et un prince.

Eve remonta ses lunettes de soleil sur son nez et soupira. Que serait la vie sans quelques défis ?

Il n'aurait jamais dû sortir. Alexander jeta un coup d'œil à sa montre. Il n'avait que vingt minutes avant son prochain rendez-vous. Quel besoin avait-il de se rendre à la piscine, alors qu'il aurait dû se trouver en ce moment même dans son bureau, en train de préparer son entretien avec le secrétaire d'Etat ? Il aurait mieux fait de s'abstenir de demander, en passant, si Mlle Hamilton était revenue du centre. Et il s'était trompé en pensant qu'il pourrait rester à travailler dans son bureau alors qu'il savait qu'Eve se trouvait au bord de la piscine.

Elle paraissait dormir. Son petit Bikini rouge était largement échancré, faisant paraître ses jambes interminables. Elle avait défait les bretelles de son haut qui ne tenait donc en place que parce qu'elle était allongée. Il ne voyait pas ses yeux derrière ses lunettes de soleil, mais elle ne bougea pas d'un millimètre lorsqu'il s'approcha d'elle.

Il put la contempler à sa guise. Sa peau satinée brillait à cause de l'huile solaire dont elle s'était enduite et dont l'odeur exotique se mêlait à celle des fleurs. Ses cheveux étaient humides, ce qui les faisait boucler et les rendait légèrement plus foncés. Elle ne s'était donc pas contentée de se prélasser au soleil, songea-t-il. Auparavant, elle avait nagé. Lorsqu'il s'approcha encore, il vit ses yeux s'ouvrir à travers les verres ambrés de ses lunettes.

— Vous devriez vous méfier. Vous n'êtes pas habituée à notre soleil méditerranéen.

Eve leva les yeux vers Alexander. Il cachait le soleil, qui dessinait comme une auréole autour de sa tête. Elle cligna des paupières, pour essayer de rendre sa vision et ses pensées un peu plus nettes. Les damoiselles en détresse et les dragons... Elle ne put s'empêcher d'y repenser, même si, en ce moment précis, il ressemblait davantage à un dieu qu'à un prince.

— Je vous croyais ailleurs.

Elle voulut se relever en prenant appui sur ses coudes, avant de se rappeler qu'elle avait défait son haut de maillot de bain. En catastrophe, elle l'empêcha de glisser d'une main, tout en pestant. Tandis qu'elle se débattait entre ses bretelles et sa pudeur, il resta digne, sans broncher.

— J'étais ailleurs. Vous avez la peau très blanche, Eve. Vous allez brûler.

Elle se souvint que le protocole exigeait qu'elle se lève et s'incline devant lui. Mais elle se voyait mal faire la révérence en Bikini mal attaché. Elle resta donc à sa place.

— J'ai presque vidé un tube de crème solaire, et je n'avais pas l'intention de rester beaucoup plus longtemps. En outre, vivre à Houston tanne la peau.

— Je n'ai pas eu cette impression.

Tant pis pour le secrétaire d'Etat, songea Alexander, en approchant un siège pour s'assoir.

— Avez-vous vu le centre ? demanda-t-il, curieux.

— Oui. Vous et votre famille méritez toutes les félicitations. Il est absolument magnifique.

— Dois-je comprendre que vous avez accepté notre proposition ?

— J'ai accepté de négocier un contrat, répondit-elle en remontant son siège en position assise. Les installations et l'équipement sont de tout premier ordre. Si nous réussissions à régler les détails matériels, nous parviendrions sans doute à un accord.

— Laissons ce genre de détails aux avocats et aux comptables, dit-il, dédaigneux. En ce qui nous concerne, nous n'avons qu'à nous entendre sur le choix des pièces.

Tout en songeant que son mépris affiché pour les comptables aurait sans doute amusé son père, Eve croisa les bras.

— Nous en discuterons après que les avocats et les comptables auront fait leur travail.

— On dirait que vous êtes devenue une vraie femme d'affaires.

— En effet, je le suis devenue. Mais vous trouvez peut-être que les femmes n'ont pas à se mêler des affaires, Votre Altesse ?

— Cordina est un pays tourné vers l'avenir. Nous ne portons pas de jugement discriminatoire en fonction des sexes.

— Ce « nous » princier, murmura-t-elle pour elle-même. C'est très progressiste, en effet. N'étouffez-vous pas dans votre veste ?

— Il y a une légère brise.

— Cela vous arrive-t-il parfois de déboutonner votre col et d'enlever vos chaussures ?

— Je vous demande pardon ?

— Laissez tomber. Vous prenez tout trop à la lettre.

Elle attrapa son verre de punch au citron. La glace avait fondu, mais il était encore très rafraîchissant.

— Vous arrive-t-il de profiter de la piscine, Votre Altesse ?

— Quand j'en ai le temps.

— Le travail avant tout, n'est-ce pas ? Et la détente, dans tout cela ?

Il resta immobile dans son siège, sous le soleil brûlant. A son doigt, un anneau en or et rubis scintillait. A côté, son regard paraissait extrêmement sombre.

— Cela ressemble à un reproche. Je m'excuse de ne pas vous divertir davantage, Eve.

— Je n'ai pas besoin de divertissement.

Agacée, elle se leva. Lorsqu'il fit de même, elle se tourna vers lui.

— Oh ! restez assis, voulez-vous ? Nous sommes seuls. Franchement, vous ne croyez pas que les femmes en ont assez de voir un homme se lever dès qu'elles esquissent un mouvement ?

Alexander se rassit, surpris de ressentir de l'amusement plutôt que de la colère.

— Non.

— Pourtant, je suis sûre que c'est le cas. Cela vous ferait peut-être du bien de passer un peu plus de temps aux Etats-Unis. Pour apprendre à vous assouplir un peu.

— Je ne peux pas me permettre de m'assouplir, dit-il d'un ton si calme qu'Eve, désarmée, sentit sa colère s'envoler.

— Si vous le dites. Mais je ne comprends pas pourquoi tous ces tralalas sont nécessaires avec une amie de la famille. Il faut m'excuser, Votre Altesse, mais les formalités, lorsqu'elles ne me paraissent pas nécessaires, m'indisposent au plus haut point.

— Dans ce cas, pourquoi ne m'appelez-vous jamais par mon prénom ?

A cette question, elle se tourna de nouveau vers lui, mal à l'aise.

— Vous l'avez dit vous-même, poursuivit-il, nous nous connaissons depuis des années.

— Je me suis trompée, répondit-elle lentement, méfiante. Nous ne nous connaissons pas du tout.

— Vous n'avez aucune difficulté à appeler les autres membres de la famille par leur prénom, et même, vous en tutoyez certains.

Elle aurait volontiers bu une gorgée de punch, mais elle se sentit incapable de passer devant lui pour attraper son verre.

— Non, en effet.

— Cela m'amène à me poser des questions.

La regardant droit dans les yeux, Alexander se leva et s'approcha d'elle. Il ne s'arrêta que lorsqu'ils furent tout près l'un de l'autre.

— Mais c'est peut-être à vous de m'éclairer sur le sujet, murmura-t-il.

— Cela ne me paraît jamais approprié, c'est tout.

Etait-elle nerveuse ? C'était la première fois qu'il la sentait à ce point mal à l'aise. Intrigué, il s'avança encore.

— Ai-je été désagréable ?

— Oui… enfin, non, répondit-elle en reculant d'un pas.

— Oui ou non ? Décidez-vous.

— Non.

Tout en se traitant d'idiote, elle essaya de se reprendre :

— Vous êtes toujours poli, Votre Altesse. Je sais que vous ne m'avez jamais beaucoup appréciée, mais…

— Je vous ai donné cette impression ?

Il était de nouveau tout près d'elle, sans qu'elle l'ait vu s'avancer. Pour se protéger, elle utilisa la seule arme dont elle disposait : la riposte.

— Très clairement.

— Dans ce cas, je dois vous présenter mes excuses.

Il prit sa main et la porta à ses lèvres. Aussitôt, elle se demanda pourquoi elle entendait le tonnerre retentir alors que le ciel était aussi clair.

— Ne soyez pas charmant, rétorqua-t-elle en essayant

de retirer sa main, mais sans succès, car il l'agrippait fermement.

Le sourire qu'il arborait était aussi inopiné que ce baiser, et tout aussi troublant.

Oui, elle était nerveuse, constata Alexander avec satisfaction, et cette vulnérabilité imprévue était tout à fait irrésistible.

— Vous préférez la grossièreté ?

— Je préfère ce qui est attendu.

— Moi aussi, répondit-il, tandis qu'une lueur étrange passait dans ses yeux noirs.

La défiait-il ? Si c'était le cas, elle se promit, pour une fois, de ne pas le relever.

— Mais parfois, poursuivit-il, ce qui est inattendu est plus intéressant.

Il sourit plus franchement. Et elle découvrit une petite fossette au coin de sa bouche, qu'elle fixa, comme hypnotisée.

— Vous mettrais-je mal à l'aise, Eve ?

— Je n'ai pas dit cela.

Elle détourna enfin son regard de sa bouche, pour découvrir que croiser son regard n'était pas moins déstabilisant.

— Vous rougissez, murmura-t-il en caressant sa joue avec son pouce.

— C'est la chaleur, réussit-elle à répondre, avant de se sentir frémir sous son regard.

— Sans doute.

La chaleur… Il la ressentait aussi, pesante, crépitant comme un coup de tonnerre sur la mer.

— Le plus sage pour nous deux serait de nous rafraîchir un peu.

— Oui. D'ailleurs, je dois aller me changer. J'ai promis à Bennett de l'accompagner aux écuries avant le dîner.

Alexander se raidit aussitôt. Tout ce qu'elle avait cru

voir passer sur son visage, dans ses yeux, disparut en un éclair.

— Je vous laisse partir, alors, fit-il d'un ton froid. L'ambassadeur de France et son épouse dîneront avec nous ce soir.

— J'essaierai de ne pas faire trop de bruit en avalant ma soupe.

— C'est de moi que vous vous moquez, Eve, ou de vous-même ? demanda-t-il, le regard courroucé.

— Des deux.

— Ne restez pas trop longtemps au soleil, lança-t-il en tournant les talons.

Eve le regarda s'éloigner de son pas militaire, rapide et décidé. Elle frissonna, puis ferma les yeux, avant de plonger dans la piscine.

Eve avait été soulagée de constater que non seulement Bennett, mais également Brie et Reeve les avaient rejoints pour le dîner. Placée entre l'ambassadeur et Reeve, elle n'avait même pas à faire la conversation à Alexander. En tant qu'héritier, il était assis en bout de table, flanqué de sa sœur d'un côté et de l'épouse de l'ambassadeur de l'autre.

Le dîner était formel mais pas insupportablement ennuyeux, comme elle l'avait craint. L'ambassadeur avait une foule d'anecdotes sous le coude et ne se faisait pas prier pour les raconter. Eve rit de bon cœur à ses histoires, lui en demanda d'autres, et l'enchanta en engageant une conversation avec lui en français. Ses années passées au pensionnat en Suisse avaient laissé quelques traces, qu'elle le veuille ou non.

— Je suis impressionnée, lui lança Reeve lorsqu'elle se tourna vers lui en souriant.

Les années ne l'avaient pas changé, songea-t-elle. Elles

s'étaient contentées d'ajouter une touche de gris à ses tempes. Et puis, il semblait bien plus détendu, à présent. Le bonheur, semblait-il, était sa fontaine de jouvence.

— Et toi, Reeve, où en est ton français ?

— Nulle part.

Du bout de ses couverts, il taquina son morceau de canard nappé de sauce délicate, tout en songeant combien il aurait préféré un bon steak cuit par ses soins sur son propre grill. Puis il jeta un coup d'œil à sa femme qui riait avec Bennett. Peu importaient les sacrifices auxquels il avait dû consentir, puisqu'il avait la plus belle des récompenses.

— D'après Gabriella, je suis déterminé à ne pas l'apprendre.

— Et ?

— Elle a raison.

Eve rit en attrapant son verre de vin.

— J'ai hâte de voir votre propriété demain, Reeve. Chris m'a dit que la maison était adorable, même si elle se souvient avec angoisse du moment où tu as voulu lui expliquer comment différencier le blé de l'avoine. Et vous avez des chevaux.

— Les enfants montent tous. Même Dorian, sur un poney.

Il s'interrompit pendant qu'on débarrassait le plat de résistance.

— La vitesse à laquelle les enfants apprennent est incroyable, conclut-il.

— Quel effet cela fait-il ? demanda Eve en fronçant les sourcils.

Sans trop savoir pourquoi, cette question lui paraissait soudain très importante.

— Quel effet cela fait-il de vivre ici, je veux dire ? De vivre ici la majeure partie de l'année, d'avoir dû s'acclimater à un autre environnement, d'avoir dû apprendre d'autres coutumes ?

Reeve soupira. Il aurait pu esquiver la question, comme certains l'auraient fait. Il aurait pu, comme d'autres encore, y répondre par une plaisanterie ou une pirouette. Mais il aimait trop la vérité pour cela.

— Cela a été difficile au début, pour nous deux. Maintenant, ici, c'est chez nous. Tout comme en Virginie. Je ne peux pas dire que je ne serai pas content quand Alex se mariera et que Brie sera déchargée d'une partie de ses obligations, mais je suis tombé amoureux d'une princesse, et son titre est indissociable de ce qu'elle est.

— C'est plus qu'un simple titre, n'est-ce pas ? murmura-t-elle.

Avant qu'elle s'en rende compte, et qu'elle puisse l'empêcher, Eve porta son regard sur Alexander.

— Mille fois plus, reconnut Reeve, à qui ce regard n'avait pas échappé. Et davantage encore pour lui.

Se ressaisissant, Eve se força à regarder de nouveau Reeve.

— Oui, forcément. Un jour, il régnera.

— Il a été formé pour cela, depuis son premier souffle.

L'impression de Gabriella était-elle juste ? s'interrogea Reeve. Un petit quelque chose était-il en train de naître entre Alexander et Eve ? Jusqu'ici, il n'avait rien vu, mais ce soir, il commençait à se poser la question. Si c'était le cas, le parcours d'Eve serait semé d'embûches. Pensif, il huma son vin un moment, avant de poursuivre, d'une voix calme :

— S'il y a une chose que j'ai apprise au cours de ces dernières années, c'est que certaines personnes — et ceux qui les aiment — ne pourront jamais se soustraire à leur devoir ni à leurs obligations.

Eve ne le savait déjà que trop bien.

— C'est certain, Reeve.

Pour apaiser la tension qui s'était si brusquement emparée d'elle, elle se tourna vers l'ambassadeur pour le faire rire.

Après le dîner, on passa dans le salon pour le café et les digestifs. Jugeant sans doute qu'il avait assez donné pour la soirée, Bennett prit Eve par la main.

— Vite, un peu d'air, lui murmura-t-il à l'oreille.

— Ce serait impoli, chuchota-t-elle à son tour.

— Non, ils vont discuter encore pendant une bonne heure. Et il est de mon devoir de m'occuper de toi autant que des autres invités. Allons juste faire un petit tour sur la terrasse.

Il était difficile de résister à pareille proposition. Eve savait déjà combien les nuits de Cordina étaient agréables. Un rapide coup d'œil lui permit de constater qu'Alexander discutait tranquillement avec l'ambassadeur, pendant que Brie et Reeve s'entretenaient avec son épouse.

— D'accord. Mais rien qu'une minute.

Même si rien dans sa voix ni dans son attitude ne permit à Eve de le supposer, Alexander la vit très bien sortir sur la terrasse au bras de son frère.

— On est mieux ici, dit aussitôt Bennett.

— C'était un dîner très plaisant.

— Oui, ce n'était pas désagréable. Mais parfois, je préférerais partager une pizza et des bières avec quelques amis.

Il s'approcha du bord et s'appuya sur un muret en pierre.

— Plus le temps passe, moins j'en ai l'occasion.

— Ce n'est pas facile, n'est-ce pas ?

— Quoi donc ?

— D'être qui tu es.

Il passa son bras autour de sa taille.

— Cela dépend des moments.

— Non, n'esquive pas ma question, répondit-elle en reculant pour mieux l'observer.

Il était magnifique à regarder et semblait bien moins insouciant qu'il ne voulait le laisser paraître.

— Tu veux une réponse sérieuse ? continua-t-il en fourrant ses mains dans ses poches. C'est difficile de t'en donner une. J'ai toujours été qui je suis, ce que je suis. Non, ce n'est pas toujours facile de savoir que, où que tu ailles, il y aura toujours un garde du corps pas loin derrière, et des paparazzis pas loin devant. J'essaie de m'en accommoder à ma façon. J'y suis autorisé, comme Brie, jusqu'à un certain point. Pas comme l'héritier.

— Tu le regrettes ?

— Mon Dieu, non.

Il avait répondu avec tant d'empressement et de force qu'elle ne put s'empêcher de sourire.

— Il n'y a pas une once de jalousie chez toi, on dirait.

— Ni jalousie, ni envie. D'aussi loin que je me souvienne, Alex a toujours dû travailler plus dur, étudier plus dur. Etre plus dur. Oh non, je ne voudrais pas être à sa place. Pourquoi me demandes-tu cela ?

— Oh ! je ne sais pas. La fascination des Américains pour la royauté, peut-être…

— Tu nous connais depuis trop longtemps pour être fascinée.

— Je ne vous connais pas tous très bien.

En secouant la tête, elle se rapprocha de lui.

— Te souviens-tu de cette première nuit, la nuit du bal, où nous sommes sortis sur un des balcons ?

— Je vois mal comment j'aurais pu l'oublier.

— Eh bien, là, j'étais fascinée. Je croyais que tu allais m'embrasser.

Il sourit et enroula une mèche de ses cheveux autour de son doigt.

— J'ai longtemps hésité.

— Oui, et à la place, tu t'es fait tirer dessus. Je t'ai trouvé extrêmement héroïque.

— Je l'ai été, répondit-il en repassant son bras autour de sa taille. Tu sais, si j'essayais de t'embrasser maintenant, j'aurais l'impression de faire des avances à ma sœur.

— Je sais.

Détendue, elle posa sa tête sur son épaule.

— Je suis heureuse que nous soyons amis, Ben.

— Tu n'aurais pas par hasard une cousine, une demi-sœur, une tante, qui te ressemblerait ?

— Non, désolée.

En souriant, elle redressa sa tête pour le regarder.

— Pas autant que moi.

— Bennett.

Il lui suffit d'entendre la voix d'Alexander pour sursauter comme une enfant surprise avec les doigts dans un pot de confiture. En pestant contre sa réaction ridicule, elle serra les poings.

— Excusez-moi.

Froidement royal, il se tenait juste à l'entrée de la terrasse, dans l'ombre.

— L'ambassadeur se retire, acheva-t-il.

— Déjà ?

Insensible au ton pincé qu'avait employé son frère, Bennett prit Eve par les épaules.

— Merci pour cette bouffée d'air frais. A présent, allons donc présenter nos adieux.

— Bien sûr.

Mais alors que Bennett se dirigeait vers l'intérieur, elle resta où elle se trouvait, attendant qu'Alexander suive son frère.

— Si vous voulez bien vous donner la peine de rentrer un instant, l'ambassadeur souhaiterait vous saluer. Il vous a trouvée délicieuse au cours du dîner.

— D'accord.

Elle se dirigea vers la porte-fenêtre, mais lorsqu'elle voulut la franchir, Alexander lui bloqua le passage. Cette fois, elle ne recula pas, mais inclina la tête de façon à bien voir son visage. Il était dans l'ombre, et seuls ses yeux étaient éclairés.

— Y a-t-il autre chose, Votre Altesse ?

— Il semblerait que oui.

Il la saisit par le menton, pour leur plus grande surprise à tous les deux. Elle trouva ce contact doux et dur à la fois, mélange de promesse et de menace.

Mais lui voulait surtout se montrer ferme. Inflexible.

— Bennett est quelqu'un de généreux, de sensible, mais avec les femmes, il ne fait pas toujours preuve d'une grande discrétion. Vous devriez vous méfier.

Venant de quelqu'un d'autre, de n'importe qui d'autre, cette remarque l'aurait fait rire. Mais, en croisant le regard d'Alexander, elle n'eut pas envie de rire.

— On dirait que vous me mettez une nouvelle fois en garde contre la brûlure du soleil. Ce n'était pas nécessaire cet après-midi, et cela ne l'est pas davantage ce soir.

Sa voix était traînante et sensuelle, tout en réussissant aussi à paraître glaciale.

— Vous avez peut-être remarqué, Votre Altesse, que les Américaines tiennent beaucoup à leur indépendance et à leur liberté. Je suis parfaitement capable de prendre mes propres décisions.

— Je n'ai nul désir de m'occuper de vous.

Il y avait dans sa voix un fiel qui lui aurait fait froid dans le dos si elle n'avait pas été aussi en colère.

— A la bonne heure.

— Si vous êtes amoureuse de mon frère...

— De quel droit me demandez-vous cela ? fit-elle, en sentant sa colère s'accroître à chaque mot qu'il prononçait, même si elle ne comprenait pas tout à fait ce qui l'avait causée ni pourquoi elle était si virulente. Mes sentiments pour votre frère m'appartiennent et ne vous regardent en rien.

Ces mots, qu'il aurait voulu ne jamais entendre, s'insinuèrent haineusement en lui.

— C'est mon frère.

— Vous ne régnez pas sur Bennett, et encore moins sur moi. Mes sentiments pour votre frère, ou pour quiconque, ne concernent que moi.

— Ce qui se produit chez moi, dans ma famille, me regarde.

— Alex.

Brie venait d'arriver à la porte. Et elle s'exprima d'une voix volontairement basse pour bien leur faire comprendre qu'ils avaient, au contraire, parlé beaucoup trop fort :

— L'ambassadeur attend.

Sans un mot, Alexander la lâcha et rentra.

— Ton frère est un idiot, marmonna Eve.

— A bien des égards, répondit Brie, en lui prenant la main d'un air compréhensif. Prends une grande inspiration, et va échanger quelques mots avec l'ambassadeur et sa femme. Ensuite, tu pourras monter dans ta chambre et donner des coups de pied dans les meubles. C'est ce que je fais toujours.

Eve serra les dents.

— Merci, je crois que je vais suivre ton conseil.

3

« Le prince Bennett courtise
une riche heritiere americaine »

Eve faillit avaler son café de travers en découvrant le gros titre du journal. Après avoir jeté un deuxième coup d'œil à la une, elle éclata de rire. Pauvre Ben, songea-t-elle. Dès que ses yeux se posaient sur une femme, on lui prêtait une histoire d'amour. Délaissant son croissant, elle se mit à lire :

« *Eve Hamilton, fille du millionnaire T.G. Hamilton, est l'invitée de la famille royale durant son séjour à Cordina. La longue et intime relation entre le prince Bennett et Mlle Hamilton est née il y a sept ans...* »

L'article relatait ensuite les événements consécutifs à la tentative d'enlèvement sur la princesse Gabriella et à la blessure par balle de Bennett. Eve découvrit en souriant que le journaliste la présentait comme une héroïne, alors qu'elle n'avait en réalité agi que par instinct, sans réfléchir. Son amusement grandit encore lorsqu'elle lut qu'elle et Bennett s'étaient rapprochés au fil des années, et qu'ils étaient devenus plus intimes à chacun de leurs rendez-vous.

Leurs rendez-vous..., songea-t-elle en ricanant. Certes, Bennett était venu à Houston pour la fête qu'elle avait donnée pour ses vingt et un ans. Elle s'en souvenait très bien : une de ses meilleures amies était tombée folle amoureuse de lui pendant bien une semaine... Ensuite, comme ils se connaissaient, on lui avait demandé d'accompagner Bennett lors d'une visite à Washington, quelques années plus tôt. Et elle s'était rendue à quelques reprises à Cordina avec sa sœur. Et puis, il y avait aussi eu cette fois où ils s'étaient rencontrés presque par hasard à Paris. Il était difficile de qualifier de rendez-vous leur repas très informel pris dans un petit bistrot, mais il fallait bien que la presse imprime quelque chose.

« Un autre membre de la famille royale serait-il sur le point de choisir un conjoint américain ? »

L'article se terminait par cette question, ce qui arracha un soupir à Eve. Pourquoi gaspiller toute cette encre ? se demanda-t-elle en repliant le journal. Autant l'économiser pour le jour où Bennett rencontrerait pour de bon sa future épouse. Même si cela n'arriverait sans doute pas avant que les enfants de Brie ne soient eux-mêmes en âge de se marier...

— On dirait que ce vous avez lu vous a plu.

Tirée de ses pensées par la voix grave d'Alexander, elle tourna la tête vers l'entrée du petit solarium. Elle aurait dû savoir qu'il ne la laisserait pas déjeuner en paix.

— Je savoure la plaisanterie, Votre Altesse.

Elle voulut se lever, mais il lui fit signe de rester assise.

— Vous trouvez cela drôle ?

— Oui, j'avoue que cela me fait rire, même si j'imagine que Ben en a assez de se voir marié à toutes les femmes à qui il sourit.

— Il s'en moque. Ben ne déteste pas faire parler de lui, ajouta-t-il.

Puisque cela avait été dit sans animosité, elle sourit. S'il voulait que soient oubliées les paroles désagréables qu'ils avaient échangées la veille au soir, elle était tout à fait d'accord. Elle ne les avait ressassées que trop longtemps.

— C'est un peu le cas de tout le monde, répondit-elle en l'observant attentivement.

Il avait l'air fatigué, et plus que tendu. Prise de compassion, elle se radoucit.

— Avez-vous déjà déjeuné ? Je peux vous proposer du café et des croissants.

— Oui, j'ai déjeuné il y a quelques heures. Mais je reprendrais volontiers un café.

Elle se leva pour aller chercher une tasse et une soucoupe.

— Il est à peine 10 heures, mais vous paraissez déjà avoir eu une journée difficile.

Alex garda le silence pendant un moment. C'était ainsi qu'il avait appris à se comporter. Puis il se décida à parler. De toute façon, les radios et les journaux l'annonceraient très bientôt.

— J'ai reçu des nouvelles de Paris ce matin. Une bombe a explosé à l'ambassade.

Les doigts d'Eve se crispèrent autour de l'anse de la cafetière.

— Oh mon Dieu ! Votre père…

— Il est sain et sauf. Son secrétaire a été légèrement blessé.

Il marqua une pause, avant de reprendre calmement :

— Seward, l'assistant du secrétaire d'Etat, a été tué.

— Je suis désolée, dit-elle en posant la main sur son bras. Vraiment désolée. Sait-on qui a fait cela ?

— L'attentat n'a pas été revendiqué. Tout ce que nous avons, ce sont des soupçons.

— Le prince va-t-il rentrer à Cordina ?

Par la vitre, il regarda là où le soleil brillait et où les

fleurs s'épanouissaient. Pourquoi la vie ne pouvait-elle être aussi simple que cela, aussi normale ?

— Il n'a pas terminé le travail pour lequel il s'est rendu à Paris.

— Mais…

— Il rentrera quand ce sera fait.

Il leva sa tasse et avala son café noir brûlant.

— Cordina, comme d'autres pays, lutte avec acharnement contre le terrorisme. Nous trouverons les coupables.

— Je l'espère.

Eve laissa son croissant de côté et se rendit compte que les titres du journal ne l'amusaient plus.

— Pourquoi est-ce que ce sont toujours les innocents qui paient ?

Sans lui répondre, il serra ses doigts autour de sa tasse. De toute évidence, Alexander se sentait aussi furieux qu'impuissant.

— Seward laisse une femme et trois enfants.

— Quelle horreur ! Sont-ils au courant ?

— Je dois aller les prévenir maintenant.

— Y a-t-il quelque chose que je puisse faire pour vous aider ? Je peux peut-être vous accompagner.

— Ce ne sont pas vos affaires.

Elle accusa le coup, tout en se maudissant de se sentir blessée par ce rejet. Lorsqu'il se leva, elle resta silencieuse, les yeux baissés.

Pourquoi était-il venu la trouver ? se demanda Alexander. Curieusement, il avait eu besoin de lui parler, de partager avec elle sa frustration, sa colère, sa peine. Il n'était pas sage pour un homme qui aurait un jour à régner d'avoir besoin de soutien, de paroles réconfortantes, d'une main tendue. Il avait appris à ne compter que sur lui-même, et pourtant il était venu à elle. Et il avait toujours besoin d'elle.

— Eve.

Ce n'était pas facile pour lui. Elle ne pouvait pas se douter qu'une simple requête pût le plonger dans de telles affres.

— Cela m'aiderait si vous m'accompagniez. Je pense qu'une présence féminine serait des plus réconfortante pour Mme Seward.

— Je vais chercher mon sac, se contenta-t-elle de répondre.

Les Seward vivaient dans une jolie maison crépie de rose, entourée d'un gazon très soigné et délimité par des massifs de fleurs blanches. Eve vit une bicyclette rouge dans l'allée. Ce fut ce détail, plus que tout autre, qui lui fendit le cœur. Elle savait ce que signifiait perdre son père ou sa mère, tout comme elle savait que la peine et la blessure ne disparaissaient jamais complètement.

Alexander lui offrit sa main après être descendu de voiture. Eve l'accepta, et ne la lâcha plus.

— Si vous ne vous sentez pas à l'aise...

— Non, je suis triste, c'est tout.

Elle marcha à son côté jusqu'à la porte, bien consciente que le chauffeur les regardait, mais ignorant que des membres du service de sécurité étaient garés un peu partout dans la rue.

Ce fut Alena Seward en personne qui ouvrit la porte. C'était une femme d'âge moyen au teint halé, bien en chair, avec de très beaux yeux, et les cheveux en désordre. De toute évidence, ils l'avaient surprise en plein ménage. Elle resta un instant bouche bée en reconnaissant Alexander, mais elle donna vite le change.

— Votre Altesse.

— Madame Seward, veuillez excuser cette visite imprévue. Pouvons-nous entrer ?

— Bien sûr.

Eve la vit jeter un coup d'œil aux meubles qui restaient à dépoussiérer, aux jouets qui restaient à ranger.

— Désirez-vous un café, Votre Altesse ?

— Non merci. Puis-je vous présenter Mlle Eve Hamilton ?

— Ravie de faire votre connaissance, répondit la femme en tendant la main à Eve. Je vous en prie, asseyez-vous.

Alexander prit une chaise, sachant que la femme resterait debout s'il ne s'exécutait pas.

— Madame Seward, j'ai reçu ce matin des nouvelles de Paris.

— Oui, Votre Altesse ? fit-elle en prenant place à côté d'Eve sur le canapé.

— Deux bombes ont été posées à notre ambassade. L'une d'elles a explosé avant d'être découverte.

Il savait d'expérience que les mauvaises nouvelles, les pires nouvelles, doivent être annoncées rapidement :

— Votre mari a été tué.

— Maurice ? demanda-t-elle en agrippant instinctivement la main qu'Eve lui avait tendue. Mort ?

— Il a été tué sur le coup, madame. Mon père me charge de vous faire part de son chagrin et de vous transmettre ses condoléances. Moi-même et le reste de la famille nous associons à lui.

— Il doit y avoir une erreur.

Les larmes d'Alena ne coulaient pas, mais ses doigts serraient la main d'Eve de plus en plus fort.

Il détestait plus que tout se sentir impuissant. Mais il ne pouvait rien faire : il ne pouvait laisser entrevoir aucun espoir à cette femme, et toute la compassion qu'il pourrait lui témoigner ne lui rendrait pas son époux.

— Non, madame. Il était seul dans le bureau lorsque la bombe a explosé.

— Vous devriez boire quelque chose, intervint Eve. Avez-vous du brandy quelque part, Mme Seward ?

— Du brandy ? répéta-t-elle d'une voix aussi vide que ses yeux. Dans la cuisine...

Eve se contenta de regarder Alexander. Il se leva et alla le chercher lui-même.

— Mais je lui ai encore parlé hier..., murmura Alena. Il allait bien, même s'il était fatigué. Toutes ces réunions qui s'enchaînaient... Il venait d'acheter une petite broche pour notre fille. C'est son anniversaire le mois prochain, ajouta-t-elle d'une voix qui commença à trembler. Il y a forcément une erreur, mademoiselle.

Alors surgirent les larmes. Eve fit la seule chose qui lui parut appropriée : elle prit la veuve dans ses bras.

Lorsque Alexander réapparut, il découvrit Eve en train de serrer Alena contre sa poitrine et de caresser ses cheveux, les yeux baignés de larmes. L'incrédulité et le déni avaient laissé place au chagrin, qui emplissait la pièce. Dans un mouvement dicté non pas par le protocole mais par la plus sincère compassion, il s'agenouilla devant les deux femmes et tendit le verre de brandy à Alena.

— Vous avez une sœur, madame, dit-il doucement. Souhaiteriez-vous que je l'appelle maintenant ?

— Et mes enfants ?

— Je vais les faire raccompagner à la maison.

En tremblant, elle avala une gorgée de brandy.

— Je veux bien ma sœur, Votre Altesse.

— Où se trouve le téléphone ?

— Dans le bureau. Dans le bureau de Maurice, au bout du couloir.

Puis elle s'effondra de nouveau dans les bras d'Eve pour pleurer.

— Vous avez été très gentille avec elle, dit Alexander une fois qu'ils furent remontés en voiture.

Eve ferma les yeux et appuya sa tête contre le dossier de son siège.

— Malheureusement, parfois, la gentillesse ne suffit pas.

Il ne sut que répondre à cela. Il avait ressenti la même chose. Pourquoi, alors qu'il portait le fardeau du pouvoir, ne pouvait-il faire davantage ?

— Que va-t-elle devenir ? ajouta-t-elle.

— Nous subviendrons à ses besoins et à ceux de ses enfants. Nous pouvons bien faire cela, dit-il en sortant une cigarette, alors même qu'il avait déjà un goût âpre en bouche. Puisque nous ne pourrons jamais guérir ses blessures.

Elle perçut dans sa voix ce mélange d'amertume et de frustration. Pour la première fois, elle eut l'impression de vraiment le comprendre.

— Vous voulez punir quelqu'un.

Il alluma sa cigarette, tandis qu'une lueur étrange passait dans ses yeux.

— Je punirai quelqu'un.

A la façon dont il répondit, Eve sentit sa gorge s'assécher. Le pouvoir et l'autorité étaient en lui. Et pas seulement à cause de son titre, ou de sa naissance. S'il était né roturier, cela n'aurait rien changé. Et c'était peut-être cela — plus que tout autre chose — qui, à son corps défendant, l'attirait irrésistiblement chez lui.

— Pendant que vous étiez au téléphone, Alena m'a demandé qui avait fait cela. J'ai dû lui dire que je n'en savais rien, mais je sais qu'elle reposera la question, quand son chagrin s'apaisera.

— Quand son chagrin s'apaisera, il laissera place à un désir de vengeance.

— C'est ce que vous voulez.

— Cela aurait pu être mon père.

Pour la première fois, elle le vit sur le point de perdre

le contrôle. Ses yeux reflétaient autant la rage que le désespoir. Mais il se ressaisit bien vite.

— Nous sommes responsables de notre pays, de notre peuple. La mort de Seward ne restera pas impunie.

— Vous croyez que la bombe était destinée à votre père ? demanda-t-elle en l'attrapant par le poignet. C'est lui qui était visé ?

— La bombe se trouvait dans son bureau. Par pure coïncidence, il a été appelé ailleurs quelques minutes avant l'explosion. Si cela n'avait pas été le cas, il aurait péri avec Seward.

— Raison de plus, alors, pour qu'il rentre à Cordina.

— Au contraire : raison de plus pour qu'il reste à Paris. Si un chef d'Etat est intimidé, c'est son pays tout entier qui est intimidé.

— Bon sang, c'est votre père.

— Il est avant tout Armand de Cordina.

— Vous ne pouvez pas penser cela. Je suis sûre qu'au fond de vous, ce n'est pas ainsi que vous ressentez les choses.

Bouleversée, Eve resserra son étreinte sur le bras d'Alexander.

— Si votre père est en danger, vous devez le convaincre de revenir.

— S'il me demandait mon avis, je lui dirais de ne pas revenir à Cordina avant que son travail ne soit terminé.

Elle recula lentement, jusqu'à ce qu'ils ne se touchent plus.

— Bennett m'a dit que vous étiez dur, que vous deviez être dur. Je me demande s'il sait à quel point vous l'êtes.

Lorsque la voiture s'arrêta devant les marches du palais, elle descendit la première.

— L'espace d'un moment, chez les Seward, j'ai cru percevoir quelque chose en vous, un peu de chaleur, un peu d'humanité. Je me suis trompée. Vous n'avez aucun sentiment, parce que vous n'avez pas de cœur.

Il attrapa son bras avant qu'elle ne parvienne à la porte.

— Vous ne comprenez rien. Et je n'ai aucune obligation de m'expliquer, ni devant vous, ni devant personne.

Pourtant, il en ressentait le besoin. L'homme qui se cachait derrière son titre avait désespérément besoin qu'elle le comprenne.

— Un homme est mort, un homme bon et honnête, avec qui je chassais, avec qui je jouais aux cartes. Sa femme n'a plus rien, mis à part son chagrin et le chagrin de ses enfants, et je ne peux rien faire. Rien.

Il la lâcha, avant de redescendre les marches du perron et de disparaître vers le jardin, sous les yeux stupéfaits d'Eve.

Elle resta immobile un moment, le souffle court, au bord des larmes. Enfin, elle prit une grande inspiration, puis une seconde, et s'élança à sa poursuite.

Cette femme — maudite soit-elle — lui faisait oublier qui il était, ce qu'il devait être. Il devait s'efforcer de toujours maintenir la distance entre ses sentiments et son devoir, entre l'homme et son titre. Avec sa famille, en privé, cela pouvait être différent. Mais même avec ses meilleurs amis, il se devait, quand cela était nécessaire, d'observer une certaine réserve. Il ne pouvait se permettre d'apparaître trop *humain*, alors que la responsabilité qui pesait sur lui était si énorme. A présent plus que jamais.

Il venait de perdre un ami cher. Et pour quelle raison ? A cause d'une action violente et confuse menée par un obscur groupe terroriste voulant faire parler de lui ? Non. Il ne croyait pas à cette thèse. Il cueillit une fleur en passant devant un buisson. Un homme n'est pas comme une tige que l'on arrache par caprice. Derrière ce geste ignoble et lâche, il y avait forcément un but, et Seward était une erreur, un incident de parcours.

La vraie cible, c'était son père. Alexander en était intimement persuadé. Et c'était Deboque, ce monstre, qui avait appuyé sur le détonateur.

— Votre Altesse.

Il se tourna et découvrit qu'Eve l'avait suivi. Eve... Une fleur parmi les fleurs épanouies et luxuriantes. Au milieu de cette végétation abondante, elle portait particulièrement bien son prénom. Eve. Séductrice. Et fruit défendu, tout à la fois.

— Je voulais m'excuser, dit-elle rapidement. Quand j'ai tort, j'ai vraiment tort. J'espère que vous croirez à mes regrets sincères.

— Je crois à vos regrets, Eve, tout comme je crois que vous pensiez ce que vous avez dit.

Elle ouvrit la bouche, comme pour protester, mais la referma aussitôt.

— Je pense que c'est vrai pour nous deux, se contenta-t-elle de répondre.

Il l'observa pendant un moment, bien conscient qu'elle était toujours en colère, et même davantage depuis que sa mauvaise conscience l'avait forcée à s'excuser. Cette frustration née de l'obligation de contenir son emportement était une chose qu'il ne comprenait que trop bien.

— Tenez, en signe de paix, dit-il sans réfléchir, en lui tendant la fleur. C'est mal de me montrer grossier envers une invitée.

Eve prit la fleur, et respira la délicate odeur de vanille qu'elle exhalait, tout en luttant pour ne pas tomber sous le charme de ce geste chevaleresque.

— Parce que si je n'étais pas votre invitée, vous en auriez le droit ?

— Etes vous toujours aussi mordante ?

— Oui, reconnut-elle en souriant, avant de placer la fleur derrière son oreille. Heureusement pour nous deux, je ne suis pas l'un de vos sujets.

— Heureusement, en effet.

Il leva les yeux vers le ciel, qui était d'un bleu absolument clair et parfait. La tension et l'inquiétude qui se peignaient sur son visage émurent Eve jusqu'au plus profond de son être.

— Etes-vous condamné à ne pleurer qu'en privé, Votre Altesse ? demanda-t-elle d'une voix douce.

Surpris, Alexander la regarda de nouveau. Il y avait beaucoup de compassion dans ses yeux, et elle semblait sincèrement vouloir lui offrir son amitié. Jusqu'ici, il s'était interdit d'accepter quoi que ce fût venant d'elle. Mais un poids pesait sur lui, un poids terriblement lourd. Il baissa les paupières un instant.

— Il était plus proche en âge de mon père que de moi, pourtant il était une des rares personnes avec qui je pouvais parler librement. Maurice était humble, il était tout sauf dévoré par l'ambition, et en cela, c'était quelqu'un de très précieux.

— C'était votre ami.

Elle s'approcha et, avant qu'il ne comprenne quelles étaient ses intentions, elle l'enlaça.

— Je n'avais pas compris que c'était votre ami. Je suis vraiment désolée.

Elle le tuait à petit feu avec sa chaleur et sa compréhension. Il avait besoin de plus. De bien plus. Il appuya très légèrement ses mains sur ses frêles épaules alors qu'il brûlait de l'étreindre avec force et de l'attirer plus près de lui. L'odeur de ses cheveux, de sa peau, s'insinua en lui, mais il ne pouvait rien faire d'autre que d'attendre, immobile, en feignant l'impassibilité.

Il était habitué à se battre, à se défendre, à se protéger, et pourtant, il était totalement désarmé. Les luxuriants buissons de fleurs les isolaient du palais et les protégeaient des regards, mais il n'y avait aucun refuge au monde pour un homme convoitant ce qui appartenait à son frère.

Cela faisait mal. Il savait qu'à côté de son titre, au-delà de son rang, il était un homme comme les autres, fait de chair et de sang, mais il était rare de faire l'expérience d'une douleur à la fois si vive et si douce. Elle se mêla à la peine et à la colère qu'il éprouvait déjà, jusqu'à menacer d'exploser dans un débordement de passion qu'il aurait été incapable de canaliser. Il était encore plus difficile de contrôler des sentiments trop longtemps niés que des sentiments contenus.

Il se libéra abruptement de l'étreinte d'Eve, les yeux froids et distants.

— J'ai fort à faire, dit-il avec une voix et une attitude que le désir rendait sèches et heurtées. Je vous prie de bien vouloir m'excuser. Je vais voir si Bennett est disponible pour déjeuner avec vous.

Et il disparut, sous le regard sidéré d'Eve.

Ressentait-il quelque chose ? se demanda-t-elle alors. En était-il seulement capable ? Les sentiments normaux lui étaient-ils étrangers au point qu'il n'ait pas été touché par l'émotion et le trouble qu'elle-même avait éprouvés ? Pendant un moment, elle avait cru… Elle avait été stupide d'y croire, se dit-elle, tout en s'asseyant sur un petit banc en pierre, car ses genoux commençaient à trembler. Stupide de croire qu'il avait ressenti ce besoin, cette envie, cet élan naturel lorsque leurs deux corps étaient entrés en contact.

Au départ, c'était pour le réconforter qu'elle s'était approchée de lui, mais au moment où elle l'avait touché, tout avait basculé. Elle avait eu envie de rester là, joue contre joue, sans rien dire, en se laissant porter par les sensations et les sentiments qui se déchaînaient en elle. Mais ce n'était pas ce que lui avait ressenti, songea-t-elle en fermant les yeux. Sa propre perception des choses l'avait aveuglée.

Alexander de Cordina n'était pas pour elle. Elle

devrait remercier le ciel pour cela, car si c'était le cas, il y aurait de quoi être effrayée. Une femme saine d'esprit peut rêver d'aimer un prince, mais cette même femme ne doit surtout pas oublier que, le cas échéant, elle devra renoncer à toute vie privée et à tout espoir de mener une vie normale. De plus, le prince en question était en lui-même assez effrayant. Il ne serait aimable et gentil que quand l'envie l'en prendrait, et jamais, il ne se montrerait patient. Un homme comme Alexander voulait toujours que tout et tout le monde soit parfait, alors qu'elle-même tolérait les défauts, chez elle comme chez les autres.

Oui, elle avait eu envie de lui. Pendant un moment de folie, elle avait oublié qui elle était et ce qu'elle était, et elle avait voulu qu'il l'étreigne, qu'il l'aime. Le monde deviendrait-il différent, s'il l'aimait ? Dans le jardin, alors qu'elle s'était laissée enivrer par l'odeur de la glycine, c'était ce qu'elle avait cru. Et elle avait voulu, orgueilleuse qu'elle était, être celle qui chasserait cette fatigue et cette tension si présentes dans ses yeux, celle qui lui redonnerait le sourire.

Mais cela passerait, s'assura-t-elle. Elle avait trop de bon sens pour s'égarer en de stupides et stériles rêveries. Et si cela ne passait pas tout seul, elle ferait tout pour oublier le prince Alexander. Elle avait du travail sur lequel se concentrer, des pièces à produire, une compagnie à diriger.

Le lendemain, à la première heure, elle quitterait Cordina. De retour chez elle, cette folie passagère serait oubliée, et elle serait trop occupée pour y succomber de nouveau.

Pas tout à fait rassurée, elle se leva. Au moins, ses jambes ne tremblaient plus. Elle allait essayer de trouver Bennett. Rien ni personne ne saurait mieux que lui lui faire recouvrer ses esprits.

— Vous avez fait de cet endroit quelque chose de magnifique, Brie. C'est incroyable !

Eve était assise sous la vaste véranda ombragée et regardait la prairie qui s'étendait à perte de vue, les paddocks, les hectares de terre labourée et semée. A quelques mètres d'elle, Dorian, le benjamin de Gabriella et Reeve, caressait un chaton en bas des marches.

— Moi aussi, je m'en étonne parfois, répondit Gabriella en regardant ses aînés, qui jouaient au ballon dans l'herbe. C'est ce que j'avais toujours espéré, sans oser y croire. J'étais enceinte de Kristian lorsque nous avons posé la première pierre de la maison, cela fait donc cinq ans maintenant. Quand nous sommes rentrés à la maison après mon accouchement, c'est ici que nous l'avons amené.

— Seulement cinq ans, dit Eve, songeuse. Quand je regarde la maison, j'ai l'impression qu'elle est là depuis toujours.

— Pour les enfants, c'est le cas.

Soudain, le chaton laissa échapper un petit miaulement.

— Dorian, fais attention.

Il leva les yeux, qui ressemblaient incroyablement à ceux de son père, et sourit d'un air malicieux, alors que ses petites mains curieuses exploraient la fourrure du chaton.

— Il fait ronron, dit-il, l'air satisfait.

— Oui, mais si tu lui tires les oreilles, tu vas te faire griffer.

— C'est absolument merveilleux, ici, le soir.

Eve regarda le soleil se coucher sur les champs fraîchement plantés. Le personnel de maison était réduit à son plus strict minimum, puisqu'il n'y avait que deux domestiques à l'intérieur, en train de s'affairer en cuisine. Des odeurs alléchantes s'échappaient par les fenêtres, riches et méditerranéennes, comme un condensé de Cordina.

— Votre maison en Virginie ressemble-t-elle à celle-ci ?

— Là-bas, la maison est plus ancienne, répondit Gabriella, en détachant les yeux de son fils le temps de regarder Reeve, Alexander et Bennett près de l'écurie.

Elle devinait aisément de quoi son mari et ses frères étaient en train de discuter. L'attentat à la bombe était dans tous les esprits.

— Il y a toujours des réparations à y faire, reprit-elle en se forçant à ne plus regarder les hommes. Le toit, les fenêtres… Et j'ai bien peur que nous n'y passions pas autant de temps que Reeve le souhaiterait.

— Brie, ne te sens pas obligée de me faire la conversation. Je sais que tu es inquiète pour ton père et préoccupée par ce qui s'est passé ce matin.

— Ce n'est pas une période facile, répondit Brie en regardant de nouveau ses enfants.

Ils étaient son cœur, sa vie, son lien avec le monde réel.

— Mais il faut vivre chaque jour. Je sais que mon père fera ce qu'il y a de mieux pour Cordina.

— Et pour lui-même ? demanda Eve, soucieuse.

Les yeux de Gabriella, d'un topaze profond et intrigant, semblèrent s'assombrir. Mais elle sourit.

— Mon père, c'est Cordina. Tout comme Alex. C'est la première chose à comprendre, et la plus difficile. Tu tiens à lui ?

— A Alexander ? Evidemment.

— Evidemment.

Amusée, Gabriella se leva pour prendre son fils dans ses bras et l'empêcher de ramper sous le porche à la poursuite du chaton.

— Je ne te parle pas de ce qui est « évident », Eve.

Elle embrassa Dorian qui commençait à se débattre, puis le cala le plus naturellement du monde sur ses genoux.

— Si, un jour, tu laisses tes sentiments pour lui affleurer

à la surface, tu rencontreras de nombreux pièges. Si tu as besoin ou envie d'en parler, je suis là.

Puis elle se mit à rire lorsque Dorian lui tira les cheveux.

— Celui-là a besoin d'un bon bain avant de passer à table.

— Vas-y, si tu veux, répondit Eve en essayant de sourire. Je m'occupe de battre le rappel.

Mais elle ne bougea pas tout de suite, et préféra profiter un petit moment de sa solitude. Elle ne se sentait plus aussi sûre d'elle, plus aussi détendue. Car en réalité, ses sentiments pour Alexander étaient déjà remontés à la surface. Elle tenait à lui comme elle tenait à tous les amis qu'elle s'était faits à Cordina. Ils étaient pour elle une seconde famille. Et naturellement, en tant que femme, elle trouvait Alexander séduisant. Mais quelle femme n'aurait pas succombé à son charme ? Certes, il y avait des moments, peut-être, où l'attirance qu'elle ressentait pour lui était un peu trop intense. Mais il n'y avait pas là de quoi fouetter un chat.

Elle ne voulait rencontrer ni pièges ni embûches. Quand cela était nécessaire, elle savait les déjouer. Enfin, dans son métier. Sentimentalement, c'était différent. Dans ce domaine, elle ne voulait surtout aucune complication. Etait-ce pour cette raison que, jusque-là, elle ne s'était autorisé aucune histoire d'amour ? Bien sûr, il y avait eu des hommes qui l'avaient intéressée, mais...

En fait, il y avait toujours eu un « mais ». Plutôt que d'y réfléchir et de considérer la chose, elle s'était toujours répété qu'elle n'avait pas le temps pour une histoire.

Les cris des enfants la tirèrent de ses pensées. Ce n'était pas son genre de rêvasser, se rappela-t-elle. Elle descendit les marches en trottinant et se dirigea vers le pré. Les enfants protestèrent un peu, mais dès qu'elle leur eut promis de jouer avec eux après le dîner, ils rentrèrent se laver.

Une fois les enfants partis, le domaine devint si calme qu'elle regretta presque de devoir retrouver les autres et rentrer manger. Elle aimerait revenir ici, se rendit-elle compte. S'asseoir sous le porche, le soir, fermer les yeux, et écouter le silence. Pas forcément tous les jours, ni tous les soirs, mais s'accorder un tel plaisir de temps en temps devait faire un bien fou.

Elle aimait la vie à cent à l'heure qu'elle avait choisie. Elle pouvait enchaîner nuits courtes et journées plus que remplies sans se sentir accablée par la fatigue. Mais une fois ou deux dans l'année, peut-être, se reposer à la campagne et écouter le silence… Elle ne dirait pas non.

Riant intérieurement, elle se dirigea vers l'écurie. L'odeur des chevaux était forte, mais cela ne l'empêcha pas d'entrer. Une fois à l'intérieur, elle cligna des yeux, le temps d'adapter sa vue au changement de luminosité.

— Bennett, je…

Mais ce fut Alexander qui se tourna vers elle. La silhouette qu'elle avait aperçue devant les stalles était en effet un peu plus large que celle de Bennett.

— Excusez-moi, Votre Altesse, dit-elle en devenant tout à coup plus raide et plus distante. Je vous avais pris pour Bennett.

— J'avais bien compris. Il est avec Reeve, répondit Alexander en se retournant vers le cheval. Ils sont partis voir le nouveau taureau.

— Le dîner est presque prêt. J'ai dit à votre sœur… Oh ! comme elle est belle.

Distraite par la jument, Eve s'approcha pour la caresser.

— Brie m'a fait visiter la maison et j'ai complètement oublié que je voulais voir les chevaux. Mais oui, tu es belle, murmura-t-elle, en posant sa main sur le museau de la jument. Comment s'appelle-t-elle ?

— Spot.

— Quel drôle de nom pour un cheval.

— Je l'ai offerte à Adrienne pour son anniversaire. C'est elle qui a choisi ce nom, dit-il en caressant les oreilles du cheval, et nous n'avons pas eu le cœur de le lui en faire changer.

— Cela ne change rien à sa beauté, de toute façon. Moi, j'ai appelé mon premier cheval Lancelot. Je devais être plus romantique et exaltée qu'Adrienne.

Il se mit à caresser le cheval, lui aussi. Leurs doigts étaient tout proches, mais ils ne se touchèrent pas.

— C'est étrange, je vous imagine mal soupirer après les chevaliers en armure.

— J'avais six ans, et je...

Mais elle ne finit pas sa phrase, car la jument lui donna un coup de tête dans l'épaule qui la projeta contre Alexander.

— Veuillez m'excuser, Votre Altesse.

— Alex, bon sang.

Elle était dans ses bras comme plus tôt dans l'après-midi. Et, là encore, il n'avait rien vu venir. Il était trop tard pour se préparer, trop tard pour dompter les sentiments qui le saisissaient à la gorge.

— Mon prénom est Alexander. Pourquoi tenez-vous tant à ce que l'homme que je suis s'efface devant son titre ?

— Ce n'était pas mon intention, je suis désolée.

De nouveau, elle ressentit cette bouffée de chaleur, ce vertige. Cette tempête qui couvait. Cette pluie torrentielle qui s'apprêtait à s'abattre. Elle ne s'écarta pas, bien que sa raison lui dictât de fuir au plus vite. Elle n'avait rien à faire dans ses bras. Elle n'avait rien à faire seule avec lui. Mais il enfouit ses doigts dans ses cheveux, et elle fut prise au piège, incapable de bouger.

— Est-ce si difficile de m'imaginer comme un homme fait de chair et de sang ?

— Non... Oui.

Elle n'arrivait plus à respirer. L'air était soudain devenu étouffant et chargé d'électricité.

— Je dois aller chercher Bennett.

— Non, pas cette fois, dit-il en l'attirant plus près de lui, sans plus se soucier de qui il était. Dites mon prénom. Dites-le maintenant.

Il y avait de l'or dans ses yeux. De petites pépites d'or. Elle ne l'avait pas remarqué auparavant, ne s'était jamais autorisée à le faire. A présent, alors que la lumière baissait, elle ne voyait plus rien d'autre.

— Alexander, dit-elle dans un souffle et, aussitôt, une intense chaleur se répandit en lui comme une coulée de lave.

— Encore.

— Alexander, murmura-t-elle, avant de presser sa bouche contre la sienne, dans un élan désespéré.

C'était tout ce qu'elle voulait. Tout ce qu'elle attendait. Elle entendit le tonnerre, vit l'éclair, et ressentit la chaleur qui, enfin, se libérait en elle. Sans la moindre pensée pour l'endroit où ils se trouvaient, le moment, ni pour leur rang respectif, elle jeta ses bras autour de son cou et laissa son corps prendre et donner.

Il avait pour une fois abandonné tout contrôle, elle le sentait. Elle savait que, tout contre elle, il ne serait pas le même. Elle l'avait toujours su. Sa bouche était ouverte, fiévreuse, comme s'il avait attendu ce moment toute sa vie. Elle sentit ses doigts puissants s'enfoncer dans sa chair, et trembla d'être désirée avec autant de rage.

Alexander oublia tout, sauf qu'il la savourait enfin. Elle avait un goût brûlant, épicé, agressif. Elle était faite pour vivre sous les tropiques, faite pour les jours et les nuits torrides. Ses cheveux tombaient en cascade sur son dos, entre ses doigts. Il s'y agrippa comme à une bouée de sauvetage, même s'il la savait autant en danger que lui.

Sa langue se fit plus hardie. Il voulait la goûter, l'exciter, la tenter. Elle était comme un aphrodisiaque dont la saveur lui faisait perdre la tête. Ses mains fines parcouraient son dos, s'arrêtant sur chacun de ses muscles. Il les aurait voulues sur sa peau pour mieux sentir chaque caresse, chaque effleurement.

Dans l'air de l'écurie flottait une odeur animale. A chaque seconde qui passait, à chaque seconde où sa bouche restait plaquée contre la sienne, il devenait de moins en moins civilisé. Il la voulait ici et maintenant, alors que le soleil était en train de décliner, et que l'obscurité et le silence gagnaient l'écurie.

— Eve ?

La porte s'ouvrit en grinçant, laissant entrer un mince et pâle filet de lumière.

— Tu t'es perdue, ou quoi ?

Affolée, Eve s'appuya contre le mur et tenta de reprendrc son souffle.

— Non, Bennett. On arrive très bientôt, dit-elle en posant une main sur sa gorge.

— Dépêchez-vous. Je meurs de faim.

Puis la porte se referma et la lumière disparut.

Il avait failli s'égarer, songea Alexander. S'égarer en elle, s'égarer pour elle. De quel droit le torturait-elle, le rendait-elle aussi fou de désir ? Elle se tenait face à lui, silencieuse, les yeux sombres et immenses. Comment une femme pouvait-elle sembler si innocente après avoir presque anéanti un homme et son âme ?

— Vous ne semblez pas d'une fidélité à toute épreuve, Eve.

Elle entrouvrit la bouche, incrédule d'abord, puis stupéfaite. La douleur arriva vite, mais avant de se laisser affecter et affaiblir par elle, elle laissa éclater sa rage. Elle leva une main qui s'abattit avec force sur la joue d'Alexander. Le bruit de la gifle résonna un moment tout autour d'eux, puis le silence revint.

— Je suis sûre que vous pourrez me faire enfermer pour cela, si ce n'est plus, dit-elle d'une voix qu'elle s'efforça de maintenir ferme et glaciale. Mais rappelez-vous, si vous décidez de me jeter en prison, Votre Altesse, que cette gifle, vous l'avez méritée. Et vous auriez même mérité bien pire.

Prenant sur elle pour ne pas s'enfuir, elle tourna les talons et quitta l'écurie aussi royalement que si elle était née princesse.

Il ne se lança pas à sa poursuite, comme sa colère le lui dictait, lui intimant l'ordre de la punir d'une façon ou d'une autre. Non pas pour la gifle — cela avait été si peu, mais pour ses mots, pour son regard qui avaient eu un effet beaucoup plus puissant sur lui. De quel droit lui faisait-elle ressentir du remords, de la culpabilité, alors même que c'était elle qui était passée sans scrupule d'un frère à l'autre ?

Mais il la voulait. Il voulait la femme qui appartenait à son frère avec un désespoir et une rage qui le dévoraient tout entier.

Il avait toujours eu envie d'elle, reconnut-il en donnant un coup de poing dans le mur. Les chevaux hennirent nerveusement, puis se calmèrent. Il avait toujours essayé de le nier, de le combattre. Il se passa la main sur le visage, luttant pour retrouver la maîtrise qui devait être sienne en toutes circonstances.

Il continuerait à le nier et à le combattre, se promit-il. L'amour qu'il portait à son frère ne lui laissait pas le choix. Mais il pourrait la maudire pour les tortures qu'elle lui faisait endurer, songea-t-il amèrement en quittant l'écurie. Et, d'ailleurs, c'est ce qu'il fit.

4

— Avec toutes tes allées et venues, je n'arrive plus à te voir.

Eve plia ses sweat-shirts les plus anciens et les plus pratiques et les rangea dans sa valise, avant de jeter un coup d'œil à sa sœur.

— Oui, les choses sont devenues un peu folles. Mais ce n'est que le début.

— Tu es rentrée de Cordina il y a deux mois et, depuis, j'ai parlé plus souvent à ton répondeur qu'à toi.

Chris s'assit au bord du lit et regarda la blouse de soie bleu saphir qu'Eve était en train de ranger au milieu de ses sweat-shirts. Elle lui aurait bien suggéré de l'emballer à part, mais elle se rappela que sa petite sœur avait grandi.

Tout comme elle, Eve avait les cheveux noirs et épais, mais tandis que ceux de Chris lui arrivaient au menton et bougeaient librement autour de son visage, ceux de sa cadette étaient longs et attachés en queue-de-cheval. Il y avait entre elles une indéniable ressemblance, un air de famille, dans le dessin bien net de leurs pommettes, dans la blancheur laiteuse de leur peau. Pourtant, leur style différait complètement. Chris possédait un vernis qui lui était venu à force de fréquenter le monde de l'art et de côtoyer les plus riches. Eve, quant à elle, dégageait une sensualité qu'elle portait aussi naturellement qu'un parfum. Autrefois, Chris s'était beaucoup inquiétée à ce sujet, alors qu'aujourd'hui, elle se contentait de s'en émerveiller.

— Et maintenant, tu repars. J'ai bien l'impression que, si je veux voir ma sœur, il va falloir que j'aille moi aussi à Cordina.

— J'espérais que tu viendrais, répondit Eve en fixant une petite mallette à maquillage au sommet de sa valise à roulettes. Cela me fait mal de l'admettre, mais je crois que je vais avoir besoin de tout le soutien moral qu'on pourra m'apporter.

— Nerveuse ? Toi ?

— Oui, je suis nerveuse. C'est à ce jour le plus grand défi de ma carrière. Rends-toi compte : quatre pièces.

Elle vérifia le contenu de sa serviette pour la troisième fois.

— Transporter les acteurs, les techniciens, les assistants, les couturières jusqu'au bord de la Méditerranée, les parachuter devant un public international tout en prétendant que nous représentons le théâtre américain.

Elle sortit un carnet, le feuilleta fébrilement, puis le remit dans sa serviette.

— C'est d'une vanité incroyable.

— Il est trop tard pour les sueurs froides, répondit Chris d'une voix ferme, en écartant quelques mèches noires de son front. En plus, la *Hamilton Company of Players* est bien une troupe de théâtre américaine, non ?

— Oui, mais...

— Et vous jouez des pièces américaines, n'est-ce pas ?

— Certes. Pourtant...

— Pas de « pourtant », ni de « mais ». De fait, vous *représentez* le théâtre américain. Et vous allez être fantastiques.

— Tu vois, dit Eve en se penchant au-dessus de sa valise pour embrasser sa sœur. C'est pour cela que j'ai besoin de toi.

— Je ferai de mon mieux pour organiser mon planning de façon à être là pour la première représentation. Même si je sais que tu seras trop occupée pour me consacrer plus de cinq minutes.

— Je promets que je ferai des efforts pour ne pas te délaisser. Avec de la chance, après la première représentation, je commencerai à respirer un peu.

Elle plia soigneusement un pantalon avant de le ranger dans sa valise.

— Ce sont tous les préparatifs et la paperasserie qui m'usent.

— Tu as hérité du don de papa pour penser à tous les détails. C'est quelque chose qui me surprend toujours.

Pourtant, Chris dut se faire violence pour ne pas demander à Eve si elle avait bien son passeport.

— Je suis absolument certaine que tu t'en sortiras sans le moindre souci.

Avait-elle pris son tailleur rouge ? Eve commença à tout vérifier une nouvelle fois, avant de se contraindre à arrêter. Elle l'avait pris. Elle avait tout pris.

— J'aimerais que tu viennes avec moi pour pouvoir me répéter cela à intervalles réguliers.

— Les Bisset te font confiance. Tu ne t'apprêterais pas à partir pour Cordina, sinon. Je ne serai peut-être pas avec toi dans les prochaines semaines, mais tu auras Brie, Alex et Bennett pour te soutenir.

Eve referma sa valise.

— Je ne compte pas forcément sur le soutien d'Alexander. D'ailleurs, j'aime autant m'en passer.

— Tu as toujours des petits problèmes avec lui ?

— C'est le moins qu'on puisse dire. Dès que je le croise, j'ai envie de lui faire la révérence en lui tirant la langue, ce qui ne me viendrait jamais à l'idée avec Brie ou Ben.

— Je serais toi, je n'essaierais pas, répondit Chris en

riant. Il prend sa fonction vraiment très au sérieux. Il n'a pas le choix.

— Si tu le dis.

— Eve, tu ne peux pas comprendre ce que c'est qu'être l'aîné. D'une certaine façon, je compatis. Les Hamilton ne possèdent pas un pays, mais, grâce à papa, nous sommes à la tête d'un empire.

Chris soupira doucement, bien consciente que ses choix n'avaient jamais vraiment satisfait son père.

— Puisqu'il n'a pas eu de fils à qui léguer son affaire, il a insisté pour que j'apprenne son métier. Quand il a fini par comprendre que cela ne fonctionnerait jamais, la pression a changé d'objet : je devais épouser quelqu'un qui pourrait reprendre son affaire. C'est sans doute pour cela que je ne me suis jamais mariée.

— Je crois que je n'avais jamais vraiment compris cela.

— Tu n'avais aucune raison de le faire. Pour toi, les choses se sont passées différemment.

— Je sais. Je n'ai jamais eu à subir ce genre de pression.

Avec un soupir, Eve s'appuya contre sa commode, pour regarder une dernière fois sa chambre qu'elle ne reverrait pas avant des mois.

— Evidemment, j'ai dû aller à l'école et avoir des notes correctes. Et on attendait de moi que je m'abstienne de faire quoi que ce soit qui eût pu nuire à la réputation de la famille. Mais si j'avais voulu passer le reste de ma vie à feuilleter des magazines au bord d'une piscine, personne ne m'aurait rien dit.

— Il faut dire que, pendant un bon moment, tu nous as bien caché que tu avais un cerveau.

— N'est-ce pas ?

Elle pouvait en sourire, à présent.

— Je me le suis même caché à moi-même. De toute façon, au moment où vous l'avez découvert, la *Hamilton Company of Players* était déjà trop bien lancée pour que papa puisse espérer me voir devenir son associée. Tu as donc raison. Je ne sais pas vraiment ce qu'est d'être l'héritier et de ne pas pouvoir choisir son propre destin. Mais même en en ayant conscience, j'ai du mal à me sentir désolée pour Alexander.

— Oh ! je ne dis pas que tu le devrais. Il est fait pour régner autant par le hasard de sa naissance que par sa personnalité. J'espère juste que vous réussirez à vous entendre un peu mieux tous les deux.

Chris ôta une marguerite blanche d'un vase posé sur la commode d'Eve, raccourcit la tige, et la glissa dans la boutonnière de sa sœur.

— Tu vas travailler en étroite collaboration avec lui, et ce ne sera pas évident si vous ne vous supportez pas.

Eve sortit le reste du bouquet, enveloppa les tiges mouillées dans un mouchoir en papier et le tendit à Chris.

— Je ne suis pas certaine que nous travaillerons tant que cela ensemble.

— Alex n'est pas le président du centre ?

— Président délégué, dit-elle, avant d'ouvrir son sac pour s'assurer qu'il contenait bien ses billets d'avion. Crois-moi, Son Altesse ne tient pas plus que moi à ce que nous travaillions main dans la main. Il y tient même sans doute moins que moi.

— Il s'est passé quelque chose lors de ton précédent séjour à Cordina ? demanda Chris en posant une main sur celles d'Eve, comme pour la forcer à rester tranquille. Tu m'avais semblé très énervée à ton retour, mais j'avais mis cela sur le compte de ce projet. A présent, je m'interroge.

— Tu ne devrais pas t'interroger, se contenta-t-elle de répondre sur un ton léger. La seule chose qui s'est passée, c'est que j'ai eu la confirmation qu'Alexander est un goujat prétentieux et arrogant. Si ce projet n'était pas aussi important à mes yeux, je l'enverrais balader et je le laisserais se débrouiller seul. Le simple fait de penser à lui me rend furieuse.

— Oui, je vois cela, murmura Chris, qui décida aussitôt d'écrire au plus vite à Gabriella. Eh bien, avec un peu de chance, tu ne seras pas obligée d'avoir directement affaire à lui.

— J'espère bien, répondit Eve avec une telle véhémence que Chris jugea plus sage d'appeler Gabriella dès que sa sœur serait dans l'avion. On dirait que je suis prête. Toujours d'accord pour me conduire à l'aéroport ?

— Bien sûr. Maintenant, tout ce qu'il nous faut, ce sont trois hommes forts et un cheval de trait pour transporter tes bagages jusqu'à ma voiture.

Alexander était habitué aux photographes et aux journalistes, tout comme il était habitué aux gardes du corps. Ils faisaient partie de sa vie depuis sa naissance. Même s'il s'était efforcé de ne pas faire les cent pas devant la grande baie vitrée de la salle d'attente, il regarda l'avion atterrir avec un vague soulagement. Il avait vingt minutes de retard, et sa nervosité commençait à grandir.

Cela faisait des semaines qu'il n'avait pas parlé à Eve. C'étaient leurs secrétaires et leurs assistants respectifs qui s'étaient chargés de toute la correspondance et de régler tous les détails nécessaires. Ils n'avaient pas eu le moindre contact depuis trois mois, et pourtant, il se souvenait des moments orageux passés chez Gabriella avec Eve comme si c'était la veille. S'il se réveillait en pleine nuit, c'était parce que le souvenir de son parfum s'était insinué en lui. S'il se prenait à rêver au beau milieu de l'après-midi, c'était parce que son visage lui était apparu en songe.

Il ne devrait pas penser à elle; mais cela lui était devenu impossible. Comment oublier la passion et le sentiment de puissance qui s'étaient emparés de lui quand il l'avait enfin tenue entre ses bras ? Comment ignorer le désir qui l'avait étreint quand sa bouche s'était posée sur la sienne ? Il ne pouvait la chasser de son esprit alors que, même au bout de plusieurs mois, la sensation de ses doigts emmêlés dans ses cheveux était encore tellement présente et réelle.

Le travail ne l'avait pas aidé à l'oublier, même s'il s'y était jeté à corps perdu pour se protéger. Les soucis ne l'y avaient pas aidé, même s'ils ne le quittaient jamais. Son père était rentré à Cordina. Seward avait été inhumé. Les responsables de cet attentat n'avaient pas été démasqués ou, tout du moins, leur culpabilité n'avait pas pu être prouvée. La vie de son père et l'équilibre de son pays étaient menacés, et lui, il essayait de chasser une femme de son esprit. Une femme qu'il n'avait pas le droit de désirer.

Mais il la désirait, et avec plus de force encore lorsqu'il l'aperçut enfin.

Elle semblait un peu fatiguée, et très sérieuse. Elle avait relevé ses cheveux et portait de grosses lunettes de soleil. Elle marchait en parlant à plusieurs personnes à la fois et en enfilant une large veste rouge dont la teinte profonde la fit tout de suite paraître plus sûre d'elle et plus énergique. Alexander se douta qu'elle avait dû la choisir exactement dans ce but. Elle portait une serviette dans une main, et un sac sur l'épaule. Durant les dix — ou peut-être quinze — secondes qui avaient suivi l'entrée d'Eve dans le terminal, il avait remarqué chaque petit détail.

Son rouge à lèvres s'était effacé durant le vol, mais ses joues étaient légèrement rosées. Les boutons de sa veste rouge étaient dorés. Une mèche de cheveux s'était échappée de son chignon et bouclait sur sa tempe gauche. Elle portait une marguerite blanche, un peu flétrie, à la boutonnière, près de son cœur. Aussitôt, il se demanda qui la lui avait offerte, qui avait regardé son avion décoller comme lui l'avait regardé atterrir.

Lorsqu'elle le vit, la légère coloration de ses joues disparut et ses épaules se crispèrent.

Eve ne s'attendait pas à le trouver ici. Elle savait, bien sûr, qu'ils seraient accueillis de façon officielle, mais elle n'aurait jamais pensé que ce serait par Alexander. Elle avait imaginé dans sa tête leurs retrouvailles. Elle avait tout prévu : elle aurait été fraîche et dispose après un long bain pris à l'hôtel. Elle se serait changée pour passer la longue robe de soirée qu'elle avait achetée exprès pour l'occasion. Et elle l'aurait traité avec une courtoise mais implacable froideur.

Mais à présent, tout ce à quoi elle réussissait à penser, c'était qu'il était là, devant elle, et qu'il était splendide. Il était si grand, si fort. Son regard était si sombre, si secret qu'il lui donnait envie de découvrir ce qu'il cachait à tous les autres. Elle avait envie de sourire, de lui tendre les deux mains en lui disant combien elle était heureuse de le revoir. Mais la fierté l'en empêcha et, à la place, elle exécuta une révérence très formelle.

— Votre Altesse.

Il ne remarqua pas le crépitement des flashs. Il était uniquement concentré sur elle, sur la moue que dessinaient ses lèvres, sur ses yeux qui rencontrèrent les siens davantage pour le défier que pour le saluer.

— Mademoiselle Hamilton.

Il lui tendit la main. Lorsqu'elle hésita — parce qu'elle hésita —, il saisit la sienne et la porta à ses lèvres. Il fut alors assez proche d'elle pour entendre sa respiration siffler légèrement.

— Soyez les bienvenus, vous et votre troupe, à Cordina.

Sa fine main se mit à frémir dans la sienne, et il la serra plus fort.

— Merci, Votre Altesse.

— Nous allons nous occuper de vos bagages et de votre transport.

Il lui sourit, pour de bon, avec un plaisir qu'il n'avait pas ressenti depuis son départ.

— Deux de mes collaborateurs vont accompagner votre troupe à l'hôtel et veiller à son installation.

Ses ongles s'enfoncèrent dans sa paume.

— Vous êtes bien aimable.

Il se demanda un instant si quelqu'un d'autre que lui avait perçu l'insulte tranquille derrière ces mots.

— Rendre votre séjour agréable est notre vœu le plus cher. Si vous voulez bien venir avec moi.

Alors que les journalistes s'approchaient, il les repoussa.

— Mlle Hamilton répondra à toutes vos questions demain en conférence de presse. Pour l'heure, elle a besoin de se reposer après ce long voyage.

Quelques reporters opiniâtres voulurent insister. Alexander se contenta de prendre Eve par le bras et de l'emmener plus loin.

— Votre Altesse, c'est peut-être mieux que je reste avec ma troupe.

— Vous avez une assistante ?

— Oui, bien sûr, répondit-elle, tout en allongeant le pas pour le suivre.

— C'est à cela que sert une assistante.

Il sentait les muscles de son bras, fermes et bien dessinés, sous sa veste. Il se demanda quel effet cela ferait de voir ses bras tendus et prêts à l'accueillir.

— Vous avez intérêt à filer directement au palais si vous ne voulez pas être poursuivie par la presse.

— La presse ne me fait pas peur, je peux très bien m'en occuper, commença-t-elle, en essayant de faire demi-tour. Je vais à l'hôtel. Le dîner au palais n'est pas prévu avant quelques heures.

— Vous n'avez aucune raison d'aller à l'hôtel, répondit-il en la tirant par le bras pour la faire repartir dans sa direction.

Ils étaient à présent devant l'entrée latérale du terminal, comme Alexander l'avait décidé avec le service de sécurité, et ils se dirigeaient vers la limousine qui les attendait.

— Votre assistante et mes collaborateurs s'assureront que votre troupe est bien installée.

— Tout cela est bien beau, commença-t-elle lorsqu'il la fit monter de force en voiture. Mais j'aimerais défaire mes valises et me rafraîchir. Quoi que nous ayons à nous dire, je suis sûre que cela peut attendre quelques heures.

— Bien sûr, dit-il en s'installant et en faisant signe au chauffeur de démarrer.

— Je ne vois pas pourquoi vous devriez faire un détour pour me conduire à l'hôtel alors que je pourrais y aller avec les autres.

— Vous ne logez pas à l'hôtel. Vous logez au palais. Tout est arrangé.

— Eh bien, cet « arrangement » ne m'arrange pas, dit-elle, oubliant l'étiquette et retrouvant peu à peu son aplomb. Je reste à l'hôtel avec ma troupe.

— Je ne vois pas l'intérêt, ni pour moi ni pour vous, que vous logiez à l'hôtel, poursuivit-il calmement, avant de presser sur le bouton qui commandait l'ouverture du minibar. Voulez-vous boire quelque chose ?

— Non, je ne veux rien boire. Ce que je veux, c'est que vous m'expliquiez pourquoi vous me kidnappez.

Il avait oublié à quel point elle pouvait l'amuser. Après s'être servi un verre d'eau minérale, il lui sourit.

— Vous employez des mots un peu forts, Eve. Mon père serait sans doute surpris d'apprendre que pour vous, notre invitation au palais équivaut à un enlèvement.

— Cela n'a rien à voir avec votre père.

— C'est lui qui a insisté pour que vous soyez notre invitée. Mais la sécurité à l'hôtel a été renforcée, bien sûr.

— Pourquoi ?

— Ce n'est pas une période facile.

Une légère angoisse la saisit. Ce n'était pas pour elle, ni pour sa compagnie qu'elle avait peur, mais pour lui.

— C'est ce que votre sœur m'a dit il y a quelques mois. Votre Altesse, si vous ou votre père pensez qu'il y a un quelconque danger, je veux être avec ma troupe.

— Je comprends, répondit-il en posant son verre. L'hôtel est un lieu sûr, Eve, et nous ne pensons pas que votre troupe coure le moindre danger. Mon père estime, et je suis d'accord avec lui, qu'en ce qui vous concerne, à cause de vos liens particuliers avec notre famille, c'est une autre affaire. Si nous préférons que vous logiez au palais, ce n'est donc pas seulement pour vous épargner les journalistes qui vont camper dans le hall de l'hôtel pendant les prochaines semaines. Et puis, si vous n'êtes pas convaincue, vous pouvez simplement accepter notre invitation pour faire plaisir à mon père, qui vous adore.

— Vu la façon dont vous présentez les choses, je passerais pour une ingrate si je refusais, bien que ce soit ce que j'ai envie de faire.

— Oui, répondit-il en souriant, puis en reprenant son verre.

— Très bien, j'accepte votre invitation. Et je veux bien un verre de soda light, avec de la caféine, beaucoup de caféine.

— Le voyage vous a fatiguée.

— Le voyage, acquiesça-t-elle, pendant qu'il disposait quelques glaçons dans un verre. Et aussi les dernières semaines. Je n'ai pas dû dormir plus de cinq heures par nuit en moyenne, entre la préproduction, les réunions, les auditions, les répétitions et la paperasserie. Je ne m'étais pas rendu compte qu'il y aurait autant de formalités pour passer les contrôles de sécurité.

D'un air absent, elle toucha la marguerite qui était toujours à sa boutonnière. Il regarda ses doigts fins caresser les pétales blancs.

— Et puis, quand j'ai engagé deux acteurs supplémentaires, il a fallu non seulement leur faire établir des papiers en règle, mais également leur faire rattraper tout le travail que les autres avaient déjà accompli. J'espère que cela valait le coup.

Elle avala plusieurs gorgées d'affilée, espérant que la caféine ferait rapidement effet.

— Vous en doutez ?

— Cela m'arrive. Plusieurs fois par jour...

Elle avait légèrement sorti les pieds de ses chaussures, sans même s'en rendre compte. Ses épaules étaient relâchées. Ses yeux lourds clignaient d'une façon sensuelle.

— Mais je suis contente de ces nouvelles recrues. L'actrice est une débutante, fraîchement sortie de l'école. Elle sera la doublure du second rôle dans la pièce de Neil Simon. Quand à Russ Talbot, c'est un vrai pro. Il a fait beaucoup de petites scènes, de festivals off. C'est une grande chance de l'avoir parmi nous. Il va jouer le rôle de Brick dans *La Chatte sur un toit brûlant*. C'est la première pièce que nous allons présenter.

Elle but une nouvelle gorgée, espérant ne pas s'être trompée en choisissant cette pièce au climat si lourd et passionné. Pendant des semaines, elle avait hésité à proposer d'abord une comédie, pour mettre à la fois le public et les acteurs à l'aise. Mais elle avait finalement suivi son instinct en choisissant Tennessee Williams pour ouvrir cette série de représentations.

— Je vous ai envoyé les copies annotées avec les indications de mise en scène de tous les textes. Je suppose que votre assistante les a lus.

— Ils ont été lus, se contenta-t-il de répondre.

Par lui. Mais elle n'avait pas pour l'instant besoin de savoir à quel point il avait l'intention de collaborer avec elle.

— Et approuvés. Provisoirement…

— Provisoirement.

Que son travail soit soumis à un contrôle permanent était une idée qu'elle ressassait depuis des semaines, et qu'elle avait du mal à accepter.

— Je comprends mal pourquoi vous jugez nécessaire de prévoir une pièce de remplacement pour chaque production. D'un point de vue pratique et artistique, ce sera très compliqué si nous devons tout changer au dernier moment. La première a lieu seulement dans trois semaines.

— C'est suffisant pour remplacer une de vos productions si nous trouvons qu'elle ne convient pas.

— Qu'elle ne convient pas ? Qui est habilité à porter ce genre de jugement ? Vous, peut-être ?

Il garda le silence pendant un moment, les yeux fixés sur son eau minérale. Il n'y avait personne, hormis les membres de sa proche famille, qui aurait osé s'adresser à lui sur ce ton. Décidant de prendre sur lui, Alexander se demanda si l'audace était une caractéristique américaine ou si Eve représentait une exception.

— En ma qualité de président du centre, le jugement final m'appartient.

— Super, répondit-elle en avalant une autre gorgée de soda. Vraiment super. Prince ou président, vous ne me rendez pas la vie facile. J'ai choisi ces quatre pièces parce que…

— J'écouterai vos explications demain. Nous avons un rendez-vous prévu à 9 heures, je crois. Vous ferez la connaissance de Cornelius Manderson, qui gère le centre. Ma sœur sera là également.

— Dieu soit loué : il y aura au moins une personne sensée autour de la table.

— Eve, ne soyez pas sur la défensive avant que cela ne soit nécessaire.

— Toujours prête, comme les scouts ! C'est un de mes mots d'ordre, répondit-elle, assez amusée pour sourire. Mais c'est d'accord, je ne vais pas me mettre en colère aujourd'hui. Demain, ce sera une autre histoire. Je suis prête à me battre pour défendre mes choix, Votre Altesse, et vous verrez que je ne suis pas une adversaire facile.

— Je le sais déjà.

Et il avait hâte de se frotter à elle.

— Il serait peut-être mieux que nous nous mettions d'accord pour que notre relation personnelle n'interfère pas avec notre travail au centre, ajouta-t-il.

Elle tint fermement son verre en main et essaya de se concentrer sur le palais dont ils venaient de franchir les grilles. Cet endroit lui procurait toujours un grand sentiment de paix et de sécurité. Mais pas cette fois. Elle remua un peu sur son siège.

— Quelle relation personnelle ? Nous n'en avons pas, il me semble...

— Non ?

Lorsqu'elle tourna la tête, Eve fut surprise et un peu agacée de le voir amusé. Finalement, ses sourires la déconcertaient plus encore que ses froncements de sourcils.

— Non. Ce qui arrivé la dernière fois est...

Comme elle ne trouva pas le mot adéquat, elle laissa sa phrase en suspens.

— Regrettable, finit-il à sa place. C'est le terme. Je regrette que cela se soit passé de cette façon, et terminé aussi pitoyablement. Dois-je vous présenter mes excuses ?

— Non, je ne préfère pas.

— Pourquoi ?

— Parce que, alors, je devrais les accepter.

Elle prit une grande inspiration et se tourna vers lui.

— Si je ne les accepte pas, je resterai fâchée contre vous et cela ne se reproduira plus.

— Il y a un défaut dans votre belle logique, Eve.

Il resta assis alors que la voiture s'était arrêtée devant les marches du palais. Même lorsque le chauffeur ouvrit la portière, Alexander resta à sa place, la regardant et la forçant à le regarder.

— Vous êtes presque toujours fâchée contre moi, et pourtant, cela s'est produit. Mais pour respecter votre raisonnement, je ne m'excuserai pas.

Il descendit de voiture et lui tendit la main, ne lui laissant d'autre choix que de l'accepter.

— Pourquoi ai-je parfois l'impression d'être légèrement manipulée ? murmura-t-elle.

— Parce que c'est le cas.

Puis il sourit, d'un air innocent et charmant, et la conduisit jusqu'en haut des marches.

Elle le suivit mais, pour la première fois, elle hésita à franchir les larges portes sculptées du palais.

— Jusqu'ici, je ne vous avais jamais considéré comme un joueur, Votre Altesse.

— Pourtant, j'adore jouer.

— Oui, vous aimez les échecs, l'escrime, le polo..., dit-elle en haussant les épaules. Moi je vous parle d'un autre type de jeu. Celui qui se joue avec les gens.

Son parfum était le même, constata-t-il, le même que la dernière fois où il l'avait vue, et touchée. Le même que celui qui l'avait réveillé au beau milieu de la nuit alors qu'elle se trouvait à des milliers de kilomètres de là.

— Vous m'avez déjà traité d'homme politique. Qu'est-ce que faire de la politique sinon jouer avec les gens ?

Les lourdes portes s'ouvrirent sans bruit. Eve lui adressa un long regard méfiant, avant d'entrer.

— Mon père souhaite vous voir. Je vais vous conduire à lui. Vos bagages devraient arriver bientôt.

— Très bien, dit-elle en grimpant l'escalier à son côté. Le prince se porte-t-il bien ?

— Oui.

Elle aurait sans doute voulu qu'il développe un peu plus, mais il s'en abstint. La page de l'incident survenu à Paris n'était pas tournée, mais il préférait ne pas l'évoquer.

Sentant sa réserve, Eve garda le silence, jusqu'à ce qu'ils fussent presque arrivés au deuxième étage.

— Vous préférez que je ne parle pas à votre père de ce qui s'est passé à Paris, n'est-ce pas ?

— Vous n'avez aucune raison de le faire.

— En effet, répondit-elle d'une voix brusque, car elle se sentait blessée. Après tout, je ne suis pas concernée.

Elle le dépassa sur les dernières marches et s'engagea dans le couloir en le précédant d'une bonne longueur. Mais elle dut l'attendre devant le bureau du prince, dont la porte était close.

— Vous êtes à fleur de peau, Eve.

Cela l'avait d'autant plus frappé — et fait envie — qu'il s'efforçait depuis des années d'enfouir ses émotions le plus profondément possible.

— Je n'ai pas dit cela dans le but de vous vexer, poursuivit-il.

— Pourtant, vous y avez réussi.

— Touché, dit-il en laissant échapper quelque chose qui ressemblait à un soupir.

— Je n'ai pas envie de croiser le fer avec vous. Je ne vous demande pas de me considérer comme un membre de votre famille.

Elle détourna les yeux et ne vit pas que son regard sombre cherchait désespérément son visage.

— Ce qui est triste, poursuivit-elle, c'est que vous

n'avez jamais compris combien je tiens à vous tous, et combien votre sort me préoccupe.

Elle croisa les bras, comme pour se protéger, alors qu'il la regardait sans rien dire.

— Allez-vous vous décider à frapper ? lança-t-elle.

Non, il n'allait pas frapper tout de suite. Un homme de son rang ne pouvait pas se permettre trop d'erreurs. Lorsqu'il en commettait une, le mieux, c'était de le reconnaître rapidement.

— Vous allez le trouver tendu, un peu amaigri. Ce qui s'est passé à Paris pèse sur lui.

Alexander regarda la porte close, qui représentait une barricade, une barricade dont, un jour, il aurait à se servir.

— Il ne dort pas bien.

— Que puis-je faire ?

Mon Dieu, les choses pouvaient-elles vraiment être aussi simples pour elle ? A ces mots, il eut envie d'appuyer son front contre le sien, pendant un petit moment. Pour se reposer, être réconforté, se sentir soutenu. Mais pour lui, au contraire, les choses ne pouvaient pas être aussi simples.

— Soyez vous-même, répondit-il rapidement, avant de frapper.

— Entrez.

— Père.

Alexander ouvrit la porte, puis fit quelques pas de côté.

— Je vous ai apporté un cadeau.

Le prince Armand se leva. C'était un homme élancé, d'une grande prestance et d'une grande beauté. La première fois où Eve l'avait vu, ses cheveux étaient parsemés de quelques fils gris. A présent, ils semblaient en acier, tout comme son regard et son corps. En la voyant, il sourit, et ses traits sévères s'adoucirent.

— Un magnifique cadeau.

En signe d'amitié, il contourna son bureau pour aller

jusqu'à elle, et elle eut bien conscience que rares étaient ceux qui bénéficiaient d'un tel traitement de faveur. Alors qu'elle s'inclinait devant lui, il prit ses mains. Les siennes étaient fortes. Si les années ne l'avaient pas éprouvé, les responsabilités semblaient l'accabler. Elle vit sur son visage des signes évidents de tension, de manque de sommeil, et oublia l'étiquette. Se hissant sur la pointe des pieds, elle embrassa ses deux joues.

— Je suis heureuse d'être de retour à Cordina, Votre Altesse.

— C'est nous qui sommes heureux de vous revoir. Alexander, tu ne m'avais pas dit qu'Eve était de plus en plus belle.

— Il ne l'a pas remarqué, dit-elle en jetant un coup d'œil négligent par-dessus son épaule.

— Au contraire. Je n'ai simplement pas jugé nécessaire de parler à mon père de ce qu'il pourrait constater par lui-même.

— Un diplomate né..., dit Armand, avant de rire. Alex, fais monter du thé, s'il te plaît. Nous allons garder Eve pour nous seuls un petit moment, avant de devoir la partager avec le reste de Cordina. Donc, la jeune fille aux grands yeux curieux est à présent devenue une productrice de renom, dit-il en la conduisant à une chaise. Vous êtes venue nous divertir.

— Je l'espère.

— Mon fils me dit que le centre a beaucoup de chance d'accueillir votre compagnie. Votre réputation ne cesse de croître en Amérique et c'est un honneur pour nous d'être votre premier hôte international.

Eve sourit.

— Bennett est un flatteur.

— Ce n'est pas faux, répondit Armand en sortant une cigarette. Mais dans ce cas précis, il s'agissait d'Alex.

— Alex ?

Prise de court, elle tourna la tête vers Alexander qui prenait une chaise pour s'installer à côté d'elle.

— Eve ne s'attend pas à de la flatterie de ma part, père.

Il sortit son briquet et alluma la cigarette de son père.

— De ma part, elle est davantage préparée à esquiver les coups.

— Eh bien, quand c'est ce qu'on est obligé de faire depuis sept ans, forcément...

Elle se reprit à temps, et s'interrompit, avant de se tourner vers le prince.

— Je m'excuse, Votre Altesse.

— Pas besoin. J'ai l'habitude des enfants qui se chamaillent. Voici notre thé. Voulez-vous bien nous servir, Eve ?

— Oui, bien sûr.

S'accordant le luxe rare de se détendre, Armand s'appuya contre le dossier de son siège, alors qu'on posait le plateau devant Eve.

— Alexander m'a dit que vous aviez choisi quatre pièces intéressantes. La première est pleine de passion et de... quel est le mot que tu as utilisé, Alex ?

— Moiteur, répondit-il, en souriant au coup d'œil rapide que lui adressa Eve.

— Oui, c'est cela : une histoire lourde et moite qui se déroule dans votre Sud. Elle parle d'une famille ?

— Oui, Votre Altesse, répondit-elle en lui tendant son thé. C'est une lutte de pouvoir au sein d'une famille, à la fois pour l'argent et pour l'amour. Un père riche et dominateur, deux frères — l'un mouton noir et l'autre faible —, et leurs femmes manipulatrices. C'est autant une histoire de désir et de désillusion que de passion.

— Des thèmes universels. Cela parlera à tous.

— C'est ce que j'espère, répondit-elle en tendant son thé à Alexander, mais en évitant soigneusement de croiser son regard.

— Les pièces que j'ai choisies sont très chargées émotionnellement, même si les deux comédies jouent la carte de la légèreté. Ma troupe a hâte de se mettre au travail ici. Et je veux vous remercier de nous en avoir offert l'occasion.

— C'est Alex qui a fait tout le travail et qui a parlementé avec les membres du conseil d'administration du centre. D'après certains de ses commentaires, j'ai cru comprendre qu'ils n'étaient pas aussi ouverts d'esprit qu'il l'aurait aimé.

Les doigts puissants d'Alexander se plièrent autour de la délicate anse de porcelaine.

— Ils avaient seulement besoin qu'on les convainque un peu.

Eve ne parvenait pas à imaginer Alexander se battre pour elle. Même si cela aurait été sa première réaction, elle ne voulut pas se réjouir. S'il l'avait fait, c'était pour lui, ou plus précisément pour Cordina. C'était certain.

— L'important, dit-elle, c'est que tout ait fini par s'arranger, et je vous en remercie. Nous ne vous décevrons pas.

— J'en suis certain, répondit le prince. J'ai hâte d'être à ce se soir pour rencontrer le reste de votre troupe.

Comprenant qu'il s'agissait d'une façon courtoise de mettre fin à leur entretien, Eve se leva.

— Si vous voulez bien m'excuser, j'ai mes valises à défaire.

Puis, obéissant à sa nature, elle embrassa de nouveau Armand.

— Je suis vraiment heureuse d'être de retour.

Même si ses sacs n'étaient pas encore arrivés, la chambre d'Eve était prête : on avait disposé des bouquets de fleurs un peu partout, et ouvert en grand les fenêtres sur la mer. Elle se débarrassa de ses chaussures, puis de sa veste, détacha ses cheveux et alla écarter les rideaux que le vent gonflait.

La vue lui coupa le souffle. C'était la même histoire chaque fois qu'elle revenait à Cordina : d'abord elle doutait qu'il pût exister un spectacle aussi beau, et puis elle ressentait un plaisir étourdissant en se rendant compte que ce qu'elle voyait était bel et bien réel. Les jardins s'étendaient en contrebas, luxuriants, délicieusement colorés. Ceux qui les avaient conçus et ceux qui les entretenaient respectaient la tendance naturelle des fleurs à pousser comme bon leur semble plutôt qu'en rangs nets et ordonnés. Le résultat était d'une féerie stupéfiante.

Au-delà du jardin se dressait la digue, érodée par des siècles de vent et de sel. Derrière le mur, la falaise chutait abruptement dans la mer, de façon presque verticale, et dans ses anfractuosités venaient nicher des oiseaux marins. Et puis, il y avait la mer elle-même, d'un bleu sombre, intense et lumineux. A cette heure de la journée, de nombreux bateaux y naviguaient.

Elle vit un bateau aux voiles rouges qui défiait le vent à la course, et un yacht d'un blanc si éclatant qu'il faisait mal aux yeux. Quelqu'un faisait du ski nautique. Elle se pencha pour voir si c'était un homme ou une femme, mais à cette distance, elle ne distinguait qu'une silhouette qui fendait la surface bleue. Sous le charme, elle s'accouda au rebord de la fenêtre et, le menton entre les mains, continua à regarder.

Soudain, on frappa à sa porte. Cela signifiait que ses bagages étaient arrivés. Rêvant à moitié, elle ne bougea pas.

— Entrez, je vous en prie.

— Pour plus de commodité, vous allez disposer d'une femme de chambre.

La voix d'Alexander la fit sursauter et presque perdre l'équilibre.

— Oh ! je vous remercie, mais ce n'est vraiment pas nécessaire.

Alexander murmura au domestique de poser les sacs et de se retirer.

— Colette pourra défaire vos valises, si vous le souhaitez. Mais si vous ne l'appelez pas, elle ne vous dérangera pas.

— Merci.

— Vous semblez fatiguée.

Sans sa veste, elle paraissait plus fragile, plus accessible, presque comme une femme avec qui il aurait pu s'asseoir, discuter, être un homme comme les autres. Il avait envie de chasser la mèche de cheveux qui retombait sur son front, d'un geste doux, et même tendre. Ses mains frémirent, mais ne bougèrent pas.

— Vous voulez peut-être vous reposer un peu.

— Non, je ne suis pas spécialement fatiguée. J'étais juste en train de me laisser hypnotiser par la vue.

Elle attendit qu'il s'en aille, mais à la place, il vint la rejoindre, et ouvrit un peu plus les rideaux.

— J'ai la même vue depuis mes fenêtres.

— Je suppose que vous y êtes habitué, alors. Moi, je ne crois pas que je le serai un jour.

— Tôt le matin, juste après l'aube, les bateaux de pêche partent vers le large.

Il posa ses mains sur le rebord de la fenêtre, juste à côté des siennes. Le regard d'Eve fut attiré par elles, par ses longs doigts hâlés, par ses larges paumes et par l'anneau qui représentait qui il était et ce qu'il était.

— Ils semblent si frêles, poursuivit-il, et pourtant, tous les jours ils reprennent la mer.

Décidément, ses mains la fascinaient. Elles l'avaient touchée une fois, non pas avec douceur, mais avec puissance. Elles possédaient une force sur laquelle une femme pourrait compter, mais qu'elle pourrait également craindre. Eve se demanda pourquoi, en ce moment précis, elles ne lui inspiraient que de la confiance, et pas du tout de peur.

— Je n'ai jamais été une excellente navigatrice moi-même, mais j'aime regarder les bateaux. Quand j'étais jeune, mon père possédait un voilier. Je passais mon temps à tirer sur les cordes et à me prendre des coups de mât. Il a fini par jeter l'éponge et il a acheté un bateau à moteur. J'ai pu essayer le ski nautique.

— Avec plus de succès ?

— Un peu, répondit-elle en cherchant du regard le skieur qu'elle avait vu tout à l'heure.

Au moment où elle le trouva, il — ou elle — fit une chute spectaculaire.

— J'étais à peu près aussi douée que cela, dit-elle en riant.

— Vous préférez donc nager.

— Je préfère garder le contrôle, en toute situation. C'est pour cela que je me suis tournée vers le karaté. J'aime bouger comme bon me semble plutôt que d'être à la merci du vent, d'un câble de tractage ou de quoi que ce soit d'autre.

— En voile, on n'est pas à la merci du vent, corrigea Alexander. On avance avec ou contre lui.

— Peut-être.

— Je pourrais vous apprendre.

Surprise — ou plutôt stupéfaite —, elle le dévisagea un moment. Il avait dit cela avec naturel et décontraction, deux caractéristiques qu'elle n'avait jamais observées chez lui. Elle s'imaginait très bien en train de faire de la voile avec lui, sous le soleil, en plein vent, avec une lumière vibrante qui rendrait son corps musclé encore plus éblouissant. Elle se l'imaginait trop bien.

— Je vous remercie, mais mon père m'a déjà jugée comme étant un cas désespéré.

— Vous étiez enfant, répondit-il alors que la brise rabattait ses cheveux détachés contre le bras d'Alexander. Vous n'êtes plus une enfant, à présent.

— Non.

Mal à l'aise, et honteuse de se laisser aussi facilement troubler, elle regarda de nouveau par la fenêtre.

— Mais je doute que nous trouvions le temps pour des leçons de voile pendant mon séjour. Nous commençons notre travail demain.

— Et aujourd'hui ?

Le cœur d'Eve s'emballa. C'était ridicule. Ce n'était pas son habitude de se laisser aller aux rêveries romantiques ni aux grands débordements d'émotion. Elle devait se reprendre et couper court à cette folie. D'un air décidé, elle se tourna vers lui :

— Je ne sais pas ce que vous voulez. Je ne…

Lorsqu'il se pencha pour écarter une mèche de cheveux de son visage, elle dut s'interrompre, car elle ne trouvait plus ses mots.

— Je pense, au contraire, que vous le savez très bien.

— Non, répondit-elle en trouvant la force de secouer la tête. C'est impossible.

— C'est aussi ce que je me suis dit.

Ses doigts n'avaient pas lâché ses cheveux. Ses yeux n'étaient plus aussi secrets, à présent. Elle y voyait du désir, auquel son propre corps répondait.

— Mais j'ai de plus en plus de mal à l'accepter, continua-t-il.

— Votre Altesse…

Elle attrapa ses poignets, alors qu'il prenait son visage entre ses mains.

— Alex, je vous en prie, c'est mal.

— Au diable le bien et le mal !

Alexander la prit alors, il prit sa bouche, il la prit corps et âme, tandis qu'une brise salée faisait s'envoler les rideaux. Elle tenait toujours ses poignets, mais ses doigts le serraient de plus en plus fort, sans que ni elle ni lui ne sachent si c'était en signe de rejet ou d'acceptation.

La passion et l'intelligence qui la caractérisaient si bien lui avaient immensément manqué, songea-t-il. Mais, surtout, il n'aurait pu se passer plus longtemps de la douceur et de la tendresse qu'elle lui avait laissé entrevoir, la première fois où il l'avait serrée dans ses bras. Si c'était mal, si c'était impossible, il ferait tout ce qui était en son pouvoir pour surmonter les obstacles qui se dressaient entre elle et lui. Il avait su, au moment où il l'avait revue, qu'il n'avait pas le choix.

Comment nier ce qui était en train de lui arriver ? se demanda Eve. Elle n'était pas du genre à se mentir, pas du genre à refuser de voir ses propres faiblesses. Le désir, brûlant, dominait toutes ses pensées. Et c'était Alexander, l'héritier du trône, qu'elle voulait. Et elle le voulait désespérément. Eperdument. Et lorsqu'elle tenta de se raisonner, son corps, en réaction, se mit à le réclamer avec plus de force encore.

Etre à lui, songea-t-elle en lâchant ses poignets pour enfouir ses doigts dans ses cheveux. C'était tout ce qu'elle voulait.

Alexander était en train de perdre la raison. Elle était si douce, si brûlante. Le feu commençait à le gagner, celui qui était né en lui, et celui qu'elle lui avait transmis. S'il ne l'éteignait pas tout de suite, il les dévorerait tous les deux. Il ne voulait pas que cela se passe de cette façon, pas maintenant, pas ici. Il la repoussa, jura, puis l'embrassa de nouveau jusqu'à ce qu'elle s'abandonne entre ses bras.

— Vous allez devoir choisir, lança-t-il.

Sa voix n'était pas calme, mais il garda ses yeux plantés dans les siens avec résolution.

— Et vous allez devoir choisir vite.

Elle passa une main tremblante sur son visage.

— Je ne comprends pas.

— Je n'ai pas l'intention d'être le perdant.

Il la tenait par les cheveux pour l'empêcher de bouger. Mais sous son regard ardent, elle était de toute façon incapable du moindre geste.

— Il faut que vous compreniez cela, Eve. Je ne me suis pas excusé pour ce qui s'est passé il y a quelques mois, et je ne m'excuserai pas aujourd'hui.

Il la lâcha, puis se dirigea vers la porte, et sortit.

Restée seule, Eve se laissa tomber sur un siège comme quelqu'un qui aurait abusé du soleil ou de la boisson. C'était peut-être le cas, d'ailleurs. Car le baiser d'Alexander avait été à la fois brûlant et enivrant. Elle devait réfléchir. Poussant un long soupir, elle pressa ses doigts contre ses paupières. Le problème, c'était que ses pensées étaient plus confuses que jamais.

5

Eve se sentait bien dans le théâtre. Le bureau qui lui avait été attribué lui convenait parfaitement, et elle était heureuse à la perspective de passer plusieurs heures par jour loin du palais. Et d'Alexander.

Elle était une vraie professionnelle. Une femme d'affaires dont la carrière, en pleine explosion, était sur le point d'être couronnée d'un nouveau succès. Le plus grand défi de sa vie l'attendait. Une centaine de personnes dépendaient d'elle, de ses décisions et de ses ordres, pour pouvoir donner le meilleur d'elles-mêmes. Elle ne pouvait donc pas se permettre de passer ses nuits à se tourner et à se retourner dans son lit, obsédée par un homme. Et elle ne pouvait pas non plus penser à lui dans la journée alors qu'elle avait un million de choses à faire.

Mais quand il l'avait embrassée devant la fenêtre, alors que l'odeur de la mer montait jusqu'à eux, cela n'avait pas été moins dévastateur, ni moins merveilleux que la première fois. Le désir, à la fois physique et affectif, s'était emparé d'elle. Mais ce n'était pas un homme, ni un amant, ni un compagnon qu'elle avait désiré. C'était Alexander. Ce qu'elle avait voulu, c'était lui. Et, aussi, qu'il lui fasse l'amour devant la fenêtre, alors que le ciel et la mer étaient toujours d'un bleu parfait.

Mais ce n'était pas cela, faire l'amour, se rappela-t-elle, en pressant ses doigts contre ses yeux fatigués. Cela, cela s'appelait du sexe, du sexe pur et simple. Et ce n'était pas ce qu'elle voulait. Elle n'en avait pas besoin, et ce n'était plus la peine qu'elle y pense.

Il était presque 14 heures et sa première vraie journée de travail était déjà bien commencée. Ses réunions du matin s'étaient assez bien passées. Alexander avait été davantage fidèle à lui-même : distant, froidement professionnel, et exigeant. Cet Alexander, elle savait comment le prendre. Celui qui l'avait embrassée la veille, celui qui l'avait fait se sentir faible, forte, et désespérée tout à la fois, la déroutait en revanche au plus haut point.

C'était en hôte parfait qu'il avait reçu sa troupe, lors du dîner de la veille. Avec ses manières exquises et distinguées, il avait charmé et impressionné ses collaborateurs. En fait, songea-t-elle, c'étaient surtout ses actrices — et pas qu'une — qui avaient semblé particulièrement sensibles au charisme du prince. Il faudrait qu'elle surveille cela de près. Personne ne devrait être distrait de son travail pendant les semaines qui allaient suivre. Personne, pas même elle. Gardant cela à l'esprit, elle se mit à vérifier ses listes, encore et encore.

Ah, le côté glamour du théâtre, songea-t-elle en se massant la nuque. Combien de pots de maquillage avaient été expédiés ? Et où pouvaient-ils bien se trouver ? Et puis, il y avait cette caisse de câbles qui avait bien quitté Houston, mais qui s'était égarée lors du transfert à New York. Si l'aéroport ne la rappelait pas d'ici 16 heures, elle devrait…

— Oui, entrez.

Tracassée par cette histoire de câbles, elle leva à peine les yeux.

— Oui, Russ. Ne me dis pas qu'il y a déjà un problème… Mais attends, ajouta-t-elle en levant la main avant qu'il ne puisse répondre, qu'est-ce que tu fais ici ? Vous, les acteurs, n'êtes pas censés être là avant demain…

— Oui. Et non. Oui, il y a déjà un problème. Et non, je ne suis pas censé être là, mais je n'ai pas pu m'empêcher de venir.

Russ était un trentenaire à l'air assez juvénile, au corps solide, et à la mâchoire carrée. Eve avait tout de suite aimé son physique, mais elle lui avait fait passer trois auditions avant de l'engager. Ses cheveux blonds souples et ses yeux bleus jouaient en sa faveur, mais ce qu'elle recherchait, c'était de la profondeur, de la substance. Elle ne lui aurait jamais confié le rôle de Brick s'il ne l'avait pas convaincue qu'il n'était pas seulement beau. Lorsqu'il s'assit sur le bord de son bureau, elle recula en grimaçant.

— Commence par la mauvaise nouvelle.

— Le chef opérateur a un petit différend artistique avec une vingtaine de projecteurs. Personne n'arrive à mettre la main sur la caisse qui contient les ampoules de rechange.

— Je serais surprise que quiconque puisse mettre la main sur quoi que ce soit pour l'instant. O.K., je vais voir ce que je peux faire dans une minute. Mais dis-moi, pourquoi n'es-tu pas en train de te faire dorer au soleil tant que tu en as encore la possibilité ?

Elle sourit et coinça son crayon derrière son oreille.

— Personne ne t'a encore prévenu que je suis une vraie esclavagiste ? Si tu viens au théâtre, tu travailles.

— J'y compte bien.

Sa voix était forte et décidée, à l'opposé du ton nonchalant qu'elle lui avait demandé d'adopter pour le rôle.

— Ecoute, je ne voudrais pas avoir l'air d'un débutant qui n'a jamais rien vu, mais cet endroit…

Il leva ses paumes de façon théâtrale et fit un grand geste, qui englobait davantage que son bureau.

— Cet endroit est incroyable. Etre ici est incroyable. J'ai toute ma vie pour me faire dorer au soleil. Si je ne peux pas répéter, je peux peut-être aider à déballer des caisses.

— Tu ne m'as pas l'air d'un débutant, tu m'as l'air d'un dingue.

En riant, elle se leva.

— Et je vois tout à fait ce que tu veux dire. Des caisses à vider, soit, si c'est toi qui le demandes. Dieu sait si nous en avons des quantités. A présent, pourquoi…

La porte s'ouvrit de nouveau, mais cette fois, on ne prit pas la peine de frapper. Bennett entra, tout sourire.

— On m'a dit que je te trouverais enfermée ici, en train de pester.

— Je ne peste pas. Pas encore.

Elle se leva immédiatement, et ouvrit les bras pour recevoir l'accolade de son ami.

— Prince Bennett, Russ Talbot.

Russ parut hésiter entre tendre la main, s'incliner, ou ne rien faire.

— Je ne sais pas comment on doit saluer un prince.

— On dit « hello », répondit Bennett, d'un naturel et d'une décontraction désarmants.

Puis, se tournant vers Eve :

— Je m'en suis voulu de manquer le dîner hier soir et de n'avoir pas pu rencontrer ta troupe.

— Ce qui t'a surtout manqué, c'est de pouvoir évaluer le nombre de jolies actrices avec lesquelles tu vas pouvoir flirter.

— Il y a de cela, répondit Bennett, avant de se tourner en souriant vers Russ. Alors, elles sont nombreuses ?

— Assez.

— Je savais que je pouvais compter sur toi, Eve. En attendant, je suis venu te faire sortir un peu d'ici.

— Très bien. Reviens dans deux heures.

— Dans deux heures ?

— Ou trois, c'est mieux, dit-elle après avoir jeté un coup d'œil à ses notes.

— Eve, tu vas t'épuiser.

— M'épuiser ? Mais nous n'avons pas encore commencé à travailler.

En riant, elle le raccompagna vers le couloir.

— Tu sais, Bennett, reprit-elle, je pourrais très bien rentrer par mes propres moyens. Mais, si tu y tiens, on peut se donner rendez-vous ici, disons — elle s'interrompit pour regarder sa montre — à 17 h 30 ?

— D'accord, si...

— A moins que tu n'aies envie de rester. Nous nous apprêtions à vider des caisses.

— Je reviendrai.

Il l'embrassa rapidement, avant de se retourner.

— Ravi d'avoir fait votre connaissance, Talbot, lança-t-il, puis il disparut.

— Un prince coureur de jupons, dit Russ, aussitôt que Bennett fut parti. Surprenant !

Eve sourit.

— Cela ne m'empêche pas de l'adorer, mais il faut le reconnaître : Bennett est un grand séducteur.

— D'après ce que j'ai pu voir, il n'est pas du même style que son frère.

— Ben ? fit Eve, en se dirigeant avec Russ vers une des réserves. Non, pas vraiment.

— On parle souvent de lui dans les journaux.

Elle ne put s'empêcher de ricaner.

— Bennett te dirait que tout est vrai.

— Et c'est la vérité ?

Elle lui adressa un rapide coup d'œil, puis répondit, d'une voix légèrement plus froide :

— C'est possible.

— Désolé, fit Russ en enfouissant ses mains dans ses poches. Je ne voulais pas être indiscret. C'est juste que… c'est intéressant, et, comme tout le monde, je suis curieux. Que tu sois si liée à la famille royale me paraît à la fois étrange et fascinant. C'est un monde inconnu pour moi : je n'ai pas côtoyé beaucoup de têtes couronnées à Montclair, dans le New Jersey.

— Ce sont des gens comme les autres, dit-elle en s'arrêtant devant une porte close. Enfin non, bien sûr, pas comme les autres. Mais ce sont en tout cas des gens charmants et attachants. Tu t'en rendras compte par toi-même durant les prochaines semaines.

Puis elle ouvrit la porte, et recula en soupirant. Devant eux se trouvait un empilement monstrueux de caisses et de cartons.

— On dirait que nous allons avoir besoin d'aide, fit Russ.

— Va chercher les renforts, lança Eve en retroussant ses manches. En attendant, je vais commencer.

Au bout de trois heures, Eve avait établi un semblant de commencement d'ordre, et une interminable liste de choses à faire. Avec l'aide de Russ et de deux machinistes, elle avait vidé certaines caisses, et en avait entreposé d'autres dans les réserves, où elles resteraient jusqu'à ce que l'on ait besoin de leur contenu. Elle travaillait méthodiquement, comme à son habitude, et avait déployé autant d'efforts que les hommes qui l'épaulaient. Au bout de vingt minutes, Russ avait cessé de lui dire de ne pas porter ceci, de ne pas déplacer cela, et avait découvert avec stupeur qu'elle était aussi forte que le reste du groupe.

A 17 heures, elle était en sueur, sale et débraillée, mais loin d'être mécontente.

— Russ, rentre maintenant, dit-elle en se penchant sur une caisse, espérant de toutes ses forces y trouver quelque chose de léger et facile à transporter.

— Et toi ?

— J'ai l'habitude, ne t'en fais pas pour moi. Mais je n'ai surtout pas envie d'avoir des acteurs trop fatigués pour répéter, dit-elle en s'essuyant le front du revers de la main. Tu m'as été d'une grande aide. Je m'occuperai du reste demain avec tous les techniciens.

Il essuya la sueur de son visage avec sa manche, avant de lui adresser un regard plein d'admiration amusée.

— Je ne connais pas beaucoup de producteurs qui se salissent les mains.

Eve retourna ses paumes et fronça le nez devant les traces que la poussière y avait laissées.

— C'est pourtant mon cas, apparemment. Rendez-vous à 10 heures demain. Sois en forme.

— Oui, madame ! Quelque chose à dire au reste de la troupe ?

— Pareil. Dis-leur de s'amuser ce soir, mais de laisser les gueules de bois au vestiaire demain matin.

— J'essaierai de m'en souvenir. Ne travaille pas trop dur.

Alors qu'il s'en allait, elle regarda tout autour d'elle dans la réserve.

— Si je voulais, il y aurait de quoi, pourtant, murmura-t-elle.

Les mains sur les hanches, elle décida néanmoins qu'elle en avait assez fait pour la journée. Encore une caisse à ranger et elle s'arrêterait là. Alors qu'elle était penchée au-dessus d'une boîte d'ampoules, elle entendit un bruit dans son dos. Aussitôt, elle fouilla dans les poches de son sweat-shirt et en sortit un trousseau de clés.

— Est-ce que tu peux aller donner ça à Gary ? Il en aura besoin demain matin en arrivant.

Puis, sans regarder, elle tendit les clés.

— Je serais heureux de m'exécuter si je savais qui est Gary et où le trouver.

— Oh.

Toujours courbée, elle leva les yeux vers Alex. Il portait un pull léger et un pantalon immaculés de couleur claire, ses cheveux étaient bien peignés et ses chaussures brillaient. Elle eut soudain l'impression d'être une souillon.

— Je vous ai pris pour l'un des machinistes.

— Non, ce n'est que moi.

Quand elle se redressa, il lui rendit les clés.

— Eve, c'est vous qui avez transporté toutes ces caisses ici ?

— J'ai déballé les cartons et, euh… rangé, répondit-elle en croisant les mains dans son dos.

— Et déplacé des objets bien trop lourds pour une femme.

— Attendez, je…

— D'accord, disons : des objets bien trop lourds pour quelqu'un de votre taille et de votre poids.

Cette nouvelle façon de formuler les choses ne l'amadoua que parce qu'elle avait mal au dos.

— On m'a aidée.

— Pas assez, apparemment. Si vous avez besoin d'un peu plus de main-d'œuvre, vous n'avez qu'à demander.

— On va se débrouiller, je vous remercie. De toute façon, le plus gros est fait.

Elle essaya de s'essuyer discrètement les mains sur son sweat-shirt.

— Je n'avais pas compris que vous repasseriez aujourd'hui. Y a-t-il quelque chose dont nous avons oublié de parler ce matin ?

Comme il faisait quelques pas vers elle, elle garda les bras croisés dans son dos et s'appuya contre une caisse volumineuse.

— Non, je ne suis pas venu pour parler travail.

— Très bien, alors, dit-elle en s'humectant les lèvres.

Je ferais mieux d'aller donner ces clés à Gary et de faire un brin de toilette avant que Bennett n'arrive.

Elle voulut sortir, mais il ne s'écarta pas pour la laisser passer.

— Bennett a eu un empêchement. Je suis venu vous chercher pour vous ramener au palais.

— Ce n'était pas nécessaire, répondit-elle en faisant un pas de côté alors qu'il avançait. J'ai dit à Ben que je pouvais rentrer par mes propres moyens.

Il avança encore, et elle s'esquiva.

— Je ne demande pas à ce qu'on me véhicule pendant tout mon séjour. Je peux louer une voiture, ce sera aussi simple.

Il était tout près d'elle, à présent.

— Vous avez quelque chose contre le fait de rentrer en voiture avec moi ?

— Non, bien sûr que non.

Reculant encore, elle se cogna le talon contre une caisse. Bloquée : elle ne pouvait plus bouger.

— Vous essayez de m'acculer dans un coin, on dirait.

— On dirait.

Alexander passa un doigt le long de sa joue et constata avec plaisir qu'elle frémissait légèrement.

— Vous êtes couverte de poussière.

— Je sais. Il faut vraiment que je me nettoie un peu, donc si vous ne voulez pas attendre, je peux rentrer en... en taxi. Oui, je peux très bien prendre un taxi.

— Je peux attendre. C'est fou comme vous restez belle malgré toute cette saleté. Très belle, même.

Il passa son pouce sur ses lèvres.

— Et très désirable.

— Alex. Alexander. Je ne sais pas pourquoi vous... Il est assez difficile de comprendre pourquoi...

Il passa ses mains autour de son cou.

— J'aimerais mieux que vous vous absteniez, continua Eve, incroyablement troublée.

— Que je m'abstienne de quoi ?

— D'essayer de me séduire.

— Ce n'est pas du tout mon intention.

— Ecoutez, c'est ridicule.

Mais quand elle essaya de s'échapper, il la bloqua de nouveau.

— Vous ne m'appréciez même pas particulièrement, poursuivit-elle, haletante. Et je… enfin, j'ai toujours…

Les yeux d'Alexander étaient plus sombres que jamais, amusés, et aussi hypnotiques que la vue qu'elle avait depuis sa fenêtre.

— Oui, c'est cela, j'ai toujours pensé que…

— Tiens, je n'avais jamais remarqué que vous bégayiez.

— Je ne bégaie pas, dit-elle en se passant la main dans les cheveux. C'est vous qui me rendez très nerveuse.

— Je sais. C'est extrêmement flatteur.

— Eh bien, moi je n'aime pas cela. Et je…

Il l'interrompit en posant sa bouche sur la sienne.

— Non, fit-elle faiblement.

Cette fois, ce ne fut pas sauvage ni désespéré, mais doux et voluptueux. La main qu'elle avait levée en signe de protestation retomba lourdement le long de son corps. Elle ne le toucha pas, ne l'agrippa pas, mais vacilla, flotta un instant, comme suspendue entre deux mondes, avant de sombrer.

Il aurait dû se sentir triomphant. Elle était sienne, à présent : il l'avait senti à la façon dont elle venait de renverser la tête et d'entrouvrir les lèvres. A partir de ce moment, elle s'était abandonnée totalement à lui, le laissant libre d'assouvir ses moindres désirs. Mais au lieu du triomphe attendu, l'assaillit une douleur causée par le besoin de caresser, de protéger, de chérir. Un besoin de promesses, alors qu'il ne pouvait ni en faire ni en recevoir. Il avait voulu le frisson, mais il avait récolté la frustration.

— Allez vous nettoyer, murmura-t-il en faisant un pas de côté.

Sur ces mots, Eve quitta la pièce aussi vite que la dignité le lui permit.

Les sourcils froncés, Eve jeta un œil à son reflet, que lui renvoyait le miroir du cabinet de toilette des coulisses. Elle était en train de faire n'importe quoi, et elle ne pouvait pas continuer comme cela. Pour une raison mystérieuse, Alexander avait décidé de jouer à un curieux jeu avec elle. Mais cela ne signifiait pas qu'elle devait y prendre part. A cause de lui, elle se sentait idiote. Et passait pour une idiote. Or, s'il y avait une chose qu'elle ne pouvait tolérer, c'était bien celle-là. La fierté était vitale chez elle. Elle avait besoin d'être fière de qui elle était, fière de ce qu'elle avait accompli. Elle n'allait pas perdre toute estime d'elle-même parce que Alexander avait soudain décidé qu'elle ferait une bonne partenaire de jeu. Ou une bonne partenaire tout court…

A cette idée, elle secoua la tête. Par le passé, elle avait tant espéré et rêvé qu'il finisse par la remarquer. Le manque d'intérêt qu'il lui avait toujours témoigné l'avait blessée, et ses silences désapprobateurs, agacée. Maintenant, elle aurait presque souhaité qu'il oublie son existence, songea-t-elle alors qu'elle se lavait les mains pour la troisième fois.

Le problème résidait peut-être dans le fait qu'elle avait commencé à considérer Alexander comme une personne normale, comme un homme comme les autres. Les choses seraient peut-être plus faciles si, chaque fois qu'elle pensait à lui, elle avait le réflexe de songer d'abord à son titre. « Son Altesse royale » : quoi de plus distant, pompeux, et froid ?

Mais ce n'était pas facile, alors que la chaleur qui s'était transmise de ses lèvres aux siennes rayonnait encore en elle.

Pourquoi se comportait-il ainsi ? se demanda-t-elle en rangeant sa brosse dans son sac. Cela ne correspondait pas du tout au personnage. Si elle avait écrit une pièce dont il aurait été le héros, elle n'y aurait jamais intégré une scène comme celle qui venait de se passer. Personne n'y aurait cru.

Pourquoi ne lui demandait-elle pas de s'expliquer, alors ? Avant qu'elle n'ait le temps de juger l'idée ridicule, cette perspective commença à faire son chemin en elle. Elle était quelqu'un de direct et de pratique ; Alexander, quant à lui, était un fin diplomate. Elle lui poserait franchement la question, et elle l'observerait, tandis qu'il chercherait ses mots pour lui répondre. Satisfaite de son plan, elle quitta le cabinet de toilette.

— C'est mieux, dit Alexander sur un ton décontracté, en la prenant par le bras avant qu'elle n'ait le temps de lui échapper.

— Merci. Je crois que nous devrions parler.

— Bonne idée, dit-il en poussant la porte pour la faire sortir. Nous pouvons faire une petite balade avant de rentrer au palais.

— Ce n'est pas nécessaire. Ce ne sera pas long.

— Je suis sûr qu'il est plus que nécessaire que vous preniez un peu l'air. Vous avez été enfermée toute la journée.

Lorsqu'il ouvrit la portière d'une Mercedes gris acier, Eve s'immobilisa.

— Qu'est-ce que c'est que cette voiture ?

— C'est la mienne.

— Mais il n'y a pas de chauffeur.

— Voulez-vous voir mon permis de conduire ?

Alors qu'elle hésitait encore, il sourit.

— Eve, vous n'avez quand même pas peur de vous retrouver seule avec moi ?

— Bien sûr que non.

Elle essaya d'avoir l'air indigné par sa question, tout en regardant négligemment par-dessus son épaule. Deux gardes du corps, au visage fermé et à la carrure imposante, étaient installés dans la voiture garée juste derrière celle d'Alexander.

— De toute façon, vous n'êtes jamais vraiment seul.

Alexander suivit la direction de son regard. Sans doute était-il las de n'être jamais libre de ses mouvements.

— Malheureusement, il n'y a pas que prendre l'air qui soit nécessaire.

Il tachait de faire bonne figure, mais sa voix était altérée.

— Vous détestez cela.

Il se tourna vers elle, l'air surpris.

— C'est une perte de temps de détester ce qui est nécessaire.

Il l'aida à monter en voiture, ferma la portière derrière elle et s'installa au volant. Sans attendre le feu vert de ses gardes du corps.

— Votre ceinture, murmura-t-il en mettant le contact.

— Comment ? Oh…

Eve cessa de répéter sa tirade dans sa tête et s'attacha.

— J'ai toujours aimé me promener dans Cordina, commença-t-elle.

Sois amicale. Amicale et naturelle. Et attaque-le quand il s'y attendra le moins.

— C'est une ville si magnifique. Pas de gratte-ciel, pas de gros cube de verre et d'acier.

— Nous continuons à résister contre une certaine forme de progrès, dit-il en se faufilant aisément parmi la circulation peu dense. A de nombreuses reprises, des chaînes d'hôtel ont fait pression sur nous pour que nous construisions de grands complexes. Evidemment, cela présenterait des avantages certains : cela soutiendrait l'emploi, développerait le tourisme.

— Non, répondit-elle en secouant la tête et en regardant tout autour d'elle. Le jeu n'en vaut vraiment pas la chandelle.

— C'est la fille d'un entrepreneur qui dit cela ?

— Mon père s'est toujours montré très avisé dans ses choix. Le type de construction, la localisation : il a toujours fait au mieux pour que ses projets s'insèrent dans leur environnement. Mais Houston est différent de Cordina. C'est une ville qui a besoin de se développer.

— Certains membres du Conseil vous diraient que Cordina aussi a besoin de se développer.

— Ils se trompent, rétorqua-t-elle en se tournant vers lui. De toute évidence, votre père pense comme moi. Mais vous ? Quand viendra votre tour de régner, les laisserez-vous creuser dans le rocher ?

— Non, répondit-il en quittant la ville pour prendre la direction de la mer. Le palais est le bâtiment le plus haut du pays. Tant que les Bisset y vivront, cela en restera ainsi.

— Est-ce cela qu'on appelle l'ego ?

— Non, c'est ce qu'on appelle l'héritage.

Et elle le comprenait tout à fait.

— Nous sommes si différents, dit-elle, à moitié pour elle-même. Quand vous parlez d'héritage, vous évoquez des siècles de responsabilités et de tradition. Quand je pense héritage, je vois l'affaire de mon père et le casse-tête que cela représentera quand il devra passer les rênes à quelqu'un d'autre. Ou bien je pense à la coupe Fabergé de ma mère. L'héritage pour moi — et pour la plupart des Américains, je pense —, c'est quelque chose de tangible, de concret. Quelque chose qu'on peut tenir entre ses mains. Pour vous, c'est plus nébuleux, mais ô combien plus fort et plus précieux.

Troublé, Alexander garda le silence pendant un long moment. Elle ne pouvait pas savoir combien ses mots et son empathie le touchaient.

— Vous comprenez mieux les choses que je ne m'y attendais.

Eve lui adressa un coup d'œil rapide, mais détourna le regard tout aussi vite. Elle n'avait pas le droit de se sentir émue.

— Pourquoi faites-vous cela ? demanda-t-elle.

— Quoi donc ?

— Pourquoi m'emmenez-vous faire un tour ? Pourquoi êtes-vous venu au théâtre ? Pourquoi m'avez-vous embrassée de cette façon ?

— De quelle façon ?

Elle aurait peut-être ri si elle ne s'était pas sentie si désemparée.

— Peu importe. Pourquoi m'avez-vous embrassée tout court ?

Il réfléchit tout en cherchant en endroit tranquille près de la digue.

— La réponse la plus évidente, c'est que j'en avais envie.

— Ce n'est pas évident du tout. Cela ne vous avait jamais traversé l'esprit auparavant.

— Les femmes ne sont pas aussi perspicaces et psychologues qu'elles aimeraient nous le faire croire.

Il se gara, coupa le moteur et fourra les clés dans sa poche.

— J'en ai eu envie dès l'instant où je vous ai vue. Voulez-vous faire quelques pas avec moi ?

Alors qu'elle restait assise à sa place, l'air stupéfait, il sortit et contourna la voiture jusqu'à sa portière.

— Vous devez détacher votre ceinture.

— Non, c'est faux.

— J'ai bien peur qu'il soit difficile de marcher sur la plage si vous restez attachée.

Visiblement confuse, Eve détacha sa ceinture et, d'un bond, sortit de la voiture.

— Ce que je voulais dire, c'est que vous m'avez menti. Comment auriez-vous pu avoir envie de m'embrasser alors que, pendant des années, vous m'avez à peine regardée, et que, lorsque vous le faisiez, c'était avec dédain.

— Je vous ai beaucoup regardée.

Il la prit par la main et se mit à marcher vers la plage. Ses doigts fins étaient crispés, réticents, mais il se garda bien de lui en faire la remarque. C'était plus facile pour lui lorsqu'elle résistait, lorsqu'elle le soumettait à la tentation d'abuser de son autorité et de sa force. Son seul moment de total abandon l'avait terrifié.

— Je préfère la plage le soir, quand les touristes sont rentrés se changer pour le dîner.

— C'est absurde.

Il lui sourit, amusé.

— Ah bon, c'est absurde de préférer la plage lorsqu'elle est tranquille ?

— J'aimerais que vous cessiez de faire semblant de ne pas comprendre ce que je vous dis, rétorqua-t-elle en agitant sa main libre et en reculant de quelques pas. Je ne sais pas à quel jeu vous jouez.

— A quel jeu voudriez-vous que je joue ?

Il s'immobilisa, heureux — et même soulagé — de voir sa confusion. Etrangement, il avait l'impression de pouvoir ainsi s'approcher plus facilement d'elle.

— Alexander, vous n'avez pas passé beaucoup de temps à me regarder. Je le sais, parce que...

Eve s'interrompit, catastrophée d'avoir manqué lui avouer qu'il avait nourri ses fantasmes de jeune fille romantique.

— Parce que ?

— Je le sais, c'est tout.

Elle balaya le sujet du revers de la main et se dirigea vers la mer.

— Je ne comprends pas pourquoi, tout à coup, vous vous êtes mis à penser que j'étais séduisante, et libre.

— Cela fait longtemps que je vous trouve séduisante.

Il posa une main sur son épaule et cette légère pression suffit à la faire se retourner. Le soleil, qui rougeoyait derrière Alexander, allait bientôt se coucher. Le sable était blanc et frais, et il sembla céder sous ses pieds lorsqu'elle osa lever les yeux vers lui.

— Que vous soyez libre ou pas n'a plus d'importance, poursuivit-il. Je vous veux.

Alexander s'interrompit, pour faire glisser sa main de son épaule si douce à sa nuque.

— Et je trouve que cela a beaucoup plus d'importance.

Il la sentit frémir, tandis qu'elle croisait les bras sur sa poitrine. Ses yeux étaient aussi bleus que la mer, mais infiniment plus agités.

— Et parce que vous êtes un prince, vous pouvez faire tout ce que vous voulez.

La brise qui soufflait sur la mer souleva ses longs cheveux, qui s'entortillèrent autour de ses doigts. Il oublia la plage, les gardes du corps, le soleil qui était sur le point de se coucher.

— Parce que je suis un prince, il est plus difficile pour moi d'obtenir ce que je veux. Surtout quand ce que je veux, c'est une femme.

— Une femme américaine.

Bouleversée, Eve sentit son cœur s'emballer. Il aurait été si facile pour elle de ne pas discuter, et d'accepter. En cet instant, elle ne rêvait que d'une chose : se blottir au creux de ses bras, et peut-être même contre son cœur. Découvrir que c'était ce qu'elle désirait le plus ne fit qu'accroître son trouble.

— Une Américaine qui gagne sa vie en produisant des pièces de théâtre, poursuivit-elle. Sans aucun rang, ni titre. Pas aussi fréquentable qu'une aristocrate ou qu'une Européenne.

— En effet, répondit-il simplement.

Blessée malgré elle, Eve accusa le coup, mais garda le silence.

— Pour certains membres du Conseil, poursuivit-il, et même pour certains hauts dignitaires, il ne serait pas convenable que mon nom et le vôtre se retrouvent liés. Pour plusieurs raisons, il serait préférable que je fréquente une femme issue d'une grande lignée.

— Je vois, répondit-elle enfin, en repoussant sa main qu'il avait laissée sur sa nuque. Si je comprends bien, je ferais preuve de tact et de délicatesse en acceptant une histoire clandestine.

Soudain, la colère transforma les traits d'Alexander et durcit son visage. A le voir en cet instant, personne n'aurait pu deviner qu'il affichait le plus doux des sourires à peine cinq minutes plus tôt.

— Je ne crois pas vous avoir demandé quoi que ce soit allant dans ce sens.

— Non, pas encore.

Elle était sur le point de pleurer. Et cette constatation la stupéfia autant qu'elle l'humilia. En réaction, elle se raidit, tandis que les larmes qu'elle retenait lui brûlaient les paupières.

— Eh bien, merci pour cette proposition, Votre Altesse, mais je ne suis pas intéressée. Quand je fréquente un homme, je le fais sans honte, et sans me cacher.

— Je le sais.

Elle avait déjà fait quelques pas pour s'enfuir, mais ses mots l'arrêtèrent net.

— Je peux savoir ce que vous voulez dire par là ?

— Vous ne vous êtes jamais cachée de votre relation avec mon frère.

Il ne souriait plus à présent, ni ne montrait le moindre signe de colère. Ses yeux étaient noirs et inexpressifs.

— Et, apparemment, vous n'en avez pas honte non plus.

Elle se sentit tout d'abord totalement prise de court, abasourdie, puis, peu à peu, elle commença à comprendre. Puisque c'était plus salutaire que de rester à terre, blessée, elle se laissa emporter par la colère :

— Ce n'est donc que cela, alors ? Une rivalité entre frères ? Une curiosité mal placée ? Vous vouliez en savoir un peu plus sur les goûts de votre frère ? Qu'est-ce que vous vous êtes imaginé, Alex ? Qu'il avait eu sa part, et que c'était à votre tour de bénéficier de mes faveurs ?

Il ne bougea pas, mais darda sur elle un regard glacial.

— Faites attention à ce que vous dites, Eve.

Mais elle ignora sa mise en garde. Elle n'en avait pas encore fini avec lui :

— Allez au diable. Vous êtes peut-être un aristocrate, un prince, un futur souverain, mais dans le fond vous êtes aussi stupide que n'importe qui. Et je ne m'expliquerais ni me justifierais à propos de ma relation avec Bennett devant quelqu'un de stupide. Vous pourriez prendre exemple sur lui, Alex. Il a un cœur et beaucoup de respect pour les femmes. Il ne les considère pas comme des trophées.

— Vous avez fini ?

— Oui, j'en ai bel et bien fini avec vous. Je vous suggère de parler avec Bennett, Votre Altesse, si vous voulez découvrir mes… qualités et mes défauts. Je suis sûr que vous apprendriez des tas de choses fascinantes.

— Ce que je ressentais pour vous n'avait à la fois

rien et tout à voir avec Bennett... Je vais vous ramener, à présent.

Il se dirigea vers sa voiture. Les deux gardes du corps qui avaient gardé une distance discrète grimpèrent dans la leur.

6

— Ethel, je veux une autre combinaison blanche pour *La Chatte.*

Bloc-notes à la main, Eve passait en revue tous les costumes avec sa chef costumière.

— Combinaison blanche, tour de poitrine quatre-vingt-dix.

— Pas trop décolletée, surtout. Je veux quelque chose de subtil.

— Une combinaison blanche subtile, en quatre-vingt-dix.

Eve se mit à rire, et continua à inspecter la garde-robe destinée à la première pièce.

— Essayons de ne pas dépasser le budget. Faisons-la plutôt en Nylon… à condition que cela ressemble assez à de la soie.

— Madame demande la lune.

— Toujours. Oh ! et tant que j'y pense, élargis les vestes de Big Daddy, disons de quatre centimètres environ. Je veux que Jared paraisse un peu plus carré qu'il ne l'est en réalité.

Ethel mastiquait son chewing-gum à la menthe tout en notant consciencieusement les instructions. Cela faisait vingt-deux ans qu'elle était costumière, aussi connaissait-elle son métier mieux que personne.

— Si les acteurs continuent à manger comme ils l'ont

fait hier soir, on n'aura pas besoin de rembourrer leurs costumes.

— J'ai l'intention de surveiller également cela de près.

— Je n'en ai jamais douté, fit Ethel, en regardant Eve par-dessus ses lunettes en demi-lune. Quelqu'un devrait te surveiller, aussi. Tu as décidé de ne plus dormir ?

— C'est possible...

Puis, s'empressant de changer de sujet, Eve pointa du doigt deux costumes d'enfants.

— Ces vêtements doivent avoir l'air usé. J'auditionne les enfants demain. Prions pour que nous trouvions nos deux petits monstres.

— J'en ai justement deux à la maison, que je ne demande qu'à prêter, lança Gabriella qui venait de pénétrer dans la pièce.

— Brie ! J'espérais justement que tu passerais.

Eve coinça son bloc-notes sous son bras pour étreindre son amie.

— Je serais volontiers passée hier, mais j'avais quatre rendez-vous chez le dentiste, deux chez le coiffeur et une réunion très compliquée pour le financement de l'Aide aux Enfants Handicapés.

— Encore une journée de glamour et de loisir, à ce que je vois... Princesse Gabriella, permettez-moi de vous présenter Mlle Ethel Cohen, ma fée du fil et de l'aiguille.

Ethel s'inclina avec déférence.

— Votre Majesté.

— A Cordina, on dit plutôt « Votre Altesse ».

En souriant, Gabriella lui tendit la main.

— Cela en fait des costumes, dit-elle en observant les portants, les tiroirs et les boîtes pleines d'accessoires. Comment réussissez-vous à vous y retrouver ?

Visiblement plus à l'aise lorsque la conversation portait sur son métier, Ethel sourit à son tour, et répondit avec beaucoup d'enthousiasme :

— A force, j'ai mis au point un petit système, Votre Altesse. Il faut juste que personne ne vienne tout déranger, ajouta-t-elle en observant Eve d'un œil suspicieux.

— Je ne fais que vérifier, murmura Eve. Je ne touche à rien.

— Pour l'instant, répondit Ethel tout bas.

— Vous ai-je bien entendue dire que quelqu'un devrait surveiller Eve ?

— En effet, Votre Altesse. Elle est trop tendue et elle ne dort pas assez. Du coup, devoir la supporter toute la journée n'est pas une sinécure.

— C'est fou ce qu'on respecte sa productrice, par ici.

— Eve, intervint Gabriella, Mlle Cohen se fait du souci pour toi, et à juste titre. Pour votre bien à toutes les deux, je te propose, Eve, une petite pause. J'ai vingt minutes devant moi, et je prendrais bien un café.

— Brie, je suis vraiment débordée.

— Allez, tu en as besoin, insista Gabriella.

— Bon, d'accord pour une pause-café, fit Eve en soupirant. Mais pas plus d'un quart d'heure, et dans mon bureau.

— Si tu veux, répondit Gabriella en passant son bras sous celui d'Eve, avant de se retourner pour adresser un coup d'œil complice à Ethel.

— Mais comment cela se fait-il, Brie, que tu disposes de vingt minutes au beau milieu de la journée ?

— Un coup de chance. Notre nourrice est à la ferme avec les enfants. Reeve est en conférence avec mon père et Alex, et la personne avec qui j'avais rendez-vous cet après-midi a décommandé à cause d'un méchant virus.

— Tu ne m'as pas l'air de beaucoup compatir.

— Je suis soulagée, oui, tu veux dire. Tu ne peux pas t'imaginer combien c'est pénible de passer l'après-midi à manger des sandwichs au cresson — une des choses que je déteste le plus au monde — et à tenter d'organiser une soirée de charité avec une vieille dame gentille mais très ennuyeuse. Si j'ai vraiment beaucoup de chance, son virus l'empêchera de sortir pendant trois ou quatre jours, et je me devrai me débrouiller sans elle.

— Espérons pour toi. Bon, ajouta-t-elle en ouvrant la porte de son bureau et en faisant signe à Gabriella d'entrer. Voici mon antre.

— Tu n'es pas mal installée, répondit Gabriella après avoir jeté un coup d'œil circulaire dans toute la pièce. Mais il te faut des fleurs, et quelque chose pour remplacer ce hideux tableau.

— A vrai dire, je n'y prête pas attention. L'important, c'est que j'ai réussi à réquisitionner une cafetière.

Elle la mit aussitôt en marche, avant d'ajouter :

— Le café sera prêt dans quelques minutes.

Gabriella posa son sac sur le bureau et, tout naturellement, se dirigea vers la fenêtre.

— Quel dommage que tu n'aies pas une plus belle vue.

— Je ne savais pas qu'il existait des vues sur Cordina qui ne soient pas belles.

Gabriella laissa le rideau revenir à sa place, avant de se retourner.

— Tu sais, Eve, je me suis arrêtée au palais en déposant Reeve. J'ai croisé Alexander, et je l'ai trouvé aussi tendu et fatigué que toi.

Eve détourna le regard et alla s'occuper des tasses et des soucoupes.

— Je suppose qu'il a beaucoup de soucis en ce moment.

— C'est certain. Et il ne s'agit sans doute pas seulement des affaires de l'Etat. Est-ce que vous vous êtes disputés ?

— Nous avons eu des mots. Tu préfères ton café noir, ou avec cet abominable lait en poudre ?

— Noir.

Puis Gabriella attendit qu'Eve serve le café et lui tende sa tasse pour ajouter :

— Tu veux en parler ?

— Alex est ton frère.

— Et tu es mon amie.

Sans boire une goutte, Gabriella s'assit et posa sa tasse sur le bord du bureau.

— Je vous aime tous les deux assez, je pense, pour rester objective. Il t'a fait passer un mauvais moment ?

— Pire que cela, répondit Eve avant d'avaler une longue gorgée.

— Cela ressemble assez à Alex. Mais si cela peut te consoler, je dois te dire qu'il est comme cela avec tout le monde. Qu'a-t-il fait, cette fois ?

Troublée, Eve termina son café, puis se leva aussitôt pour s'en resservir une tasse.

— Il m'a embrassée.

Gabriella leva un sourcil, et pinça les lèvres.

— Cela ne me paraît pas si terrible.

— Je t'en prie, Brie. Je te parle du « Prince Parfait », celui qui ne s'égare théoriquement jamais… Et il ne s'est pas contenté de m'embrasser. Il a également essayé de me séduire.

— J'ai du mal à croire qu'il ait attendu aussi longtemps.

Comme Eve, stupéfaite, s'apprêtait à protester, Gabriella leva une main pour l'en dissuader.

— Après tout, Eve, Alex est peut-être un idiot, mais il est loin d'être stupide. Et j'ai du mal à croire que tu aies été choquée.

— Pourtant, j'ai bel et bien été choquée.

Puis, avec une grimace, Eve se corrigea :

— Enfin, choquée n'est peut-être pas le terme exact. Surprise, en tout cas.

— Et est-ce que tu lui as rendu son baiser ?

Si elles n'avaient pas été en train de parler d'Alexander, Eve se serait mise à rire.

— Vraiment, Brie, ce n'est pas la question.

— Au contraire, c'est tout à fait la question. Mais, en même temps, ce ne sont pas mes affaires.

— Ce n'est pas ce que je voulais dire.

— Quoi qu'il en soit, répondit Gabriella en goûtant son café, si tu es en colère contre Alex, je ne pense pas que ce soit seulement à cause d'un baiser.

Eve voulut s'asseoir, mais elle se releva aussitôt pour faire les cent pas dans la pièce. Rien ne lui semblait juste en cet instant. Rien n'était à sa place.

— S'il m'a embrassée, c'est uniquement à cause de Bennett.

Pendant qu'Eve marchait en long et en large dans le bureau, Gabriella reposa de nouveau son café.

— Je ne voudrais pas passer pour quelqu'un qui ne comprend rien à rien, mais quel est le rapport entre Bennett, Alex et toi ?

— C'est un comportement typiquement masculin.

Après cette réponse laconique, Eve se tut, et continua à marcher, avec plus d'animation. Sa chemise large frottait et battait sur ses hanches à chaque pas qu'elle effectuait. Elle s'était dit qu'elle n'y repenserait plus. Elle s'était promis que si par malheur elle y repensait, elle ne se mettrait pas en colère. Promesses en l'air… Sa tasse toujours à la main, elle fit un grand geste et manqua renverser une partie de son café.

— Il se comporte comme un petit garçon, reprit-elle. Un petit garçon qui veut un beau ballon rouge parce que son copain en possède un. Eh bien, je ne suis pas un ballon rouge, dit-elle en reposant bruyamment sa tasse dans sa soucoupe. Je n'appartiens à personne.

Gabriella garda le silence un moment, avant d'acquiescer lentement :

— Je crois que je commence à te suivre. Arrête-moi si je fais erreur. Tu penses qu'Alex a essayé de te séduire parce qu'il croit que Bennett l'a déjà fait.

— Bingo.

— Eve, c'est ridicule.

— Exactement. Et c'est ce que j'ai dit — avec des mots plus imagés — à Alexander.

— Non, non…

Gabriella semblait très amusée par la réponse outrée d'Eve.

— Je voulais dire que c'était ridicule d'imaginer ce genre de disputes entre Alex et Ben. Cela ne leur est jamais arrivé, pour la simple raison que ce n'est pas dans leur nature.

Eve s'attendait à davantage de soutien de la part de son amie. Certes, les membres d'une même famille se serrent toujours les coudes, mais Gabriella était une femme. Et Eve attendait de sa part la réaction d'une femme.

— Comment expliques-tu alors, insista-t-elle, qu'il ait dit que j'avais couché avec Ben ?

— Alex a dit cela ?

— Oui, il l'a dit. Tu crois que je l'ai imaginé ?

Soudain, Gabriella ne parut plus tant amusée que préoccupée.

— Non, bien sûr que non. Je pensais juste que tu avais mal interprété quelque chose qu'il aurait dit ou fait.

Elle conserva cet air soucieux un moment, avant de redevenir plus légère.

— D'ailleurs, c'est toujours ce que je pense, Eve.

— C'était très clair, Brie. Alex pense que Ben et moi…

Elle ne finit pas sa phrase, car un doute venait de s'insinuer en elle.

— Mais peut-être que tout le monde pense la même chose, d'ailleurs.

— Tous ceux qui vous voient ensemble, toi et Bennett, et qui te connaissent, comprennent qu'entre vous, il ne s'agit que d'affection et d'amitié.

Elle s'interrompit, et tordit légèrement la bouche, avant de reprendre :

— Tous ceux qui y voient clair…

— Tu me pardonneras, Brie, si je ne trouve pas cela aussi amusant que toi.

— Je ne peux pas m'empêcher de me réjouir qu'Alexander s'intéresse à quelqu'un que je respecte et que j'aime.

— Brie, il n'y a rien entre Alexander et moi.

— Mmm.

— Ne dis pas « mmm ». Tu me fais penser à Chris.

— Très bien, cela veut dire que tu me vois comme une sœur et donc, que tu vas écouter mes conseils.

Ce fut au tour d'Eve d'être amusée.

— Chris serait la première à te dire que j'écoute rarement les conseils.

— Alors, fais une exception pour les miens, Eve. Je sais ce que c'est que d'avoir des sentiments pour quelqu'un qui paraît être tout sauf la bonne personne.

— Attention, je n'ai pas dit que j'avais des sentiments pour lui, répondit doucement Eve. Mais fais comme si, pour la justesse de la démonstration, j'en avais. Alexander est le contraire de la bonne personne pour moi. J'ai une carrière, qui compte énormément à mes yeux. Je suis une étrangère. J'aime faire ce qui me plaît quand cela me plaît, et je me vois mal me mettre à réfléchir au moindre de mes actes et composer avec la presse. Je n'ai jamais été très à l'aise avec les règles, ce que j'ai prouvé au cours de ma scolarité assez chaotique. Alexander, au contraire, ne fait que suivre et appliquer des règles. C'est ainsi qu'il doit vivre.

— C'est vrai, acquiesça Gabriella tout en sirotant son café. Tu sais, Eve, tes arguments sont parfaitement recevables.

— Vraiment ? demanda-t-elle en sentant, malgré elle, comme un petit pincement au cœur.

Elle le chassa, et continua, d'une voix plus ferme :

— Oui, c'est vrai, ils le sont.

— J'ai dit que je comprenais, et c'est le cas. Quand j'ai découvert que j'étais amoureuse, les arguments contre étaient presque les mêmes que les tiens, et ils étaient pareillement recevables.

Eve reprit une nouvelle fois du café. Ces derniers temps, elle avait l'impression de ne se nourrir que de caféine. C'était ce qui la faisait tenir.

— Et qu'as-tu fait ?

— J'ai épousé Reeve.

Eve réprima un sourire et s'assit sur le bord de son bureau.

— Merci beaucoup.

Gabriella reposa sa tasse, remarquant au passage qu'elle n'en avait vidé qu'une seule pendant qu'Eve en avait bu trois. Et le café, songea-t-elle, n'allait pas apaiser la nervosité de son amie. L'amour a le don de mettre à mal les individus, même ceux qui se prétendent d'une solidité à toute épreuve. Il n'y avait pas si longtemps, elle s'était retrouvée prise dans cette tourmente, déchirée entre le besoin et la peur d'aimer.

— Est-ce que tu aimes Alex ?

Eve sursauta. Aimer. Cinq lettres aussi puissantes que terrifiantes. Le nier aurait été facile. Se montrer honnête demandait davantage de courage. Mais Gabriella méritait la vérité.

— J'ai tout fait pour ne jamais y réfléchir.

— Si tu veux mon avis, ce n'est pas en réfléchissant que tu trouveras la réponse. Mais je me tais : je t'ai déjà assez embêtée.

Prise de tendresse, Eve s'approcha de Gabriella et posa sa main sur la sienne.

— Brie, tu ne m'embêteras jamais.

— Je pense que si, répondit aussitôt son amie. Et

d'ailleurs, je serais assez tentée de le faire. Mais à la place, je me contenterai de te rappeler qu'Alex a dû travailler très dur pour se forger une armure destinée à masquer ses émotions. Le pays a besoin d'un souverain fort et objectif. Ce n'est pas toujours facile pour lui, ni pour son entourage proche.

— Brie, l'essentiel, ce ne sont pas mes sentiments pour Alex.

— Pour ceux qui peuvent choisir leur propre destin, les sentiments sont toujours l'essentiel.

— Si seulement les choses étaient si simples…

Si c'était le cas, elle pourrait ouvrir son cœur, même pour un petit moment, et regarder ses propres sentiments, ses propres désirs en face. Mais elle n'osait pas. Ils pourraient se révéler bien trop grands et bien trop forts pour elle. Elle devait se protéger. C'était presque une question de survie.

— Brie, bien que je tienne énormément à ta famille, je ne peux pas me permettre de me lancer dans une histoire avec quelqu'un qui devra toujours faire passer son pays et son devoir avant moi. Cela peut paraître égoïste, mais…

— Non, cela paraît juste humain.

— Merci, c'est gentil. Tu sais, si…

Mais elle s'interrompit, car son téléphone venait de sonner.

— Non, ne pars pas, dit-elle alors que Gabriella se levait déjà. Attends juste une minute. Allô ?

— Eve Hamilton ?

— Oui.

— Vous êtes proche des membres de la famille royale. Si vous vous préoccupez de leur sort, dites-leur de bien écouter cette mise en garde.

La voix la glaça autant que les mots. Elle était mécanique, impersonnelle et asexuée.

— Qui est à l'appareil ?

— Un justicier. Ceci est une mise en garde. Il n'y en aura pas d'autre. François Deboque doit être libéré de prison d'ici quarante-huit heures, ou bien un membre de la famille royale mourra.

Prise de vertige, Eve jeta un regard à Gabriella. Son amie. Sa famille. La menace ne pesait pas sur un nom sans visage, mais sur des personnes qu'elle aimait. Elle serra son téléphone plus fort et se força à dominer sa terreur.

— Seuls les lâches font des menaces anonymes.

— Il ne s'agit pas d'une menace, corrigea la voix, mais d'une mise en garde. Et d'un serment. Quarante-huit heures.

Et la communication fut coupée. Glacée d'effroi, Eve garda un moment le combiné à l'oreille, avant de le reposer. Sa peur était si forte que son amie dut la sentir. Celle-ci se leva, et posa une main sur la sienne.

— Qui était-ce ?

En fixant plus attentivement Gabriella, Eve vit que, malgré ses efforts pour garder son calme, la princesse semblait inquiète. Tendue elle-même, elle se leva avec empressement.

— Où sont tes gardes du corps ?

— Dans l'entrée.

— Ta voiture est dehors ?

— Oui.

— Tu as un chauffeur ?

— Non, c'est moi qui étais au volant.

— Il faut absolument que nous allions au palais, et vite. Je crois qu'un de tes gardes devrait monter avec nous dans ta voiture. Je t'expliquerai en route.

Dans le bureau du prince Armand, trois hommes discutaient, le visage grave et tendu. La fumée des cigarettes emplissait la pièce, et son odeur se mêlait à celle des bouquets de fleurs et du vieux cuir. Souvent, l'atmosphère d'une pièce naît de la personne qui l'occupe. Celle-là respirait le pouvoir, calme et implacable. Les décisions prises ici n'étaient jamais précipitées et rarement empreintes d'émotion. Les décisions prises ici n'étaient pas de celles qu'on regrette après la dissipation d'un accès de colère ou d'un soudain chagrin.

Assis à son bureau, le prince Armand écoutait son gendre avec attention. Reeve MacGee était un homme qu'il respectait et à qui il faisait confiance. C'était un ami, aussi, et un membre de la famille. Qui plus est, l'expérience de Reeve dans la police et les services spéciaux en faisait un conseiller de valeur. Bien qu'il eût refusé tout titre ou fonction officielle, Reeve avait accepté de travailler, de façon informelle, comme conseiller à la sécurité pour la famille royale.

— Vous ne pouvez pas faire grand-chose pour améliorer la sécurité au palais sans faire de déclaration officielle.

— Je n'ai nullement l'intention de faire une déclaration officielle, répondit Armand en faisant passer d'une main à l'autre le petit galet blanc qui lui était si familier. Et pour l'ambassade ?

— La sécurité y a été renforcée, bien sûr. Mais j'ai le sentiment qu'il ne s'y passera rien, sauf si vous vous rendez à Paris.

Armand accueillit sa réponse avec une légère inclinaison de la tête. Il savait que c'était lui, la cible de l'attentat à Paris, et il vivrait à jamais avec la certitude qu'un autre était mort à sa place.

— Sinon ?

Avec sa perspicacité habituelle, Reeve comprit tout de suite qu'il faisait allusion à Deboque.

— A la prison, la sécurité est optimale. Cependant, malgré tous nos efforts, rien ne peut empêcher Deboque de donner ses ordres. Son courrier peut être censuré, naturellement, mais il est bien trop malin pour y faire figurer quoi que ce soit de compromettant. Et il a le droit de recevoir des visites.

— Nous sommes bien d'accord : l'attentat de Paris et les incidents moins graves survenus au cours des années passées sont imputables à Deboque.

— C'est lui qui a commandité l'attentat à la bombe, acquiesça Reeve. De même, il a orchestré le vol des diamants de Larimar survenu au musée il y a deux ans. Depuis sa cellule, il contrôle toujours son trafic de drogue. Dans trois ans, deux s'il réussit à obtenir une remise de peine, il sera de nouveau dans la nature.

Armand hocha gravement la tête. Telle était la justice. Telle était la loi.

— Sauf si nous réussissons à prouver que Seward a été tué sur ses ordres.

— C'est exact. Mais cela ne sera pas facile à établir.

— Nous sommes là, assis, en train de discuter sécurité. Mais nous n'évoquons que des mesures défensives, intervint Alexander d'une voix calme, en écrasant sa cigarette parmi les nombreux mégots que contenait déjà le cendrier. Qu'en est-il de notre attaque ?

Armand conserva le galet dans sa main quelques instants, avant de le reposer sur son bureau. Il comprenait son fils mieux que quiconque. Il comprenait sa fureur âprement contenue, ses émotions constamment retenues. Et il en éprouvait une fierté teintée de regrets.

— Tu as une suggestion ?

— Plus nous resterons assis, à ne rien faire d'autre que nous défendre, plus nous lui laisserons le temps de s'organiser. La loi lui permet de recevoir des visites. Nous savons que quiconque rend visite à Deboque est lié à Deboque.

Alexander ne put réprimer une grimace : prononcer ce nom lui laissait chaque fois un goût amer.

— Je suis sûr que Reeve peut nous fournir la liste de toutes les personnes qui sont venues le voir en prison depuis sept ans.

Il jeta un coup d'œil à son beau-frère, qui acquiesça.

— Nous savons qui ils sont, ce qu'ils sont et où ils sont, poursuivit-il. Il serait temps que nous nous exploitions un peu plus systématiquement ces informations.

— Toutes ces personnes sont sous surveillance, lui rappela son père.

— Surveiller les membres connus de l'organisation de Deboque n'a pas permis de sauver Seward.

La douleur était toujours vive et toujours méticuleusement contenue à la fois par le père et son fils. Un silence tendu plana un moment, que seul vint interrompre le cliquetis métallique du briquet de Reeve.

— Nous avons besoin de quelqu'un qui nous renseigne de l'intérieur, conclut Alexander.

— Alexander a raison, renchérit Reeve en expirant la fumée de sa cigarette. C'est un sujet auquel j'ai beaucoup réfléchi. Le problème, c'est qu'il nous faut trouver la bonne personne, et réussir à la faire admettre par les lieutenants de Deboque. Infiltrer une telle organisation peut prendre des mois, voire des années.

— Il n'a pas fallu beaucoup de temps à Deboque pour introduire sa maîtresse au palais en tant que secrétaire de Gabriella.

Le ressentiment d'Alexander n'avait pas disparu au bout de sept ans, il s'était simplement mué en un ardent désir de vengeance et de justice.

Reeve hocha la tête.

— Il est plus facile de déjouer un service de sécurité et d'échapper à nos contrôles que de gagner la confiance d'un homme comme Deboque. S'il est en prison aujourd'hui, c'est grâce aux efforts constants qu'Interpol a déployés durant cinq ans.

— Malgré cela, il tire encore les ficelles, murmura Armand.

— Malgré cela, il tire encore les ficelles, acquiesça Reeve, avant d'avaler une gorgée de café. Même après avoir réussi à faire admettre un de nos agents au sein son organisation, nous devrons attendre qu'il accède à certaines responsabilités. Nous avons besoin de quelqu'un qui puisse recueillir les aveux personnels de Deboque.

Alexander se leva. Il avait besoin de marcher pour tromper son besoin d'agir plutôt que de parler. Intellectuellement, il savait que Reeve avait raison. Réduire Deboque à néant nécessiterait du temps et de la patience. Mais émotionnellement... Il voulait éprouver la satisfaction douce-amère de la vengeance. Pour l'instant, il n'avait — comme toujours — d'autre choix que de sacrifier sa volonté sur l'autel de la nécessité.

— Et tu as trouvé la bonne personne ?

Reeve écrasa sa cigarette.

— J'ai une idée. J'en saurai plus d'ici une semaine.

— Et entre-temps ?

— Entre-temps, je suggère que nous continuions à renforcer la sécurité, à surveiller les hommes de Deboque, et que nous nous préparions à sa prochaine offensive. Car elle viendra, dit-il en regardant d'abord Alexander puis, avec calme, Armand. Et vite.

Avec un soupir, Armand acquiesça.

— Vous aurez peut-être demain le compte rendu de votre conservation avec Linnot au sujet de la sécurité au palais. N'est-ce pas, Reeve ?

— Oui, je l'aurai demain.

— Parfait. Maintenant, si vous le permettez, j'aimerais que vous me donniez quelques nouvelles de mes petits-enfants.

Armand s'efforça de sourire, même s'il se sentait encore très tendu.

— Ce sont de sacrés polissons.

Il poussa un éclat de rire, à la fois de contentement et de soulagement.

— Grâce à Dieu. Un jour, peut-être n'aurons-nous d'autre sujet d'inquiétude que les trous que Dorian aura creusés partout dans le potager !

Soudain, quelqu'un frappa à coups forts et rapides à la porte. Si cette interruption ne provoqua qu'un léger haussement de sourcil chez Armand, son corps se raidit instinctivement. Comme Alexander était déjà debout, il lui fit signe de répondre. Dès que la porte fut ouverte, Eve se précipita à l'intérieur du bureau.

Alexander comprit à l'instant qu'il s'était passé quelque chose. Il vit tout de suite la blancheur livide de sa peau, la fièvre dans ses yeux. Il entendit sa respiration rapide et saccadée alors qu'il se tenait devant elle, à moitié pour lui bloquer le passage et à moitié pour la protéger.

— Alexander.

Elle tendit le bras vers lui, obéissant à un besoin irrépressible et spontané de le toucher. Il n'avait rien, Dieu soit loué. Tout en remerciant le ciel, Eve frémit à la pensée de ce qui aurait pu lui arriver.

Gabriella posa alors une main sur son bras.

— Nous devons parler à père. Où se trouve Bennett ?

— Au Havre, jusqu'à demain.

Alexander n'avait besoin d'aucune explication. Le regard d'Eve et le ton qu'avait employé sa sœur lui suffisaient. Sans un mot, il s'écarta pour les laisser passer.

Eve oublia l'étiquette et les salutations protocolaires pour se précipiter dans la pièce. Elle se dirigea directement vers le bureau d'Armand. Il s'était levé, et, malgré sa nervosité, elle comprit que c'était le prince et non l'ami qui l'accueillait.

— Votre Altesse, j'ai reçu un appel téléphonique au centre il y a quelques minutes. Vous devez libérer Deboque de prison d'ici quarante-huit heures.

Un voile assombrit aussitôt le regard du prince.

— Est-ce une requête ou un conseil ?

Avant qu'Eve puisse répondre, Gabriella posa de nouveau sa main sur son bras.

— Eve a été chargée de nous transmettre une mise en garde. On lui a dit que si Deboque n'était pas relâché, un membre de la famille royale mourrait.

Où cachait-il ses émotions ? se demanda Eve en regardant le prince. Où dissimulait-il sa peur qu'il n'arrive quelque chose à sa famille, ou à lui-même ? Alors qu'elle s'interrogeait, il l'observait calmement. Enfin, il lui fit signe de s'asseoir.

— Alexander, je crois qu'un verre de brandy ferait le plus grand bien à Eve.

— Votre Altesse, je vous en prie. Ce n'est pas pour moi qu'il faut s'inquiéter. Personne ne m'a menacée.

— S'il vous plaît, Eve, asseyez-vous. Vous êtes très pâle.

— Je ne…

Mais la légère pression des doigts de Gabriella sur son bras coupa court à sa protestation. Elle expira longuement pour se calmer, et essaya de nouveau de faire entendre raison au prince :

— Votre Altesse, je ne crois pas qu'il s'agisse d'une menace en l'air. Si Deboque se trouve encore en prison dans deux jours, il y aura une tentative d'assassinat sur l'un de vous.

Alexander plaça un petit verre de brandy entre ses mains. Elle leva les yeux et, l'espace d'un instant, oublia toutes les autres personnes qui se trouvaient dans la pièce. *Cela pourrait être toi*, songea-t-elle, soudain prise de terreur. S'il était tué, elle cesserait de vivre.

Cette idée s'accompagna d'un choc terrible. Ses joues

déjà pâles blêmirent davantage. Elle détourna vite le regard pour le plonger dans son verre. Mais la vérité s'était insinuée en elle : elle l'aimait. Elle l'avait toujours aimé, même sans espoir. Jusqu'ici, elle avait été capable de nier cette évidence, de la rejeter. A présent qu'Alexander était en danger, ses sentiments migraient de son cœur à sa conscience.

— Eve ?

Elle pressa ses doigts sur ses tempes et attendit de recouvrer ses esprits.

— Excuse-moi, Reeve, je n'ai pas entendu ce que tu m'as dit.

D'une voix patiente, il reprit :

— Cela nous aiderait sans doute si tu pouvais nous répéter les mots exacts qu'a employés ton correspondant. Ceux dont tu te souviens, tout du moins.

— D'accord.

C'était une bonne idée de mobiliser sa mémoire et de se concentrer sur quelque chose de concret. Elle avala quelques gorgées de brandy, espérant que la boisson la calmerait et l'aiderait à se concentrer.

— Tout d'abord, il m'a appelée par mon nom.

— Es-tu sûre qu'il s'agissait d'un homme ?

— Non. Non, je ne suis pas sûre. Cette voix m'a tout de suite troublée, parce qu'elle m'a paru très mécanique. Comme déformée par un filtre ou par un appareil quelconque.

— C'était sans doute le cas, murmura Reeve. Continue.

— Il a dit quelque chose comme cela : que j'étais proche de la famille royale et que je devais leur communiquer une mise en garde. Quand je lui ai demandé qui il était, il m'a répondu : « Un justicier. » Cela, j'en suis certaine. Puis il a dit qu'il n'y aurait qu'une mise en garde. François Deboque doit être libéré de prison dans les quarante-huit heures ou un membre de la famille royale de Cordina mourra.

Elle serra les lèvres un moment, avant de reprendre une gorgée de brandy.

— Je lui ai dit que les menaces anonymes étaient l'arme des lâches.

Elle ne remarqua pas la lueur d'approbation qui éclaira le regard d'Armand, ni la main qu'Alexander avait posée sur le dossier de sa chaise. Ses doigts caressaient ses cheveux et, même si elle ne les sentait pas, ils l'apaisèrent.

— Il n'a rien répondu, et s'est contenté de répéter qu'il s'agissait à la fois d'une mise en garde et d'un serment.

— Quel était son accent ? demanda Reeve. Américain ? Européen ?

Elle fouilla dans sa mémoire, deux doigts pressés sur ses tempes.

— Il n'avait pas d'accent particulier. La voix était neutre et très lente.

— L'appel est-il passé par le standard ?

Eve plaça le verre entre ses deux mains pour les réchauffer, avant de regarder Reeve.

— Je ne sais pas.

— Nous devrions pouvoir le vérifier. Si on est passé par Eve une fois, il y a des chances pour que ce ne soit pas la dernière. J'aimerais mettre son téléphone sur écoute et la faire accompagner par un garde du corps.

— Je n'ai pas besoin de garde du corps.

Elle reposa son verre et le repoussa en affichant une arrogance et une assurance naturelles qui furent remarquées et appréciées par Armand.

— Personne ne me menace. Votre Altesse, c'est pour vous que je m'inquiète. Pour vous et votre famille. Je veux vous aider.

Armand se leva de nouveau, mais cette fois, il contourna

son bureau. Les mains posées sur les épaules d'Eve, il l'embrassa sur les deux joues.

— Votre inquiétude vient du cœur. Ma chère, nous vous en sommes infiniment reconnaissants. Vous devez nous laisser vous témoigner la même sollicitude.

— J'accepte le garde du corps, si cela peut vous rassurer.

Son consentement empreint de réticence émut Armand. Elle possédait la même force de caractère — et le même entêtement — que ses propres enfants.

— Je vous remercie, répondit-il, amusé.

Si elle remarqua la légère ironie dans sa voix, elle n'en laissa rien paraître.

— Et qu'allez-vous faire ?

— Ce qu'il y a à faire.

— Vous n'allez pas relâcher Deboque.

— Non.

Eve accepta cette réponse à laquelle elle s'attendait de toute façon. La capitulation n'avait jamais arrêté les menaces.

— Mais allez-vous prendre des précautions particulières ? Pour vous et pour le reste de la famille ?

Son regard se porta sur Alexander, et s'y attarda. L'espace d'une seconde — d'une fraction de seconde, peut-être —, son cœur put se lire dans ses yeux. Alexander eut le sentiment d'y voir davantage que de l'inquiétude. Comme jamais, il eut envie de s'engouffrer dans ce qu'il crut y déceler, et de baigner dans cette douce chaleur. Mais il ne bougea pas, coupé dans son élan par son éducation et par les circonstances.

— Ce n'est pas la première fois, et ce ne sera pas la dernière, que la Maison de Cordina est menacée.

Il y avait beaucoup de fierté dans la voix d'Armand. Mais Eve y perçut également une soif d'action violente et décisive. Cela ne la fit pas battre en retraite, mais changer de tactique et d'interlocuteur :

— Gabriella..., commença-t-elle, en se tournant vers son amie.

— Eve, nous ne pouvons laisser la menace gouverner nos vies. Nous avons une responsabilité à l'égard de notre peuple.

— Nous appartenons à notre peuple, ma chère petite, ajouta Armand d'une voix plus douce, en lui prenant les mains. Les murs de ce palais ne sont pas faits pour que l'on s'y cache, ils sont faits pour défendre.

— Mais vous ne pouvez tout de même pas faire comme si de rien n'était.

— Nous ferons tout ce qui est en notre pouvoir.

Le ton d'Armand était redevenu plus ferme. C'était celui d'un souverain.

— Je ne risquerais jamais la vie de ma famille, conclut-il. Nous ne risquerons pas nos vies.

Elle se heurtait au plus solide des murs : Armand, flanqué d'Alexander et de Gabriella. Même Reeve se rangeait de leur côté. Eve songea à Bennett, à l'insouciant et au léger Ben, et ne douta pas un seul instant qu'il ferait également corps avec eux.

— Je crois que je devrai me satisfaire de cela.

— Vous faites partie des miens, dit Armand en embrassant sa main. En tant que père et en tant qu'ami, je vous demande de me faire confiance.

— Du moment que vous m'autorisez à continuer à me faire du souci pour vous.

— Vous avez ma permission.

Elle ne pouvait rien faire de plus. Rien dire de plus. Même proche, elle restait une étrangère.

— Je dois retourner au centre.

Elle ramassa son sac, essayant de lutter contre le sentiment d'impuissance qui l'avait envahie. Elle jeta un dernier regard à Reeve :

— Veille bien sur eux.

Puis elle exécuta une révérence et se hâta de quitter la pièce.

Arrivée à la moitié de l'escalier, elle se souvint qu'elle n'avait pas de voiture. Cette petite contrariété l'obligea à réprimer une envie hystérique de sangloter. Trois inspirations profondes réussirent à la calmer. En jurant, elle décida d'utiliser l'énergie qui bouillait en elle pour retourner au théâtre à pied.

— Eve, vous n'avez pas de voiture.

Elle s'arrêta au bas des marches et regarda Alexander. Se rendait-il compte de la solidité, de la puissance et de l'assurance sans faille qu'il dégageait ? Il se tenait en haut des marches, droit comme un guerrier, plus prêt à attaquer qu'à défendre. Comme un roi, plus prêt à punir qu'à pardonner. Comme un homme, plus prêt à prendre qu'à réclamer.

Alors qu'il descendait les marches, et s'approchait d'elle, elle comprit que c'était exactement ce qu'elle voulait. La force, le contrôle, et même l'arrogance.

— Je ne veux pas qu'il vous arrive quoi que ce soit, dit-elle sans laisser le temps à sa raison de censurer ses mots.

Alexander s'immobilisa, une marche au-dessus d'elle, plus ébranlé qu'elle ne pourrait jamais l'imaginer par la phrase précipitée et lapidaire qu'il venait d'entendre. Sa sollicitude était comme une source de chaleur qui avait pénétré sous sa peau et se propageait jusqu'à son cœur. Mais il était un guerrier, et sa première réaction était toujours la défense.

— Mon père vous a donné la permission de vous inquiéter. Moi pas.

Fasciné, il regarda ses yeux, ses yeux si bleus, se glacer en quelques secondes.

— Dans ce cas, répondit-elle, je vous le promets, je ne prêterai plus attention à vous. Si vous décidez de faire le grand saut vers l'enfer, je ne prendrai même pas la peine de vous regarder.

— Vous passez vite de la douceur à l'aigreur. Cela fait partie de votre charme.

— Vous n'aurez pas plus droit à mon charme qu'à mon inquiétude.

— Ce n'est pas votre inquiétude que je veux, murmura-t-il en descendant la dernière marche. Mais plus quc cela. Bien plus que cela.

— C'était pourtant tout ce que j'étais disposée à vous offrir.

Il avait réussi, sans qu'elle s'en rende compte, à la repousser et à la bloquer contre la rampe. Une fois de plus, elle se retrouvait acculée.

— Je ne crois pas, rétorqua-t-il en prenant son visage entre ses mains.

C'était ce dont il avait besoin, même si cela ne devait pas durer, songea-t-il. Il avait besoin de la toucher, de la provoquer, d'oublier qu'il y avait un monde au-delà des murs du palais.

— Votre bouche et vos yeux n'expriment pas toujours la même chose.

Cela ne se passerait pas comme cela, s'insurgea Eve. Elle refusait qu'il puisse lire en elle comme dans un livre ouvert. Ce qu'elle avait ressenti dans le bureau du prince n'appartiendrait qu'à elle seule jusqu'à ce qu'elle-même le comprenne totalement. Aussitôt, elle riposta :

— Avez-vous oublié Bennett ? demanda-t-elle d'un ton acerbe.

Elle ne frémit pas — elle se retint de frémir — lorsque ses doigts longs et puissants se crispèrent autour de sa chair.

— Vous n'avez pas pensé à Bennett lorsque vous étiez dans mes bras. Quand vous serez dans mon lit, vous ne penserez à personne d'autre qu'à moi.

Etait-ce la peur qui lui noua l'estomac, ou bien l'excitation de l'anticipation ? D'une certaine façon, elle savait déjà qu'elle trouverait dans le lit d'Alexander tout ce qu'elle avait toujours voulu, et plus qu'elle ne pourrait supporter. Mais elle ne lui céderait pas. Pour rien au monde. Elle s'en fit la promesse solennelle.

— Vous ne m'obligerez pas à coucher avec vous, Alex.

Avec calme et détermination, elle repoussa ses mains de son visage.

— Si je dois me donner à vous, ce ne sera pas comme vous l'imaginez. Ce que vous voulez, c'est la maîtresse de votre frère.

Les mots qu'elle venait de prononcer la déchiraient, presque au-delà du supportable. Pour se défendre et se protéger, elle poursuivit, d'une voix de plus en plus froide et tranchante :

— La convoitise a toujours existé. Et elle n'a jamais rien apporté de bon, à personne.

Cette accusation fit bouillir son sang. Fou de colère, il s'approcha, mais, au lieu d'une femme, il trouva en face de lui un adversaire dont la force et le courage ne faisaient aucun doute. Instantanément, chassant sa rage, le désir s'empara de lui.

— Vous avez envie de moi, Eve. Je l'ai vu. Je l'ai senti.

— Oui.

Elle n'allait pas le nier. Mais elle ne baissa pas les yeux et, avec assurance, vint défier le triomphe qui se lisait dans les siens.

— Mais comme vous, poursuivit-elle, j'ai appris à faire passer mes désirs après la nécessité. Un jour, Alex, vous désirerez peut-être la femme que je suis et non le symbole que je représente pour vous. Un jour, vous viendrez peut-être à moi avec des besoins plutôt qu'avec des demandes.

Elle tourna les talons, et se dirigea vers la sortie.

— Je vous remercie de votre proposition — celle de me raccompagner —, Votre Altesse. Mais je préfère retourner au centre seule.

7

Qu'elle aille au diable! C'était une pensée qui, en deux jours, était venue plus d'une fois à l'esprit d'Alexander. A cause d'Eve, il se sentait comme un imbécile. Pis : à cause d'elle, il se comportait comme un imbécile.

Il avait toujours méprisé les hommes qui utilisent la force pour intimider et se faire obéir. De tels hommes n'ont pas de personnalité et possèdent une intelligence très limitée. A présent, il avait l'impression d'être devenu l'un d'eux. Ou plutôt, il en avait la certitude. Et c'était Eve qui avait fait de lui cette vile créature.

Depuis quand acculait-il les femmes dans les coins ? Depuis Eve. Depuis quand nourrissait-il des pulsions de possession violente à l'encontre d'une femme, qu'elle fût consentante ou non ? Depuis Eve. Depuis quand désirait-il une femme au point de ne plus réussir à penser à rien d'autre ? Depuis Eve.

Tout avait commencé avec Eve. Par conséquent, il était normal qu'il l'accuse de cet accès d'irrationalité.

Comme il était quelqu'un de logique, il devait pourtant bien reconnaître qu'il y avait une faille dans son raisonnement. Lorsqu'un homme perd tout contrôle, en public ou en privé, il est le seul à blâmer.

Mais qu'elle aille au diable tout de même!

En voyant ce sourire fugace et ironique se dessiner sur le visage d'Alexander, Gilchrist, son valet, poussa un discret soupir de soulagement. Il était habitué aux sautes d'humeur du prince. Il savait toujours quand il pouvait parler ou quand il devait se taire. Il n'aurait pas été à son service depuis dix ans, sinon. Ce sourire signifiait qu'une accalmie — même temporaire — s'annonçait. Gilchrist comprit que c'était le moment d'exprimer ce qu'il avait sur le cœur :

— Si je puis me permettre, monsieur, vous ne mangez pas assez depuis quelques semaines. Si vous ne faites pas attention à vous nourrir correctement, nous allons devoir reprendre tous vos vêtements.

La première réaction d'Alexander fut de balayer cette réflexion du revers de la main. Mais, par acquit de conscience, il glissa son pouce entre sa ceinture et sa taille. Avec stupéfaction, il se rendit compte que son pantalon bâillait de plusieurs centimètres.

Qu'elle aille au diable, cette femme qui fait de moi une épave !

Cela suffisait, il allait se ressaisir et arrêter là les frais.

— Je vais essayer de faire attention, Gilchrist, avant que mon tailleur et vous-même ne perdiez la face.

— La seule chose qui me préoccupe, c'est la santé de Votre Altesse, et non votre élégance.

— C'est promis, je vais d'essayer de ne plus vous causer d'inquiétude.

Préoccupé, Alexander demanda d'un signe de tête à Gilchrist d'aller ouvrir la porte à laquelle on venait de frapper.

— Votre Altesse.

Henri Blachamt avait beau avoir passé vingt ans au service de la famille royale, d'abord comme membre de la suite du prince Armand, puis en tant que secrétaire particulier d'Alexander depuis huit années, il observait consciencieusement le protocole le plus strict.

— Bonjour, Henri. Quel emploi du temps impossible m'avez-vous préparé pour demain ?

— Je vous prie de m'excuser, Votre Altesse, mais, en effet, votre journée de demain sera plutôt bien remplie.

Il ne s'assiérait pas — Alexander le savait — tant que lui-même resterait debout. Avec patience et bienveillance, Alexander s'installa donc sur l'accoudoir d'un fauteuil.

— Je vous en prie, asseyez-vous, Henri. Je suis sûr que cet agenda que vous tenez sous le bras est extrêmement lourd.

— Je vous remercie, monsieur.

Après s'être assis en accompagnant ses déplacements de petits mouvements empruntés dont il était coutumier, Henri sortit de la poche de sa veste une paire de lunettes sans branches ni monture. Il les plaça sur son nez, les resserra, les ajusta, dans un interminable cérémonial qu'Alexander n'aurait toléré chez personne d'autre.

Son affection pour le vieil homme était réelle et n'avait pas faibli depuis ce jour où, vingt ans plus tôt, Henri lui avait donné un bonbon en cachette, après qu'il s'était fait sévèrement réprimander par le prince Armand.

— Vous vous souvenez, bien sûr, du dîner de ce soir chez M. et Mme Cabot. Après le repas, Mlle Cabot jouera du piano pour faire honneur aux convives de ses parents.

— Etrange façon de faire honneur à ses invités, Henri. Mais passons.

— Oui, passons, monsieur.

Une lueur d'amusement traversa peut-être le regard d'Henri, mais sa voix demeura blanche et neutre.

— M. Trouchet, membre du Conseil de la Couronne, sera présent, monsieur. Je suppose qu'il voudra discuter avec vous du projet de réforme des hôpitaux.

— Je vous remercie de m'avoir prévenu, murmura Alexander, tout en se demandant s'il survivrait à l'ennui mortel de cette soirée. Il y avait fort à parier que la redoutable Mme Cabot le placerait entre elle-même et sa fille — à marier —, dont la voix criarde et le manque d'oreille et de dextérité l'avaient déjà mis plus d'une fois au supplice.

Il aurait tout donné pour pouvoir rester au palais, et aller s'asseoir dans les jardins sous le clair de lune. En compagnie d'Eve. Son parfum serait encore plus profond et exotique que celui des jardins. Il lui cueillerait une branche de jasmin et sa peau serait plus douce et satinée que les pétales blancs. Ses yeux seraient de ce bleu riche et sombre qui tente tant les hommes, et sa voix glisserait comme une caresse chaude et sensuelle sur sa peau. Enivré, il ne pourrait résister à l'envie de la toucher. Elle lui sourirait en passant ses bras autour de son cou et...

Qu'elle aille au diable!

Le valet et le secrétaire se raidirent tous deux lorsque Alexander fronça les sourcils.

— Et pour demain, quel est le programme ? demanda-t-il, en se levant pour aller à la fenêtre.

Il vit les jardins, d'abord, puis regarda au loin, vers la mer.

Henri se leva automatiquement, tenant bien en mains l'agenda ouvert.

— A 8 heures : petit déjeuner avec le directeur des Transports Dynab. A 10 h 15 : apparition publique pour l'inauguration du Musée maritime du Havre. A 13 h 30 : allocution au déjeuner organisé au bénéfice de l'hôpital St-Alban. A 15 h 45...

Alexander soupira et laissa Henri continuer sa litanie. Au moins, pour l'instant, il était chez lui, se rappela-t-il. L'hiver prochain l'attendait un voyage officiel dans toute l'Europe. Et il savait déjà que ce serait long et pénible.

Un jour, il visiterait les landes de Cornouaille et les vignobles français à son rythme, et non en tant que représentant officiel du royaume de Cordina. Un jour, il verrait les gens et les lieux tels qu'ils étaient vraiment et non tels qu'ils voulaient paraître devant un prince. Un jour… Mais ce jour n'était pas aujourd'hui, ni demain.

— Je vous remercie, Henri, pour cette présentation détaillée.

Les mains jointes dans le dos, Alexander jura intérieurement. Si tout ceci lui était si pénible, ce n'était certainement pas la faute de son secrétaire. En fait, ce soudain désir de liberté n'était imputable qu'à lui-même. Se montrer désagréable avec ses collaborateurs était donc parfaitement injuste. Se sentant coupable, il se tourna en souriant, alors que le vieil homme rangeait ses lunettes avec autant de minutie qu'il les avait chaussées.

— Comment va votre petite fille ?

Aussitôt, les joues d'Henri rosirent de plaisir.

— Elle se porte comme un charme, Votre Altesse, je vous remercie.

— Voyons voir, elle doit avoir… trois mois, à présent.

— Elle aura trois mois demain, acquiesça Henri, dont le plaisir fut décuplé par cette marque d'intérêt sincère.

Cela n'échappa pas à Alexander, qui comprit combien ces petits riens étaient importants et précieux. Aussitôt, il se reprocha d'avoir été si dur et si distant durant ces dernières semaines. Ce n'était pas parce qu'Eve l'avait éconduit, qu'il devait se venger sur son entourage.

— Vous devez bien avoir une photo sur vous. Elle s'appelle Annabella, c'est bien cela ?

— Oui, Votre Altesse.

Henri, qui était devenu presque rouge comme une pivoine, fouilla dans son portefeuille, soigneusement rangé dans la poche intérieure de son costume. Alexander prit la photographie et observa l'enfant au crâne chauve et aux joues rebondies. Elle n'était pas à proprement parler une beauté, mais il ne put s'empêcher de se sentir attendri devant ces grands yeux et ce sourire sans dent.

— Vous avez beaucoup de chance, Henri, de posséder un tel héritage.

— Je vous remercie, monsieur. C'est une bénédiction pour l'ensemble de notre famille. C'est la princesse Gabriella qui nous a offert la splendide robe que vous voyez là. Elle a appartenu à la petite princesse Louisa. Ma fille y tient énormément.

— En effet, elle doit être très précieuse, si elle a survécu à Louisa.

Il regarda plus attentivement la robe blanche que portait le bébé. Il n'y avait que Brie pour se montrer aussi généreuse.

— Transmettez mes salutations à votre famille, Henri.

— Je n'y manquerai pas, monsieur. Merci. Nous attendons tous le jour où vous donnerez un fils ou une fille à Cordina. Ce jour, Votre Altesse, sera un jour de fête et de liesse.

— Oui, répondit Alexander en rendant la photographie à Henri.

Donner un enfant à Cordina. Son fils serait héritier, tout comme lui. Le lien, aussi précieux que lourd à porter, ne serait jamais rompu. Et la mère de ses enfants devrait accepter des règles édictées plusieurs siècles plus tôt. Il serait obligé de se montrer aussi exigeant envers elle qu'il l'était envers lui-même. S'il se trompait dans son choix, il devrait vivre pour toujours avec son erreur. Le divorce n'existait pas pour le souverain de Cordina.

A trente ans, Alexander était le plus vieil héritier célibataire de toute l'histoire de Cordina, ce que la presse ne manquait pas de rappeler à intervalles réguliers. Pourtant, le mariage était quelque chose qu'il refusait toujours d'envisager.

Henri s'éclaircit volontairement la gorge pour attirer son attention.

— Votre partenaire d'escrime sera là à 17 h 30, Votre Altesse. Et vous devez être chez les Cabot pour 20 h 30.

— Je m'en souviendrai.

Dix minutes plus tard, vêtu d'un pantalon et d'une chemise blancs, Alexander descendait le grand escalier. La tension qu'il portait en lui depuis des jours ne s'était toujours pas dissipée. La logique et la raison n'y avaient rien fait. En lui, une guerre faisait rage. C'était le devoir contre l'envie. Les responsabilités contre le désir.

La porte d'entrée s'ouvrit alors qu'il était arrivé à la dernière marche. Il s'immobilisa, les muscles crispés, en songeant à Eve.

Mais ce fut Bennett qui poussa la porte avec, à son bras, une rousse à la plastique avantageuse.

— Je n'arrive pas à croire que je vais visiter le palais.

Même si l'excitation rendait sa voix saccadée, sa diction était parfaite. Après l'avoir observée plus attentivement, Alexander reconnut une des comédiennes de la troupe d'Eve.

— Vous êtes sûr que j'ai le droit d'être ici ?

— Très chère, c'est chez moi.

Alexander distingua une pointe d'amusement dans la voix de son frère, alors que Bennett caressait négligemment l'épaule de la jeune femme.

— Bien sûr, fit-elle avec un petit rire nerveux. J'ai du mal à me souvenir que vous êtes prince.

— Ce n'est pas grave. Vous n'avez qu'à penser, plutôt, que je suis… Oh ! hello, Alex.

Bennett s'écarta de la jeune femme, un sourire canaille aux lèvres.

— Tu connais Doreen ? Elle a rejoint la troupe d'Eve juste avant de quitter les Etats-Unis.

— Oui, nous nous sommes rencontrés au dîner la

semaine dernière. Je suis très heureux de vous revoir, mademoiselle.

— Merci, Votre Altesse.

Aussitôt, elle s'inclina. Bennett ne put s'empêcher de penser qu'elle n'avait aucun mal à voir Alexander comme un prince.

— Votre frère, euh je veux dire, le prince Bennett, m'a proposé une visite du palais, dit elle en adressant à celui-ci un regard rayonnant.

— Quelle délicieuse idée, répondit Alexander sur un ton sarcastique qui n'échappa pas à Bennett. Vous voulez peut-être commencer par voir le salon.

Pendant que Bennett le regardait d'un air interrogateur, Alexander prit le bras de Doreen et la conduisit dans le couloir.

— C'est une pièce très agréable dont le mobilier remonte au XVIIe siècle. Pouvez-vous y patienter pendant que j'échange quelques mots avec mon frère ?

— Oh oui, Votre Altesse. Bien entendu.

Alexander attendit que Doreen se dirige vers la cheminée et la collection de Wedgwood, avant de revenir vers son frère.

— Très habile, commenta Bennett. Maintenant, dis-moi pourquoi tu voulais te débarrasser d'elle.

Devant le regard grave d'Alexander, le cœur de Bennett s'emballa.

— Est-il arrivé quelque chose ? A père ?

— Non.

En temps normal, Alexander se serait empressé de le rassurer. En ce moment précis, il n'avait qu'une idée fixe et qu'un but.

— Comment as-tu pu amener cette femme ici ?

— Pardon ?

Bientôt, le soulagement devint confusion, et la confusion amusement. Le rire puissant de Bennett emplit le couloir.

— Doreen ? Alexander, je te promets que je n'ai pas l'intention de la séduire dans la galerie des portraits.

— Mais ailleurs. Et dès que l'occasion se présentera.

Bennett se raidit. Il tolérait la réputation que la presse lui avait taillée et, de bonne grâce, reconnaissait que, dans une certaine mesure, il méritait le titre de « prince play-boy ». Mais, de la part d'Alexander, qu'il fût son frère aîné ou non, c'était quelque chose qu'il ne tolérerait jamais.

— Qui je séduis, quand et où je le fais ne te regarde pas, Alex. Essaie de te souvenir que tu régneras sur Cordina, mais pas sur moi. Jamais sur moi.

Alexander réussit à contenir sa colère, mais s'exprima à mots froids et mordants :

— Cela ne me dérange pas que tu culbutes les femmes de chambre dans les coins, du moment que tu restes discret.

— Je devrais peut-être te remercier pour cela, répondit calmement Bennett. Mais sincèrement, j'ai du mal.

— Et ses sentiments à elle ? explosa Alexander. Est-ce que tu t'en moques ? Cela ne te fait rien de venir t'amuser, là, sous son nez ? Et avec une de ses actrices, en plus. Je ne te savais pas cruel, Bennett. Frivole, égoïste, oui, mais pas cruel.

— Attends un peu.

L'air abasourdi, Bennett passa sa main sur son visage et dans ses cheveux épais.

— On dirait que j'ai raté un épisode. C'est d'Eve que tu me parles ? Tu penses qu'elle serait furieuse que je — euh, disons — flirte avec l'une de ses actrices ?

Alexander se sentit bouillir de rage. Un sale petit enfant gâté. C'était tout ce que son frère était.

— Si tu ne peux pas t'empêcher de la tromper, es-tu obligé de le faire sous le même toit qu'elle ?

— La tromper ? répéta Bennett en secouant la tête.

Non, décidément, ce n'est pas un épisode que j'ai raté, mais plusieurs. Je n'ai personne à tromper…

En prononçant ces mots, il commença à comprendre. Il regarda son frère, puis éclata d'un rire sonore.

— Eve ?

Il rit encore, en s'appuyant contre le noyau de l'escalier, en forme de tête de chat, sculpté trois cent cinquante ans plus tôt.

— Je n'arrive pas à croire que tu…

Bennett essaya de reprendre son souffle, la main posée sur sa poitrine, alors qu'Alexander lui adressait un regard de plus en plus noir.

— Je peux le prendre comme un compliment, ou comme une excellente plaisanterie.

Et il n'y avait rien qu'il appréciait davantage qu'une bonne plaisanterie.

— Mais Alexander, franchement, tu ne devrais pas croire tout ce que tu lis dans les journaux.

Paralysé par la rage, Alexander ne bougea pas.

— J'ai des yeux pour voir.

— Des yeux qui ne voient pas clair, alors. Tu ne peux quand même pas croire sérieusement qu'il y ait quoi que ce soit…

Il passa de nouveau sa main sur son visage, avant de la laisser tomber. Il souriait toujours autant.

— Qu'il y ait quoi que ce soit d'intime entre Eve et moi ?

— Tu peux me regarder dans les yeux et me dire que vous n'êtes pas amants ?

— Amants ? Dieu du ciel, je ne l'ai même jamais touchée. Comment le pourrais-je ?

Sa voix, bien qu'amusée, était surtout sincère.

— Elle fait partie de la famille, Alex. Je la considère comme ma sœur, tout autant que Brie.

Soudain, Alexander sentit une fenêtre s'ouvrir dans son cœur. Mais il resta prudent.

— Je vous ai vus ensemble, en train de vous balader dans le jardin ou de rire dans les couloirs.

Le sourire de Bennett s'effaça au fur et à mesure qu'Alexander parlait. Il commençait à comprendre. Son frère était amoureux, et comme tous deux étaient très proches, cet amour avait dû lui causer des tourments insupportables.

— Elle est ma meilleure amie, Alex, et je ne la vois pas assez souvent. C'est pour cela que je recherche toujours sa compagnie. Il n'y a rien d'autre entre nous.

Il s'approcha, en se demandant depuis quand son frère, fier et entêté, souffrait.

— Si tu me l'avais demandé plus tôt, je te l'aurais dit.

Alexander sentit que le poids qui pesait sur ses épaules, sa nuque, son cœur, commençait à s'alléger. Pourtant…

— De ton côté, peut-être. Mais es-tu sûr qu'Eve pense la même chose ?

Bennett retrouva un sourire franc et confiant.

— Alex, s'il y a bien une chose que je sais toujours, c'est ce qu'une femme pense de moi. Mais si tu veux en être absolument certain, tu n'as qu'à le lui demander.

— C'est déjà fait. Et elle n'a pas nié.

— C'était pour te contrarier, répondit Bennett, l'air sûr de lui. Cela ne m'étonnerait pas d'elle. Et je pense que c'est aussi lié à la manière dont tu lui as posé la question.

Alexander se souvint de la façon dont il l'avait approchée : avec agressivité et colère. Non, elle n'avait pas nié, et elle l'avait au contraire laissé mariner dans son jus aigre et fielleux. Il ne pouvait pas lui en vouloir.

Alexander observa de nouveau son frère. A présent, Bennett savait qu'il était amoureux, et de qui. Plus jeunes, ils avaient partagé beaucoup de choses : les secrets, les peines, les plaisanteries. Dieu merci, ils n'auraient pas à partager la même femme.

— Comment est-ce possible que tu n'aies jamais eu

envie de la séduire ? demanda-t-il, pas encore tout à fait soulagé.

Appuyé contre l'escalier, Bennett sourit à son frère. Finalement, le miracle s'était produit : quelqu'un avait percé l'impénétrable, remué l'inébranlable.

— J'en ai eu envie. La première fois que je l'ai vue, j'ai pensé qu'elle était la créature la plus magnifique au monde.

Alors qu'Alexander plissait les yeux d'un air mécontent, Bennett ricana.

— Ne me provoque pas en duel, s'il te plaît. De toute façon, si tu me jettes ton gant, ce sera à moi de choisir les armes. Et tu sais que je suis meilleur tireur que toi.

— Pourquoi sembles-tu trouver tout cela si amusant ?

— Parce que je t'aime, dit-il avec la simplicité de la vérité. Et que cela me ravit de te voir si humain. C'est bon de découvrir que le Prince Parfait n'est pas si infaillible que cela. Cet accès de jalousie t'a fait du bien.

Ce ne fut pas tant d'entendre le surnom dont il avait été affublé dès sa plus tendre enfance que de voir sa jalousie pointée du doigt qui agaça Alexander.

— Cela fait des mois que je ne dors plus, répondit-il avec emportement.

— Enormément de bien..., continua Bennett en sortant une rose d'un vase posé à proximité, car il pensait sans doute déjà à retrouver Doreen. Mais pour que tout soit bien clair, je vais te dire la vérité : je me suis senti attiré par Eve, et je pense que c'était réciproque. Et puis, avant qu'il puisse se passer quoi que ce soit entre nous, je me suis retrouvé allongé sur un lit d'hôpital. Elle est venue m'y rendre visite tous les jours.

— Je me souviens.

— Mais c'était pour m'embêter et me houspiller, ajouta Bennett. Elle insistait toujours pour que je mange la bouillie infecte qu'on me forçait à avaler, en me faisant la morale. Quand j'ai été sur pied, nous étions devenus amis. Et nous n'avons jamais été rien d'autre.

Il huma délicatement la fleur.

— Maintenant, si tu es rassuré, il y a une femme aux jambes interminables qui m'attend dans la pièce à côté.

Il fit quelques pas dans le couloir, avant de s'arrêter et de se retourner.

— Tu n'as jamais adoré les conseils, mais je vais tout de même t'en donner un. Si tu veux Eve, vas-y franchement. Pour l'atteindre, il te faut une approche directe. Pas de jolis mensonges. Pas de mise en scène. Elle est faite d'or, Alex, d'or pur. C'est une femme forte et intelligente. Tout homme qui la désire doit en prendre conscience s'il veut espérer avoir une chance avec elle.

S'il y avait bien un homme de son entourage qui connaissait les femmes, c'était Bennett. En souriant pour la première fois depuis bien longtemps, il répondit :

— Merci du conseil. J'essaierai de m'en souvenir.

Puis il regarda son frère disparaître dans le salon. Quelques secondes plus tard, il entendit Doreen éclater d'un rire léger et charmé.

Alexander resta un instant sans bouger, essayant d'intégrer ce qu'il avait appris et ce qu'il ressentait. Eve n'appartenait pas à son frère. Elle ne lui avait jamais appartenu. A partir de ce moment, elle était donc sienne. Il prit alors rapidement la direction de l'aile ouest : il avait bien besoin de dépenser l'énergie dont il débordait.

Elle avait eu une journée abominable. Fatiguée et remontée contre le monde entier, Eve pénétra dans le palais par la porte est. Seuls les amis et la famille utilisaient cette petite entrée privée, à laquelle on accédait par les jardins. D'habitude, elle empruntait l'entrée principale.

Mais ce jour-là, elle avait envie de ne voir personne et de ne parler à personne.

Son metteur en scène était sur les nerfs, et cela se sentait. Ses acteurs s'en étaient rendu compte, et, s'engouffrant dans cette brèche, ils n'avaient pas arrêté de se chamailler, comme souvent lorsqu'ils se volaient leurs répliques.

En tant que productrice, elle aurait pu s'en laver les mains, et laisser son régisseur régler ces conflits. Mais, bon sang, c'était sa compagnie. Elle l'avait pensée, fondée, créée, et elle n'allait pas s'en désintéresser aussi facilement.

Durant les deux heures qui avaient précédé, elle avait donc animé une réunion impromptue, où tous, acteurs et techniciens, avaient pu mettre à plat leurs griefs et mécontentements.

Les membres de sa troupe en étaient sortis calmés. Elle, survoltée.

Admets-le, se dit-elle en refermant derrière elle la jolie porte sculptée. *Tu es tendue depuis des semaines, et cela n'a rien à voir avec la troupe.*

Il la rendait folle. Son esprit, son corps, son âme n'en pouvaient plus. Comment réussissait-il à continuer à vivre sa vie comme si rien ne s'était passé entre eux ? Comment réussissait-il à suivre son emploi du temps habituel sans montrer d'émotion particulière, alors qu'elle ne dormait plus, trop angoissée par ce coup de téléphone anonyme ?

L'ultimatum était dépassé, songea-t-elle en massant ses tempes douloureuses. Deboque était toujours en prison, et il y resterait. Combien de temps s'écoulerait-il avant que quelqu'un ne mette la menace qu'elle avait reçue à exécution ?

Elle gardait précisément en tête l'image de Bennett allongé sur le sol en pierre de la terrasse, baignant dans son sang. Il n'était pas difficile d'imaginer Alexander à sa place.

Elle pourrait le perdre. Même si elle savait qu'il n'était

pas sien, qu'il ne l'avait jamais été, la peur de le perdre lui étreignait le cœur. Qu'il l'aime ou pas, qu'il lui fasse confiance ou pas, qu'il la respecte ou pas, elle voulait qu'il reste sain et sauf.

Et les quarante-huit heures s'étaient écoulées.

Il ne s'était peut-être agi que d'une menace en l'air. Cédant à la fatigue et à la nervosité, elle s'adossa contre le bois frais de la porte et ferma les yeux. Les Bisset, en tout cas, ne la prenaient pas au sérieux. Si cela avait été le cas, elle aurait forcément vu des gardes supplémentaires aux grilles. Et elle aurait remarqué que la sécurité aux abords du palais avait été renforcée. Parce qu'elle s'en était personnellement inquiétée, elle savait qu'Armand était en ce moment à Cordina, en train de rencontrer les membres du Conseil de la Couronne. Le reste de la famille honorait comme d'habitude ses engagements officiels.

Et les quarante-huit heures s'étaient écoulées.

Rien ne se passerait. Rien ne pourrait se passer. Pourquoi était-elle la seule à être dévorée par l'angoisse ?

Parce qu'ils étaient princes, tout simplement ! songea-t-elle en s'écartant de la porte. Pensaient-ils que, parce que leur sang était bleu, il ne pouvait pas couler ? Pensaient-ils que leur titre leur servirait de bouclier contre les coups de feu ? Même Bennett refusait de discuter avec elle. Il fallait leur faire confiance pour se soutenir dans de pareilles circonstances. Mais pour elle, un tel comportement frisait l'inconscience.

Assez ! Elle en avait assez de ne plus dormir à cause d'eux. A cause d'eux *tous*. Elle avait une troupe à diriger et des pièces de théâtre à produire. Elle allait laisser les Bisset mener leur vie et gouverner leur pays à leur guise.

Puis elle entendit des pas, des murmures, et s'immobilisa.

Sa première réaction fut épidermique et primitive. Fuir. La seconde fut tout aussi rapide et instinctive. Se protéger.

Se plaquant contre le mur, Eve se força à respirer profondément. Puis, les jambes écartées, les genoux pliés, le corps légèrement tourné, elle leva les bras pour se mettre en garde. C'était une position de défense que les guerriers de tout temps et de tous lieux ont toujours adoptée, lorsqu'ils n'ont que leurs mains nues et leur cerveau pour affronter leurs ennemis.

Alors que les pas se rapprochaient, elle avança sa main droite et redressa ses épaules. Elle fit un pas en avant, armant son poing. Son souffle était court. Elle tendit son bras et s'arrêta à quelques centimètres du nez droit et aristocratique de Bennett.

— Bon sang, Eve ! Je ne pensais pas que cela te déplairait à ce point que je fréquente une de tes actrices.

— Ben !

Les jambes soudain très faibles, Eve s'affaissa contre le mur.

— J'aurais pu te faire mal, ajouta-t-elle, tandis que son ami se mettait à rire.

Une saine fierté masculine la remit à sa place :

— J'en doute fort. Mais qu'est-ce que tu fabriquais à te cacher dans les couloirs ?

— Je ne me cachais pas. Je viens juste de rentrer.

Soudain, elle aperçut la compagne de Bennett. Elle aurait dû se douter qu'il s'intéresserait de près à cette ravissante rousse.

— Hello, Doreen.

— Hello, mademoiselle Hamilton.

Eve s'écarta du mur, et tenta de masquer son embarras en chassant un bout de fil qui s'était égaré sur son jean.

— Ben, j'aurais pu te briser la mâchoire. Que fais-tu à rôder par ici ?

— Je ne...

Bennett s'interrompit en secouant la tête. C'était absurde. Pourquoi aurait-il à justifier sa propre présence chez lui ? Et surtout, comment Alexander avait-il pu croire un seul instant qu'il y avait quoi que ce soit de sexuel entre Eve et lui ?

— Dois-je te rappeler que je vis ici, Eve ? Je fais visiter le palais à Doreen avant le dîner. Et il est heureux que ma mâchoire n'ait rien.

— Une visite du palais, quelle bonne idée, répondit-elle machinalement.

Puis elle poursuivit, la voix étranglée et les mains nouées :

— Tout le monde est-il rentré ?

— Oui.

La voyant inquiète, Bennett se radoucit et caressa ses cheveux.

— Tout le monde va bien. Certes, Alexander n'est pas au mieux, mais…

— Que s'est-il passé ? demanda-t-elle en agrippant sa chemise, visiblement paniquée. Il lui est arrivé quelque chose ?

— Il va bien, je te rassure.

S'il s'était interrogé à propos des sentiments qu'Eve nourrissait à l'égard de son frère, ce n'était plus le cas, à présent.

— Je l'ai vu il y a une heure, continua-t-il en détachant un à un les doigts fins d'Eve de sa chemise de soie qu'il entendait continuer à voir impeccable. Il m'a juste fait des reproches sur mon prétendu manque de constance et de moralité, si tu vois ce que je veux dire.

De toute évidence, elle voyait parfaitement. L'air contrarié, elle plissa les yeux, et ne répondit rien.

— Bref…, reprit Bennett.

Pour ne pas rire de son frère devant Doreen, il toussota.

— Mais j'ai clarifié la situation, poursuivit-il. Donc le problème est réglé.

Il lui adressa un grand sourire, persuadé et ravi de leur avoir rendu service à tous les deux.

— Tu as clarifié la situation, tu dis ?

A présent, les yeux d'Eve étaient sombres, dangereusement sombres.

— Tu penses que tu avais le droit de parler pour moi ?

— J'ai parlé pour moi, se défendit-il en levant la main, pour la calmer, ou pour se protéger. J'ai juste expliqué que...

Il jeta un petit coup d'œil à la silencieuse mais très attentive Doreen.

— Qu'il ne s'était jamais rien passé. Enfin, tu vois...

Mal à l'aise, il préféra ne pas développer.

— Cela a eu l'air de le satisfaire.

— Oh ! vraiment ? C'est formidable... Mais à l'avenir, je préférerais pouvoir m'expliquer moi-même, merci.

Sa voix était mielleuse, avec une pointe d'amertume.

— Où se trouve-t-il en ce moment ? ajouta-t-elle.

Soulagé à la perspective que la colère qu'il lisait dans les yeux de son amie s'abatte sur un autre, Bennett sourit. Son seul regret était qu'il n'assisterait pas à la scène.

— Etant donné qu'Alex était en tenue d'escrimeur, il y a de grandes chances pour qu'il soit au gymnase avec son partenaire.

— Merci.

Elle fit trois grands pas décidés avant de se retourner.

— Répétition à 9 heures précises demain matin, Doreen. Je te veux fraîche et dispose.

Eve avait toujours aimé l'espace que les Bisset avaient transformé en gymnase. Elle aimait le sport, et elle était à même d'apprécier la beauté tout en contrastes d'une pièce aux plafonds lambrissés équipée de machines et de poids en acier. Evidemment, on n'y trouvait pas l'odeur de la mer, ni de jolis bouquets dans des vases en cristal comme dans toutes les autres pièces du palais, mais les miroirs et les fenêtres de verre trempé étaient richement ornés et anciens.

Elle traversa la salle de musculation. D'habitude, elle s'attardait toujours, émerveillée, devant les installations et l'équipement dernier cri. Mais cette fois, elle ne fit que jeter un coup d'œil rapide autour d'elle pour s'assurer que la pièce était vide.

Lorsqu'elle pénétra dans le solarium, elle fut assaillie par une odeur forte de chlore et d'eau chaude. Le centre de la pièce était occupé par un vaste spa, d'où s'élevait une abondante vapeur que les rayons du soleil transperçaient. Par les grandes baies vitrées, l'on voyait le ciel et l'on pouvait distinguer la mer et ses touches d'un bleu plus foncé. Dans d'autres circonstances, elle aurait pu être tentée de soulager ses muscles tendus en se plongeant dans l'eau apaisante. Là encore, elle se hâta de traverser la salle. Et lorsqu'elle ouvrit la porte suivante, elle entendit le bruit des épées qui se heurtaient.

Dans la grande salle sans fenêtre, le parquet était partiellement recouvert par une longue bande de linoléum formant une piste. Un grand miroir occupait un mur tout entier. L'image de deux hommes en blanc, toujours en mouvement, les genoux légèrement pliés, le dos droit, le bras gauche levé et replié vers l'arrière, s'y reflétait.

Les hommes étaient tous les deux grands, minces et bruns. Leurs masques grillagés les cachaient et protégeaient leurs visages des coups et des attaques. Pourtant, Eve n'eut aucun mal à reconnaître Alexander.

C'était la façon dont il bougeait qui l'y aida. Il se déplaçait royalement, songea-t-elle en croisant les bras sur sa poitrine, attendant que se dissipe la bouffée de désir qui venait de monter en elle. C'était chaque fois la même chose lorsqu'elle le voyait. Il fallait qu'elle l'admette et qu'elle fasse avec.

Le bruit du fer qu'on croisait emplissait la pièce. Les deux hommes étaient silencieux et on les entendait seulement respirer. Ils étaient décidément bien assortis, songea Eve en les regardant et en analysant leur style et leurs mouvements. Alexander n'aurait jamais choisi comme partenaire un escrimeur d'un niveau inférieur au sien. Il aimait les défis, se dit-elle alors que des petits frissons parcouraient ses bras. Il aimait les défis, et le triomphe.

En une autre époque et dans une autre vie, il aurait défendu son pays à l'épée, la maniant au combat pour protéger son peuple, son territoire, ses droits.

Il pouvait toujours s'en servir, se dit-elle alors qu'il avançait calmement, plus porté sur l'attaque que sur la défense. Plus d'une fois, Eve le vit baisser sa garde pour attaquer, contrant la riposte de son adversaire au dernier moment.

Se battrait-il avec autant d'engagement, se demanda-t-elle, si les pointes de leurs épées pouvaient les transpercer pour de bon ? Elle frissonna de nouveau. Bien entendu, elle connaissait la réponse.

En combat singulier, il mettrait autant d'engagement, dans le sens où il s'oublierait totalement devant la raison d'Etat. Ses atouts seraient sa force et sa condition physique, dont elle avait tout à fait conscience, ainsi que son mépris du danger, qui la dépassait.

Sans répit, il continua de défier son adversaire. Leurs épées se croisèrent. Puis, avec deux mouvements subtils du poignet, Alexander réussit à trouver la faille et toucha son adversaire à l'endroit du cœur.

— Superbe, monsieur, je vous félicite, lança le vaincu en retirant son masque.

Eve vit aussitôt que l'homme était plus vieux qu'elle ne l'avait imaginé, et que son visage lui était vaguement familier. Il possédait une figure allongée, à la fois curieuse et intéressante, avec quelques rides aux coins des yeux et une petite moustache noire. Ses yeux d'un gris très pâle se posèrent sur elle.

— Nous avons une spectatrice, Votre Altesse.

Surpris, Alexander se retourna et, à travers la grille de son masque, découvrit Eve qui se tenait, droite, dans l'embrasure de la porte. La colère dansait dans ses yeux et raidissait ses épaules. De plus en plus intrigué, il souleva son masque. A ce moment-là, ses yeux, sombres et toujours animés par l'excitation de la victoire, purent rencontrer ceux d'Eve sans obstruction. Il devina en elle, mêlée à la colère, stimulée par la colère, la passion. L'envie. Le désir.

Lentement, sans détourner le regard, il coinça son masque sous son bras.

— Merci pour ce combat, Jermaine.

— Tout le plaisir était pour moi, Votre Altesse.

Jermaine esquissa un sourire. Il était français de naissance et n'avait aucun mal à reconnaître la passion lorsqu'il la rencontrait. Cette fois, il le savait, il n'aurait pas droit au traditionnel verre de vin qu'il partageait toujours avec son élève et ami après l'entraînement.

— A dans une semaine, Votre Altesse.

— Oui.

Alexander ne répondit que par un murmure, mais il dut néanmoins tourner la tête pour saluer son adversaire.

— Bonsoir mademoiselle, lança ce dernier en se dirigeant vers la porte.

— Bonsoir.

Elle s'humidifia les lèvres et attendit d'entendre la porte se refermer.

— Vous êtes dans une forme éblouissante, Votre Altesse, dit-elle enfin, en croisant les bras.

La douceur avec laquelle elle avait parlé ne le trompa

pas un seul instant. Elle bouillait de rage et, malgré elle, de désir. Mais, curieusement, ces mots apaisèrent sa propre tension. Avec un sourire, il leva son épée dans un geste de salut.

— Je peux vous retourner le compliment, mademoiselle.

Elle accepta son hommage d'un lent hochement de tête.

— Mais ce n'est pas pour que nous échangions des compliments que je suis venue vous trouver.

— Je l'avais compris.

— J'ai croisé Bennett.

Eve se força à garder son calme. Il fallait absolument qu'elle réussisse à étouffer sa colère et à venir à bout d'Alexander, à coups de mots froids et soigneusement choisis.

— Apparemment, poursuivit-elle, vous avez eu une discussion tous les deux.

Elle s'avança, et s'arrêta devant l'étagère où était rangé le matériel.

— Une discussion à mon sujet.

— Une discussion qui n'aurait pas été nécessaire si vous vous étiez montrée honnête envers moi.

— Honnête ? répéta-t-elle, presque choquée par ce mot. Je ne vous ai jamais menti. Je n'ai aucune raison de mentir.

— Vous m'avez laissé croire que vous et mon frère étiez amants. Et, ce faisant, vous m'avez fait souffrir.

— Vous avez cru ce que vous vouliez croire.

Elle l'avait fait souffrir ? Comment cela était-il possible ? Même si elle brûlait de savoir, elle ne poserait pas la question. Tout en détaillant les épées longues et brillantes, elle se promit de ne jamais poser la question.

— Je n'ai pas voulu le nier parce que je considérais — et c'est toujours le cas, du reste — que cela ne vous regardait pas.

— Que cela ne me regardait pas ? Vous osez dire cela,

alors que je vous ai sentie fondre et vous consumer entre mes bras, répondit-il, les yeux rivés sur sa propre épée. Alors que j'ai passé toutes mes nuits à rêver tout éveillé de me noyer en vous, et à me détester de convoiter ce que je pensais appartenir à Ben ?

— *Ce que* vous pensiez… dit-elle, alors que le calme et la douceur de ses tout premiers mots s'évanouissaient déjà. Vous parlez de moi comme si j'étais un vulgaire objet. Vous me considériez comme la propriété Ben. Et maintenant que vous me savez libre, vous pensez sans doute pouvoir faire en sorte que je sois à vous.

— Vous serez à moi, Eve.

Il dit cela sur un ton ferme et définitif qui la fit frémir.

— Allez au diable. Je n'appartiens à personne. Maintenant que vous vous savez sans rival, pensez-vous que je vais pour autant vous tomber dans les bras ? Je ne tombe dans les bras de personne, Alex, dit-elle en s'emparant d'une épée. Vous vous croyez supérieur à moi parce que vous êtes un homme, et de sang royal, qui plus est.

Elle se souvint des deux fois où il l'avait prise dans ses bras, avant de la laisser partir. C'était parce qu'il avait cru qu'elle appartenait à son frère. Pas une fois, songea-t-elle amèrement, pas une seule, il ne s'était interrogé sur ce qu'elle pouvait ressentir et attendre de lui.

— Aux Etats-Unis, chaque être humain a droit à la même considération. Et le respect, l'admiration, l'affection sont des choses qui doivent se gagner.

Elle fendit l'air de son épée, pour tester son poids. Alexander haussa un sourcil devant l'apparente facilité avec laquelle elle maniait l'arme.

— Et si j'avais voulu être dans votre lit, j'y serais depuis longtemps.

Elle baissa son épée en effectuant un arc de cercle dont la puissance contenue siffla dans l'air.

— Et vous ne comprendriez pas ce qui vous est arrivé.

A présent, elle le saluait.

— Votre Altesse.

Assailli par le désir, il contracta tous ses muscles. Elle était là, face à lui, tout de noir vêtue, ses cheveux tirés en arrière dégageant son visage, l'épée luisante à la main, à le défier.

Ce n'était pas la première fois qu'il la désirait. Avec cette ardeur, si. Mais ce qui dominait encore, chez lui comme chez elle, c'était la fierté.

— Je ne vous ai pas encore proposé de partager mon lit, que je sache.

Ses yeux bleus étaient aussi sombres et dangereux que la mer. Pour la première fois depuis qu'elle était entrée dans la pièce, elle sourit. Et ce sourire aurait suffi à mettre n'importe quel homme à ses pieds.

— Je n'aurais pas eu besoin d'une invitation. Si je l'avais choisi, j'aurais pu vous faire mettre à genoux.

Il encaissa le coup et plissa les yeux. Elle avait probablement raison, et il le savait. Pourtant, il rétorqua :

— Si je décidais que le moment est venu pour vous et moi, ce n'est pas à genoux que je serais.

Il s'approcha à distance d'épée.

— Et vous seriez en train de trembler.

C'était sa vérité, et elle était tout aussi probable que la sienne.

— Le problème, enchaîna-t-elle, c'est que vous avez fréquenté trop de femmes soumises.

Soudain, elle attrapa un masque et une veste matelassée.

— Et trop peu qui ont osé vous affronter sur un pied d'égalité.

Elle sourit avec calme et détermination.

— Je ne vous battrai peut-être pas, Alexander. Mais, au moins, je pourrai avoir la preuve que ce qui vous intéresse avant tout, c'est la victoire. Quelle qu'elle soit.

Sans hésiter, elle enfila masque et veste, puis prit place en bout de piste et se mit en garde.

— A moins que vous n'ayez peur de perdre contre une femme...

Fasciné, il la rejoignit sur le tapis.

— Eve, je pratique l'escrime depuis des années.

— Je sais. Et vous avez même remporté l'argent aux derniers Jeux olympiques. Cela devrait donner un combat intéressant. En garde !

Il ne sourit pas. Elle ne plaisantait pas, ni n'essayait de fanfaronner. Il enfila de nouveau son masque afin que, sans visage, ils pussent se mesurer l'un à l'autre. Son allonge était presque une fois et demie celle d'Eve. Ils le savaient tous les deux.

— Qu'espérez-vous prouver, Eve ?

Derrière le masque, ses yeux étincelèrent.

— Que nous sommes égaux, Alex. Ici et partout ailleurs.

Elle tendit le bras pour, de la pointe de son épée, toucher celle d'Alexander. L'acier, froid et fin, brilla dans le miroir. Ils retinrent tous deux leur souffle. Et le combat débuta.

Pour commencer, ils se testèrent et se défièrent, en retenant leurs coups. Chacun jaugeait le style et la force de l'autre. Mais, pour cela, Eve possédait un avantage. Elle avait déjà vu Alexander combattre, ce jour et plusieurs années auparavant. En ce moment précis, elle aurait préféré se faire couper la langue plutôt que d'admettre qu'elle avait appris cette discipline parce qu'elle n'avait jamais oublié combien il avait fière allure, l'épée à la main. Pendant chaque leçon, chaque combat, elle s'était demandé si, un jour, elle croiserait le fer avec lui. A présent, ce moment était venu, et son cœur cognait dans sa poitrine.

Mais elle garda la tête froide et l'esprit clair. Il préférait l'attaque, elle le savait. Mais cela tombait bien, car elle était particulièrement à l'aise en défense.

Elle était douée, songea-t-il. Très douée. Empli de fierté et de plaisir, il l'admira en train de repousser et contrer ses attaques. Il retenait légèrement ses coups mais, malgré cela, il se rendit compte qu'elle était une partenaire tout aussi formidable qu'excitante.

Il fut un instant distrait par son jean noir qui moulait si superbement son corps parfait. Et athlétique. Ses poignets étaient fins, mais assez forts et souples pour le maintenir à distance. Il s'avança, et attaqua. Leurs épées se croisèrent en tintant.

Ils gardèrent cette position un moment, assez près l'un de l'autre pour que chacun pût voir les yeux de son adversaire. Il découvrit dans le regard d'Eve la même passion que celle qui l'animait, une passion faite d'un mélange de désir et d'esprit de compétition.

Il ne put s'empêcher de humer son parfum, profond et richement féminin. Son poing que recouvrait la garde de son épée était fragile, et il pouvait tout juste apercevoir l'éclat de l'or et du saphir à son doigt. Il la voulait ici et maintenant. Et ce désir le dévorait.

Eve avait trop conscience de tout cela : le désir, la passion, le fantasme. Et, en elle, elle ressentit comme un appel. Elle voulut lâcher son épée, arracher son masque et le sien pour céder à l'envie qui s'était emparée d'eux. Cela signifierait-il la victoire pour lui, et l'abandon pour elle ? Elle ne le pensait pas. Mais, dans le doute, elle préféra continuer le combat.

Renonçant à sa tactique de défense, elle se lança sans retenue à l'attaque. Pris de vitesse, Alexander recula et dut sentir la pointe de l'épée contre son épaule, car il baissa son arme, reconnaissant la touche.

— Vous avez eu un bon professeur.

— J'étais une bonne élève.

Il y eut quelque chose de sauvage, de libre, dans l'éclat de rire qu'il poussa. Cela la surprit et lui arracha un sourire. Elle se rendit alors compte que c'était un son qu'elle n'avait pas assez souvent entendu à son goût. Souriant toujours, il leva de nouveau son épée.

— En garde !

Cette fois, il lui fit l'honneur de ne plus retenir ses coups. Eve remarqua le changement, et sourit à son tour, satisfaite. Elle ne voulait ni faveur ni concessions.

Le bruit du fer croisé emplit bientôt la pièce. Le miroir les reflétait tous les deux, elle en noir, lui en blanc, alors que, enfin, ils combattaient sur un pied d'égalité.

Une fois, il faillit la désarmer. Eve sentit sa gorge se serrer, et elle se concentra sur l'attaque suivante. Son avantage était la vitesse, et elle fut près de trouver la touche une seconde fois. Mais il la contra, riposta, et la renvoya en défense.

Leurs respirations devinrent rapides et lourdes. Le désir de gagner, couplé à un autre désir, plus intime, emplissait l'air et le chargeait d'électricité. Un homme et une femme se défiaient. Avec ou sans épée, c'était vieux comme le monde. Tout comme l'étaient l'excitation de l'attaque, le frisson de la parade, la grandeur du défi.

Leurs épées se croisèrent tout près de la poignée et leurs visages se touchèrent presque dans le V que dessinaient leurs armes. Le souffle court, la lame tendue, chacun attendit.

Puis, dans un mouvement vif comme l'éclair qui la prit de court, Alexander se débarrassa de son masque, qui retomba bruyamment sur le sol. Son visage et ses cheveux étaient trempés de sueur. Mais ce furent ses yeux qui la captivèrent. De nouveau, il leva son épée puis, une main autour de son poignet, la força à baisser la sienne. Il lui ôta son masque et le laissa tomber à côté du sien.

Lorsqu'il enroula son bras autour de sa taille, elle se

raidit, mais elle ne recula pas. Sans un mot, il resserra son étreinte. Le défi brillait toujours dans ses yeux. L'audace dans ceux d'Eve. Leurs corps se touchèrent, et elle leva la tête, alors qu'il baissait la sienne. Avec ou sans épée, elle était et resterait son égale.

L'excitation qui s'était accumulée en eux durant le combat trouva enfin sa délivrance. Eve posa la main sur l'épaule d'Alexander, la fit glisser le long de son cou et la laissa sur sa joue. Elle accompagna son geste plein de douceur d'une petite morsure à sa lèvre supérieure. Il y répondit en l'attirant plus près de lui et en poussant un gémissement sourd qui la remua au plus profond d'elle-même.

Elle lâcha son épée. Libre, sa main le chercha, et s'insinua sous sa veste pour arriver au plus près de sa chair. La chaleur qui se dégageait de son corps brûla sa paume avide.

Elle en voulait plus. Beaucoup plus. Plus de caresses. Plus de sensations.

Plus de sentiments.

Mais cela, c'était sans doute trop lui demander.

Elle s'arracha à ses bras puissants, s'arracha à ses propres rêves, irréalisables.

— Eve...

— Non, dit-elle en caressant son visage. A ce jeu-là, je ne veux surtout pas perdre.

— Je ne te demande pas de perdre, mais d'accepter.

— Accepter quoi ?

Bouleversée, elle détourna le visage, et poursuivit :

— Accepter ce désir, ce désir qui me brûle au point que je suis prête à succomber, tout en sachant que tout commencera et finira là ?

Il sentit l'appel désespéré qu'elle venait de lui adresser.

— Que veux-tu de moi ?

Elle ferma les yeux un moment, puis prit une grande inspiration.

— Si tu étais prêt à me donner ce que je veux, tu n'aurais pas besoin de me poser la question. Non, s'il te plaît, ajouta-t-elle comme il tendait le bras vers elle. J'ai besoin d'être seule. J'ai besoin de savoir ce dont je suis capable de me contenter.

Elle le quitta précipitamment, avant de ne plus pouvoir résister.

8

Ce n'était pas une nuit faite pour dormir. La lune, grosse et ronde, se reflétait dans les fenêtres, parant de nuances argentées les rideaux noir et blanc de la chambre d'Eve. Elle les avait écartés, très largement, ce qui n'empêchait pourtant pas la brise de les agiter.

Elle avait essayé de travailler, sans succès. Les papiers et les dossiers qu'elle avait rapportés de son bureau encombraient son petit salon. Mais elle avait du mal à se concentrer sur les costumes, la billetterie, ou sur les stocks de fournitures, car Alexander occupait toutes ses pensées.

Il était exposé, vulnérable. Alors que Deboque était toujours en prison, Alexander s'était rendu à un dîner. Une pure folie, songea-t-elle en se passant la main dans les cheveux, qui retombaient sur les épaules de son petit peignoir bleu, et que ses doigts inquiets avaient déjà bien ébouriffés depuis le début de la soirée.

A l'heure qu'il était, Alexander était probablement en train de discuter en prenant le café pendant qu'elle arpentait sa chambre après avoir, sans succès, essayé de manger quelque chose.

Il était sorti, se moquant des conséquences. Se moquant de tout. Le baiser sauvage et fiévreux qu'ils avaient échangé ne l'avait-il pas autant bouleversé qu'elle ? Peut-être s'était-elle trompée, lourdement trompée, lorsqu'elle l'avait cru dévoré par le désir. Si cela avait été le cas, comment aurait-il pu, même avec la force de caractère et le self-control qui étaient les siens, faire comme si rien ne s'était passé et assister tranquillement à un dîner forcément interminable ?

Qu'est-ce qui n'allait pas chez elle ? Fatiguée par ses propres états d'âme, elle massa ses paupières closes. Elle s'était fâchée lorsqu'elle avait cru qu'il ne la désirait que pour s'approprier ce qui appartenait à son frère. Elle avait été furieuse lorsqu'il l'avait repoussée au dernier moment, parce qu'il croyait qu'elle couchait avec Bennett. Ensuite, elle avait enragé qu'il continue à la désirer tout en sachant qu'il n'y avait jamais rien eu entre elle et Bennett. Et à présent, elle souffrait mille tourments parce qu'il n'avait pas l'air de la désirer autant qu'elle le pensait.

Que voulait-elle, à la fin ? Sur le point d'admettre qu'il s'agissait d'Alexander, elle se rétracta aussitôt, consciente qu'entre eux, rien de durable ne pourrait jamais véritablement exister. C'était une épouse, et une épouse convenable, qu'il fallait à un homme comme lui. On attendait du prince des héritiers. Des héritiers royaux. Même s'il la désirait, et même s'il tenait sincèrement à elle, c'était au sein de l'aristocratie européenne qu'il devrait chercher sa future femme.

Stupéfaite de voir la direction que prenaient ses pensées, Eve secoua la tête. Depuis quand s'était-elle mise à regarder au-delà de l'instant présent, et à se projeter dans le futur avec lui ?

Elle connaissait les hommes. Elle savait reconnaître ceux qui n'étaient animés que par un désir passager, par une simple envie de s'amuser. Et elle savait comment se comporter vis-à-vis d'eux. Pourquoi, celui-là, le comprenait-elle si mal ? Toutes les soirées et toutes les heures qu'elle avait passées à essayer de trouver des clés pour le cerner un peu mieux ne l'avaient amenée qu'à voir un peu plus clair en elle-même.

Elle était amoureuse de lui. Voilà ce qu'elle avait découvert. La peur et le doute qui l'assaillaient n'y changeaient rien.

Car oui, elle avait peur. Toute sa vie durant, elle avait été entourée et protégée par un père bienveillant et une sœur aimante. C'était sur un coup de tête qu'elle avait fait le choix, quelques années auparavant, de voler de ses propres ailes. A aucun moment, elle n'avait pris de vrai risque. Si elle avait échoué, elle aurait pu retrouver le giron familial et la fortune paternelle.

Même si elle avait dilapidé sa part d'héritage, son père et sa sœur ne l'auraient jamais laissée sur le carreau.

En revanche, dès le début de l'aventure, elle avait renoncé à aller pleurer dans les jupes de sa sœur à la première contrariété. Contre toute attente, sa troupe était devenue son moteur dans l'existence, et elle avait fait de son succès ou de son échec une question personnelle.

Et elle avait réussi. Elle avait réussi, à force de persévérance, à faire quelque chose de sa vie. Pourtant, tout en étant fière d'elle, elle reconnaissait volontiers qu'elle ne s'était jamais vraiment mise en danger.

Avec Alexander, il n'y aurait aucun filet pour freiner sa chute. Et si elle devait sauter avec lui, ce serait en chute libre, et depuis une hauteur vertigineuse. Le risque était bien là, aussi effrayant qu'était grande la tentation de le prendre.

Si elle faisait ce saut dans le vide et qu'elle comptait y survivre, elle s'illusionnait. Mais quelque chose lui disait que si elle choisissait la sécurité et décidait de tourner le dos au précipice, elle commettrait une grave erreur.

Tiraillée entre sa raison et ses sentiments, elle s'assit devant la fenêtre et, pour se rafraîchir un peu, offrit sa peau à l'air marin.

Il n'était pas sûr de pouvoir survivre une nuit de plus. Ses appartements étaient calmes et silencieux. Ils étaient décorés dans des tons de vert et d'ivoire, la froideur des uns s'accordant avec la chaleur des autres, et les murs étaient ornés de tableaux représentant la mer et le rivage. Les eaux calmes de sa chambre étaient l'endroit où il aimait venir se réfugier, pour réfléchir en toute tranquillité. Le salon contigu était peint dans des couleurs plus soutenues, et des tonalités plus vives. C'était là, plutôt que dans son bureau ou dans les autres salons du palais, qu'il recevait ses amis. Cette pièce était assez grande pour servir de cadre à un dîner intime ou à une partie de cartes.

Torse et pieds nus, Alexander parcourait sa chambre en long et en large tout en s'efforçant de canaliser les émotions qui l'avaient tourmenté durant ce long et ennuyeux dîner. Tendu, il serra les poings et les fourra dans ses poches.

Non, décidément, il n'était pas sûr de pouvoir passer une autre nuit dans cet état.

Elle ne se trouvait qu'à quelques pièces de lui, qu'à une dizaine de murs qu'il avait déjà franchis un nombre incalculable de fois dans son imagination. Sans doute dormait-elle. Oui, elle devait dormir, car toutes les horloges du palais s'apprêtaient à sonner minuit.

Il était presque minuit et elle dormait. Elle dormait et il la désirait. Il avait mal. Aucun exercice, aucun sacrifice, aucune lecture ne l'avaient préparé à la douleur sourde et permanente que cette femme lui faisait endurer.

Ressentait-elle la même chose à son égard ? Il l'espérait, pour ne pas souffrir seul. Il voulait qu'elle ressente cette douleur. Il voulait la protéger de tout mal, mais pas cette nuit. Non, pas cette nuit.

Cette nuit, il la voulait, et c'était l'aboutissement et la conclusion d'années de convoitise et de désir accumulés.

Par moments, il s'était dit que ce besoin qu'il avait d'elle passerait de lui-même. Par moments, il y avait cru. Il lui était arrivé de passer plusieurs mois sans la voir, même si, tous les matins, il s'était réveillé aux premières heures de la journée avec son visage gravé en tête. Mais il avait réussi à faire avec, et ses obligations, ses responsabilités et son emploi du temps chargé l'avaient aidé à détourner ses pensées.

Mais dès qu'elle était là, assez près pour qu'il pût la toucher, son désir devenait impossible à combattre.

A présent qu'il l'avait touchée, qu'il l'avait goûtée, qu'il avait commencé à projeter ses fantasmes sur elle, comment pouvait-il penser à autre chose ?

Mais comment venir à elle lorsque tout ce qu'il avait à lui offrir, c'était une vie de subterfuges ou une vie de sacrifices ? Si elle devenait sa maîtresse, il ne pourrait jamais la présenter publiquement autrement que comme une amie. Si elle devenait sa femme…

Alexander posa son pouce et son index sur ses paupières closes. Comment pourrait-il la demander en mariage ? Il devrait toujours se soumettre à son pays, à son devoir. Comme la femme qu'il choisirait, quelle qu'elle fût. Comment Eve pourrait-elle, avec l'indépendance et la force de caractère qui la caractérisaient, accepter les contraintes qui allaient avec son titre ? Il devrait lui demander d'abandonner pays, tranquillité et carrière. Il devrait lui demander de s'exposer, parfois dangereusement. Et comment pourrait-il lui demander d'éprouver la même fierté et le même amour pour Cordina que lui ? Comment pourrait-il lui demander de lui sacrifier sa vie ?

Impossible…

En revanche, il pouvait lui demander une nuit de sa vie. Une nuit.

Si elle acceptait de la lui donner, cela serait peut-être assez.

Alexander regarda par la fenêtre, qui donnait sur le même jardin, la même mer, le même ciel que celle d'Eve. Il aurait une nuit, et ensuite il devrait se débrouiller pour survivre à celles, innombrables, qui suivraient.

Il ne frappa pas. Telle était son arrogance. La porte s'ouvrit sans bruit, pourtant Eve sentit sa présence avant qu'il ne la referme derrière lui.

Elle ne sursauta pas. Telle était sa fierté. Elle resta devant la fenêtre et tourna lentement la tête vers lui. En contemplant le ciel nocturne, elle avait su avec certitude qu'il viendrait. Elle avait su que ce qui avait été nié, combattu, espéré, trouverait son accomplissement cette nuit-là. Pendant qu'elle veillait, elle s'était faite à cette idée et avait fini par l'accepter.

Ils restèrent tous deux immobiles, caressés par le vent du soir.

— Je n'ai pas l'intention de m'incliner, dit-elle d'une voix étonnamment forte.

Il leva un sourcil, mais elle n'aurait su dire si c'était d'amusement ou de surprise.

— Je n'ai pas l'intention de me mettre à genoux.

Elle sentit un frisson courir le long de son dos, mais ses mains étaient parfaitement calmes lorsqu'elle les croisa sur ses genoux.

— Nous sommes donc sur un pied d'égalité ?

Alexander avait l'estomac noué par la tension et le désir. Mais il sentit une euphorie étrange et inédite s'emparer de lui.

— Oui.

Elle regarda les mains d'Alexander un moment, étonnée qu'elles fussent si immobiles, avant de planter son regard dans le sien. Son attitude était rigide, mais ses yeux étaient tout sauf distants. Elle commençait à le connaître, mais elle avait encore tant à comprendre...

— Avant, je croyais que tu me voulais parce que tu pensais que Bennett et moi étions amants.

— Avant, je me détestais de te vouloir parce que je croyais que Bennett et toi étiez amants.

Le ton neutre qu'il avait employé lui fit pincer les lèvres. Bien sûr qu'il avait dû se détester. Elle avait été idiote de ne pas le comprendre. Bien sûr qu'il avait souffert. C'était si évident désormais qu'elle n'avait plus aucune question à lui poser à ce sujet.

— Et maintenant ?

— Je pourrais dire que je suis soulagé de savoir que je m'étais trompé, mais cela ne changerait rien. Le mal est fait et cela ne me ferait pas retrouver mon honneur.

L'honneur. C'était pour lui quelque chose d'aussi vital que le sang qui coulait dans ses veines. Il en avait sans doute plus en lui que d'amour. Elle se leva, et le défia du regard.

— Tout ceci n'est pas très flatteur pour moi, Alexander.

— Ce n'était pas le but. Je pourrais te dire que tu es belle, dit-il en la fixant avec intensité. Plus belle que toutes les autres femmes de la terre. Je pourrais te dire que ton visage peuple mes rêves et trouble mes journées, que mon désir pour toi me hante. Mais ce ne serait pas pour te flatter.

A chaque mot qu'il prononçait, Eve sentait son pouls s'accélérer. Elle fit un effort pour rester où elle se trouvait, alors que son cœur lui intimait l'ordre d'ouvrir les bras et de s'offrir à Alexander. Mais ils étaient sur un pied d'égalité, se rappela-t-elle. Pour tous les deux, il était pour l'instant plus question d'honneur que d'amour.

— C'est peut-être mieux que tu ne dises rien, alors, répondit-elle en parvenant à sourire, et même à incliner la tête. Sauf si tu es prêt à m'expliquer pourquoi tu es venu.

— J'ai besoin de toi.

Ces mots l'ébranlèrent autant que lui. Et ils résonnèrent longuement dans le silence.

Alexander vit passer dans le regard d'Eve la surprise, puis la bienveillance, et enfin le consentement. Le clair de lune se reflétait dans la vitre derrière elle, la faisant ressembler à une créature de la nuit, inaccessible.

Enfin, elle tendit la main vers lui. Leurs doigts se rencontrèrent, se touchèrent. Le contact était établi, le temps des mots était révolu.

Les yeux rivés à lui, elle souleva la main d'Alexander pour qu'elle effleure ses lèvres à l'endroit où leurs doigts étaient joints. En silence.

Sans la quitter des yeux, il retourna leurs mains scellées et posa ses lèvres sur sa paume. Toujours sans rien dire.

Du bout des doigts, elle parcourut les contours de son visage, touchant ce qu'elle avait longtemps cru ne pas avoir le droit de toucher. Sa peau était chaude, plus chaude que la brise qui agitait les rideaux. Il n'y avait pas besoin de mots.

De sa main, il caressa ses joues et ses tempes, puis enfouit ses doigts dans ses cheveux, comme il rêvait depuis si longtemps de le faire. L'horloge se mit à sonner. Il était minuit.

Il n'y avait pas besoin de mots, car enfin, les sentiments qui avaient couvé en secret depuis si longtemps affleuraient aux premières heures de cette nouvelle journée. Leur désir, refusé, nié, était à présent accepté dans la lumière claire obscure de la journée qui venait de s'achever.

Il y avait des choses qu'il ne demanderait pas, et d'autres encore — plus nombreuses — qu'elle ne pourrait jamais admettre. Ils vinrent donc l'un à l'autre sans questions, mais seulement avec leurs émotions, comme le font les plus courageux des amants.

Elle ouvrit les bras et lui offrit sa bouche. Il l'étreignit et joignit ses lèvres aux siennes. Enlacés, ils partagèrent le premier baiser du matin.

Fiévreux, ils s'abandonnèrent. Ils n'étaient pas animés par le seul désir, mais aussi par la volonté d'achever ce qui avait commencé bien longtemps auparavant. C'était cette nuit, enfin, que leur destin s'accomplissait.

Le petit soupir que poussa Eve emplit l'air de douceur. Le baiser qu'ils échangèrent, intense, profond, fut d'autant plus passionné qu'il était un prélude aux délices qu'ils espéraient depuis des années. Quand Alexander effleura plus légèrement ses lèvres, la tendresse prometteuse dont il fit preuve ne fit qu'exacerber son envie.

Lorsqu'elle se mit à trembler comme il le lui avait prédit, il ne ressentit pas le frisson de la victoire, mais de la gratitude, heureux qu'il était de constater que son désir était aussi ardent que le sien.

Il caressa ses épaules soyeuses, ses bras, son dos, hanté par la vision de ce qu'elle pouvait encore cacher. Plus d'une fois, il l'avait imaginée nue. Lorsqu'il écarta son peignoir, qui glissa dans un murmure jusqu'au sol, il se rendit compte que ce qu'il s'était représenté n'était rien comparé à la splendeur qu'il put découvrir, merveilleusement mise en valeur par la lumière de la lune.

Un poète aurait trouvé les mots. Un musicien aurait pu jouer l'air qui résonnait dans sa tête. Mais il était un prince qui ne s'était jamais tant senti humain et mortel qu'en ce moment, alors qu'il contemplait, juste en face de lui, la plus belle des femmes resplendir dans le clair de lune.

Elle n'avait pas besoin de poème ni de chanson. Ce qu'elle vit dans les yeux d'Alexander lui fit comprendre qu'elle faisait plus que lui plaire. Il ne lui réciterait jamais de vers, mais un regard de lui en disait bien davantage.

En souriant, elle revint dans ses bras, et posa ses lèvres sur son cœur.

Il battait si vite, si fort. Elle ferma les yeux un instant, comme pour capturer cette sensation en elle. Puis elle les rouvrit et contempla le bronze de sa peau contre l'ivoire de la sienne. Fascinée par ce contraste, elle le caressa du bout des doigts, puis posa sa paume contre son torse.

Il referma les doigts autour de son poignet alors que ses caresses plantaient dans tout son corps des flèches qui attisaient son désir. Il put sentir son pouls rapide avant qu'elle ne lève le bras pour nouer ses deux mains autour de son cou.

Chair ardente contre chair ardente, bouche avide contre bouche avide, ils s'étreignirent avec passion. La langue d'Eve s'attarda sur les lèvres d'Alexander, avant de s'enfoncer, à la recherche de saveurs plus riches et plus sombres.

Encore. De nouveau, elle mourait d'en avoir davantage. Mais cette nuit, elle aurait ce qu'elle voulait. Elle ouvrit la ceinture de son pantalon, ravie de sentir son ventre frémir alors que ses doigts effleuraient sa peau. Elle attendit un peu, puis, bientôt, il fut nu lui aussi.

Elle avait rêvé de cet instant. Et elle découvrait à présent que la réalité dépassait ses rêves.

Avec douceur, il l'enlaça et la souleva, pendant qu'elle blottissait son visage contre son cou et passait ses bras autour de sa nuque. Le vent fit trembler la fenêtre pendant qu'ils se dirigeaient vers le lit.

Le matelas les accueillit en laissant échapper comme un soupir. Les draps bruissèrent. Il enfouit son visage dans ses cheveux et se laissa griser par leur parfum. Elle se glissa tout contre lui, d'un air à la fois abandonné et volontaire.

Une caresse suivie d'un frisson. Un baiser suivi d'un soupir. Lentement, en savourant, et en frémissant, ils partirent à la découverte l'un de l'autre. Elle était si douce ici, si ferme là. Que quelqu'un de si menu pût être si fort ne cessait de le surprendre. Elle sentait merveilleusement bon. Tel le jardin des délices, sa peau embaumait. S'il y passait la langue, il pouvait sentir à la fois la passion et la délicatesse.

Comment cela se faisait-il qu'elle ne se soit jamais rendu compte de toute la compassion, de toute la douceur et de toute la bonté qu'il avait en lui ? Pourtant, cela ne l'avait pas empêchée de tomber amoureuse de lui. En découvrant tout cela à présent, elle fut animée de sentiments d'une complexité dont elle ne se serait jamais crue capable. En lui, il y avait une patience qu'elle n'avait jamais vue. Une douceur qu'elle n'avait jamais imaginée. Et il les lui offrait, sans qu'elle ait à le demander. Il lui offrait la romance à laquelle, en femme sage et raisonnable, elle s'était toujours interdit de rêver.

Cela ne durerait pas, elle le savait bien. Plus tard viendraient les supplications, l'avidité, la témérité. Elle l'accepterait lorsque le moment serait venu. Mais pour cette fois — cette première fois —, Alexander semblait savoir que c'était la douceur qu'elle voulait. Et, plus important, c'était ce qu'il semblait vouloir, lui aussi.

Alors, de ses mains, elle le caressa. De sa bouche, elle l'effleura. Elle lui montra qu'elle pouvait chérir autant qu'être chérie. Même lorsque leurs souffles mêlés commencèrent à se faire plus courts, aucune rage ne s'empara d'eux. Leur but fut seulement de faire durer l'instant. Le plus longtemps possible.

Lorsqu'il s'installa en elle, ils se mirent à bouger ensemble, sans montrer cet empressement caractéristique des premières fois. Depuis sept ans qu'ils attendaient d'étancher cette soif, ils avaient appris ce qu'était la patience. Ensemble, ils prirent conscience de la beauté et de la rareté de ce moment tant espéré.

La lune brillait toujours. Les rideaux remuaient toujours. Apparemment, le monde avait décidé de suivre son cours habituel, alors que tout avait changé.

Bientôt, les draps se retrouvèrent rejetés en bas du lit par deux corps bouillants qui n'avaient pas besoin de la chaleur qu'ils pouvaient leur dispenser.

Lorsque leur étreinte prit fin, aussi doucement qu'elle avait commencé, Eve posa la tête sur l'épaule d'Alexander. C'était une place qui lui semblait réservée, une place qu'elle n'aurait jamais osé réclamer. Sous sa main, elle sentit son cœur battre encore rapidement. Il passa son bras autour d'elle, et l'attira fermement à lui. Même si elle savait qu'il était aussi réveillé et conscient qu'elle, entre eux s'était installée une paix sans précédent.

Etait-ce l'amour, ou l'acte d'amour, qui était responsable de ce miracle ? Elle n'aurait su le dire. Et, d'ailleurs, peut-être cela n'avait-il pas d'importance. Ils étaient ensemble, c'était tout ce qui comptait.

— Sept ans.

Elle poussa un long soupir qui rompit le silence.

— Cela fait sept ans que j'attends ce moment.

Alexander resta immobile un moment, essayant de bien mesurer ce qu'il venait d'entendre. Du bout des doigts, il caressa son visage, puis saisit délicatement son menton pour la regarder dans les yeux.

— Tout ce temps, vraiment ? demanda-t-il avec prudence. Depuis le début ?

Elle sourit.

— Tu étais habillé en soldat, en officier ; la pièce était emplie de magnifiques femmes et d'hommes imposants, comme dans un rêve. Mais je n'avais d'yeux que pour toi.

Elle n'eut pas honte de le lui dire, et ne regretta pas non plus de ne pas l'avoir fait plus tôt. Toutes ces années leur avaient été nécessaires.

— Il y avait des fleurs partout, reprit-elle. La salle

sentait le printemps. Et la lumière que diffusaient les lustres en cristal était sublime. De la vaisselle d'argent, du vin dans des carafes en cristal, des violons... Tout était féerique. Tu portais une épée au côté. Je mourais d'envie que tu m'invites à danser. Je mourais d'envie que tu me remarques.

— Je t'ai remarquée, murmura-t-il, avant de déposer un tendre baiser sur son front.

— Oui, c'est vrai, maintenant que tu me le dis, je me souviens : tu m'as regardée une fois en fronçant les sourcils, répondit-elle en souriant. Et tu as dansé la valse avec cette jolie blonde au teint diaphane que je déteste depuis ce jour.

Alexander sourit à son tour et dessina le contour de ses lèvres du bout des doigts. C'était incroyable d'être détendu, d'être seul avec elle, de n'être qu'un homme.

— Je ne me rappelle même pas de qui il s'agissait.

— Moi si. C'était...

— Mais je me rappelle que tu portais une robe rouge sans manches décolletée dans le dos. Tu portais un bracelet ici, ajouta-t-il en saisissant son poignet pour l'embrasser. Un bracelet jonc en or, incrusté de rubis. J'étais obsédé par l'idée que c'était un cadeau de l'un de tes amants.

— C'était un cadeau de mon père, murmura Eve, stupéfaite d'apprendre qu'il l'avait remarquée, et qu'il avait ressenti quelque chose pour elle. Il me l'a offert quand j'ai eu mon diplôme : il était tellement heureux et soulagé... Mais tu te souviens, ajouta-t-elle en riant, tu m'avais bien remarquée.

Il ne ressentait plus le poids, le tiraillement de la culpabilité, ni le besoin de nier. Il ne ressentait plus que du plaisir et de la légèreté, et c'était merveilleux.

— A partir du moment où je t'ai remarquée, tu n'as plus jamais quitté mon esprit.

Comme elle avait envie que cela fût vrai ! Et même si ça ne l'était pas, tant pis ! songea-t-elle, soudain insouciante.

— Tu ne m'as pas invitée à danser, pourtant.

— Non, répondit-il en entortillant une mèche de ses cheveux autour de son doigt. Je savais déjà que si je te touchais, je serais perdu. Et puis, je t'ai vue quitter la salle de bal avec Bennett.

— Tu étais jaloux ? demanda-t-elle en se mordillant les lèvres pour s'empêcher de sourire.

— La jalousie est un sentiment très bas et vil, répondit-il en passant son bras autour de ses hanches. Et elle me dévorait.

Cette fois, elle éclata d'un rire franc et sonore.

— Oh ! Alex, ça me fait tellement plaisir. Ce n'est pas très charitable, mais si tu savais comme cela me fait plaisir.

— Je vous ai presque suivis, dit-il calmement, mais avec un air soudain plus sombre. J'ai renoncé, de peur de me ridiculiser. Mais si je l'avais fait…

— Non, l'interrompit-elle en posant son doigt sur ses lèvres. Tu ne pouvais pas savoir ce qui allait se passer.

Il embrassa son doigt, puis lui prit doucement la main.

— Je t'ai vue revenir, seule, pâle. Tu tremblais. J'ai pensé que Bennett avait dû mal se comporter. Je vous ai rejoints juste au moment où tu expliquais à Reeve et à mon père ce qui se passait sur la terrasse. Tu étais blanche comme un linge et toute tremblante, mais tu nous as conduits à eux.

— Quand nous sommes arrivés, et que j'ai vu le sang et Ben allongé à terre… j'ai cru qu'il était mort.

Elle ferma les yeux un moment, puis se blottit contre Alexander.

— Tout ce que je réussissais à me dire, c'était que ce n'était pas juste. Que Ben était la vie même, qu'il était fait pour vivre.

Les yeux fermés, elle revit la scène. Alors elle les rouvrit, et regarda la lune.

— C'était il y a bien longtemps, mais je n'ai rien oublié. Lorsque Janet Smithers et Loubet ont été arrêtés, j'ai cru que tout était terminé, et que personne ne serait plus en danger. Et maintenant…

— Personne n'est en danger.

— C'est faux, rétorqua-t-elle en levant la tête et en la secouant avec force. Alex, ne me laisse pas en dehors de tout cela. C'est moi qui ai reçu cet appel téléphonique et cet avertissement. J'étais là il y a sept ans pour voir ce dont Deboque est capable depuis sa cellule. Et je suis là aujourd'hui.

— Ce n'est pas à toi de t'inquiéter au sujet de Deboque.

— Tu es en train de me traiter comme une enfant. Est-ce la façon dont tu considères les femmes ?

Il esquissa un sourire.

— Avec une sœur comme Gabriella, je serais bien mal inspiré de me comporter ainsi. Crois-moi, Eve, j'ai appris dès mon plus jeune âge que les femmes n'aiment pas être infantilisées. Je voulais juste dire que tu ne peux rien faire au sujet de Deboque, et que t'inquiéter à son sujet est inutile.

Il caressa doucement son visage, avant de reprendre :

— Si cela peut te rassurer, sache que Reeve travaille dur pour que ce problème soit réglé dans les plus brefs délais.

— Cela ne me rassure pas. Chaque fois que tu quittes le palais, je tremble.

— Ah ! ma belle… Je ne peux tout de même pas rester cloîtré au palais jusqu'à ce que Deboque soit mort.

Il marqua une pause, sans doute pour lui laisser le temps d'assimiler ce qu'il avait à lui dire.

— Tant qu'il vivra, reprit-il, il cherchera à se venger. Il

sait très bien que c'est à cause de l'acharnement de mon père qu'il est aujourd'hui derrière les barreaux.

— Mais Reeve a dit que c'était Interpol qui l'avait traqué.

— C'est vrai. Mais sans la coopération de mon père, sans les informations collectées par nos propres services de sécurité, Deboque serait peut-être encore libre à l'heure qu'il est. Pourtant, ma vie et la vie de ma famille ne peuvent être gouvernées par la peur des représailles.

Celle d'Eve, en revanche... Rongée par l'angoisse, elle se serra contre Alexander.

— S'il t'arrivait quelque chose, je ne m'en remettrais jamais.

— Dans ce cas, tu dois me faire confiance et me croire quand je te dis qu'il ne m'arrivera rien. Mais au fait, ma beauté, tu ne m'as pas dit : où as-tu appris l'escrime ?

De toute évidence, il essayait de la distraire de ses sombres pensées. Et il avait raison. Cette nuit leur appartenait. Ce serait indécent de laisser Deboque la gâcher.

— Chez moi, à Houston.

— Il y a des maîtres d'armes, à Houston ?

Sa question l'amusa, et elle sourit.

— Pourquoi les sports élégants n'auraient-ils pas droit de cité aux Etats-Unis ? J'ai beaucoup pratiqué : tu n'as pas à être gêné d'avoir été battu par moi.

— Tu ne m'as pas battu, répondit-il en la faisant rouler sur le dos. Le combat s'est arrêté avant la fin.

— J'ai marqué la seule touche. Mais pour ménager ton ego, je ne le dirai à personne.

— Je vois que nous allons devoir finir ce que nous avons commencé.

Dans le clair de lune, elle sourit lentement.

— Je l'espère bien.

Le réveil retentit. Groggy, Eve chercha le bouton à tâtons, puis le pressa avec une telle force que le réveil chancela. Elle pouvait bien arriver en retard, décida-t-elle, à moitié endormie. Ce matin, ils pourraient commencer sans elle. Elle roula sur elle-même pour se blottir dans les bras d'Alexander.

Mais il n'était pas là.

Toujours groggy, elle chassa les cheveux qui lui retombaient devant les yeux, puis s'assit. Les draps étaient remontés, mais ils étaient froids. La brise agitait toujours les rideaux, elle sentait toujours la mer, mais à présent, c'était la lumière du soleil qui entrait par la fenêtre. Et la chambre était vide.

Il avait ramassé son peignoir et l'avait posé au pied du lit. Au pied du lit qu'ils avaient partagé. Toute trace de lui avait disparu. Tout comme lui-même avait disparu.

Eve réfléchit en silence. Elle ne savait même pas à quel moment il était parti. Mais peu importait. Elle attrapa son peignoir avant de se lever, puis l'enfila et le noua tout en se dirigeant vers la fenêtre.

Les bateaux étaient déjà en mer, en quête de leur prise du jour. Le beau yacht blanc n'avait pas encore levé l'ancre, mais elle ne vit personne sur le pont. La plage encore déserte était envahie par les mouettes et par les crabes qu'elle était trop loin pour pouvoir distinguer. Le jardinier se trouvait sous sa fenêtre, en train d'arroser. Ses sifflements montaient jusqu'à elle et faisaient taire les oiseaux. Le jet d'eau chassa trois papillons jaune pâle qui allèrent se poser sur un buisson déjà mouillé. Les feuilles humides scintillaient dans la lumière, tandis que la riche odeur des fleurs s'élevait jusqu'à sa fenêtre.

Le jour était en pleine éclosion. La nuit était terminée.

Elle ne parvenait pas à s'en désoler. Il n'y avait aucune place dans son cœur pour les regrets. Ce qu'elle avait partagé avec Alexander avait été magique, comme un rêve éveillé, un souhait enfin réalisé. Elle l'avait découvert tendre, prévenant et doux. Et elle s'en émerveillait encore. Il avait très vite réussi à lui donner l'impression que rien ni personne d'autre qu'elle ne comptait pour lui. Mais, à présent que la nuit était terminée, il avait à assumer des responsabilités que ni lui ni elle ne pouvaient ignorer.

Il ne les ignorerait jamais, ni pour elle, ni pour Deboque, ni pour personne. Elle pouvait très bien rester à la fenêtre, dévorée d'angoisse, qu'il n'en obéirait pas moins à son devoir. Comment pourrait-elle lui reprocher d'être ce qu'il était, si elle l'aimait ?

Mais qu'elle aurait voulu qu'il fût là avec elle, à contempler la beauté du matin !

Tournant le dos à la fenêtre, Eve se prépara à affronter la journée, seule.

9

Depuis la première galerie, face à la scène, Eve avait une vue d'ensemble sur la répétition. Cela faisait plus de cinq heures qu'elle durait et, à part deux moments où le ton était un peu monté entre les acteurs, tout se passait très bien. Tout était rentré dans l'ordre après la réunion impromptue qu'elle avait organisée la veille, mais elle continuait de prendre des notes sur ce qui pouvait encore être amélioré.

Elle avait fait le bon choix pour la distribution, songea-t-elle avec orgueil, en regardant Russ et Linda, dans les rôles respectifs de Brick et de Maggie, jouer leur scène. L'étincelle était là. Et l'érotisme aussi. Lorsqu'ils étaient sur scène, la température grimpait de quelques degrés. Linda campait avec beaucoup d'intensité une Maggie désespérée, possessive et avide. Le Brick de Russ était distant comme il fallait, sans être froid, et, sous sa carapace, on le sentait tourmenté par ses désirs. Les seconds rôles, plus en retenue, soulignaient encore la relation d'attraction et de répulsion qui les liait.

Satisfaite, Eve sourit. Elle était assez fière d'elle, elle devait l'avouer, surtout qu'elle avait réussi à ne pas dépasser le budget prévu pour la production.

Le metteur en scène reprit les acteurs, et Linda répéta la même réplique pour la cinquième fois en une heure. Elle et Russ reproduisirent les mêmes gestes. Ah, la patience des acteurs ! songea Eve, en se demandant comment elle avait pu, pendant un temps, se croire capable de devenir comédienne. Elle était bien plus à sa place dans le rôle qu'elle avait finalement choisi, à tout superviser et organiser.

Mais le décor… Soucieuse, elle tapota son crayon contre ses lèvres. Le décor ne la convainquait pas totalement. Trop brillant, se rendit-elle compte. Trop neuf, trop « clinquant ». Elle plissa les yeux et essaya de l'imaginer à sa façon. Il fallait qu'il paraisse un peu plus abîmé, usé, et même terni. Avec un élément en point focal, songea-t-elle avec une excitation grandissante. Quelque chose de gros, de voyant et de brillant qui ferait paraître le reste plus décrépi encore. Un vase, décida-t-elle. Un vase énorme et de couleur vive. Un vase rempli de fleurs, dont Big Momma pourrait s'occuper pour essayer d'ignorer la désintégration de sa famille.

Elle inscrivit tout cela à la hâte sur son carnet, alors que le metteur en scène décidait d'une pause.

Se frayant un chemin parmi les câbles et les cordes, elle se dirigea vers le petit escalier en colimaçon qui menait directement à la scène.

— Pete, lança-t-elle au chef décorateur avant qu'il n'ait le temps d'allumer sa cigarette. Je voudrais quelques changements.

— Vous êtes sûre, mademoiselle Hamilton ?

— Rien de très important, le rassura-t-elle en posant une main sur son épaule, avant de faire quelques pas sur le plateau. Pete, il faut juste me vieillir un peu tout cela.

Pour un homme, il était d'assez petite taille — à peine plus grand qu'elle —, de sorte que leurs yeux se trouvèrent à la même hauteur lorsqu'il se tourna en se grattant le menton.

— Vieillir ? Beaucoup ?

— Je dirais de dix ans, environ, répondit-elle avec

douceur plutôt qu'autorité. Ecoutez, la famille vit là depuis un certain temps, non ? Ils n'ont pas acheté tous ces meubles la veille. Je pense que si le canapé était un peu passé...

Un long et douloureux soupir l'interrompit.

— Vous voulez que j'use le canapé.

— Juste un petit peu, Pete. Pour qu'on y voie l'inévitable patine du temps. Je crois que si vous enleviez la housse et que vous la passiez cinq ou six fois à la machine à laver, cela irait. Et puis, la dorure des cadres brille un peu trop. Je ne veux pas de griffures sur les meubles, mais... des napperons.

L'inspiration venait de la prendre, et elle se dépêcha d'écrire son idée pour ne pas l'oublier.

— Oui, c'est cela, il nous faut des napperons.

— Et où voulez-vous que je trouve cela ?

— Voyons, Pete, je sais que vous êtes un homme plein de ressources, répondit-elle doucement.

— Evidemment, si vous me prenez par la flatterie... murmura-t-il. Donc si je résume bien : un canapé usé, des dorures passées, et des napperons. Quoi d'autre ?

— Un vase, répondit-elle aussitôt en balayant le plateau des yeux, concentrée. Il faut qu'il soit juste à la bonne place, pas au centre de la scène, pas trop dans le fond, mais... Ici, ce sera parfait, décida-t-elle en désignant une petite table à côté d'un siège à accoudoirs. Un gros vase, Pete, avec des motifs peints ou en relief. Et je ne veux pas quelque chose de trop raffiné ni de trop joli. Dans l'idéal, j'aimerais même qu'il soit à la limite du mauvais goût. Je le voudrais rouge, très rouge, qu'il soit visible un peu comme un phare.

Pete se gratta de nouveau le menton.

— C'est vous le chef.

— Faites-moi confiance.

— Mademoiselle Hamilton, je crains qu'aucun de nous n'ait d'autre choix.

Elle accepta sa remarque sans sourciller.

— Ne dépensez pas trop pour le vase. On ne recherche pas une pièce de collection.

— J'ai bien compris : vous voulez du bon marché, et vous aurez du bon marché.

— Je savais que je pouvais compter sur vous. En ce qui concerne la chambre à coucher, à présent, je crois que ce serait bien qu'il y ait quelques bijoux, dorés et un peu voyants, sur la coiffeuse de Maggie.

— J'ai déjà rajouté les flacons — et la poussière —, comme vous me l'aviez demandé.

— Maintenant, je vous demande des bijoux. Voyez avec Ethel s'il y a ce qu'il faut dans la garde-robe. Sinon, on essaiera de s'en procurer ailleurs. Si vous avez besoin de moi, je serai dans mon bureau pendant les vingt minutes qui viennent.

— Mademoiselle Hamilton ?

Eve se retourna.

— Oui ?

— Je n'ai jamais trop adoré le travail en plus, commença-t-il, en reprenant sa cigarette pendant qu'elle attendait qu'il poursuive. Le problème, c'est que je vois que vous avez ça en vous. La scène, je veux dire...

— Merci du compliment, Pete. Ça me fait plaisir.

— Vous aurez vos napperons, poursuivit-il en craquant une allumette. Mais j'enverrai une des filles les trouver.

— J'ai toujours admiré les hommes qui savent déléguer, dit-elle en contenant son rire tant que Pete pouvait encore l'entendre.

Elle n'avait jamais vraiment compris ce que quelqu'un comme Pete faisait dans le monde du théâtre. Elle l'aurait bien mieux imaginé en train de capturer du bétail au lasso. Pourtant, il était bien là... Il veillait sur ses accessoires comme s'ils étaient des trésors, et connaissait l'histoire de chacun d'eux. Elle ne doutait pas une seule seconde que, dans les vingt-quatre heures, elle aurait tout ce qu'elle avait demandé.

Après avoir poussé la porte de son bureau, elle détacha ses cheveux. Elle les avait remontés pour avoir moins chaud et pour ne pas être gênée, mais leur poids commençait à tirer sur son cuir chevelu. Elle secoua la tête pour les laisser se replacer naturellement et fourra ses épingles dans sa poche. Avant toute chose, elle se dirigea vers la cafetière et la mit en route. Ensuite, parce qu'elle avait une demi-douzaine de coups de téléphone à passer, elle enleva sa boucle d'oreille gauche, qui alla rejoindre ses épingles à cheveux dans sa poche. Avant qu'elle n'ait le temps de s'asseoir et de décrocher le téléphone, il se mit à sonner.

— Allô, fit-elle en saisissant le combiné.

— La famille royale a commis une erreur.

Elle reconnut tout de suite la voix. Et serra son poing qui se trouvait toujours dans sa poche.

— La famille royale ne cède pas devant les menaces.

Son téléphone était sur écoute et l'appel serait enregistré. Elle le savait et, malgré sa peur, elle se souvint que sa tâche consistait à faire parler son interlocuteur le plus longtemps possible.

— Vous allez devoir dire à votre patron qu'il restera en prison jusqu'à ce qu'il ait purgé sa peine.

— Justice doit être rendue. La famille royale et ses proches vont devoir payer.

— Je vous l'ai déjà dit, il n'y a que les lâches qui lancent des appels anonymes, et il est difficile d'avoir peur d'un lâche.

Pourtant, elle avait peur.

— Vous vous en êtes mêlée une fois, et vos sept années d'impunité arrivent peut-être à leur terme.

— Je ne céderai pas non plus devant la menace.

Pourtant, ses mains étaient moites.

— Ils ne trouveront pas la bombe, mademoiselle. Peut-être ne vous trouveront-ils pas non plus.

Son correspondant raccrocha, et Eve regarda un instant le téléphone, sans bouger. Une bombe ? Une bombe avait explosé à Paris. Ses mains tremblaient légèrement lorsqu'elle replaça le combiné. Non, ce n'était pas ce qu'il avait voulu dire. Il devait y avoir une autre bombe, quelque part à Cordina. Et elle allait exploser le jour même.

Alexander.

Elle avait déjà la main sur la poignée de la porte lorsque, soudain, elle comprit ce qu'on avait voulu lui dire.

« Vos sept années d'impunité arrivent peut-être à leur terme. » « Peut-être ne vous trouveront-ils pas non plus. »

Le théâtre. La bombe était ici, au théâtre. La gorge serrée, elle ouvrit sa porte et se mit à courir. Elle vit d'abord Doreen, qui était en train de montrer un bracelet à deux autres actrices.

— Je veux que vous quittiez le théâtre et que vous rentriez à l'hôtel. Tout de suite. Tous.

— Mais la pause est presque terminée, et…

— La répétition est finie. Sortez du théâtre et retournez à l'hôtel. Maintenant.

Sachant très bien que prononcer le mot bombe sèmerait la panique, elle ne donna pas davantage d'explications.

— Gary, lança-t-elle en attrapant le régisseur. Je veux que tu vides le théâtre. Je ne veux plus voir personne, ni les acteurs, ni les techniciens, ni les machinistes, ni les costumières. Plus personne. Et ramène tout le monde à l'hôtel.

— Mais, Eve…

— Dépêche-toi.

Elle le laissa, pour se diriger vers la scène.

— Il y a une urgence imprévue, dit-elle d'une voix haute et forte qui résonna dans tout le théâtre. Tout le monde doit quitter le théâtre immédiatement. Retournez à l'hôtel, et attendez là-bas. Si vous êtes en costume, restez comme vous êtes, et allez-vous-en tout de suite.

Elle regarda sa montre. Quand la bombe allait-elle exploser ? Entendrait-elle l'explosion ?

— Je veux que le théâtre soit totalement vide d'ici deux minutes.

Elle réussit si bien à imposer son autorité que, tout en protestant et en se posant mille questions, les membres de la troupe commencèrent à sortir. Eve quitta la scène pour aller inspecter les réserves, les coulisses, les loges et tous les endroits où on avait pu ne pas l'entendre. Elle trouva Pete, en train de veiller sur ses précieux accessoires.

— Vous étiez pourtant là, tout à l'heure, Pete. J'ai dit dehors.

Elle l'attrapa par la chemise et le tira jusqu'à la porte.

— Laissez tout, et allez-vous-en.

— Je suis responsable de tout ça. Je ne peux pas me permettre de...

— Si vous n'êtes pas dehors dans dix secondes, vous êtes viré.

Cela le fit instantanément taire. Sagement, il se dirigea vers le couloir.

— Si quoi que ce soit est volé, vous vous débrouillerez pour le remplacer, grommela-t-il.

— Il faut juste espérer qu'il en reste quelque chose, répondit-elle pour elle-même, avant d'ouvrir précipitamment toutes les autres portes.

Le son des portes qui se refermaient en claquant derrière elle lui parut chaque fois un peu plus lugubre. Elle trouva un acteur en train de faire la sieste dans une loge, et s'empressa de le réveiller. Il était pieds nus et groggy, mais elle le poussa dans le couloir, vers la sortie.

Tout le monde était dehors, se dit-elle enfin. Il le fallait. Elle avait l'impression d'entendre le cliquetis des aiguilles de sa montre dans sa tête. Combien de temps restait-il ? Quelques secondes, peut-être... Mais il fallait qu'elle soit absolument sûre. Elle s'apprêtait à grimper l'escalier pour aller vérifier qu'il ne restait personne au premier étage lorsqu'une main se posa sur son épaule.

Le souffle coupé, elle se retourna, malgré ses genoux qui tremblaient légèrement, prête à se défendre.

— Calme-toi, calme-toi, dit Russ en la lâchant. Je veux juste comprendre ce qui se passe.

— Que fais-tu ici ?

Furieuse, elle baissa les mains, mais sans desserrer les poings.

— J'ai dit à tout le monde de sortir.

— Je sais. Je revenais de ma pause quand j'ai vu l'ensemble de l'équipe se précipiter dehors. Que se passe-t-il, Eve ? Il y a le feu quelque part, ou quoi ?

— Contente-toi de rentrer à l'hôtel, et d'attendre.

— Mais qu'est-ce que c'est que cette histoire ? Si c'est ta façon de nous dire que tu n'as pas apprécié la répétition de ce matin...

— Russ, je ne plaisante pas.

Elle perdit ce qui lui restait de contrôle et éleva la voix. Des gouttes de sueur perlaient à son front, tandis que d'autres coulaient le long de son dos. Des gouttes de sueur froide.

— J'ai reçu une alerte à la bombe. Est-ce que tu comprends ? Je crois qu'il y a une bombe dans le théâtre.

Lorsqu'elle grimpa les premières marches, il essaya de la retenir.

— Une bombe ? Une bombe dans le théâtre ? Mais qu'est-ce que tu fais encore là, dans ce cas ? Sortons vite d'ici.

— Je veux être absolument sûre que tout le monde

est bien dehors, dit-elle en se dégageant pour continuer sa course dans l'escalier.

— Eve, pour l'amour de Dieu, lança-t-il d'une voix éplorée, en courant derrière elle. Il n'y a plus personne. Sortons d'ici et prévenons la police et les pompiers.

— C'est ce que nous ferons, dès que je serai sûre que toute l'équipe est hors de danger.

Après qu'elle eut vérifié chaque pièce et crié jusqu'à se rendre aphone, elle fut satisfaite. Et la terreur commença à la saisir. La gorge serrée, elle attrapa Russ par le bras, et descendit les marches en courant. Ils étaient presque arrivés à la porte lorsque l'explosion retentit.

— Je suis ravi que vous ayez pu vous déplacer, monsieur Trouchet.

— Je suis toujours à votre disposition, Votre Altesse.

Trouchet prit le siège qu'Alexander lui désignait, et posa sa mallette bien à plat sur ses genoux.

— J'ai été ravi de vous voir chez les Cabot hier soir, mais comme vous l'avez dit vous-même, ce genre d'occasion n'est pas toujours ce qui se fait de mieux pour parler travail. Et comme la réforme du système de santé est un projet qui me tient particulièrement à cœur, je préfère en discuter dans les meilleures conditions possible.

Installé à son bureau, Alexander sortit une cigarette. Il savait très bien que Trouchet avait des idées très arrêtées sur la question et qu'il avait le pouvoir d'influencer de nombreux membres du Conseil. Pourtant, Alexander était prêt à défendre son point de vue, coûte que coûte.

— Je sais que votre temps est précieux, monsieur, donc autant entrer tout de suite dans le vif du sujet. Cordina n'a que deux hôpitaux modernes. L'un dans la capitale et l'autre au Havre. Certains villages de pêcheurs et certaines fermes isolées ne peuvent compter que sur les soins dispensés par les cliniques privées. Pourtant, ces cliniques sont de moins en moins performantes depuis cinq ans.

— J'en ai bien conscience, Votre Altesse, et avec moi, tous les autres membres du Conseil. D'ailleurs, à ce sujet, j'ai apporté quelques rapports.

— Je vous remercie, dit Alexander en saisissant les dossiers que Trouchet lui tendait.

— En me fondant sur ces documents et sur les constatations établies par plusieurs médecins de campagne, je crois que ces cliniques ne resteront efficientes que si elles sont prises en main et gérées par l'Etat.

Tout en sachant ce qu'il allait y trouver, Alexander lui fit la courtoisie de feuilleter les papiers qu'il lui avait tendus.

— Quand l'Etat s'immisce dans quelque chose, ce sont la fierté et l'indépendance des individus qui sont mises à mal.

— Mais cela augmente de manière significative l'efficacité des établissements concernés, Votre Altesse.

— L'Etat est aussi fait d'individus, monsieur, répondit Alexander d'une voix calme et douce. Et il ne peut pas tout. Mais j'entends bien votre point de vue. C'est pourquoi je crois qu'avec une aide financière — sous forme d'allocation uniquement —, les cliniques pourraient à la fois conserver leur fierté et améliorer leur efficacité.

Trouchet referma sa mallette sans la verrouiller, et y posa ses mains croisées.

— Vous avez sans doute conscience qu'un tel compromis entraînerait un certain nombre de complications.

— Bien entendu, répondit Alexander, tout sourire, en soufflant la fumée de sa cigarette. C'est pourquoi je me tourne vers vous, monsieur, pour vous demander votre aide afin de trouver les meilleures solutions possible.

Trouchet se cala dans le fond de son siège. Bien sûr, il

ne pouvait ignorer qu'Alexander venait de lui proposer un défi, une fonction importante, et une capitulation tout à la fois.

— Je suis certain que vous y réussiriez par vous-même, Votre Altesse, répondit-il en souriant.

— Mais ensemble, monsieur, nous travaillerions plus efficacement, car, dans le fond, notre but est le même. N'est-ce pas ?

Alexander sortit d'un tiroir un de ses propres dossiers.

— Si nous pouvions dépasser ces…

Il s'interrompit et leva les yeux avec agacement, car Bennett venait de surgir dans son bureau.

— Alex.

Son frère ne fit qu'adresser un hochement de tête distrait à Trouchet qui s'était levé à son arrivée.

— Reeve vient de téléphoner. Il y a eu une explosion.

Alexander se leva d'un bond, les muscles tendus.

— Père ?

Bennett secoua la tête.

— Non, Alex, c'est au théâtre.

Le cœur d'Alexander manqua un battement. Sans doute avait-il pâli, car Bennett s'approcha de lui, craignant peut-être qu'il ne s'effondre. Tâchant de se reprendre, Alexander leva la main pour lui faire comprendre qu'il n'avait pas besoin de lui. Lorsqu'il parla, ce fut pour ne prononcer qu'un seul mot. En cet instant précis, dans son monde, il n'existait plus qu'un seul mot.

— Eve ?

— Reeve ne sait pas.

Bennett se tourna vers Trouchet.

— Veuillez nous excuser, monsieur, nous devons partir immédiatement.

Puis il rejoignit son frère.

Le conseiller ramassa ses papiers et sa mallette, mais,

avant qu'il n'ait le temps de la refermer, il était déjà seul dans la pièce.

— Comment ? Comment cela s'est-il produit ? demanda Alexander alors qu'ils couraient vers la voiture.

Lorsque Bennett réclama la place du conducteur, il voulut protester, avant de capituler. Son frère avait raison. S'il conduisait, c'était l'accident assuré.

— Reeve ne m'a parlé qu'une minute, dit Bennett en s'engageant dans l'allée, suivi de près par les gardes royaux. Eve a reçu un autre coup de téléphone, qui parlait d'une bombe, d'une bombe qu'on ne trouverait pas, et…

— Et ?

— Et ils ont compris que le correspondant d'Eve faisait allusion à une bombe cachée quelque part dans le théâtre. La police a été sur place en un rien de temps, cinq, dix minutes au maximum. Ils ont entendu l'explosion.

Alexander pinça ses lèvres.

— Où la bombe a-t-elle explosé ?

— Dans son bureau, Alexander.

Puis il enchaîna rapidement :

— Elle ne s'y trouvait certainement pas. Eve est trop intelligente pour cela.

— Elle s'inquiétait pour moi, pour nous tous. Mais pas pour elle.

La douleur était en lui, atroce, elle le brûlait et le dévorait.

— Pourquoi est-ce que je n'ai jamais pensé à elle ? ajouta-t-il.

— Ce n'est pas ta faute, nous sommes tous responsables, répondit Bennett sur un ton grave. Aucun de nous n'a vraiment compris qu'Eve serait mêlée à tout cela. Cela n'a aucun sens. Bon sang, Alex, aucun sens du tout.

— Tu as dit toi-même qu'elle faisait partie de la famille, répondit-il en regardant par la vitre.

Ils n'étaient plus qu'à un demi-pâté de maisons du

théâtre. Tous ses muscles se mirent à trembler. De peur, de tension, de rage. Avant que Bennett ne se soit garé, il était dehors.

Reeve, qui se trouvait devant la porte du théâtre, interrompit sa conversation avec deux de ses hommes pour venir à sa rencontre. A son signal, quelques policiers l'entourèrent comme un bouclier.

— Elle n'est pas à l'intérieur. Alex, elle est dans le petit parc, à côté du théâtre. Elle n'a rien.

Comme Alexander ne desserrait pas les mâchoires, il répéta :

— Elle n'a rien, Alex. Elle n'était pas dans son bureau. Elle était presque dehors quand la bombe a explosé.

Il ne se sentit pas pour autant soulagé. Tant qu'il ne l'aurait pas vue de ses propres yeux, il ne se sentirait pas soulagé. Il quitta Reeve et se dirigea vers le côté du théâtre. Son regard fut alors attiré par la fenêtre soufflée et la pierre noircie. Des morceaux de verre brisé jonchaient la pelouse qui entourait le bâtiment. Ce qui avait dû être une lampe se retrouvait parmi des débris de métal plié au milieu de l'allée qui menait au petit jardin. C'était tout ce qui restait du bureau d'Eve.

S'il avait regardé par l'espace dans le mur où, auparavant, se trouvait sa fenêtre, il aurait vu des restes de son mobilier. Il aurait vu du bois, transformé en lances fatales, fiché partout dans les murs. Il aurait vu les cendres détrempées de ce qui avait été ses dossiers et ses papiers, sa correspondance et ses notes. Il aurait vu le trou dans la cloison, assez gros pour qu'un homme pût y passer. Mais il ne regarda pas.

Puis il la vit, assise sur un banc, la tête entre les mains. Des gardes du corps l'entouraient, ainsi que l'homme placé à côté d'elle. Mais Alexander ne vit qu'Eve. Entière. Saine et sauve. Vivante.

Elle l'entendit, même s'il avait à peine murmuré son

nom. Un voile d'émotion passa sur son beau visage, puis elle se leva et courut vers lui.

— Oh ! Alex, au début, j'ai cru qu'il parlait de toi, et puis...

— Tu n'es pas blessée, dit-il en prenant son visage entre ses mains, et en le scrutant. Nulle part ?

— Non. J'ai juste les genoux qui tremblent et l'estomac noué.

— J'ai cru que tu étais...

Il ne parvint pas à finir sa phrase. A la place, il l'attira à lui et l'embrassa comme si sa vie en dépendait. Les gardes maintinrent les journalistes à distance, mais à n'en pas douter, la photographie de leur baiser s'étalerait bientôt dans les journaux du monde entier.

— Je vais bien, murmura-t-elle encore et encore, pour l'en persuader. Tu trembles autant que moi.

— On m'a juste dit qu'il y avait eu une explosion au théâtre, dans ton bureau.

— Oh ! Alex.

Eve le serra fort, maintenant qu'elle savait l'enfer qu'il avait dû vivre en étant dans l'ignorance.

— Je suis désolée. Nous étions sur le point de sortir par-derrière lorsque la bombe a explosé. Au même moment, la brigade anti-terrorisme rentrait par la porte principale. La police ne nous a pas trouvés tout de suite.

Il serra ses mains si fort qu'elle en eut mal, mais elle ne dit rien.

— Et ta troupe ? Est-ce que tout le monde est sain et sauf ?

— Je les ai tous fait sortir dans les minutes qui ont suivi le coup de téléphone. Tous, sauf Russ, qui est là, ajouta-t-elle en se retournant vers l'acteur très pâle et comme prostré. Je m'apprêtais à monter au premier étage pour m'assurer que je n'avais oublié personne, lorsqu'il...

— Comment ? Tu faisais le tour du théâtre ?

Cette fois, elle se raidit sous la pression de ses mains.

— Alex, s'il te plaît, tu me fais mal.

Elle replia ses doigts jusqu'à ce qu'il la lâche.

— Est-ce que tu es folle ? Tu n'as pas compris que la bombe aurait pu se trouver n'importe où ? Et il aurait pu y en avoir plusieurs. Passer le bâtiment au peigne fin était le travail de la police.

— Alex, c'étaient les membres de ma troupe qui étaient dans ce théâtre. Je ne pouvais pas prendre la poudre d'escampette sans savoir s'ils étaient tous en sécurité. D'ailleurs, j'ai dû prendre Pete par la chemise, et...

— Tu aurais pu te faire tuer.

Il y avait tant d'amertume, tant de furie dans le ton qu'il avait employé qu'elle se raidit, bien que ses jambes se fussent remises à flageoler.

— Je le sais très bien, Alex. Mais cela aurait pu être le cas de n'importe quel membre de ma compagnie. Chacun d'eux est sous ma responsabilité. Tu sais ce que cela veut dire, la responsabilité, n'est-ce pas ?

— C'est complètement différent.

— Non, c'est exactement la même chose. Tu me supplies de te comprendre, de te faire confiance. Je ne fais que te demander la même chose.

— Bon sang, c'est à cause de ma famille que...

Mais il s'interrompit au moment où il la saisissait par les épaules.

— Tu t'es remise à trembler.

— C'est le choc, dit Reeve qui venait de les rejoindre.

Celui-ci ôta sa veste et la posa sur les épaules d'Eve.

— Eve et Talbot devraient aller se faire examiner à l'hôpital.

Alexander se maudit de n'y avoir pas pensé lui-même et de prendre si mal soin d'elle, mais avant qu'il ne pût abonder dans le sens de Reeve, Eve protestait déjà :

— Je n'ai pas besoin d'aller à l'hôpital. Tout ce dont

j'ai besoin, c'est de rester assise quelques minutes, dit-elle, alors que ses dents commençaient à claquer.

— Cette fois, tu vas faire ce qu'on te demande.

— Alexander, si je pouvais boire un verre de brandy dans une pièce calme, je pourrais…

— Tu pourras boire une bouteille entière dans toutes les pièces que tu veux. Après avoir vu le Dr Franco.

Avant qu'elle n'ait le temps de protester, il la prit dans ses bras et la souleva de terre.

— Pour l'amour du ciel, je suis capable de marcher toute seule.

Mais sa tête trouva son épaule et n'en bougea plus.

— Nous verrons ce qu'en dira le médecin.

Puis il adressa un coup d'œil rapide à Reeve.

— On se voit plus tard ?

— Je serai au palais dans une heure ou deux.

Eve, allongée sur la table d'examen d'un blanc immaculé, fronça les sourcils lorsque le Dr Franco pointa une petite lumière vers son œil gauche.

— Vous faites du zèle inutilement, murmura-t-elle.

— Les médecins adorent faire du zèle, répondit-il, avant de diriger la lumière vers son œil droit.

Puis il reprit le pouls d'Eve. Ses gestes étaient doux, ses yeux, bienveillants. Elle ne put s'empêcher de lui sourire.

— Vous ne considérez pas que c'est une perte de temps d'examiner un patient en parfaite santé ?

— Tous ces examens sont nécessaires, fit-il en souriant à son tour. Une fois que j'aurai fait mon travail, je pourrai rassurer le prince. Je ne pense pas que vous voulez qu'il s'inquiète pour vous.

— Non.

Elle soupira alors qu'il reprenait sa tension.

— C'est juste que je n'aime pas les hôpitaux.

Elle croisa son regard ironique, et soupira de nouveau.

— Lorsque j'ai perdu ma mère, nous avons passé de longues heures en salle d'attente. Cela a été un moment très pénible pour toute la famille.

— La mort est plus dure pour ceux qui restent, de même que la maladie est souvent plus difficile pour ceux qui sont en bonne santé.

Lorsque Bennett avait été en convalescence, elle avait dû surmonter son aversion pour les hôpitaux, afin de lui rendre visite tous les jours.

— Vous avez subi un choc, ma chère, mais vous êtes solide et résistante. Je pense que vous serez ravie que je dise au prince que vous pouvez rentrer au palais.

Elle était déjà assise.

— Ravie n'est pas un mot assez fort.

— Mais avant, nous devons passer un marché, ajouta-t-il, en la faisant gentiment rallonger.

— Je vois...

Elle sourit de nouveau, essayant d'ignorer le fait qu'elle se sentait malgré tout assez faible.

— Et si je vous proposais des places gratuites à l'orchestre pour la première de chaque pièce ?

— Je ne dirais pas non.

Il marqua une pause, les sourcils froncés.

— Votre pouls est correct, votre tension, normale, mais vous êtes encore très pâle. Pour que notre marché soit conclu, vous devez me promettre de vous reposer pendant vingt-quatre heures.

— Vingt-quatre heures ? Mais demain, je dois...

— Vingt-quatre heures, répéta-t-il de sa voix douce mais implacable. Ou bien je dirai au prince que vous devez passer la nuit en observation, ici, à St-Alban.

— Garder la chambre toute une journée, c'est trop dur pour moi.

— Je peux peut-être vous autoriser à vous promener

dans le jardin ou aller faire un tour au bord de la mer. Mais surtout pas de travail, ma chère, et pas de stress.

Elle pourrait passer ses coups de téléphone depuis sa chambre, décida-t-elle. De toute façon, il faudrait sans doute plusieurs jours pour que son bureau soit remis en état. S'il suffisait qu'elle accepte pour sortir d'ici, elle accepterait.

— Vingt-quatre heures.

Elle se redressa et tendit sa main au médecin.

— Alors, venez avec moi, répondit-il en l'aidant à se relever.

Alexander faisait les cent pas dans le couloir lorsque le Dr Franco la fit sortir de la salle d'examen. Bennett était, quant à lui, appuyé contre le mur, et regardait fixement la porte. Tous deux se précipitèrent vers eux. Alexander prit la main d'Eve, mais s'adressa à Franco.

— Alors, docteur ?

— Mlle Hamilton est un peu secouée, ce qui est normal, mais elle est solide et de bonne constitution.

— Je te l'avais dit, grommela-t-elle.

— Cependant, je lui ai prescrit vingt-quatre heures de repos.

— Pas de repos total, s'empressa de corriger Eve.

— Non, reconnut Franco en souriant. Mlle Hamilton n'est pas obligée de rester au lit pendant tout ce temps. Mais elle n'aura le droit de rien faire, à part se détendre. Et ce qu'il lui faut maintenant, c'est du calme, et un bon repas.

— Elle doit prendre des médicaments ? demanda Alexander, l'air toujours aussi inquiet.

— Je ne crois pas qu'elle ait besoin de quoi que ce soit, Votre Altesse, si ce n'est d'être un peu dorlotée. Oh ! et si j'étais vous, je suspendrais la ligne téléphonique de sa chambre pendant vingt-quatre heures.

Comme Eve restait bouche bée, il lui tapota doucement l'épaule.

— Vous ne voudriez pas être dérangée par des coups de téléphone, n'est-ce pas, ma chère ?

Il lui administra une dernière petite tape amicale, et tourna les talons.

— Plus dur en affaires qu'il n'en a l'air, murmura-t-elle, résignée. Et Russ ?

— Un des gardes l'a raccompagné à l'hôtel, répondit Bennett en posant sa main sur son épaule. Ses nerfs ont été un peu éprouvés, mais il va bien. Le médecin lui a prescrit des tranquillisants.

— Maintenant, nous allons te ramener à la maison.

Alexander lui prit le bras gauche, tandis que Bennett se mettait à sa droite.

— Mon père et le reste de la famille ont hâte de pouvoir constater par eux-mêmes que tu vas bien, ajouta-t-il.

Eve fut choyée, dorlotée — comme l'avait prescrit le Dr Franco — et mise au lit par la vieille nourrice des Bisset. La femme qui s'était occupée de la mère d'Alexander, d'Alexander lui-même ainsi que de son frère et de sa sœur, et qui veillait à présent sur la troisième génération, faisait claquer sa langue, marmonnait plus qu'elle ne parlait, et possédait des mains plus douces que celles d'un bébé, bien qu'elles fussent déformées par l'arthrite, jaunies et tachées par les années. Malgré son âge avancé, la nourrice déshabilla Eve et lui enfila sa tenue de nuit avec une déconcertante facilité.

— Quand votre repas vous sera servi, vous le mangerez.

— Oui, madame, répondit docilement Eve, pendant que la vieille femme tapotait ses oreillers dans son dos.

Ensuite, la nourrice s'installa à côté d'elle et lui tendit une tasse de thé.

— Et maintenant, vous allez boire cela. En entier. C'est un mélange de ma fabrication, qui vous rendra vos couleurs. Tous mes enfants en boivent lorsqu'ils sont malades.

— Oui, madame.

Même le prince Armand ne l'avait jamais autant intimidée que cette femme aux cheveux gris et aux vêtements noirs qui parlait avec l'accent slave. Eve avala une gorgée de tisane, se préparant au pire, mais elle fut surprise par son goût agréable d'herbe et de noix.

— Très bien, acquiesça la nourrice, satisfaite. Les enfants pensent toujours que les médicaments vont être mauvais, et ils rusent pour ne pas les prendre. Mais moi aussi, je suis capable de ruser.

Sa jupe épaisse bruissa lorsqu'elle bougea.

— Même le petit Dorian réclame le « thé de nounou » lorsqu'il ne se sent pas bien. A dix ans, Alexander s'est fait opérer des amygdales par le Dr Franco. Eh bien, ce n'est pas de la glace qu'il a demandée à son réveil, mais ma tisane.

Eve essaya de se représenter Alexander enfant, mais elle ne vit que l'homme, si grand, si droit et si fier.

— Comment était-il, madame ? Comment était-il, petit ?

— Téméraire. Impétueux.

Elle sourit et les rides qui constellaient son visage se creusèrent.

— Un caractère très affirmé. Mais il avait déjà le sens des responsabilités. C'est quelque chose qu'on lui a enseigné dès le berceau. Même bébé, il avait l'air de comprendre qu'il aurait toujours plus que les autres hommes. Et moins, aussi.

Tout en parlant, elle se leva pour plier les vêtements d'Eve.

— Il était obéissant. Même si son regard lançait toujours des éclairs de défi, il était obéissant. Il travaillait dur. Il apprenait vite. Lui et Bennett ont eu beaucoup de chance d'avoir des personnalités aussi différentes. Ils se battaient, bien sûr. Comme tous les frères. Mais ils se sont toujours adorés.

Tout en parlant, elle gardait un œil vigilant sur sa patiente, et elle sourit lorsque Eve lui montra qu'elle avait presque terminé sa tisane.

— Il est aussi sombre et sérieux que son père, parfois plus. Mais le prince avait mon Elizabeth pour alléger son fardeau, pour le choyer et pour lui faire prendre de la distance. Mon Alexander a besoin d'une épouse.

Eve leva lentement les yeux. Elle avait bien chaud et commençait à se sentir somnolente, mais elle vit très bien ce qu'il y avait à voir dans le regard de la nourrice.

— C'est à lui de décider de son destin, répondit-elle simplement.

— Mais son destin est aussi celui de Cordina. La femme qu'il choisira devra être forte, et prête à partager ses responsabilités.

La nourrice récupéra la tasse vide, avant d'ajouter :

— Et surtout, j'espère qu'elle sera capable de le faire rire.

— J'aime l'entendre rire, murmura Eve, alors que ses paupières commençaient à papillonner. Cela se voit-il, madame ? Cela se voit-il que je l'aime tant ?

— J'ai de très vieux yeux, répondit la nourrice en la bordant, puis en éteignant la lumière. Et les vieux yeux voient mieux que les jeunes. Maintenant, reposez-vous et faites de beaux rêves. Il viendra vous voir avant la fin de la soirée, ou je ne connais pas mes enfants.

Elle les connaissait bien. Eve s'étira et soupira, et découvrit Alexander au moment même où elle ouvrait les yeux, un peu plus tard. Il était assis sur le bord du lit, tenait sa main dans la sienne, et la regardait.

— Ta nourrice m'a fait boire une potion magique.

Rassuré de la voir sourire, il embrassa ses doigts. Il aurait voulu continuer de l'embrasser et la serrer fort contre lui jusqu'à ce que ce cauchemar fût totalement terminé. En faisant un effort, il réussit à répondre d'une voix légère :

— Sa tisane t'a rendu tes couleurs. Elle m'a dit que tu te réveillerais bientôt et que tu aurais faim.

— C'est vrai, fit-elle en se redressant. Je suis affamée.

Il se leva et alla chercher le plateau qui était posé à côté du lit.

— C'est elle qui t'a composé ce menu.

Un à un, il souleva les couvercles des plats.

— Du bouillon de poule, un petit steak, des légumes verts, des pommes de terre gratinées.

— Arrête de me torturer, s'exclama-t-elle, la main sur le ventre. Je n'ai pas mangé depuis le petit déjeuner. Je pourrais commencer par n'importe quoi.

— Je te conseille le bouillon, d'abord, dit-il en le posant sur un plateau.

— Oh ! il sent délicieusement bon.

Sans rien dire, il attendit qu'elle mange sa soupe. Sombre, il ne pouvait s'empêcher de repenser au rapport que lui avait fait Reeve, dont il se rappelait précisément chaque mot.

Même s'il fallait attendre les résultats définitifs des analyses, son beau-frère était presque sûr que la bombe était du même type que celle de Paris. Si quelqu'un s'était trouvé dans le bureau, ou même à quelques mètres de la porte, il n'en aurait pas réchappé.

Le bureau d'Eve... Où Alexander l'avait plus d'une fois vue travailler.

D'après les services de sécurité, on n'avait pas forcément voulu la tuer. D'où le coup de téléphone pour la prévenir. On s'était servi de la bombe pour semer terreur, panique, et doutes. Pourtant, si elle n'avait pas été assez rapide...

Mais il ne voulait plus y penser. Tout ce qui comptait, c'était qu'elle était là, à présent, saine et sauve. Et, quoi qu'il dût faire pour cela, elle le resterait. Quand elle eut terminé son bouillon, il ôta le bol et le reposa avec le reste du repas.

— Je crois que je m'habituerais facilement à être dorlotée, dit-elle en coupant sa viande, qui était tendre et rosée. Tout le monde, à commencer par ton père, a été tellement gentil de venir me voir pour s'assurer que j'allais bien...

— Mon père t'aime et tient à toi. Comme nous tous.

Eve essaya de ne pas entendre plus qu'il n'avait voulu lui en dire. Il tenait à elle. Pour de bon. Elle l'avait senti lorsqu'il l'avait prise dans ses bras près du théâtre. Peut-être — peut-être seulement — l'aimait-il un peu. Mais elle ne pouvait et ne voulait pas le forcer à se déclarer, ni se déclarer elle-même. Il était bien trop tôt pour cela.

— Mais je me sens vraiment bien maintenant, Alex, enchaîna-t-elle, en jouant avec ses pommes de terre du bout de sa fourchette. Cela ne sert à rien que tu te donnes la peine de suspendre ma ligne téléphonique.

— C'est déjà fait, dit-il en débouchant une bouteille de vin, puis en les servant tous les deux. Tu n'auras pas besoin, demain, de parler à qui que ce soit en dehors du palais. Brie et sa famille s'y installent temporairement. Je suis sûr que les enfants t'amuseront et te feront passer le temps.

— Alex, sois raisonnable. Je dois parler aux membres de ma compagnie. Ils doivent être complètement paniqués. Par définition, les acteurs n'ont pas leur pareil pour dramatiser. Et je ne pourrai certainement pas me servir de mon bureau avant plusieurs jours.

— Je veux que vous rentriez à Houston.

Lentement, elle reposa ses couverts sur le plateau.

— Pardon ?

— Je veux que tu ramènes ta troupe aux Etats-Unis. J'annule les représentations.

Elle ne s'était pas encore rendu compte qu'elle avait l'énergie suffisante pour se mettre en colère. Pourtant, c'était le cas :

— Si tu fais ça, je porte plainte contre toi, que tu sois une altesse royale ou pas !

— Eve, il faut parfois savoir ravaler orgueil et ego. Ce qui s'est passé aujourd'hui...

— N'avait rien à voir avec ma troupe, et pas grand-chose avec moi. Tu le sais aussi bien que moi. Si on voulait s'en prendre à moi, je ne serais pas davantage en sécurité à Houston qu'ici.

Il en avait assez de la logique. Dans cette histoire, et avec elle, seuls prévalaient les sentiments.

— Je ne veux pas que tu restes ici.

A ces mots, Eve ressentit une douleur sourde au fond de son cœur. Elle attendit qu'elle se dissipe, puis reprit ses couverts.

— Inutile de chercher à me blesser, Alexander. Je ne m'en irai pas, et ma troupe non plus. Pas avant que nos quatre séries de représentations ne soient terminées. Nous avons signé un contrat.

Il jura longuement en français tout en faisant les cent pas dans la chambre. Elle en avait assez appris au pensionnat en Suisse, en particulier dans les dortoirs, pour le comprendre parfaitement.

— Ta nourrice m'a dit que tu avais un caractère abominable, dit-elle, tout en continuant de manger.

En fait, elle était contente de le voir enfin sortir de ses gonds. Il avait perdu son légendaire self-control, à présent. Elle, au contraire...

— Le vin est excellent, Alexander. Viens donc trinquer avec moi.

— Merde ! lança-t-il en se tournant vers elle, résistant

à l'envie d'envoyer valser le plateau et son contenu à terre. Ce n'est pas un jeu. Sais-tu ce que j'ai enduré quand j'ai pensé que tu étais peut-être morte ? Quand j'ai pensé que tu étais peut-être dans ton bureau au moment où la bombe a explosé ?

Elle reposa de nouveau fourchette et couteau et leva les yeux vers lui.

— Je crois que oui. J'endure exactement la même chose à chacune de tes apparitions publiques. Ce matin, je suis restée un long moment à ma fenêtre à m'inquiéter pour toi. Je ne savais même pas depuis combien de temps tu étais parti.

— Je n'ai pas voulu te réveiller.

— Je ne te demande pas d'explications, Alex.

Son appétit s'étant envolé, elle écarta son plateau.

— J'essaie juste de te faire comprendre ce que j'ai ressenti. J'ai regardé la mer, tout en sachant que tu étais quelque part à Cordina. Quelque part où je ne pouvais pas être, quelque part où je ne pouvais rien faire pour toi. Et j'ai dû m'habiller, sortir, et vivre ma vie, avec, en moi, la peur de te perdre.

— Eve, il y a tant de gardes autour de moi que j'ai parfois l'impression qu'ils vont m'étouffer. La sécurité de tous les membres de la famille a été énormément renforcée depuis l'attentat de Paris.

— Est-ce censé me rassurer ? Est-ce que cela te rassurerait ?

Il ne dit rien, mais s'approcha et enleva le plateau de ses genoux.

— Tu veux que je m'enfuie, Alex. Mais est-ce que tu t'enfuirais avec moi ?

— Tu sais très bien que je ne le peux pas. C'est mon pays.

— Et c'est mon travail. S'il te plaît, ne me demande pas de partir.

Elle lui tendit une main, le regarda hésiter, avant qu'il la prenne finalement.

— Si tu veux te mettre en colère contre moi, attends demain. Pendant toute cette horrible journée, je n'ai voulu qu'une chose. S'il te plaît, reste avec moi cette nuit, Alex.

— Tu as besoin de repos, dit-il, en s'approchant malgré tout.

— Je me reposerai après, murmura-t-elle, en l'attirant à elle.

10

Son bureau avait vraiment l'air d'avoir été soufflé par une bombe. Elle avait beau avoir été présente sur les lieux au moment des faits, avoir entendu tout le monde en parler, avoir lu l'histoire dans les journaux, Eve n'était pas préparée à affronter la réalité dans toute son âpreté et dans toute son horreur.

Elle avait tenu sa promesse et ne s'était pas approchée du théâtre pendant vingt-quatre heures, principalement parce qu'on ne lui en avait pas laissé la possibilité. Elle se tenait à présent dans l'embrasure de la porte, ou dans ce qu'il en restait, et contemplait ce qui avait été son bureau.

Les gravats n'avaient pas été enlevés, sur ordre de la police. Les enquêteurs avaient fouillé et cherché parmi les cendres et les décombres durant toute la nuit qui avait suivi l'explosion, toute la journée où elle avait été tenue à l'écart, et toute la nuit où, dévorée par l'angoisse et par le besoin de retourner travailler, elle n'avait pas réussi à trouver le sommeil. Si les policiers avaient procédé à leurs investigations avec ordre et méthode, cela ne se voyait pas.

Il y avait un trou dans un mur, plus grand et plus large qu'elle, ce qui permit à Eve de constater que la petite pièce adjacente, inoccupée, avait rencontré quelques problèmes elle aussi. Des morceaux de bois étaient fichés dans le plâtre et éparpillés par terre. L'armoire où elle rangeait ses dossiers n'était plus qu'une masse de métal tordu, son contenu, un tas de cendres. Le tapis avait tout simplement disparu, et le sol était plus qu'abîmé. La fenêtre avait été bâchée, de sorte qu'aucune lumière ne pouvait pénétrer à l'intérieur. Les ouvriers devaient commencer leurs réparations ce matin même, mais elle avait voulu voir de ses propres yeux, avant que tout soit nettoyé.

Elle ne frémit pas. Elle avait pourtant pensé qu'elle ne pourrait s'en empêcher, lorsqu'elle avait grimpé l'escalier et traversé le couloir. La peur à laquelle elle s'était préparée, qu'elle était prête à accepter, ne vint pas. Mais dans le vide laissé par la peur, s'installa la colère, vive, profonde, et incandescente.

Tous ses dossiers, toutes ses notes, toutes ses archives : détruits. Elle entra dans la pièce et donna un coup de pied dans un débris de plafond. Des semaines, des mois, et même des années de travail réduits à néant en l'espace de quelques secondes. Certaines choses pourraient être remplacées, d'autres resteraient à jamais irremplaçables.

La photographie qu'elle avait posée sur son bureau, sa préférée de Chris et elle : cendre parmi les cendres. Disparue, également, la pièce qu'elle avait écrite et sur laquelle elle travaillait encore. Les larmes qui lui montèrent aux yeux n'étaient pas des larmes de chagrin, mais de rage. Son travail était peut-être vain, voire mauvais, mais c'était son travail. Et, même si elle était tout sauf sûre de son talent, elle tenait beaucoup à pouvoir achever ce qu'elle avait commencé.

A présent, ce rêve s'était envolé, brisé par quelqu'un qui ne la connaissait même pas. On lui avait volé des morceaux de sa vie, et on aurait pu tout aussi bien lui voler sa vie, sans la moindre arrière-pensée.

Le coupable paierait, se promit-elle, debout au milieu

des gravats. Et, d'une façon ou d'une autre, elle serait là pour assister à sa chute.

— Eve.

Elle s'essuya les yeux du revers de la main avant de se retourner.

— Chris !

A cet instant, elle ne fut plus qu'une petite sœur. Submergée par l'émotion, elle alla trouver refuge, protection et consolation dans les bras de sa sœur.

— Je suis si contente que tu sois là. Si contente.

— Bien sûr que je suis là. Je suis venue dès que j'ai su.

Chris souffla doucement, enfin soulagée, après un interminable voyage, de voir sa sœur saine et sauve.

— Je suis d'abord allée au palais. Je n'y ai jamais vu autant de policiers. Si Bennett n'était pas intervenu, je serais encore en train de parlementer avec les gardes postés aux grilles. Eve, pour l'amour de Dieu, que se passe-t-il ?

— J'ai tout perdu. Absolument tout. La photo de nous deux à la première de ma première pièce. Elle était sur le bureau. Le petit chat en porcelaine que maman m'a offert quand j'avais dix ans. Je l'emportais partout. Il ne reste rien de tout cela. Rien du tout.

— Oh ! ma puce.

Tout en serrant Eve dans ses bras, Chris scruta la pièce. Contrairement à sa sœur, elle frémit à la pensée de ce qui aurait pu survenir.

— Je suis désolée pour toi. Mais tu es saine et sauve, c'est tout ce qui importe.

Avec angoisse, elle fit quelques pas en arrière pour la regarder attentivement.

— Tu n'es pas blessée ?

— Non, non. J'étais presque dehors au moment de l'explosion. D'après Reeve, ce n'était qu'une petite bombe de plastique. Sans grande portée.

— Une petite bombe, répéta Chris dans un murmure, avant de reprendre Eve dans ses bras. Juste une petite bombe.

Soudain, sa colère prit le dessus.

— Eve, tu imagines l'effet que cela m'a fait d'apprendre la nouvelle par les journaux ?

— Je suis désolée, Chris. Tout s'est passé si vite. Et je pense que je n'étais plus tout à fait moi-même. J'aurais dû te téléphoner.

— Un peu, que tu aurais dû !

Mais elle n'en ajouta pas plus, car elle comprenait bien l'état d'esprit dans lequel Eve avait dû se trouver.

— Brie s'en est chargée. Et papa était sur le point de sauter dans le premier avion pour te ramener à Houston, après que le prince Armand l'a appelé personnellement.

— Oh ! Chris.

— C'est bon, tu ne crains plus rien, il y a renoncé... Mais c'est seulement parce que j'ai réussi à le convaincre que tu m'écouterais davantage que lui.

— Je vais l'appeler. Honnêtement, je n'ai jamais cru que la nouvelle arriverait si vite aux Etats-Unis.

— Je veux toute l'histoire, Eve, pas la version édulcorée que j'ai entendue au journal du soir.

Tout naturellement, Chris prit ce ton ferme et maternel qu'elle s'était mise à adopter quand Eve avait eu quinze ans.

— Tu pourras me raconter tout ça pendant que je te ramènerai au palais pour que tu fasses tes bagages.

— Je ne rentre pas, Chris.

A ces mots, Chris recula et fronça les sourcils.

— Maintenant, écoute-moi...

— Je t'aime, l'interrompit Eve, émue de voir sa sœur à ce point bouleversée. Et je comprends ce que tu dois ressentir en ce moment même, devant un tel spectacle.

Elle marqua une pause pour balayer la pièce des yeux. Sa rage revint au galop.

— Mais il est hors de question que je m'enfuie. Je suis venue ici pour produire quatre pièces, et je jure devant Dieu que c'est ce que je vais faire.

Chris ouvrit la bouche, comme si elle allait crier, avant de se raviser. La pauvre avait appris depuis longtemps qu'Eve ne suivait jamais ses ordres.

— Eve, tu sais combien je respecte ton travail, mais il est douloureusement évident que Cordina n'est pas un endroit sûr en ce moment. Cela ne vaut pas le coup que tu risques ta vie.

— La bombe ne m'était pas destinée. On n'a fait que se servir de moi pour atteindre les Bisset.

Elle posa la main sur le bras de sa sœur.

— Je ne peux pas partir, Chris. Une fois que je t'aurai tout expliqué, tu comprendras.

— Dans ce cas, tu as intérêt à vraiment tout m'expliquer dans le détail.

— Je vais le faire.

En souriant, Eve l'embrassa sur la joue.

— Mais pas ici. Nous n'avons qu'à emprunter quelques minutes le bureau du directeur.

Eve emmena Chris dans le couloir, tout en regardant rapidement sa montre. Dans une heure, elle devrait s'être remise au travail.

Vingt minutes plus tard, elles étaient assises sur un canapé gris et rose, en train de boire leur deuxième tasse de café.

— Deboque, fit Chris d'une voix blanche après avoir écouté le récit d'Eve.

Sa tasse trembla dans la soucoupe, avant qu'elle ne la repose.

— Après toutes ces années, il fait toujours autant de mal.

Eve acquiesça.

— D'après ce qu'a dit Alex, il ne cessera jamais d'œuvrer dans l'ombre.

Aussi longtemps qu'il vivrait. Eve s'efforça de chasser cette pensée. Elle n'aurait jamais cru qu'un jour, elle souhaiterait la mort de quelqu'un. Et pourtant…

— Je ne sais pas quel genre d'homme est Deboque, poursuivit-elle. Diabolique, certainement. Et, j'imagine, obsessionnel. L'homme qui m'a appelée a parlé de justice — il a prononcé ce mot deux fois. Pour Deboque, justice ne sera rendue que lorsque le prince Armand sera totalement anéanti. Reeve pense que la bombe dans mon bureau n'était qu'une démonstration de force. Chris, ce qui est terrifiant, c'est que je sais — avec certitude — que la prochaine cible sera l'un des Bisset.

Elle pensa à Alexander et serra les lèvres.

— Cela pourrait être n'importe lequel d'entre eux, même un des enfants. C'est pourquoi Reeve et Brie se sont provisoirement installés au palais.

Chris garda le silence un moment, visiblement en proie à un terrible dilemme.

— Eve, tu sais ce que je pense des Bisset. Ils sont comme une seconde famille pour moi. Mais, même si je tiens énormément à eux, tu es plus importante encore à mes yeux. Je veux que tu rentres à la maison, que tu t'en ailles d'ici.

— Je ne peux pas partir. La première raison, c'est mon travail. S'il te plaît, écoute-moi, ajouta-t-elle, comme Chris s'apprêtait à protester.

Lorsque sa sœur fut de nouveau disposée à l'écouter, Eve se leva. Elle devait bouger. Elle était restée immobile bien trop longtemps.

— Ici, j'ai la chance de pouvoir prouver quelque chose, à moi-même, à papa et toi, aux gens de ma profession.

— Tu n'as rien à me prouver, Eve.

— Si. Tu t'es occupée de moi.

Elle se tourna, et se rendit compte que l'émotion la faisait légèrement trembler.

— Tu n'avais que cinq ans de plus que moi, mais quand maman est morte, tu as fait tout ce que tu as pu pour la remplacer. Je n'ai peut-être pas toujours bien eu conscience de tes efforts ni de ce à quoi tu as dû renoncer, mais maintenant, je le sais. Et je pense que j'ai besoin de te prouver que cela en valait la peine.

Les larmes aux yeux, Chris secoua rapidement la tête.

— Crois-tu que j'en aie jamais douté ? Eve, je n'ai rien fait de plus qu'être ta sœur.

— Bien sûr que si. Tu as été mon amie, aussi.

Elle s'approcha pour prendre les deux mains de Chris.

— Même quand tu ne croyais pas en moi, même quand tu n'approuvais pas mon comportement, tu étais là. Ce que je suis en train d'accomplir ici, c'est autant pour toi que pour moi que je le fais. Et, aujourd'hui, je veux que tu le saches.

— Oh ! ma chérie, dit Chris en serrant ses mains. Je ne sais pas quoi dire.

— Alors ne dis rien pour l'instant, et écoute-moi encore. Beaucoup de gens dans la profession ont ri dans mon dos quand je me suis lancée. Un caprice de riche héritière gâtée, ont-ils dit. Et c'était peut-être assez proche de la réalité, au début. Je n'avais jamais rien fait de valable dans la vie avant de fonder la compagnie.

— Ce n'est pas vrai.

— C'est tout à fait vrai.

Elle n'avait aucun mal à accepter la vérité, ni à s'en servir pour rebondir.

— A l'école, j'ai toujours essayé d'en faire le moins possible. L'été, je ne faisais rien du tout. J'observais papa se tuer à la tâche, je t'observais mener tes études brillamment, puis te démener pour ouvrir ta galerie, tout en feuilletant magazine sur magazine. Avec le théâtre, j'ai enfin trouvé un but à ma vie, sans avoir compris auparavant qu'il m'en fallait un. Chris, quand je suis montée sur scène pour la première fois, c'est comme si une lumière s'était allumée en moi. Ma place était peut-être plutôt en coulisses que sous les projecteurs, mais j'avais trouvé mon but. Il aura fallu deux ans d'existence à la troupe pour que les gens arrêtent de ricaner. A présent, l'occasion m'est offerte de faire quelque chose d'extraordinaire. Je ne peux pas abandonner.

— Tu ne m'avais jamais dit tout cela, répondit Chris en passant une main dans le dos de sa sœur. Je te comprends très bien, et je suis fière de toi. Je l'ai toujours été, et je le suis plus que jamais. Je crois que tu es capable de faire quelque chose d'extraordinaire, mais pas maintenant. Dans six mois, dans un an, quand les choses seront rentrées dans l'ordre…

— Je ne peux pas partir, Chris. Même si Deboque faisait sauter le théâtre, même si toute ma troupe rentrait, je ne pourrais pas partir.

Elle dut respirer calmement pour continuer, pour continuer d'une voix assez forte et posée.

— Je suis amoureuse d'Alexander.

— Oh.

Ce fut tout ce que Chris, complètement prise de court, fut capable de répondre.

— Je dois être à ses côtés en ce moment, tout particulièrement en ce moment. Avant, je pensais que ma troupe était tout pour moi. Mais, pour importante qu'elle soit, elle ne fait pas le poids par rapport à ce que je ressens pour Alexander.

Eve s'interrompit un instant, se rendant compte que ce qu'elle était en train de dire était en elle depuis toujours. Elle n'en avait simplement pas pris conscience auparavant.

— Tu n'as pas à me dire que notre histoire ne peut

mener nulle part : je le sais déjà. Mais je dois rester à ses côtés aussi longtemps que possible.

— A une période, j'ai cru que toi et Bennett, peut-être... C'était quelque chose que je n'avais pas grand mal à concevoir. Pour Alexander, en revanche...

— Je sais, répondit Eve en se levant de nouveau. Mais je l'aime depuis des années. J'ai réussi le tour de force de le cacher à tout le monde, même à moi-même. Mais les faits sont là.

— Tu es sûre de toi ? Ce n'est pas juste une passade ?

— Je suis assez grande pour reconnaître la différence, répondit Eve en souriant.

— Oui.

Dans un soupir, Chris se rassit.

— Lui as-tu fait part de tes sentiments ?

— Je ne lui ai rien dit, mais c'est quelqu'un de très intelligent. Nous avons tous les deux veillé à ne jamais mentionner ce fameux mot de cinq lettres commençant par « a ». Mais je crois que oui, il doit bien se douter que je l'aime.

— Et quels sont ses sentiments à ton égard ?

— Il tient à moi, peut-être davantage qu'il ne l'avait prévu au départ, mais moins que je le souhaiterais. C'est assez difficile de voir clair en Alex. Il a tellement pris l'habitude de cacher ses émotions.

Elle prit une grande inspiration avant de terminer :

— De toute façon, cela n'a pas d'importance.

— Comment peux-tu dire cela ?

— Parce que cela ne peut pas en avoir.

Elle était quelqu'un de pragmatique. En tout cas, c'était ce qu'elle se répétait. Quelqu'un de pragmatique et de réaliste.

— Je t'ai dit que je savais que cette liaison ne pouvait mener à rien, et c'est quelque chose que j'accepte. Après tout, ma carrière me prend une grande partie de mon temps et de mon énergie. Même si Alex n'était pas l'héritier du trône de Cordina, je doute que notre histoire puisse devenir sérieuse. Je n'ai pas assez de temps pour me marier et fonder une famille. Et je n'en ai ni l'envie ni le besoin.

— Je ne suis pas vraiment convaincue. Ni toi, à mon avis…

— Je t'assure que si.

Combien de fois se l'était-elle répété durant la semaine écoulée ?

— De nombreuses femmes ne veulent pas entendre parler du mariage, poursuivit-elle. A commencer par toi.

— Peut-être, répondit Chris avec un petit rire. Mais tu sais, Eve, la seule raison pour laquelle je ne suis pas mariée et mère de six enfants, c'est que je n'ai jamais rencontré un homme qui comptait plus pour moi que mon travail. Ce qui n'est pas ton cas, apparemment.

— Cela n'a pas d'importance. Cela ne peut pas en avoir.

Sans qu'elle puisse l'empêcher, Eve s'était mise à parler avec une pointe de panique dans la voix.

— Chris, ne vois-tu pas que, quoi que je veuille, je me heurte à la réalité ? Si je n'accepte pas les choses telles qu'elles sont, je vais perdre. Et la dernière chose que je veux, c'est le perdre, lui. Même si, fatalement, c'est ce qui se produira un jour.

Gagnée par un sentiment de désespoir et d'impuissance, elle se passa la main dans les cheveux.

— Il faudra qu'il se marie et qu'il fonde une famille. C'est son devoir, et il s'y soumettra. Mais en attendant, je peux un peu profiter de lui.

— Tu l'aimes tant, murmura Chris. Je ne sais pas si je dois pleurer ou me réjouir pour toi.

— Réjouis-toi. Il y a assez de raisons de pleurer dans le monde.

— Très bien, alors, je suis heureuse pour toi, répondit

Chris en la prenant dans ses bras. Et je suppose que tu ne vas pas prendre ton après-midi pour aller faire les boutiques avec moi ?

— Je suis désolée, mais c'est impossible. Il faut que je téléphone à Houston pour qu'on me renvoie les textes que j'ai perdus dans l'explosion. Et je devrais être en ce moment même en train d'assister à la répétition pour m'assurer que tout le monde est à peu près calme. Et puis, je dois me trouver un bureau provisoire.

Eve s'arrêta là, mais elle était loin de lui avoir dit toutes les choses urgentes qu'elle avait à faire.

— Faire les boutiques pour quoi, au fait ?

— Je n'ai quasiment pas apporté d'affaires. Arrogance de ma part..., fit Chris en soulevant son petit sac de voyage en cuir. J'étais sûre que nous serions toutes les deux dans l'avion à l'heure du dîner. A présent, j'ai plutôt l'intention de voir si je peux dénicher une tenue sensationnelle pour la première.

— Tu restes ?

— Bien sûr. Tu penses que je pourrais disposer d'une chambre au palais ?

Eve lui adressa un clin d'œil.

— J'intercéderai en ta faveur.

Quelques heures plus tard, Eve était installée devant son ordinateur portable dans le petit salon de ses appartements. La journée était passée vite, remplie de problèmes à résoudre, mais la soirée s'était éternisée. Alexander n'était pas rentré pour le dîner.

Bennett y avait bien assisté, mais même ses plaisanteries et sa décontraction n'avaient pas réussi à masquer son air préoccupé. Reeve et Armand étaient absents, eux aussi. Cela avait été un repas de famille, avec Gabriella et ses enfants, Bennett, Eve et Chris, et des chaises vides aux places où aurait dû se trouver le reste de la famille. Dès la fin du repas, Bennett s'était excusé, sa tension ayant finalement pris le dessus.

Lorsque Eve avait évoqué le travail qu'elle avait encore à rattraper, Chris avait accompagné Gabriella à l'étage pour s'occuper des enfants.

De retour dans ses appartements, seule, Eve avait essayé de faire passer le reste de la soirée en travaillant.

Les scripts des quatre productions annotés par ses soins ayant été détruits dans l'explosion, elle en avait récupéré de nouvelles copies dès midi. Mais elle n'avait eu aucune raison objective de les regarder de près. Elle connaissait chaque mot des quatre pièces, chaque indication de mise en scène. Si cela s'avérait nécessaire, elle serait capable de souffler son texte à chacun de ses acteurs le soir de la première.

Le jour J approchait, d'ailleurs, et même si les comédiens s'étaient montrés assez nerveux durant l'après-midi — ce qui était compréhensible —, la répétition s'était plutôt bien déroulée. La deuxième production était presque aussi au point que la première, et les répétitions pour la troisième pièce allaient commencer la semaine suivante. S'il n'y avait pas d'autre incident.

Le théâtre affichait complet pour les trois premières représentations, et les places continuaient à se vendre tranquillement mais sûrement. Pete avait même trouvé les nouveaux accessoires qu'elle avait réclamés.

Eve avait d'abord voulu vérifier les comptes et son budget, mais parcourir d'interminables colonnes de chiffres ne l'avait guère enthousiasmée. Elle avait donc pris un long bain pour tâcher de se détendre.

Il était maintenant près de 22 heures, constata-t-elle en regardant sa montre pour la centième fois. Alexander était sain et sauf et probablement dans son lit, en train de dormir pour récupérer d'une journée difficile.

Elle allait en profiter pour travailler encore, d'autant que ses propres pièces avaient été détruites. Elle ne pouvait s'en prendre qu'à elle-même de ne pas en avoir fait de copies de secours. Elle soupira. C'était peut-être aussi bien comme cela. La première pièce était trop sentimentale et mièvre, de toute façon. Quant à la seconde, eh bien... elle y travaillait depuis six mois, et elle n'était guère allée au-delà du premier acte.

Donc, elle allait tout reprendre du début. Avec une nouvelle idée, un nouvel état d'esprit et, d'une certaine façon, une nouvelle femme comme auteur. Acte un, scène un, se dit-elle en cliquant sur une icône pour créer un nouveau dossier.

Le temps s'égrena. Elle avait à présent imprimé — et froissé — un nombre incalculable de feuilles. Mais elle en avait aussi conservé une bonne pile, qu'elle avait posée devant elle. Cette fois, elle y arriverait, se dit-elle. Et quand elle aurait terminé, elle produirait sa pièce, et la mettrait peut-être même en scène. Elle sourit tout en tendant ses doigts pour les décrisper. N'était-ce pas ce qu'elle s'était toujours dit quand elle s'était mise à écrire ?

Alexander la trouva ainsi, penchée au-dessus du clavier, en train de travailler calmement, avec les cheveux relevés, et les jambes croisées sous elle. Sa lampe de bureau éclairait ses mains qui bougeaient sur le clavier. Elle portait le même peignoir bleu que la première nuit où il était venu la trouver. Elle en avait retroussé les manches au-dessus de ses coudes et l'avait si peu serré qu'il laissait largement voir une cuisse, magnifique.

Chaque fois qu'il la voyait, il était surpris par sa beauté, comme si, entre-temps, il l'avait oubliée. Elle savait jouer sur son apparence lorsqu'elle le décidait. Le reste du temps, elle s'en moquait. Cela semblait toujours secondaire. Etait-ce son intelligence qui donnait tant de profondeur à sa beauté ? Il suffisait de la regarder pour se rendre compte de ses multiples talents.

Ses mains semblaient délicates, pourtant, Eve ne l'était pas. Ses épaules semblaient fragiles, pourtant, elle était forte. Son visage était jeune, vulnérable, et sensible. Elle était tout cela à la fois, mais sa force et sa ténacité la rendaient capable d'affronter toutes les situations de la vie.

Etait-ce pour cela qu'il l'aimait ? Pour son incroyable force de caractère et pour ses compétences ? Las, Alexander se passa la main sur le visage. Il commençait seulement à se rendre compte de ce qu'il éprouvait, il essayait maintenant de l'analyser et de le comprendre. L'attraction qu'il ressentait pour Eve était devenue bien plus qu'une simple appréciation de sa beauté. Le désir qui le liait à elle était bien plus que physique.

Il lui avait dit une fois qu'il avait besoin d'elle. C'était vrai. Depuis toujours. Mais ce qu'il ne lui avait pas dit, ce qu'il n'avait pas totalement compris lui-même, c'était la portée de ce besoin.

Lorsqu'il avait cru la perdre, il avait eu l'impression que son cœur avait cessé de battre. Il avait eu l'impression de ne plus rien voir, de ne plus rien entendre, de ne plus rien ressentir. Etait-ce cela, aimer ?

Il aurait souhaité pouvoir en être certain. Il ne s'était jamais autorisé à aimer autre chose que sa famille et son pays. Mais, avec Eve, il n'avait pas pu lutter. C'était peut-être cela, l'amour. Etre vulnérable, être dépendant, être dans l'attente et dans le manque. Cela représentait un risque incroyable pour lui. Un risque que son bon sens lui interdisait de prendre, aujourd'hui et peut-être à jamais. Pourtant, il était trop tard…

S'il avait pu faire un vœu en cet instant précis, il aurait voulu emmener Eve dans un endroit où ils auraient pu être des gens ordinaires. Peut-être ce soir, pendant quelques heures, pourraient-ils faire comme si c'était le cas ?

Il la regarda se redresser, puis poser ses mains dans le creux de ses reins.

— Tu avais promis de ne pas trop travailler.

Elle tourna la tête vers lui. Dans ses yeux, il vit le soulagement d'abord, puis le plaisir.

— Oups, c'est ce qui s'appelle être prise sur le fait.

Elle le caressa du regard avec une avidité qui fit disparaître toute sa lassitude.

— Tu as l'air fatigué, Alex, je pensais que tu étais déjà couché.

— Des réunions, répondit-il en pénétrant dans la pièce. Je suis désolé de n'avoir pas pu passer la soirée avec toi.

— Tu m'as manqué.

Leurs doigts se touchèrent et s'entrelacèrent.

— Et je ne voulais pas le dire, mais je me suis fait du souci.

— Pour rien…, répondit-il en posant sa deuxième main sur la sienne. Je suis au palais depuis 17 heures.

— J'aurais bien aimé poser la question, mais…

Elle sourit un peu et secoua la tête.

— Mais, je n'ai pas osé.

— Bennett et Gabriella auraient pu te le dire.

— Tu es là à présent, et c'est ce qui compte. As-tu mangé ?

— On nous a servi un plateau-repas dans le bureau de mon père.

Il n'aurait su lui dire ce qu'ils avaient avalé. Tout ce dont il se souvenait, c'était des rapports dont ils avaient discuté.

— J'ai appris que ta sœur était à Cordina.

— Elle est arrivée en fin de matinée.

Lentement, Eve se leva et se dirigea vers un petit placard rococo, d'où elle sortit une bouteille de brandy et deux verres.

— Elle a besoin d'être rassurée, ce que, j'espère, Brie

est en train de faire. Chris s'est rongé les sangs avant d'arriver ici.

— Elle réussira peut-être à te convaincre de retourner aux Etats-Unis ?

Elle lui tendit un verre, contre lequel elle fit tinter le sien.

— Aucune chance, répondit-elle avec aplomb.

— Nous pourrions reporter les représentations. Les décaler de quelques mois, voire d'un an.

Eve avala une gorgée en levant un sourcil.

— Tu as déjà eu l'occasion de parler avec Chris aujourd'hui ?

— Non, pourquoi ?

— Pour rien.

Elle sourit, puis se dirigea vers le lecteur CD. Elle appuya sur quelques boutons et une douce musique emplit la pièce. Pour séduire un prince, décida-t-elle, il fallait mettre tous les atouts de son côté.

— Je ne partirai pas, Alex. C'est donc une perte de temps d'en discuter.

Du bout de la langue, elle effleura le bord de son verre.

— Et je déteste perdre mon temps.

— Tu es têtue, dit-il en dardant son regard sur elle. Peut-être que si je ne te désirais pas si furieusement, je pourrais insister pour que tu partes.

— Non, cela ne fonctionnerait pas. Mais tu ne sais pas combien j'ai envie que tu me dises que tu me veux à tes côtés.

Elle s'approcha de lui, et ils se retrouvèrent tous les deux debout devant le bureau, avec la lampe brûlant à côté d'eux.

— Je ne te l'ai pas dit ?

— Non, répondit-elle en reprenant sa main. Tu ne me dis pas grand-chose. Avec des mots, en tout cas.

— Je suis désolé, dit-il en portant sa main à ses lèvres.

— Je ne veux pas que tu sois désolé.

Elle posa son verre avant de poursuivre :

— Je veux juste que tu sois toi-même.

— Etrange, répondit-il en gardant sa main près de sa joue. Ces derniers temps, j'ai au contraire souvent eu envie d'être tout, sauf moi-même.

— Mauvaise idée.

En ces temps difficiles, il avait besoin qu'elle se montre forte. Elle le sentait.

— Pas de regrets, continua-t-elle. Aucun de nous deux ne doit regretter d'être ce qu'il est. A la place, profitons du moment présent.

Du pouce, elle caressa son visage.

— Eve.

Troublé, Alexander ne savait quoi répondre. Il ne savait ce qu'il pouvait lui dire ou ce qu'il devait continuer de garder en lui. Sans lâcher sa douce main, il voulut reposer son verre.

— Mince, j'ai failli tacher tes documents.

Précautionneusement, il posa son verre un peu plus loin.

— Tu travailles trop dur.

— Tu ne vas pas recommencer.

Il se mit à rire. C'était si facile de laisser aller, lorsqu'il était avec elle.

— Qu'est-ce que c'est ? Une autre pièce ?

— Ce n'est rien.

Elle voulut rassembler ses feuilles pour les ranger, mais il l'en empêcha.

— Je ne la connais pas, celle-là. Comment s'appelle-t-elle ? *Le Temps qui passe* ? Ce n'est pas l'une des pièces de remplacement que tu avais prévues.

— Non.

L'air gêné, elle essaya de détourner son attention.

— Vraiment, ce n'est rien.

— Tu penses déjà à tes prochaines productions ?

Soudain, il pensa à son futur départ, à sa carrière

qu'elle allait poursuivre. Il eut besoin de faire un effort pour se montrer intéressé et curieux plutôt que triste et déjà nostalgique.

— Quel genre de pièce est-ce ?

— Ce sera... C'est une sorte de drame familial. Mais tu ne veux pas plutôt que nous...

— En tout cas, ce n'est pas la pièce entière.

Avec son pouce, il feuilleta les pages, une douzaine tout au plus. Et brusquement, il comprit. La façon dont il l'avait vue concentrée au-dessus de son ordinateur. Les feuilles froissées...

— C'est toi qui es en train de l'écrire, fit-il en lui souriant.

Percée à jour, elle haussa les épaules et essaya de se dérober.

— C'est juste un passe-temps.

— Tu rougis.

— Bien sûr que non. C'est ridicule.

Elle reprit son brandy, s'efforçant visiblement de paraître détachée.

— C'est juste quelque chose que je fais pendant mon temps libre.

En la voyant vider nerveusement son verre, il songea qu'il regrettait énormément de ne l'avoir jamais vue sur scène.

— *Chérie*, ces dernières semaines, j'ai pu me rendre compte par moi-même du peu de temps libre dont tu disposes.

Il replaça une mèche de ses cheveux derrière son oreille.

— Tu ne m'as jamais dit que tu voulais écrire.

— Quand on est médiocre, on ne s'en vante pas.

— Médiocre... Je voudrais pouvoir en juger par moi-même.

Il voulut reprendre les feuilles de papier, mais elle fut plus rapide que lui.

— C'est une première version, brute. Je n'ai encore rien retouché.

— Je respecte la volonté des artistes qui ne veulent pas montrer leur travail avant qu'il soit terminé.

Pourtant, il voulait lire ce manuscrit, et vite.

— C'est la première pièce que tu écris ?

— Non.

Elle fourra les papiers dans un tiroir et le referma.

— J'en avais terminé une et commencé une autre.

— Dans ce cas, tu peux me montrer celle qui est terminée.

— Elle a disparu, répondit-elle d'un ton bien trop neutre. Elle était dans mon bureau.

— Ton travail a été perdu.

Emu, il fit un pas vers elle, puis prit son visage entre ses mains.

— Je suis vraiment désolé, Eve. Je pense que les écrits font partie intégrante de leur auteur. Les perdre, c'est comme une mutilation.

Eve ne s'attendait pas à ce qu'il la comprenne aussi bien. L'écriture, comme tous les arts, est affaire d'émotion autant que de talent ou de technique. Tout au fond de son cœur, elle apprécia sa sollicitude.

— Ce n'était pas une pièce très intéressante, murmura-t-elle. C'était plus un exercice qu'autre chose. Elle m'aura servi, j'espère, d'entraînement pour que celle-ci soit meilleure.

— Il y a une question que j'ai toujours eu envie de te poser.

— Laquelle ?

— Avant, tu voulais être actrice. Pourquoi ne l'es-tu pas devenue ?

— Parce qu'un acteur doit faire ce qu'on lui dit. Et c'est le producteur qui donne les ordres.

— C'est aussi simple que cela ? demanda-t-il avec un sourire irrésistible.

— Il y a aussi que je suis bien meilleure productrice qu'actrice.

— Et l'écriture ?

— C'est en quelque sorte un défi que je me suis lancé.

Comme c'était facile de lui dire tout cela, maintenant qu'elle avait commencé. Les secrets et la gêne n'étaient pas de mise. Pas avec lui, en tout cas.

— Si je me vante de connaître si bien le théâtre, de savoir ce qu'attend le public, si je suis capable de mettre en scène et produire une pièce, pourquoi ne pourrais-je pas en écrire une ? Une qui soit réussie..., ajouta-t-elle après avoir fini son brandy. Ma première tentative a été si pitoyable que je me suis dit que je ne pouvais que m'améliorer.

— Tu aimes te lancer des défis. Le théâtre, l'escrime, les arts martiaux...

— J'ai fini par découvrir — mieux vaut tard que jamais — que se lancer des défis sert à se prouver que l'on est bien vivant, et qu'on ne se contente pas seulement d'exister.

En secouant la tête, elle posa son verre vide.

— Et tu es en train de me distraire de mon but.

— Moi ?

— Oui, toi. Tu me fais parler, alors que j'avais prévu de te séduire.

— Je m'excuse, répondit-il en esquissant un sourire.

— Je suppose qu'on t'a déjà fait du charme, continua-t-elle en se dirigeant vers la porte pour la fermer à clé.

— A d'innombrables reprises.

— Vraiment ? demanda-t-elle en s'appuyant, dos à la porte, les sourcils froncés. Et qui étaient-elles ?

Il sourit plus franchement.

— Mademoiselle, je suis un gentleman...

— Peu importe, décida-t-elle en balayant l'air de sa main dans un geste de mépris. Du moment qu'il ne s'agissait pas de cette Anglaise blonde avec qui tu as dansé, au lieu de m'inviter.

Amusé, Alexander préféra garder le silence.

— Mmm, voyons, reprit-elle. Je t'ai servi un verre de brandy. J'ai pensé à la musique. Maintenant, je crois...

Ses beaux yeux bleus se mirent à miroiter.

— Oui, je crois qu'il ne manque plus qu'une chose. Si tu veux bien m'excuser un instant.

— Bien sûr.

Elle le frôla pour se diriger vers la salle de bains. Sans hésiter, il ouvrit alors le tiroir du bureau et commença à lire la pièce d'Eve. Il fut aussitôt captivé par ce dialogue entre une femme qui n'était plus toute jeune et son reflet dans le miroir de sa chambre.

— Votre Altesse.

Il referma le tiroir avant de se retourner. Il voulut lui dire qu'il avait trouvé ce qu'il avait lu formidable. Malgré son manque d'objectivité dû aux sentiments qu'il éprouvait pour elle, il savait qu'il y avait quelque chose de spécial dans son travail, dans les mots qu'elle avait choisis. Mais lorsqu'il la vit, il ne put rien dire du tout.

Elle portait un body à lacets et un long peignoir, ouvert, tous deux de la couleur des eaux d'un lac. Elle avait détaché et brossé ses cheveux, qui retombaient sur ses épaules. Derrière elle vibrait une lumière, changeante et dansante. Ses yeux étaient sombres, intenses. Il se demanda par quel mystère il pouvait voir son propre désir s'y refléter. Comme la première fois, elle lui tendit la main.

Subjugué, il avança vers elle, et sa tête se mit à tourner sous l'effet combiné du parfum des bougies qu'elle avait allumées et du sort qu'elle lui avait jeté. En silence, elle l'attira jusqu'à la chambre.

— J'ai attendu toute la journée de pouvoir être avec toi, murmura-t-elle.

Elle commença à déboutonner lentement sa chemise.

— De pouvoir te toucher.

Elle caressa sa peau avant de dénuder complètement ses épaules.

— D'être touchée par toi.

— Quand je suis loin de toi, Eve, je pense à toi, alors que je devrais penser à autre chose.

Il lui enleva son peignoir et le laissa tomber à terre, avant de poursuivre :

— Quand je suis avec toi, je ne peux penser à rien d'autre qu'à toi.

Ces mots la comblèrent. Il en prononçait si rarement de semblables.

— Alors, pense à moi.

La pièce était éclairée par une douzaine de bougies. Le lit était déjà ouvert et les attendait. La musique, calme et douce — Debussy —, était le seul bruit qu'on entendait. Sans un mot, elle le fit s'allonger tout contre elle, et se mit à l'aimer comme tout homme rêve d'être aimé.

Le premier baiser qu'elle lui offrit, pendant que ses mains fines parcouraient son corps, fut tendre, apaisant, généreux. Alexander le savoura avec délice. Puis, des lèvres, elle effleura son visage et sa gorge, s'y attardant assez longtemps pour éveiller son désir, mais pas assez pour le satisfaire. Les rubans, la soie, sa peau frôlèrent tout son corps jusqu'à l'embrasement.

Elle le déshabilla, en murmurant et en repoussant ses mains qui ne demandaient qu'à l'aider. Sa langue experte joua avec sa peau, encore et encore, lui arrachant un grognement.

Les yeux mi-clos, Eve contempla le corps à qui elle voulait donner tant de plaisir. Il paraissait doré dans la lumière des bougies. Doré et étincelant. Avec détermination, elle s'appliqua à le déposséder de tout le contrôle qu'il pouvait encore avoir en lui.

Il eut l'impression que son cœur allait céder. Aucune femme n'avait si outrageusement joué avec lui. Chaque fois qu'il voulait la toucher, elle se dérobait, puis revenait à l'assaut avec une petite morsure ou une caresse douce comme la plume. C'était une torture. Et un délice. Il retint son souffle pour ne pas la supplier d'arrêter. Et de continuer.

Sans défense. Pour la première fois de sa vie, il se sentait sans défense. Lorsqu'il en prit conscience, son estomac se noua et ses muscles tressaillirent. Sa peau devint humide, brûlante, sensible comme jamais. Chaque fois qu'elle le touchait, une myriade de frissons le parcouraient. Il ne put s'empêcher de gémir et il l'entendit, en guise de réponse, émettre un petit rire.

Comme il fut incroyable d'apprendre que faire frémir un homme pouvait être aussi excitant. Comme il fut agréable de se découvrir le pouvoir de donner du plaisir. Pour Eve, la surprise fut totale et grisante, au point de lui faire oublier tout le reste. Ici, il lui appartenait. Ici, il n'y avait ni pays, ni devoir, ni traditions.

Sur le point de perdre la raison, Alexander se redressa. Il passa un bras autour de sa taille et l'attira à lui, pour l'installer sous lui. Retenant son souffle, il la regarda. Dans ses yeux brillait un air de défi.

— Tu es ma folie, murmura-t-il avant de prendre fougueusement ses lèvres.

Ils furent pris dans un tourbillon, chacun se débattant non pas pour s'en libérer mais pour y plonger plus franchement. Le temps où ils avaient rivalisé de puissance et où ils s'étaient battus en duel était révolu. A présent, ils étaient unis vers le même but.

Ils roulèrent sur le lit, dans un bouche-à-bouche et un corps à corps fiévreux. Il la déshabilla, mais pas avec le soin auquel elle aurait pu s'attendre. Ses doigts tremblèrent lorsqu'il fit disparaître la fine barrière qui faisait encore obstacle entre eux. Ses doigts tremblèrent, puis la serrèrent et l'agrippèrent, jusqu'à lui faire mal.

Elle gémit, non pas à cause de la douleur, mais à cause du plaisir qu'elle éprouvait à le voir perdre tout à fait le contrôle. Elle attendait cela depuis si longtemps. Comme elle avait rêvé de découvrir l'homme qui se cachait derrière cette porte fermée à clé ! Il était là, devant elle, à présent, telle une bête en train de briser ses chaînes. C'était violent, désespéré, et la délectation que lui causait ce spectacle était presque primitive. Lui-même l'entraînait au-delà du raisonnable et faisait naître en elle un désir si sombre, si dense, qu'il l'aveuglait.

Frémissante, elle l'attira à elle, plus près encore, sans même avoir repris son souffle.

— Alexander.

Elle crut avoir crié son nom, mais elle n'émit qu'un son étranglé.

— Je te veux.

Grisée, elle fit glisser ses mains le long de son corps, jusqu'à trouver le cœur de sa virilité.

— Je te veux en moi.

Il sut ce qu'était la folie, la vraie folie, au moment où, leurs deux corps mêlés, il la sentit fondre sous ses assauts, avant qu'elle accorde son rythme au sien. Il voulut regarder son visage, pour voir le plaisir monter en elle, jusqu'au point ultime. Mais sa vision était trop floue pour qu'il pût distinguer quoi que ce fût.

Soudain, ils furent unis dans l'extase. Il cria en français. C'était la langue que parlait son cœur.

11

C'était la première fois qu'elle se réveillait dans ses bras. La lumière qui précédait l'aube était grise, et il flottait une légère brume qui se dissiperait dès le lever du soleil. A travers la fenêtre, le bruit de la mer n'était qu'un murmure. Les bougies s'étaient consumées depuis longtemps, mais leur odeur emplissait encore la pièce. Elle sourit lorsqu'il posa un doux baiser sur sa tempe.

— Alexander, murmura-t-elle en se blottissant plus près de lui.

— Rendors-toi, Eve. Il est tôt.

Elle le sentit se dégager.

— Tu t'en vas.

— Oui, il le faut.

Elle passa ses bras autour de lui, à la recherche de sa chaleur.

— Pourquoi ? Tu viens de dire qu'il est tôt.

Il sourit, attendri par ses mots chuchotés et ses mouvements gauches. Après avoir soulevé le bras qui le retenait, il embrassa sa main.

— J'ai des rendez-vous tôt, ce matin.

— Quand même pas si tôt que cela.

Faisant un effort pour se réveiller totalement, elle ouvrit grand les yeux et le regarda. Ses cheveux étaient ébouriffés, par l'oreiller, par ses mains, par une nuit d'amour. Mais malgré la faible lumière, elle vit que ses yeux étaient déjà vifs et alertes.

— Tu ne pourrais pas rester une heure de plus avec moi ?

Il le voulait. Il voulait lui dire qu'il allait passer toutes les heures de la journée et de la suivante avec elle. Mais il ne le pouvait pas.

— Ce ne serait pas sage.

— Sage.

Elle comprit, et une partie du plaisir qui emplissait son cœur disparut d'un coup.

— Tu ne veux pas être dans ma chambre quand les domestiques se réveilleront. C'est cela ?

— C'est mieux, en effet.

— Mieux pour qui ?

Il leva un sourcil, aussi surpris qu'amusé. Il était rare qu'on lui demande des explications sur ses décisions.

— Ce qui se passe entre nous ne regarde que nous. Je n'aimerais pas qu'il coure des bruits sur toi, ni voir ton nom étalé dans les journaux.

Elle s'adossa à la tête du lit, et croisa les bras, avant de lancer, avec une pointe de colère dans la voix :

— Comme quand tu me croyais la maîtresse de Bennett, je préfère me soucier moi-même de ma réputation.

— Bien sûr, répondit-il en passant un doigt sur son épaule nue. Mais permets-moi de m'en préoccuper, moi aussi.

— Tu te soucies de ma réputation ou de la tienne ?

Il n'était pas patient par nature. C'était quelque chose qu'il travaillait péniblement depuis des années. Il dut faire des efforts pour prendre sur lui et répondre calmement :

— Eve, la rumeur court déjà depuis que cette photo de nous deux est parue dans la presse.

— Tant mieux.

Eve rejeta ses cheveux en arrière et le scruta attentivement. Il y avait de la souffrance en lui. Elle ne savait pas d'où elle venait ni pourquoi elle paraissait si vive, mais elle était bien là. Et la souffrance peut facilement entraîner un comportement déraisonnable.

— Je n'ai pas honte d'être ta maîtresse.

— Tu penses que j'ai honte ?

— Tu viens me trouver tard, et tu repars tôt, avant le lever du soleil, comme si tu avais honte de l'endroit où tu avais passé la nuit et de la personne avec qui tu l'avais passée.

Il posa une main derrière sa nuque, assez fermement pour qu'elle sente la force et la rage dont il débordait. Elle ne baissa pas les yeux, malgré l'émotion sombre et ardente qui animait les siens.

— Ne redis jamais cela. Comment peux-tu même penser une chose pareille ?

Ses doigts se crispèrent sur sa nuque, et, surprise et choquée, elle écarquilla les yeux, avant que la bouche d'Alexander, forte et furieuse, ne s'écrase sur la sienne. Elle lutta, car elle voulait des mots, tous les mots qu'il pourrait lui donner. Mais ses mains étaient rapides et fiévreuses. Sans lui laisser aucune chance, il les fit courir le long de son corps, exploitant chaque faiblesse qu'il avait découverte d'une façon bien plus tendre et douce.

Eve avait perdu le contrôle de son corps, à présent. Toute pensée cohérente l'avait désertée, remplacée par une succession de sensations, toutes plus violentes les unes que les autres. Les bras noués autour de lui, elle accepta ce qu'il avait à lui donner. Son corps répondit au sien avec le même feu et la même furie.

Très vite, la rage qui les animait tous les deux rencontra la passion qui couvait en eux. Elles se heurtèrent et s'entre-choquèrent. Puis, dans une fusion des plus bouillante, elles ne firent plus qu'une.

Etendu sur le dos, Alexander regardait le plafond. Elle était blottie à côté de lui, mais ils ne se touchaient plus. Le soleil était en train de dissiper le brouillard.

— Je ne veux pas te faire de mal, susurra-t-il.

Elle laissa échapper un soupir saccadé, mais, quand elle parla, sa voix fut forte et claire :

— Il en faut beaucoup pour me faire du mal, Alexander.

— Vraiment ?

Il voulut tendre le bras vers elle, prendre sa main dans la sienne, mais il n'était pas sûr de la façon dont elle accueillerait son geste.

— Il faut que nous trouvions un moment et un endroit pour parler, reprit-il. Mais pas maintenant.

— Non, pas maintenant.

Lorsqu'il quitta le lit, Eve ne bougea pas. Elle l'entendit s'habiller, et attendit le bruit de la porte qu'on ouvre puis referme. A la place, elle sentit une main se poser doucement sur son épaule.

— Je ressens beaucoup de choses pour toi, mais certainement pas de la honte. Est-ce que tu veux bien m'attendre au théâtre, ce soir ? Je ferai en sorte d'y être à 17 heures.

Elle ne le regarda pas, car elle savait que si elle le faisait, elle le supplierait de rester, et le supplierait peut-être de lui donner beaucoup plus qu'il ne pouvait lui offrir.

— Oui, je t'attendrai.

— Dors encore un peu.

Elle ne répondit rien. La porte s'ouvrit et se referma.

Restée seule, Eve ferma les paupières, luttant contre le sentiment de désespoir et d'abandon qui l'envahissait. Il lui avait donné de la passion, mais aucune réponse. Par le passé, elle s'était promis que sa passion lui suffirait. Il n'était pas facile d'admettre qu'elle s'était trompée. Elle voulait son cœur, son cœur tout entier. Elle voulait être aimée, chérie, acceptée. Elle voulait plus qu'elle ne pouvait obtenir.

Comprenant cela, Eve se leva. Il était temps pour elle de reprendre sa vie. Une vie où il n'y aurait pas de place pour les regrets. Et tant pis pour ce rêve qui était brièvement devenu réalité.

Alexander pénétra dans la bibliothèque de son père et salua les hommes déjà présents. Son père, assis dans un fauteuil, écrasait une cigarette. Reeve, des papiers étalés sur ses genoux et sur la petite table devant lui, avait pris place sur le sofa avec Bennett. Malori, le patron des renseignements, avait quant à lui pris une chaise, et allumait sa pipe.

Les hommes s'étaient déjà rencontrés la veille au soir, et se rencontreraient de nouveau jusqu'à ce que la menace Deboque cesse de planer au-dessus de leurs têtes. Ils commencèrent par évoquer le système de sécurité que Reeve avait mis en place au palais, au théâtre, au siège de l'Aide aux enfants handicapés et chez lui. Les contrôles de sécurité avaient également été renforcés à l'aéroport et dans les ports.

— Tu as fait nommer un inspecteur pour s'occuper personnellement de chacun de nous, releva Bennett.

— Oui, cela m'a paru nécessaire.

C'était une entrave de plus à la liberté de chacun, mais il fallait bien s'en accommoder.

— Penses-tu qu'ils vont encore utiliser Eve ? poursuivit Bennett. Ils doivent savoir que son téléphone est sur écoute et qu'elle est surveillée vingt-quatre heures sur vingt-quatre.

Malori tira sur sa pipe.

— Le plus gros défaut de Deboque, Votre Altesse,

c'est son arrogance. Je crois qu'il se servira encore de Mlle Hamilton, et bientôt.

— Je répète ce que j'ai dit hier soir, commença Alexander, tendu. Eve devrait être renvoyée aux Etats-Unis.

Malori tapota la tête de sa pipe.

— Ce n'est pas cela qui arrêterait Deboque, Votre Altesse.

— Mais cela garantirait la sécurité d'Eve.

— Si ce que l'enquête a permis de découvrir est avéré, intervint Reeve, nous avons besoin d'Eve. Si elle voulait partir, continua-t-il avant qu'Alexander puisse répondre, je me ferais un plaisir de la mettre moi-même dans l'avion. Puisqu'elle insiste pour rester, la solution est de la faire surveiller et d'attendre.

— Attendre, répéta Alexander en soufflant la fumée. Attendre que sa vie soit de nouveau menacée. Si, comme tu le crois, c'est quelqu'un du théâtre qui a passé les appels et posé la bombe, elle est en danger permanent.

— Deboque n'en a pas après elle, dit calmement Malori. Elle n'est qu'un pion sur l'échiquier.

— Et les pions sont facilement sacrifiés.

— Alexander.

Armand s'exprimait pour la première fois. Sa voix était aussi calme que celle de Malori, mais incontestablement plus autoritaire. C'était une voix posée, souvent presque froide, mais rarement cassante. Il posa ses bras sur les accoudoirs de son fauteuil et regarda un moment ses doigts repliés, avant de poursuivre :

— Nous devons réagir à tout cela avec calme. Avec autant de calme que Deboque. Tu sais très bien qu'Eve m'est aussi chère que mes propres enfants. Tout ce qui peut être fait pour la protéger sera fait.

— Elle n'est pas cordinienne, répondit Alexander, qui luttait pour maîtriser ses émotions et retrouver sa lucidité. Elle est une invitée officielle de notre pays. Nous sommes responsables d'elle.

— Nous n'oublions pas nos responsabilités, répondit son père sur un ton empreint d'un mélange d'autorité et de compassion. Si l'un des employés d'Eve est un agent de Deboque, nous découvrirons vite son identité. Logiquement, Deboque n'ordonnera pas qu'on s'en prenne directement à elle, sinon son agent n'aura plus aucune raison de rester à Cordina.

— Et si Deboque n'était pas logique ?

— Ce type d'hommes est toujours logique. Ils ne se laissent pas aveugler par la passion.

— Parfois, des erreurs peuvent être commises.

— Oui.

De toute évidence, Armand songeait à Seward. Il ne s'était toujours pas consolé de sa disparition.

— Oui, reprit-il avec un soupir, des erreurs peuvent être commises. Nous devons veiller à n'en faire aucune.

Il se tourna vers Reeve :

— C'est votre travail.

— Tout ce que nous pouvons faire sur le court terme est déjà engagé, rétorqua celui-ci. Et pour ce qui est du long terme, Malori et moi-même nous sommes mis d'accord afin de lancer une opération visant à infiltrer l'organisation de Deboque.

— J'ai donné mon accord, mais avec des réserves, marmonna Malori.

— Réserves inutiles, Malori, rétorqua Reeve en souriant, avant de tendre un dossier à Armand. Malori et moi sommes d'accord pour que l'identité de notre agent infiltré ne soit connue que de nous trois.

— Cela nous concerne tous, objecta Bennett.

— Oui, acquiesça Reeve. Mais la vie de cet agent dépend de notre discrétion. Moins il y aura de gens qui sauront qui travaille pour nous, plus nous aurons de chances de réussir. Cela prendra peut-être des mois, ou plus vraisemblablement des années. Vous devez comprendre que nous ne faisons que planter une graine. Il faut lui laisser le temps de pousser.

— Mon seul souhait est d'assister de mon vivant à la fin de Deboque, répondit Armand sans ouvrir le dossier. Je veux des rapports réguliers sur les progrès de cet agent.

— Bien sûr, répondit Reeve en rassemblant le reste de ses papiers. Si nous réussissons à capturer l'agent de Deboque et à l'interroger, le reste ne sera peut-être pas nécessaire.

Alors que le petit groupe se levait, Alexander se tourna vers son père :

— Si vous avez quelques minutes, je souhaiterais vous parler.

Respectant le désir d'intimité de son frère, Bennett posa une main sur son bras.

— Je passerai au théâtre ce matin. Je veillerai sur elle.

Alexander posa la main sur celle de son frère. Il n'avait pas besoin d'exprimer sa gratitude par des mots, il était certain que Bennett la comprenait sans cela.

— Fais-le discrètement. Sinon, elle te mettra dehors.

— Au contraire, j'ai l'intention de lui empoisonner l'existence, et elle sera bien obligée de me supporter.

Puis il se dirigea vers son père, et l'embrassa.

— Nous allons nous en sortir tous ensemble, papa.

Armand resta assis, et regarda la porte se refermer derrière son fils. Aucun des rapports, des dossiers, des plans dont ils avaient discuté n'avait apaisé son esprit inquiet. Mais ces simples mots et ce simple baiser avaient fait beaucoup plus.

— De tous mes enfants, Bennett est le seul dont j'ai du mal à prédire les réactions.

— Il serait flatté de l'entendre.

— Enfant, il ramassait tous les oiseaux tombés du

nid, tous les chatons blessés, espérant toujours pouvoir faire quelque chose pour eux. Parfois, il y parvenait. Mais quand il ne réussissait pas à les soigner, c'était le drame... Il m'arrive encore de craindre qu'il ne prenne les choses trop à cœur. Il ressemble tant à ta mère.

Armand secoua la tête et se leva.

— Dois-je faire apporter du café, Alexander ?

— Non, pas pour moi. Je dois aller au Havre. Accueillir un bateau.

— Quel enthousiasme...

— J'en montrerai le moment venu.

— Je n'en doute pas. Mais j'imagine que si tu parais si sombre, c'est à cause d'Eve.

— Oui.

Avec un hochement de tête, Armand se dirigea vers la fenêtre pour l'ouvrir. La brise qui soufflait depuis la mer chasserait peut-être la tension toujours palpable dans la pièce.

— Alex, j'ai des yeux. Je crois comprendre ce que tu ressens.

— C'est possible. Mais moi-même, je commence à peine à comprendre ce que je ressens.

— Quand j'étais un jeune homme, plus jeune que toi, je me suis retrouvé à devoir gouverner un pays. J'y avais été préparé, bien sûr, depuis ma naissance. Mais personne, et surtout pas moi, ne s'attendait à ce que cela arrive si vite. Ton grand-père est tombé malade et est mort en moins de trois jours. Ce fut une période difficile. J'avais vingt-quatre ans. Beaucoup de membres du Conseil étaient inquiets à cause de mon âge et de mon tempérament.

Il se tourna alors et sourit à son fils.

— Je n'ai pas toujours été aussi discret que toi.

— Il fallait bien que Bennett tienne cela de quelqu'un.

Pour la première fois depuis plusieurs jours, Armand se mit à rire.

— Je n'étais pas indiscret à ce point-là. Quoi qu'il en soit, je régnais depuis moins d'un an lorsque je me suis rendu en voyage officiel en Angleterre. J'ai rencontré Elizabeth, et toutes les pièces éparses de ma vie se sont comme assemblées d'un coup. Aimer comme cela, Alex, est à la fois la chose la plus douloureuse et la plus belle du monde.

— Je sais.

Armand poussa un long soupir.

— Je m'en doutais. As-tu déjà songé à la demander en mariage ?

— J'y songe sans cesse. Et je me dis sans cesse que je ne peux pas faire cela. Elle aurait tant de sacrifices, tant de compromis à faire. Je ne suis même pas sûr de réussir à lui faire comprendre combien sa vie changerait si elle m'acceptait comme époux.

— Est-ce qu'elle t'aime ?

— Oui. Enfin, je l'espère. C'est difficile pour moi d'être certain de ses sentiments, alors même que j'ai combattu les miens pendant si longtemps.

Ceci aussi, Armand le comprenait. Lorsqu'il était tombé amoureux, il n'avait plus de père à qui en parler, et il avait dû tout garder pour lui.

— Veux-tu mon approbation ou mes conseils ?

— Les deux.

— Ton choix m'agrée, dit-il en souriant, avant de s'approcher de son fils. Eve fera une princesse dont Cordina sera fier.

— Merci, répondit Alexander, sincèrement ému. Mais je crois qu'être une princesse est quelque chose qui ne ravira pas spécialement Eve.

— Les Américains…

A présent, son père ricanait.

— Comme ton beau-frère, elle aimerait éviter autant que possible les titres et autres statuts officiels.

— Mais contrairement à Reeve, elle n'aura pas le choix.

— Si elle t'aime, la couronne qu'elle aura à porter ne sera pas si lourde. Ni la tienne, quand ton heure sera venue.

— Si elle m'aime, comme vous dites... Mais merci de m'avoir accordé votre bénédiction, père. Vos conseils, à présent.

— Il y a peu de personnes à qui tu peux ouvrir ton cœur, l'ouvrir totalement. Si tu trouves une femme avec qui partager ta vie, ne lui cache rien. Les épaules d'une femme sont solides. Sers-t'en.

— Je veux la protéger.

— C'est normal. Mais l'un n'exclut pas l'autre. En attendant, j'ai quelque chose pour toi.

Il quitta la bibliothèque par la porte qui communiquait avec son bureau. Quelques minutes plus tard, il revint avec une petite boîte en velours noir, qu'il tenait fermement en main.

— Je me suis toujours demandé quels seraient mes sentiments lorsque je te donnerais ceci.

Il regarda la boîte, l'air pensif.

— Eh bien, j'éprouve du regret, car cet objet s'est retrouvé bien trop tôt en ma possession. De la fierté, car j'ai un fils à qui le donner.

Alexander avait rarement vu son père aussi troublé.

— Et du plaisir, aussi, car ce fils est un homme que je respecte, et pas seulement un garçon que j'aime.

Il se tut, et sembla hésiter un moment.

— Le temps passe, murmura-t-il enfin. C'est la bague que j'ai offerte à ta mère le soir où je lui ai demandé de m'épouser. Cela me ferait plaisir, lorsque tu demanderas Eve en mariage, que tu la lui donnes.

— Il n'y a rien que je serais plus fier de lui offrir.

Il ne réussit pas à ouvrir la boîte, mais sa main la serra aussi fort que son père quelques instants plus tôt.

— Merci, papa.

Armand regarda son fils, devenu aussi grand que lui. Il se souvint de l'enfant qu'il avait été, et de toutes les années qui s'étaient écoulées depuis. Il sourit et l'étreignit.

— Amène-la-moi lorsqu'elle la portera.

Eve regardait deux machinistes, armés de bombes de peinture, qui peignaient un tuyau. Elle étouffa un bâillement. Il faudrait qu'elle investisse dans de l'équipement un peu plus sophistiqué lorsqu'ils seraient de retour aux Etats-Unis, c'est-à-dire dans moins de cinq semaines. Dans deux jours, les premières représentations auraient lieu. Quatre semaines plus tard, le rideau se baisserait définitivement sur la dernière pièce. Il faudrait deux ou trois jours pour démonter les décors, et tout serait terminé.

La compagnie était déjà engagée pour une tournée à l'automne. Eve était en train de négocier trois semaines de résidence à Los Angeles en janvier. Et si elle ne s'était pas trompée, elle recevrait un grand nombre de propositions pour aller jouer dans le monde entier, après son retour de Cordina.

Après son retour.

Eve se dirigea vers le bureau du régisseur, à droite de la scène, et essaya de se concentrer sur la répétition. Les acteurs étaient costumés et maquillés. Tout était en place. Le gros vase rouge qu'elle avait demandé à Pete trônait bien sur le plateau, comme le phare qu'elle avait imaginé. La housse du canapé était passée. Les napperons étaient bien visibles et soigneusement amidonnés.

Tout était parfait. Elle avait tout organisé, et tout était parfait. Elle espérait seulement pouvoir y trouver le plaisir et la satisfaction que, d'habitude, elle ressentait toujours lorsqu'elle avait le sentiment d'avoir bien fait son travail.

— Cela me paraît vraiment bien.

Le murmure à son oreille la fit sursauter.

— Ben.

Elle serra son dossier contre son cœur.

— Que fais-tu ici ? C'est censé être une répétition interdite au public.

— Mais bien sûr, je suis libre d'aller et venir comme bon me semble dans ce théâtre. C'est ce que j'ai expliqué au concierge, à l'entrée.

— Tu n'aurais pas plutôt une tâche plus officielle à remplir, en ce moment même ?

— Ne me fais pas la morale, s'il te plaît. Cela fait des semaines que je n'arrête pas. Je me suis accordé deux heures.

Deux précieuses heures que, normalement, il avait prévu de passer avec ses chers chevaux.

— J'ai juste eu envie de venir voir comment les choses se passaient ici.

— Si tu cherches Doreen, rétorqua sèchement Eve, elle est dans la salle de répétition qui se trouve à l'étage. Nous avons trois autres pièces à préparer, au cas où tu ne le saurais pas.

— O.K., j'ai compris. Je ne distrairai pas Doreen pendant qu'elle répète.

A dire vrai, il n'avait pas songé à Doreen une seule seconde. Il regarda la scène, où se trouvaient les acteurs.

— La plupart des membres de ta troupe sont à tes côtés depuis longtemps, j'imagine.

— Certains oui, d'autres non. Ecoute, allons plutôt nous installer dans la salle, je n'ai pas encore eu l'occasion de voir la pièce depuis cet angle aujourd'hui.

Il l'accompagna, et ils s'installèrent dans la travée centrale, au milieu du théâtre. Les gardes qui n'avaient pas quitté Bennett depuis son arrivée s'installèrent trois rangs derrière eux. Eve ne remarqua pas qu'il y en avait deux de plus. Chargés de la surveiller.

— C'est parfait, murmura-t-elle. J'ai essayé toutes les places, de l'orchestre au poulailler, et c'est toujours parfait. L'acoustique de ce théâtre est tout simplement incroyable.

— J'imagine que tu connais très bien tous les gens qui travaillent pour toi, hasarda Bennett. Pas seulement professionnellement, je veux dire, mais aussi personnellement.

— Forcément, quand on part tous en tournée, on finit par bien se connaître. Mais en même temps, les acteurs et les gens du théâtre sont des personnes comme les autres. Il n'y a rien d'extraordinaire à découvrir.

Elle sourit en le regardant.

— Certains sont plus sociables que d'autres. Pourquoi, tu as envie de rejoindre la troupe ?

— Je peux passer une audition ?

— Tu ferais mieux de postuler pour une place de machiniste. Ils ont plus l'occasion de flirter avec ces demoiselles.

— Je vais y réfléchir, alors. Combien de personnes travaillent pour toi, au fait ?

— Cela dépend des productions.

— En ce moment, par exemple ?

Les sourcils froncés, elle se tourna vers lui.

— Pourquoi ?

— Je suis curieux, c'est tout.

— Tout d'un coup ? demanda-t-elle sur un ton suspicieux. Tu me poses beaucoup de questions que tu ne t'étais jamais donné la peine de me poser.

— C'est peut-être parce que je n'y avais jamais pensé. Et puis, je te demande cela comme ça, pour passer le temps.

— Ben, je te connais. Et comme Reeve m'a posé des questions très similaires hier, je me doute bien qu'il y a une raison. Qu'est-ce que me troupe a à voir avec l'enquête ?

Il étendit les jambes, les posant avec insolence sur le dossier du siège devant lui.

— C'est difficile pour moi de le dire, vu que ce n'est pas moi qui suis chargé de l'enquête. Eve, je ne crois pas avoir été présenté à la jeune femme en combinaison, là, sur la scène.

— Bennett, ne joue pas à ce jeu avec moi. Je croyais que nous étions amis.

— Tu sais très bien que c'est le cas.

— Alors, sois honnête avec moi.

Il n'hésita pas longtemps. Parce qu'il était son ami, parce qu'il la respectait, il avait déjà pris sa décision.

— Eve, tu ne penses pas que toutes les éventualités doivent être envisagées ?

— Je ne sais pas. Mais vas-y, parle.

— Le second coup de téléphone a été passé depuis le complexe théâtral.

Il la regarda écarquiller les yeux.

— Je me doutais bien qu'on ne t'avait rien dit. On aurait dû, pourtant.

— Tu es bien sûr de ce que tu avances ? L'appel venait du complexe, vraiment ?

— Oui, même si on n'a pas réussi à localiser l'endroit exact. Par ailleurs, il y avait des gardes placés à chaque porte et à chaque entrée. Il n'y a eu aucune allée et venue ni aucune effraction. La bombe a forcément été posée par quelqu'un qui se trouvait déjà à l'intérieur du complexe théâtral.

— Et tu soupçonnes quelqu'un de ma troupe, lança-t-elle avec agressivité. Bon sang, Ben, il y a trois autres théâtres dans ce complexe. Combien cela fait-il d'acteurs, de techniciens, d'agents de maintenance ?

— Je sais, je sais.

Il plaça sa main sur la sienne pour la forcer à se calmer.

— Mais le coupable est forcément quelqu'un qui est libre de se promener dans ce théâtre, en coulisses, et même dans ton bureau, sans qu'on lui pose de questions. Il y a donc de fortes chances, Eve, pour que ce soit bien quelqu'un de ta compagnie.

— Et pourquoi un membre de ma troupe s'en prendrait-il à ta famille ?

— Il paraît que Deboque paie très bien.

— Je n'y crois pas, Ben.

Bouleversée, Eve se retourna pour regarder la scène. C'étaient ses acteurs, sa troupe. Sa famille.

— Si j'y croyais, reprit-elle, j'arrêterais toute suite cette production, et je renverrais tout le monde à la maison. Ces personnes sont des acteurs, des techniciens, des couturières. Pas des assassins.

— Je ne dis pas que c'est une certitude, je dis juste que c'est une éventualité. Et je veux que tu y réfléchisses, Eve.

Il serra fort ses mains, avant de poursuivre :

— Fais attention à toi. Je t'aime.

Toute la colère d'Eve s'évanouit d'un coup.

— Ben, si jamais je découvrais que, par ma faute…

— Attends, rien n'est encore certain. De toute façon, tu n'es responsable de rien. Le seul coupable, c'est Deboque.

Deboque. Toujours Deboque.

— Je ne l'ai jamais vu. Je ne sais pas à quoi il ressemble. Et pourtant, il s'est insinué dans ma vie. Il faut l'empêcher de nuire.

— Ce sera fait.

La voix de Bennett était calme, mais elle le connaissait bien. Il était évident qu'il bouillait d'une violence contenue.

— Reeve a lancé une opération, expliqua-t-il. Cela prendra du temps, plus de temps que nous le souhaiterions, mais nous arrêterons Deboque. J'espère juste pouvoir, d'une façon ou d'une autre, prendre part à sa chute.

— J'aime autant que tu ne t'en mêles pas trop. Je ne voudrais pas qu'il t'arrive quoi que ce soit.

Il se détendit et lui sourit.

— Pas la peine de te faire du souci pour moi. Je suis bien plus intéressé par les femmes et les chevaux que par la gloire.

— C'est bien, continue comme cela.

Elle se leva et rejeta ses cheveux en arrière.

— Je devrais aller jeter un coup d'œil à l'autre répétition.

— Tu travailles trop dur, Eve. Cela commence à se voir.

— Toujours galant…

— Tu dois arrêter de t'inquiéter pour Alex.

— Comment ?

— D'accord, tu n'es pas obligée d'arrêter de t'inquiéter pour Alex. Contente-toi de faire un peu confiance au destin.

Il se leva à son tour, et se mit à jouer négligemment avec ses cheveux.

— Son destin est de régner sur Cordina, et ce n'est pas le mien, Dieu merci. Rien ne lui arrivera.

— C'est toujours ce que je me dis quand je le vois. J'ai plus de mal à m'en convaincre quand il est loin de moi.

Elle l'embrassa, puis, comme ce n'était pas assez à son goût, le serra dans ses bras.

— On se voit ce soir, dit-elle.

— Pour une petite partie de gin-rami ?

— Tu me dois encore les cinquante dollars que je t'ai gagnés la dernière fois, je te rappelle.

— Tu en es sûre ?

— Absolument, répondit-elle, en réussissant à sourire.

Bennett la regarda descendre la travée et contourner la scène jusqu'aux coulisses. Suivie par les deux gardes du corps.

Gabrielle et Chris firent un crochet par le théâtre et essayèrent de la convaincre de venir passer l'après-midi avec elles dans un café au bord de la mer. Sans qu'elle lui ait rien demandé, son assistante lui apporta du café et des petits gâteaux en lui adressant un regard lourd de sous-entendus. Un des acteurs lui proposa sa loge pour qu'elle fasse la sieste, et une des maquilleuses lui parla d'une crème miracle pour dissimuler les cernes qu'elle avait sous les yeux.

A la fin des répétitions, Eve bouillait.

— Si une personne, une seule, me dit encore que je devrais me reposer, je lui mets aussitôt mon poing dans la figure, marmonna-t-elle alors qu'elle empruntait le couloir qui traversait les coulisses.

— Je vous promets que je ne dirai rien.

Elle s'arrêta pour regarder autour d'elle. Pete, penché au-dessus d'une grosse malle, était en train d'y enfermer ses accessoires.

— Je croyais que tout le monde était parti.

— Je ne vais pas tarder.

Des clés tintèrent à sa ceinture alors qu'il se redressait.

— Il me reste deux ou trois choses à ranger. Je n'arrive pas à trouver un carton assez grand pour contenir le vase.

— Laissez-le sur le plateau. Il est trop vilain pour que quelqu'un ait envie de le voler.

— C'est vous-même qui m'avez dit que vous ne vouliez pas quelque chose de classe.

— Et j'ai été exaucée.

Elle se massa la nuque, que la tension accumulée avait rendue douloureuse.

— Le vase est parfait, Pete. Vraiment. Tout comme les napperons. Je sais que vous êtes consciencieux, mais le théâtre va être bouclé à double tour. Avec l'énorme dispositif de sécurité qui a été mis en place, je ne pense pas que vous ayez à craindre le moindre vol. Vous devriez plutôt aller dîner.

— C'est ce que je vais faire.

Pourtant, il hésitait, et jouait avec ses clés.

— Il y a un problème, Pete ?

— Aucun. J'ai juste quelque chose à vous dire.

Amusée, Eve hocha la tête.

— Alors allez-y, je vous écoute.

— Vous m'avez mis en rogne, l'autre jour, lorsque vous m'avez ordonné de sortir d'ici. Quand vous m'avez crié dessus et que vous m'avez menacé de me mettre à la porte.

— Je me doute bien que vous n'étiez pas spécialement ravi.

— Je pense que je me serais montré plus coopératif si j'avais su ce qui se passait.

Il se gratta le menton et regarda ses pieds.

— Talbot nous a raconté comment vous vous êtes mise à courir dans tout le théâtre pour vous assurer que tout le monde était bien dehors, lorsque vous avez appris qu'il y avait une bombe. Je trouve cela vraiment héroïque. Stupide, ajouta-t-il en la regardant de nouveau, mais héroïque.

— Ce n'était ni stupide, ni héroïque. C'était nécessaire. Mais merci quand même.

— J'aimerais vous offrir un verre.

Elle resta un instant sans voix. Depuis qu'elle connaissait Pete, elle ne l'avait jamais vu rechercher la compagnie de qui que ce soit.

— Avec plaisir. J'ai rendez-vous avec quelqu'un ici, ce soir. Mais pourquoi pas demain, juste après les répétitions ?

— C'est parfait.

Pete se gratta une nouvelle fois le menton, lui adressa un petit signe de tête, puis se dirigea vers la sortie.

— Vous êtes quelqu'un de bien, mademoiselle Hamilton, lança-t-il en se retournant.

— Vous aussi, murmura-t-elle, se sentant bien pour la première fois de la journée.

Restée seule, Eve emprunta la direction opposée, et longea son ancien bureau pour se diriger vers son bureau temporaire. 18 h 15, songea-t-elle en regardant sa montre. Alexander était en retard. Elle avait attendu toute la journée, avec nervosité et impatience, que sonnent 18 heures. Mais, visiblement, il fallait qu'elle attende encore un peu.

Pourquoi voulait-il lui parler ? Pour mettre un terme à leur liaison aussi proprement que possible ? Il devait avoir deviné combien elle était amoureuse de lui. Il ne voulait pas lui faire de mal. N'était-ce pas ce qu'il avait dit ? Il voulait tout arrêter maintenant, avant que les choses ne deviennent encore plus difficiles pour elle.

Il ne s'était pas encore lassé d'elle, elle n'en doutait pas un seul instant. Mais il y avait son sens de l'honneur. Il ne pouvait lui offrir que quelques heures la nuit, en secret. Son sens des bienséances, de l'équité ne lui permettrait pas de continuer de cette façon bien longtemps. N'était-ce pas précisément une des raisons pour lesquelles elle l'aimait ?

Aucun regret, se rappela-t-elle. Elle savait depuis le début que les choses ne pourraient pas durer entre eux. Et elle l'avait accepté. Le prince et son palais ne trouveraient jamais leur place dans sa vie.

En soupirant, elle ouvrit le petit livre qu'elle avait glissé dans son sac le matin même. Entre deux pages, elle avait mis une fleur à sécher, celle-là même qu'Alexander avait piquée dans ses cheveux. Quand cela ? Deux semaines plus tôt ? Deux semaines, une éternité… Elle referma le livre en songeant que toutes les femmes n'avaient pas de si beaux souvenirs pour se consoler.

Rassérénée par cette pensée, elle tenta de se secouer. C'était la vie. Et il fallait l'affronter telle qu'elle était.

D'accord, elle allait attendre Alexander. Mais sans broyer du noir. Elle s'installa à son bureau, attrapa un de ses dossiers, et se mit au travail.

Un grand calme régnait dans le théâtre. Soudain, elle entendit un bruit sourd, comme une détonation.

12

Eve était déjà debout lorsqu'elle entendit quelqu'un passer en courant devant sa porte. En colère, elle voulut rappeler à l'ordre celui qui était resté au théâtre et faisait tant de vacarme, au lieu d'aller dîner avec le reste de la troupe comme elle l'avait demandé. Mais lorsqu'elle ouvrit la porte, elle découvrit un corps.

Tout s'arrêta. Puis, sans réfléchir, elle courut vers le hall et se pencha au-dessus de l'inconnu. Sa chemise était déjà baignée de sang. Un plateau qui avait porté une carafe d'eau et des verres était renversé à terre. Il y avait des débris de verre partout. Vite, elle enleva le long gilet qu'elle portait et en enveloppa le corps.

Téléphoner. Elle devait téléphoner. Luttant pour reprendre son calme, elle retourna en courant vers son bureau. Les mains moites, elle saisit le combiné et composa le numéro des secours.

— Je suis Eve Hamilton, et je vous appelle depuis le grand théâtre du Centre des beaux-Arts. Un homme a été abattu. Il me faut une ambulance. Et la police.

La respiration coupée, elle entendit des bruits de pas se rapprocher doucement de sa porte.

— Faites vite, murmura-t-elle. Je vous en prie, faites vite.

Elle reposa le téléphone sur son bureau et regarda désespérément autour d'elle. Il n'y avait aucune issue.

Aucune autre issue que la porte. Les bruits de pas s'étaient arrêtés. Mais où ? A quelle distance de son bureau ? En tremblant, elle contourna le bureau. On était là pour la tuer. Pour la tuer elle et...

18 h 20. Elle eut du mal à lire l'heure sur sa montre, mais elle se souvint de son rendez-vous avec Alexander. C'était Alexander qu'on attendait.

Tandis que la sueur perlait à son front, elle s'approcha de la porte. Elle devait le prévenir d'une façon ou d'une autre. Il fallait absolument qu'elle trouve un moyen. Alors qu'elle tendait la main vers la porte, cette dernière s'ouvrit lentement.

Elle vit d'abord le pistolet. Noir, funeste. Puis la main qui le pointait. Réprimant un hurlement, elle leva les yeux vers le visage de son agresseur.

Le partenaire d'escrime d'Alexander. L'homme qui lui avait souri et dont les traits lui avaient paru vaguement familiers. A présent, elle se souvenait. Elle l'avait déjà vu au théâtre.

Il ne souriait plus. Son visage était dur, fermé. Elle comprit qu'il était capable de tuer.

— Mademoiselle, commença-t-il.

Alors, elle agit.

Elle frappa, se servant de l'arrière de son poing pour l'atteindre en pleine gorge. Lorsque, sous la violence du choc, il lâcha son pistolet, elle cogna sur sa nuque avec la tranche de sa main. Haletante, elle le vit s'écrouler sur le sol, à moitié dans son bureau et à moitié en dehors. Elle voulut se mettre à courir, et ne rien faire d'autre que courir, mais elle s'obligea à réfléchir calmement.

L'attrapant sous les bras, elle le tira à l'intérieur de la pièce. Elle fouilla rapidement dans ses tiroirs et trouva la clé de la porte. L'homme était tellement grand qu'il occupait presque toute la largeur du bureau. Elle dut l'enjamber pour sortir. Puis elle ferma la porte à clé.

Elle secoua la tête pour chasser le bourdonnement qui y résonnait, et s'accorda un moment pour s'appuyer contre le mur et reprendre son souffle. Lorsqu'elle entendit le blessé gémir, elle se précipita vers lui.

— Les secours arrivent, murmura-t-elle. Ils vont s'occuper de vous.

— Jermaine...

— Oui, je sais. Je m'en suis occupée. N'essayez pas de parler.

Elle devait faire quelque chose pour arrêter l'hémorragie, et vite. Elle se passa la main dans les cheveux, tachant de rassembler ses pensées. Des serviettes...

— Ne bougez surtout pas. Je vais chercher quelque chose pour empêcher votre sang de couler.

— Il attendait... Caché...

— Il est enfermé à double tour, le rassura-t-elle. Ne parlez plus. Je reviens tout de suite.

Elle se leva, avec l'intention de courir vers les toilettes les plus proches pour aller chercher des serviettes, lorsqu'elle entendit un bruit dans son dos. Elle regarda tout autour d'elle, mais le hall était désert. En humidifiant ses lèvres sèches, elle leva les yeux vers la porte de son bureau. Jermaine avait-il déjà repris connaissance ? Soudain, elle se souvint qu'elle ne lui avait pas pris son pistolet. Il était enfermé avec l'arme dans la pièce. S'il se réveillait...

Puis elle entendit des voix derrière la porte d'entrée du théâtre et courut dans cette direction.

La scène était plongée dans l'obscurité. Elle trouva l'interrupteur à tâtons et alluma tous les projecteurs. Elle eut envie de sangloter en reconnaissant la voix d'Alexander. Alors qu'il gravissait les marches menant à la scène, elle se précipita à sa rencontre. Avant même qu'il pût s'excuser de son retard, elle se jeta dans ses bras.

— Que se passe-t-il ?

— L'homme, l'agent de Deboque… Il est enfermé dans mon bureau. Il a tiré sur quelqu'un, un de tes gardes, je crois. J'ai déjà appelé une ambulance et la police.

— Est-ce qu'il t'a blessée ? demanda-t-il en la regardant, l'air affolé. Tu es couverte de sang.

— Ce n'est pas le mien, mais celui du garde. Alex, il a besoin de soins. Et dans mon bureau…

— C'est bon.

Il passa son bras autour d'elle et fit signe à ses propres gardes du corps.

— Allez voir. Je reste ici avec elle.

— Il est armé, commença-t-elle.

— Eux aussi. Assieds-toi.

Il lui fit prendre place sur le sofa que Pete avait vieilli à sa demande.

— Raconte-moi ce qui s'est passé, dit-il tandis que ses gardes du corps se précipitaient vers les coulisses.

— Tout le monde était parti. Enfin, je croyais que tout le monde était parti. Bien sûr, je sais qu'il y a toujours un garde avec moi. J'ai entendu un bruit sourd, comme une détonation, puis des pas. C'est à ce moment-là que j'ai trouvé un corps dans le hall. Je suis retournée téléphoner dans mon bureau, puis j'ai de nouveau entendu des pas. Alex, c'était ton partenaire d'escrime, Jermaine.

— Jermaine a été abattu ?

— Non, non !

Elle se passa la main dans les cheveux et essaya d'être plus claire :

— C'était lui. Il avait un pistolet. Je l'ai assommé, et puis…

— Tu as assommé Jermaine ?

— C'est ce que j'essaie de te dire, rétorqua-t-elle. Il a dû tirer sur l'autre homme, et il revenait pour moi.

— Eve, répondit-il en la secouant doucement. Jermaine

est le chef de ma sécurité personnelle. Je lui ai demandé de te protéger.

— Mais il...

Elle s'interrompit, et essaya de clarifier un peu son esprit.

— Alors qui... ?

— Désolé de vous interrompre.

Russ sortit de l'ombre et s'avança sur la scène. Il tenait un revolver, dont le canon était prolongé par un silencieux.

— Oh mon Dieu...

Avant qu'elle ait fini sa phrase, Alexander était debout, devant elle.

— Je dois vous remercier d'avoir éloigné vos gardes, même brièvement, Votre Altesse. Je promets d'être rapide. Je suis, après tout, un professionnel.

— Non ! s'écria Eve en se levant et en attrapant Alexander par le bras. Ne fais pas ça, Russ.

— En ce qui te concerne, je regrette vraiment.

Il y avait comme un élan de sincérité dans sa voix, constata Eve, paniquée et furieuse à la fois. Comment osait-il lui sourire, alors qu'il pointait son arme sur l'homme qu'elle aimait ?

— Tu connais ton métier, Eve. Je veux que tu saches que tu es la meilleure productrice avec laquelle j'ai travaillé.

— Vous ne vous en tirerez pas comme cela, dit Alex.

Il parlait lentement, cherchant sans doute à gagner du temps. Ses gardes du corps allaient revenir d'une seconde à l'autre.

— Je connais parfaitement ce théâtre, à présent. Je peux disparaître en dix secondes. Cela devrait me suffire. Sinon...

Il haussa les épaules.

Soudain, un bruit de sirènes se fit entendre dans le lointain.

— Mais c'est le moment de conclure cette affaire,

reprit-il en visant le cœur d'Alexander. Avant, je tiens à vous dire que je n'ai rien de personnel contre vous.

Ils étaient debout dans le décor. Le vase rouge avec son gros bouquet de fleurs en papier semblait faux. Les projecteurs diffusaient une forte chaleur, comme si c'était une pièce qui était en train de se jouer. Mais le pistolet était bel et bien réel.

Eve hurla, presque malgré elle. Puis, sans aucun remords ni regret, elle se plaça devant Alexander et reçut la balle en plein dos.

Elle ne pouvait pas mourir. Alexander était assis, le visage entre les mains, alors que cette phrase résonnait encore et encore dans sa tête, comme une litanie. Il savait prier, mais c'étaient les seuls mots qui lui venaient.

Il savait qu'il y avait d'autres personnes que lui dans la salle d'attente, mais ils auraient tout aussi bien pu être des fantômes. Des fantômes nés de sa propre imagination. Gabriella était assise à côté de lui, le soutenant en silence. Son père se tenait debout devant la fenêtre. Bennett était assis sur le petit canapé, serrant dans sa main celle de Chris. Reeve, quant à lui, était entré et sorti plusieurs fois, occupé avec la police.

S'il avait eu une seconde de plus, une seule seconde, il aurait pu l'écarter, la repousser. Faire n'importe quoi pour empêcher la balle d'entrer dans son corps. Elle s'était contractée contre lui. Aussi longtemps qu'il vivrait, il n'oublierait jamais la façon dont son corps s'était crispé à cause du choc et de la douleur, avant qu'elle ne s'écroule, inerte.

Et il avait eu son sang sur les mains. Au sens propre comme au figuré.

— Prends du thé, Alex.

Gabriella lui tendit une tasse, mais il secoua la tête. Elle le regarda pendant qu'il allumait une nouvelle cigarette.

— Ne te mets pas dans cet état, murmura-t-elle. Eve va avoir besoin que tu sois fort, pas rongé par la culpabilité.

— J'aurais dû la protéger. J'aurais dû l'empêcher d'être blessée.

Il ferma les yeux et revit cet horrible moment où elle s'était jetée devant lui et avait écarté les bras pour faire de son corps un bouclier.

— C'était moi qu'il voulait.

— Toi ou n'importe lequel d'entre nous, répondit-elle en posant une main sur son genou. S'il faut absolument que ce soit la faute de quelqu'un, c'est la nôtre autant que la tienne. Alex, durant les pires jours de ma vie, tu étais là pour moi et je ne voulais pas te laisser m'aider. Laisse-moi t'aider, maintenant.

Il posa sa main sur la sienne. C'était tout ce qu'il pouvait donner à sa sœur pour l'instant.

Reeve revint dans la salle d'attente. Il regarda sa femme, lui effleura brièvement l'épaule, puis se dirigea vers Armand, devant la fenêtre. Armand se contenta d'acquiescer à ce qu'il lui dit, puis reprit sa veille silencieuse. Lui aussi savait prier.

Incapable de rester assise plus longtemps, Chris se leva et marcha jusqu'au couloir, avant de revenir. Elle sentait ruisseler sur ses joues les larmes qu'elle n'avait pas réussi à contenir. Lorsque Gabriella vint passer son bras autour d'elle, Chris s'appuya sur son amie avec reconnaissance.

— Ce n'est pas possible que nous la perdions, Brie.

— Non, répondit Gabriella en resserrant son étreinte. Nous n'allons pas la perdre.

Avec douceur, elle la conduisit vers une chaise.

— Tu te souviens quand nous étions à la fac ensemble,

les histoires que tu me racontais sur Eve ? Je me demandais comment cela devait être d'avoir une sœur.

— Oui, je me souviens.

Chris prit une grande inspiration, et essaya de se reprendre.

— Tu pensais qu'avoir une sœur devait être merveilleux.

— J'avais l'impression de n'être entourée que par des hommes. Une présence féminine me manquait.

Gabriella sourit, avant de poursuivre :

— Tu m'as montré une photo d'Eve. Elle devait avoir douze ou treize ans, et elle était déjà magnifique. J'aurais adoré pouvoir partager des choses avec quelqu'un lui ressemblant.

— Et je t'ai raconté la fois où je l'ai trouvée dans ma chambre avec tout mon maquillage étalé devant elle, en train de jouer avec mes plus beaux fards à paupières. Ses yeux ressemblaient à des portes de garage, dit Chris en se passant les doigts sous les yeux pour les sécher. Elle se trouvait belle.

Chris renifla et accepta le mouchoir que son amie lui tendit.

— Elle détestait être envoyée en pension, poursuivit Chris d'une voix saccadée. Papa pensait que c'était pour son bien, et il avait raison, mais elle détestait vraiment cela. Nous trouvions tous qu'Eve était une fille jolie et gentille, mais pas très intelligente. Depuis, Dieu sait si elle nous a prouvé le contraire. Elle refusait juste de perdre son temps à faire des choses qui ne l'intéressaient pas, donc elle le perdait en feuilletant des magazines et en écoutant de la musique.

— Elle t'écrivait souvent des lettres assez drôles. Tu me les lisais parfois.

— Celles où elle me décrivait les filles de son dortoir, ou sa prof d'histoire. On aurait dû se douter, à ce moment-là, qu'elle avait un don pour le théâtre. Oh! mon Dieu, Brie, combien de temps doit-on encore attendre?

— Encore un petit peu..., murmura-t-elle. Nous pensions qu'elle et Bennett... Ils paraissaient aller si bien ensemble.

Elle jeta un coup d'œil à Alexander qui, lui-même, était en train de regarder ses mains.

— N'est-ce pas étrange que deux personnes qui nous sont si chères se soient rapprochées?

— Elle l'aime tant, fit Chris, le cœur serré. Je voulais la ramener à Houston avec moi. Elle ne voulait pas le laisser. C'est presque comme si elle savait déjà qu'à un moment, elle allait devoir le protéger.

Sa voix se brisa, et elle secoua la tête avant de continuer :

— Elle m'a dit que peu lui importait ce qu'Alexander ressentait. Qu'elle voulait juste passer le plus de temps possible avec lui.

Brie soupira.

— Alexander est tellement renfermé... Mais je ne crois pas qu'il puisse y avoir le moindre doute sur ses sentiments. Il s'en veut. Il n'en veut pas aux circonstances, ni à Deboque ou au destin, mais seulement à lui-même.

— Eve ne lui en voudrait pas.

— Non, j'en suis sûre.

Comprenant ce que Gabriella attendait d'elle, Chris se frotta les yeux et se leva. Ce n'était pas facile de traverser la pièce pour aller jusqu'à lui. Car elle ne pouvait s'empêcher d'éprouver du ressentiment à son égard. Dans son cœur, il y avait une colère qu'elle n'avait pas réussi à chasser. Ce geste, elle le faisait pour Eve. Lorsqu'elle s'assit à côté de lui, il ne tourna pas le buste, mais seulement ses yeux cernés et rougis.

— Tu dois me détester, dit-il d'une voix à la fois calme et lugubre. Ce n'est qu'une maigre consolation de savoir que tu ne peux pas me détester autant que je me déteste moi-même.

Pour Eve, elle voulut prendre sa main, mais elle n'y parvint pas.

— Eve a besoin que nous nous serrions tous les coudes, dit-elle simplement.

— J'aurais pu trouver un moyen de la faire rentrer de force aux Etats-Unis.

— Tu crois que tu y serais parvenu ? fit-elle en esquissant un sourire. Depuis qu'elle a quitté l'école, Eve n'a jamais laissé personne décider de quoi que ce soit à sa place.

— Je ne l'ai pas protégée.

Il cacha de nouveau son visage dans ses mains.

— Elle compte plus que tout dans ma vie, et je ne l'ai pas protégée.

Cette fois, Chris réussit à poser sa main sur la sienne. Pour Eve, oui, mais aussi pour elle-même et pour Alexander.

— Elle s'est mise devant toi.

La douleur, de nouveau, emplit le regard d'Alexander, et rencontra celle de Chris, toujours aussi vive. Leurs doigts s'entrelacèrent alors.

— Si tu dois te reprocher quelque chose, Alex, reproche-toi d'être l'homme qu'elle aime. Nous devons absolument croire qu'elle va s'en sortir. J'ai besoin que tu y croies avec moi, sinon, je ne tiendrai jamais le coup.

Assis côte à côte, ils attendirent. On servit du café qui refroidit. Les cendriers se remplirent et débordèrent. L'odeur de l'hôpital — un mélange d'antiseptique, de détergent, et de nervosité — devint de plus en plus familière à tout le monde. Bientôt, ils ne remarquèrent plus les gardes postés dans les couloirs.

Lorsque le Dr Franco pénétra enfin dans la pièce, tous se levèrent d'un bond. Son calot chirurgical était trempé de sueur, tout comme sa blouse vert clair. Il s'avança et, avec sa compassion naturelle, alla prendre la main de Chris.

— Le chirurgien est toujours avec elle. Mais elle va bientôt être emmenée en salle de réveil. Vous avez une sœur très solide, mademoiselle Hamilton. Elle n'a pas choisi de capituler.

— Comment va-t-elle ? demanda Chris en agrippant la main du médecin.

— Elle a mieux supporté l'opération que quiconque n'aurait pu l'espérer. Comme je l'ai déjà dit, le Dr Thorette est le meilleur dans sa spécialité. L'opération était délicate parce que la balle était logée tout près de la moelle épinière.

— Elle n'est pas…

Alexander sentit la main de son père sur son bras, ce qui lui donna la force de poursuivre :

— Elle ne restera pas paralysée ?

— Il est trop tôt pour en être certain, Votre Altesse. Mais le Dr Thorette pense qu'elle ne souffre d'aucune lésion irréversible. Et je suis du même avis.

— Votre jugement a toujours été extrêmement fiable, dit Armand, d'une voix que les cigarettes et le soulagement avaient rendue rauque. Il est inutile de vous préciser qu'Eve doit continuer à bénéficier des meilleurs soins possibles.

— En effet, Votre Altesse, c'est inutile. Alexander, poursuivit-il en appelant le prince par son prénom, privilège réservé aux plus vieux amis de la famille, mais qu'il ne s'était que rarement autorisé en trente ans. Elle est jeune, en bonne santé, solide. Je vous promets que je ne vois aucune raison pour qu'elle ne se remette pas totalement. Nous ferons tout ce que nous pourrons pour cela. Mais le reste dépendra d'elle.

— Quand pourra-t-on la voir ?

— Je vais en discuter avec les médecins et je vous tiens

au courant. Elle ne se réveillera certainement pas avant demain matin. Non, inutile de discuter, poursuivit-il en levant la main. Je n'ai pas l'intention de vous empêcher de la veiller. Je crois que si vous êtes là à son réveil, cela ne pourra que l'aider à se remettre plus rapidement. Mais si vous voulez bien m'excuser, je vais aller la voir maintenant.

Il veillait, une petite lampe allumée à côté de lui. Franco lui avait fait monter un plateau, mais Alexander y avait à peine touché.

Elle était si immobile.

On lui avait dit que c'était normal, à cause de l'anesthésie, qui avait été très lourde. Mais il guettait un mouvement, un tremblement.

Elle était si tranquille.

Une perfusion était placée à son poignet. Le pansement blanc qui maintenait l'aiguille en place ressortait dans la demi-pénombre. Plusieurs machines, alignées, émettaient des petits bruits réguliers tout en enregistrant ses constantes. De temps en temps, il regardait leurs lumières vert fluorescent. Mais presque toujours, il la regardait.

Parfois, il lui parlait, en lui tenant la main. Il lui parlait de balades sur la plage, de vacances dans le chalet familial à Zurich, de promenades dans les jardins du palais. D'autres fois, il se contentait de rester assis, en contemplant son visage, et d'attendre.

Il pensa soudain qu'elle allait détester la blouse d'hôpital qu'on lui avait enfilée. Et il pensa à la soie et aux rubans qu'elle portait la dernière fois qu'ils avaient fait l'amour. La nuit précédente. Seulement... Il posa sa fine main contre sa joue alors qu'il commençait à avoir du mal à respirer. Ce doux contact l'apaisa.

— Bats-toi, murmura-t-il. Reste avec moi, Eve. J'ai

besoin de toi, et j'ai besoin de te montrer à quel point. Bats-toi.

La nuit se passa sans qu'il ne ferme l'œil. Juste au moment où les stores laissèrent passer les premiers rayons du soleil, elle remua.

— Eve.

Il prit sa main dans les deux siennes, et se pencha vers elle.

— Eve, tu es saine et sauve. Je suis là avec toi. Je t'en prie, ouvre les yeux. Est-ce que tu m'entends ? Ouvre les yeux, Eve.

Elle l'entendit, bien que sa voix lui parût faible et lointaine. Il s'était passé quelque chose. Elle avait l'impression d'avoir flotté, et ses rêves... Elle cligna des paupières, puis les souleva. Tout fut gris, puis aveuglant, avant qu'elle ne commence à distinguer des formes.

— Je suis là, répéta Alexander. Ça va aller. Est-ce que tu m'entends ?

— Alex ?

Elle vit son visage. Il était tout près, mais elle ne parvint pas à tendre la main pour le toucher. Une légère barbe dessinait des ombres sur ses joues. Cela la fit sourire un peu.

— Tu ne t'es pas rasé.

Puis elle sombra de nouveau.

Au bout de quelques minutes, qui parurent des heures à Alexander, elle se remit à bouger.

— Tu n'es pas blessé ? demanda-t-elle d'une voix faible et tremblante.

Assis à côté d'elle sur le lit, il lui caressa le visage pour l'apaiser.

— Non, non.

— Russ...

Involontairement, Alexander crispa ses doigts autour des siens.

— On s'est occupé de lui. Tu n'as pas à t'inquiéter.

Mais elle avait déjà tourné la tête, vu les machines, et sans doute compris tout le reste.

— Non, pas l'hôpital…

Lorsqu'il entendit la panique dans sa voix, il porta sa main à ses lèvres.

— Juste quelque temps, ma belle. Jusqu'à ce que tu sois guérie.

— Je ne veux pas rester ici.

— Je resterai avec toi.

— Tu ne vas pas partir ?

— Non.

— Alex, tu promets de me dire la vérité ?

— Oui.

Il déposa de tendres baisers sur son poignet, où, avec bonheur, il put sentir son pouls régulier.

— Est-ce que je vais mourir ?

— Non.

Il posa sa main sur sa joue, et se pencha davantage.

— Non, tu ne vas pas mourir. Le Dr Franco dit que tu es solide comme le roc.

Elle sourit, mais il la vit également réprimer une grimace.

— Tu souffres ?

— C'est comme si… je ne sais pas. Mon dos, sous mon épaule.

C'était l'endroit où s'était logée la balle. Dans son dos à elle, plutôt que dans son cœur à lui. Il l'embrassa sur la joue et se leva.

— Je vais chercher l'infirmière.

— Alex, ne pars pas.

— Je vais juste chercher l'infirmière, c'est promis.

Mais il trouva le Dr Franco qui arrivait dans le couloir.

— Elle est réveillée. Et elle a mal.

— La douleur peut être atténuée, Votre Altesse.

Laissez-moi l'examiner, ensuite je lui donnerai quelque chose.

Puis il fit signe à une infirmière.

— Elle a peur de se retrouver ici.

— Je sais qu'elle a la phobie des hôpitaux. Mais je crains qu'elle ne puisse pas en sortir pour l'instant.

— Dans ce cas, je resterai avec elle.

— C'est quelque chose que je ne peux pas permettre, Votre Altesse.

Même sans avoir dormi, même avec la fatigue et l'inquiétude qui pesaient sur lui, Alexander puisa dans ce qu'il lui restait de royal.

— Je vous demande pardon ?

— Je ne peux pas autoriser que vous restiez ici vingt-quatre heures sur vingt-quatre. J'accepte, en revanche, que vous vous relayiez avec la sœur de Mlle Hamilton ou avec quelqu'un d'autre, si cela peut la rassurer. Maintenant, je dois examiner ma patiente.

Alexander le regarda marcher jusqu'à la chambre d'Eve, puis il s'effondra sur une chaise près de la porte. Il avait besoin d'être seul quelques minutes, de trouver une pièce sombre et calme où il pourrait enfin laisser exploser sa rage, sa douleur, et sa peur.

Mais il essaya de se reprendre comme il le put. Elle lui avait parlé. Elle l'avait regardé. Ses doigts avaient bougé dans sa main. C'était immense. Il s'appuya contre le mur et ferma les yeux pour la première fois depuis plus de vingt-quatre heures.

Il les rouvrit au moment même où Franco sortait de la chambre.

— Vous pouvez entrer, Votre Altesse. J'ai expliqué à Eve ce qui lui était arrivé. Je lui ai aussi assuré qu'elle pourrait avoir quelqu'un avec elle aussi longtemps qu'elle le voudra. Je vais appeler sa sœur, à présent. Lorsque Mlle Hamilton arrivera, j'insiste pour que vous rentriez au palais, que vous preniez un vrai repas, et que vous dormiez. Sinon, je vous interdirai l'accès à sa chambre.

Alexander passa une main sur sa nuque douloureuse.

— Docteur Franco, si je ne savais pas que vous pensez d'abord au bien d'Eve, je ne vous écouterais tout simplement pas.

— Ce ne serait pas mon premier bras de fer avec un membre de votre famille, Votre Altesse.

— Je le sais bien. Dites-moi plutôt comment va Eve, ce matin.

— Elle est faible, bien sûr. Mais ses constantes sont bonnes. Elle sent ses jambes et elle peut les bouger.

— Donc, il n'y a pas de…

— Pas de paralysie, non. Elle a besoin de repos, de soins, et de soutien. J'espère la faire quitter l'unité de soins intensifs demain. Mais pour cela, il faudra d'abord que le Dr Thorette l'examine.

— Docteur Franco, je n'ai pas de mots pour vous exprimer ma gratitude.

— Votre Altesse, j'ai toujours considéré comme un grand honneur le fait de soigner les membres de la famille royale.

Alexander jeta un coup d'œil à la porte d'Eve. L'écrin de la bague pesait très légèrement dans sa poche.

— Vous avez toujours été perspicace.

— Merci, Votre Altesse. Et est-ce que vous me promettez bien de rentrer peu après l'arrivée de Mlle Hamilton ?

— Je vous le promets.

Alexander entra dans la chambre, et trouva Eve réveillée, en train de regarder le plafond.

— Je pensais que tu étais parti.

— Je t'ai promis de rester. Chris va arriver. Je vais devoir m'absenter pendant un petit moment.

Il se rassit à côté d'elle, et prit sa main.

— Mais je reviendrai. Tu ne resteras pas seule.

— Je me sens tellement idiote, comme une petite fille qui aurait peur du noir.

— Me voilà soulagé d'apprendre que quelque chose te fait peur.

— Alex, le garde qui a été abattu, est-ce qu'il est...

— Il vit toujours. Et il est bien soigné, lui aussi. D'ailleurs, j'ai l'intention de passer le voir quand je t'aurai laissée.

— Il m'a sans doute sauvé la vie, murmura-t-elle. Et la tienne. Je ne sais même pas comment il s'appelle.

— Craden.

— Et Jermaine ?

Il n'avait pas imaginé combien il serait bon de sourire de nouveau.

— Il va bien. Mais sa fierté en a pris un coup.

— Il n'a aucune raison d'avoir honte. Je n'ai pas obtenu ma ceinture noire en battant des cils.

— Ça non, chérie, je te crois. Quand tu iras mieux, tu pourras l'expliquer à Jermaine.

Il effleura ses cheveux, poussé par le besoin de la toucher.

— Quelles fleurs dois-je t'apporter ? Des fleurs du jardin ? Je ne t'ai jamais demandé quelles étaient tes favorites.

Des larmes emplirent ses beaux yeux et se mirent à couler.

— Non, je t'en supplie, dit-il en embrassant ses doigts un à un. Ne pleure pas, mon amour.

— C'est moi qui l'ai emmené ici. Russ.

Elle ferma les yeux, mais cela n'empêcha pas ses larmes de continuer à couler.

— C'est moi qui l'ai emmené à Cordina, jusqu'à toi.

— Non, répondit-il en essuyant tendrement ses larmes. C'est Deboque qui l'a fait venir. Nous ne pouvons pas le prouver, mais nous le savons. Tu n'y es absolument pour rien.

— Comment ai-je pu me laisser tromper de cette façon ? Je l'ai auditionné. Alex, je l'ai vu sur scène. J'ai parlé à des gens qui avaient travaillé avec lui. Je ne comprends pas.

— C'était un professionnel. Un excellent acteur, Eve, qui s'est servi de ses talents pour masquer sa réelle vocation. Il a tué pour de l'argent. Pas par passion, pas pour défendre une cause, mais pour de l'argent. Même notre service de renseignements n'avait rien vu venir. Reeve travaille en ce moment même avec Interpol, dans le but d'en apprendre davantage.

— Tout s'est passé si vite que cela ne me paraît même pas réel.

— Il ne faut plus y penser, maintenant. C'est terminé.

— Où se trouve-t-il ?

Il hésita un moment, avant de décider qu'elle méritait la vérité.

— Il est mort. Jermaine lui a tiré dessus quelques secondes après que…

Mais il n'était pas encore prêt à parler de la façon dont son corps s'était raidi puis écroulé contre le sien.

— Il a repris conscience brièvement, juste le temps que Reeve lui soutire quelques informations. Nous pourrons parler de cela plus tard, quand tu seras un peu plus solide.

— J'ai cru qu'il allait te tuer.

Le nouveau médicament commençait à faire effet. Ses yeux papillonnèrent et se fermèrent.

— Tu as bien vu que ce n'était pas le cas. Comment puis-je te remercier de m'avoir sauvé la vie ?

Tandis qu'elle se laissait doucement glisser dans le sommeil, elle sourit.

— Les jacinthes… Ce sont mes fleurs préférées.

Alexander lui en apporta tous les jours. Lorsqu'elle fut autorisée à quitter l'hôpital pour être soignée par une infirmière à domicile, il en remplit sa chambre. Au bout d'une semaine, quand elle commença à se préoccuper du sort de sa troupe, la petite boule d'angoisse qui ne l'avait pas quitté depuis ce jour terrible disparut enfin. Eve allait mieux.

A sa grande surprise, Eve découvrit que la presse la célébrait en héroïne. Bennett lui montait tous les articles et les lui lisait, en répétant bien chaque louange plusieurs fois.

Eve insista pour que la première de la pièce ait bien lieu, puis s'inquiéta des problèmes éventuels qu'elle ne serait pas là pour régler.

Le lendemain, elle lut les critiques, disséquant chaque mot. Elle fut ravie d'apprendre que la pièce avait été bien accueillie, soulagée que la doublure de Russ ait fait un tel triomphe, et déprimée de ne pas avoir été là pour y assister elle-même.

Elle se soumettait à ses examens médicaux avec de moins en moins de bonne volonté, au fur et à mesure que les jours passaient.

— Docteur Franco, quand allez-vous cesser de m'examiner sous toutes les coutures ? demanda-t-elle au cours d'une de ses visites. Je me sens bien.

Elle était allongée sur le ventre, pendant qu'il changeait son pansement. Les fils avaient été retirés la veille et d'après l'infirmière, la cicatrice était propre.

— Il paraît que vous ne dormez pas bien la nuit.

— C'est parce que je m'ennuie à mourir. Une promenade dans les jardins devient un grand événement. Je veux aller au théâtre, docteur. J'ai manqué toutes les représentations de la première pièce. Et vraiment, j'aimerais ne pas manquer la première de la nouvelle production.

— Mmm… Il paraît que vous refusez de prendre vos médicaments.

— Je n'en ai pas besoin. Je me sens bien, je vous assure.

— J'ai toujours considéré le fait de bougonner comme un signe de guérison, dit-il doucement en l'aidant à se retourner.

— Je m'excuse d'être un peu grincheuse, dit-elle en refermant les pans de la veste d'intérieur que son père lui avait apportée.

— En effet, je vous ai connue plus agréable.

Elle ne put s'empêcher de sourire.

— C'est possible. Mais tout le monde est après moi. Docteur Franco, vous ne pouvez pas vous imaginer ce que c'est d'être scrutée à tout bout de champ. Si Chris n'avait pas convaincu mon père de rentrer à Houston, je serais devenue folle. Il a été merveilleux, bien sûr. Comme tout le monde. Les enfants m'ont fait des dessins. Dorian m'a amené un chaton. Euh… vous n'êtes pas censé savoir cela.

— Je n'ai rien entendu.

— Le prince Armand est venu me rendre visite tous les jours. Il m'a apporté cette boîte à musique.

Elle tendit la main pour toucher la petite boîte en argent émaillée posée sur sa table de nuit.

— Elle a appartenu à son épouse. Il la lui avait offerte à la naissance d'Alexander, et il m'a dit qu'il voulait que ce soit moi qui l'aie.

— C'est parce que, sans vous deux, son fils ne serait pas là.

— Docteur Franco, je n'ai pas l'impression d'être une héroïne.

Ses larmes jaillirent de nouveau, comme cela avait été si souvent le cas au cours des derniers jours. Elle n'arrivait pas à les contenir, et se détestait pour cela.

— Je me sens dans un état lamentable. J'ai besoin de

reprendre ma vie, et de laisser tout le monde reprendre la sienne. J'ai trop de temps pour réfléchir.

— Vos pensées vous troublent et vous importunent ?

— Certaines. J'ai besoin d'avoir de nouveau l'esprit occupé.

— Nous pourrions peut-être tenter une expérience.

— Tant que cela n'implique pas d'autres piqûres…

— Non, je vous rassure. Vous allez dormir cet après-midi.

— Docteur…

— Ah, attendez d'entendre le marché que je vous propose avant de vous plaindre. Vous allez dormir cet après-midi, répéta-t-il. Ensuite, ce soir, vous allez vous lever et mettre votre robe la plus élégante. Pas trop décolletée dans le dos, tout de même. Vous irez au théâtre…

Il s'interrompit lorsqu'elle lui adressa un large sourire.

— Mais juste en tant que spectatrice. Vous rentrerez directement au palais après la pièce. Vous prendrez un souper léger. Puis, comme Cendrillon, vous serez au lit à minuit.

— Marché conclu, répondit-elle en lui tendant la main.

Alors qu'ils scellaient leur accord, elle se promit de se remettre au travail avant la fin de la semaine.

Chris et Gabriella l'aidèrent toutes deux à s'habiller. Eve essaya de ne pas rester passive, tout en veillant à ne pas trop se fatiguer. Mais elle se sentait dans une forme éblouissante. Elle s'admira dans le miroir, vêtue d'une longue robe fourreau blanche et d'une veste brodée de perles, et se trouva plus à son goût qu'avant l'accident. Elle était reposée, son visage avait de belles couleurs, ses yeux étaient vifs. Elle coiffa ses cheveux en arrière et les retint par des peignes en argent, se parfuma légèrement, et se sentit de nouveau femme.

— Tu es magnifique, dit Alexander, qui était venu la chercher dans sa chambre, en prenant ses deux mains. Il était en habit noir et tenait un petit bouquet de jacinthes.

— Je voulais que tu le penses.

En souriant, elle prit les fleurs et respira leur odeur. Chaque fois qu'elle sentirait des jacinthes à l'avenir, elle penserait à lui, c'était certain.

— C'est la première fois depuis des jours que tu ne me regardes pas comme si j'étais sous un microscope. Non, ne dis rien. J'ai l'impression d'être une prisonnière en train de tenter la grande évasion.

— Quitte à t'évader, autant le faire avec style.

Il la prit par le bras et la conduisit au rez-de-chaussée. Une limousine les attendait dehors, le moteur déjà allumé. Eve adressa un sourire radieux à Alexander en y montant.

Le champagne était au frais. Les douces notes d'un concerto de Beethoven emplissaient l'habitacle.

— Mieux qu'un carrosse, murmura-t-elle alors qu'il débouchait la bouteille.

— J'ai l'intention que tout soit absolument parfait, ce soir.

Elle fit tinter son verre contre le sien, puis approcha ses lèvres des siennes.

— C'est bien parti.

— Nous verrons si cela dure.

Il tendit le bras vers un petit compartiment et en sortit une boîte longue et fine.

— Je voulais attendre que tu sois remise pour te donner ceci.

— Alex, je n'ai pas besoin de cadeaux.

— Je tenais absolument à t'en faire un.

Il lui fit ouvrir la main et y plaça la boîte.

— Ne me déçois pas. Accepte.

Comment aurait-elle pu lui refuser quoi que ce soit ? Eve souleva le couvercle et découvrit, émerveillée, un collier en diamants et saphirs. Les pierres précieuses semblaient suspendues à des fils d'argent et coulaient comme des larmes. C'était un bijou de princesse, de reine. Pas un bijou destiné à une femme ordinaire, songea-t-elle. Incapable de résister, elle le sortit de son écrin et les pierres étincelèrent dans sa main. Les lumières des réverbères, dehors, les frappèrent de plein fouet et s'y embrasèrent.

— Oh ! Alex, c'est magnifique. J'en ai le souffle coupé.

— Tu m'as souvent fait cet effet. Est-ce que tu veux bien le porter ce soir ?

— Je...

Elle était presque effrayée par la beauté et l'élégance du collier. Mais il lui avait posé la question comme s'il s'attendait à ce qu'elle refuse. Et elle ne voulait surtout pas lui faire de peine.

— J'aimerais beaucoup. Tu m'aides ?

Il détacha le collier en or filigrané qu'elle portait, et le remplaça par son cadeau. Instinctivement, Eve porta la main au bijou pendant qu'il le plaçait harmonieusement autour de son cou. Il était froid, mais commençait déjà à prendre la chaleur de sa peau.

— Je vais sans doute prêter davantage attention à cette merveille qu'à la pièce.

Elle se pencha pour l'embrasser, et il lui rendit son baiser avec une surprenante délicatesse.

— Merci, Alexander.

— Tu me remercieras quand la soirée sera terminée.

Elle était nerveuse lorsqu'elle pénétra dans le théâtre. Puis elle fut stupéfaite quand, en prenant place dans la loge royale, elle fut acclamée par tout le public, debout.

Alexander prit sa main sans qu'elle ait le temps de réagir. Puis, en souriant, il se pencha et l'embrassa.

Malgré l'émotion qui l'étreignait, elle réussit à sourire à son tour et, suivant l'exemple d'Alexander, elle salua la foule en s'inclinant.

Alexander recula sa chaise avec une grande satisfaction. Elle ne s'en était sans doute pas rendu compte, mais elle venait de réussir sa première apparition officielle.

— Pourvu que ce soit un succès, murmura Eve, gagnée par l'émotion.

Elle essaya de ne pas trembler en attendant le lever du rideau, mais ce fut extrêmement difficile.

— J'aimerais pouvoir faire un tour en coulisses juste une minute, pour voir...

— Chérie, je suis chargé de faire respecter les ordres du docteur.

— Je sais, mais... Oh ! mon Dieu, ça y est.

Elle ne lâcha pas sa main durant tout le premier acte. Son estomac était noué. Dans sa tête, elle fit la liste de tous les petits défauts ou imperfections qui la gênèrent. Et elle songea à toutes les modifications qui permettraient d'y remédier.

Mais le public rit. Elle se sentit fière de sa troupe, fière d'elle-même, lorsqu'elle l'entendit. Les dialogues étaient percutants, souvent acerbes, et très américains, mais le thème de la romance contrariée était universel.

Lorsque la pièce fut terminée, elle compta les rappels.

— Douze.

Elle se tourna, en riant, vers Alexander.

— Douze rappels. C'était bien. C'était vraiment, vraiment bien. Je veux juste modifier un peu la deuxième scène, mais...

— Hors de question d'y songer ce soir.

Il lui prit la main et la conduisit hors de la loge. Trois gardes les attendaient devant la porte. Elle essaya de ne pas les remarquer, et de penser uniquement à la pièce.

— Je ne sais pas si j'aurai la patience d'attendre les

critiques. Alex, on ne pourrait pas aller faire un petit tour en coulisses pour que je puisse…

— Pas aujourd'hui.

Sous l'escorte des gardes, il lui fit descendre le grand escalier. Il y avait des journalistes, et les flashs crépitèrent, mais le service de sécurité maintint la presse à distance. Eve était encore éblouie par les lumières aveuglantes lorsqu'ils reprirent place dans la limousine.

— C'est passé trop vite.

Elle s'appuya contre le dossier du siège, essayant de se souvenir de tout.

— J'aurais aimé que cela dure encore et encore, pourtant j'étais incroyablement nerveuse. J'avais l'impression que tout le monde nous regardait.

— Cela t'a mise mal à l'aise ?

— Juste un peu.

Mais c'était déjà du passé.

— J'ai l'intention de convaincre Franco de me laisser regarder la pièce depuis les coulisses demain.

— Tu n'es pas fatiguée ?

— Non. Sincèrement.

Elle sourit en prenant une grande inspiration.

— Je me sens merveilleusement bien. J'imagine que Cendrillon disait la même chose cinq minutes avant minuit.

— Il te reste une heure avant minuit. J'aimerais beaucoup que tu la passes avec moi.

— Jusqu'à la dernière minute, promit-elle.

A leur retour, le palais était très calme. Alexander la conduisit à l'étage, mais au lieu de la ramener à ses appartements, il obliqua vers les siens.

A l'intérieur, une table avait été dressée pour deux, avec des bougies dans des chandeliers en cristal. Et des violons qui jouaient, sensuels et romantiques.

— Maintenant, j'ai vraiment l'impression d'être Cendrillon.

— J'avais prévu de faire cela plus tôt, le soir... le soir où je devais te rejoindre au théâtre.

Elle s'était avancée pour toucher les pétales des fleurs disposées sur la table.

— Ah bon ?

Partagée entre la surprise et la nervosité, elle se tourna vers lui. Un homme aurait-il été capable d'une telle mise en scène pour une rupture ? Elle ne le pensait pas, pas même si cet homme était un prince.

— Pourquoi ?

— On dirait que je ne t'ai pas offert assez de romance, étant donné ton air stupéfait. Mais c'est quelque chose que j'ai l'intention de corriger.

Il s'approcha d'elle, l'attira à lui et l'embrassa comme s'il en avait envie depuis des jours et des jours.

— J'ai cru t'avoir perdue, dit-il d'une voix que l'émotion rendait sourde, avant de prendre ses mains et d'y enfouir son visage. J'ai commis tellement d'erreurs avec toi. Mais celle-là...

— Alex, non. Si tu ne veux pas que je me reproche d'avoir amené Russ à Cordina, comment peux-tu te reprocher ce qu'il a fait ?

— Ce qu'il a fait, et ce que toi tu as fait, rétorqua-t-il en prenant son beau visage entre ses mains. Aussi longtemps que je vivrai, je me souviendrai de l'instant où tu t'es placée devant moi. Je le revivrai, en me maudissant chaque fois de ne pas t'avoir repoussée à temps.

Il y avait tant de souffrance dans sa voix, tant d'amertume, qu'elle put s'exprimer en toute franchise, sans craindre pour sa fierté :

— S'il t'avait tué, penses-tu que j'aurais voulu vivre ? Tu es tout ce qui compte pour moi. Je t'aimais bien avant de savoir ce qu'aimer voulait dire.

Devant un tel aveu, Alexander resta un instant sans voix. Il ne commettrait plus aucune erreur, se promit-il. Il ferait les choses bien. Elle ne lui avait pas seulement sauvé la vie, mais donné une raison de vivre.

— Veux-tu bien t'asseoir ? demanda-t-il.

— Je t'en supplie, ne me remercie plus. J'en ai vraiment assez.

— Eve, assieds-toi, répéta-t-il avec impatience.

Sans doute s'était-elle habituée à ce qu'il réagisse de la sorte, car elle obéit sans protester.

— D'accord, je m'assois.

La nervosité le dévorait. Il attendit un moment, luttant pour reprendre le contrôle de ses émotions. Lorsqu'il s'agenouilla devant Eve, elle écarquilla les yeux.

— J'ai dit que je ne me mettrais jamais à genoux devant toi. Apparemment, je me trompais. Et je pense que c'est pour une bonne raison.

Lorsqu'il sortit la petite boîte de sa poche, elle secoua la tête, l'air incrédule.

— Alex, tu m'as déjà offert un cadeau ce soir.

Sa voix, d'ordinaire si douce et profonde, tremblait désormais.

— Ce n'est pas un cadeau. C'est une demande, la plus importante que je puisse te présenter. J'aurais aimé te poser la question plus tôt, mais cela me paraissait trop te demander.

Le cœur d'Eve cognait à tout rompre, mais elle ne tendit pas la main.

— Qui ne tente rien n'a rien, murmura-t-elle.

Il rit et, prenant son poignet, lui ouvrit la main.

— Tu ne cesses de m'étonner et de m'émerveiller. Eve, je vais te demander quelque chose d'immense, quelque chose que je ne pourrais sans doute pas te donner en retour. Je peux juste te dire que si tu acceptes, je ferai tout ce qui est en mon pouvoir pour te rendre heureuse.

Il plaça la boîte dans sa main et attendit.

D'abord, elle dut prendre une très grande inspiration. Elle n'était pas une aristocrate ; elle n'était pas de sang royal. Ils étaient pourtant sur un pied d'égalité. Elle se souvint de sa propre requête, et se rendit compte qu'elle allait peut-être être exaucée.

Elle ouvrit l'écrin et découvrit une bague, ornée du même motif de diamants et saphirs que le collier qu'elle portait. Ce n'était pas un cadeau, se répéta-t-elle, mais bien une demande.

— C'était à ma mère. Lorsque j'ai dit à mon père que j'avais l'intention de te demander en mariage, il a voulu que je te donne ceci. C'est plus qu'une bague, Eve. Je pense que tu es au courant des devoirs et des attentes qui vont avec, pas seulement vis-à-vis de moi, mais vis-à-vis de tout le pays qui, fatalement, deviendrait le tien. Je t'en prie, ne dis rien encore.

Il y avait de la nervosité dans sa voix, ce qu'elle n'avait jamais entendu auparavant. Cela lui donna envie de tendre la main pour le rassurer, mais elle ne bougea pas.

— Il y a tant de choses auxquelles je devrais te demander de renoncer. Houston ne serait plus qu'un lieu de villégiature. Tu devrais dire adieu à ta troupe, même s'il y a un théâtre ici et la possibilité de fonder une nouvelle compagnie à Cordina. Certes, tu pourrais continuer à écrire, et cela t'aiderait peut-être à oublier ce sur quoi tu devrais tirer un trait. Ta liberté serait restreinte d'une façon que tu ne peux même pas imaginer. Tu devrais assumer de nouvelles responsabilités, certaines cruciales, d'autres d'un ennui mortel. Tout ce que tu dirais ou ferais serait de notoriété publique avant même que tu l'aies dit ou fait. Et aussi longtemps que Deboque vivra, il subsistera un réel danger. Nous avons lancé une opération, mais il faudra du temps, beaucoup de temps, avant que Deboque ne représente plus une menace. Voilà les choses que tu dois savoir, et auxquelles tu dois réfléchir.

Elle le regarda, puis regarda la bague, toujours dans son écrin de velours.

— On dirait que tu veux me convaincre de refuser.

— Je veux juste que tu saches ce que je te demande.

— Tu es quelqu'un de droit et de pratique, Alexander.

Alors qu'elle prenait une grande inspiration, quelque chose, derrière Alexander, attira son attention. Elle ne sourit pas. Pas encore.

— Essayons donc de régler ce problème avec équité et sens pratique.

Elle plaça deux assiettes devant elle.

— Voyons voir, nous avons les devoirs et les responsabilités officielles.

Il y avait des billes de verre dans un vase. Elle en prit une poignée et en plaça deux sur une des assiettes.

— Ensuite, il y a l'absence de vie privée.

Elle ajouta une autre bille.

— Eve, ce n'est pas un jeu.

— S'il te plaît, j'essaie de réfléchir. Il y a le fait que je ne pourrais plus vivre dans mon pays.

Elle ajouta trois billes.

— Et le fait que je mourrais sans doute d'ennui en assistant à toutes ces soirées de charité qui occupent pour l'instant la pauvre Brie. Il y a la presse, la paperasserie — ce que tu as oublié de mentionner — et l'étiquette.

Elle marqua une pause.

— Et puis il y a Deboque, reprit-elle.

Elle regarda Alexander.

— Je n'ajouterai aucune jolie bille de verre pour lui. Que j'accepte ou que je refuse, il restera qui il est. Maintenant, Alex, j'ai une question à te poser. Pourquoi veux-tu que j'accepte cette bague et les responsabilités qui vont avec ? Pourquoi me demandes-tu de t'épouser ?

— Parce que je t'aime.

A présent, elle sourit. Toutes les autres billes allèrent dans la seconde assiette et la remplirent.

— Cela se passe de commentaires, non ? fit-elle, en lui montrant le résultat.

Il regarda les assiettes, l'air stupéfait.

— C'est tout ce que j'avais à dire ?

— Tu n'auras jamais rien d'autre à dire.

Elle passa ses bras autour de lui, et l'attira à elle pour qu'ils échangent un baiser, scellent un serment, commencent une nouvelle vie.

Puis elle rit et enfouit son visage dans son cou.

— Les contes de fées, murmura-t-elle, à moitié pour elle-même. J'avais cessé d'y croire.

— Moi aussi, répondit-il, avant de l'embrasser encore. Mais j'y crois de nouveau, maintenant. Grâce à toi.

— Oh ! écoute.

L'horloge du couloir se mettait en route.

— Passe-moi cette bague au doigt, Alex, avant que ne sonnent les douze coups de minuit.

Il la lui enfila, puis embrassa son doigt, juste au-dessus des pierres.

— Demain, nous l'annoncerons au monde entier, mais cette nuit n'appartient qu'à nous.

Il se redressa alors et l'aida à se lever.

— Je ne t'ai pas encore nourrie, et il est minuit passé.

— Je pourrais manger au lit, Alex. De toute façon, les assiettes sont occupées...

Elle posa sa joue contre sa poitrine, pour profiter de la magie de l'instant.

— Et Franco n'a jamais dit que je devais me coucher seule.

Il rit en la soulevant dans ses bras.

— Décidément, Cordina nous aura offert bien des surprises.

— Tout comme toi, murmura-t-elle.

Et elle offrit ses lèvres à l'homme qu'elle aimait.

Depuis toujours et à jamais.

LE DÉFI DE BENNETT

1

L'étalon fila vers la crête de la colline, frappant fort le sol et soulevant des nuages de poussière sur son passage. Au sommet, il se cambra, remuant ses puissantes pattes antérieures. Le temps d'un instant, la silhouette du cheval et de son cavalier se détacha en contre-jour sur le ciel radieux de ce bel après-midi. L'un et l'autre semblaient pareillement rebelles.

Dès que les sabots du cheval touchèrent de nouveau terre, les genoux du cavalier pressèrent les flancs de l'étalon qui se lança dans une course effrénée pour descendre l'autre versant de la colline. Le sentier était bien tracé, mais difficile, car bordé d'un côté par une abrupte paroi rocheuse et de l'autre par un précipice. L'étalon et son cavalier le dévalèrent à pleine vitesse, se riant du danger.

Seul un fou pouvait chevaucher en affichant un mépris aussi arrogant pour sa vie. Un fou, ou un rêveur.

— En avant, Dracula.

L'ordre fut lancé d'une voix basse mais pleine de défi, sur le ton de quelqu'un qui considère la peur et la vitesse comme les plus grisantes des sensations. Un grand éclat de rire le suivit.

Des oiseaux, surpris par le choc assourdissant des sabots sur le sol, désertèrent les buissons et les arbres de la falaise sur lesquels ils étaient perchés pour s'envoler en piaillant vers le ciel. Leurs cris se perdirent vite dans le lointain. Lorsque le chemin obliqua à gauche, l'étalon l'emprunta sans un moment d'hésitation. Le sentier surplombait les falaises qui, vingt mètres en contrebas, plongeaient dans l'immensité bleue de la mer. Sous les sabots du cheval, des cailloux volaient pour retomber sans bruit dans le vide.

Le cavalier jeta un coup d'œil en bas, mais ne ralentit pas. Il n'y songea même pas un seul instant.

L'odeur de la mer ne parvenait pas jusqu'à cette hauteur. Même le bruit des vagues qui s'écrasaient contre les rochers blancs était indistinct, comme les coups de tonnerre lointains d'un orage près de se dissiper. Mais, depuis là-haut, la mer représentait un danger et exerçait une puissance presque magique. Tous les ans, elle réclamait des vies humaines en sacrifice. Le cavalier le comprenait et l'acceptait : il en était ainsi depuis la nuit des temps, et il en serait toujours ainsi. Dans des moments comme celui-là, il s'en remettait au destin et se fiait à lui-même.

L'étalon n'avait besoin d'aucun coup de cravache ni d'éperon pour accélérer l'allure. Comme toujours, l'excitation et la confiance de son maître lui suffisaient. Ensemble, ils dévalèrent le sentier sinueux jusqu'à ce que la mer rugisse à leurs oreilles et jusqu'à ce qu'ils entendent enfin le cri des mouettes.

A le voir chevaucher ainsi, l'on aurait pu croire que le cavalier essayait d'échapper à des démons ou courait rejoindre son amante. Mais il suffisait de regarder son visage pour comprendre que ce n'était pas le cas.

S'il y avait bien une lueur dans ses yeux foncés, elle n'était pas causée par la peur ni par le désir. Il s'agissait d'une lueur de pur défi. Seul comptait pour lui le moment présent. La vitesse agitait ses cheveux noirs aussi librement qu'elle remuait la crinière sombre du cheval.

L'étalon, au large poitrail et à l'encolure puissante, était un concentré d'énergie. Son pelage noir charbon luisait de sueur, mais sa respiration était forte et calme. En selle, le cavalier se tenait droit, et son visage fin et halé était radieux. Sa bouche, pleine et ourlée, esquissait un sourire qui exprimait à la fois l'insouciance et le plaisir.

Lorsque le chemin devint plat, l'étalon allongea ses foulées. Ils longèrent des maisons aux façades blanches derrière lesquelles séchait du linge, agité par la brise marine. Dans les jardins, des parterres de fleurs interrompaient de vastes étendues de gazon. Les fenêtres étaient grandes ouvertes. Le soleil, toujours haut dans le ciel de l'après-midi, éblouissait tout de sa vive lumière. Sans ralentir ni avoir besoin de la main légère de son maître sur les rênes pour le guider, l'étalon se dirigea vers une haute haie.

Ils la franchirent, se dressant ensemble vers le ciel.

Dans le lointain se profilaient les écuries. Derrière eux, vers la falaise, le danger et la fascination morbide qu'il exerçait; devant eux, vers la plaine, l'ordre et la paix. Rouges et blancs, et soignés comme le gazon qui les entourait, les bâtiments apportaient une touche de charme supplémentaire à un paysage de rochers et de prairies. Des barrières croisées encadraient des manèges où l'on entraînait les chevaux avec bien moins d'intensité que Dracula.

L'un des palefreniers, qui était en train de faire trotter une jeune jument, s'interrompit en entendant l'étalon approcher. Un fou, songea-t-il, mais non sans un certain respect admiratif. Ce cheval et son cavalier, lancés ensemble dans une vitesse étourdissante, étaient un spectacle auquel tous étaient habitués. Malgré cela, il attendit, attentif et le souffle court, que l'étalon ralentisse sa course et s'arrête.

— Votre Altesse.

Son Altesse le prince Bennett de Cordina sauta à terre, dans un petit rire plein d'insouciance.

— Je vais m'occuper moi-même du décrassage de Dracula, Pipit.

Le palefrenier s'avança, en boitant légèrement. Il avait beau connaître le prince depuis de nombreuses années, il ne put s'empêcher de scruter à la fois le cavalier et l'étalon, à la recherche d'éventuelles blessures.

— Je m'excuse, monsieur, mais un message est arrivé du palais pendant votre absence. Le prince Armand souhaite vous voir.

Non sans regret, Bennett tendit les rênes au vieux palefrenier. L'heure qu'il passait à mener l'étalon au pas et à le brosser faisait partie du plaisir de la promenade à cheval. Mais, si son père l'avait fait appeler, il n'avait d'autre choix que de faire passer son devoir avant son plaisir.

— Promenez-le doucement, Pipit. Nous avons fait une longue course.

— Oui, monsieur, répondit le palefrenier qui avait passé les trois quarts de sa vie avec des chevaux.

Parmi les différentes tâches qui lui avaient été confiées, il y avait eu celle d'apprendre à Bennett à monter son premier poney. Face à sa jeunesse, et à la passion qui l'animait déjà, Pipit avait dû faire preuve de beaucoup de patience. A soixante ans, avec une jambe devenue raide suite à une chute, il faisait toujours partie du personnel.

— Je vais m'en occuper moi-même, Votre Altesse, dit-il en tâtant l'encolure de Dracula.

— Très bien, Pipit.

Mais Bennett détacha lui-même le harnais.

— Je vous remercie, ajouta-t-il.

— Pas besoin de me remercier, monsieur.

En poussant un petit grognement d'effort, Pipit souleva la selle du dos de l'étalon.

— De toute façon, personne d'autre ici n'aurait le

courage d'affronter ce démon, murmura-t-il en français alors que le cheval se mettait à piaffer sur place.

Au bout de quelques minutes, Dracula se calma.

— Et je ne ferais confiance à personne d'autre pour s'occuper de lui. Une ration supplémentaire de grain ne lui fera pas de mal, ce soir.

Pipit sembla apprécier le compliment à sa juste valeur.

— Ce sera fait, monsieur, répondit-il en souriant.

Toujours agité, Bennett s'éloigna des écuries. Il aurait lui aussi eu besoin d'une bonne heure pour se calmer. La vitesse et la témérité avec lesquelles il montait à cheval n'étanchaient qu'une partie de sa soif. Il avait besoin de mouvement, de vitesse, mais, avant tout, il avait besoin de liberté.

Cela faisait près de trois mois qu'il n'avait pas quitté le palais, observant le protocole, la pompe et l'étiquette à la lettre. Comme il était second dans l'ordre de succession au trône de Cordina, son rôle officiel était parfois moins public et exposé que celui de son frère Alexander, mais il n'en était pas moins soumis à d'impérieux devoirs. Ces obligations faisaient partie de sa vie depuis sa naissance, et il les acceptait comme telles. Pourtant, Bennett n'arrivait pas à s'expliquer pourquoi, au cours de l'année qui s'était écoulée, il lui était parfois arrivé de les rejeter et de se rebeller contre elles.

Gabriella l'avait remarqué. Et Bennett pensait que sa sœur, peut-être, comprenait sa réaction. Elle aussi avait toujours eu soif de liberté et de tranquillité. Elle en avait obtenu un peu, deux ans auparavant, lorsque Alexander avait épousé Eve, à qui avaient échu une grande partie des responsabilités pesant précédemment sur les épaules de Gabriella.

Pourtant, Brie ne s'était pas retirée de toute vie publique, songea Bennett en franchissant la porte du jardin du palais. Si l'on avait besoin d'elle, elle était là.

Elle consacrait toujours six mois de l'année à l'Aide aux enfants handicapés, tout en préservant sa vie de couple et en élevant ses enfants.

Bennett enfouit ses mains dans ses poches tout en grimpant l'escalier menant au bureau de son père. Qu'est-ce qui n'allait pas, chez lui ? Que s'était-il passé, au cours des derniers mois, pour qu'il ait parfois envie, la nuit, de s'enfuir loin du palais ? De s'enfuir n'importe où.

Il ne réussit pas à chasser son humeur maussade, mais parvint à la dissimuler lorsqu'il frappa à la porte de son père.

— Entrez.

Le prince n'était pas derrière son bureau comme Bennett s'y attendait, mais assis près de la fenêtre, à côté d'un plateau contenant du thé. En face de lui se trouvait une femme qui se leva à l'entrée de Bennett.

En tant que grand amateur de la gent féminine, il adressa un rapide coup d'œil à l'inconnue avant de se tourner vers son père.

— Je m'excuse de vous interrompre. On m'a dit que vous vouliez me voir.

— Oui, répondit Armand en avalant une petite gorgée de thé. Je t'ai fait appeler il y a quelque temps déjà. Bennett, je voudrais te présenter lady Hannah Rothchild.

— Votre Altesse, dit-elle en s'inclinant, les yeux baissés.

— C'est un plaisir de faire votre connaissance, lady Hannah.

Bennett prit la main de la jeune femme, et la détailla en quelques secondes. Un certain charme, tout en réserve et en discrétion. Mais il préférait les femmes moins subtiles. Anglaise, s'il en croyait son accent. Mais il avait un faible pour les Françaises. Mince et élancée. Mais c'étaient les femmes les plus voluptueuses qui l'attiraient toujours.

— Bienvenue à Cordina.

— Je vous remercie, Votre Altesse.

Sa voix était bien anglaise, distinguée et posée. Il croisa brièvement son regard, assez pour voir que ses yeux étaient d'une nuance profonde et lumineuse de vert.

— Votre pays est magnifique.

— Je vous en prie, rasseyez-vous, ma chère.

Armand remplit une autre tasse de thé.

— Bennett.

Hannah, les mains croisées sur les genoux, remarqua le petit regard hostile que Bennett adressa à la théière. Mais il s'assit et accepta la tasse.

— La mère de lady Hannah et la tienne étaient cousines éloignées, commença Armand. Eve a fait sa connaissance quand elle s'est rendue avec ton frère en Angleterre, récemment. A l'invitation d'Eve, lady Hannah a accepté de venir passer quelque temps au palais pour lui tenir compagnie.

Bennett ne put qu'espérer qu'on ne lui demanderait pas de servir d'escorte à la jeune femme. Certes, elle était assez jolie, bien que vêtue comme une nonne, avec sa robe à col montant grise qui descendait cinq bons centimètres sous ses genoux. La couleur ne flattait en rien son teint pâle. Mais si ses yeux empêchaient son visage d'être quelconque, ses cheveux blond foncé tirés sévèrement en arrière lui donnaient l'allure des anciennes dames de compagnie ou gouvernantes de l'époque victorienne. Fade, conclut-il. Toutefois, il n'oublia pas ses bonnes manières, et lui adressa un sourire franc et amical.

— J'espère que vous apprécierez votre séjour autant que nous apprécierons votre présence.

En retour, Hannah lui adressa un regard solennel. Elle se demanda s'il était conscient — et pensa qu'il l'était — de l'allure folle qu'il avait dans sa tenue de cavalier.

— Je suis sûre que je l'apprécierai immensément, monsieur. Je suis flattée que la princesse Eve m'ait invitée à séjourner auprès d'elle pendant qu'elle attend son second enfant. J'espère lui offrir toute la compagnie et toute l'aide dont elle aura besoin.

Visiblement absorbé par d'autres pensées, le prince Armand leur proposa distraitement quelques petits gâteaux.

— C'est très généreux de la part de lady Hannah de nous accorder un peu de son précieux temps. Elle fait de la recherche, et elle est actuellement en train de travailler à une série d'essais.

Une scientifique, songea Bennett, en avalant une gorgée de thé, qu'il détesta.

— Fascinant.

Hannah esquissa le plus ténu des sourires.

— Avez-vous lu Yeats, monsieur ?

Bennett se laissa glisser sur sa chaise en regrettant de ne pas être aux écuries.

— Pas en entier.

— Mes livres devraient arriver d'ici la fin de la semaine. Je vous en prie, ne vous gênez surtout pas pour m'emprunter tous ceux que vous voudrez.

Elle se leva de nouveau, gardant ses mains croisées devant elle.

— Si vous voulez bien m'excuser, Votre Altesse, j'aimerais défaire et ranger le reste de mes affaires.

— Bien sûr.

Armand se leva pour l'accompagner à la porte.

— Nous nous verrons au dîner. N'hésitez pas à sonner si vous avez besoin de quoi que ce soit.

— Merci, monsieur.

Elle s'inclina, puis se tourna pour adresser la même révérence à Bennett.

— Bon après-midi, Votre Altesse.

— Bon après-midi, lady Hannah.

Bennett attendit que la porte se referme derrière elle avant de se laisser choir sur l'accoudoir de son siège.

— Eh bien, d'ici quelques semaines, Eve devrait être morte d'ennui.

Ignorant son thé, il saisit une pleine poignée de petits gâteaux.

— A quoi Eve a-t-elle pu penser ?

— Eve s'est liée d'amitié avec Hannah durant les deux semaines qu'elle a passées en Angleterre.

Armand se dirigea vers un placard et, au grand soulagement de Bennett, il en sortit une carafe.

— Hannah est une jeune femme très bien éduquée et d'excellente famille. Son père était un membre très respecté du parlement anglais.

Le brandy était épais et fort. Armand n'en servit que deux petits verres.

— Tout cela est fort bien, mais...

Bennett s'interrompit brusquement, alors qu'il attrapait son verre.

— Oh ! Dieu du ciel, père, vous n'êtes pas en train d'essayer de me marier ? Elle n'est pas du tout mon genre.

Un sourire adoucit le visage sévère d'Armand.

— Pas la peine de me le préciser, je crois que je l'avais deviné. Je peux t'assurer que nous n'avons pas fait venir lady Hannah ici dans le but de te tenter.

— Même si elle essayait, elle aurait du mal, de toute façon, dit Bennett en faisant tourner le liquide dans son verre, puis en buvant. Yeats ?

— Certaines personnes pensent que la littérature ne s'arrête pas aux seuls manuels d'équitation.

Armand sortit une cigarette. La tension avait formé un nœud à la base de sa nuque.

— Je préfère les lectures utiles à la poésie qui prend un malin plaisir à s'attarder sur les amours malheureuses ou la beauté d'une goutte de pluie.

Mais, aussitôt, Bennett se sentit un peu idiot d'avoir prononcé ces mots, et il essaya de se rattraper.

— Quoi qu'il en soit, je ferai tout pour réserver le meilleur accueil possible à la nouvelle amie d'Eve.

— Je n'en ai jamais douté.

La conscience tranquille, il passa à d'autres sujets, plus importants.

— La jument arabe devrait mettre bas à Noël. Je suis sûr que ce sera un mâle. Dracula va engendrer des fils d'une force et d'une vigueur inouïes. J'ai trois chevaux qui devraient être prêts à concourir au printemps, et un autre dont je pense qu'il devrait participer aux jeux Olympiques. J'aimerais régler cela dans les semaines qui viennent, afin que les cavaliers aient le plus de temps possible pour travailler avec leurs montures.

Armand acquiesça d'un air absent et continua à siroter son brandy. Bennett sentit une familière poussée d'impatience le gagner, et lutta pour la dominer. Il avait bien conscience que les écuries n'étaient pas la première des priorités de son père. Comment pourraient-elles l'être, alors qu'il était occupé par les affaires intérieures et extérieures, et les querelles politiciennes au sein du Conseil de la couronne ?

Pourtant, son père aurait pu s'y intéresser un peu plus. Les chevaux étaient non seulement une grande source de plaisir, mais ils ajoutaient également un certain prestige à la maison royale de Cordina, qui possédait l'une des plus belles écuries d'Europe. En ce qui le concernait, c'était ce qu'il considérait comme sa seule véritable contribution à sa famille et à son pays.

Il avait travaillé aux écuries aussi durement que n'importe quel palefrenier, ne rechignant devant aucune tâche, pas même la plus ingrate. Au fil des années, il avait appris tout ce qui était possible sur l'élevage. A son grand plaisir, il s'était découvert un don naturel qui était venu étayer ses connaissances. En très peu de temps, Bennett avait fait d'une bonne écurie l'une des meilleures au monde. D'ici dix ans, il avait bon espoir qu'elle devienne la meilleure.

Parfois, Bennett ressentait le besoin de parler de ses chevaux et de ses ambitions à quelqu'un d'autre qu'à un palefrenier ou qu'à un autre éleveur. Toutefois, il comprenait, et cela avait toujours été le cas, que cette personne ne pourrait que rarement être son père.

— Mais j'ai l'impression que ce n'est pas le moment de parler de cela.

Bennett but une autre petite gorgée de brandy, et attendit que son père lui révèle ce qui le préoccupait tant.

— Je suis désolé, Bennett. J'ai bien peur que ce ne soit en effet pas le moment.

Son père le regrettait sans doute. Le prince ne le pouvait pas.

— Ton emploi du temps de la semaine prochaine. Peux-tu me le préciser ?

— Pas vraiment.

L'agitation le reprit. Se levant, Bennett se mit à faire les cent pas d'une fenêtre à l'autre. Comme la mer semblait proche, et comme elle était loin, pourtant. Un instant, il s'imagina sur un bateau, à cent milles de toute terre, en train de scruter une tempête se préparant à l'horizon.

— Je sais que je dois me rendre au Havre à la fin de la semaine. *L'Indépendance* rentre au port. J'ai aussi une rencontre avec les membres de la coopérative agricole et quelques déjeuners de prévus. Cassell m'en parle tous les matins. Si c'est important, je peux vous l'envoyer, il vous dira tout cela mieux que moi. La seule chose dont je suis sûr, c'est que j'aurai au moins un ruban à couper.

— Une légère lassitude, Bennett ?

Bennett haussa les épaules et vida son verre. Puis son sourire revint. La vie, après tout, était trop courte pour qu'on s'en plaigne.

— Ce sont les rubans à couper qui me font cet effet. Le reste n'est pas dénué d'intérêt.

— Notre peuple attend de nous que nous fassions plus que le gouverner.

Bennett tourna le dos à la fenêtre. Derrière lui, le soleil était haut et éclatant. Même si, parfois, en secret, il souhaitait le contraire, la royauté avec laquelle il était né lui collait à la peau.

— Je sais, papa. Le problème, c'est que je n'ai ni la patience d'Alexander, ni la sérénité de Brie, ni votre self-control.

— Tu pourrais très bientôt avoir besoin de tout cela à la fois.

Armand posa son verre et se tourna vers son fils, l'air grave.

— Deboque sort de prison dans deux jours.

Deboque. Ce seul nom suffisait à emplir Bennett de rage. François Deboque. L'homme sur les ordres duquel sa sœur avait été kidnappée. L'homme qui avait tenté de faire assassiner à la fois son père et son frère.

Deboque.

Bennett passa un doigt sur la cicatrice qu'il avait juste sous l'épaule gauche. Il avait reçu une balle à cet endroit, et c'était la maîtresse de Deboque qui avait appuyé sur la gâchette. Pour Deboque. Sur ordre de Deboque.

La bombe qui avait explosé plus de deux ans plus tôt à l'ambassade de Cordina à Paris était destinée à son père. A la place, elle avait tué Seward, un collaborateur loyal, laissant une veuve et trois orphelins. Cela, aussi, avait été l'œuvre de Deboque.

Et pendant toutes ces années, presque dix ans maintenant depuis l'enlèvement de Gabriella, personne n'avait pu prouver l'implication de Deboque dans le kidnapping, les conspirations ou les meurtres. Les meilleurs enquêteurs d'Europe, dont le beau-frère de Bennett, s'y étaient employés, mais aucun d'eux n'avait pu établir que Deboque avait tiré toutes les ficelles.

Et voilà que dans quelques jours il serait libre.

Cela ne faisait aucun doute : Deboque continuerait de chercher à se venger. La famille royale était son ennemie pour la simple raison qu'il avait été enfermé dans une prison cordinienne pendant ces dix dernières années. Il était également clair que, durant ces dix ans, il avait continué son trafic de drogue, d'armes et de femmes.

Le doute n'était pas permis, mais, hélas, ils ne disposaient d'aucune preuve.

Les effectifs des gardes seraient doublés ; la sécurité, renforcée. Interpol continuerait son travail, tout comme le Service international de sécurité. Mais Interpol et le SIS essayaient de faire inculper Deboque pour meurtre et tentative de meurtre depuis des années. Jusqu'à ce qu'il soit reconnu coupable et que son organisation soit démantelée, Cordina et le reste de l'Europe seraient menacés.

Les mains dans les poches, Bennett se dirigea vers le jardin. Au moins, ils avaient dîné en famille, ce soir. Cela avait permis de dissiper un peu la tension qui pesait sur tout le monde, même si l'on n'avait pas pu tout dire devant la nouvelle amie d'Eve. Il se demandait si quelqu'un d'aussi calme et guindé qu'elle avait été perméable à l'angoisse diffuse régnant autour de la table. Elle s'était contentée de répondre lorsqu'on lui avait adressé la parole et ne s'était autorisé qu'un seul et unique verre de vin durant tout le repas.

Il aurait souhaité la voir repartir sans délai pour l'Angleterre, s'il n'avait pas été conscient du bien qu'elle pourrait faire à Eve. Sa belle-sœur était enceinte de trois mois, et n'avait pas besoin de l'angoisse causée par la libération de Deboque. Deux ans auparavant, elle avait failli être tuée en protégeant Alexander. Si lady Hannah pouvait empêcher Eve de penser à Deboque, même quelques heures par jour, cela valait la peine de supporter sa présence au palais.

Il fallait qu'il parle à Reeve. Bennett serra les poings dans ses poches. Reeve MacGee n'était pas seulement l'époux de sa sœur. En tant que responsable de la sécurité, il possédait très certainement les réponses aux dizaines de questions que Bennett se posait. D'autres mesures, en plus du renforcement de la surveillance, avaient dû être prises. Bennett ne voulait pas rester dans l'ignorance, alors que d'autres travaillaient à les protéger, lui et sa famille.

En jurant tout bas, il leva les yeux au ciel. La nuit était dégagée et la lune à moitié pleine. En d'autres circonstances, alors que les odeurs du jardin le baignaient, il aurait aimé avoir une femme à son côté, et regarder le ciel avec elle. En ce moment, tout à sa frustration et à sa colère, il préférait la solitude.

Lorsqu'il entendit les chiens aboyer, il se raidit. Il se croyait seul ; il en était même persuadé. En tout cas, ses chiens vieillissants n'aboyaient jamais devant la famille ni devant les employés du palais qu'ils connaissaient bien. Espérant presque une confrontation, Bennett se dirigea silencieusement vers l'endroit d'où étaient partis les aboiements.

Il l'entendit rire, d'un rire qui le surprit, car il n'était ni calme ni retenu, mais profond et exubérant. Hannah caressait les chiens, qui s'étaient collés à ses jambes.

— Quels beaux toutous vous faites.

En souriant, elle se pencha un peu plus pour cajoler les animaux. La lune éclairait son visage et son cou.

Aussitôt, Bennett plissa les yeux. Hannah ne semblait ni fade ni guindée, à cet instant. Le clair de lune accentuait les contrastes et les contours de son visage, enrichissant de nuances son délicat teint de porcelaine et apportant davantage de profondeur à ses yeux verts. Il aurait juré y voir à la fois la détermination et la passion. Et il était un homme qui savait reconnaître leur présence chez une femme. Son rire s'éleva encore, aussi riche que la lumière du jour, aussi dense que le brouillard.

— Non, interdit de sauter, gronda-t-elle, tandis que les chiens l'encerclaient. Vous mettriez plein de boue sur mes vêtements, et qu'est-ce que je pourrais dire ?

— D'habitude, c'est aussi bien de ne rien dire du tout.

A peine avait-il prononcé ces quelques mots qu'elle tourna la tête vers lui. Sur son visage, il lut de la surprise, ou quelque chose qui y ressemblait, mais ce ne fut que passager. Lorsqu'elle se redressa, elle était redevenue la calme et insignifiante lady Hannah. Sans doute la passion qu'il avait cru déceler en elle était-elle à mettre sur le compte d'un jeu de la lumière.

— Bonsoir, Votre Altesse.

Hannah ne prit qu'un moment pour se maudire de s'être laissé surprendre à son insu.

— Je ne savais pas qu'il y avait quelqu'un d'autre que moi dans le jardin, répondit-il.

— Moi non plus.

Et elle aurait dû.

— Je vous prie de m'excuser, poursuivit-elle.

— Ne vous excusez pas, répondit-il en souriant. J'ai toujours pensé qu'on ne profite pas assez des jardins. Vous n'arriviez pas à dormir ?

— Non, monsieur. J'ai toujours du mal à trouver le sommeil quand je voyage.

Les chiens l'avaient à présent délaissée pour le prince Bennett. A côté du jasmin en fleur, elle le regardait les caresser de ses mains fortes et agiles. Ces mains dont tant de femmes connaissaient le contact.

— J'ai vu les jardins depuis ma fenêtre et j'ai eu l'idée d'aller m'y promener un peu.

En vérité, c'était leur odeur, exotique et attirante, qui lui avait donné envie d'y flâner après qu'elle eut fini ses repérages.

— Je les préfère de nuit également. Les choses apparaissent souvent sous un angle différent, la nuit, continua-t-il, en l'observant de nouveau d'un air étrange. Vous ne trouvez pas ?

— Si, bien sûr.

Pour se donner une posture, elle croisa ses mains juste en dessous de sa taille. Il était magnifique à regarder, de jour comme de nuit. Lorsqu'il avait fait irruption dans le bureau de son père cet après-midi, elle s'était dit que les vêtements d'équitation étaient la tenue qui lui convenait le mieux. Mais il était beau en toute circonstance.

Soudain, les chiens vinrent coller leur truffe à ses mains jointes.

— Ils vous aiment bien, on dirait.

— J'ai toujours adoré les animaux.

Elle décroisa les mains pour les caresser. Bennett remarqua pour la première fois que ses doigts étaient délicats, longs et minces, comme le reste de son corps.

— Comment s'appellent-ils ?

— Boris et Natasha.

— Des noms parfaits pour des bergers russes.

— On me les a offerts quand ils n'étaient encore que des chiots. Je les ai baptisés d'après les personnages d'un dessin animé américain. Des espions.

Elle marqua une très légère hésitation, de quelques secondes à peine.

— Des espions, Votre Altesse ?

— Oui, des espions russes assez stupides courant toujours après une souris et un écureuil.

Il crut voir une lueur d'amusement passer dans ses yeux, illuminant et transformant de nouveau son visage.

— Je vois. Personnellement, je ne me suis jamais rendue aux Etats-Unis.

— Vraiment ?

Il s'approcha d'elle, mais ne vit rien d'autre qu'une jeune femme posée et tranquille.

— C'est un pays fascinant, avec lequel Cordina a développé des liens très forts depuis que deux membres de la famille royale ont épousé des Américains.

— Ce qui a mis fin aux espoirs d'un certain nombre d'Européens, j'en suis sûre, dit Hannah, en esquissant un sourire timide. J'ai rencontré la princesse Gabriella il y a plusieurs années de cela. C'est une très belle femme.

— Oui, en effet. Vous savez, je me suis souvent rendu en Angleterre. C'est étrange que nous ne nous y soyons jamais rencontrés.

Hannah souriait toujours.

— Mais nous nous sommes rencontrés, Votre Altesse.

— Boris, assis ! ordonna Bennett, alors que le chien levait la patte vers la robe de la jeune femme. En êtes-vous sûre ?

— Tout à fait sûre, monsieur. Mais il est normal que vous ne vous en souveniez pas. C'était il y a plusieurs années, à un bal de charité organisé par le prince de Galles. La reine mère vous a présenté à moi et à ma cousine, lady Sara. Je crois que Sara et vous avez… sympathisé.

— Sara ?

Son esprit chercha, et trouva. Sa mémoire, toujours bonne, était infaillible quand il s'agissait des femmes.

— Oui, bien sûr, dit-il, même s'il ne se souvenait d'Hannah que comme d'une vague ombre à côté de sa séduisante et rayonnante cousine. Comment va Sara ?

— Très bien, monsieur.

S'il y eut du sarcasme dans sa voix, il fut bien dissimulé sous les bonnes manières.

— Elle en est à son second mariage, et semble fort heureuse. Dois-je lui transmettre vos amitiés ?

— Si vous le souhaitez.

Il enfila ses mains dans ses poches tout en continuant à l'observer.

— Vous portiez du bleu, du bleu pâle, presque blanc.

A ces mots, Hannah leva un sourcil, étonnée. Le prince n'avait pas besoin de lui dire qu'il l'avait à peine remarquée, elle le savait. Pourtant, il se rappelait encore la couleur de sa robe. Curieux et intéressant. A retenir, en tout cas, et à utiliser, le cas échéant…

— Vous me flattez, Votre Altesse.

— Je me fais un point d'honneur à ne jamais oublier une femme.

— Oui, c'est ce que l'on dit.

— Ma réputation me précède.

Il esquissa une moue, brièvement, avant d'afficher un sourire insouciant.

— Avez-vous peur de vous retrouver seule, dans le jardin, la nuit, avec…

— Le Royal Prédateur ? termina Hannah.

— Vous lisez beaucoup, en effet, murmura Bennett.

— Je ne fais que cela. Et non, Votre Altesse, je n'ai absolument pas peur, merci.

Il ouvrit la bouche pour répondre, puis se mit à rire.

— Lady Hannah, j'ai rarement été remis à ma place de façon aussi directe.

Il attaquait donc rapidement — un autre point dont elle devrait se souvenir.

— Je vous demande pardon, Votre Altesse. Telle n'était pas mon intention.

— Je n'en suis pas certain, mais, quoi qu'il en soit, vous avez bien fait.

Bennett prit sa main, et la trouva calme et sûre. Elle n'était peut-être pas aussi fade et effacée qu'il se l'était imaginé.

— C'est moi qui devrais vous demander pardon de vous avoir taquinée. Mais je ne le ferais pas, puisque vous paraissez si bien capable de vous défendre. Je commence à comprendre pourquoi Eve a souhaité votre présence ici.

Hannah avait appris depuis longtemps à réprimer toute forme de culpabilité. Ce fut ce qu'elle fit alors.

— Je me suis très vite attachée à elle, et j'ai tout de suite été enchantée à l'idée de passer quelques mois à Cordina. Je l'avoue, je suis déjà tombée sous le charme de la petite princesse Marissa.

— A peine un an, et c'est déjà elle qui fait la loi au palais.

Les yeux du prince s'emplirent de tendresse à l'évocation de l'aînée de son frère.

— C'est peut-être parce qu'elle ressemble à Eve, ajouta-t-il.

Hannah retira sa main. Elle avait entendu dire que Bennett avait été à demi amoureux — et peut-être même plus qu'à demi — de la femme de son frère. Il n'était pas nécessaire d'être un observateur trop attentif pour entendre l'affection dans sa voix lorsqu'il parlait d'elle. Elle devait garder cela quelque part dans sa tête, songea-t-elle. Cela pourrait — ou pas — se révéler utile par la suite.

— Si vous voulez bien m'excuser, monsieur, je crois que je devrais regagner ma chambre.

— Il est encore tôt.

A sa grande surprise, Bennett n'avait pas envie de la laisser partir. Il ne s'était pas attendu à ce qu'il soit aussi facile de lui parler, ni à ressentir le besoin de le faire.

— J'ai pour habitude de me coucher tôt.

— Je vous raccompagne.

— Je vous en prie, ne vous donnez pas cette peine. Je connais le chemin. Bonne nuit, Votre Altesse.

Rapidement, elle se confondit avec les ombres, tandis que les chiens gémissaient un peu et remuaient leurs queues contre les jambes de Bennett.

Resté seul, Bennett laissa échapper un soupir. Qu'y avait-il de spécial, chez elle ? se demanda-t-il, en se penchant pour calmer ses animaux. A première vue, elle paraissait insignifiante, au point de se confondre avec le décor. Et pourtant... Il y avait en elle ce petit quelque chose... En marchant vers le palais, les chiens sur les talons, il résolut de le découvrir au plus tôt. Et puis, chercher ce que lady Hannah cachait sous cette apparence calme et rigide aurait au moins le mérite de détourner son esprit de Deboque.

Sans attendre de voir si le prince la suivait, Hannah marcha rapidement vers les portes du jardin. Chez elle, la capacité à se mouvoir en silence était innée. C'était un don qu'elle avait élevé en art et qui lui rendait de fiers services.

Elle grimpa les escaliers sans un bruit, en ne se retournant jamais. Vérifier si l'on est suivi signifie que l'on est déjà en difficulté. Une fois à l'intérieur de sa chambre, elle ferma la porte à clé et quitta ses ballerines. Comme la femme qu'elle prétendait être ne laisserait jamais traîner ses affaires, elle les ramassa et, avec un bref regard de dédain, les rangea dans son placard.

Vérifiant que les rideaux étaient bien tirés, elle retira sa robe de cocktail si peu flatteuse. Même si elle jugeait que sa place était à la poubelle, elle la suspendit avec soin à un cintre.

Elle ne portait plus qu'un fin body en dentelle, qui mettait en valeur sa mince silhouette, sa peau couleur lait et ses longues jambes. Elle retira les épingles de ses cheveux, qu'elle laissa retomber jusqu'à sa taille en poussant un soupir de pur plaisir.

Quiconque connaissant lady Hannah Rothchild aurait été surpris par la transformation, si complète, tant était ingrat le rôle qu'elle jouait depuis presque dix ans.

Lady Hannah avait une passion pour la soie et la dentelle fine, mais elle la réservait à ses tenues de nuit et à sa lingerie. Le lin et le tweed seyaient mieux à l'image qu'elle avait travaillé dur pour forger.

Lady Hannah aimait lire un thriller haletant en prenant un bain moussant bien chaud, mais elle gardait un exemplaire de Chaucer sur sa table de nuit et, en cas de besoin, elle pouvait citer et commenter un bon nombre de passages, tous plus obscurs les uns que les autres.

Ce n'était pas un problème de dédoublement de personnalité, mais une question de nécessité pour elle. En y réfléchissant avec attention, Hannah aurait pu dire qu'elle assumait et acceptait ces deux aspects d'elle-même. En fait, la plupart du temps, elle avait une certaine tendresse pour la discrète, polie, et moyennement jolie Hannah. Sinon, elle n'aurait jamais supporté ces infâmes chaussures pendant aussi longtemps.

Mais il existait une autre lady Hannah Rothchild, fille unique de lord Rothchild, petite-fille du duc de Fenton. Cette femme-là n'était ni calme ni rangée, mais parfois téméraire. Cette femme-là aimait le danger, et son esprit remarquait et enregistrait le moindre détail.

Combinés ensemble, ces deux aspects de lady Hannah Rothchild formaient un agent hautement qualifié.

Sans prendre la peine de passer un peignoir, Hannah sortit d'une étagère une longue boîte fermée à clé. A l'intérieur se trouvait un collier de perles hérité de son arrière-grand-mère, accompagné des boucles d'oreilles assorties que son père avait fait faire et lui avait offertes pour son vingt et unième anniversaire. Dans les autres tiroirs de la boîte étaient rangés d'autres bijoux précieux, qu'il était normal qu'une jeune femme de son rang possède.

Hannah sortit un carnet d'un compartiment secret de la boîte, alla s'installer à son secrétaire de bois de rose et commença à rédiger son rapport quotidien. Elle n'était pas descendue au jardin dans le seul but de sentir les fleurs, même si c'était à cause d'elles qu'elle s'y était attardée un peu trop longtemps. A présent, elle connaissait parfaitement les lieux, et elle n'était plus obligée de se baser sur les informations qu'on lui avait fournies. Elle prit le temps de dessiner un plan du palais sur lequel figuraient les portes et les fenêtres les plus facilement accessibles. Dès le lendemain, ou le surlendemain tout au plus, elle connaîtrait les horaires des gardes.

Il ne lui avait pas fallu beaucoup de temps pour devenir l'amie d'Eve. Se faire inviter au palais à Cordina avait été un jeu d'enfant. Sa sœur et son pays manquaient à la princesse. Cette dernière avait donc besoin d'une amie avec laquelle parler et partager son expérience enthousiasmante de jeune maman.

Hannah s'était dévouée pour ce rôle.

Elle éprouva de nouveau un léger sentiment de culpabilité, que, de nouveau, elle ignora. Le travail est le travail, se rappela-t-elle. Elle ne pouvait pas laisser la tendresse qu'elle ressentait pour Eve risquer de compromettre un but qu'elle poursuivait depuis deux ans, à présent.

En secouant la tête, elle consigna par écrit ses premières impressions sur Bennett. Il n'était pas tout à fait conforme à l'image qu'elle s'était faite de lui. Certes, il était aussi charmeur et séduisant que son dossier le disait, mais il avait accordé à la terne lady Hannah un peu de son temps et de son attention.

Un coureur de jupons égoïste, se rappela-t-elle. C'était la conclusion à laquelle elle était elle-même parvenue après avoir fait quelques recherches à son sujet. Peut-être s'ennuyait-il en ce moment, et peut-être avait-il eu l'idée de se distraire et de s'amuser un peu avec une femme vulnérable et accessible.

Les yeux plissés, elle essaya de se souvenir de la façon dont il lui avait souri. Un homme possédant son allure, sa position et son expérience était capable de se servir de ce sourire pour charmer n'importe quelle femme. Le fait qu'il y ait eu recours avec elle, avec une régularité impressionnante, était intéressant. Peut-être essaierait-il d'ajouter un autre joyau à sa couronne en la séduisant à son tour.

Elle le revoyait dans le clair de lune. Elle revoyait la façon dont son regard s'était animé quand elle avait plaisanté avec lui. D'une main ferme et solide, il avait pris la sienne. D'une main qui faisait plus que saluer royalement ses sujets.

En secouant la tête, elle tenta de réfléchir. S'il était exclu de songer à se rapprocher de Bennett pour le plaisir, cela pourrait peut-être se révéler utile pour son travail. Soucieuse, elle tapota sa feuille avec son crayon. Non, une romance avec le prince n'amènerait que des complications, malgré les avantages certains que cela pourrait présenter sur le long terme. Elle garda les yeux baissés et les mains croisées.

Avec précaution, Hannah cacha de nouveau son carnet. Elle ferma la boîte à clé, mais la laissa à dessein bien en vue sur son étagère. Si, par hasard, quelqu'un pénétrait dans sa chambre, il ne remarquerait rien de suspect.

Cette fois, elle y était, songea-t-elle avec un mélange d'excitation et d'impatience.

A sa sortie de prison, Deboque serait très content.

2

— Oh ! Hannah, je suis si heureuse que tu aies accepté de passer un peu de temps à Cordina.

Bras dessus bras dessous avec sa nouvelle amie, Eve flânait dans les coulisses du théâtre. Son corps était encore très fin en ce début de grossesse, mais sa robe était astucieusement coupée pour dissimuler la moindre petite prise de poids.

— Alex me couve un peu moins depuis que tu es là. Il dit que tu es raisonnable pour deux.

— Il a raison : je suis quelqu'un de très raisonnable.

Eve émit un petit rire, où elle n'essaya pas de cacher ses intonations texanes.

— Je sais. Mais ce qui est formidable, c'est que, malgré cela, tu ne passes pas ton temps à me dire de m'asseoir et de surélever mes pieds.

— Les hommes considèrent parfois la grossesse et l'accouchement comme une maladie plutôt que comme quelque chose de naturel, faisant simplement partie de la vie.

— C'est tout à fait cela.

Enchantée qu'Hannah la comprenne si bien, Eve l'emmena à son bureau. Avec Gabriella qui était si souvent aux Etats-Unis et sa propre sœur qui ne lui rendait que rarement visite, il manquait vraiment à Eve une amie avec qui se détendre.

— Alex s'attend toujours à ce que je m'évanouisse ou que j'éclate en sanglots. Pourtant, je ne me suis jamais sentie aussi bien de toute ma vie, sauf peut-être quand j'étais enceinte de Marissa.

Rejetant en arrière ses longs cheveux sombres, Eve s'assit sur le bord de son bureau. Ici, elle pouvait prétendre à une partie de l'anonymat et de la tranquillité auxquels elle avait renoncé en épousant un prince. Même si elle n'avait jamais regretté ce sacrifice, elle appréciait toujours ces quelques moments volés.

— Si tu n'étais pas venue, j'aurais dû me battre bec et ongles avec lui pour continuer à travailler. S'il a accepté, c'est uniquement parce qu'il s'est dit que tu serais là pour me surveiller pendant qu'il serait occupé.

— Alors, je ne le décevrai pas.

Hannah étudia rapidement le bureau. Pas de fenêtre, aucun accès extérieur. En souriant, elle prit une chaise.

— Tu sais, Eve, je t'admire vraiment. Le Centre des beaux-arts a toujours eu une bonne réputation, mais, depuis que tu diriges ce théâtre, il est devenu l'un des plus importants d'Europe.

— C'est ce que j'ai toujours voulu, répondit Eve en regardant l'anneau de diamants qui brillait à son doigt. Certains matins, j'ai presque peur de me lever ; j'ai l'impression que je vais découvrir que tout ceci n'était qu'un rêve. Puis je regarde Alex et Marissa et je me rends compte qu'ils sont à moi. Vraiment à moi.

Un mélange de peur et de détermination voila brièvement son regard.

— Je ne laisserai rien ni personne leur faire de mal.

— Personne ne leur fera de mal.

Eve songeait à Deboque, supposa Hannah. Mais la princesse se faisait un devoir de garder ses peurs pour elle-même.

— Maintenant — et ce n'est pas parce que je te couve

que je dis cela —, je crois qu'il est l'heure de prendre un bon thé. Ensuite, tu me montreras ce que je peux faire pour t'aider.

— Le thé est une merveilleuse idée, dit Eve sur un ton plus gai, mais je ne t'ai pas amenée au Centre pour te faire travailler. J'ai juste pensé que tu aimerais voir à quoi il ressemble.

— Eve, tu devrais être la première à comprendre que j'ai besoin de m'occuper pour ne pas m'ennuyer.

— Mais j'avais espéré que ce séjour serait un peu comme des vacances pour toi.

Le sentiment de culpabilité d'Hannah refit légèrement surface.

— Certaines personnes ne sont pas faites pour les vacances.

— Très bien, alors. Dans ce cas, si tu regardais les répétitions avec moi pendant une heure ou deux, afin de me donner ton avis, en toute honnêteté ?

— J'adorerais.

— Génial. La perspective de la première m'angoisse. Il ne nous reste que deux semaines et, depuis le début, cet auteur me pose problème sur problème.

— Oh ! et qui est-ce ?

Eve se leva et prit une grande inspiration.

— Moi.

Hannah but son thé, tout en restant en retrait. Il ne lui fallut pas longtemps pour comprendre qu'Eve était respectée non seulement en tant qu'épouse de l'héritier du trône, mais aussi pour sa connaissance du théâtre. Elle remarqua également que les gardes, discrets mais nombreux, n'étaient jamais loin. Quand la princesse était au théâtre, chaque entrée était bloquée, chaque porte intérieure doublement gardée. Hannah savait aussi qu'une unité spéciale de sécurité inspectait tous les jours le théâtre à la recherche d'explosifs.

Assise dans le public avec Eve, Hannah regardait la répétition avec intérêt. Elle avait toujours eu une grande affection et un grand respect pour les acteurs, car elle comprenait les efforts et les qualités qu'il faut mettre en œuvre pour interpréter un personnage. A présent, alors que les répliques fusaient et que les scènes défilaient, elle pouvait mettre les membres de la troupe en perspective avec les informations qu'elle avait déjà glanées au sujet de chacun d'eux.

Une chose était sûre, en tout cas : ils étaient doués, songea-t-elle, tandis qu'elle se laissait gagner par le rythme et l'émotion de la pièce d'Eve. Les décors n'étaient toujours pas terminés, mais les acteurs n'avaient besoin que des mots de l'auteur et de leur propre talent pour créer l'illusion. Chacun des comédiens avait une solide réputation dans le monde du théâtre et avait fait l'objet de contrôles de sécurité poussés.

Car un acteur — Russ Talbot — avait failli être l'instrument de la vengeance de Deboque, deux ans plus tôt. Hannah savait très bien qu'il y avait de fortes chances pour qu'elle ne soit pas le seul agent infiltré. Deboque était connu pour couvrir ses positions.

— Elle est merveilleuse, n'est-ce pas ?

Surprise, Hannah se tourna vers Eve.

— Pardon ?

— Chantel O'Hurley. Elle est parfaite.

Eve se pencha et vint s'appuyer sur le siège devant elle.

— Elle se produit rarement sur scène, et c'est donc une grande chance de l'avoir. Je suis sûre que tu as vu ses films en Angleterre.

— Oui.

Hannah regarda plus attentivement la très jolie jeune femme blonde qui occupait le centre de la scène.

Chantel O'Hurley. Hannah marqua une pause pour se souvenir de tout ce qu'elle avait lu dans le dossier de l'actrice. Vingt-six ans. Résidant à Beverly Hills. Fille de Frances et Margaret O'Hurley, animateurs touristiques. Deux sœurs : Abigail et Madelaine. Un frère : Trace.

Hannah fronça les sourcils. Elle possédait toutes les informations nécessaires sur la famille O'Hurley, à l'exception du frère. Là, ses sources étaient fragmentaires. En tout cas, Chantel O'Hurley était une actrice talentueuse à la filmographie impressionnante, et sans sympathie connue pour aucun parti politique. Malgré tout, Hannah garderait un œil sur elle.

— Elle a vraiment compris le personnage, murmura Eve. Je venais juste de terminer la pièce et j'essayais de me motiver pour trouver le courage de la monter, lorsque je l'ai vue dans son dernier film. J'ai tout de suite su qu'elle ferait une Julia parfaite.

Eve se cala de nouveau dans son siège, adoptant une posture relâchée assez peu princière.

— Je n'arrive pas à croire qu'elle soit là, en train de réciter mon texte. Il n'y a pas une seule émotion que sa voix ne soit capable de transmettre.

— Je suis sûre qu'elle est honorée de jouer dans une pièce écrite et produite par la princesse Eve de Cordina.

En riant à moitié, Eve secoua la tête.

— Si la pièce avait été mauvaise, Chantel n'aurait pas accepté le rôle, même si j'avais été impératrice. C'est en tout cas ce que je me répète pour me rassurer.

— Un membre de la famille royale n'écrit pas de mauvaises pièces.

En entendant la voix dans son dos, Eve sursauta et se retourna.

— Alexander ! Que fais-tu ici ?

— Ce qui se passe au Centre me concerne aussi.

Il embrassa la main de sa femme avant de se tourner vers Hannah.

— Je vous en prie, restez assise. Je ne voulais pas vous déranger.

— Non, dit Eve en soupirant, puis en regardant de nouveau la scène où se poursuivait la répétition. Tu voulais me surveiller.

C'était la vérité, sans aucun doute, car, si le prince Alexander se contenta de hausser les épaules, Hannah le vit regarder sa femme puis jeter un œil discret aux gardes placés à divers endroits stratégiques.

— Tu oublies, ma chérie, que je suis toujours le président du Centre. Qui plus est, on répète la pièce de mon épouse. Cela m'intéresse aussi un tout petit peu…

— Et tu es venu pour t'assurer que je n'étais pas debout.

Derrière l'agacement pointaient l'amour et la tendresse.

— C'est gentil de ta part, poursuivit-elle. Hannah, dis à Son Altesse que j'ai pris bien soin de moi pendant les quatre heures quarante qui se sont écoulées depuis que nous nous sommes quittés.

Amusée, Hannah s'exécuta.

— Votre Altesse, la princesse a fait très attention à elle.

Un sourire adoucit les traits d'Alexander, mais il resta debout près de sa femme dans une attitude toujours aussi protectrice.

— Je vous remercie, Hannah. Je suis sûr que le crédit vous en revient.

En riant doucement, Eve posa la main sur le bras de son époux.

— Hannah, tu vois que je ne plaisantais pas quand j'ai dit qu'Alex pense que j'ai besoin d'être surveillée. Si tu n'étais pas venue, je suis sûre qu'il aurait engagé un lutteur de cent kilos bardé de tatouages pour me tenir compagnie.

— Je suis heureuse d'avoir pu t'épargner cela.

Qu'était-ce donc que cela ? se demanda Hannah, gagnée par un sentiment étrange. Une pointe d'envie ? Pour ridicule que cela lui puisse sembler, elle identifia sans peine ce qu'elle ressentait en observant Alexander et Eve. C'était bien de l'envie. Ils s'aimaient tellement. La puissance de cet amour formait comme une aura autour d'eux. Se rendaient-ils compte de la rareté de ce qu'ils avaient trouvé ?

— Maintenant que je t'ai interrompue dans ton travail, continua Alexander, j'espérais te convaincre de m'accompagner à ce déjeuner avec le sénateur américain.

— Le yankee du Maine ?

En souriant, Alexander caressa la joue d'Eve.

— Ma chère, ces divisions et ces fractures au sein de ton pays me fascineront toujours. Mais, oui, il s'agit du yankee du Maine. Nous devrions avoir fini pour 15 heures et pouvoir être de retour au palais quand Marissa se réveillera de sa sieste.

— Mais tu avais une réunion, cet après-midi.

— Je l'ai annulée.

Il porta sa main à ses lèvres.

— J'avais envie de passer un peu de temps avec ma famille.

Le plaisir que ces quelques mots causèrent à Eve illumina tout le théâtre.

— Donne-moi cinq minutes pour aller chercher mes affaires. Hannah, tu nous accompagnes ?

— Si cela ne vous fait rien, j'aimerais rester pour voir la suite de la répétition.

Elle réfléchissait déjà à toute vitesse. Seule, elle pourrait faire incognito le tour du complexe. S'il y avait des failles et des vulnérabilités, elle les trouverait.

— Bien sûr, reste aussi longtemps que tu le souhaites.

Eve se pencha pour l'embrasser.

— Nous enverrons une voiture te prendre à l'entrée

des artistes. Cinq minutes, répéta-t-elle à Alexander avant de filer.

— Que pensez-vous de la pièce ? demanda Alexander à Hannah, tout en s'asseyant à côté d'elle.

— Je ne suis pas une grande spécialiste du théâtre, Votre Altesse.

— En privé, appelez-moi Alexander, je vous en prie.

— Merci, murmura-t-elle, consciente qu'elle accédait à un degré d'intimité réservé à un petit nombre. Il y a une intensité, une immédiateté dans les dialogues qui fait que l'on s'attache tout de suite aux personnages. Je ne connais pas la fin, mais j'espère sincèrement que Julia va s'en sortir, même si, malheureusement, cela m'étonnerait.

— Eve serait heureuse d'entendre cela. A cause de la pièce — et d'autres choses —, elle est particulièrement tendue en ce moment.

— Vous vous faites du souci pour elle.

Dans un geste purement instinctif, Hannah posa sa main sur la sienne.

— C'est quelqu'un de très fort.

— Je le sais.

Mais, de toute évidence, le prince n'avait jamais réussi à chasser de sa mémoire la façon dont la femme de sa vie s'était effondrée dans ses bras lorsqu'une balle l'avait atteinte.

— Je n'ai pas encore eu l'occasion de vous dire combien je vous suis reconnaissant d'être auprès d'Eve. Elle a besoin d'une amie. J'ai changé sa vie, égoïstement peut-être, parce que je ne pouvais pas vivre la mienne sans elle. Tout ce qui peut être mis en œuvre pour lui donner une impression de normalité et un sentiment de paix, je le ferai. Vous comprenez les obligations liées à la royauté. Les limitations. Et même les risques.

— Oui.

Hannah laissa encore sa main un moment avant de la retirer.

— Et je sais reconnaître une femme heureuse lorsque j'en vois une.

Lorsqu'il se tourna vers elle, elle fut frappée par la forte ressemblance entre le père et le fils. Le visage fin, ciselé, les traits aristocratiques, la bouche impassible.

— Merci, Hannah. Il se pourrait que votre présence fasse le plus grand bien à tout le monde.

— Je l'espère.

Elle regarda de nouveau la scène et les acteurs.

— Je l'espère de tout cœur.

Une fois seule, Hannah regarda la répétition pendant encore une demi-heure. Oui, décidément, c'était une bonne pièce. Une pièce captivante, même. Mais elle aussi avait sa partie à jouer.

Les gardes étaient toujours présents. Toutefois, en l'absence de membres de la famille royale, leur rôle était plus de veiller à ce qu'aucune personne suspecte n'entre dans le théâtre que de contrôler ce qui se passait à l'intérieur. Lady Hannah était déjà identifiée comme la confidente et l'amie de la princesse. Puisque le prince Armand en personne répondait d'elle, elle ne fut pas suivie lorsqu'elle se leva et disparut par une porte dérobée.

Dans son sac à main se trouvait une caméra miniature, cachée dans un bâton de rouge à lèvres, mais elle n'en avait pas besoin pour l'instant. Pendant ses années d'entraînement, elle avait appris à compter d'abord sur ses propres capacités d'observation, et ensuite sur son équipement.

Il n'était pas facile de sécuriser un bâtiment de la taille du Centre. Au fur et à mesure de son exploration, Hannah ne put s'empêcher d'adresser mentalement ses félicitations à Reeve MacGee. En plus des caméras cachées, elle repéra des détecteurs de chaleur, qui n'étaient activés que lorsque le Centre était fermé.

Les acteurs et les employés du théâtre avaient besoin de leur laissez-passer sécurisé pour pouvoir entrer. Les soirs de représentation, toutefois, montrer son billet suffisait. Et Deboque le savait bien.

Au fur et à mesure de sa progression d'un couloir à un autre, Hannah dessinait le plan du théâtre dans sa tête. Elle avait déjà étudié les lieux sur le papier, mais elle préférait s'y promener, voir de ses propres yeux, tâter les murs et fouler le sol.

Trop d'angles aveugles, conclut-elle. Trop de petites pièces dévolues au rangement. Trop d'endroits où se cacher. Même avec l'expertise et les compétences de Reeve, le complexe pouvait être vulnérable, pour peu que l'on adopte le bon angle d'attaque. Mais, en même temps, n'était-ce pas le cas de n'importe quel bâtiment ?

Elle se dirigea vers le vestiaire, faisant semblant de s'intéresser tout à coup aux costumes. Le garde placé à la porte connaissait-il tout le monde de vue ? Serait-il facile de remplacer l'un des techniciens ? Une photo figurait sur les laissez-passer, mais un bon maquillage et une simple perruque pouvaient faire des merveilles. Combien de fois avait-elle réussi à s'introduire quelque part sous une fausse identité ou grâce à un déguisement approprié ?

Une fois à l'intérieur, un homme pouvait disparaître facilement. Si l'un des membres de la sécurité pouvait être acheté ou remplacé, ce serait encore mieux.

Oui, elle ferait figurer ce scénario dans son rapport et laisserait ses supérieurs étudier cette possibilité. Elle ajouterait à cela le fait que personne n'avait vérifié son sac. Une petite charge explosive pourrait être transportée et posée sans trop de problèmes.

Elle quitta le vestiaire et pénétra dans une salle de répétition dont les murs étaient tapissés de miroirs. Non sans un certain choc, elle observa son reflet sous plusieurs angles. Puis, comme elle l'avait fait dans le jardin, elle éclata d'un petit rire.

Oh ! ma pauvre Hannah, songea-t-elle en secouant la tête, *ce que tu peux être fade*. Non, décidément, le marron n'était pas une couleur pour elle, et la large ceinture de sa veste croisée accentuait sa minceur, jusqu'à la rendre peu flatteuse. Sa jupe descendait largement sous ses genoux et cachait ses jambes. Elle avait natté ses cheveux très serré, et avait enroulé la tresse sur elle-même pour la fixer en chignon bas.

Exploitant ses moindres failles pour composer ce personnage, elle n'aurait pu imaginer meilleure couverture. Elle avait été une enfant trop maigre, avec des cheveux impossibles à coiffer, et des genoux toujours écorchés. Ses pommettes étaient encore saillantes aujourd'hui, mais, petite fille, son visage était trop émacié, trop anguleux, pour être joli.

Lorsque les autres filles avaient commencé à s'épanouir et à s'arrondir, Hannah avait vu son corps rester obstinément plat et sec. Elle était intelligente, sportive et drôle. Les garçons lui tapaient dans le dos et recherchaient sa compagnie, mais aucun ne l'emmenait jamais danser.

Elle avait appris à monter à cheval, à nager, à tirer à l'arc et à planter une flèche en plein milieu d'une cible située à cent pas, mais elle n'avait jamais eu de petit ami.

Elle avait appris à parler le russe, le français, et le cantonais qu'elle maîtrisait assez bien pour impressionner son propre père, mais elle s'était rendue sans cavalier à son bal de promotion.

A vingt ans, son corps s'était mis à changer, mais Hannah avait caché cet épanouissement tardif sous des vêtements larges et peu seyants. Car elle avait déjà choisi sa voie. La beauté faisait tourner les têtes et, dans le métier auquel elle se destinait, il était toujours mieux de passer inaperçu.

A présent, elle contemplait, satisfaite, le résultat de son travail. Avec cette allure, aucun homme ne la désirerait. Il est dans la nature humaine de juger d'abord une personne sur son physique, avant de s'intéresser à son esprit ou à son âme. Aucune femme ne l'envierait. La fadeur est un gage de tranquillité et de sécurité, après tout.

Personne ne soupçonnerait une jeune femme d'excellente naissance, austère et toujours plongée dans ses livres, de trahison ou de violence. Seules quelques personnes savaient que celle qui se cachait derrière cette couverture était capable des deux.

Pour une raison qu'elle ne parvint pas à déterminer, cette pensée lui fit détourner les yeux de son reflet. La trahison était une composante de sa vie depuis qu'elle était adulte et, pourtant, elle ne pouvait s'empêcher de ressentir une certaine culpabilité chaque fois qu'Eve la regardait comme son amie.

C'était un travail. Son travail, se rappela Hannah. Aucune attache, aucun lien affectif ne lui étaient permis. C'était la première et la plus importante des règles du jeu. Elle ne pouvait se permettre d'aimer Eve, ni même de la voir autrement que comme un symbole politique. Sinon, elle pourrait mettre en péril tout ce qu'elle avait si longuement et péniblement construit.

Il en allait de même avec l'envie, se rappela-t-elle. Il était pernicieux pour elle de s'attarder sur l'amour que le prince et Eve se portaient et de souhaiter quelque chose de semblable pour elle-même. Il n'y avait aucune place pour l'amour dans sa profession. Dans sa profession, il n'y avait que des buts, des sacrifices, et des risques.

Il n'y aurait pas de prince pour elle.

Mais, avant qu'elle puisse l'empêcher, elle repensa à

Bennett et à la façon dont il lui avait souri sous le clair de lune.

Espèce d'idiote, se dit-elle en vérifiant sa coiffure et en repositionnant quelques épingles à cheveux. Il était la dernière personne pour laquelle elle devait éprouver des sentiments. Son dossier et l'impressionnante liste des femmes qui avaient jusqu'ici fait partie de sa vie constituaient une raison suffisante pour l'en empêcher.

Elle pouvait se servir de lui, évidemment. Mais, en aucun cas, elle ne devait songer à lui autrement que comme un moyen pour parvenir à ses fins.

Pour elle, toutes les rêveries romantiques s'étaient interrompues à l'âge de seize ans. Ce n'était pas le moment de les raviver, dix ans plus tard, alors que l'attendait sa mission la plus importante. Elle ferait bien de se souvenir que la rigide lady Hannah ne considérerait jamais Son Altesse royale le prince Bennett de Cordina sous un jour romantique.

Hélas, la femme qui était en elle ne pouvait s'empêcher de rêver et, ce faisant, de se heurter aux limites qu'elle s'était elle-même fixées.

Soudain, Hannah entendit des pas. Immédiatement en alerte, elle quitta la pièce.

— Ah, vous êtes là.

En reconnaissant la voix de Bennett, elle jura mentalement, mais s'inclina.

— Votre Altesse.

— Alors, on visite ?

Bennett s'approcha de lady Hannah, se demandant pourquoi, alors qu'elle était la caricature même de la vieille fille, elle l'intriguait autant.

— Oui, monsieur. J'espère que cela ne pose pas de problème.

— Bien sûr que non.

Il prit sa main, pour la forcer à le regarder en face. Il y

avait quelque chose dans ses yeux... Ou peut-être était-ce sa voix, ou son ton calme et toujours posé, si anglais.

— J'avais à faire en ville. Alexander m'a demandé de passer une fois que j'en aurais fini, pour voir si vous étiez prête à rentrer.

— C'est très aimable à vous.

Mais comme elle aurait préféré un chauffeur silencieux et anonyme qui lui aurait laissé la possibilité de préparer son rapport pendant le trajet vers le palais !

— Je n'étais pas loin.

Mal à l'aise, Hannah retira sa main.

— Si vous n'avez pas encore tout vu, poursuivit le prince, toujours aussi jovial, je serais heureux de vous faire visiter le reste du Centre.

Elle pesa le pour et le contre en quelques secondes. Un autre coup d'œil rapide pourrait lui fournir des informations supplémentaires, mais elle avait déjà fait le tour du théâtre principal deux fois, une fois avec Eve et une fois seule. Les gardes pourraient commencer à trouver étrange qu'elle s'y promène une troisième fois en compagnie de Bennett.

— Non, je vous remercie. C'est un endroit fascinant. Je n'avais jamais vu un théâtre de l'intérieur.

— C'est le territoire d'Eve. Pour ma part, j'avoue que j'aime autant l'observer depuis l'orchestre.

Il lui prit le bras et la mena dans le couloir.

— Si on traîne dans ses jambes trop longtemps, Eve finit toujours par trouver quelque chose à nous faire faire. Pour moi, allez savoir pourquoi, il s'agit souvent de déplacer des caisses. Les plus lourdes possible.

En riant, Hannah lui adressa un sourire.

— C'est l'un des meilleurs usages qu'une femme puisse faire d'un homme, non ?

— Je vois pourquoi Eve s'est prise d'affection pour vous.

Bennett était passé au théâtre simplement pour rendre

service à sa belle-sœur, mais à présent il était heureux d'avoir accepté. Son physique mis à part, lady Hannah était tout, sauf insignifiante. Pour la première fois de son existence peut-être, il commençait à regarder au-delà des apparences.

— Avez-vous déjà eu l'occasion de visiter Cordina, Hannah ?

Elle remarqua qu'il avait omis de mentionner son titre, mais elle décida de ne pas le relever.

— Pas encore, Votre Altesse. Une fois que je serai un peu plus familiarisée avec l'emploi du temps d'Eve, j'ai l'intention de l'explorer un peu. Il paraît qu'il y a d'excellentes expositions en ce moment au musée. Et le bâtiment qui l'abrite est lui-même un très bel exemple d'architecture post-Renaissance.

Les expositions n'intéressaient pas Bennett. Lady Hannah, en revanche…

— Aimez-vous la mer ? demanda-t-il, désireux d'en apprendre davantage.

— Bien sûr. L'air marin est excellent pour l'organisme.

Riant à moitié, il s'arrêta en haut des escaliers.

— Mais l'aimez-vous ?

Il n'avait pas son pareil pour regarder une femme comme s'il la voyait pour la première fois. Et pour la regarder comme si elle comptait vraiment pour lui. Malgré des heures et des heures d'entraînement, Hannah sentit son pouls s'accélérer.

— Oui. Ma grand-mère possède une propriété juste à côté de la Cornouaille. J'y ai passé de nombreux étés, enfant.

Il essaya de se la représenter, avec la brise marine jouant dans ses cheveux lâchés. Rirait-elle comme il l'avait entendue rire dans le jardin ? Verrait-il de nouveau cette lumière dans son regard ? A cet instant, il comprit que ce n'était pas son apparence qui comptait. Et, tout en sachant pertinemment qu'il le regretterait peut-être, il obéit alors à une impulsion soudaine.

— Je dois me rendre au Havre dans deux jours. La route qui y mène longe la côte. Venez avec moi.

Hannah fut aussi soufflée que s'il lui avait proposé d'entrer dans la réserve pour se ruer sur elle. Toutefois, la surprise laissa rapidement la place à la prudence, et la prudence au calcul. Mais tout cela ne fut rien par rapport au plaisir qu'elle ressentit à l'idée qu'il ait envie de sa compagnie. Et, bien sûr, cette réaction l'inquiéta au plus haut point.

— Je vous remercie pour cette proposition, Votre Altesse, mais Eve a peut-être déjà des projets.

— Dans ce cas, nous verrons d'abord avec elle.

Il voulait qu'elle vienne. Il était d'ores et déjà impatient de passer quelques heures avec elle, loin du palais. C'était peut-être pour le défi qu'elle représentait. Le défi de réussir à percer cette enveloppe sérieuse à outrance pour apercevoir ce qu'elle cachait — si elle cachait bien quelque chose. Mais, quelle que fût la raison, Bennett ne s'y attarda pas.

— Auriez-vous envie de venir ?

— Oui.

Hannah se dit que c'était parce que ce serait l'occasion de mieux le connaître, et que cela ne pourrait qu'être bénéfique à sa mission. Elle se dit que cela lui donnerait la chance de voir comment s'organisait la sécurité loin du palais et de la capitale. Mais la vérité était aussi simple que sa réponse : elle avait envie de l'accompagner.

— Parfait. Dans ce cas, nous allons tout faire pour que vous puissiez assister avec moi à cette longue et bavarde cérémonie de bienvenue.

— Vous détestez vous ennuyer seul, n'est-ce pas ?

En riant, Bennett reprit la douce main d'Hannah.

— Oui, je vois exactement pourquoi Eve vous a fait venir ici.

Ses doigts délicats se trouvaient à quelques centimètres de ses lèvres lorsque, depuis le rez-de-chaussée, un murmure parvint jusqu'à eux. Contrarié par cette interruption, Bennett regarda en bas. Et reconnut Chantel.

— La colère doit être perceptible, insistait-elle, en marchant si vite que le metteur en scène dut allonger le pas pour la suivre. Julia n'est pas quelqu'un de passif. Elle ne cache pas ce qu'elle ressent, et ne calcule jamais rien. Bon sang, Maurice, je le ferai avec subtilité. Je connais mon travail.

— Bien sûr, chérie. Cela, je le sais très bien. C'est juste que…

— Mademoiselle.

Depuis le haut des escaliers, Bennett venait d'interpeller Chantel. Hannah eut alors un premier aperçu de la façon dont il souriait à une femme réellement belle. Sans réfléchir, elle retira sa main et croisa les doigts.

La jeune actrice, passant la main dans ses cheveux blond clair, pencha la tête en arrière. Même un observateur aussi neutre qu'Hannah devait reconnaître que peu de femmes pouvaient prétendre à un tel mélange de glamour, de beauté et de sensualité. Elle sourit, et avec elle ses yeux rêveurs, d'un bleu soutenu.

— Votre Altesse, dit Chantel de sa voix riche et profonde, tout en s'inclinant révérencieusement.

Puis elle se mit à monter les escaliers, tandis que Bennett les descendait. Ils se rencontrèrent à mi-hauteur, où ils s'immobilisèrent. Chantel tendit la main pour toucher le visage du prince, avant de l'attirer à elle pour une longue accolade. En haut des escaliers, Hannah sentit ses mâchoires se crisper.

— Cela fait longtemps.

— Trop longtemps, répondit Bennett en prenant sa

main entre les siennes. Tu es encore plus belle qu'avant. C'est incroyable.

— Ce doit être dans mes gènes, dit Chantel en souriant. Mais toi, Bennett, tu es devenu un homme magnifique. Si je n'étais pas aussi désabusée, je te demanderais en mariage.

— Et si tu ne me faisais pas aussi peur, j'accepterais.

Ils s'étreignirent de nouveau avec toute l'affection de vieux amis.

— Chantel, comme je suis content de te revoir. J'ai cru qu'Eve allait sauter au plafond quand tu as accepté ce rôle.

— C'est une bonne pièce, répondit Chantel en haussant les épaules comme pour souligner une évidence. Même si je t'adore, je n'aurais pas fait ces milliers de kilomètres pour un mauvais rôle. Ta belle-sœur a beaucoup de talent.

Chantel jeta un coup d'œil au metteur en scène qui attendait respectueusement au pied des marches.

— Et tu pourras lui dire que je me bats pour préserver l'intégrité de sa Julia.

En levant les yeux, elle finit par remarquer Hannah sur le palier.

— Une amie à toi ?

Bennett se tourna et tendit la main vers Hannah.

— Hannah, venez que je vous présente l'incomparable Chantel.

Si elle était aussi raide dans ses mouvements, ce n'était que pour coller au personnage qu'elle interprétait, se dit Hannah en descendant les premières marches. Toutes les femmes quelconques se crispent lorsqu'elles sont malgré elles confrontées à la vraie beauté. Elle s'arrêta à la hauteur de Bennett, mais sans trop s'approcher.

— Lady Hannah Rothchild, Chantel O'Hurley.

— Ravie de faire votre connaissance.

Formelle et digne, Hannah tendit la main. Chantel garda un visage impassible lorsqu'elle l'accepta.

— Tout le plaisir est pour moi.

En tant que femme, et en tant qu'actrice maîtrisant certains artifices, Chantel se demanda pourquoi quelqu'un possédant une aussi jolie silhouette et un visage sans le moindre défaut ne faisait rien pour les mettre en valeur.

— Lady Hannah va tenir compagnie à Eve pendant quelques mois, expliqua Bennett.

— C'est formidable. Cordina est un pays magnifique. Je suis sûre que vous allez l'aimer.

— Je l'aime déjà. Et j'ai aimé vous voir répéter, aussi.

— Merci, mais il y a encore du travail.

Curieusement, Chantel ressentait une certaine méfiance envers lady Hannah. Mais cela ne la tracassa pas plus que cela, et elle se tourna vite vers Bennett.

— Il faut que j'y aille, on m'attend. Essaie de me consacrer un peu de temps, trésor.

— Bien sûr. Tu assisteras au dîner de samedi soir avec le reste de la troupe ?

— Je ne manquerais cela pour rien au monde. Ce sera l'occasion de vous revoir, lady Hannah.

— Avec plaisir. Au revoir, mademoiselle O'Hurley.

Après avoir administré une petite tape amicale sur la joue de Bennett, Chantel redescendit les escaliers, et disparut, suivie comme son ombre par le metteur en scène.

— Quelle femme..., murmura Bennett.

— Oui, elle est très belle.

— Je ne parlais pas seulement de cela.

Sans la regarder, il reprit le bras d'Hannah.

— Je crois que j'ai toujours admiré sa volonté et son ambition. Elle est déterminée à être la meilleure, et elle ne craint pas de travailler dur pour cela. Chaque fois que je la vois à l'écran, je suis époustouflé.

Hannah se souvint qu'elle était censée être modeste et effacée.

— Vous admirez l'ambition, Votre Altesse ?

— En bien ou en mal, c'est ce qui fait bouger le monde.

— Certains hommes voient d'un mauvais œil les femmes ambitieuses.

— Certains hommes sont idiots.

— Je ne vous le fais pas dire, répondit-elle trop sèchement, si sèchement qu'il se tourna vers elle, les sourcils froncés.

— Pourquoi suis-je toujours en train de me demander si vous m'insultez ou non, Hannah ?

— Je vous demande pardon, Votre Altesse. Je ne faisais que me ranger à votre avis.

Il s'arrêta de nouveau. Un murmure provenait de la scène, mais le hall était désert. A la grande surprise d'Hannah, il lui saisit le menton et scruta son visage.

— Comment se fait-il que, lorsque je vous regarde, j'ai l'impression que vous me dissimulez des choses ?

Un signal d'alarme retentit dans la tête d'Hannah. Elle ne put s'empêcher de pâlir un peu, tout en espérant qu'il prendrait cela pour une réaction normale. Elle se concentra pour ne montrer aucun autre signe d'inquiétude.

— Je ne vois pas ce que vous voulez dire.

— Je m'interroge...

Il passa son pouce sur son menton, puis le laissa glisser sur son cou.

— Oui, je m'interroge plus que je ne devrais à votre propos, Hannah. Avez-vous une explication à cela ?

Il y avait des pépites d'ambre dans ses yeux, remarqua-t-elle. Des pépites d'ambre qui transformaient ce qui aurait été un brun pur en quelque chose de fauve et d'envoûtant. Il avait la bouche d'un poète et les mains d'un bûcheron. Tandis que son cœur, d'ordinaire toujours aussi tranquille, se mettait à cogner dans sa poitrine,

Hannah se demanda comment il était possible que les deux se mêlent en une seule et même personne.

— Votre Altesse..., bafouilla-t-elle.

— Alors, Hannah, une explication ?

Bennett la vit entrouvrir les lèvres. C'était étrange, il n'avait encore jamais remarqué combien sa bouche était attirante : soyeuse, pleine, et d'une jolie teinte soutenue, malgré l'absence de maquillage. Si par hasard il l'embrassait, sentirait-il ses lèvres aussi froides que sa voix, ou aussi prometteuses que son regard ?

Elle devait mettre un terme à tout cela, immédiatement. Si elle ne chassait pas vite le trouble qui grandissait en elle, elle courait tout droit à la catastrophe. Hannah s'obligea à baisser les yeux, et répondit le plus calmement possible.

— Non, Votre Altesse, je n'ai aucune explication. Mis à part le fait que, souvent, les hommes sont intrigués par les femmes qui ne ressemblent pas à celles auxquelles ils sont habitués.

Il recula et, ce faisant, ressentit comme un déchirement dont la violence le surprit.

— Nous verrons cela. En attendant, il est temps que je vous ramène, Hannah.

3

Hannah était tout à fait libre de se promener à sa guise dans le palais et ses abords. Elle n'avait qu'à demander pour qu'on lui fasse couler un bain, ou que l'on change ses meubles de place. Si elle avait une envie subite de chocolat à 3 heures du matin, elle pouvait décrocher le téléphone qui se trouvait à son chevet et demander à ce qu'on lui en apporte. En tant qu'invitée de la famille royale, elle avait droit à tous les privilèges et à tous les plaisirs que le palais pouvait offrir.

Et, en tant qu'invitée de la famille royale, elle avait droit à ses propres gardes du corps.

Hannah ne les considérait que comme une vague nuisance. Il était assez simple, pour quelqu'un d'habile comme elle, de leur faire croire qu'elle était tranquillement dans ses appartements, alors qu'elle se trouvait tout à fait ailleurs. Toutefois, le fait d'être surveillée compliquait l'organisation d'un rendez-vous avec son contact.

Il était hors de question d'utiliser les téléphones du palais. Il y avait un risque que ses conversations, même codées, soient interceptées. Elle avait brièvement envisagé d'introduire un transmetteur en cachette dans sa chambre, avant de renoncer. Les transmissions pouvaient être captées par d'autres appareils. Elle n'avait pas consacré deux ans de sa vie à ce projet pour risquer de tout compromettre à cause d'un cafouillage électronique. De toute façon, elle préférait que les conversations de cette importance aient lieu en face à face.

Deux jours après son arrivée à Cordina, elle envoya une lettre. Elle était adressée à une vieille amie de sa famille résidant dans le Sussex, mais qui en réalité n'existait pas. Sa destination correspondait à l'une des nombreuses ramifications de l'organisation de Deboque en Europe. Si, pour une raison ou pour une autre, la lettre était interceptée et ouverte, son lecteur n'y découvrirait rien d'autre qu'une description de Cordina suivie de banales considérations météorologiques.

Une fois que la lettre parviendrait à destination et serait décodée, elle prendrait un tout autre sens, bien sûr. Hannah avait donné son nom, sa place dans l'organisation, et avait sollicité une rencontre, en précisant l'heure, la date et l'endroit. Ces informations seraient transmises à son contact, à Cordina. Tout ce qu'elle aurait à faire, ce serait se rendre, seule, au lieu de rendez-vous qu'elle avait choisi.

Encore une semaine, songea Hannah alors que sa lettre était en chemin. Encore une semaine, et elle pourrait enfin commencer ce pour quoi elle se préparait depuis si longtemps. Mais, entre-temps, elle avait encore énormément à faire.

La princesse Gabriella et sa famille étaient attendues au palais dans la soirée. Tout le personnel était sur le pied de guerre depuis le matin, certainement à cause de la venue des enfants. Hannah avait entendu que l'inestimable collection d'œufs Fabergé devait être déplacée vers un endroit sûr et hors d'atteinte.

La journée se déroula assez calmement. Hannah passa la matinée à la nurserie avec Eve et Marissa, déjeuna avec plusieurs membres de la Société historique, et profita du calme de la fin de l'après-midi pour explorer les sous-sols, à la recherche de failles et autres vulnérabilités.

A présent, elle attachait son collier de perles et s'apprêtait à rejoindre la famille royale dans le salon principal. Il serait intéressant de les voir tous ensemble, songea-t-elle. De cette façon, elle pourrait juger des rapports entre les différents membres de la famille aussi bien que des individualités. Très rapidement, elle devrait les connaître aussi bien qu'elle se connaissait elle-même. Une seule erreur, une seule mauvaise appréciation, et tous ses efforts pourraient être perdus.

— Reviens par ici, petit démon !

Hannah entendit un rire fort, un bruit sourd, puis des pas précipités. Avant qu'elle n'ait le temps d'aller à sa porte pour voir ce qui se passait, le battant s'ouvrit précipitamment. Un petit garçon avec une touffe de cheveux noirs qui semblaient ne pas avoir été peignés depuis une semaine s'engouffra à l'intérieur de sa chambre. Il lui adressa un immense sourire, où manquaient quelques dents, avant de se précipiter sous son lit.

— Cachez-moi, s'il vous plaît ! demanda l'enfant, d'une voix à demi étouffée par le bord du couvre-lit, avant de disparaître.

Au moment où Hannah ouvrait la bouche pour répondre, elle aperçut Bennett dans l'embrasure de la porte.

— Avez-vous vu un petit garçon terriblement mal élevé ?

— Je, ah... non, répondit-elle en croisant les bras. Mais il me semble avoir entendu quelqu'un passer en courant dans le couloir. Qu'est-ce que...

— Merci. Si vous le voyez, enfermez-le dans un placard, ou n'importe où.

Puis, depuis le couloir, il lança :

— Dorian, espèce de sale petit voleur, tu ne pourras pas te cacher toute ta vie !

Hannah se dirigea vers la porte et regarda Bennett s'éloigner puis disparaître, avant de la refermer. Puis, retournant vers le lit, elle se pencha et souleva le couvre-lit.

— Je crois que le danger est passé, dit-elle.

Les cheveux noirs émergèrent en premier, suivis d'un petit corps vigoureux habillé d'un bermuda et d'une chemise de lin blanche couverts de poussière. Si Hannah n'avait pas déjà vu sa photographie, elle l'aurait pris pour le fils d'un domestique. Mais il était de sang royal.

— Vous êtes anglaise. Je l'ai entendu à votre accent.

— En effet. Je vous félicite pour votre oreille.

— Merci de m'avoir caché, dit le jeune garçon en s'inclinant — ce qu'il faisait merveilleusement bien, malgré ses cinq ans à peine. Mon oncle est en colère, mais ça ne dure jamais longtemps. Je suis le prince Dorian.

— Votre Altesse, dit Hannah en exécutant une révérence. C'est un plaisir de faire votre connaissance. Je suis lady Hannah Rothchild.

Puis, incapable de résister, elle se pencha vers lui.

— Qu'avez-vous volé ?

Dorian jeta un coup d'œil à la porte fermée, puis à Hannah, avant de sourire. De sa poche arrière, il sortit un Yo-Yo. Il avait peut-être été bleu, jadis, mais à présent, il était couleur vieux bois, grisâtre, et ne possédait plus que quelques traces de la peinture d'origine. Hannah l'observa avec le respect qui lui était dû.

— Il est à Bennett..., enfin, à Son Altesse ? corrigea Hannah.

— Il est magnifique, n'est-ce pas ? Il l'a reçu quand il avait cinq ans.

Dorian retourna le jouet dans sa main, s'émerveillant devant cet objet qui avait dû être neuf et brillant quand son oncle avait exactement le même âge que lui.

— Il se fâche quand je rentre dans sa chambre. Mais comment pourrais-je y jouer, sinon ?

— En effet.

Hannah eut du mal à résister à l'envie d'ébouriffer sa royale petite tête.

— Et je doute que lui-même y joue très souvent, renchérit-elle.

— Il le laisse sur une étagère. Cela ne le dérange pas que je le regarde, expliqua Dorian, qui savait visiblement se montrer loyal quand il le fallait. C'est juste que, quand j'essaie de jouer avec, le fil s'emmêle et fait des nœuds.

— Cela demande un peu d'entraînement.

— Je sais.

Il sourit de nouveau largement, avant de poursuivre.

— Et je ne peux m'entraîner que si je le vole.

— Votre logique est infaillible, Votre Altesse. Est-ce que je peux voir ?

Dorian n'hésita qu'un court instant, avant de lui tendre gentiment le Yo-Yo.

— D'habitude, les filles ne s'intéressent pas à ce genre de jeux, dit-il en esquissant une grimace de mépris très masculin. Mes sœurs jouent aux poupées.

— C'est une affaire de goûts, je pense.

Hannah enfila son doigt dans la boucle, en se demandant depuis quand Bennett n'y avait pas glissé le sien. De toute évidence, la ficelle n'était pas aussi vieille que le jouet lui-même. D'après elle, elle avait dû être remplacée au moins une bonne dizaine de fois, au fil des années. Sans réfléchir, elle laissa le Yo-Yo tomber, puis rebondir, avant de le récupérer dans sa paume.

— Oh ! joli.

Sous le charme, Dorian la regardait de ses yeux grands ouverts et émerveillés.

— Merci, Votre Altesse. Moi aussi, j'en possédais un lorsque j'étais enfant. Il était rouge, se souvint-elle avec un demi-sourire. Jusqu'à ce que mon chien ne se mette en tête de le croquer.

— Est-ce que vous connaissez des figures ? J'ai essayé de faire le « tour du monde » une fois, mais j'ai cassé une lampe. Oncle Bennett m'a grondé, mais il a ramassé lui-même les morceaux pour que personne ne soit au courant.

Parce qu'elle put aisément se représenter la scène, Hannah sourit. Bennett cachait un cœur d'or. Mais cela ne changeait rien à ce qu'il était par ailleurs…

— Une figure ? Voyons voir…

Tout en réfléchissant, elle fit descendre et remonter le Yo-Yo. Puis, d'un coup sec du poignet, elle effectua le « tour du monde ». Quand elle récupéra le Yo-Yo, Dorian se mit à rire et s'installa sur le lit.

— Une autre, s'il vous plaît.

Puisant dans ses souvenirs, Hannah exécuta la « promenade du chien », ce qui fit trépigner de joie le jeune prince, de plus en plus extatique.

— Magnifique, lady Hannah, dit Bennett depuis la porte. De toute évidence, vous avez des talents cachés.

Hannah dut réprimer un juron en récupérant le Yo-Yo.

— Votre Altesse.

Jouet en main, elle s'inclina.

— Je ne vous ai pas entendu frapper.

— C'est normal : je n'ai pas frappé.

Bennett quitta l'embrasure de la porte où il était appuyé pour se diriger vers le lit. Son neveu lui sourit d'un air impénitent.

— N'est-ce pas qu'elle est fabuleuse, oncle Bennett ?

— Nous discuterons des qualités de lady Hannah plus tard.

Il tordit doucement l'oreille de Dorian avant de se retourner.

— J'aimerais récupérer mon bien, si vous êtes d'accord, dit-il en tendant la main vers Hannah.

Luttant pour garder un visage sérieux, elle lui rendit le Yo-Yo.

— Cela peut sembler un simple jouet d'enfant, fit

Bennett en le rangeant dans sa poche, mais, en réalité, c'est bien plus que cela : il s'agit d'un héritage.

— Je vois.

Elle s'éclaircit la gorge pour couvrir le petit rire qu'elle sentait lui échapper. D'un air qu'elle espérait contrit, elle baissa les yeux.

— Je vous demande pardon, Votre Altesse.

— J'espère bien... Alors, il était là pendant tout ce temps, ce chenapan ?

Bennett força son neveu à s'allonger et lui chatouilla les côtes.

— Vous m'envoyez chercher ce voleur en culottes courtes à l'autre bout du palais alors que, pendant ce temps, il se cachait sous vos jupes.

— Sous le lit, plutôt, Votre Altesse.

Elle dut de nouveau s'éclaircir la gorge, mais réussit à parler calmement.

— Quand vous avez fait irruption dans ma chambre tout à l'heure, je n'ai pas compris que c'était le prince Dorian que vous cherchiez.

— J'ai toujours admiré les personnes sachant mentir, murmura Bennett en s'approchant.

Pour la seconde fois, il prit son menton entre ses doigts. Mais, pour la première fois, elle vit toute l'arrogance dont il était capable et ressentit son immense pouvoir d'attraction.

— Et je suis de plus en plus intrigué, ajouta-t-il.

— Lady Hannah sait faire un double « tour du monde ».

— Fascinant.

Bennett laissa lentement retomber sa main tout en se tournant vers son neveu. S'il y avait prêté attention, il aurait pu entendre le petit soupir de soulagement poussé par Hannah.

— Je croyais que nous avions passé un accord, Dorian.

Le petit garçon baissa la tête, mais ses yeux brillaient toujours.

— Je voulais juste le voir. Je suis désolé, oncle Bennett.

— J'espère bien, répondit Bennett, en le prenant dans ses bras, puis en l'embrassant bruyamment. Ta mère est en bas. Va la rejoindre dans le salon, mais sans faire de glissades dans les couloirs en chemin.

— D'accord.

Une fois que Bennett l'eut reposé à terre, Dorian s'inclina devant Hannah.

— Ce fut un plaisir de vous rencontrer, lady Hannah.

— Tout le plaisir a été pour moi, Votre Altesse.

Il lui adressa un large sourire avant de filer.

— Quel beau parleur, marmonna Bennett. Oh ! vous devez le trouver mignon, mais je vous assure que c'est un vrai démon.

— Assez étrangement, il m'a fait penser à vous.

Un sourcil levé, Bennett croisa les bras devant lui.

— En effet, c'est étrange.

— C'est un fieffé coquin, sans aucun doute. Et vous l'aimez.

— Bien entendu, répondit Bennett en plongeant sa main dans sa poche. Pour en revenir au Yo-Yo...

— Oui ?

— Essayez d'attendre que je sois parti avant de vous moquer de moi.

— Je ne me moquerai pas, Votre Altesse.

— C'est ma mère qui me l'a offert un été où j'ai été malade. J'en ai acheté une bonne dizaine à ce petit diable, mais il continue de me voler le mien. Il sait que, si je n'ai pas moi-même de fils avant ses dix ans, je le lui donnerai.

— J'ai une poupée aux cheveux roux, offerte par ma mère lorsque je me suis cassé le poignet. Je l'ai toujours gardée, même quand je n'ai plus voulu des autres.

Ce ne fut que lorsqu'il prit sa main qu'elle comprit

qu'elle lui avait dit quelque chose qu'il n'avait pas besoin de savoir, quelque chose qu'elle n'avait jamais dit à personne d'autre. Alors qu'elle se mettait en garde contre sa dangereuse étourderie, il effleura ses doigts d'un doux baiser.

— Vous avez bon cœur, lady Hannah, et vous trouvez toujours les mots qu'il faut. Venez, allons rejoindre le reste de la famille.

Reeve MacGee représenterait un formidable obstacle. Hannah se l'était souvent dit, mais, à le voir avec sa famille, elle en était à présent certaine. Elle connaissait son parcours depuis ses débuts dans la police jusqu'à sa collaboration plus discrète avec le gouvernement américain.

Son engagement auprès de Cordina et de la famille royale avait des accents de romance, mais Reeve n'était pas un poète. Alors qu'il s'était volontairement plus ou moins retiré des affaires, il était venu à Cordina à la demande expresse du prince Armand lorsque Gabriella avait été enlevée. Même si la princesse avait réussi à s'échapper, sa période de captivité avait laissé des marques. Elle avait été frappée d'amnésie, et Reeve avait été chargé de la protéger, ainsi que de mener l'enquête.

C'était Deboque qui avait tout manigancé, tout le monde en avait eu immédiatement l'intime conviction. Mais, même si sa maîtresse avait été arrêtée et emprisonnée, elle ne l'avait jamais directement mis en cause. Comme d'autres hommes puissants, Deboque inspirait la loyauté. Ou la peur.

Pendant la période où Gabriella se battait pour retrouver la mémoire, elle et Reeve étaient tombés amoureux. Bien qu'il ait refusé tout titre officiel à leur mariage, il avait accepté de prendre en charge la sécurité à Cordina. Mais, même avec son expérience et ses compétences, le palais avait été infiltré une seconde fois.

Deux ans plus tôt, Alexander avait failli être assassiné. Depuis lors, Reeve avait réussi à empêcher tout autre attentat à l'encontre de la famille royale. Mais Deboque était sur le point de sortir de prison. Il était en passe de retrouver la liberté et, avec elle, toute sa puissance.

En observant Reeve, Hannah découvrait en lui un homme calme et réservé qui adorait sa femme et ses enfants. Il ferait tout ce qui était possible pour les protéger de tout danger. Et c'était tant mieux.

Les mains croisées, posées à plat sur sa jupe impeccablement lissée, elle tâcha de se concentrer sur la conversation.

— Nous savons tous que ta pièce va rencontrer un succès fabuleux, fit Gabriella, qui tenait la main de Reeve.

Ses cheveux roux sombre étaient coiffés avec un chic décontracté et encadraient un visage qui, au fil des années, restait toujours aussi délicat et joli.

— Ce qui ne veut pas dire que nous ne comprenons pas que tu t'inquiètes, ajouta-t-elle.

— J'en suis arrivée au point où j'aimerais que tout soit terminé, répondit Eve en prenant Marissa sur ses genoux.

— Mais tu te sens bien ?

— Je me sens très bien, dit Eve en laissant repartir sa fille. Entre Alex qui me couve et Hannah qui veille sur moi, il me faut presque un certificat médical pour lever le petit doigt.

Gabriella se tourna vers Hannah et lui sourit.

— C'est si gentil de votre part d'être venue. Je sais mieux que quiconque le réconfort que représente la présence d'une amie à ses côtés. J'espère que nous nous occupons assez bien de vous et que vous n'avez pas le mal du pays.

— Ne vous en faites pas, je me sens très heureuse à Cordina, répondit Hannah, le dos bien droit sur le canapé.

— J'espère que vous viendrez nous rendre visite chez nous durant votre séjour.

— J'ai beaucoup entendu parler de votre « ferme », comme vous l'appelez. Cela me ferait plaisir de la voir.

Reeve et Gabriella avaient choisi de se faire construire leur demeure à l'endroit même où Gabriella avait été enlevée, lorsque ce n'était encore qu'une immense étendue d'herbes folles.

— Dans ce cas, nous arrangerons cela, dit calmement Reeve en allumant une cigarette. Votre séjour se déroule-t-il comme vous le souhaitez, pour l'instant ?

— Tout à fait, répondit-elle en le regardant bien droit dans les yeux. Cordina est un pays fascinant. Il baigne peut-être dans une atmosphère de conte de fées, mais il est bien réel. J'ai particulièrement hâte de visiter le musée.

— Je pense que vous allez trouver les expositions que nous présentons assez inhabituelles, fit remarquer Armand.

— Sans doute, Sire. J'ai fait quelques recherches avant de quitter l'Angleterre. Je suis certaine que mon séjour à Cordina sera pour moi riche en enseignements.

Marissa marcha à petits pas chancelants vers elle, et lui tendit les bras. Vaguement émue, Hannah installa l'enfant sur ses genoux.

— Et comment se porte votre père ? demanda Reeve tout en expirant la fumée.

Hannah secoua son collier de perles pour amuser la petite.

— Très bien, merci. J'ai souvent l'impression qu'il rajeunit à mesure que je vieillis.

— La famille, qu'elle soit nombreuse ou pas, occupe toujours une place centrale dans nos vies, dit Reeve d'une voix calme.

— Oui, c'est vrai, murmura Hannah tout en jouant avec le bébé. Il est dommage que la vie de famille ne soit pas toujours aussi simple qu'elle ne le paraît lorsque nous sommes enfants.

Bennett, confortablement assis sur son siège, se demanda soudain pourquoi il avait l'impression qu'il y avait un sens caché à cette petite conversation d'apparence si anodine.

— Je ne savais pas que tu connaissais le père d'Hannah, Reeve, lança-t-il.

— Oh ! je l'ai juste croisé quelques fois par hasard, répondit-il, avant de changer de sujet. Alors, il paraît que Dorian t'a encore volé ton Yo-Yo ?

— J'aurais dû le mettre à l'abri au moment où j'ai appris votre visite, répondit Bennett en tapotant la petite bosse que formait sa poche. J'aurais volontiers attrapé ce petit diable, mais il avait une complice, ajouta-t-il en tournant la tête vers Hannah.

— Je dois vous présenter mes excuses, lady Hannah, dit Gabriella en esquissant un sourire. Mon fils vous a détournée du droit chemin.

— Ne vous excusez pas, je me suis bien amusée. Le prince Dorian est charmant.

Amusé, Reeve esquissa un sourire.

— Ce n'est pas toujours ce que nous disons de lui à la maison.

Décidément, songea-t-il, cette femme était un mystère. Plus il cherchait des failles en elle, moins il lui voyait de défauts.

— Mais, en parlant des enfants, poursuivit-il, je crois que je vais aller les chercher. Adrienne est à l'âge où l'on ne peut jamais être sûr qu'elle surveille ses frères et sœurs ou qu'elle les pousse à faire les pires des bêtises.

— Qui sait quel chaos ils ont pu créer en vingt minutes, fit Bennett en jetant un coup d'œil à la terrasse.

— Attends d'avoir toi-même des enfants, conclut Eve en se levant, puis en reprenant sa fille des bras d'Hannah. Tu les gâteras comme pas permis. Si vous voulez bien m'excuser, je voudrais aller nourrir Marissa.

— Je t'accompagne, dit Gabriella en posant son verre. Nous pourrons en profiter pour discuter de l'organisation du bal de Noël. Je veux t'aider le plus possible.

— Je te remercie. Tu m'épargnes le fait d'avoir à te le demander.

Comme Hannah se levait à son tour, Eve se tourna vers elle :

— Non, je t'en prie, reste assise et détends-toi. Nous n'en avons pas pour longtemps.

— De toute façon, vous n'avez pas tellement de temps, enchaîna Bennett tout en faisant passer son Yo-Yo d'une main à l'autre. Nous dînons dans une heure.

— Ne t'inquiète pas, Ben, nous connaissons tous tes priorités.

Eve se pencha pour l'embrasser tendrement avant de quitter la pièce.

— Je ferais volontiers quelques pas, dit Alexander en se levant à son tour, puis en regardant Reeve. Je vais aller chercher les enfants avec toi.

Ils venaient de franchir les portes donnant sur la terrasse lorsqu'un domestique fit son entrée.

— Veuillez m'excuser, Votre Altesse. Un appel téléphonique en provenance de Paris.

— Oui, je l'attendais, fit Armand. Je vais le prendre dans mon bureau, Louis. Si vous voulez bien m'excuser, lady Hannah.

Le prince prit sa main et s'inclina devant elle.

— Je suis sûr que mon fils sera ravi de vous tenir compagnie pendant ce temps. Bennett, lady Hannah aimerait peut-être voir la bibliothèque.

— Si vous aimez contempler des murs remplis de livres,

dit Bennett une fois son père parti, vous ne pourrez pas trouver mieux.

— J'adore les livres.

— Très bien, alors.

Même s'il avait en tête de bien meilleures idées pour occuper l'heure qui allait suivre, Bennett offrit son bras à la jeune femme et la conduisit vers la bibliothèque.

— J'ai du mal à croire que le musée puisse posséder des peintures plus belles encore que celles qui se trouvent au palais, prince Bennett.

— Le musée d'art possède cent cinquante-deux tableaux des époques impressionniste et postimpressionniste, dont deux Corot, trois Monet et un très beau Renoir. Nous avons récemment fait l'acquisition d'un Childe Hassam aux Etats-Unis. En échange, ma famille a cédé six Georges Complainiers, un artiste cordinien qui a peint notre île au XIXe siècle.

— Je vois.

Remarquant son air étonné, Bennett se mit à rire.

— Je suis au courant de tout cela, car je fais partie du conseil d'administration du musée. J'adore peut-être les chevaux, Hannah, mais cela ne m'empêche pas d'apprécier l'art. Que pensez-vous de celui-ci ?

Il s'arrêta devant une petite aquarelle, qu'Hannah détailla avec plaisir. Le palais royal y était magnifiquement peint, d'une façon presque mystique. Ses murs et ses tourelles blancs se dressaient derrière un voile de brume rose qui rendait le bâtiment encore plus féerique qu'il ne l'était déjà. C'était l'aube, songea-t-elle. Le ciel, d'un bleu délicat, contrastait avec les tonalités plus sombres de la mer. Le palais semblait appartenir de toute éternité à ce paysage où rêve et réalité se mêlaient. A l'arrière-plan, on devinait les hautes portes en fer et les murailles imposantes qui protégeaient les abords du palais.

— C'est très beau. On sent que l'artiste a posé un

regard aimant, et même émerveillé, sur le palais. De qui s'agit-il, au fait ?

— De mon arrière-arrière-grand-mère.

Visiblement heureux de sa réaction enthousiaste, Bennett posa sa main sur la sienne.

— Elle a réalisé des centaines d'aquarelles, qu'elle n'a jamais montrées. A l'époque, la peinture ou le dessin n'étaient qu'un passe-temps pour les femmes, et leur vocation était rarement prise au sérieux.

— Certaines choses changent, murmura Hannah, avant de regarder de nouveau le tableau. D'autres, non.

— Il y a quelques années, j'ai trouvé ses œuvres dans une malle au grenier. Elles étaient presque toutes abîmées. Ça m'a fendu le cœur. Et puis, j'ai trouvé celle-là, miraculeusement intacte.

Il toucha le cadre, presque amoureusement. Ses gestes étaient pleins de respect, et son regard, intense.

Alors qu'Hannah l'observait, fascinée, il poursuivit.

— J'ai eu l'impression de faire un voyage dans le temps, de remonter plusieurs générations, et de me retrouver face à moi-même. Depuis le moment où ce tableau a été peint, rien n'a changé et, s'il avait été réalisé de nos jours, il aurait été en tout point semblable.

Elle ressentit un élan de son cœur vers le sien. Quelle femme pouvait résister à la fierté et à la sensibilité ? Comme pour se protéger, elle recula d'un pas.

— Nous les Européens avons bien conscience que quelques générations ne représentent qu'une petite fraction de temps. Des siècles d'histoire nous précèdent. Et il est de notre responsabilité de transmettre ce flambeau de génération en génération.

Bennett la regarda, et trouva ses yeux plus profonds encore qu'à l'accoutumée.

— Nous possédons cela en commun, n'est-ce pas, Hannah ? Aux Etats-Unis, il y a une immédiateté qui peut être excitante, voire stimulante. Mais ici, en Europe, nous savons le temps qu'il faut pour bâtir quelque chose de solide. La politique change, les gouvernements se succèdent, mais l'histoire continue.

Elle dut détourner le regard. Plus elle parlait avec lui, plus elle le découvrait sensible et intelligent. Pourtant, elle ne devait pas laisser ses émotions et ses sentiments la détourner de sa mission.

— Y en a-t-il d'autres ? demanda-t-elle en désignant le tableau d'un signe de tête.

— Seulement quelques-uns, malheureusement. La plupart étaient trop endommagés pour être sauvés.

Sans qu'il sache pourquoi, il avait envie de partager avec elle les choses qui comptaient pour lui.

— Il y en a un dans le salon de musique. Les autres se trouvent au musée. Venez, allons voir.

Poussée par la curiosité, Hannah se laissa guider par Bennett vers une autre aile du palais, leurs pas résonnant sur le sol mosaïqué.

Ils passèrent une large porte, puis il la fit entrer dans une pièce qui semblait avoir été conçue pour mettre en valeur le grand piano qui occupait son centre.

Dans un coin se trouvait une harpe dont on aurait pu avoir joué aussi bien cent ans plus tôt que la veille. Dans une vitrine de verre close étaient disposés d'anciens instruments à vent et une lyre précieuse. Comme partout ailleurs dans le palais, des bouquets de fleurs égayaient la pièce. Des gerbes de jasmin odorant étaient disposées dans des vases chinois d'un superbe rouge vernissé. La cheminée en marbre était garnie de petit bois, et il aurait suffi de craquer une allumette pour l'embraser.

Avec Bennett, Hannah foula un tapis d'Aubusson et fit un bond en arrière dans le temps. Ce tableau peint de manière très gaie, avec des couleurs vives et à touches rapides, représentait un bal. Des femmes, superbement mises en valeur dans leurs robes 1850, virevoltaient sur un parquet étincelant, aux bras d'hommes impressionnants de prestance. Des miroirs reflétaient la scène, illuminée par trois lustres resplendissants. La peinture était tellement vivante qu'en la regardant Hannah avait presque l'impression d'entendre l'orchestre jouer une valse.

— Magnifique. Cette pièce se trouve-t-elle ici, au palais ?

— Oui. Elle n'a quasiment pas changé. C'est là que se déroulera le bal de Noël, le mois prochain.

Dans un mois, déjà, songea-t-elle. D'ici là, il y avait tant à faire. Il ne restait plus que quelques heures avant la libération de Deboque, et elle découvrirait bientôt si son travail souterrain avait porté ses fruits.

— C'est une très belle pièce, dit Hannah, tout en s'exhortant à conserver une apparence et un discours légers, malgré la tension certaine qui l'habitait. Dans notre résidence de campagne se trouve un petit salon de musique. Il n'a rien de comparable avec celui-là, bien sûr, mais j'ai toujours aimé m'y détendre.

Elle se dirigea vers le piano, pas tant pour l'examiner de plus près que pour prendre un peu de distance.

— Jouez-vous vous-même, Votre Altesse ?

— Hannah, nous sommes seuls. Il n'est pas nécessaire de vous montrer aussi formelle avec moi.

— J'ai toujours considéré l'usage des titres comme normal, presque naturel.

Elle ne voulait surtout pas cela. Elle ne voulait surtout pas qu'il abolisse la distance entre eux deux.

— J'ai toujours considéré l'usage des titres déplacé entre amis.

Il la rejoignit et posa une main légère sur son épaule.

— Je pensais que nous l'étions, ajouta-t-il.

Elle sentit le contact de sa main à travers le tissu de sa robe, la soie de son caraco. Luttant de toutes ses forces pour reprendre le contrôle d'elle-même, elle affronta son regard.

— Que nous étions quoi, Votre Altesse ?

Il rit, et bientôt ses deux mains furent sur ses épaules, la forçant à lui faire face.

— Amis, Hannah. Amis. J'apprécie votre compagnie. C'est l'une des premières conditions à l'amitié, non ?

Elle le regardait, les yeux sérieux, les pommettes très légèrement colorées. Ses épaules semblaient si fermes sous ses mains. Pourtant, Bennett se souvenait de la douceur et de la délicatesse de sa peau lorsqu'il avait effleuré le contour de son visage.

Sa robe était marron et stricte ; son visage, non maquillé. Pas une mèche ne s'échappait de sa coiffure, et cependant il eut une vision d'elle, en train de rire, les cheveux détachés et les épaules nues, d'un rire qui ne serait destiné qu'à lui seul.

— Qu'avez-vous donc de si spécial, bon sang ? murmura-t-il.

— Pardon... ?

— Attendez.

Agacé, et autant contrarié par lui-même que par elle, Bennett s'approcha. Aussitôt, il la vit se raidir.

— Je vous demande juste de rester tranquille pendant un instant. D'accord ? demanda-t-il en approchant son visage, puis en posant ses lèvres sur les siennes.

Aucune réaction. Surtout ne montrer aucune réaction. Hannah se répéta cette phrase encore et encore, comme une litanie. Bennett ne se montra ni pressant, ni charmeur, ni enjôleur. Il se contenta de laisser sa bouche sur la sienne, avec une douceur dont elle n'aurait pas cru un homme capable. Et il lui communiqua sa saveur, qui se diffusa lentement en elle jusqu'à l'enivrer.

Il avait gardé les yeux ouverts, et l'observait attentivement. Il était si proche d'elle qu'elle sentait l'odeur de son savon sur sa peau, une odeur marine, puissamment évocatrice. Hannah enfonça ses ongles dans ses paumes, luttant pour ne rien laisser paraître de son trouble.

Mais Dieu comme elle était troublée !

Au départ, Bennett n'avait aucune idée sur ce qu'il allait découvrir en l'embrassant. Ce qu'il trouva sur ses lèvres fut de la douceur, énormément de douceur. Mais la chaleur et la passion, qu'il voyait pourtant briller dans ses yeux, en étaient absentes. Il ne ressentit pas le besoin impérieux de la toucher ni de l'embrasser avec plus de fougue. Pas cette première fois. Peut-être savait-il déjà qu'il y en aurait d'autres. Mais ce baiser lui procura une sensation de bien-être et de détente qu'il n'avait jusqu'ici ni recherchée ni trouvée chez aucune autre femme.

Il était assez expérimenté pour savoir qu'un volcan couvait en elle. Mais, étrangement, il n'avait aucun désir de provoquer son éruption. Pas encore.

Lorsque Bennett mit fin à leur baiser, en reculant simplement d'un pas, Hannah ne bougea pas un seul muscle.

— Je n'ai pas fait cela pour vous faire peur, dit-il d'une voix calme, car c'était la vérité. C'était juste un test.

— Vous ne me faites pas peur.

Il ne faisait pas peur à la femme qu'il pouvait voir, songea-t-elle, mais celle qu'elle lui cachait était absolument terrorisée.

— Qu'est-ce que je vous fais, alors ?

Lentement, prudemment, Hannah déplia ses doigts.

— Je crains de ne pas comprendre ce que vous voulez dire, Votre Altesse.

Il l'observa un petit moment, avant de se détourner.

— C'est possible, en effet...

Troublé, il se massa la nuque, se demandant pourquoi une femme d'apparence si réservée et impassible pouvait l'attirer à ce point. Il comprenait le désir. Il lui était si souvent arrivé de le ressentir. Mais pas de cette sorte. Jamais de cette sorte.

— Bon sang, Hannah, est-ce que vous n'éprouvez jamais rien ?

— Bien sûr que si, Votre Altesse. Comme tout être humain.

Il ne put s'empêcher de rire. Il aurait dû se douter qu'elle le remettrait à sa place avec son implacable logique.

— Appelez-moi par mon prénom, s'il vous plaît.

— Comme vous voudrez.

Elle se tenait à présent devant le piano blanc, les mains croisées, et le fixait de ses yeux calmes et tranquilles. Tout en trouvant cela ridicule, il sut qu'il était tout près de tomber amoureux.

— Hannah…

Il n'avait pas fait plus de deux pas vers elle lorsque Reeve entra dans la pièce.

— Bennett, excuse-moi, mais ton père voudrait te voir avant le dîner.

Le devoir et le plaisir. Bennett se demanda si, un jour, il parviendrait à concilier les deux.

— Merci, Reeve.

— Je m'occupe de raccompagner lady Hannah.

— Très bien.

Très calme, il se figea et la regarda de nouveau.

— J'aimerais vous parler, un peu plus tard, dit-il.

— Bien sûr, répondit Hannah avec un sourire.

Mais elle ferait tout ce qui était en son pouvoir pour éviter cette discussion. Elle resta un moment immobile après qu'il fut parti.

— Y a-t-il un problème, lady Hannah ? lui demanda soudain Reeve.

— Non.

Elle expira profondément, mais ne se détendit pas.

— Pourquoi y aurait-il un problème ?

— Bennett peut être… déstabilisant.

Cette fois, lorsque leurs regards se croisèrent, elle fut certaine que celui de Reeve était légèrement amusé. Sans qu'elle puisse l'empêcher, une couche, une très fine couche de son vernis extérieur s'était fêlée.

— Je ne me laisse pas facilement déstabiliser, surtout lorsque je travaille.

— C'est ce qu'on m'a dit, répondit Reeve.

Il était toujours à la recherche de failles, et craignait d'avoir trouvé la première d'entre elles dans la façon qu'elle avait eue de regarder Bennett.

— Mais vous n'avez jamais eu à remplir une mission de ce type.

— En tant qu'agent hautement qualifié du SIS, je suis apte à remplir n'importe quelle mission.

Heureusement, sa voix était redevenue ferme. Ce n'était plus la voix d'une femme qui avait été troublée, de façon presque intolérable, par un baiser.

— Vous aurez mon rapport d'ici demain, poursuivit-elle. A présent, je crois que nous ferions mieux de rejoindre les autres.

Hannah voulut se diriger vers la porte, mais il la prit par le bras et l'arrêta.

— C'est une mission d'une importance extrême. Et qui repose entièrement sur vous.

Elle se contenta d'acquiescer.

— J'en ai tout à fait conscience. Vous avez voulu le meilleur, et je suis la meilleure.

— Peut-être.

De toute évidence, elle n'avait pas réussi à rassurer Reeve.

— Votre réputation est plus qu'excellente, Hannah. Mais vous n'avez jamais eu affaire à quelqu'un comme Deboque.

— Et lui n'a jamais eu affaire à quelqu'un comme moi.

Elle regarda vers le couloir, puis baissa la voix.

— Je suis un membre reconnu de son organisation, maintenant. Il m'a fallu deux ans pour y parvenir. Je lui ai fait gagner deux milliards et demi en négociant habilement pour lui un contrat de munitions. Un homme comme Deboque apprécie ce genre d'initiatives. Ces derniers mois, j'ai tout fait pour discréditer son bras droit.

— Ou pour vous faire trancher la gorge.

— Cela, c'est à moi seule de m'en préoccuper. D'ici quelques semaines, c'est moi qui serai son bras droit. Ensuite, je vous le servirai sur un plateau d'argent.

— La confiance est une arme redoutable. Mais trop de confiance peut être synonyme d'aveuglement.

— Je ne me laisserai pas aveugler.

Elle songea à Bennett, ce qui renforça sa détermination.

— Je n'ai jamais échoué dans aucune de mes missions, Reeve. Je n'ai pas l'intention de commencer avec celle-là.

— Pour l'instant, faites juste en sorte de garder le contact avec Deboque et ses hommes. Je suis sûre que vous me comprendrez si je vous dis que je ne fais confiance à personne.

— Je comprends parfaitement, pour la bonne raison que, moi non plus, je ne fais confiance à personne. Est-ce que nous pouvons y aller, à présent ?

4

Si Hannah voulait à tout prix éviter ce déplacement au Havre en compagnie de Bennett, ce n'était, bien sûr, pas pour échapper au trouble que lui inspirait le prince. Elle obtiendrait des informations bien plus utiles si elle se concentrait sur le palais, voilà tout. Pour rester dans la capitale, elle avait l'intention de se servir de l'excuse — crédible à défaut d'être originale — d'une crise de migraine.

Elle avait délibérément attendu qu'Alexander ait fini de prendre le petit déjeuner avec sa famille pour pouvoir se retrouver seule avec Eve. A qui il ne fallut, hélas, que dix minutes pour contrecarrer tous ses plans.

— Ce n'est pas étonnant que tu ne te sentes pas bien, dit Eve qui buvait son thé dans la nurserie baignée de soleil, tout en jetant un œil à son emploi du temps. Je te retiens cloîtrée ici depuis ton arrivée.

— Ne dis pas de bêtises. Le palais est de la taille d'une petite ville. Je ne me sens absolument pas enfermée.

— Tout grand qu'il soit, il n'en est pas moins clos de murs. Une jolie balade le long de la côte, c'est exactement ce qu'il te faut. Bernadette.

Eve se tourna vers la jeune nourrice qui se préparait à emmener Marissa faire sa promenade matinale.

— Veillez bien à ce que Marissa mette un chapeau. Il y a un peu de vent, aujourd'hui.

— Oui, madame.

Eve cajola un instant sa fille.

— Amuse-toi bien, ma chérie.

— Fleurs, dit Marissa en riant.

— Oui, cueille de jolies fleurs. Nous les mettrons dans ta chambre.

Elle embrassa sa fille sur les deux joues, puis la laissa partir.

— Ça me fait mal de ne pas pouvoir l'emmener en promenade ce matin, mais j'ai une réunion au Centre dans une heure.

— Tu es une mère merveilleuse, Eve, murmura Hannah lorsqu'elle vit le regard préoccupé de la princesse.

— Je l'aime tant.

Elle poussa un long soupir, avant de reprendre sa tasse de thé.

— Je sais que c'est idiot, mais, quand je ne suis pas avec elle, je pense à tout ce qui pourrait survenir.

— Cela me paraît normal.

— Peut-être. Et faire partie de la famille royale ne fait qu'amplifier les choses.

Inconsciemment, elle posa la main sur son ventre, dans lequel dormait son second enfant.

— Je voudrais tellement que Marissa ait une enfance normale, et pourtant…

Eve secoua la tête, avant de poursuivre.

— Et pourtant, il y a un prix à payer pour tout.

Hannah se souvint qu'Alexander avait dit presque la même chose, mais en faisant référence à sa femme.

— Eve, Marissa est une enfant adorable, en pleine santé, et heureuse. Que veux-tu lui apporter de plus normal ?

Eve la regarda un moment, avant de poser son menton sur sa main.

— Oh ! Hannah, je ne sais pas comment j'ai fait

pendant ces deux années sans toi. Ce qui nous ramène à ce que je te disais.

Eve remplit de nouveau la tasse d'Hannah, avant de reprendre.

— Tu es venue ici pour découvrir Cordina et, pour l'instant, je n'ai fait que t'accaparer. J'ai l'impression d'avoir été effroyablement égoïste.

— Si je suis ici, c'est pour être avec toi, rappela Hannah, qui commençait à se sentir à court d'arguments.

— Si tu es ici, c'est parce que nous sommes amies. Fais-moi plaisir, accorde-toi cette journée, détends-toi, profite de l'air marin. Je te promets que Ben peut être d'une compagnie délicieuse. Je te garantis que ta migraine aura disparu au bout de cinq minutes de voyage.

— Quelqu'un a la migraine ? demanda Ben en entrant.

Il portait un uniforme blanc avec un insigne rouge qui témoignait de son grade d'officier dans la marine cordinienne. Sur la poche gauche de sa veste était brodé le sceau royal qui le désignait comme prince. Hannah avait toujours trouvé ridicule l'idée que les femmes soient incapables de résister aux hommes portant l'uniforme. Ridicule, jusqu'à ce jour…

Il était d'une prestance rare, elle devait le reconnaître, même si, d'ordinaire, elle ne se laissait pas facilement impressionner. La veste d'une blancheur immaculée accentuait le hâle de son teint et la noirceur de ses cheveux. Il lui sourit largement, et elle comprit tout de suite qu'il n'était pas dupe de l'effet qu'il lui faisait. Sans réfléchir, elle se leva pour s'incliner devant lui.

— Bennett, j'avais oublié combien tu étais superbe dans ton uniforme blanc, dit Eve en tendant sa joue pour qu'il l'embrasse. Finalement, je ferais peut être mieux de dire à Hannah de prendre une aspirine et d'aller se reposer.

— Je crois qu'Hannah est assez grande pour prendre soin d'elle-même. N'est-ce pas, Hannah ?

— Mais tout à fait, répondit-elle, déterminée à résister et à se défendre. Cela a toujours été le cas, et ce n'est pas maintenant que cela va changer.

— Vous êtes un peu pâle, dit-il en effleurant sa joue. Vous ne vous sentez pas bien, c'est vrai ?

Avait-il conscience du trouble qu'il éveillait en elle à ce simple contact ?

— Ce n'est rien, fit-elle nerveusement. Et Eve m'a assuré qu'une promenade en voiture le long de la côte était le remède idéal.

— Parfait. Eve, je te la ramènerai avec le rose aux joues, c'est promis.

— Si vous voulez bien m'attendre un instant. Je vais chercher mon sac, dit Hannah avant de quitter la pièce.

Alors que Bennett s'apprêtait à lui emboîter le pas, il sentit la main d'Eve lui agripper le bras.

— Est-ce que je me trompe, ou bien je viens de voir quelque chose ? lui demanda-t-elle, sourcils froncés.

Il ne fit pas semblant de ne pas l'avoir comprise.

— Je ne sais pas trop…

— Jusqu'ici, Hannah a vécu une vie très rangée. J'imagine que je n'ai pas besoin de te dire de faire attention ?

Malgré le soleil et la douce chaleur qui baignaient la pièce, Bennett se raidit.

— Non, il est inutile de me rappeler qui un homme comme moi a le droit de fréquenter ou pas.

— Je n'ai pas dit cela pour te contrarier.

Aussitôt, Eve se leva et lui prit les mains.

— Nous étions amis bien avant de faire partie de la même famille, Ben. Si je m'inquiète, c'est seulement parce que j'aime beaucoup Hannah et que je sais combien tu es irrésistible.

Il se radoucit, comme toujours avec Eve.

— Toi, tu as toujours réussi à me résister.

— Tu m'as toujours traitée comme une sœur.

Puis Eve marqua une pause, comme si elle cherchait ses mots pour ne pas le blesser.

— Irais-je trop loin si je disais qu'Hannah n'est pas ton type habituel ?

— Tu as raison, a priori, elle n'est pas mon type. Et c'est peut-être ce qui m'attire chez elle. Mais arrête de t'inquiéter, dit-il en l'embrassant sur le front. Je ne ferai aucun mal à ton amie.

— Peut-être est-ce que je me fais aussi du souci pour toi...

— Il n'y a vraiment pas de quoi.

Il lui caressa tendrement la joue, avant de se diriger vers la porte.

— Dis à Marissa que je lui ramènerai des coquillages.

Calme et résignée à son sort, Hannah retrouva Bennett en bas des escaliers.

— J'espère que je ne vous ai pas fait attendre trop longtemps.

— Nous avons tout notre temps. En revanche, je ne peux pas vous promettre que la cérémonie officielle et les discours qui nous attendent seront aussi agréables que la promenade en voiture que nous nous apprêtons à faire.

— Les cérémonies officielles et les discours ne me rebutent pas, loin de là.

— Dans ce cas, tant mieux. Claude.

Bennett se tourna vers l'homme grand et fort qui attendait à côté de la porte d'entrée.

— Bonjour, Votre Altesse. Lady Hannah. Votre voiture vous attend, monsieur.

Cette simple remarque signifiait clairement que la route entre Cordina et Le Havre avait été sécurisée.

— Merci, Claude.

Bennett la conduisit jusqu'à la voiture, qui les attendait

devant le palais. La petite décapotable française était garée devant le perron, flanquée de deux berlines plus massives.

— C'est votre voiture ?

— Je pense que je peux la décapoter, vous ne croyez pas ?

Bennett toucha la carrosserie rouge avec affection.

— Elle réagit au quart de tour, c'est un vrai bonheur à conduire. Elle peut monter à cent quatre-vingts en un seul coup d'accélérateur.

Un instant, elle imagina la sensation grisante du vent contre son visage, alors que défilerait à toute vitesse un splendide paysage côtier. Le rêve… Mais, très vite, elle se reprit, et tâcha d'adopter un regard sévère.

— J'espère que vous n'avez pas l'intention de battre votre record de vitesse aujourd'hui ?

En riant, il lui ouvrit sa portière.

— Pour vous, je conduirai comme un grand-père.

Hannah se glissa sur le siège et retint un soupir de plaisir.

— Elle est plutôt petite, comme voiture.

— Elle est bien assez grande pour deux, répondit-il en faisant le tour jusqu'à sa portière, que Claude avait déjà ouverte pour lui.

— Mais j'imagine que vous ne voyagez pas sans votre service de sécurité ni votre assistant.

— J'essaie de m'en passer dès que c'est possible. Mon secrétaire prendra place dans la voiture derrière nous. Si on essayait de les semer ?

Il mit le contact. D'après le bruit tonitruant qui s'échappait du capot, le moteur devait avoir une taille conséquente. Avant qu'Hannah puisse reprendre son souffle, Bennett lança son bolide dans l'allée. Il conduisait comme il montait à cheval. A toute allure.

— Ils sont déjà en train de grommeler, j'imagine.

Il salua les gardes postés aux grilles.

— Si j'écoutais Claude, je ne dépasserais jamais les trente kilomètres/heure. Je serais aussi enfermé dans une limousine blindée, engoncé dans une cotte de mailles.

— C'est son travail de vous protéger.

— Dommage qu'il le fasse avec si peu d'humour, dit Bennett en rétrogradant pour prendre un virage.

— Votre grand-père a-t-il vécu longtemps ?

— Pardon ?

— Votre grand-père, répéta Hannah en croisant ses mains sur ses genoux. Je me demandais s'il avait vécu longtemps. Cela me paraît peu probable, s'il conduisait de cette façon.

Le vent agitait ses cheveux, et il se tourna vers elle, un large sourire aux lèvres.

— Faites-moi confiance, ma belle. Je connais les routes par cœur.

Elle ne voulait pas qu'il ralentisse. C'était la première fois qu'elle éprouvait une vraie sensation de liberté depuis des mois. Elle avait presque oublié combien c'était agréable. La mer étincelait de bleu et de blanc en bas de la route, alors qu'ils parcouraient les hauteurs de la capitale. La légère brise agitait les branches des palmiers qui se dressaient fièrement vers le ciel. Des fleurs d'un rouge éclatant égayaient les buissons qui bordaient les deux côtés de la route. L'air sentait la mer et le printemps perpétuel.

— Est-ce que vous pratiquez le ski nautique ? lui demanda Bennett, tandis qu'elle regardait un homme en train de glisser sur l'eau, tiré par un petit bateau à moteur.

— Non, je n'en ai jamais fait.

Mais cela paraissait fantastique.

— Je suis sûre que vous êtes un grand sportif, ajouta-t-elle. Pour ma part, je suis plus à mon aise dans les bibliothèques.

— On ne peut pas passer son temps à lire.

Le skieur fit un saut périlleux en l'air avant de retomber dans l'eau.

— Moi, je crois que je pourrais, dit-elle.

Bennett lui sourit, avant d'enchaîner avec souplesse une série de courbes.

— La vie ne vaut pas le coup sans une petite dose de frissons. Vous n'avez jamais envie d'aventure, Hannah ?

Elle songea aux dix dernières années de sa vie, aux missions qui l'avaient menée de châteaux en bidonvilles, et partout ailleurs, de ruelles françaises en promenades italiennes. Elle songea au pistolet de petit calibre qu'elle transportait dans son sac et au poignard effilé amoureusement blotti contre sa cuisse.

— J'ai toujours préféré vivre mes aventures par procuration, à travers mes lectures.

— Pas de rêves secrets ?

— Certaines personnes sont le reflet exact de ce qu'elles paraissent être.

Soudain mal à l'aise, elle se hâta de changer de sujet.

— Je ne savais pas que vous étiez officier de marine.

Un autre mensonge, songea-t-elle. Mais sa profession reposait sur le mensonge.

— J'ai servi pendant deux années. A présent, il s'agit plus d'un titre honorifique. Dans notre famille, les fils cadets sont traditionnellement voués à la carrière militaire.

— Vous avez choisi la marine.

— Cordina est entourée par la mer. Notre flotte est moins importante que la vôtre, bien sûr, mais elle est puissante.

— Et nous vivons une période troublée.

Une ombre passa dans les yeux du prince.

— A Cordina, nous avons appris que toutes les périodes sont troublées. Nous sommes un pays en paix, mais, parce que nous voulons le rester, nous sommes toujours prêts pour la guerre.

Elle songea au joli palais blanc avec ses jardins exotiques et ses tourelles de conte de fées. Inaccessible par la mer, perché sur une falaise depuis laquelle l'on voyait à l'œil nu à des kilomètres à la ronde. Elle se cala dans son siège et observa les vagues. Rien n'était jamais aussi simple qu'il ne paraissait.

Le Havre était une ville charmante, constata Hannah dès leur arrivée. Nichée au pied d'une vaste colline, elle était faite de jolies bâtisses aux façades blanches et de coquettes villas aux toits à bardeaux. Des bateaux de pêche et de plaisance mouillaient tranquillement dans un coin du port. Des petites fleurs bleues poussaient entre les fissures d'une digue séculaire. Des nasses à langoustes et des filets à poissons étaient étalés par terre et séchaient au soleil. En ce début de matinée, une odeur de poisson entêtante et curieusement agréable flottait dans l'air.

Au premier coup d'œil, la ville aurait pu passer pour un petit port de pêche, vivant uniquement de la mer. Mais, tandis qu'ils filaient au-delà du port, les quais devinrent plus imposants, les bâtiments plus vastes. Des dockers s'activaient, déchargeant les caisses d'un cargo amarré à côté d'un énorme ferry. En fait, Le Havre cachait bien son jeu. Grâce à son emplacement et à la détermination de ses habitants, il s'agissait de l'un des ports les plus fréquentés de la Méditerranée. C'était aussi le lieu d'ancrage de la flotte de Cordina.

Après s'être faufilé parmi les rues étroites et sinueuses, Bennett franchit une série de grilles. Il ralentit légèrement, assez tout de même pour que les gardes le reconnaissent et le saluent avec déférence. En apercevant des guérites peintes dans un rose passé, Hannah songea à la nacre d'un coquillage. Des palmiers et des fleurs poussaient à profusion à l'intérieur de l'enceinte, mais elle reconnut la structure et l'ordonnancement d'une installation militaire. Au bout de quelques minutes, ils s'arrêtèrent devant un bâtiment à la façade stuquée, devant laquelle des soldats en blanc se tenaient au garde-à-vous.

— A partir de maintenant, lui murmura Bennett, nous sommes en visite officielle.

Sur ces mots, il attrapa sa casquette, qu'il avait posée à l'arrière de la voiture. Pendant qu'il la coiffait, un soldat se précipita pour ouvrir sa portière. Les yeux masqués par l'ombre de la visière, le prince rendit les saluts qu'on lui adressait.

— Tout d'abord, quelques formalités nous attendent, la prévint-il, tout en coinçant sa casquette sous son bras.

En guise de formalités, donc, ils furent reçus par un groupe d'officiers — depuis l'amiral jusqu'à tous ses subalternes —, accompagnés de leurs épouses et de leurs attachés, impatients d'accueillir Son Altesse royale.

Hannah se plia de bonne grâce aux présentations et fit semblant de ne pas remarquer les regards interrogatifs qui accompagnèrent son entrée dans la salle de réception. Elle n'était pas son type. C'est ce qu'elle lut dans tous les yeux qui se posèrent sur elle. Et elle était totalement d'accord.

On leur servit le thé, avant de leur faire visiter les lieux, pour la plus grande joie d'Hannah. Elle feignit d'ignorer tout des installations qui lui furent montrées, posa des questions simples et écouta poliment les réponses tout aussi simples qu'on lui donna. Elle ne pouvait pas se permettre de laisser deviner que le radar et le système de communication lui étaient aussi familiers qu'ils l'étaient aux soldats sous le contrôle desquels ils étaient placés. Pourtant, il lui aurait suffi d'une seule manipulation pour contacter le siège du SIS à Londres ou le QG de Deboque à Athènes.

Elle longea de vastes vitrines, écoutant avec une fascination apparente un amiral lui expliquer la différence entre un destroyer et un porte-avions.

La visite officielle se poursuivit dehors, où tout le monde attendait déjà le retour de *L'Indépendance.* Les musiciens, dans leur uniforme que le soleil faisait paraître d'une blancheur aveuglante, entamèrent une marche quand Bennett arriva sur le quai. Massée derrière une barricade, la foule poussait acclamations et cris de joie. Des bébés et des enfants étaient portés à bout de bras pour qu'ils puissent apercevoir le prince.

Hannah dénombra une bonne dizaine d'agents de sécurité mêlés à la foule, en plus des deux hommes qui ne lâchaient jamais Bennett d'une semelle.

Deboque est dans la nature, songea-t-elle. *Le risque est partout.*

Le destroyer manœuvra pour arriver à quai, tandis que la foule applaudissait et que l'orchestre continuait à jouer. Les soldats qui se trouvaient à terre étaient tout aussi solennels que ceux que l'on voyait sur le pont. Après six mois passés en mer, *L'Indépendance* rentrait au port.

La passerelle s'abattit lourdement. Les cornes de brume et les sirènes retentirent. Le capitaine descendit pour saluer les officiers et s'incliner devant son prince.

— Je vous souhaite la bienvenue au pays, capitaine.

Bennett tendit la main, sous les nouvelles acclamations de la foule.

Comme toujours en pareilles occasions, un discours s'imposait. Lorsque Bennett prit la parole, Hannah, toujours très vigilante, scruta plus longuement la foule.

Elle ne fut pas surprise de le trouver parmi les badauds rassemblés. Le petit homme aux épaules légèrement voûtées se tenait en marge de la foule, un discret drapeau cordinien à la main. Avec ses habits très ordinaires et son visage tranquille, il passait totalement inaperçu. C'était l'un des meilleurs hommes de Deboque.

Rien ne serait tenté contre le prince Bennett aujourd'hui, songea-t-elle, tout en ressentant pourtant comme une légère tension dans la nuque. Son infiltration au palais avait été l'une de ses majeures contributions à l'organisation de Deboque. Et elle n'ignorait pas que le maître mot avait toujours été la réflexion prudente plutôt que la précipitation. Donc, a priori, une tentative d'assassinat n'était pas à craindre pour l'instant.

De toute façon, Deboque ne s'intéressait pas à Bennett autant qu'il s'intéressait à Alexander, et il ne s'intéressait pas non plus à Alexander autant qu'à Armand. Il ne s'attaquerait pas au second dans l'ordre de succession après une si longue attente.

Toutefois, elle serra plus fort la poignée de son sac, dans lequel se trouvait son arme. Et elle se décala, de quelques centimètres à peine, mais suffisamment pour que son corps fasse partiellement écran à celui de Bennett.

L'homme était-il là pour lui transmettre un message ? se demanda-t-elle. Ou bien avait-il juste été envoyé comme observateur ? D'instinct, elle pencha pour la seconde hypothèse. Comme si de rien n'était, elle scruta de nouveau la foule. Son regard croisa brièvement celui de l'homme, qui lui adressa un léger signe de reconnaissance. Hannah détourna rapidement les yeux, sachant qu'elle le rencontrerait de toute façon quelques jours plus tard, au musée.

La cérémonie se poursuivit par la visite du navire et le passage en revue de l'équipage, toujours au son de la musique militaire et sous les démonstrations d'enthousiasme de la foule. Hannah se tenait à présent au côté de l'épouse de l'amiral, tandis que Bennett saluait les officiers et les marins alignés devant lui. De temps en temps, il s'arrêtait pour faire un commentaire, ou pour poser une question personnelle à l'un des hommes. Elle comprit qu'il écoutait véritablement les réponses qu'on lui faisait. Et il était flagrant que, dans les yeux des hommes qu'il saluait, il y avait davantage que le respect dû à son titre. Oui, il y avait autre chose, et cette autre chose, c'était de l'amour, un amour franc et viril, dont sont parfois capables les hommes entre eux.

Même si Hannah était certaine que Bennett avait vu des centaines de bateaux dans sa vie, il arpenta le pont, les quartiers des officiers, et les cambuses avec une apparente fascination. Le navire avait été nettoyé de près, et nul n'aurait pu y détecter la moindre trace de rouille, de saleté ou la moindre peinture écaillée.

Bennett fit aussi rapidement que possible le tour du bateau. Il aurait encore eu des questions à poser, des compliments à faire, mais il savait que les marins avaient préparé leur sac depuis longtemps et qu'ils n'attendaient que de pouvoir descendre à terre. Il serra de nouveau la main du capitaine, pleinement conscient que celui-ci avait toutes les raisons d'être fier de son bateau et de ses hommes. Lorsqu'il emprunta la passerelle pour quitter le navire, les vivats de la foule reprirent de plus belle. Bennett ne put s'empêcher de se demander s'ils lui étaient destinés, ou si la foule acclamait ainsi la fin de la cérémonie et les marins prêts à retrouver les leurs.

Le protocole exigeait que Bennett fût raccompagné à l'état-major. Ce fut à ce moment qu'Hannah se rendit compte qu'il commençait à en avoir assez. Pourtant, il se montrait toujours charmant, serrant et baisant de bonne grâce les mains qu'on lui tendait, échangeant quelques dernières plaisanteries avec les officiels ravis. Ce ne fut qu'une fois assis dans sa voiture qu'il marmonna un juron.

— Je vous demande pardon, Votre Altesse ? fit-elle, amusée.

Bennett lui tapota doucement la main, avant de mettre le contact.

— Quatre heures de cérémonie officielle. Merci d'avoir supporté cela avec moi, Hannah.

— Cela ne m'a pas du tout paru pénible. Au contraire, j'ai trouvé cela fascinant.

Mais rien ne lui avait jamais paru plus merveilleux que la sensation du vent qui caressa son visage lorsque la décapotable prit de la vitesse.

— La visite du bateau s'est révélée particulièrement instructive, insista-t-elle.

Il lui adressa un petit regard en coin, visiblement surpris qu'un navire militaire et que des discours longs et pompeux aient réellement pu la captiver.

— Si j'avais su que vous étiez vraiment intéressée, je n'aurais pas essayé d'abréger les choses.

— Je suppose que pour vous, à force, il doit s'agir d'une routine un peu ennuyeuse.

— Je pensais surtout aux marins. Tout ce qu'ils voulaient, c'était quitter le navire pour retrouver leur femme ou leur maîtresse... ou les deux.

Un sourire malicieux aux lèvres, il tourna la tête vers elle.

— Vous ne pouvez pas imaginer ce que sont six mois passés en mer, avec pour seule compagnie féminine une photo sur papier glacé.

Elle pinça les lèvres pour ne pas sourire.

— En effet, je ne pense pas pouvoir l'imaginer. Mais je suis sûre que vous avez, malgré tout, gardé un bon souvenir des semaines que vous avez vécues en mer, Bennett. Cela s'est vu à votre façon de parler à l'équipage et de regarder le bateau.

Bennett ne répondit pas tout de suite, surpris et pas mécontent qu'elle l'ait si bien et si vite compris.

— J'étais davantage officier que prince durant cette

période, et c'était assez agréable. Je ne dirais pas que j'ai la mer dans le sang comme le capitaine Dumont, mais c'est une expérience que je n'oublierai jamais.

— Quel est votre souvenir le plus marquant ? demanda-t-elle, l'air curieux.

— Voir le soleil se lever sur la mer. Ou plutôt naviguer pendant une tempête. Nous en avons traversé une terrible, au large de la Crète. Les vagues étaient des murs de quinze mètres de haut. Le vent soufflait avec une force phénoménale et faisait un vacarme si assourdissant qu'il était impossible d'entendre quelqu'un nous crier quelque chose à l'oreille. Plus de ciel, uniquement des murs et des murs d'eau, s'abattant sur nous les uns après les autres. Après une telle expérience, on n'est plus le même.

— En quel sens ?

— Cela fait prendre conscience que, qui que l'on soit, il y a toujours quelque chose de plus fort, de supérieur. La nature est capable de dispenser de puissantes leçons d'humilité, Hannah. Regardez la mer, en ce moment même.

D'une main, il désigna le rivage, tout en négociant habilement un virage.

— Elle est calme, d'une beauté presque indicible. Un ouragan ne la rendrait pas moins belle, mais juste plus dangereuse.

— On dirait que vous préférez le danger, répondit Hannah, pensive.

C'était quelque chose qu'elle ne comprenait que trop bien.

— Parfois. Le danger a de quoi séduire et fasciner.

Elle fut incapable de répondre quoi que ce soit à cela. Elle en avait elle-même depuis longtemps fait l'expérience.

Après avoir adressé un petit signe discret à la voiture qui les suivait, Bennett s'arrêta.

— En ce moment, je préfère le calme, déclara-t-il.

Il sortit de la décapotable, ignorant le garde qui avait déjà quitté la sienne et le fixait d'un air anxieux.

— Venez faire quelques pas avec moi sur la plage, Hannah, dit-il en ouvrant sa portière et en lui tendant la main. J'ai promis des coquillages à Marissa.

— Vos gardes du corps n'ont pas l'air contents.

Elle non plus n'était pas rassurée, car, à cet endroit découvert, n'importe quoi pouvait se produire.

— Ils ne seraient contents que si j'étais assis dans un caisson blindé. Mais venez, Hannah. Ne m'avez-vous pas dit vous-même que l'air marin est excellent pour l'organisme ?

— Si, répondit-elle en lui confiant sa main.

Il ne risquait rien, après tout, tant qu'elle jouait son rôle et qu'elle le jouait bien.

— Il faut trouver des coquillages assez gros pour que Marissa ne risque pas de les avaler, ajouta-t-elle. A cet âge, les enfants ont tendance à tout porter à la bouche.

— Décidément, vous pensez toujours à tout.

Avec un rire léger, il la souleva par la taille pour l'aider à franchir la petite digue qui séparait la route de la plage. Elle n'eut pas besoin de se retourner pour savoir qu'un garde les suivait de loin.

— Vous devriez enlever vos chaussures, Hannah. Sinon, elles vont se retrouver pleines de sable.

Il avait raison, bien sûr. Après un moment d'hésitation, elle finit par obéir, en essayant de se persuader que, même pieds nus, elle resterait la rigide lady Hannah.

— Il doit y avoir des coraux fascinants par ici, enchaîna-t-elle pour masquer son trouble.

— Vous plongez ?

— Non, mentit-elle. Je ne suis pas assez bonne nageuse. J'ai visité une exposition à l'aquarium de Londres, il y a quelques années. Jusqu'alors, je n'avais aucune idée de l'extraordinaire variété des coquillages, ni du prix que certains d'entre eux peuvent atteindre.

— Heureusement pour moi, Marissa a des goûts simples.

La tenant par la main, il s'approcha du rivage.

— Quelques jolies coquilles et elle sera ravie.

— C'est gentil de votre part de penser à elle.

Il était gentil, songea-t-elle. C'était l'évidence même.

— Vous semblez être la coqueluche de vos nièces et de vos neveux.

— Oh ! j'imagine que c'est parce que je ne me prends pas trop au sérieux et que je ne rechigne pas à jouer avec eux de temps en temps. Que pensez-vous de celui-là ?

Il se pencha et ramassa une longue spirale qui avait dû faire partie d'un plus gros coquillage et que le flux et le reflux avaient creusé et poli. A une extrémité se trouvait une espèce de chapeau pointu, qui formait comme une couronne.

— Tout à fait approprié, commenta-t-elle lorsqu'il le lui tendit.

— Marissa se moque de ce qui est approprié ou pas. Elle préfère ce qui est joli.

— Il est joli, également.

En souriant, Hannah passa son doigt le long de la spirale dont la couleur variait de l'ambre pâle au rose passé.

— Elle n'aura qu'à le poser devant sa fenêtre et regarder les rayons du soleil le traverser. Oh ! regardez.

Oubliant un instant de se contrôler, elle trempa ses pieds dans l'écume pour ramasser un morceau de coquille Saint-Jacques intact. En forme d'éventail, il était blanc laiteux d'un côté, et d'un rose opalescent sur la face interne.

— Vous pourrez lui dire que les fées s'en servent comme plateau à biscuits lorsqu'elles prennent le thé.

— Ainsi, lady Hannah croit aux fées, murmura-t-il.

Prise de court, elle lui tendit le coquillage.

— Non, mais Marissa, certainement.

Bennett glissa le coquillage dans sa poche.

— Vos pieds sont mouillés.

— Ils vont vite sécher, dit-elle en reculant de quelques pas.

Il reprit sa main, et se rapprocha d'elle.

— Pendant que nous y sommes, nous devrions en chercher quelques autres, proposa-t-il.

Sans attendre sa réponse, il se mit à arpenter le rivage.

Hannah sentait l'eau chaude et douce sur ses pieds et ses chevilles, mais la brise qui soufflait tout autour d'eux était plus chaude et plus douce encore. A travers l'eau cristalline, elle voyait le lit de sable blanc et l'éclat scintillant des coquillages que les vagues avaient broyés. Mais le ressac était particulièrement calme et tranquille à cet instant, tout en soupirs et en murmures.

Non, se reprit-elle soudain, il était hors de question qu'elle se laisse aller de la sorte et qu'elle trouve la scène romantique. Elle ne pouvait pas se permettre une telle folie. Le sentier qu'elle suivait en ce moment était plus étroit et plus escarpé que tous ceux qu'elle avait empruntés auparavant. Un faux pas, et c'était la tragédie ou, pire, la guerre. Bien déterminée à suivre le chemin qu'elle s'était tracé, elle se concentra sur les gardes qui marchaient à quelques dizaines de mètres d'eux.

— J'ai trouvé la cérémonie d'aujourd'hui très touchante. Merci de m'y avoir conviée.

— Mes raisons étaient purement égoïstes. J'avais envie de vous avoir à mon côté.

Luttant pour ne pas se sentir touchée par le compliment, elle persévéra.

— En Angleterre, on critique souvent la famille royale, mais derrière les railleries se cache une réelle affection.

J'observe le même type d'amour et de respect envers votre famille, ici.

— Mon père vous dirait que nous servons Cordina autant que nous la gouvernons. Son rôle est d'offrir à son peuple paix et sécurité. Alex, quant à lui, représente l'espoir dans le futur. Chez Brie, nos sujets trouvent le glamour et l'intelligence, ainsi que toute l'humanité dont ils peuvent rêver.

— Et vous, que leur apportez-vous ?

— Je les amuse et les divertis, je pense.

Curieusement, sa réponse la contraria. Cet autodénigrement désinvolte la fit s'arrêter.

— Vous vous sous-estimez, déclara-t-elle en fronçant les sourcils.

Surpris, Bennett tourna la tête vers Hannah. C'était de nouveau là, ce quelque chose, cet indéfinissable quelque chose dans ses yeux qui le fascinait et l'attirait tant depuis leur rencontre.

— Pas vraiment. Je sais bien que je fais mon devoir. Mon père nous a élevés dans l'idée que nous n'avons pas seulement hérité d'un titre ou d'un rang. Nous devons le mériter.

Il la fit reculer de quelques pas vers la plage, afin que les vaguelettes ne mouillent pas sa jupe.

— Je ne régnerai pas, reprit-il. Dieu merci. C'est réservé à Alex et au fils qu'Eve lui donnera, bientôt j'espère. Puisque je ne régnerai pas, je ne suis pas obligé d'être aussi sérieux qu'Alex. Mais cela ne signifie pas que je prends Cordina ou mes responsabilités envers mon pays à la légère.

— Je n'ai pas fait cette remarque dans l'intention de vous critiquer.

— Je le sais. Je voulais juste dire que, au-delà de mes devoirs et de ma position officiels, j'offre à notre peuple quelque chose de différent, de léger. Je suis le sujet de conversation idéal autour d'un verre, ou durant un dîner. Le sobriquet de « prince play-boy » me colle à la peau depuis la fin de mon adolescence, dit-il en riant, avant de replacer une mèche de cheveux blonds derrière l'oreille d'Hannah. Je ne peux pas dire que je n'ai pas tout fait pour le mériter.

— En ce qui me concerne, je préfère la littérature aux commérages, répondit-elle, l'air guindé.

Amusé, Bennett l'arrêta.

— Les commérages ont également leur place dans le monde.

— Apparemment, vous les appréciez.

— Non.

Avec un haussement d'épaules, Bennett porta son regard au loin, vers la mer.

— J'y suis juste habitué. C'est difficile, lorsqu'on a vingt ans, de savoir que, chaque fois que vous regardez une femme d'une façon un peu trop appuyée, la nouvelle de votre supposée liaison va s'étaler en gras dans les magazines, photos à l'appui. J'aime les femmes.

Il sourit, et la regarda de nouveau.

— Puisque je n'ai pas souhaité changer cet aspect de ma personnalité, j'ai décidé de composer avec les rumeurs. Si j'ai péché, c'est par manque de discrétion.

— Et par excès aussi, peut-être...

Il hésita un quart de seconde, puis éclata de rire.

— Oh ! Hannah, quelle perle rare vous faites. Vous avez donc lu autre chose que Yeats !

— Il m'est peut-être arrivé de parcourir quelques gros titres.

Riant encore, il lui fit faire un tour sur elle-même pour l'attirer à lui.

— Excellent. Vraiment excellent, s'exclama-t-il en plongeant son regard dans le sien. J'adore cette façon si particulière et efficace que vous avez de me remettre à ma place.

Mal à l'aise, Hannah se mit à lisser les plis de sa jupe.

— Je suis sûre que vous vous méprenez sur mes intentions.

— C'est certain, en effet. Et c'est ce qui me ravit chez vous.

Le regard courroucé qu'elle lui adressa n'eut rien à voir avec le rôle qu'elle jouait. L'amuser n'avait jamais fait partie de son plan. Elle était là pour observer, pour assurer sa position, et pour porter à son terme un projet initié depuis plusieurs années. C'était la première fois que la convenable lady Hannah devait s'inquiéter d'avoir piqué la curiosité d'un homme. Alors qu'elle réfléchissait à la façon dont elle pourrait faire passer l'intérêt qu'elle semblait susciter chez lui, il revint à la charge.

— Votre coiffure est en train de se défaire.

D'un geste naturel et innocent, il saisit une épingle à cheveux qui venait de tomber sur ses épaules.

— C'est ma faute, continua-t-il, je n'aurais pas dû ouvrir le toit de la voiture.

— Je ne dois pas être très présentable.

Aussitôt, elle voulut se recoiffer. Mais, dès qu'elle leva les mains, ses épingles lâchèrent, cédant sous le vent et sous le poids de sa chevelure. Alors qu'elle pestait intérieurement, ses cheveux tombèrent en cascade jusqu'à sa taille.

— Mon Dieu, fit Bennett, subjugué.

Sans lui laisser le temps de rassembler sa chevelure, Bennett y porta ses deux mains. Enroulées autour de ses doigts, ses mèches étaient d'un miel profond, et douces comme de la soie. Il la regarda, interdit, soufflé par la transformation à laquelle il était en train d'assister. Les cheveux d'Hannah ondulaient de façon sauvage et libre autour de son visage, mettant en valeur ses pommettes hautes et saillantes qui, sans le doux halo qu'ils formaient, semblaient trop anguleuses. Son visage ne semblait plus mince et osseux, mais exotique.

— C'est magnifique, ajouta-t-il. On dirait la chevelure d'un ange.

Le cœur battant, elle essaya d'ignorer ce qu'elle lisait dans les yeux de Bennett. Cette fois, ce n'était plus un ravissement innocent ou une simple attirance, mais bel et bien du désir. Le désir qu'un homme éprouve pour une femme, brut, puissant, et aussi dangereux que la mer démontée par temps de tempête. Elle fut incapable de reculer, car il la tenait toujours par les cheveux. Et elle fut incapable, alors qu'il la tenait si près de lui, de nier la violence de son propre désir.

Ce n'était pas censé arriver. Même à présent, elle se répétait que cela ne pouvait pas arriver. Pourtant, elle voulait qu'il la prenne dans ses bras. Elle voulait être cajolée. Elle voulait, même si le mot lui paraissait idiot, être chérie. Convoitée, désirée, aimée. Toutes ces choses étaient contraires aux règles, mais elle ne parvint pas à les chasser de son esprit, ni à se libérer de l'emprise de Bennett.

— La chevelure d'un ange, répéta-t-il dans un murmure. Pourquoi cacher tant de beauté ?

Non, elle ne pouvait nier ce qui faisait rage en elle, mais elle pouvait, comme elle l'avait appris, ne rien laisser paraître des émotions qui l'agitaient.

— C'est plus pratique de les relever, répondit-elle en essayant, sans succès, de repousser ses mains.

Oui, il avait raison depuis le début, songea Bennett. Il y avait en elle plus — bien plus — que ce qu'elle laissait paraître. C'était peut-être ce qui continuait à l'attirer, ce qui chez lui suscitait le désir et une convoitise qu'il n'avait jamais éprouvés auparavant. Si cela avait été possible, il l'aurait prise dans ses bras. Ce ne furent pas les gardes qui l'arrêtèrent, mais la légère angoisse qu'il découvrit dans ses yeux.

— Si c'était la vérité, ma très chère Hannah, étant donné votre sens pratique, vous les auriez coupés depuis longtemps.

Combien de fois avait-elle été sur le point de le faire, avant de renoncer, au dernier moment ? Elle prit une grande inspiration, et décida de dire la vérité, car c'était souvent la meilleure des couvertures possible.

— Il m'arrive aussi d'être vaniteuse, parfois.

— Votre chevelure vous rend magnifique.

Bennett porta de nouveau les mains à ses boucles soyeuses, incapable de croire qu'elles aient pu être dissimulées par quelques épingles savamment disposées.

— Non, différente, seulement, fit-elle avec un vague sourire.

— Tout homme apprécierait la différence.

Il la sentit tendue sous ses mains. A regret, il décida alors de la lâcher.

— Mais, en même temps, vous ne devez pas vous soucier de ce que les hommes pensent de vous. N'est-ce pas ?

— En effet, je n'ai jamais jugé nécessaire de m'en préoccuper.

Avec quelques mouvements rapides et efficaces, elle ramassa de nouveau ses cheveux à la base de sa nuque. Elle replaça les épingles de manière que tout soit en place et plus rien ne bouge.

— Nous devrions rentrer, reprit-elle, l'air soulagé. Eve a peut-être besoin de moi.

En acquiesçant, Bennett rebroussa chemin vers la voiture avec elle. Il y aurait une autre occasion. Il découvrit en lui quelque chose dont il avait rarement fait l'expérience, surtout face à une femme : la patience.

— Vous pouvez toujours attacher vos cheveux, Hannah. Mais, maintenant que je sais à quoi vous ressemblez lorsqu'ils sont lâchés, c'est comme cela que je vous verrai dès que mes yeux se poseront sur vous.

Lorsqu'ils arrivèrent à la petite digue, il la souleva de nouveau. Mais cette fois il attendit un long moment avant de la reposer à terre.

— Depuis que j'ai découvert ce secret, je me demande quels sont ceux que vous cachez encore. Et bientôt, je le saurai.

L'angoisse et le désir étaient une combinaison puissante. Elle sentit son cœur cogner sous leur effet conjugué.

— J'ai bien peur que vous ne soyez déçu, Bennett. Je n'ai aucun secret intéressant à cacher.

— C'est ce que nous verrons, dit-il, avant de sauter lestement au-dessus de la digue.

5

Hannah mourait d'envie d'être belle, un sentiment qu'elle niait néanmoins depuis longtemps. Son travail lui avait en effet appris à dissimuler sa beauté. Certes, au cours des années passées, elle avait de temps en temps senti un tiraillement — mais rien de plus qu'un tiraillement — en songeant aux couleurs tendres et aux robes vaporeuses auxquelles elle avait dû renoncer. Il avait toujours été possible de céder à cette tentation lorsqu'elle n'était pas en mission ou qu'elle se trouvait à l'étranger. Alors, elle changeait d'apparence, en enfilant des vêtements de couleurs et de coupe plus seyantes, et en rehaussant ses traits de quelques coups de pinceau et de houppette bien pensés.

Mais cette fois, elle ne pouvait ni céder à la tentation ni même être tentée.

Pourtant, tout le monde serait magnifique pour le dîner en l'honneur d'Eve. Lorsque l'on est convié à une soirée au palais, l'on se doit d'être élégant à l'extrême. Hannah ne doutait pas que toutes les femmes de l'assemblée se surpasseraient pour l'occasion. Toutes les femmes, sauf elle, bien entendu.

Elle avait déjà vu la robe noire à paillettes d'Eve, avec ses volants répartis de la taille aux chevilles et son vertigineux décolleté dans le dos. Gabriella porterait sans aucun doute une tenue délicate, qui mettrait en valeur sa silhouette gracile et féminine.

Et puis, il y aurait Chantel O'Hurley. Hannah était certaine que l'actrice serait éblouissante, qu'elle choisisse la soie ou le jute. Elle n'avait pas oublié la façon dont Bennett l'avait regardée lorsqu'il l'avait aperçue depuis le haut des escaliers, au théâtre.

Elle aurait dû s'en moquer.

Elle ne s'en moquait pas du tout, hélas.

En se sermonnant, Hannah opta pour le « moins pire » des choix : une robe lavande pâle dont le corsage chargé dissimulait ses courbes. Avec ses cheveux lâchés, elle avait l'air d'une puritaine dévergondée. Une remarque que tout le monde se ferait, sans aucun doute. Avec un léger soupir, elle tira sa chevelure en arrière pour commencer son laborieux travail de tressage et de domptage.

Lorsque ses cheveux furent fixés de façon propre et nette sur sa nuque, Hannah constata avec satisfaction qu'elle avait réussi à gommer chez elle toute trace de sensualité. Elle avait l'air présentable, parfaitement comme il faut, et presque asexuée.

Les regrets n'avaient pas leur place, se rappela-t-elle tout en glissant son pistolet dans son sac à main. Elle devait faire passer son devoir avant ses propres désirs, et en tout cas bien avant toute vanité.

Un brin nerveux, il l'attendait. Les convives avaient été conduits jusqu'à la salle des miroirs, où des domestiques en livrée leur servaient l'apéritif. Tous les acteurs et les techniciens participant à la pièce d'Eve avaient été invités, de sorte qu'un brouhaha confus et animé emplissait la grande et majestueuse pièce.

Bien qu'impatient et distrait, Bennett s'acquittait de son devoir sans sourciller. Il y avait toujours une question polie à poser, une main à baiser, une plaisanterie à laquelle rire. Dans d'autres circonstances, la soirée l'aurait amusé et diverti, mais...

Où était-elle ? Tout à coup, il se sentit à l'étroit dans son smoking qu'il portait d'habitude avec plaisir et décontraction. Autour de lui, toutes les femmes brillaient. Leurs parfums se mêlaient pour créer une fragrance exotique qui, contre toute attente, ne le tentait pas le moins du monde. Tout ce qu'il voulait, c'était se retrouver un moment seul avec Hannah. Il n'avait pas la moindre idée de la raison pour laquelle il y tenait autant, mais c'était vital pour lui.

Il ne cessa de surveiller la porte tout en parlant avec la chef costumière. Puis son regard se posa brièvement sur l'horloge en chrysocale, alors qu'il écoutait le metteur en scène chanter les louanges de la pièce d'Eve.

— On me cherche ?

La voix sensuelle parvint à ses oreilles, suivie d'un nuage de parfum qui vint lui chatouiller les narines.

— Chantel.

Bennett l'embrassa sur les deux joues avant de reculer d'un pas pour l'admirer.

— Eblouissante, comme toujours.

— Chacun fait avec ce qu'il a.

En souriant, elle accepta le verre que lui proposait un serveur. Elle portait une robe d'un blanc miroitant, qui dénudait ses épaules ainsi que sa gorge, et moulait ses courbes subtiles et féminines.

— Je ne suis pas déçue : tout ce que j'avais lu et entendu sur l'endroit où tu vis est vrai.

Elle porta le vin à ses lèvres tout en contemplant les dizaines de miroirs anciens qui ornaient les murs.

— Et c'est très malin de votre part d'avoir choisi de recevoir un groupe d'artistes narcissiques dans cette pièce.

— Nous avons de bonnes idées, parfois.

Il regarda au loin un instant, mais toujours aucune trace d'Hannah.

— J'ai vu ton dernier film, reprit-il. Tu y es extraordinaire.

Une femme habituée à capter toute l'attention des hommes sait d'instinct lorsqu'on ne lui accorde qu'une partie de celle-ci. Pourtant, Chantel continua de sourire.

— Je t'attends toujours à Hollywood.

— Tu n'as pas l'air de tellement te morfondre, pourtant…

Il chercha dans sa poche une boîte d'allumettes pour allumer la cigarette qu'elle venait de sortir de son sac.

— Comment fais-tu pour donner de la tête entre les joueurs de tennis, les magnats du pétrole et les producteurs ?

Chantel rejeta un fin filet de fumée.

— Exactement comme toi, entre les comtesses, les marquises et… cette barmaid de Chelsea. C'est bien cela, je ne me trompe pas ?

En riant, Bennett rangea les allumettes dans sa poche.

— Ma chère amie, si les innombrables liaisons que la presse nous prête étaient réelles, nous aurions tous les deux droit à notre place dans le livre des records.

Avec affection, Chantel caressa la joue de Bennett.

— A n'importe qui d'autre, je dirais : « Parle pour toi. » Cependant, puisque nous n'avons jamais été amants — contrairement à ce qu'ont pu dire les gros titres —, je me permets de te demander comment vont les choses pour toi, sentimentalement parlant.

— Elles sont confuses.

A ce moment précis, dans le miroir ovale accroché juste derrière Chantel, il vit Hannah faire une entrée discrète. On aurait dit une colombe égarée dans une assemblée de paons.

— Très confuses, répéta-t-il. Est-ce que tu veux bien m'excuser un moment, trésor ?

— Bien sûr.

Elle avait manifestement vu dans quelle direction il regardait.

— Bonne chance, Bennett, ajouta-t-elle avec un sourire.

Grâce à des années et des années d'expérience, il savait passer de groupe en groupe, échangeant quelques mots, esquissant un sourire, ou murmurant une excuse sans vexer ceux auprès de qui il ne s'attardait pas. Moins d'une minute après qu'Hannah se fut installée dans un coin, il la rejoignait.

— Bonsoir, lady Hannah.

— Votre Altesse.

Elle s'inclina comme le protocole l'exigeait. Il prit ses mains comme elle se redressait, bannissant toute formalité entre eux.

— D'habitude, lorsqu'une femme est en retard, elle s'arrange pour faire une entrée remarquable plutôt que d'aller se cacher dans un coin.

Hannah le maudit, lui qui faisait battre son cœur si vite. Tout en essayant de retrouver son calme, elle remarqua que de nombreux visages étaient tournés vers eux. Elle qui voulait passer inaperçue, c'était manqué…

— Je préfère observer qu'être observée, Votre Altesse.

— Moi, je préfère vous observer.

Il fit signe à un serveur, puis prit lui-même un verre pour elle sur le plateau.

— Vous vous déplacez d'une façon très gracieuse, Hannah, presque féline. Je suis sûr que, même dans une pièce vide, vous ne feriez pas le moindre bruit.

Elle devait cela autant à sa pratique du taekwondo qu'aux cours de danse classique qu'elle avait pris dans son enfance.

— J'ai été élevée pour causer le moins de dérangement possible.

Elle accepta le verre, car cela lui permit de libérer au moins une de ses mains.

— Merci. Quelle pièce splendide, dit-elle sur un ton détaché, aussi détaché que le regard qu'elle promena sur l'assemblée.

Au passage, elle aperçut son reflet en une myriade d'exemplaires. Son reflet, et celui de Bennett, tout proches l'un de l'autre.

— J'ai toujours eu un faible pour cette pièce, répondit-il.

A présent qu'elle était là, il se sentait pleinement heureux et comblé. Lorsqu'il avait pris ses mains, il avait eu l'impression d'un accomplissement, comme si, enfin, les choses étaient à leur place.

— C'est peut-être parce que c'est un autre Bennett, il y a de cela plusieurs générations, qui a commencé cette collection, expliqua-t-il, jovial. D'après la légende familiale, il était — sans raison valable — d'une vanité et d'une prétention sans égales, et il a continué à acheter des miroirs dans l'espoir qu'un jour l'un d'entre eux lui renvoie enfin une image flatteuse de lui-même.

Hannah ne put s'empêcher de rire. Pendant un instant, elle eut presque l'impression d'être à sa place parmi les convives, au milieu des robes, du verre poli, et du glamour.

— Je dirais volontiers que vous avez inventé cette histoire de toutes pièces. Mais elle me paraît assez absurde pour être vraie.

— Vous avez un rire irrésistible, murmura-t-il. Quand je l'entends, je vous vois avec vos cheveux lâchés et votre regard sombre.

En aucun cas, elle ne pouvait se permettre de se laisser gagner par le trouble qui commençait à l'envahir. C'était d'autant plus idiot de sa part qu'elle savait très bien que Bennett était le plus redoutable des beaux parleurs. Et comment pouvait-elle se sentir prise au dépourvu, alors qu'elle avait pleinement conscience du danger que représentait ce petit jeu de séduction ? Heureusement, dans un sursaut de lucidité, elle réussit à se reprendre, et répondit sur un ton redevenu froid et formel :

— Ne devriez-vous pas vous occuper de vos invités ?

— C'est déjà fait.

Il caressa doucement ses doigts, dans un geste si intime qu'aussitôt elle regretta une nouvelle fois de n'avoir pu se faire belle pour lui.

— Pendant que je vous attendais, reprit-il.

Il s'approcha davantage. Etant donné qu'elle s'était déjà postée dans un coin, elle n'avait aucun endroit où se réfugier.

— Vous sentez divinement bon, Hannah.

— Bennett, s'il vous plaît…

Elle faillit poser sa main sur son torse pour l'arrêter, avant de se souvenir qu'on les observait. A la place, elle leva son verre pour se protéger.

— Hannah, vous ne pouvez pas savoir comme cela me fait plaisir de vous voir nerveuse. Les seuls moments où vous ne semblez plus aussi sûre de vous sont ceux où je me trouve un peu trop près de vous.

C'était, hélas, la stricte vérité. Et c'était dur à accepter pour une femme qui devait rester sûre d'elle-même en toutes circonstances, pour survivre.

— On nous regarde.

— Alors, venez faire un tour dans les jardins avec moi tout à l'heure, quand nous pourrons enfin être seuls.

— Je ne pense pas que ce soit une bonne idée.

— Avez-vous peur que je tente de vous séduire ?

Il y avait à la fois de l'amusement et de l'arrogance dans sa voix. Mais, lorsque Hannah le regarda, elle lut aussi du désir dans ses yeux. Elle but une autre gorgée pour humidifier sa gorge qui, d'un coup, était devenue très sèche.

— Peur n'est pas le mot juste. Je dirais plutôt que l'idée me met mal à l'aise.

— J'adorerais vous mettre mal à l'aise, Hannah, répondit-il d'une voix grave et caressante, avant de poser ses lèvres sur sa main. J'ai envie de vous faire l'amour dans un endroit sombre et tranquille. Lentement, tendrement.

A ces mots, le désir s'insinua en elle, fulgurant, à tel point qu'elle dut réprimer un frisson. Oui, avec lui, les choses pourraient se passer telles qu'il venait de les décrire. Si seulement…

Mais il ne pouvait pas y avoir de « si » dans sa vie, car les « si » signifiaient l'incertitude, et l'incertitude représentait pour elle un danger mortel. Hannah soutint son regard, aussi impassiblement que possible. Il était sincère. Il y avait bien du désir dans ses yeux, mais par-dessus tout une gentillesse et une douceur qui faillirent avoir raison d'elle.

Il était en effet assez miraculeux que ce séducteur impénitent puisse éprouver des sentiments authentiques pour elle et, plus encore, qu'il ait réussi à regarder au-delà des apparences pour être séduit.

Comme il aurait été facile de succomber… Mais, même si elle en avait envie, en aucun cas elle ne pouvait se le permettre. Elle devait réagir, avant qu'il ne soit trop tard. Elle n'eut pas à réfléchir longtemps : il n'y avait qu'une façon de mettre un terme à ce qui n'aurait jamais dû commencer.

Elle devait le blesser, et elle devait le faire tout de suite.

— Je devrais sans doute me sentir flattée, dit-elle de sa voix calme et froide. Mais, étant donné que vous n'êtes guère difficile en matière de femmes…

Elle sentit les doigts de Bennett se raidir autour des siens, juste avant qu'il ne lâche sa main. Elle vit à ses yeux que la flèche qu'elle venait de lancer avait atteint sa cible.

— J'aimerais une explication, Hannah.

— L'explication paraît évidente. Maintenant, laissez-moi passer, je vous prie. Vous ne voudriez tout de même pas causer un esclandre ?

— Ce ne serait pas la première fois.

Il y avait quelque chose de nouveau dans sa voix. C'était de la colère, bien entendu, mais une colère impulsive et irréfléchie. Il fallait qu'elle reste maîtresse d'elle-même et qu'elle joue son personnage jusqu'au bout, si elle ne voulait pas que les choses dégénèrent pour de bon et que la presse ne s'empare de l'histoire dès le lendemain.

— Très bien, si vous y tenez, reprit-elle calmement.

Elle posa son verre sur une petite table à proximité, et croisa les bras comme elle avait l'habitude de le faire.

— Je suis une femme, et donc, par définition, je suis susceptible de vous intéresser un temps. Le problème — pour être directe — est que cet intérêt n'est pas réciproque.

— Vous mentez.

— Non, l'interrompit-elle d'une voix de plus en plus ferme. Même si un homme comme vous peut avoir du mal à le comprendre, je suis une femme simple, attachée à des valeurs simples. Comme vous me l'avez dit vous-même, votre réputation vous précède.

Elle s'interrompit, juste assez longtemps pour le voir tressaillir. Bouleversée de devoir le maltraiter de la sorte, elle inspira profondément pour se donner le courage de continuer.

— Je ne suis pas venue à Cordina pour vous amuser, murmura-t-elle en faisant un pas de côté.

Soudain, il leva la main pour l'arrêter, et elle attendit.

— Vous ne m'amusez pas, Hannah.

— Dans ce cas, je vous en demande pardon.

Tout en sachant qu'il le percevrait davantage comme une insulte que comme un signe de courtoisie, elle exécuta une profonde révérence.

— Maintenant, si vous voulez bien m'excuser, j'aimerais aller parler à Eve.

Il ne la lâcha pas encore. Depuis ses doigts qui serraient son bras, elle sentit sa rage se transmettre jusqu'à elle et brûler sa chair. Et puis, l'instant d'après, il ne fut plus que glace.

— Je ne vous retiendrai pas plus longtemps, lady Hannah. Profitez bien de la soirée.

— Je vous remercie.

Tout en se haïssant pour ce qu'elle venait de faire, Hannah se fondit dans la foule. Les lumières étaient trop vives, se dit-elle. C'était pour cela que ses yeux la piquaient.

— Lady Hannah, bonsoir.

Reeve arriva dans son dos et lui prit le bras.

— Désirez-vous un verre de vin ?

— Oui, merci.

Se rapprochant de lui, elle accepta le verre qu'il lui tendait.

— Avez-vous vu cette collection de miroirs ? J'ai toujours trouvé ces trois-là particulièrement impressionnants. Est-ce que vous allez bien ? ajouta-t-il, un ton plus bas.

— Oui, ils sont très beaux. Et, merci, je vais bien.

Il alluma une cigarette, jetant discrètement un œil de côté pour s'assurer que personne ne pouvait les entendre.

— On aurait dit que vous aviez des problèmes avec Bennett.

— Il peut se montrer assez insistant.

Elle avala une gorgée, surprise de constater combien elle était redevenue calme.

— Celui-là remonte certainement au XVIIIe siècle, dit-il en désignant un autre miroir.

Tout en marchant, il continua, d'une voix qui s'était radoucie :

— J'ai travaillé avec votre père lorsque j'ai fait mes

premiers pas au SIS. Je fais donc presque partie de la famille. Est-ce que ça va, Hannah ?

— Ça ira.

Elle prit une grande inspiration et sourit comme si Reeve venait de lui dire quelque chose de drôle.

— C'est juste que je viens de lui faire de la peine. Et je n'ai pas aimé cela.

Le plus naturellement du monde, Reeve effleura sa main. Et ce contact la réconforta autant qu'une accolade.

— Il est rare, au cours d'une mission, de ne blesser personne.

— Oui, je sais : la fin justifie les moyens. Ne vous inquiétez pas, je ferai mon travail.

— Je ne suis pas inquiet.

— Cela m'aiderait grandement, si vous vous arrangiez pour que Bennett soit très occupé durant la semaine prochaine. Les choses doivent se décanter, et j'aimerais mieux qu'il ne soit pas là pour…

— Pour vous occuper l'esprit ?

— Pour me déconcentrer, corrigea-t-elle.

Elle regarda dans l'un des miroirs et le vit à l'autre bout de la pièce, en compagnie de Chantel.

— Même si je crois que j'ai déjà fait le nécessaire pour l'éloigner.

Il avait lancé son cheval à bride abattue, mais il n'avait toujours pas atteint cet état d'oubli et de relâchement qu'il recherchait tant. En jurant, Bennett attaqua la descente vertigineuse, mais il n'en ressentit aucune joie ni aucune excitation. La rage grondait en lui.

Il ne pensait qu'à elle. Il la maudissait et la voulait tout à la fois. Durant les jours qui avaient suivi la gifle qu'elle lui avait infligée, il n'avait cessé de la désirer. A présent, son désir s'était teinté d'autodérision et de colère, mais il n'était pas moins ardent.

Il se répéta qu'elle n'était qu'une espèce de prude, froide et insensible, méchante. Aussitôt, il la revit telle qu'il l'avait découverte sur la plage, un coquillage à la main, avec les yeux pétillants et les cheveux décoiffés par le vent.

Il se répéta qu'elle avait le cœur dur comme de la pierre et que, comme la pierre, elle était incapable de la moindre émotion. Aussitôt, il se souvint de ses lèvres si douces et suaves sous son baiser.

Alors, il la maudit et éperonna son cheval pour aller plus vite encore.

La pluie menaçait, mais il s'en moquait. C'était la première fois depuis des jours qu'il réussissait à trouver dans son emploi du temps surchargé une plage horaire lui permettant une vraie sortie avec Dracula. Le vent soufflait en rafales sur la mer et soulevait de hautes vagues.

Il voulait l'orage. Il voulait le vent, et la pluie, et le tonnerre.

Il voulait Hannah.

Imbécile ! Seul un imbécile peut vouloir une femme qui ne le veut pas en retour. Seul un fou peut réfléchir à la façon d'obtenir ce qui lui a déjà été refusé. Il s'était déjà répété tout cela, mais cela ne l'empêchait pas de rêver au moyen dont il pourrait faire venir Hannah à lui et l'emmener dans un endroit où il pourrait lui montrer… Lui montrer quoi ? Que les choses étaient différentes avec elle ?

Quelle femme y croirait ?

Oh ! des dizaines, songea-t-il, amer, tandis que son propre rire résonnait autour de lui. Il pourrait en jurer. Hélas, alors que c'était vrai pour la première fois, alors que c'était important pour la première fois, la femme concernée ne le croirait pas.

Et pourquoi ? Parce qu'il s'était comporté comme un idiot. Il força l'étalon à s'arrêter et regarda la mer depuis un haut précipice. Il était allé trop loin, et trop vite. C'était humiliant d'admettre que, s'il s'était comporté de la sorte, c'était peut-être parce qu'on ne lui avait jamais résisté auparavant.

Si les femmes étaient attirées par lui, c'était à cause de son titre et de son rang. Il n'était ni assez prétentieux ni assez bête pour l'ignorer. Mais, si elles étaient attirées par lui, c'était aussi parce qu'il les aimait. Il aimait leur douceur, leur humour, leur vulnérabilité. La réputation qui lui collait à la peau depuis des années exagérait la réalité, mais il avait tout de même eu assez de femmes dans sa vie pour comprendre que le véritable amour doit être partagé.

Hannah était jeune, inexpérimentée, et vivait coupée du monde réel. Chez elle, le terme « lady » n'était pas tant un titre qu'un mode de vie. Et il était difficile de croire qu'elle ait pu s'intéresser plus de cinq minutes à autre chose qu'à ses livres. Autant dire que l'imaginer avec un homme était presque impossible…

En poussant un autre juron, Bennett passa la main dans ses cheveux décoiffés par le vent. Et qu'avait-il fait ? Il avait tenté de la séduire au cours d'une réception au palais. Comment ne pas s'attendre à ce qu'une femme de son rang et de sa sensibilité ne se sente pas insultée ? Il lui avait adressé la plus maladroite et peut-être la plus impolie des propositions.

Dracula piaffa d'impatience, mais Bennett le maintint immobile quelques minutes supplémentaires, tout en regardant l'orage progresser lentement vers le rivage.

Il ne lui avait pas dit, il n'avait jamais essayé de lui dire le bouleversement qu'elle avait causé en lui, le bouleversement qu'elle avait causé dans son cœur. Le simple fait de parler avec elle, d'observer ce visage solennel et ces manières tranquilles le rendait fou. Hannah l'excitait comme aucune autre femme, même la plus exotique ou la plus flamboyante, n'y était jamais parvenue. Il éprouvait pour elle des sentiments profonds, riches. Il ne lui avait jamais dit que, avec elle, il était tout près de trouver l'amour auquel il n'avait jamais été sûr de pouvoir prétendre un jour.

Il ne pouvait plus le faire maintenant qu'il l'avait fâchée et insultée. Mais il pouvait faire autre chose. Il se mit à sourire, alors que les premières gouttes de pluie tombaient sur la mer. Il pouvait tout reprendre depuis le début.

Bennett fit faire demi-tour à Dracula. Lorsque le premier éclair déchira le ciel, il chevauchait vers le palais.

Une heure plus tard, changé et recoiffé, Bennett grimpa jusqu'à la nurserie. Mais Bernadette lui en barra l'entrée.

— Je m'excuse, Votre Altesse, mais c'est l'heure de la sieste de la princesse Marissa. Son Altesse se repose avec sa fille.

— Je cherche lady Hannah.

Il voulut forcer l'entrée, mais Bernadette ne bougea pas d'un pouce.

— Lady Hannah n'est pas là, Votre Altesse. Je crois qu'elle est allée au musée, cet après-midi.

Le musée.

— Merci, Bernadette.

Avant qu'elle ait terminé sa révérence, il avait disparu.

Le musée d'art était petit et charmant, comme le reste de Cordina. Il était comme une réplique miniature du palais, avec ses sols en marbre et ses colonnes sculptées. Le hall principal était coiffé d'un dôme de verre ceint d'un vaste balcon qui créait l'illusion de l'espace.

Les salles d'exposition, disposées en étoile, étaient reliées les unes aux autres par ce couloir circulaire. A l'étage inférieur se trouvait un restaurant offrant, grâce à une vaste baie vitrée, une vue imprenable sur les jardins.

Hannah était arrivée tôt pour passer en revue tout le bâtiment. La sécurité y était globalement satisfaisante, mais les gens qui se reposaient sur les bancs à l'entrée de chaque pièce n'étaient pas particulièrement surveillés. Des groupes scolaires suivaient des visites guidées, même si la plupart des élèves semblaient plus intéressés par la perspective d'un après-midi hors de l'école que par les peintures et les sculptures. Des touristes, guide en main, déambulaient dans les différentes salles où se mêlaient intonations françaises, italiennes, anglaises et américaines.

En cet après-midi pluvieux, le musée était le passe-temps idéal. Il ne désemplissait pas. Hannah avait vraiment bien choisi son jour.

A l'heure qu'elle avait précisée dans son message, elle se dirigea vers un paysage marin de Monet. Elle s'y attarda assez pour lire la plaque et étudier le travail de l'artiste. La personne qu'elle devait rencontrer était sans doute déjà là, en train de se faire sa propre idée du bâtiment, et de l'observer, elle. Sans se presser, elle alla de tableau en tableau.

Soudain, devant une aquarelle, elle ne put s'empêcher de repenser à la salle de musique et à Bennett.

La plaque indiquait : « Son Altesse sérénissime la princesse Louisa de Cordina ». Mais en petites lettres, dans un coin du tableau, était apposée la signature « Louisa Bisset ».

L'artiste avait baptisé son tableau *La Mer*, tout simplement. Il la représentait en effet, mais vue depuis un endroit qu'Hannah ne connaissait pas encore. Des falaises déchiquetées et vertigineuses surplombaient une plage de sable blanc où se dressaient, çà et là, de gros rochers. Malgré le bleu pur de la mer, le paysage semblait tout sauf tranquille. Dans ce tableau, l'artiste avait cherché à représenter la puissance et le danger, et elle y était admirablement bien parvenue. Les vagues étaient hautes, et à l'horizon un orage se préparait.

Il l'avait découvert dans une malle, songea Hannah, qui dut se faire violence pour ne pas toucher le cadre. Il l'avait découvert, et peut-être y avait-il trouvé un écho de ce qu'il était lui-même.

— Un sujet intéressant.

La voix était française, hachée et légèrement nasillarde. Le contact était établi.

— Oui, et une artiste de grand talent.

Hannah laissa tomber ses brochures. En se penchant pour les ramasser, elle constata avec satisfaction que personne n'était assez près pour les entendre ni même pour les remarquer.

— J'ai des informations importantes, dit-elle à voix basse.

— Je les transmettrai à qui de droit.

Elle se tourna pour lui sourire, comme s'ils échangeaient quelques remarques polies à propos du tableau. L'homme était de taille moyenne, il était très brun, sans cicatrice. Elle lui aurait donné à peu près cinquante ans, sans exclure qu'il puisse être un peu plus jeune. Certains métiers vieillissent prématurément ceux qui les exercent. Il n'était pas français de naissance. Allemand, peut-être.

— Je préférerais pouvoir le faire moi-même, répondit-elle.

— C'est contraire aux règles de notre organisation.

— C'est ce qu'on m'a dit. Toutefois, je sais très bien ce qui a failli se passer il y a six mois à cause de ces mêmes règles. Et on ne m'en a pas voulu lorsque, de ma propre initiative, j'ai épargné certains embarras à votre organisation.

— Mademoiselle, je suis précisément ici pour collecter les informations que vous avez à transmettre.

— Dans ce cas, voici ce que j'ai à vous dire.

Avant de poursuivre, elle se dirigea vers un autre tableau. Cette fois encore, elle prit son temps pour l'étudier. Elle tendit la main, comme si elle voulait montrer à son compagnon certaines combinaisons de couleurs.

— Je suis libre de déambuler à ma guise dans le palais. Ni moi ni mes effets personnels ne sont jamais fouillés. J'ai déjà rassemblé tous les renseignements possibles sur le système de sécurité, à la fois au palais et ici, au Centre des beaux-arts.

— Cela nous sera très utile.

— Ces renseignements, je les fournirai à l'homme qui me paie. Telles sont mes règles, monsieur.

— Vous êtes payée par l'organisation.

— Et l'organisation est dirigée par des hommes. Je sais pour qui je travaille et pourquoi.

Elle se tourna alors vers lui et lui adressa un sourire extrêmement calme. Ils auraient tout aussi bien pu être en train de parler du temps qu'il faisait.

— Je ne suis pas stupide, poursuivit-elle. Votre... organisation poursuit certains buts. Moi aussi. Je suis très heureuse qu'ils convergent pour notre satisfaction mutuelle. Je ne parlerai qu'à l'autorité suprême. Et je souhaite le faire vite.

— Sans y prendre garde, certaines personnes font un pas de trop et chutent dans le vide.

— J'ai le pied sûr. Transmettez le message, s'il vous plaît. Ce que je sais vaut la peine. Ce que je peux découvrir, encore davantage. Vous trouverez ici quelques preuves de ce que j'avance.

Hannah laissa ses brochures tomber à ses pieds, mais cette fois elle ne les ramassa pas.

— Bonne journée, monsieur.

Elle tourna les talons, sachant pertinemment que ses exigences allaient soit la conduire à l'étape suivante, soit mettre abruptement un terme à toutes ses prétentions. Nerveuse, elle se dirigea vers la sortie. Son cœur bondit dans sa poitrine lorsqu'elle vit Bennett entrer.

Une multitude de pensées se bousculèrent dans son esprit en un instant. Avait-elle été jouée ? S'était-on servi d'elle pour attirer Bennett dans un piège ? Etait-il venu la trouver ici parce que Deboque avait déjà frappé ailleurs ?

Il ne lui fallut que quelques secondes pour les rejeter toutes. Tout cela ne tenait pas debout. Si Bennett avait décidé de se montrer juste au moment où elle venait de rencontrer son contact, il ne fallait pas y voir autre chose qu'une simple coïncidence.

— J'espère que vous n'avez rien contre un peu de compagnie, lança-t-il avant qu'elle ait trouvé quoi lui dire.

— Bien sûr que non.

Elle n'osa pas regarder derrière elle pour voir si l'homme était encore là. Elle sourit, ne sachant trop quelle attitude adopter, étant donné que Bennett et elle avaient tout fait pour s'éviter depuis des jours.

— Le musée est encore plus beau que tout ce qu'on m'en avait dit.

— Avez-vous tout vu ? Je serais heureux de vous servir de guide.

Il prit sa main, dans un geste naturel et amical qui ne pourrait que conforter sa position si, par hasard, l'homme de Deboque les regardait. Elle agrippa la sienne, tout en se détestant d'utiliser la générosité de Bennett contre lui.

— Je recommencerais volontiers la visite. Mais je suis un peu fatiguée, je l'avoue.

C'est alors qu'elle l'aperçut. Il tenait en main les brochures qu'elle lui avait fait passer et, même s'il leur tournait le dos, elle sut qu'il les écoutait.

Bennett ne le remarqua pas, heureusement.

— Dans ce cas, laissez-moi vous offrir un café dans mon bureau. J'aimerais vous parler.

Elle se sentit soudain au bord des larmes. Tout ce qu'il disait, et la façon dont il le disait, ne faisait que rendre ses révélations à l'homme de Deboque encore plus plausibles.

— Un café ? Excellente idée.

Hannah se laissa prendre par le bras et guider dans le musée, sachant que le moindre de ses gestes serait rapporté à Deboque.

Accompagnés d'un garde du corps au visage de marbre, ils pénétrèrent dans un ascenseur. Bennett utilisa une clé pour les conduire jusqu'au troisième étage.

Ils foulèrent un tapis gris pâle, passèrent devant des gardes en uniforme, avant de traverser une série de pièces. Deux secrétaires, l'une postée devant un téléphone, l'autre devant un ordinateur, se levèrent à l'arrivée de Bennett.

— Janine, pourriez-vous nous apporter du café, s'il vous plaît ?

— Tout de suite, Votre Altesse.

La tenant toujours par le bras, Bennett ouvrit une porte. Juste avant qu'elle ne se referme sur eux, Hannah perçut quelques chuchotements. Etait-ce la première fois que le prince faisait monter une femme dans son bureau ?

C'était le repaire de quelqu'un qui aimait les belles choses, remarqua-t-elle tout de suite. Les gris et les bleus se mêlaient avec subtilité aux murs ivoire. Des sièges moelleux, disposés en plusieurs endroits, invitaient à la détente et à la conversation, alors qu'un citronnier en pot s'épanouissait dans un angle. Des étagères de verre abritaient de petits trésors : une coupe en porcelaine chinoise, un cheval Tang, quelques coquillages dont elle supposa qu'il les avait lui-même ramassés, et une tasse à café ébréchée qui avait dû être chinée sur un marché aux puces.

Même si le bureau en lui-même et le siège de travail donnaient une impression très studieuse, l'ambiance maîtresse de la pièce était la relaxation. Hannah se demanda si Bennett venait s'y réfugier toutes les fois où il ressentait le besoin d'échapper au palais et aux obligations liées à son titre.

— Asseyez-vous, Hannah. Si vous avez fait tout le tour du musée, vous avez dû piétiner pendant des heures.

— Oui, mais j'ai adoré cela.

Elle choisit une chaise plutôt que le canapé cosy et croisa ses mains sur ses genoux.

— J'ai toujours adoré le Louvre, mais votre musée m'a semblé bien plus intime et personnel.

— Le conseil d'administration et la chambre de commerce seront enchantés de l'apprendre, répondit-il, toujours debout. Si vous m'aviez dit que vous aviez l'intention de visiter le musée aujourd'hui, je me serais fait un plaisir de vous servir de guide.

— Je ne voulais pas vous déranger. Et cela m'a plu de déambuler presque au hasard parmi les œuvres.

Soudain, elle remarqua qu'il était nerveux. Cela aurait pu lui faire plaisir, si elle ne s'était pas rendu compte qu'elle l'était, elle aussi. C'était son rendez-vous, sans doute. Non, c'était Bennett. Il aurait été idiot de vouloir le nier.

— Est-ce que vous venez souvent travailler ici ?

— Quand c'est nécessaire. Il est souvent plus pratique de travailler ici plutôt qu'au palais, où je suis souvent dérangé.

Mais il ne voulait pas parler du musée. Bennett enfonça ses mains plus profondément dans ses poches. Depuis quand était-il mal à l'aise au moment de parler à une femme ? Depuis qu'il connaissait Hannah, songea-t-il ironiquement, avant d'essayer de nouveau.

— Hannah...

Il pesta intérieurement lorsqu'on frappa à la porte.

Bennett ouvrit la porte à Janine, qui portait un plateau

sur lequel étaient disposés une cafetière en argent et un service en porcelaine chinoise violette.

— Posez tout cela là-bas, Janine. Je m'en occuperai moi-même.

— Oui, monsieur.

Elle posa le plateau sur la table qui se trouvait devant le canapé, puis s'inclina.

Conscient de s'être montré un peu sec, Bennett s'adoucit.

— Merci, Janine. Votre café sent divinement bon.

— Je vous en prie, monsieur, répondit la secrétaire, avant de refermer doucement la porte derrière elle.

— On dirait que nous avons de la chance, dit-il en servant le café. Ces petites pâtisseries proviennent du restaurant du musée. Elles sont exquises. Un peu de crème ?

— Oui, s'il vous plaît. Mais pas de sucre.

Aussi naturellement que possible, Hannah sourit. Derrière la politesse qu'ils affichaient tous deux, elle sentait une sourde tension se propager entre eux. On aurait dit deux inconnus à un premier rendez-vous.

— Accepteriez-vous de venir vous asseoir près de moi, si je promets de bien me tenir ?

Bien qu'il ait prononcé cette phrase avec une légèreté apparente, sa nervosité ne lui échappa pas. Elle baissa les yeux, sans pouvoir dire si c'était par honte ou par timidité.

— Bien entendu, répondit-elle en venant le rejoindre sur le canapé.

Une fois assise, elle but tout de suite son café, alors qu'il ne toucha pas au sien.

— Hannah, je m'excuse pour ma conduite de l'autre soir. Il n'est pas surprenant que vous vous soyez sentie offensée.

— Oh ! non, je vous en prie.

Avec une détresse que toute son expérience et tout son entraînement ne parvinrent pas à dissiper, elle reposa sa tasse et se leva précipitamment. Mais aussitôt, il saisit ses mains, l'empêchant de bouger.

— Je ne veux pas que vous me présentiez vos excuses, ajouta-t-elle.

Luttant pour reprendre le contrôle de ses émotions, elle se força à le regarder.

— Je ne me suis pas sentie offensée, je vous assure. J'ai juste…

— Pris peur ? J'en suis tout aussi désolé.

— Non, enfin… oui.

Quelle réponse était la bonne ? Finalement, elle abandonna.— Bennett, la seule chose dont je suis certaine, c'est que je ne me suis jamais sentie aussi mal à l'aise de toute ma vie.

— Merci.

— Ce n'était pas un compliment, mais un reproche.

— Hannah, Dieu merci, je vous retrouve.

En riant, il porta ses mains à ses lèvres. Lorsqu'elle se raidit, il les lâcha, mais continua à sourire.

— Sommes-nous amis ? demanda-t-il.

Toujours méfiante, elle acquiesça.

— J'aimerais que nous puissions l'être.

— Dans ce cas, nous le sommes.

Satisfait d'avoir négocié le premier obstacle avec succès, Bennett s'assit plus confortablement sur le canapé. Il attendrait prudemment avant d'essayer de s'attaquer au second.

— Qu'avez-vous préféré au musée ?

— L'atmosphère détendue et légère, je crois. Les musées sont trop souvent des endroits sérieux et solennels. Oh ! et j'ai vu l'une des œuvres de votre ancêtre. Un paysage marin. Un tableau magnifique.

— C'est l'un de mes préférés, répondit-il, tout en faisant attention à ne plus la toucher. J'ai été tenté de le garder pour moi seul et de l'accrocher dans ma chambre, mais…

En haussant les épaules, il attrapa sa tasse.

— Mais cela ne m'a pas paru très juste.

— Et vous êtes quelqu'un de juste, murmura Hannah, d'autant plus mortifiée de faire ce constat qu'elle n'avait pas hésité à se servir de lui.

— J'essaie de l'être, rétorqua-t-il, une étrange lueur dans le regard. Hannah, vous montez à cheval, n'est-ce pas ?

— Oui.

— Venez faire une promenade avec moi, demain matin. Ce sera obligatoirement tôt, car le reste de ma journée est déjà bien rempli, mais cela fait si longtemps que je n'ai pas monté en compagnie de quelqu'un.

— Je ne suis pas sûre de pouvoir. Eve…

— … va s'occuper de Marissa jusqu'à 10 heures.

Comme elle adorerait faire cette balade à cheval… Une heure de liberté et de mouvement.

— Oui, mais j'ai promis de l'accompagner au Centre. Elle y a des rendez-vous à partir de 11 heures.

— Nous serons rentrés pour 11 heures, si vous voulez bien partir tôt.

Comme elle hésitait, il la pressa davantage.

— Venez, Cordina est plus splendide que jamais le matin, à dos de cheval.

— C'est d'accord.

C'était une décision irréfléchie, elle le savait, mais une heure de détente lui ferait du bien.

Hannah reprit sa tasse et termina son café.

Dans quelques jours, elle rencontrerait Deboque. A moins qu'elle ne soit déjà morte.

6

Bennett ne lui avait pas menti. Hannah savait déjà que Cordina était magnifique, mais au petit matin, le spectacle était sublime. Dans la lumière de l'aube, la principauté ressemblait à une jeune fille se préparant pour son premier bal. Les couleurs étaient douces, miroitantes. Des roses, des orangés et des bleus brumeux se mêlaient harmonieusement dans le ciel.

Tout en montant en selle, elle observa Dracula avec un mélange d'envie et d'anxiété. Dans ses écuries, son père pouvait se vanter de posséder certains des plus beaux chevaux d'Angleterre, mais aucun d'entre eux ne pouvait être comparé à cet étalon noir. Il semblait rapide, et intrépide, et légèrement irascible, aussi. Alors qu'elle s'imaginait sans difficulté en train de le dompter, elle le voyait tout aussi bien en train d'éjecter et de faire tomber Bennett.

— Une monture comme celle-là doit avoir un sacré caractère, commenta-t-elle lorsque le vieux palefrenier recula.

— Bien sûr.

Bennett calma l'étalon, et lui fit faire quelques petits pas de côté. Puis, se méprenant sur la remarque d'Hannah, il sourit comme pour la rassurer.

— Votre Quichotte est fort, mais doux. Brie le monte souvent quand elle est là.

Hannah se contenta de lever un sourcil. Après tout, il ne faisait que se montrer prévenant. Mais elle ne put s'empêcher de répondre :

— Je vous remercie, Votre Altesse. Cela me rassure de savoir que vous m'avez confié une monture de femme.

Bennett crut percevoir une pointe de sarcasme dans sa voix, mais, lorsqu'il la regarda, il ne vit que ses yeux calmes et son sourire poli.

— J'ai pensé que nous pourrions aller vers la mer, proposa-t-il.

— Excellente idée.

Avec un hochement de tête, il fit faire demi-tour à son cheval et le lança au trot.

— Vous sentez-vous à l'aise ?

— Oui, je vous remercie. C'est gentil de votre part de m'avoir invitée. Je sais que vos promenades matinales sont sacrées.

Il lui adressa un large sourire, heureux qu'elle semble si en confiance sur sa monture.

— Il est vrai que, le plus souvent, j'ai besoin d'une heure à cheval avant de pouvoir être poli et fréquentable. Cependant, il y a des jours où je préfère avoir de la compagnie.

Cela n'avait pas été le cas, ces derniers temps. Depuis la libération de Deboque, il avait l'impression de ne pas pouvoir faire un pas sans se cogner dans un garde. Et il ne s'était toujours rien passé. Il plissa les yeux, autant d'impatience que de colère. Il voulait que Deboque se décide, bouge, tente quelque chose. Il attendait de pouvoir traiter avec lui personnellement, et définitivement. D'instinct, il porta la main à son épaule, où une balle avait jadis pénétré. Oui, il n'attendait que cela.

L'expression qu'elle lut dans ses yeux la mit mal à l'aise. Il y avait là quelque chose à surveiller, et peut-être aussi à contenir. L'homme qui chevauchait à ses côtés n'était décidément pas le prince jovial et gentillet qu'elle s'était attendue à découvrir. Et, curieusement, ses sombres pensées — quelles qu'elles fussent — semblaient se communiquer à sa monture, car Dracula se mit à broncher nerveusement. Elle constata la facilité avec laquelle Bennett contrôlait son étalon, par la contraction d'un seul muscle. Décidément, il pouvait tout aussi bien se montrer tendre qu'intraitable, aussi doux que ferme. Troublée, Hannah sentit ses mains devenir moites, et elle dut se cramponner aux rênes pour les empêcher de glisser.

— Ça ne va pas ? demanda-t-elle, intriguée.

— Pardon ?

Lorsqu'il se tourna vers elle, elle tressaillit en constatant qu'il avait encore ce regard noir et tourmenté. Mais en un instant, celui-ci disparut, laissant de nouveau place au plus charmant des sourires.

Deboque n'existait pas ce matin, se dit Bennett, chassant son humeur maussade. Il en avait assez de voir sa vie et celle de sa famille gâchées par cet individu.

— Si, tout va très bien, répondit-il. Racontez-moi un peu comment vous vous occupez lorsque vous êtes chez vous, Hannah. Je n'arrive pas à me le représenter.

— Nous menons une vie très calme, à Londres.

C'était à moitié vrai. Et c'était sans doute la raison pour laquelle elle avait à moitié l'impression de lui mentir.

— Je travaille en grande partie depuis chez moi. Ce qui me permet de garder la maison pour mon père.

— De quel travail s'agit-il ? De vos recherches ?

Tout en parlant, il la mena par le chemin le plus facile, celui où la pente était la plus douce.

— Oui.

De nouveau, elle se sentit légèrement mal à l'aise.

— J'espère avoir terminé d'ici un an ou deux, avant de pouvoir les publier.

— J'aimerais vous lire.

Elle lui décocha un regard surpris, avant de sentir ses muscles se raidir. Cette réaction n'avait rien à voir avec de la peur, constata-t-elle, lucide. Même s'il avait demandé à voir son travail, elle avait assez à lui montrer pour le satisfaire. Non, ce n'était pas de la peur, mais la certitude que, si elle devait continuer à lui mentir, elle en tomberait littéralement malade.

— Si vous le souhaitez vraiment, ce serait avec plaisir. Mais je ne pense pas que mes écrits soient susceptibles de beaucoup vous intéresser.

— Vous vous trompez. Vous m'intéressez beaucoup.

Elle baissa les yeux. Il interpréta sans doute cela comme une marque de timidité, mais une fois encore c'était de la honte qu'elle ressentait.

— C'est un très bel endroit, réussit-elle par dire au bout d'un long silence. Vous venez souvent par ici ?

— Non, à dire vrai, cela faisait longtemps que je ne m'étais pas promené par ici.

Lorsqu'ils furent arrivés au sommet d'une petite éminence, il s'arrêta. Le cheval d'Hannah fut content de pouvoir brouter l'herbe qui bordait le sentier. A côté d'elle, elle voyait Dracula frémissant d'énergie. Et elle eut l'impression de sentir la même impatience chez Bennett.

— Un léger éloignement change tout, murmura-t-il.

Suivant son regard, elle se retourna vers le palais. Depuis l'endroit où ils l'observaient, il ressemblait à un superbe jouet, à une magnifique maison de poupées qu'une enfant gâtée pourrait découvrir au pied du sapin de Noël en se réveillant. Vers l'est se trouvait la mer, cachée par les falaises et les arbres, et si loin qu'on l'entendait à peine. Comme le palais, elle paraissait à peine réelle.

— Avez-vous à ce point besoin de vous en éloigner ? lui demanda-t-elle d'une voix calme.

— Parfois.

Cela ne le surprenait plus qu'elle lise aussi facilement

dans ses pensées. La main fermement cramponnée aux rênes, il contrôla son étalon et continua de regarder vers chez lui.

— J'ai passé un certain temps à Oxford, puis en mer. Quand j'étais loin, Cordina me manquait tant que c'en était une souffrance. Depuis six mois, ou même un an, j'éprouve une espèce d'agitation, comme si j'attendais impatiemment qu'il s'y passe quelque chose.

Ils songèrent tous les deux à Deboque.

— Souvent en Angleterre, et en particulier à cette période de l'année, je me plains du froid et de l'humidité.

Hannah sourit à l'évocation de son pays.

— Je regarde par la fenêtre, et je donnerais n'importe quoi pour une journée de temps beau et chaud. Et puis, quand je suis ailleurs, le brouillard, la bruine et les odeurs de Londres commencent à me manquer.

Lorsqu'ils se remirent en route, elle songeait encore à l'Angleterre.

— Il y a un vendeur de marrons chauds juste au coin de notre rue. C'est un bonheur de se réchauffer les mains autour de son petit sac de châtaignes, et de les sentir, juste de les sentir, sans les manger tout de suite.

Ce souvenir la fit de nouveau sourire, avec une mélancolie dont elle prit soudain conscience.

— Je me demande parfois comment il peut y avoir de Noël sans marrons chauds.

— Je ne savais pas que l'Angleterre vous manquait à ce point.

Elle non plus, jusqu'à ce moment.

— On se languit toujours de sa maison. C'est là qu'on laisse son cœur.

C'était pour son pays qu'elle était devenue la femme qu'elle était, c'était pour lui qu'elle avait fait tout ce qu'elle avait fait.

— Je me suis toujours demandé si cela n'avait pas

été trop difficile pour Reeve de s'exiler loin de chez lui, enchaîna Bennett, tandis que le bruit de la mer devenait de plus en plus audible. Même si, avec Brie, ils passent presque six mois de l'année dans leur propriété aux Etats-Unis, et que ma sœur semble s'y sentir chez elle, à présent.

— La plupart des gens finissent par s'habituer à l'endroit où ils vivent, puis par l'adopter.

Cela n'avait-il pas été son cas, à elle qui parcourait sans relâche la terre entière depuis des années ?

— C'est beaucoup plus difficile pour Eve, poursuivit Bennett. Elle ne passe que quelques semaines avec sa famille aux Etats-Unis.

— L'amour est plus fort que tout.

Et elle commençait juste à entrevoir ce que cela pouvait signifier.

— Eve pourrait vivre n'importe où, conclut-elle, à condition qu'Alexander soit à ses côtés. Et je crois que c'est pareil pour votre beau-frère.

Oui, elle avait raison, songea Bennett. Et c'était peut-être de là que venait cette espèce d'agitation qui le tourmentait. Au cours des années précédentes, il avait eu le loisir d'observer la beauté et la force des vrais sentiments et d'un engagement authentique, tout en ayant l'impression que cela représentait pour lui quelque chose de lointain et d'inatteignable.

Et puis Hannah était arrivée.

— Par amour, pourriez-vous tirer un trait sur l'Angleterre ?

Alors qu'ils prenaient de la hauteur, Hannah aperçut enfin la mer. Elle se concentra sur ce spectacle, mais ne put s'empêcher d'imaginer la capricieuse Tamise.

Pourrait-elle tirer un trait sur l'Angleterre ? Son pays et sa vie — personnelle, mais aussi professionnelle — étaient si étroitement liés… Même sa mission actuelle, elle l'avait acceptée autant pour protéger son pays de Deboque que pour garantir la sécurité de la famille royale de Cordina.

— Je ne sais pas. Vous êtes particulièrement bien placé pour savoir que certains liens sont très forts.

Les arbres devinrent moins nombreux. Ceux qui restaient ployaient et s'agitaient sous le vent qui soufflait du large. Le chemin était moins praticable, de sorte que Bennett vint s'intercaler entre Hannah et la falaise. Elle grimaça en le voyant prendre ces précautions inutiles, mais se garda de tout commentaire. Après tout, il n'était pas censé savoir qu'elle était capable de dévaler ce sentier sans selle ni rênes. En outre, à sa grande surprise, se sentir protégée ne lui déplut pas, d'autant qu'elle n'y était pas habituée.

Sans les arbres pour freiner sa puissance, le vent soufflait fort en haut de la falaise, déposant çà et là de légères traces de sel. Les cheveux d'Hannah, qu'elle avait pourtant attachés très serré, n'y résistèrent pas complètement. Des mèches rebelles s'échappèrent pour venir danser autour de ses joues. Alors qu'elle regardait autour d'elle, une mouette entra dans son champ de vision, et se laissa tranquillement glisser sur un courant d'air. Une autre, beaucoup plus bas, scrutait la mer à la recherche de nourriture.

— Quelle vue fabuleuse, dit-elle, se détendant assez pour soupirer. J'en ai le souffle coupé.

Emu, Bennett vit briller dans le regard d'Hannah cette lueur qu'elle dévoilait si rarement. Son goût pour l'aventure, pour la puissance et pour le risque. Cela la rendait belle, excitante, mystérieuse. L'envie de la toucher fut si forte qu'il dut serrer les rênes pour contenir l'élan qui le poussait irrésistiblement vers elle.

— Cela fait longtemps que j'ai envie de vous emmener ici, mais j'avais peur que vous ayez le vertige.

— Pas du tout. Et je suis ravie d'être ici.

Son cheval broncha un peu, mais elle le contrôla sans peine.

— Il y a beaucoup de beaux endroits sur terre, mais très peu sont vraiment spéciaux. Celui-là en fait partie. Je crois que je pourrais…

Elle s'interrompit soudain, comme frappée par l'évidence.

— C'est l'endroit du tableau. Il n'y a pas d'orage qui se prépare, mais c'est bien ici. N'est-ce pas ?

— En effet.

Il fut stupéfait de découvrir combien il était important pour lui qu'elle ait reconnu l'endroit. Tout comme il fut stupéfait par la vérité qui s'imposa à lui, soudaine, inéluctable : il était amoureux d'elle. Totalement. Et à tout jamais.

Il rejeta la tête en arrière pour chasser les cheveux que le vent rabattait devant ses yeux. Il voulait pouvoir la voir clairement, en ce moment qui était peut-être le plus important de sa vie.

Elle était assise bien droite sur sa selle, et ses yeux sombres fixaient intensément la vue qui s'offrait à eux. Son profil finement sculpté se découpait sur le bleu du ciel. Son costume d'équitation marron foncé ne contribuait pas à rehausser la pâleur de son teint. Mais, lorsqu'il la regarda, il vit le spectacle le plus beau et le plus rare qu'il lui ait jamais été donné de contempler. Et, pour la première fois de sa vie, les mots lui manquèrent pour exprimer ce qu'il ressentait.

— Hannah.

Il tendit la main et attendit.

Bennett avait presque murmuré son prénom, aussi se tourna-t-elle vers lui, troublée. Il était l'homme le plus magnifique qu'elle ait jamais vu. Plus spectaculaire que la vue, plus dangereux qu'un plongeon du haut de la falaise. Il était juché sur un immense étalon, droit comme un soldat, émouvant comme un poète. Dans ses yeux, elle vit à la fois la passion et la compassion, le besoin et la générosité.

Son cœur, qui était en train de la trahir, devrait pourtant lui rester fermé pour toujours. Gagnée par l'émotion, elle saisit la main qu'il lui tendait.

— Je sais ce que vous pensez de moi.

— Bennett…

— Non, l'interrompit-il, en serrant sa main. Et vous n'avez pas tout à fait tort. Je pourrais vous mentir et vous promettre de changer, mais je ne ferai ni mensonge ni promesse.

Sans pouvoir s'en empêcher, elle quitta son masque froid et impassible. Pour quelques minutes, se promit-elle. Pour quelques minutes seulement. Afin de ne pas gâcher la magie de l'instant.

— Bennett, je ne veux pas que vous changiez.

— Je pensais vraiment ce que j'ai dit l'autre soir, même si je l'ai dit de façon maladroite. Je vous veux, Hannah.

Comme elle, il détourna le regard en direction de la mer.

— Je comprends aussi que vous puissiez avoir du mal à le croire, mais je n'ai jamais éprouvé cela pour aucune autre femme.

Pourtant, elle le crut. C'était grisant, terrifiant, et interdit, mais elle le crut. Pendant un instant, un délicieux instant, elle se laissa aller et se prit à espérer. Puis elle se souvint de qui elle était. Son devoir passait en premier. Toujours.

— Je vous en prie, croyez-moi, lança-t-elle d'une voix presque désespérée, si je pouvais vous donner ce que vous attendez, je le ferais. Mais c'est tout simplement impossible.

Elle retira sa main, car ce contact la rendait faible et rêveuse.

— J'ai toujours pensé que tout est possible si on le veut vraiment.

— Non, certaines choses resteront toujours hors de portée.

Elle fit faire demi-tour à son cheval.

— Nous devrions rentrer, Bennett.

Avant qu'elle ne s'élance, il avait assez reculé pour s'emparer de ses rênes. Leurs bras et jambe s'effleurèrent. Son visage était tout près du sien, trop près du sien.

— Dites-moi ce que vous ressentez, fit-il.

Il y avait dans sa voix un mélange de désir et de frustration.

— Accordez-moi au moins cela, bon sang.

— Des regrets, dit-elle tristement.

Il lâcha ses mains pour la saisir par la nuque.

— Redites-moi ce que vous ressentez, murmura-t-il, avant de se pencher vers elle.

Le baiser qu'il déposa sur ses lèvres fut comme un chuchotement, doux, séducteur, enjôleur. Hannah serra d'abord ses mains autour des rênes, puis les relâcha alors que l'émotion l'envahissait. Il n'était pas censé se montrer aussi compréhensif, aussi irrésistible, aussi irréprochable. Le vent soufflait tout autour d'eux. La mer déferlait à leurs pieds. A cet instant, toute pensée rationnelle l'avait quittée, laissant la place au seul désir.

— Bennett.

Elle murmura son nom, et voulut reculer. Mais il l'en empêcha en la tenant fermement.

— Encore un instant.

Il en avait besoin. Il avait besoin de chaque miette qu'elle voudrait bien lui jeter. C'était la première fois qu'il avait envie de supplier une femme. Et ce n'était pas seulement la passion qu'il voulait, ce n'était pas seulement son corps. Non, ce qu'il voulait, c'était son cœur, avec un désespoir qu'il n'avait jamais éprouvé auparavant.

Ce fut ce désespoir qui lui permit de poser sur ses lèvres un second baiser, aussi tendre et doux que le premier. Ce fut ce désespoir qui lui permit de s'arracher à cette étreinte avant même d'avoir pu étancher sa soif. S'il voulait son cœur, il devrait procéder avec lenteur. Son Hannah était délicate et timide.

— N'éprouvez aucun regret, Hannah, dit-il calmement, avant de lui sourire. Je ne vous ferai aucun mal, ni ne vous forcerai à aller au-delà des limites que vous vous êtes fixées. Faites-moi confiance, c'est tout ce que je vous demande, pour l'instant.

Elle avait envie de pleurer. Il la traitait avec une gentillesse et une délicatesse qu'elle ne méritait pas. Tout ce qu'elle lui avait donné, c'étaient des mensonges. Tout ce qu'elle continuerait à lui donner, ce seraient des mensonges. Pour qu'il reste en vie, se rappela-t-elle, alors que les larmes lui brûlaient les yeux. Pour que lui et les personnes qu'il aimait demeurent sains et saufs.

— Pas de regrets, lui assura-t-elle, en laissant les mots résonner dans sa tête.

Puis, en inclinant la tête, elle pressa ses talons contre le flanc de sa monture et partit au galop.

La première réaction de Bennett fut la surprise. Il ne s'attendait pas à ce qu'elle monte à cheval avec autant de facilité et de puissance. Il prit un moment pour la regarder dévaler la pente, puis sourit largement, et lança Dracula à ses trousses.

Même si elle avait pris une bonne avance, Hannah entendit le cheval de Bennett frapper le sol derrière elle. Ravie, elle se pencha sur l'encolure de sa monture pour l'encourager à aller plus vite encore.

— Nous ne pouvons pas rivaliser de vitesse avec eux, dit-elle à son cheval, mais nous pouvons peut-être nous montrer plus malins.

Electrisée par ce défi, elle quitta le chemin principal pour filer à travers les arbres. Ce nouveau sentier était étroit et difficile, mais ce qu'elle perdit en vitesse, elle le gagna en manœuvre. Bennett la talonnait de près, mais elle occupait le centre de la piste, ne lui laissant pas assez de place pour qu'il la dépasse. Elle traversa le bosquet de part en part pour déboucher dans un champ avec moins de deux longueurs d'avance. Son instinct lui dicta d'obliquer à gauche, vers une petite éminence, afin de déstabiliser Bennett, qui ne devait pas s'attendre à ce changement de direction soudain. Pourtant, il continuait de gagner du terrain, de sorte que, lorsque les écuries furent en vue, ils étaient au coude à coude. En riant, elle vira de nouveau à gauche et fonça vers une haie.

Il eut un moment de panique en l'imaginant en train de passer par-dessus son cheval. Mais elle s'en tira à merveille, et ils finirent la course côte à côte. Talons baissés, genoux serrés, ils filèrent à toute allure vers les écuries. Enfin, Dracula finit par dépasser son adversaire.

Un instant plus tard, Bennett descendait de cheval, empli d'excitation. Elle n'arriva que quelques secondes après lui, éclatant d'un rire un peu essoufflé. Alors qu'elle s'apprêtait à descendre de cheval, il accourut pour la saisir par la taille.

— Comment avez-vous appris à monter à cheval comme cela ? demanda-t-il, fasciné.

Elle posa les mains sur son torse, sans doute pour maintenir la distance entre eux autant que pour s'équilibrer.

— C'est la seule chose dans laquelle j'excelle, en dehors de la littérature. J'avais oublié combien cela m'avait manqué, au cours des mois passés.

Il ne pouvait détacher son regard d'Hannah. Ce qui l'animait à présent, c'était un pur désir, animal, vital. L'étreinte qu'ils pourraient partager serait aussi sauvage, aussi intrépide que cette chevauchée. Il le savait et le sentait déjà. Pour des raisons inconnues, il avait l'impression de se trouver devant deux femmes. L'une calme, l'autre passionnée. Et il n'aurait su dire laquelle l'attirait le plus.

— Revenez demain.

Elle avait pris un risque — et beaucoup de plaisir — en l'accompagnant une première fois. Elle commettrait une grossière erreur en recommençant, Hannah le savait.

— Je ne pense pas que ce soit possible. Avec la première qui approche, il y a beaucoup de travail au théâtre.

Il n'insisterait pas. Il s'était promis qu'il lui laisserait le temps de s'habituer à sa présence. Depuis qu'il avait compris ce qu'elle représentait pour lui, il était plus déterminé que jamais à lui faire la cour en bonne et due forme.

Une première pour le Royal Prédateur, songea-t-il en s'effaçant pour lui baiser la main.

— Les écuries sont à votre disposition quand vous le souhaitez.

— Merci, c'est très gentil à vous, répondit-elle en vérifiant si toutes ses épingles à cheveux étaient bien en place. Cette balade m'a plu, Bennett. Beaucoup.

— A moi aussi.

— Mais à présent Eve doit m'attendre.

— Très bien, allez-y. Pipit et moi nous occuperons des chevaux.

— Merci.

Elle retardait son départ. Au moment où elle s'en rendit compte, Hannah s'obligea à partir.

— Au revoir, Bennett.

— Au revoir, Hannah.

Il hocha la tête, puis la regarda se diriger vers le palais. Un léger sourire au coin des lèvres, il tapota l'encolure de son cheval.

— J'y arriverai, mon ami, murmura-t-il. Cela me prendra juste un peu de temps.

Le temps passait si vite… Enfermée dans sa chambre, Hannah tenait la lettre qu'elle avait reçue du Sussex. A l'intérieur se trouvait la réponse de Deboque à la requête qu'elle avait formulée quelques jours plus tôt, au musée. Sans trembler, elle s'assit à son bureau et, avec son coupe-papier en ivoire, ouvrit l'enveloppe. La lettre qu'elle contenait, rédigée par une parente éloignée, ne faisait que donner quelques nouvelles assez inintéressantes. Il ne lui fallut qu'un quart d'heure pour la décoder.

« Demande acceptée. Le 3 décembre, 23 h 30. Café du Dauphin. Seule. Votre contact demandera l'heure en anglais. Répondez en français, par une remarque sur la météo. Notez bien que c'est l'importance de vos informations qui justifie le caractère exceptionnel de la procédure. »

Le 3 décembre : c'était le soir même.

La prochaine étape aurait lieu le soir même.

Hannah replaça la lettre dans son enveloppe, qu'elle laissa en évidence sur son bureau. A côté se trouvait une rose blanche que Bennett lui avait envoyée le matin même. Elle hésita un instant, avant de céder au plaisir de toucher les pétales.

Si seulement la vie pouvait être aussi douce et simple.

Quelques minutes plus tard, elle frappait à la porte du bureau du prince Armand.

Ce fut son secrétaire qui lui ouvrit. Il s'inclina avec raideur devant elle, avant de l'annoncer au prince. Derrière son bureau, Armand se leva, et donna à son secrétaire l'autorisation de la faire entrer.

— Votre Altesse, dit Hannah en exécutant une profonde révérence. Je m'excuse de vous déranger.

— Vous ne me dérangez pas du tout, Hannah.

— Mais vous êtes occupé, continua-t-elle, les bras

croisés, en restant devant la porte. J'avais juste un conseil à vous demander. Si vous préférez, je reviendrai plus tard.

— Pas la peine, ma chère. Je vous en prie, entrez et asseyez-vous. Michel, si vous n'y voyez aucun inconvénient, j'aimerais m'entretenir en privé avec lady Hannah.

— Bien sûr, Votre Altesse.

Michel se retira en s'inclinant. Dès que la porte fut fermée, Hannah décroisa ses bras. D'un pas décidé, elle avança jusqu'au bureau.

— Il y a du nouveau. Il faut prévenir Reeve immédiatement.

— Je n'aime pas trop cette idée, dit Armand quelques minutes plus tard, alors que son gendre prenait place en face de lui. Comment être sûr que Deboque sera dupe des informations qu'Hannah lui fournira ?

— Parce qu'elles seront presque entièrement vraies, répondit Reeve en terminant sa deuxième tasse de café. La seule façon d'approcher Deboque, c'est de lui offrir quelque chose d'important, quelque chose qu'il n'a aucun autre moyen d'obtenir.

— Mais va-t-il croire Hannah ?

— C'est mon travail de faire en sorte qu'il me croie, répondit calmement Hannah. Votre Altesse, je sais que vous avez dès le départ émis des réserves concernant cette opération, mais jusqu'ici tout s'est déroulé comme nous l'avons voulu.

— Jusqu'ici, oui, admit Armand, avant de se lever.

Il leur fit signe à tous les deux de rester assis, puis il reprit :

— A présent, je m'apprête à demander à une femme — à une femme que moi et ma famille aimons particulièrement — de se rendre seule à un rendez-vous avec un homme qui tue autant pour le plaisir que pour son profit.

— Elle ne sera pas seule.

A la réponse de Reeve, Hannah se redressa sur son siège.

— Je dois être seule. Si Deboque ou l'un de ses hommes se mettent à suspecter le contraire, toute l'opération partira en fumée. Et j'échouerai.

Elle se leva à son tour.

— Je viens de consacrer deux ans de ma vie à cette mission.

— Et je tiens à ce que vous viviez encore bien plus longtemps que cela, répondit Reeve à voix basse. Nous soupçonnons Deboque d'avoir établi ses quartiers dans une petite villa à quelques kilomètres d'ici. Nous y posterons des hommes en surveillance.

— Et eux-mêmes seront surveillés par les hommes de Deboque.

— Laissez-moi m'occuper de cela, Hannah, et faites votre travail. Avez-vous bien les plans et toutes les caractéristiques du système de sécurité ?

— Oui, bien sûr.

Contrariée, elle se rassit.

— Et je sais que je ne dois pas les remettre à quelqu'un d'autre que Deboque.

— Vous savez aussi qu'au moindre signe suspect vous devez vous retirer.

Elle acquiesça, même si elle n'avait aucune intention de procéder de la sorte.

— Oui.

— Il y aura deux hommes postés au café.

— Pourquoi est-ce que vous n'envoyez pas directement un signal lumineux ?

Il comprenait forcément sa frustration, mais cela ne l'empêcha pas de se servir une troisième tasse de café, ni de répondre d'une voix calme :

— C'est cela ou on vous pose un micro.

— Le dernier agent qui a essayé de s'introduire avec un micro chez Deboque a été renvoyé au SIS en trois morceaux.

Reeve eut un mouvement d'épaules.

— A vous de choisir.

De nouveau, Hannah se leva.

— Je n'ai pas l'habitude qu'on spécule sur mes décisions, Reeve.

Comme il ne répondait rien, elle serra les dents.

— J'ai bien conscience que vous êtes mon supérieur dans cette mission, donc je ne pense pas avoir vraiment le choix.

— Tant que nous nous comprenons...

Il se leva alors, et prit sa main.

— Hannah, je connais bien votre réputation. Pourquoi ne disons-nous pas plutôt que je ne veux pas prendre le risque de perdre l'un de mes meilleurs agents ?

Il la lâcha, puis se tourna vers le prince.

— J'ai encore quelques petites choses à mettre en place. Je vous tiens au courant.

Lorsque Reeve fut sorti, Armand se tourna vers elle.

— Encore un instant, s'il vous plaît, Hannah. Voulez-vous bien vous rasseoir ?

Elle voulait être seule, pour préparer chaque détail avec soin. Elle n'avait plus que quelques heures devant elle. Pourtant, elle s'assit.

— Voulez-vous que je récapitule tout devant vous, Votre Altesse ?

— Non, répondit-il en esquissant un léger sourire. Je crois que je maîtrise assez bien la situation. J'ai une question personnelle à vous poser, Hannah. Et je vous demande dès maintenant de ne pas mal la prendre.

Il s'assit en face d'elle, avec une raideur toute militaire.

— Est-ce que je me trompe, ou bien mon fils s'est-il pris d'affection pour vous ?

Elle joignit ses mains, le corps tout entier en alerte.

— Si vous voulez parler du prince Bennett, Votre Altesse, il s'est en effet montré charmant avec moi.

— Hannah, épargnez-moi s'il vous plaît les détours et les manières. Le devoir m'a trop souvent empêché de consacrer le temps que j'aurais voulu à ma famille, mais cela ne veut pas dire que je ne connais pas mes enfants par cœur. Je crois que Bennett est amoureux de vous.

Elle pâlit aussitôt.

— Non.

Elle dut déglutir, mais elle réaffirma sa réponse avec autant de force que la première fois.

— Non, il n'est pas amoureux de moi. Je l'intrigue peut-être un peu, mais c'est seulement parce que je ne corresponds pas au genre de femmes qu'il a jusqu'ici eu l'habitude de côtoyer.

— Hannah, l'interrompit Armand en levant la main. Je ne vous ai pas demandé cela pour vous embarrasser. Quand j'ai commencé à me douter de quelque chose, je me suis senti mal à l'aise, car Bennett ignore les vraies raisons de votre présence parmi nous.

— Je comprends.

— Je n'en suis pas si sûr. De tous mes enfants, Bennett est celui qui ressemble le plus à sa mère. Si... bon, si sensible. Il est d'un caractère plus impulsif que son frère et sa sœur, mais il dissimule moins ses sentiments. Je vous ai seulement demandé cela, car, si vous répondez par la négative à ma prochaine question, j'aimerais que vous manœuvriez en douceur. L'aimez-vous, Hannah ?

Tout ce qu'elle ressentait se lisait dans ses yeux. Elle le savait, et elle baissa donc vite le regard.

— Quoi que j'éprouve pour Bennett, ou pour votre famille, cela n'interférera pas avec mon travail.

— J'ai assez d'expérience pour reconnaître quelqu'un qui fera ce qui doit être fait.

Il la trouvait touchante et courageuse, et comprenait les tourments qu'elle devait endurer. Pourtant, il revint à la charge.

— Mais vous ne m'avez pas répondu : aimez-vous mon fils ?

— Je ne peux pas.

Cette fois, elle répondit d'une voix faible, au bord des larmes.

— Je lui mens depuis le début, et je vais continuer à le faire. On ne peut pas aimer quelqu'un et lui mentir. Je vous prie de m'excuser, Votre Altesse.

Armand la laissa partir. Il resta un moment assis, calé dans le fond de son siège, les yeux fermés. Au cours des heures à venir, il ne pourrait rien faire d'autre que prier pour elle.

Le Café du Dauphin n'était pas l'un de ces jolis endroits de Cordina prisés par les touristes. C'était un bar fréquenté par les équipages des bateaux de pêche et des cargos. Dans la salle encombrée de tables — dont beaucoup étaient inoccupées — flottaient une épaisse fumée ainsi qu'une forte odeur d'alcool. Cela aurait pu être pire, songea Hannah en entrant. Mais ce n'était pas pour autant un endroit pour une femme seule, à moins qu'elle ne cherche les ennuis.

Toutefois, son arrivée ne causa pas grand émoi. Avec son pull et son pantalon gris, elle se confondait presque avec les murs. Les quelques femmes qui se trouvaient déjà là étaient des proies plus intéressantes. Si elle pouvait faire rapidement ce qu'elle avait à faire, elle n'aurait peut-être même pas à décourager certains clients trop entreprenants.

Hannah s'installa sur un tabouret au bar et commanda un bourbon sec. Avant d'être servie, elle avait déjà parcouru des yeux l'ensemble de la salle. Si Reeve avait bien envoyé deux agents, ce devaient être des bons. Il était rare qu'elle ne parvienne pas à identifier ses collègues.

Elle buvait en silence depuis dix minutes lorsqu'un homme quitta la table où il était installé pour se diriger vers elle. Hannah continua à boire, mais tous ses muscles étaient tendus. Il lui adressa la parole en français, d'une voix appesantie par l'alcool.

— Comme c'est triste une femme qui boit seule.

Hannah se décontracta légèrement, mais la tension laissa tout de suite place à l'agacement.

— Ce qui est encore plus triste, c'est une femme qui ne peut pas rester seule quand elle le voudrait, rétorqua-t-elle, en prenant son ton anglais le plus guindé.

— Eh, pas la peine de faire votre mijaurée, marmonna-t-il, avant de s'éloigner.

Hannah sourit presque, puis redevint sérieuse, car un autre homme venait d'entrer.

Il était habillé en marin, avec une casquette enfoncée sur les oreilles. Sous la visière, le visage était tanné et émacié. Cette fois, elle se tendit pour de bon, car elle était certaine qu'il s'agissait de l'homme qu'elle attendait.

Pourtant, elle leva son verre comme si de rien n'était lorsqu'il vint s'installer à côté d'elle au bar.

— Avez-vous l'heure, mademoiselle ?

— Oui, il est minuit moins le quart.

— Merci.

Il commanda à boire, et attendit une minute avant de poursuivre.

— Il fait chaud ce soir, dit-il en français.

— Oui, un peu, répondit-elle dans la même langue.

Puis ils se turent. Derrière eux, un groupe d'hommes entonna une chanson. Le vin coulait à flots, et la nuit commençait à peine. L'homme finit son verre et quitta le bar. Hannah n'attendit pas longtemps avant de se lever à son tour pour le suivre.

Il l'attendait au coin du quai. L'endroit était très peu éclairé, et l'ombre dominait. Hannah s'avança vers lui, sachant que ce pourrait pour elle être aussi bien le début que la fin.

— Vous avez les informations ? demanda-t-il, repassant à l'anglais.

Il n'avait pas plus d'accent en anglais qu'il n'en avait en français, constata-t-elle. Deboque choisissait ses hommes avec soin.

Elle se contenta d'acquiescer.

— Alors, allons-y, poursuivit-il en désignant un petit bateau pneumatique.

Hannah savait qu'elle n'avait pas le choix. Soit elle refusait, et sa mission échouait, soit elle continuait. Tout en sachant qu'en mer elle ne pourrait bénéficier d'aucune protection, elle suivit l'homme. Elle voulait arriver jusqu'à Deboque. Par tous les moyens.

Sans hésiter, elle sauta à bord, puis alla s'asseoir à la poupe. En silence, son contact largua les amarres, puis démarra le moteur, qui résonna comme le tonnerre sur les flots.

Alors, Hannah prit une grande inspiration. Elle était partie.

7

Reeve serait furieux, songea Hannah en posant la main sur son siège pour garder son équilibre, alors que le bateau prenait de la vitesse. Il y avait de quoi, mais rien ne devait la perturber.

Ainsi, Deboque n'était pas à terre, dans la villa, comme ils l'avaient imaginé. Il se trouvait, à moins que le bateau n'opère un brusque et radical changement de direction, en mer. Non, à partir de maintenant, elle ne bénéficierait plus d'aucune protection. Hannah reprit une grande inspiration et regarda le sillage formé par le bateau. Elle préférait travailler seule, de toute façon.

Ce soir, elle allait rencontrer Deboque. Elle le sentait. Son pouls était lent et calme ; sa respiration, régulière. L'écume soulevée par le bateau retomba en fines gouttelettes sur sa peau. Mais elle ne tressaillit pas, et conserva son expression tranquille. Elle ne pouvait se permettre aucun signe susceptible d'être interprété comme une manifestation de nervosité. Sa petite croisière nocturne en Méditerranée la rapprochait du but vers lequel elle tendait depuis vingt-quatre mois.

L'excitation — et non pas la peur — grandissait en elle. Mais même cela, elle devait le contrôler. Tout ce qui faisait battre son cœur plus vite ou s'emballer son esprit était dangereux. Elle ne pouvait pas se permettre la moindre erreur. Au cours des deux dernières années, elle avait travaillé dur pour gravir les échelons au sein de l'organisation de Deboque, faisant pour cela confiance à ses seules compétences. Avec l'aval du SIS, elle s'était acquittée avec brio de plusieurs tâches : vente d'armes, vol de diamants, livraison de drogue.

La fin justifiait les moyens.

Elle était presque arrivée en haut de l'échelle, songea-t-elle. Si elle pouvait continuer à s'élever, elle finirait même par menacer la toute-puissance de Deboque.

Sa manœuvre la plus adroite — mais aussi la plus périlleuse — avait été de faire apparaître le jusque-là très estimé et haut placé Bouffe comme incompétent. Le plus expérimenté des lieutenants de Deboque n'était pas stupide, et il avait fallu qu'elle déploie beaucoup d'intelligence et qu'elle prenne beaucoup de risques pour prouver qu'il avait, au cours des mois écoulés, failli dans la plupart de ses missions — et tout cela, sans pour autant attirer les soupçons sur elle-même. Son coup de maître avait été cette négociation de vente d'armes avec un groupe terroriste connu pour son manque de patience.

Il s'en était fallu d'un cheveu, mais tout s'était parfaitement déroulé. Hannah avait réussi à faire croire que Bouffe était sur le point de faire échouer la négociation, jusqu'à ce qu'elle intervienne pour sauver la mise.

Les terroristes avaient leurs armes — il appartenait à présent au SIS de se débrouiller avec cela. Quant à Deboque, il avait ses cinq millions. Elle se ferait un plaisir de le lui rappeler. Très bientôt.

Soudain, elle aperçut un yacht blanc, majestueusement ancré dans les eaux sombres. Un frisson d'impatience la parcourut. Depuis la proue, son contact signala leur présence à l'aide d'une lanterne électrique. Quelqu'un répondit du bateau. L'homme coupa le moteur et, dans la nuit devenue silencieuse, ils s'approchèrent du yacht.

Lorsque Hannah s'agrippa à l'échelle, elle trouva le

métal froid et dur. Comme son cœur. Sans se retourner, elle se hissa vers l'inconnu.

— Lady Hannah.

Un homme, grand et bronzé, l'attendait. Il prit sa main et s'inclina devant elle. Elle l'identifia tout de suite. Elle y serait parvenue même sans le briefing de Reeve, grâce à son accent. Il s'agissait de Ricardo Batemen, un Jamaïcain de vingt-six ans, diplômé de l'une des plus prestigieuses facultés de médecine. Il maniait le scalpel, certes, mais pas exactement pour soigner…

Deboque ne pouvait plus se passer de lui.

— Mon nom est Ricardo, dit-il en souriant. Bienvenue à bord de *L'Invincible.*

— Merci, Ricardo.

L'air de rien, elle regarda tout autour d'elle et compta cinq autres hommes et une femme sur le pont. Les hommes étaient habillés tout en noir et portaient tous une mitraillette. La femme était vêtue d'un simple sarong drapé par-dessus un Bikini et semblait s'ennuyer ferme.

— Pourrais-je avoir quelque chose à boire ?

— Bien sûr.

Les yeux de Ricardo, remarqua-t-elle, étaient clairs, d'un vert presque transparent, et comme fixes. Sa voix était riche et onctueuse, tel un voile de crème dans une tasse de café brûlant.

— Mais tout d'abord, si vous voulez bien excuser notre méfiance, j'aimerais votre sac, lady Hannah.

Un sourcil levé, elle le regarda droit dans les yeux.

— Si quelque chose venait à en disparaître, je vous tiendrais pour personnellement responsable.

— Vous avez ma parole : tout vous sera rendu.

Il s'inclina lorsqu'elle le lui tendit.

— Maintenant, continua-t-il, si vous voulez bien suivre Carmine. Elle va vous conduire à votre cabine.

Vous voudrez peut-être vous rafraîchir un peu, après qu'elle se sera assurée que vous ne portez pas de micro.

Une fouille à corps, se dit Hannah, résignée.

— L'idée est assez ridicule, Ricardo. Mais je salue votre prudence.

Puis elle traversa le pont pour rejoindre Carmine, comme si elle s'en allait prendre le thé.

Quelques minutes plus tard, Ricardo déposait le sac en crocodile noir d'Hannah sur un bureau en acajou ciré.

— Carmine s'occupe d'elle. Son sac contient un pistolet de petit calibre, son passeport et sa carte d'identité, à peu près trois mille dollars en espèces, et du maquillage. Il y a aussi une enveloppe, cachetée.

— Merci, Ricardo.

La voix était grave et rocailleuse, avec une pointe d'accent français.

— Amène-la moi dans dix minutes. Ensuite, qu'on ne nous dérange sous aucun prétexte.

— Oui, monsieur.

— Ricardo, tes impressions ?

— Assez séduisante, davantage qu'en photo. Et calme, très calme. Sa main était bien sèche et ferme.

— Bien, répondit-il, une pointe d'amusement dans la voix. Dans dix minutes, Ricardo.

Puis il s'empara de l'enveloppe et la décacheta.

Quelques instants plus tard, Hannah remettait son pull. Elle avait trouvé la fouille plus fastidieuse qu'humiliante. Carmine avait pris son stylet, mais elle s'y attendait. Quant à Ricardo, il avait gardé son pistolet. A présent, elle était seule et désarmée, en pleine mer. Mais il lui restait son esprit affûté, la plus sûre des armes.

Elle se tenait au centre de la cabine lorsque Ricardo ouvrit la porte.

— Encore toutes mes excuses pour le désagrément, lady Hannah.

— Une légère contrariété, Ricardo.

Il n'avait pas rapporté son sac, mais elle ne le lui fit pas remarquer.

— J'espère juste qu'il n'y en aura pas d'autre, poursuivit-elle.

— Aucune. Si vous voulez bien m'accompagner.

Hannah le suivit, se déplaçant avec agilité sur le bateau qui tanguait légèrement. L'embarcation était de la taille d'un petit hôtel, avait-elle remarqué. Et elle avait repéré les issues de secours, en cas de besoin. Le tapis qu'ils foulaient était rouge sombre. Dans la cabine où elle avait été fouillée était accroché un miroir ancien de verre biseauté, au-dessus d'une tête de lit en velours. Elle avait également remarqué le hublot, si petit que seul un enfant ou une femme mince auraient pu y passer.

Ricardo s'arrêta devant une porte en chêne vernis et frappa deux coups. Sans attendre la réponse, il tourna la poignée et lui fit signe d'entrer. Hannah obéit et entendit la porte se refermer à clé derrière elle.

La cabine était cossue et élégante, dans l'esprit du XVIIIe siècle français. Le tapis était d'un chatoyant bleu roi, et les murs lambrissés brillaient tant que le reste de la pièce s'y reflétait. Deux lustres de verre fin diffusaient leur lumière sur le bois ancien et le mobilier luxueux. Un tissu de brocard recouvrait un lit qui aurait pu être celui d'un roi. Toutes les couleurs étaient vives, presque agressives.

Il flottait dans l'air une odeur étrange, pénétrante et assez désagréable, faite d'un mélange de parfum floral et de senteur plus ancienne. Le léger mouvement du bateau faisait prendre vie à une collection d'animaux en cristal.

Il ne fallut que quelques secondes à Hannah pour tout enregistrer et analyser. Ensuite, elle regarda l'homme — aussi impressionnant et extravagant que l'était la pièce — qui trônait, assis à un bureau Louis XVI. Elle n'eut pas l'impression de se retrouver face à l'être maléfique qu'elle s'attendait à rencontrer. Face aux personnes vraiment mauvaises, Hannah savait que l'on a souvent du mal à réprimer un frisson de terreur. Ici, elle voyait juste un homme élancé et séduisant d'une cinquantaine d'années, dont le visage fin et aristocratique était encadré par une épaisse masse de cheveux gris acier. Il était vêtu de noir, et cette couleur paraissait accentuer la pâleur presque poétique de son teint. Ses yeux étaient noirs également, comme ceux d'un corbeau. Ils l'observaient avec attention, tandis que sa bouche pleine et assez joliment dessinée esquissait un sourire.

Elle avait déjà vu des photos de lui, bien sûr. Elle avait étudié de près toutes les informations recueillies sur lui au cours des vingt dernières années. Et pourtant… Et pourtant, elle ne s'était pas préparée à ce qu'il émane de sa personne une sensualité si évidente.

C'était un homme pour lequel des femmes étaient mortes. Et maintenant, elle le comprenait. C'était un homme pour lequel d'autres hommes avaient tué sans se poser de questions. Elle le comprenait aussi, alors que, placée à quelques mètres de lui, elle ressentait sa puissance.

— Lady Hannah.

Il se leva, avec lenteur et grâce. Son corps était élancé, presque délicat. La main qu'il lui tendit était fine et belle, et trois diamants brillaient à ses longs doigts.

Elle ne devait pas hésiter, bien qu'elle eût l'impression que, si sa main entrait en contact avec celle de Deboque, elle serait arrachée à ce qu'elle connaissait pour basculer dans un monde étranger et effrayant.

Résolue, elle sourit et avança.

— Monsieur Deboque.

Elle constata avec satisfaction qu'il marqua une légère surprise lorsqu'il l'entendit prononcer son nom.

— C'est un grand plaisir, ajouta-t-elle.

— Asseyez-vous, je vous en prie. Voulez-vous un verre de brandy ?

— Oui, je vous remercie.

Elle choisit une chaise capitonnée à haut dossier qui faisait face au bureau. Des enceintes cachées diffusaient de la musique classique. Chopin. Elle écouta les douces notes s'égrener, tandis que Deboque se dirigeait vers un petit bar émaillé pour en sortir une carafe.

— Votre bateau est splendide, monsieur.

Un tableau était accroché au-dessus de son bureau. L'une des six œuvres dérobées dans une collection privée, l'année précédente. Elle le savait pour avoir elle-même participé au vol.

— J'aime les belles choses.

Il lui tendit son verre. Puis, au lieu de se rasseoir à son bureau, il vint s'installer à côté d'elle.

— A votre santé, mademoiselle.

— Et à la vôtre.

Elle lui sourit une nouvelle fois avant de boire.

— Peut-être allez-vous me dire comment vous avez appris mon nom ?

— J'ai pour habitude de savoir pour qui je travaille, monsieur Deboque.

Elle secoua la tête, alors qu'il lui proposait une cigarette.

— Je dois vous féliciter pour la sécurité dont vous vous entourez et pour l'efficacité de votre personnel. Découvrir qui régnait sur cet empire n'a pas été simple.

Il s'alluma une cigarette et rejeta la fumée lentement, comme un homme aux goûts raffinés.

— Pour certains, cette recherche s'est révélée impossible.

Elle le fixa de ses yeux amusés.

— Peu de choses me sont impossibles.

— Pour d'autres, elle s'est révélée fatale.

Elle se contenta de sourire, et il n'insista pas. Elle devait rester calme, quoi qu'il dise.

— Tous les rapports vous concernant sont très flatteurs, lady Hannah.

— Evidemment.

Ce fut à son tour de sourire.

— J'admire la confiance.

— Moi de même.

— D'après ce que je sais, je vous suis redevable d'avoir arrangé une transaction avec certains de nos voisins méditerranéens, il y a quelques mois. J'aurais été ennuyé — c'est le moins qu'on puisse dire — de perdre ce contrat.

— Je l'ai fait avec plaisir. On dirait, monsieur, que quelques maillons faibles se sont glissés au sein de votre organisation.

— On dirait.

Comme elle, il faisait sans doute référence à Bouffe, qu'il n'allait pas tarder à abandonner entre les mains de Ricardo.

— Votre séjour à Cordina vous plaît-il ? ajouta-t-il.

Son cœur se mit à battre légèrement plus vite, mais cela ne l'empêcha pas de reprendre une gorgée de brandy.

— Le palais est magnifique.

En tournant le buste, elle regarda tout autour d'elle.

— Moi aussi, j'aime ce qui est beau. Cela compense le fait que les Bisset sont un peu ennuyeux.

— La famille royale ne vous impressionne pas, lady Hannah ?

— Je ne me laisse pas facilement impressionner. Bien sûr, ce sont des gens qui possèdent une certaine classe, mais ils sont si... dévoués, dit-elle d'une voix légèrement teintée de dérision. Pour ma part, je préfère me dévouer à quelque chose de plus concret que l'honneur et le devoir.

— Et qu'en est-il de la loyauté, lady Hannah ?

Elle se retourna vers lui. Il la fixait avec intensité, comme s'il cherchait à lire en elle.

— Je peux me montrer loyale. Tant que cela me profite.

Sa réponse était risquée, elle le savait. Le manque de loyauté, dans l'organisation de Deboque, était passible de mort. Elle attendit, affichant le plus grand calme, alors même qu'un filet de sueur coulait le long de son dos. Il l'observa un moment, puis rejeta sa crinière de lion en arrière et éclata de rire. Hannah sentit chaque muscle de son corps se relâcher.

— Vous êtes une femme honnête. Et j'admire l'honnêteté. Bien plus que les serments aveugles.

Il tira de nouveau sur sa cigarette, puis expira lentement.

— Je pense que j'aurais intérêt à faire en sorte qu'il soit profitable pour quelqu'un d'aussi doué et ambitieux que vous de se montrer loyal envers moi.

— J'espérais que vous verriez les choses de cette façon. Je préfère l'action, si vous voyez ce que je veux dire, monsieur Deboque. Mais j'ai aussi certaines prétentions. Déléguer et organiser peut se révéler bien plus lucratif, vous ne pensez pas ?

— Si, en effet.

Il l'observa un moment, tout en réfléchissant. Elle semblait être une jeune femme douce et bien élevée, et l'on voyait qu'elle appartenait à un certain milieu. Il avait toujours préféré les femmes à l'apparence discrète et tranquille. Il songea brièvement à Janet Smithers, dont il s'était servi presque dix ans plus tôt, avant de l'écarter de son organisation. Lady Hannah, se dit-il, pourrait se révéler bien plus intéressante, et compétente.

— Cela fait deux ans maintenant que vous travaillez pour nous ?

— Oui.

— Et au cours de ces deux années vous vous êtes montrée très utile.

Il se leva alors et saisit l'enveloppe qu'il avait posée sur son bureau.

— Vous avez apporté cela pour moi, je suppose ?

— Oui, répondit-elle en vidant son verre. Même si je trouve la méthode avec laquelle vous vous en êtes emparé assez contestable.

— Toutes mes excuses. Ces informations sont intéressantes, lady Hannah, mais, je le crains, incomplètes.

Elle croisa les jambes et se cala dans son siège.

— Une femme qui écrit tout ce qu'elle sait sur une feuille de papier perd vite de sa valeur. Ce qui n'est pas là-dessus se trouve là-dedans, dit-elle en pointant un doigt sur sa tempe.

— Je vois.

Son aplomb était assez admirable. Favorablement impressionné, il poursuivit :

— Si nous supposions que j'étais intéressé par les systèmes de sécurité du palais royal, du Centre des beaux-arts, du musée, afin, disons, de m'en inspirer pour mes propres besoins, seriez-vous capable de remplir tous ces blancs ?

— Bien sûr.

— Et si je vous demandais d'où vous tenez de telles informations ?

— C'était le but de ma visite à Cordina.

— L'un d'entre eux.

Intrigué, il tapota l'enveloppe contre sa paume.

— Vous avez eu de la chance de réussir à devenir une intime de la princesse Eve.

— Cela n'a pas été difficile. Elle se languissait d'une présence féminine à ses côtés. Je suis accommodante. Je suis aux petits soins pour sa fille, j'écoute ses peurs et ses plaintes. En l'aidant dans son travail, je m'attire également la gratitude du prince Alexander. Il a peur que sa femme ne se fatigue alors qu'elle porte son enfant.

— Et vous font-ils confiance ?

— Implicitement. Je ne vois d'ailleurs pas pourquoi ils ne le feraient pas. Ma famille est respectée ; ma généalogie, irréprochable. Le prince Armand me voit comme la jeune cousine de sa défunte épouse. Excusez-moi, monsieur, mais ne sont-ce pas précisément les raisons pour lesquelles vous m'avez choisie pour m'infiltrer au palais ?

— Si, en effet.

Il se rassit. Décidément, elle lui plaisait. Mais il était encore loin de lui accorder son entière confiance.

— J'ai entendu dire que le jeune prince s'intéressait à vous.

A cette remarque, Hannah sentit quelque chose se glacer en elle.

— Votre réseau d'informateurs est redoutablement efficace.

Comme elle jetait un œil à son verre vide, elle le fit tinter. Aussitôt, Deboque se leva pour le lui remplir. Il ne fallut pas davantage de temps à Hannah pour se reprendre.

— Bennett est, comme je pense que vous le savez, immanquablement attiré par tout ce qui porte jupons.

Elle eut un petit rire et essaya de ne pas se détester pour ce qu'elle s'apprêtait à dire.

— Ce n'est vraiment qu'un gamin. Et un gamin gâté. J'ai découvert que la manière la plus simple de faire de lui ce que je voulais était de paraître la moins intéressée possible.

Deboque acquiesça lentement.

— Alors, il s'accroche deux fois plus.

— Les hommes comme lui se montrent toujours plus... accommodants dans ce type de circonstances.

— Je m'excuse si je vous parais un peu trop indiscret, ma chère, mais qu'entendez-vous par « accommodants » ?

— Bennett n'est pas toujours très prudent ni méfiant. On peut facilement exploiter sa faiblesse pour les femmes. Je crois pouvoir lui extorquer certaines informations. C'est lui, vous voyez, qui m'a fait visiter le Centre des beaux-arts et m'a conduite à la base navale du Havre.

Elle but une gorgée, faisant exprès de s'interrompre. Deboque devait déjà être au courant de son tête-à-tête avec Bennett au musée. Elle allait donc se servir de ce qu'il savait pour déformer la réalité.

— Il n'a pas été difficile de poser des questions et de sembler m'intéresser à la façon dont le musée protège ses trésors. Cela a suffi pour qu'il me montre les installations, les alarmes, les écrans de surveillance, les caméras.

Elle marqua une nouvelle pause pour ménager ses effets.

— Plus une femme feint l'ignorance, plus elle en apprend.

Deboque réchauffa son brandy entre ses mains.

— Hypothétiquement — je dis bien hypothétiquement —, peut-on déjouer la sécurité au palais ?

Enfin, les choses sérieuses commençaient.

— Hypothétiquement, n'importe quel système de sécurité peut être déjoué. Je dirais que Reeve MacGee a conçu un système admirable, mais certainement pas invincible.

— Intéressant.

Il attrapa une petite chouette en porcelaine, qu'il étudia de près. Le silence s'installa dans la pièce assez longtemps. Essayait-il de mettre ses nerfs à l'épreuve ?

— Et avez-vous votre théorie sur la façon dont ce système peut être sapé ? demanda-t-il enfin.

— De l'intérieur, répondit-elle, avant d'avaler une nouvelle gorgée. C'est toujours plus propre de l'intérieur.

— Et le Centre ?

— De la même façon.

— Cette pièce écrite par la princesse… Les représentations débutent dans quelques jours. Ce serait amusant de causer un peu de remue-ménage.

— Un remue-ménage de quelle sorte ?

— Oh ! je ne parle qu'en théorie, bien sûr. Il me semble que la famille royale n'aimerait pas que quelque chose vienne perturber la première. Je m'en voudrais de ne pas saisir cette occasion. Serez-vous présente ?

— Oui, bien entendu : on compte sur moi.

Elle avait besoin de le pousser, de le pousser à se découvrir.

— Je préférerais savoir quel endroit du théâtre éviter, monsieur.

— Il serait plus sage que vous restiez dans le public. Je ne voudrais pas vous perdre, alors que nous commençons à peine à faire mieux connaissance.

Elle acquiesça. Mais, se rendant compte que si elle lui donnait tout de suite le reste des informations il la congédierait rapidement, elle essaya de gagner du temps.

— Pour ma curiosité personnelle, puis-je vous demander pourquoi la famille royale vous captive tant ? Cela m'intrigue, car je vous vois un peu comme moi, c'est-à-dire comme quelqu'un qui est surtout motivé par le profit et les intérêts personnels.

— Le profit est toujours souhaitable, répondit-il en reposant la chouette.

Ses mains, remarqua-t-elle, auraient pu composer des sonnets ou jouer du violon. Elles tuaient rarement. Elles se contentaient d'intimer l'ordre à d'autres de le faire.

— Quant aux intérêts personnels, ils peuvent revêtir divers visages, n'est-ce pas ?

— Oui, tant qu'on y trouve son compte, reconnut-elle. Se servir de l'enlèvement de la princesse Gabriella ou des menaces pesant sur les Bisset pour monnayer votre libération était une chose. Mais vous n'êtes plus en prison.

Elle regarda une nouvelle fois la pièce d'un air admiratif.

— Je pensais que vous vous consacreriez à présent à des activités plus lucratives.

— Tout travail commencé doit être achevé.

Elle le vit serrer les doigts autour de son verre. C'était la première fois qu'il manifestait de l'émotion.

— Toute dette réclame paiement, poursuivit-il. On n'oublie pas comme cela dix années de sa vie. Comprenez-vous ?

— Oui. La vengeance, ou la punition, si vous préférez. Cela vaut tous les diamants du monde.

Et, en le regardant, elle sut que rien ne l'arrêterait.

— Monsieur, vous avez tenu à ce que je m'introduise au palais. J'ai l'intention d'y rester jusqu'à ce que vous en leviez l'ordre, mais je préférerais savoir ce que vous attendez de moi.

Elle leva les paumes, en signe d'impuissance.

— Cette vengeance, après tout, est la vôtre et non la mienne. Je ne travaille jamais efficacement les yeux bandés.

— Un homme qui pose toutes ses cartes sur la table perd son avance.

— Je suis d'accord. Mais c'est également le cas d'un homme qui n'affûte pas ses outils avant de s'en servir. Je suis dans la place, monsieur. Et avoir quelques lignes directrices pourrait se révéler utile.

Lady Hannah avait raison. Il avait d'ailleurs l'intention de l'utiliser, et de bien l'utiliser. Pensif, il se cala dans son dossier et posa les mains sur son bureau. A ses doigts, les diamants brillèrent d'un éclat violent. Il avait échoué. Par deux fois, il avait échoué à utiliser les

Bisset pour servir ses propres intérêts. Il avait échoué à mettre Armand à genoux. Il était prêt à faire n'importe quoi et à se servir de n'importe qui, mais il n'échouerait pas encore. En Hannah, il pensait avoir trouvé le bon instrument.

— Laissez-moi vous poser une question : si un homme veut en détruire un autre, que fait-il ?

— Le plus simple est de lui ôter la vie.

Ce fut lorsque Deboque sourit qu'Hannah finit par voir l'être maléfique qu'il était. Il était dissimulé sous un vernis de classe et d'élégance, mais il était bien là.

— Je ne suis pas quelqu'un d'aussi simple que cela. La mort est si définitive et, même lorsqu'elle est lente, elle ne dure pas assez... Pour détruire un homme — pour détruire son âme, son cœur —, il faut plus qu'une balle en pleine tête.

Il parlait d'Armand, elle le savait. Ce n'était pas le moment de réclamer des noms ni de lui demander de révéler ses plans. Il ne lui dirait rien et pourrait commencer à se méfier. Lentement, elle posa son verre et essaya de raisonner comme lui.

— Pour détruire vraiment quelqu'un, il faut lui enlever ce qu'il a de plus précieux, conclut-il.

Son cœur se mit à cogner plus fort dans sa poitrine, et une vague nausée l'envahit. Pourtant, elle réussit à parler en feignant une admiration tranquille.

— Ses enfants ?

— Vous êtes aussi intelligente que charmante, dit-il en posant ses mains sur les siennes.

Aussitôt, un froid glacial comme la mort se diffusa en elle.

— Pour faire souffrir un homme, pour détruire son âme, il faut le priver de ce qu'il aime le plus au monde, et ensuite le laisser vivre. Ses enfants et ses petits-enfants morts, son pays plongé dans le chaos, que lui restera-t-il d'autre que le malheur et la désolation ? De plus, un royaume sans héritier devient instable, et en cela intéressant, si l'on sait manœuvrer habilement.

— Tous..., murmura Hannah.

Elle songea à la petite Marissa, si douce et jolie. Et à Dorian, avec son visage barbouillé et son grand sourire. La peur qu'elle ressentit pour eux fut si soudaine, si forte, si viscérale qu'elle fut persuadée qu'elle se lisait dans ses yeux. Elle les baissa alors, et regarda les mains de Deboque posées sur les siennes, et l'éclat froid des diamants.

— Tous, monsieur ?

Lorsqu'elle eut le sentiment d'avoir retrouvé son calme, elle le regarda dans les yeux. Il souriait. Dans la lumière pâle des lustres, il paraissait blême et infiniment plus effrayant qu'un fantôme.

— Ce n'est pas un travail facile, même pour quelqu'un d'aussi puissant que vous.

— Rien de ce qui est important n'est simple, ma chère. Mais, comme vous l'avez dit, rien n'est impossible... en particulier lorsque l'on dispose, dans la place, de quelqu'un qui a su gagner la confiance de ses hôtes.

Elle leva un sourcil. Elle ne frémit pas, ni ne retira sa main. Les affaires, se rappela-t-elle. Lady Hannah ne pensait qu'aux affaires. On était en train de lui proposer un travail, le plus important que Deboque ait jamais confié à personne.

— Je vous ai choisie avec soin, lady Hannah. Pendant plus de dix ans, je n'ai eu qu'un seul rêve. Je crois que vous êtes l'instrument qui me permettra de le réaliser enfin.

Elle pinça les lèvres comme si elle hésitait, tout en réfléchissant à toute vitesse. Il lui proposait un contrat, un contrat royal. Alors qu'elle ne disait rien, il promena doucement ses doigts sur sa main. Comme une araignée, comme une très belle et très intelligente araignée.

— Une telle responsabilité est un peu lourde pour quelqu'un qui n'occupe qu'une modeste place dans votre organisation.

— Cela peut s'arranger. Bouffe... se retire, dit-il doucement. Je dois lui trouver un remplaçant.

— Je voudrais une garantie, monsieur.

— Vous avez ma parole.

Elle esquissa un sourire.

— Monsieur...

Dans un hochement de tête, il se leva et pressa un bouton. Quelques secondes plus tard, Ricardo apparaissait.

— Lady Hannah va remplacer Bouffe. Occupe-toi des arrangements. Discrètement.

— Bien sûr, répondit Ricardo, en fermant à demi ses yeux vert clair dans une mimique de plaisir.

Hannah attendit que la porte se referme. Un homme allait mourir.

— Il viendra peut-être un jour où vous déciderez de me remplacer à mon tour.

— Pas si vous continuez à me donner satisfaction, répondit-il en baisant sa main. Et j'ai le sentiment que ce sera le cas.

— Je dois vous dire, monsieur, qu'il m'est très pénible de tuer des enfants.

Il crispa très légèrement ses doigts autour de sa main, mais elle ne broncha pas.

— Je crois que cinq millions de dollars me seront nécessaires pour surmonter cette aversion.

Elle le vit dans ses yeux : il serait capable de briser ses doigts aussi facilement que de les embrasser. Hannah ne baissa pas les yeux et espéra ne pas avoir trop forcé sa chance.

— C'est l'argent qui vous motive, ma chère ?

— L'argent ne me motive pas, il me comble. Et j'aime être comblée.

— Vous avez deux semaines pour me combler, lady Hannah. Ensuite, ce sera à votre tour de l'être.

Sans lâcher sa main, il l'invita à se lever.

— Maintenant, comme gage de bonne foi, vous allez me dire tout ce que vous n'avez pas noté sur ces papiers.

Hannah s'approcha des plans et se prépara à lui mentir.

Elle était épuisée. En dix ans de missions, elle ne s'était jamais sentie aussi vidée ni souillée. Alors qu'elle franchissait les grilles du palais, elle ne pensait à rien d'autre qu'à la longue douche brûlante qu'elle allait prendre pour laver de sa peau toute trace de l'eau de Cologne de Deboque. Reeve se tenait à une trentaine de mètres des grilles. Hannah arrêta sa voiture et attendit qu'il grimpe à son côté.

— Vous êtes partie longtemps, dit-il, avant de l'observer longuement et attentivement. Il n'était pas prévu dans le plan que vous restiez hors de contact pendant plus d'une heure.

— Le plan était que j'aille jusqu'à Deboque.

— Et vous y êtes parvenue ?

— Je l'ai rencontré à bord d'un yacht, *L'Invincible.* Il est ancré à un peu moins de dix kilomètres au nord-ouest. J'ai aperçu six gardes armés, mais, à mon avis, il devait y en avoir le double. Deboque a désormais les informations que nous voulions qu'il ait. Et je remplace Bouffe.

Reeve haussa les sourcils.

— Vous avez dû l'impressionner.

— C'était le but.

Elle se demanda combien de temps encore le goût de son brandy allait persister dans sa bouche.

— Il prépare quelque chose pour la première de la pièce d'Eve.

Reeve tressaillit à côté d'elle, mais elle poursuivit :

— Je ne pense pas que la famille royale soit directement visée. L'idée de créer panique et confusion a l'air de beaucoup l'amuser. Il se montre très prudent dans sa façon de formuler les choses. Rien de trop direct ni précis. Même si je témoignais contre lui, il serait difficile de l'accuser réellement de conspiration. Il bâtit des hypothèses, échafaude des théories.

— Vous a-t-il donné une idée de l'endroit où il avait l'intention de frapper ?

Elle écouta un instant un oiseau en train de chanter à gorge déployée.

— Il m'a paru s'intéresser davantage au palais. C'est un défi d'une tout autre ampleur. Nous avons deux semaines.

— Il va frapper dans deux semaines ?

— C'est le temps qu'il m'a donné pour que je tue toute votre famille.

Elle se tourna alors vers lui et vit son visage pâle et décomposé.

— Tout le monde, sauf Armand, Reeve. Les enfants, tout le monde. Il veut anéantir Armand et laisser Cordina sans héritier. D'après ce dont j'ai pu juger, il s'accroche à cette idée macabre autant pour sa satisfaction personnelle que pour le profit qu'il pourrait tirer du chaos dans lequel sombrerait Cordina.

Reeve sortit une cigarette, mais ne l'alluma pas.

— Nous avons deux semaines pour l'arrêter, poursuivit-elle. Ou pour le convaincre que nous avons fait ce qu'il voulait.

De toute évidence, il luttait pour reprendre le dessus. Cette fois, il s'agissait de sa famille, de son cœur.

— Est-ce qu'il vous fait réellement confiance ?

Elle réfléchit un moment, avant de hocher la tête.

— Je pense que oui. Certes, il est possible qu'il veuille se débarrasser de moi une fois mon travail terminé, mais je pense qu'il est plus probable qu'il continue à m'utiliser. Tout ce que nous avons réussi à lui faire croire à mon sujet a eu l'air de le satisfaire et, au cours de ces deux dernières années, je lui ai épargné beaucoup d'ennuis et fait gagner beaucoup d'argent. S'il me croit capable de continuer, il ne fera rien contre moi.

— Nous allons devoir avertir Armand.

— Je sais.

Mais pas Bennett. Armand, et seulement Armand.

— Pour l'instant, comportez-vous comme d'habitude, dit-il en lui faisant signe de redémarrer. Il va nous falloir un peu de temps.

— La première de la pièce d'Eve n'est plus que dans quelques jours.

— Nous allons nous en occuper. Maintenant, allez dormir. Dès que nous aurons un plan, je vous en informerai.

Arrivés devant le palais, ils descendirent tous deux de la voiture. Avant de gravir les marches de l'entrée, Hannah s'arrêta.

— Je le veux, Reeve. Je le veux pour moi. Je sais que ce n'est ni très malin ni très professionnel. Mais si j'en ai l'occasion, et si je trouve un moyen, je veux m'occuper de lui personnellement.

Reeve ne répondit rien. Cela faisait longtemps qu'il souhaitait la même chose.

8

— Je ne veux pas que tu y ailles, fit Alexander.

— Tu sais très bien qu'il le faut, lui répondit Eve. C'est ma pièce, ma troupe, ma production. Je n'ai pas le choix, Alex.

Son épouse le fixait de cet air dur et buté qu'elle prenait parfois quand elle était contrariée.

— Ce n'est pas bien compliqué de trouver une excuse.

Vêtue d'une robe bleu nuit qui dévoilait ses épaules et tourbillonnait jusqu'à ses chevilles, elle était plus belle que jamais. Ses cheveux, ramassés sur sa nuque, retombaient en une masse ébène sur un seul côté. Après toutes ces années, le simple fait de la regarder faisait encore trépider son cœur.

— C'est trop dangereux. D'après nos informations, un incident se produira ce soir. Je ne veux pas que tu coures le moindre risque.

— Je n'ai pas le choix.

Elle avait peur, Alexander le savait. Depuis que Reeve leur avait appris qu'il allait se passer quelque chose au théâtre le soir de la première, sa femme vivait dans un état d'anxiété permanent. Oui, elle avait peur, mais elle n'en était pas moins déterminée, comme toujours. Elle se dirigea soudain vers le miroir biseauté accroché au-dessus du bureau, comme si elle devait impérativement vérifier sa coiffure.

— J'ai écrit cette pièce, je l'ai produite et, plus important encore, continua-t-elle avant qu'il ne puisse l'interrompre, je me dois d'être au théâtre ce soir, parce que je suis ta femme.

Certes, les arguments d'Eve étaient valides, mais il s'en moquait. Il voulait qu'elle reste au palais, en sécurité, hors d'atteinte. Son cœur ne serait en paix que s'il la savait installée dans les pièces qu'elle avait décorées, à l'abri dans ce refuge qui protégeait sa famille depuis des générations. Là, rien ne pourrait lui arriver. Dehors, en revanche…

— Mon amour, Reeve se trompe rarement. S'il dit qu'il va se passer quelque chose ce soir, je veux que tu sois le plus loin possible du théâtre. Ta grossesse suffira à excuser ton absence. Je sais combien la pièce est importante pour toi, mais…

— Oui, elle l'est, l'interrompit-elle. Mais moins que toi.

— Alors fais-le pour moi, et reste au palais ce soir.

Elle pencha la tête.

— Alexander, serais-tu prêt à rester avec moi ?

— Si c'était possible, bien sûr que je le ferais.

Il passa une main impatiente dans ses cheveux. C'était un stratagème auquel elle avait déjà eu recours auparavant, et il n'existait guère d'argument pour le contrer.

— Je ne peux pas rester enfermé chaque fois que Deboque menace de faire des siennes, ajouta-t-il.

— Pense à Cordina, dit-elle d'une voix calme. A Cordina qui est aussi mon pays, à présent.

— Eve.

Il l'aimait autant qu'il était possible d'aimer. Et chaque jour davantage.

— Tu es ce que j'ai de plus précieux au monde. J'ai déjà failli te perdre une fois.

Prenant ses mains dans les siennes, elle le regarda dans les yeux.

— Moi aussi, j'ai failli te perdre, Alex. Je serai dans la loge royale à ton côté : c'est là qu'est ma place.

De l'autre côté de la porte, Hannah entendait la conversation assez distinctement. Dans des moments comme celui-là, elle avait du mal à considérer ce qu'elle faisait, ce qu'elle avait à faire, comme une mission parmi tant d'autres. Derrière cette porte se trouvaient des personnes à qui elle s'était attachée. Les Bisset n'étaient plus pour elle de simples noms ou des symboles, mais des amis. Et, après avoir joué à des jeux très dangereux pendant dix ans, elle savait combien il peut être risqué de se faire des amis.

Elle ferma les yeux et prit une grande inspiration avant de frapper.

— Entrez.

Ce fut Alexander qui répondit, d'une voix impatiente. Hannah ouvrit la porte, mais ne franchit pas le seuil.

— Je m'excuse. Je vous dérange.

— Bien sûr que non.

Avec la chaleur qui la caractérisait tant, Eve sourit et lui fit signe d'entrer.

— Je vois que tu es prête pour la soirée.

Eve éprouva un léger regret devant la robe beige et la coiffure sévères d'Hannah. Elle aurait aimé avoir un peu de temps pour convaincre son amie d'adoucir son image. Mais ce soir, elle avait d'autres sujets de préoccupation.

— Nous étions sur le point de descendre, dit-elle en reprenant la main d'Alexander.

— Peut-être as-tu besoin de moi ? lui demanda Hannah.

— Non, pas du tout, répondit-elle, toujours soucieuse. Hannah, je ne veux surtout pas que tu te sentes obligée de nous accompagner. Sachant que la possibilité d'un... incident n'est pas à écarter, eh bien, tu préférerais peut-être rester au palais.

— Jamais de la vie.

Avec son secret haï enfoui au fond d'elle-même, Hannah réajusta son châle sur ses épaules.

— Et je suis sûre que tout va bien se passer. Si tu n'as pas besoin de moi, alors je vais vous attendre en bas.

— S'il te plaît, Alex, n'en parlons plus, dit Eve une fois qu'Hannah eut refermé la porte derrière elle. Allons dire au revoir à Marissa avant de partir.

— Eve.

En l'attirant à lui, Alexander sentit contre lui l'endroit où dormait son second enfant.

— Je t'aime.

— Facile à dire, murmura-t-elle, en riant. Promets-moi de me le prouver, après la pièce.

Il posa sa joue contre ses cheveux.

— Tu as ma parole.

Bennett attendait déjà dans le grand hall. Malgré la distance qui les séparait, Hannah sentit l'impatience qui l'habitait. Une impatience mêlée d'une intrépidité que ses habits de soirée ne réussissaient pas à contenir. Il cherchait les ennuis, comprit-elle. Plus encore, il les espérait.

— Vous voilà.

Il lui sourit, mais son esprit était de toute évidence déjà tourné vers la soirée qui les attendait. Très naturellement, il prit sa main dès qu'elle fut en bas des escaliers.

— Vous n'êtes pas obligée de venir ce soir, Hannah. Je serais même heureux que vous ne veniez pas.

Elle se sentit soudain si coupable qu'elle caressa sa main pour le rassurer.

— Voilà que vous dites la même chose qu'Eve, répondit-elle sur un ton léger. Mais je veux y aller. Une vague rumeur émanant d'une source anonyme n'est pas une raison suffisante pour manquer une soirée au théâtre.

Il effleura son oreille, où brillait une perle.

— Est-ce cela qu'on appelle le flegme britannique ?

— C'est ce qu'on appelle le bon sens.

— Quoi qu'il en soit, je veux que vous restiez près de moi. Il y aura assez de gardes pour nous protéger, mais je préfère garder un œil sur vous moi-même.

Avant qu'elle puisse l'arrêter, il la conduisait vers la porte.

— Eve et Alexander sont presque prêts. Je leur ai dit que je les attendrais.

— La sécurité préfère nous séparer, dit-il en saluant Claude d'un rapide signe de tête. Vous partirez avec moi. Père arrivera lui-même après Alexander et Eve.

— Très bien.

Elle sortit dans la nuit étoilée, portant calmement son pistolet sous son bras, dans sa pochette perlée.

Le théâtre était bondé. Bien avant le lever de rideau, tous les sièges étaient déjà occupés, et le brouhaha de la conversation montait jusqu'à la loge royale. Un tonnerre d'applaudissements salua l'entrée des Bisset. Debout dans le fond de la loge, Hannah retint son souffle, tandis qu'elle observait l'océan de visages.

Si Deboque avait été là, elle l'aurait trouvé.

— Le Centre a été passé au peigne fin deux fois, murmura Reeve à son oreille. Il n'y a rien ici.

Elle acquiesça et s'installa, alors que le rideau se levait.

La pièce était d'une intensité qui devait combler les attentes d'Eve, même si Hannah doutait que les occupants de la loge soient très attentifs au drame qui se nouait sur scène. A plusieurs reprises, elle surprit Bennett en train de scruter le public.

Mais Deboque n'était pas là. Hannah ne s'attendait d'ailleurs pas à sa présence. Quoi qu'il se passe, il devait être loin, en train de se forger un alibi solide comme le rocher cordinien.

Ils n'avaient donc plus qu'à attendre. Et à observer.

Lorsque les lumières se rallumèrent pour l'entracte, Hannah pu presque sentir Eve se détendre. Une fausse alerte ? Non. Même si elle préférait que la princesse le crût, elle n'était pas dupe. Elle était habitée de cette sensation étrange que certains appellent un pressentiment, et d'autres, l'instinct. Hannah était dans le métier depuis assez longtemps pour savoir quand il fallait se préparer à quelque chose.

— Désirez-vous boire quelque chose ?

Elle se tourna vers Bennett, prête à refuser. Elle avait ses raisons pour préférer ne pas le perdre de vue.

— Oui, répondit-elle pourtant, ne voulant pas lui infliger une nouvelle déception. Je prendrais volontiers quelque chose de frais.

Dès que Bennett eut refermé les portes de la loge, elle se pencha vers Reeve.

— Je vais surveiller les alentours.

— Faites attention, j'ai un mauvais pressentiment.

— Moi aussi. Je me souviens que Deboque m'a conseillé de rester dans le public. J'ai bien envie d'aller faire un petit tour en coulisses.

Alors qu'il s'apprêtait à l'en dissuader, Gabriella prit sa main, offrant à Hannah les quelques secondes dont elle avait besoin pour s'en aller. Elle traversa le vestiaire des femmes jusqu'à ce qu'elle soit sûre que personne ne l'observait. Grâce à son expérience, elle se faufila discrètement jusqu'à un escalier, et descendit. Elle avait dix minutes, se dit-elle en regardant sa montre. Dix minutes avant qu'on se rende compte de son absence.

Dans les coulisses, où les acteurs étaient en train de se changer, l'ambiance était encore tendue et survoltée, si bien qu'on lui accorda à peine un regard. Rien ne semblait anormal ni suspect. Pourtant, son pressentiment persistait.

La porte de la loge de Chantel était ouverte. L'actrice aperçut Hannah, marqua une légère hésitation, puis l'apostropha :

— Lady Hannah.

Parce qu'elle n'avait pas le choix, Hannah s'arrêta devant la porte.

— Mademoiselle O'Hurley. Son Altesse n'a pas pu descendre, mais elle vous fait savoir qu'elle a beaucoup apprécié votre performance.

— Merci.

Chantel posa le fard dont elle venait de se servir pour souligner l'intensité de son regard.

— Et vous-même, que pensez-vous de la pièce ?

— Elle est poignante. Votre interprétation de Julia est à couper le souffle.

En acquiesçant, Chantel s'approcha. L'exagération de son maquillage de scène la faisait paraître plus exotique.

— Vous savez, je suis née dans le monde du spectacle. J'ai ça dans le sang, si vous voyez ce que je veux dire. Et j'ai toujours pensé qu'un acteur invétéré est capable d'en reconnaître un autre lorsque leurs chemins se croisent.

Très calme, et souriant presque, Hannah la regarda droit dans les yeux pour lui répondre.

— Sans doute.

— C'est peut-être pour cela que, alors que je ne sais toujours pas si je vous apprécie ou pas, je sais que je ne vous fais pas confiance.

Chantel ajusta les poignets de la robe qu'elle porterait lors de la prochaine scène.

— J'ai toujours adoré Bennett. Parmi tous les hommes qu'elle fréquente, une femme comme moi compte très peu de vrais amis.

Il y avait quelque chose de fort, quelque chose d'honnête chez la femme qui se tenait en face d'elle. Hannah essaya d'en tenir compte autant qu'elle le put.

— Je peux vous dire que Bennett est pour moi quelqu'un de spécial, quelqu'un à qui je tiens beaucoup.

Chantel resta silencieuse un moment, hésitant, réfléchissant.

— Je ne sais pas pourquoi, mais je vous crois.

Elle secoua la tête, l'air dépassé.

— Je n'ai pas compris pourquoi vous jouiez aux Jane Eyre, mais j'imagine que vous avez vos raisons.

— En place, mademoiselle O'Hurley.

Chantel se tourna pour vérifier son image une dernière fois dans un miroir en pied. Elle inclina son menton selon un angle différent, et devint Julia. Sa voix prit une légère intonation nasillarde, écho du Sud américain, lorsqu'elle passa devant Hannah.

— Chérie, dit-elle avec emphase, il faut que vous sachiez que le beige est le pire choix de couleur que vous auriez pu faire.

Puis elle lui adressa un clin d'œil et disparut vers la scène.

Restée seule, Hannah expira longuement. Elle n'avait rien vu d'anormal, n'avait aperçu personne de suspect, et avait reçu une leçon de taille. Contrairement à ce qu'elle avait toujours cru, sa couverture n'était pas infaillible.

Elle traversa le couloir dans l'autre sens, obliqua vers l'escalier, et remonta vers la loge. Mais, avant qu'elle y parvienne, elle entendit les applaudissements accompagnant le lever de rideau. Ensuite parvint le bruit distant — un grondement suivi d'une détonation — d'une explosion. Les lumières s'éteignirent.

Il y eut quelques cris épars lorsque le théâtre fut plongé dans l'obscurité.

Dans la loge royale, Reeve se leva en même temps que les gardes, qui avaient dégainé leur arme, prêts à tirer.

— Restez ici, ordonna-t-il, avant d'effleurer brièvement la main de Gabriella pour la rassurer. Vous deux, venez avec moi, dit-il en direction des gardes.

Ils se dirigèrent aussitôt vers le hall.

— Il nous faudrait de la lumière.

En jurant, il chercha son briquet dans sa poche.

— Et puis, il faudrait que quelqu'un prenne la parole pour empêcher le public de paniquer.

Alors qu'il allumait son briquet, qui projeta une lumière faible et tremblante, la voix calme et claire de Chantel se fit entendre.

— Mesdames et messieurs, merci de rester à vos places. Il semblerait que nous ayons quelques problèmes d'éclairage. Si vous voulez en profiter pour faire plus ample connaissance avec votre voisin ou votre voisine, c'est le moment…

— Bravo, Chantel, murmura Reeve lorsqu'il entendit les rires nerveux du public. Descendons voir les disjoncteurs.

Hannah n'était pas revenue. Bennett se répétait sans cesse cette phrase dans sa tête. Elle se trouvait quelque part dans le théâtre, seule dans le noir. Sans hésiter, il se dirigea vers la porte.

— Votre Altesse, dit un garde en penchant sa silhouette massive vers lui, si vous voulez bien rester à votre place.

— Laissez-moi passer.

— Bennett, fit son père, dont la voix s'éleva, ferme et tranchante, dans l'obscurité. Assieds-toi, s'il te plaît. Tout va rentrer dans l'ordre très vite.

— Hannah n'est pas ici.

— Reeve va s'en occuper, répondit le prince après un bref silence.

Il n'avait jamais remis en question le devoir et l'honneur. Mais là, il s'agissait d'amour. Bennett poussa la porte et partit à sa recherche.

Pistolet au poing, Hannah attendait dans l'escalier. Elle ne bougeait pas, respirait à peine, et hésitait entre monter pour s'occuper des Bisset et descendre pour vérifier les compteurs électriques. S'il y avait eu une bombe, une seconde pourrait tout aussi bien exploser.

Sa raison lui disait que les Bisset étaient suffisamment protégés et que son travail était d'identifier la source du problème. Pourtant, son cœur voulait à tout prix s'assurer que Bennett était bien sain et sauf. Ecoutant ce dernier, elle se mit à monter les escaliers. Au bout de trois marches, elle entendit le bruit d'une porte se refermant au palier inférieur.

Le doigt sur la gâchette, elle pointa son arme et redescendit. Elle distingua la lueur de la lampe torche avant d'entendre les pas. Des pas prudents. Et discrets. Tapie dans l'ombre, Hannah se dissimula dans un coin et attendit.

Elle reconnut l'homme du musée. Il était cette fois vêtu de l'uniforme bleu foncé des techniciens de maintenance et portait une petite caisse à outils. A le voir ainsi, n'importe qui aurait pensé qu'il était là pour s'occuper du problème qui venait de survenir. Lorsque le faisceau lumineux arriva à ses pieds, elle sortit de l'ombre et pointa son pistolet sur l'homme.

— Restez tranquille, chuchota-t-elle. Je m'excuse de vous accueillir de cette façon, mais je n'avais pas envie que vous me tiriez une balle en pleine tête avant que vous ne m'ayez reconnue.

— Mademoiselle.

Elle perçut la rage contenue dans sa voix. Personne n'aime se retrouver pris au dépourvu de cette façon.

— On m'avait dit que vous resteriez hors de notre chemin ce soir.

Hannah baissa son arme, mais ne la déchargea pas.

— Je préfère toujours me rendre compte par moi-même de ce qui se passe. Un incident spectaculaire, le complimenta t elle. Y a t il d'autres festivités prévues pour ce soir ?

Il était entraîné pour tuer, elle en était certaine. Mais était-il armé ? Si elle le retenait trop longtemps ou le questionnait avec trop d'insistance, elle risquait de se découvrir.

— Seulement si l'occasion se présente. Maintenant, si vous voulez bien m'excuser...

— Certainement.

Son seul but, à présent, était de le voir hors du théâtre avant que ne survienne une « occasion ». Le théâtre était bondé, la famille royale présente. Il fallait à tout prix éviter la confrontation.

— Puis-je vous aider à faire une sortie discrète ?

— Tout est déjà prévu.

— Très bien. Dites à votre employeur que mon action sera moins spectaculaire, mais très efficace.

Puis elle se tourna vers les escaliers, car elle venait d'entendre une porte s'ouvrir plus haut.

— Hannah ?

Au son de la voix de Bennett, son sang se glaça. Lorsque l'homme esquissa un mouvement à côté d'elle, elle agrippa son bras. Elle savait sans avoir besoin de le voir qu'il voulait dégainer son arme.

— Ne soyez pas stupide, chuchota-t-elle. Dans cette lumière, vous pourriez trop facilement manquer votre cible et tout faire rater. Eteignez votre lampe et laissez-moi faire.

Elle sentit sa résistance, mais se tourna vite et grimpa les escaliers.

— Bennett.

Elle n'eut pas à feindre la peur dans sa voix. Il n'était guère plus qu'une ombre devant la porte, mais elle passa ses bras autour de lui et lui bloqua le passage.

— Que faites-vous ici ? demanda-t-il.

— Je me suis perdue lorsque les lumières se sont éteintes.

— Dieu du ciel, Hannah. Comment vous êtes-vous retrouvée tout en bas ?

— Je... Je ne sais pas. S'il vous plaît, remontons.

— Vous auriez pu vous rompre le cou dans ces escaliers.

Lorsqu'il la repoussa doucement et voulut la faire reculer, elle refit un pas en avant pour l'empêcher de passer.

— Embrassez-moi, murmura-t-elle.

Visiblement rassuré de l'avoir retrouvée saine et sauve, Bennett la saisit par le menton. La faible lumière ne laissait que deviner le contour de son visage et la lueur de ses yeux.

— Si vous insistez.

Lorsqu'il posa ses lèvres sur les siennes, elle agrippa la poignée de la porte derrière lui, prête à le pousser à l'abri en cas de danger.

Puis il caressa son visage, tendrement. Ses lèvres la cajolèrent, la réconfortèrent, sans rien exiger en retour. Elle crispa ses doigts autour de la poignée, autant par réaction à son baiser que par peur. Alors, il posa une main dans le bas de son dos, pour l'apaiser davantage. Hannah sentit son cœur se briser. Elle l'aimait, tout en sachant qu'elle ne le pouvait pas. Elle voulait que ce baiser ne soit rien de plus que ce qu'il était : la fusion de deux bouches, le symbole d'une affection réelle. Mais ce qu'il était, et ce qu'il devait être, c'était une ruse pour que l'homme qui se trouvait quelques marches en contrebas ait le temps de s'enfuir.

Ensuite, Bennett ne craindrait plus rien. Pendant quelques secondes, elle mit tout son cœur dans ce baiser. Il ne craindrait plus rien, et elle pourrait de nouveau respirer.

Soudain, Bennett sentit le changement qui s'opérait en Hannah, et son cœur s'emporta. Il l'avait imaginée perdue dans le noir, seule, ayant besoin d'être réconfortée et de sentir une présence humaine. Avec cette idée en tête, il avait mis de côté ses propres désirs et attentes, et l'avait embrassée en ami, avec affection et attention. Sa réponse était comme le tonnerre et la foudre. Agrippant plus fort son visage, il murmura son prénom.

Les lumières se rallumèrent comme dans un flash. Tout se déroula très vite, mais Bennett n'oublierait jamais chaque mouvement, chaque bruit. Il n'eut pas le temps d'avoir peur, seulement celui d'être surpris, puis déçu.

Lorsque les lumières revinrent, il se raidit, et Hannah sut à ce moment que l'homme de Deboque ne s'était pas enfui comme elle l'avait espéré, mais qu'il attendait pour profiter de l'occasion qui s'était présentée d'elle-même. Sans hésiter, elle se dégagea de l'étreinte de Bennett, et le repoussa vers la porte. Le pistolet de l'homme était pointé vers sa cible, mais le sien aussi. Et elle était très rapide.

Bennett avait vu l'homme, et son arme. Il s'était jeté dans la cage d'escalier pour la protéger au moment où elle avait tiré. Il resta un moment immobile, à regarder l'homme s'écrouler, inanimé. Puis il vit le pistolet dans la main d'Hannah. La surprise le saisit, puis le quitta. Son visage devint impassible. Lorsqu'il parla, ce fut d'une voix neutre.

— A quel jeu jouez-vous, et pour qui ?

C'était la première fois qu'elle tuait. Elle s'y était entraînée, bien sûr, mais n'avait jamais tué de ses propres mains. Alors qu'elle gardait les yeux baissés, le pistolet lui parut tout à coup comme un corps étranger et visqueux. Le souffle court, elle se tourna vers Bennett.

— Je vous dois des explications, mais ce n'est pas le moment.

Elle entendit quelqu'un arriver en courant et lutta pour se reprendre.

— Faites-moi confiance, s'il vous plaît.

— C'est une requête intéressante, dit-il en la frôlant pour s'approcher de l'homme à terre.

— Bennett, je vous en prie.

Elle attrapa son bras et l'attira à elle.

— Je vous dirai tout ce que je peux plus tard. Vous pourrez vérifier tout cela avec Reeve ou votre père.

Elle le sentit se tendre.

— Mon père ?

— S'il vous plaît, pour son salut, pour le salut de votre famille, laissez-moi nous tirer de là.

Elle mit son pistolet dans la main de Bennett juste au moment où Reeve faisait son apparition, suivi de cinq gardes.

— Il a essayé d'abattre le prince, dit Hannah en exagérant le tremblement dans sa voix et en s'appuyant contre Bennett. Il allait le tuer. Si Bennett n'avait pas…

Elle s'interrompit pour blottir son visage contre l'épaule de Bennett. Mais il ne bougea pas et, même s'il ne la contredit pas, il n'eut aucun geste réconfortant, ni aucune parole consolatrice.

Reeve se pencha alors au-dessus du corps, puis leva les yeux vers Bennett.

— Heureusement que tu es rapide, et adroit.

Quand il constata qu'il ne manquait aucune balle dans le pistolet qui gisait à côté du corps, Reeve, plus intrigué que surpris, regarda brièvement Hannah.

— Nous allons gérer tout cela très calmement.

— Bien sûr, répondit Bennett dans un rictus.

— Si tu veux bien retourner à la loge, ajouta Reeve en faisant signe à deux gardes de l'accompagner. Nous ne raconterons rien à la famille tant que nous ne serons pas en privé.

Avec un pinceau, il souleva l'automatique par la gâchette.

— La police entrera par l'arrière du théâtre.

Bennett congédia les gardes d'un simple geste. C'était la première fois qu'Hannah le voyait faire preuve d'une réelle arrogance princière.

— Je veux te parler, Reeve. Seul à seul. Et tout de suite.

— Très bien.

Elle se crispa davantage. Il en avait trop vu, bien sûr. Les explications ne pouvaient pas attendre.

— Dans le bureau d'Eve, alors. Si tu me laisses quelques minutes pour m'occuper du corps.

— Tu en as dix, dit Bennett, avant de tourner le dos à tout le monde.

— J'aimerais rentrer au palais, dit Hannah, essayant de reprendre le contrôle de ses émotions, et de son personnage.

Elle se tenait sur les marches, son sac bien serré contre elle.

— Je ne me sens pas très bien.

— Faites venir une voiture et un chauffeur, ordonna Reeve à l'un des gardes.

A un autre, il tendit l'arme du mort, avant de monter les marches pour passer un bras autour des épaules d'Hannah.

— Je vous accompagne dehors.

Dès qu'ils se furent éloignés, sa voix devint sèche et professionnelle.

— Que s'est-il passé ?

Hannah avait les genoux qui tremblaient, mais elle se força à lui répondre sur le même ton. Brièvement, elle lui présenta son rapport.

— Tout s'est déroulé en cinq minutes, tout au plus.

Pourtant, elle avait eu l'impression que cela avait duré des heures.

— Ce n'est pas de chance que Bennett vous ait trouvée. Mais l'histoire est plausible. Il a la réputation d'être un excellent tireur. Il faudra juste que j'apaise les choses.

A cette idée, il poussa un long soupir. Reeve connaissait bien son beau-frère, comme il connaissait tous les Bisset. Une fois qu'ils étaient en colère, il n'était pas facile de leur faire entendre raison.

— Nous nous verrons demain matin pour mettre au point l'histoire que vous raconterez à Deboque.

— Il ne me pardonnera jamais.

Reeve était suffisamment intuitif pour comprendre qu'elle ne parlait pas de Deboque.

— Bennett n'est ni injuste ni insensible. Il sera en colère d'avoir été laissé dans l'ignorance, mais il ne vous en voudra pas.

— Vous le pensez vraiment ?

Puis Hannah franchit les portes du théâtre et disparut dans la nuit sans se retourner.

Assise près de la fenêtre, Hannah regardait le jardin. Une heure s'était écoulée, puis deux, pendant qu'elle contemplait la nuit. Le palais était silencieux. Les autres étaient peut-être rentrés, mais elle ne les aurait de toute façon pas entendus, car sa chambre donnait sur l'arrière du bâtiment. Les Bisset offraient toujours à leurs invités les appartements les mieux situés et les plus calmes.

Elle n'imaginait que trop bien la façon dont Bennett avait dû réagir aux explications de Reeve. Mais ce ne serait pas à son beau-frère qu'il en voudrait. Hannah savait qu'il rejetterait la faute sur elle et avait déjà accepté cette idée. Dans la matinée, il demanderait sans doute à s'entretenir avec elle en privé.

Elle ne s'excuserait pas. Hannah leva son menton de quelques millimètres. Elle accepterait la colère et la froideur de Bennett, mais elle ne s'excuserait pas d'être celle qu'elle était.

Elle l'aimait. Si elle avait pu le lui dire, il aurait du mal à la croire, à présent. Elle aurait donné sa vie pour lui ce soir, pas seulement par devoir, pas seulement pour l'honneur, mais surtout par amour. Il ne le comprendrait ni ne le croirait jamais. C'était peut-être mieux ainsi. Si ses sentiments pour lui avaient échappé à son contrôle, il était plus sage et plus sûr que ceux qu'il ressentait pour elle fussent morts.

Elle avait toujours une mission à accomplir et deux années de travail à mener à leur terme.

Hannah appuya sa tête contre la fenêtre, regrettant de ne pouvoir être en ce moment même à Londres, en train de humer l'air frais et humide de la nuit.

Bennett ne frappa pas. Le temps de la politesse, des formalités et des petites gentillesses était passé. Elle était assise devant la fenêtre, la tête appuyée sur ses bras croisés. Elle avait détaché ses cheveux, qui retombaient sur ses épaules et dans son dos par-dessus son peignoir blanc. On aurait presque pu la prendre pour une femme perdue dans la nuit. Mais il ne croyait plus ce qu'il voyait et doutait de ce qu'il ressentait. Dès qu'il referma la porte derrière lui, elle se leva d'un bond.

Elle ne s'était pas attendue à sa visite dès cette nuit. En regardant son visage sombre, Hannah comprit qu'elle aurait dû.

— Vous avez parlé avec Reeve ?

— Oui.

— Et avec votre père ?

Il haussa les sourcils. Même s'il ne portait plus sa veste de cérémonie, il savait rester princier lorsqu'il le voulait.

— Nous parlerons demain, même si cela ne vous regarde pas.

Elle acquiesça d'un petit signe de tête.

— A moins que cela ne remette en cause le rôle que j'ai à jouer parmi vous.

— Même si vous semblez l'ignorer, je ne suis pas stupide. Votre mission se poursuit, bien entendu.

Il sortit le petit pistolet de sa poche et traversa la pièce pour aller le poser sur la table de nuit.

— C'est à vous, il me semble.

Non, il ne lui pardonnerait pas. Et elle s'était trompée en pensant être prête à l'accepter.

— Merci.

Aussi calmement que lui, elle se dirigea vers la table de nuit et rangea l'arme dans le tiroir.

— Vous êtes une excellente tireuse, lady Hannah.

Elle referma le tiroir sans bruit.

— J'ai été bien entraînée.

Il la saisit alors par le menton, sans douceur.

— Extrêmement bien, en effet. Je me demande quels autres talents vous possédez. La duplicité est certainement le plus évident de tous. Combien de femmes êtes-vous capable d'être ?

— Autant que mon travail l'exige. Si vous voulez bien m'excuser, je suis très fatiguée.

— Non.

De son autre main, il empoigna ses cheveux. Bennett repensa à tout ce qu'elle lui avait fait subir en une soirée. L'angoisse, la terreur, et la trahison.

— J'ai bien peur que cela ne prenne plus avec moi. Je ne veux plus jamais avoir affaire à la lady anglaise tranquille et bien comme il faut. Jouez cartes sur table, Hannah.

C'était la peur, comprit-elle, qui lui nouait l'estomac. Non pas la peur qu'il s'en prenne physiquement à elle, non pas la peur que, dans un accès de colère, il mette par terre toute l'opération, mais la peur, terrible et glaciale, qu'il la regarde à jamais comme il la regardait en ce moment même.

— J'imagine que Reeve vous a déjà appris l'essentiel. L'opération a été lancée il y a deux ans. Le SIS avait besoin d'un agent infiltré, donc...

— J'ai été mis au courant de tous les détails.

Furieux, il la lâcha, laissant tomber ses bras le long de son corps. Et, aussitôt, il serra les poings.

— Un peu tard, certes, mais les informations m'ont eu l'air à peu près complètes. Après avoir approché l'organisation de Deboque, vous avez fait semblant de vous prendre d'amitié pour Eve, afin de vous faire inviter au palais.

Il vit l'émotion déformer brièvement ses traits, mais ne voulut surtout pas l'interpréter.

— Le but était d'abuser Deboque en lui faisant croire qu'il avait réussi à placer l'un des siens au palais, poursuivit-il. De cette façon, il vous mettrait forcément au courant de ses plans et, dès qu'il tenterait quelque chose, les autorités seraient à même de l'arrêter et de détruire son organisation. On m'a dit que vous faisiez particulièrement bien votre travail, et que je devrais vous en être reconnaissant.

— Je n'ai pas besoin de reconnaissance. Juste de coopération.

— Dans ce cas, peut-être auriez-vous dû le demander dès le début.

Elle leva la tête vers lui, l'air déterminé.

— J'avais des ordres, Bennett. Vous savez ce qu'est le devoir.

— En effet. Mais je sais aussi ce qu'est l'honneur. Vous vous êtes jouée de moi.

La glace était en train de rompre sous le poids de la colère et, se maîtrisant de plus en plus mal, il l'empoigna par les bras.

— Vous vous êtes servie de mes sentiments pour vous.

— Vous n'étiez pas censé en avoir.

— On ne choisit pas toujours ce que l'on ressent. En revanche, d'autres choix existent. Aviez-vous besoin de vous servir de ce que je ressentais pour vous, Hannah ?

— J'avais un travail à accomplir.

Elle avait beau lutter pour se contrôler, elle s'était mise à trembler. Sa voix n'était plus calme, à présent. Avait-elle agi froidement ou en raison de ce qu'elle-même éprouvait pour Bennett ?

— J'ai essayé de vous décourager.

— Vous saviez que je m'étais attaché à vous, que j'avais envie de vous.

— Je ne le voulais pas.

— Vous mentez encore.

— Non.

Elle essaya de se dégager, mais il la tenait fermement.

— Je n'ai rien fait pour vous séduire. Mais je le répète : toute femme n'existe peut-être que pour que vous soyez séduit.

Elle le vit bouillir de rage, mais l'ignora.

— Peut-être qu'en refusant de coucher avec vous je suis devenue un défi pour vous. Peu de femmes auraient résisté à un prince.

— Ne croyez-vous pas que, si j'avais simplement voulu vous attirer dans mon lit, j'y serais déjà parvenu une bonne demi-douzaine de fois ?

— On ne m'attire nulle part contre mon gré, dit-elle avec fierté.

Elle soutint son regard. Il avait parlé d'une voix trop basse, trop précise, mais peu lui importait, désormais.

— Si vous êtes en colère parce que je ne suis pas celle que vous croyiez que j'étais, c'est parce que votre ego ne l'a pas supporté, et...

Parole et souffle coupés, elle fut soudain projetée sur le lit, sous lui. Avant qu'elle ne puisse réagir, elle se retrouva les deux mains entravées. On l'avait mise en garde contre les accès de colère de Bennett. Ils étaient même mentionnés dans son dossier, comme l'une de ses caractéristiques. Mais rien de ce qu'on avait pu lui dire ni de ce qu'elle avait pu lire à ce sujet n'était aussi terrible que d'en être la victime.

— Mon ego, dites-vous ? hurla-t-il à quelques centimètres de son visage. Donc, pour vous, je ne suis rien d'autre que ce que vous avez lu et entendu à mon sujet.

Comme cela faisait mal. Bennett sentit la douleur enfler en lui et le dévorer jusqu'à ce qu'elle se mue en colère.

— Je ne vous décevrai pas, alors.

Elle se débattit et réussit presque à le repousser. Mais il résista et, pour l'empêcher de bouger, écrasa son corps sous le sien. D'une main, il la saisit dangereusement à la gorge. Il éprouva un plaisir morbide à sentir son pouls palpiter sous ses doigts.

— Que cherchez-vous à prouver ? fit-elle.

Elle réussit à libérer un de ses bras, mais il la saisit aussitôt par le poignet. Son pouls cognait ici aussi, rapide, irrégulier.

— Vous ne réussirez qu'à nous rabaisser tous les deux, ajouta-t-elle d'une voix saccadée.

Il s'en moquait. Il avait franchi les limites du bien et du mal, de la vérité et du mensonge.

— Il fut un temps où je vous croyais timide et délicate.

A cette femme, je ne voulais rien témoigner d'autre que de la tendresse. Pour elle, je n'étais que patience, que tendres sentiments. Mais avec vous, je peux me dispenser de ce genre de choses, non ?

— Bennett, ne faites pas cela, dit-elle plus calmement.

— Et pourquoi pas ?

Sous le coup de la trahison, il avait retrouvé toute son intrépidité.

— N'est-ce pas la nuit de tous les mensonges et de toutes les passions ? acheva-t-il avec dédain.

Elle lui adressa un regard suppliant, un regard qu'il ne lui avait jamais vu.

— Vous n'allez pas me violer.

— Non. Mais vous serez à moi.

9

Ce serait à qui se montrerait le plus déterminé, ce serait une lutte acharnée pour prendre le contrôle. D'une certaine façon, il était plus facile pour Hannah de se le répéter, alors que les lèvres de Bennett s'étaient emparées des siennes. Il ne voulait pas lui faire l'amour, mais la punir, voire la conquérir. C'était la colère, et non le désir, qui les avait amenés tous les deux sur ce lit. Elle ne pouvait pas se permettre de l'oublier. Pas un seul instant.

Pourtant, son baiser ne fut pas cruel. Brûlant et brusque, il effleura sa bouche, plus tentant qu'insistant. La main qu'il avait posée sur sa gorge s'y trouvait davantage pour la contrôler que pour la menacer. Ses doigts calleux — qui lui rappelaient la force qui l'habitait — la caressaient dans le but de la faire succomber et se rendre.

Pourtant, elle garda son corps immobile et inerte sous le sien, attendant le moment propice pour se défendre, et pour vaincre. Même si, dans ses veines, son sang bouillonnait déjà.

Bennett avait conscience de la lutte acharnée à laquelle elle se livrait. Il connaissait la passion, le désir, la vulnérabilité, et comprenait comment les uns se nourrissent des autres. Il s'en était servi par le passé, avec les meilleures intentions du monde, pour donner autant que pour recevoir. A présent, il s'en servirait pour blesser aussi profondément qu'il avait été blessé.

Les femmes l'avaient tourmenté, amusé, décontenancé, et fasciné. Mais aucune d'entre elles ne l'avait jamais fait souffrir — avant Hannah. Qu'elle ne l'ait pas fait par inadvertance, dans un réflexe de défense, mais au contraire froidement, sans passion, rendait son acte impardonnable. Pour la première fois de sa vie, il tenait une femme entre ses bras dans le seul but de lui faire du mal.

C'était ce qu'il se répétait, en tout cas.

Elle ne portait rien sous son peignoir. Il le devina avant même de dénuder son épaule. Elle était forte. Il avait déjà eu l'occasion de s'en rendre compte. Mais elle était frêle, aussi. Ce mélange le troubla, autant que, il s'en rendit compte très vite, elle fut troublée par son geste. Alors qu'elle commençait à se débattre, son peignoir s'ouvrit plus largement.

Hannah dut se reprendre pour ne pas céder à la panique, lorsque son cœur et ses désirs la trahirent. Au moment où il avait caressé son épaule nue, le plaisir violent qui s'était emparé d'elle avait ouvert la porte à la peur. A l'excitation. A la passion. Comme elle se débattait encore, ils roulèrent tous les deux sur le lit dans un corps à corps acharné et fiévreux. Il était d'une force que sa silhouette élancée et ses manières douces ne lui avaient pas laissé soupçonner. Et le découvrir fut pour elle à la fois source de surprise et de désir. Les muscles bandés sous sa chemise, il contrait ses mouvements et l'emmenait là où il le voulait. Hannah se retrouva de nouveau prise au piège, les mains entravées dans son peignoir ouvert. Le souffle court, elle leva les yeux vers lui.

Elle était battue, mais, constata Bennett, loin d'être prête à se soumettre. Le clair de lune éclairait son visage, accentuant la blancheur laiteuse de sa peau, et la sombre brillance de ses yeux. La peur qui les avait habités s'était transformée en condamnation. Ses cheveux, qui lui faisaient penser à ceux d'une sirène ou d'une sorcière, étaient étalés sur le lit en une masse confuse.

— Vous n'aurez que mon mépris, lança-t-elle d'une voix tranchante.

Il sentit quelque chose se déchirer doucement en lui. Son cœur, ou son âme, peut-être. Il l'ignora et se concentra sur son besoin de la punir pour l'avoir fait aimer une illusion.

Il approcha de nouveau sa bouche de la sienne, mais elle détourna le visage. Une réaction de défense assez peu judicieuse de sa part, car ses lèvres trouvèrent ainsi la courbe douce et vulnérable de son cou. Elle retint d'abord son souffle, avant de pousser un petit gémissement. A ce faible cri, il sentit son cœur vibrer et, pris de vertige, il découvrit sa saveur unique et aussi dangereuse que les sentiments qu'il éprouvait pour elle.

Il voulait l'aimer et la haïr. Il avait besoin de la consoler et de la punir. Il cherchait à la blesser et à lui donner du plaisir. En proie à la confusion la plus totale, il oublia tout, sauf Hannah.

Sur son corps, il promena ses mains, rendues fermes par l'exercice, mais tendres par nature. Du bout de la langue, il dessina des motifs sur sa peau. Il la sentait brûlante sous ses caresses, et cette chaleur ne faisait que rendre sa douceur et sa saveur plus intenses encore. Elle se débattait sous lui, sans doute pour tenter de lui échapper, mais ses mouvements ne faisaient qu'accroître son excitation.

Tout à coup, elle s'immobilisa, presque comme si elle ne respirait plus. Puis elle commença à trembler.

Jamais Hannah n'avait eu une conscience aussi aiguë de son propre corps. Et jamais elle ne s'était sentie autant étrangère à toute pensée rationnelle. Elle voulait se souvenir de la raison pour laquelle il se trouvait tout contre elle, de la raison pour laquelle cela ne pourrait que leur porter préjudice à tous les deux. Mais en vain. Elle n'était plus que sensation. Les raisons ne comptaient plus, les conséquences étaient oubliées. Il la désirait. Elle le désirait. Le bien et le mal étaient bons pour les personnes sensées.

Lorsqu'il rapprocha sa bouche de la sienne, elle ne trouva chez elle ni abandon ni panique, mais la passion qu'elle avait combattue pendant presque toute sa vie. A cause de lui, pour lui, cette passion se libérait, et elle eut l'impression de flotter un moment, comme si elle comprenait qu'elle ne pourrait plus jamais la retenir totalement.

Avec impatience et désespoir, ils roulèrent ensemble sur le lit, mais leur combat était à présent de tout autre nature. Elle avait perdu son peignoir, de sorte que ses bras étaient libres de leurs mouvements. Sans réfléchir, elle l'attira et le serra contre elle. Alors, ils furent submergés par un torrent de chaleur qui les laissa tous les deux haletants.

Reste avec moi. Aime-moi. Comprends-moi, semblait-elle lui dire. Il avait déjà senti une fois auparavant un volcan bouillir en elle. A présent, alors qu'il entrait en éruption, Bennett fut soufflé par sa puissance, d'une sombre violence. La brise qui agitait les rideaux était fraîche et calme. Le lit était plongé dans une fournaise que chacun d'eux contribuait à alimenter.

Dans une espèce de frénésie, elle lui arracha sa chemise, dont elle envoya voler les boutons sur le matelas et jusqu'à terre. Lorsqu'elle rit, ce fut de ce rire grave et sensuel qu'il avait déjà entendu, mais il y décela également une pointe de triomphe. Puis le rire se transforma en soupir, lorsqu'elle fit courir ses mains sur son torse. Elle déposa sur ses lèvres un baiser brûlant et avide quand leurs chairs nues se rencontrèrent enfin.

Quelque chose se brisa net en lui. Il avait toujours été

un amant sensible, attentionné, attentif. L'amour n'avait jamais été un jeu pour lui, ni une compétition. Toujours, l'amour avait été la conséquence d'une affection, le point culminant d'un désir partagé.

Mais il n'avait jamais désiré de cette façon.

Lorsqu'il passa ses mains dans sa longue chevelure et l'attira à lui, il avait complètement oublié la tendresse comme la vengeance. Il mordilla ses lèvres, et il la vit se raidir à chaque morsure, sous l'effet du plaisir. Puis il bougea subitement, laissant ses lèvres insatisfaites, et parsema son corps de baisers.

La panique la saisit de nouveau, mais elle se mêlait tant avec le désir que Hannah fut incapable de les distinguer l'une de l'autre. Apeurée et excitée tout à la fois, elle essayait de l'attirer de nouveau à sa bouche, lorsque, avec une soudaineté qui la laissa haletante, il posa sa main là où elle s'y attendait le moins — là où elle l'attendait le plus. Son corps se contracta, presque dans un réflexe de défense, puis s'emplit d'une chaleur qui embrasa tous ses sens. Le plaisir la submergea, et elle cria son nom, certaine que personne d'autre que lui ne serait capable de lui offrir une telle volupté.

Elle se sentait faible et tremblante. Ses mains, qui avaient si fermement agrippé les draps, étaient à présent relâchées. Pendant un moment, elle se mit à flotter. Puis il recommença à souffler sur les braises.

Bennett avait obtenu ce qu'il voulait d'elle. Sa peau était trempée et douce sous ses doigts. Lorsqu'elle se remit à bouger, il sentit sous lui que ses muscles s'étaient détendus. Dans le clair de lune, il vit son visage, dévoré par la passion, empourpré par le plaisir. Saisissant ses hanches, il la couvrit de baisers, attendant qu'elle reprenne des forces.

Toujours tremblante et haletante, Hannah agrippa son pantalon. Elle avait eu un aperçu, un avant-goût du plaisir suprême, et elle en voulait davantage. Elle le voulait tout entier. Alors qu'elle le déshabillait, il fit glisser ses doigts à l'intérieur de ses cuisses, l'empêchant de continuer et l'excitant intolérablement.

Il vit sa stupéfaction lorsque le plaisir la saisit une seconde fois, il observa son corps se cambrer puis se tendre, à la recherche de davantage de caresses. Puis, dès qu'il la sentit se relâcher, il l'embrassa de nouveau, la poussant à embarquer pour le prochain voyage.

Il était comme une drogue pour elle. Elle sentit ses bras lourds lorsqu'elle essaya de les lever vers lui. Sa tête tournait à cause de l'afflux de sensations. Baignant dans une torride passion, leurs peaux à tous les deux étaient moites et brûlantes. Elle entendait son propre souffle, tout en soupirs et gémissements, alors qu'elle tâchait de se concentrer sur le visage de son amant.

Ses yeux étaient couleur fauve, comme ceux d'un félin prêt à sauter sur sa proie. Elle le revit sur son étalon, intrépide, fougueux, rebelle, et dangereux. Elle frémit une fois, avant de se rendre. Les yeux grands ouverts et le cœur palpitant, elle l'étreignit de toutes ses forces.

Alors, il la pénétra.

La cavalcade fut rapide et violente. Soudés l'un à l'autre, ils chevauchaient à bride abattue. Sans ralentir le pas, ils plongèrent la tête la première du haut de la falaise.

Le silence sembla durer éternellement. Hannah s'y mura, et attendit. Même si elle était loin d'être calme, elle avait recouvré une partie de ses esprits. Dans l'obscurité complice, elle pouvait bien admettre pour elle-même qu'elle ne serait plus jamais la même. Il avait réussi à faire sauter le vernis pour conquérir celle qu'elle était vraiment, celle qu'il haïssait. Elle ne pouvait pas lui avouer qu'elle l'aimait, qu'elle pleurait déjà la perte de ce qu'elle n'avait jamais complètement possédé et qu'elle regretterait toute sa vie.

Il n'avait qu'une envie : tendre la main vers elle, l'attirer à lui, et caresser ses cheveux dans le clair de lune. Mais il ne pourrait plus jamais la toucher. Il avait pris dans la colère ce qu'il avait rêvé de prendre dans la tendresse. Il se sentait coupable, bel et bien coupable, même s'il ne lui avait toujours pas pardonné sa trahison.

La femme dont il était tombé amoureux n'existait pas. Plus encore qu'une illusion, elle avait été un mensonge. A présent, il avait fait ce qu'il avait toujours évité, même dans ses pires moments. Il avait fait l'amour avec une inconnue. Et, pauvre de lui, il venait de retomber follement amoureux d'elle.

Lui avait-il fait mal ? Il voulut le lui demander, mais se retint. Il ne pouvait pas se permettre d'éprouver du remords, ou bien il se ridiculiserait de nouveau devant cette nouvelle Hannah. Puisqu'il avait sacrifié l'honneur à la colère et à la souffrance, il s'accrocherait à sa fierté.

Se passant une main dans les cheveux, il se leva. Comment pouvait-il l'aimer, alors qu'il ne la connaissait même pas ? Comment pouvait-il encore aimer la femme dont il savait qu'elle n'avait jamais existé ?

Il s'habilla en silence alors qu'Hannah demeurait sur le lit, aussi immobile qu'une statue.

— On dirait que, chacun à notre tour, nous nous sommes servis l'un de l'autre, murmura-t-il.

Surprise, Hannah ouvrit les yeux. Ils ne contenaient nulle larme. Dieu merci, elle avait encore assez de force pour ne pas pleurer. Il se tenait près du lit, torse nu, sa chemise déchirée à la main.

— Nous pouvons nous considérer comme quittes, alors, répondit-elle calmement.

— Vraiment ?

Ses doigts blêmirent autour de sa chemise. Il avait

presque fait un pas vers elle, mais il tourna brusquement les talons et la laissa seule.

Hannah resta couchée à écouter le silence jusqu'à l'aube.

— Tu as des questions, dit Armand à son plus jeune fils.

La lumière matinale était vive et rendait évidentes les traces d'une nuit sans sommeil sur le visage du père comme sur celui du fils.

— Mais je préfère que tu attendes que j'aie terminé pour que tu les poses.

Bennett s'était préparé à questionner et à enrager. La tension et la fatigue qui se lisaient sur le visage de son père le firent apparaître soudain plus âgé qu'il n'était et bien trop vulnérable. De nouveau, ce fut l'amour, davantage que le devoir, qui le guida.

— Très bien.

Comme il en avait besoin, Bennett servit le café, qu'il laissa noir.

— Veux-tu t'asseoir ?

— Non.

Avec un soupir, son père s'assit, puis repoussa son café sans y toucher.

— Il y a deux ans, j'étais dans ce même bureau avec Reeve et Malori. Alexander et toi étiez présents également. Tu te souviens ?

Bennett alla se planter devant la fenêtre.

— Oui. Nous avons parlé de Deboque et de ce qui pouvait être fait pour l'empêcher de nuire.

— Dans ce cas, tu te souviens que Reeve avait déjà conçu le projet d'infiltrer l'organisation de Deboque.

— Je me souviens, aussi, que vous avez décidé de ne pas révéler le nom de l'agent infiltré à Alex et moi.

Le vague ressentiment qu'il en avait conçu à l'époque s'était mué en une nuit en réelle amertume.

— Et que Malori n'approuvait pas totalement le choix de Reeve.

— Malori a toujours fait un travail excellent au sein de la sécurité de Cordina et a toujours bénéficié de notre confiance. Mais il appartient à la vieille école.

— Utiliser une femme le dérangeait.

Bennett but la moitié de son café, avant de poursuivre.

— J'ai pensé à l'époque — et c'est toujours mon sentiment — qu'Alexander et moi avions le droit d'être informés de ce qui se préparait. Et surtout, nous avions tous les deux le droit de savoir que la femme que nous avions acceptée comme amie était un agent du SIS.

Son père répondit d'une voix calme, mais empreinte d'autorité :

— Mon opinion — hier comme aujourd'hui — est que ni toi ni lui n'aviez besoin de savoir. Evidemment, si j'étais tombé malade, Alex aurait été mis au courant. Toutefois…

— Pensez-vous que, parce que je ne vais pas régner, Cordina compte moins pour moi ?

Furieux, Bennett se tourna brusquement vers son père.

— Toute ma vie, j'ai été le fils cadet. Alex est né pour vous succéder. Il a été façonné pour régner, tout comme le sera son fils. Pensez-vous qu'à cause de cela je sois moins attaché à Cordina, que je l'aime moins, que je lui sois moins dévoué ?

Armand ne répondit pas tout de suite, cherchant visiblement ses mots.

— Bennett, je t'ai regardé passer de l'enfance à l'âge adulte en guettant un signe me disant que tu souffrais de la place que tu occupes. Tu t'es montré parfois incontrôlable, toujours intrépide, et souvent trop exubérant. Mais jamais je n'ai vu autre chose en toi que de l'amour et du dévouement pour ton pays et ta famille.

— Dans ce cas pourquoi, alors que les deux sont pareillement menacés, me cachez-vous vos plans ?

Son père ferma les yeux un moment.

— Il y a deux ans, lady Hannah Rothchild a été choisie parmi une demi-douzaine d'agents hautement qualifiés pour infiltrer et détruire l'organisation de Deboque. Nous étions conscients, tout comme elle, des risques qu'il faudrait encourir, ainsi que du temps et des efforts qu'il faudrait pour réussir.

— Pourquoi elle ?

C'était pour l'instant la seule chose à laquelle Bennett pouvait penser. Il lui fallait cette réponse avant de pouvoir accepter les autres.

— D'après Reeve, seule Hannah possédait toutes les qualités nécessaires pour mener à bien cette opération. Elle travaille pour le SIS depuis dix ans.

— Dix ans ? demanda Bennett en faisant les cent pas dans la pièce. Comment est-ce possible ? Elle est si jeune.

— Elle est presque née espionne, répondit Armand avec une bienveillance teintée d'affection. Son père s'est chargé lui-même de la former, alors qu'elle était encore adolescente. Lord Rothchild, bien qu'en semi-retraite, est l'un des meilleurs agents du SIS. Il a participé à la formation de Reeve, ce qui est une autre raison pour laquelle ton beau-frère a choisi Hannah.

— Dix ans, répéta Bennett, sidéré.

Combien de femmes avait-elle été durant cette décennie ? Combien de mensonges avait-elle proférés ?

— Apparemment, elle possédait une aptitude naturelle pour ce genre de travail.

A ces mots, Bennett se tendit davantage, mais il laissa son père poursuivre.

— Après avoir lu le rapport que Reeve avait fait sur elle, j'ai été obligé d'admettre qu'elle était la mieux placée pour exécuter le plan que nous avions imaginé.

— Deboque a souvent recours à des femmes, murmura Bennett.

Il repensa à Janet Smithers, qui n'avait pas hésité à tirer sur lui, bien des années plus tôt.

— Il a le sentiment qu'elles peuvent se montrer plus rusées, et même plus cruelles que les hommes. Sa préférence se porte sur un certain type de femmes, calmes, de bonne famille, d'apparence sérieuse et irréprochable.

— Hannah.

— Oui. Ce sont ces qualités qui ont fait pencher la balance en sa faveur. Le SIS a travaillé dur pour lui fabriquer de toutes pièces un passé trouble. Grâce à de fausses références, elle a réussi à approcher Deboque. Elle a commencé comme simple messager puis, en deux ans, a réussi à se hisser tout au sommet de l'organisation de Deboque.

— Au sommet ?

La peur le saisit alors à la gorge.

— Que voulez-vous dire ?

— Elle a rencontré Deboque en personne. Et, en réussissant à discréditer l'un de ses lieutenants, elle s'est vu proposer sa place. Deboque est persuadé que c'est à son initiative qu'elle se trouve au palais.

L'amertume était plus acceptable que la peur. Ce fut sur elle seule que Bennett se concentra.

— Elle joue très bien son rôle.

— Si ce n'était pas le cas, elle serait déjà morte. Tu es bien placé pour savoir que Deboque n'hésite pas à tuer. Son nom et l'opération ont été gardés secrets non pas pour te protéger toi ou le reste de la famille, Bennett, mais pour la protéger, elle.

Il posa sa tasse et cessa ses déambulations.

— Comment cela ?

— Trois autres agents ont été tués en essayant de faire ce qu'Hannah a presque réussi. Le dernier a été massacré.

Bennett sentit son sang se glacer dans ses veines, tandis que son père continuait.

— En la faisant venir au palais comme nous l'avons fait, en vous laissant tous croire ce que Deboque voulait que vous croyiez, Hannah jouissait de la seule protection que nous pouvions lui offrir. Si elle est découverte, même le SIS ne pourra rien pour la protéger. Maintenant que tu sais tout, le risque est plus important que jamais.

En silence, Bennett traversa la pièce pour venir s'asseoir en face de son père. Même si, en lui, le chaos faisait rage, il avait recouvré une partie de son calme.

— Je suis amoureux d'elle.

— Je sais, dit Armand en se calant dans son siège. Et c'est bien ce qui me fait peur.

— Je ne resterai pas sans rien faire, à regarder Deboque faire du mal à quelqu'un que j'aime.

— Bennett, la plupart du temps, nous ne devons pas laisser nos émotions influencer nos actions.

— C'est valable pour vous, répondit Bennett d'une voix toujours calme, mais légèrement plus froide. Pour Alex aussi, peut-être. Mais pas pour moi. Je préférerais le tuer de mes propres mains.

Armand ressentit un léger accès de peur et une pointe de fierté, qu'il contrôla pareillement.

— Si tu faisais quoi que ce soit susceptible d'interférer avec l'opération, ce n'est pas la mort de Deboque que tu pourrais causer, mais celle d'Hannah.

Visiblement à bout de nerfs, son fils se pencha vers lui.

— Ne comprenez-vous pas ? Je suis amoureux d'elle. Si vous étiez à ma place, pourriez-vous rester sans rien faire ?

Armand se souvint de la seule femme qu'il ait jamais aimée.

— Je peux juste dire que je ferais tout le nécessaire

pour garantir sa sécurité. Même si cela devait signifier ne rien faire.

Il se leva et se dirigea vers son bureau.

— Lis ceci.

Il lui tendit une pile de dossiers qui portait le cachet des services secrets.

— Ce sont les informations sur Hannah, une partie des rapports qu'elle a rédigés elle-même lors de ses missions précédentes, et ceux faisant état de ses derniers progrès avec Deboque. Je vais te laisser seul, afin que tu les lises ici. Ils ne doivent pas sortir de cette pièce.

Le visage sombre, Bennett se leva pour prendre les dossiers.

— Où se trouve-t-elle à présent ?

Il avait espéré que son fils ne lui poserait pas la question.

— Elle a reçu un message tôt ce matin. Elle est allée trouver Deboque.

Elle allait devoir manœuvrer très précautionneusement. Hannah était assise, les mains croisées sur les genoux, dans le salon élégant de la villa louée par Deboque. Bien que leur rendez-vous ait lieu sur la terre ferme cette fois, elle connaissait les risques qu'elle encourait. Si elle avait été découverte, elle serait bientôt aussi seule qu'en pleine mer.

S'il avait eu un doute sur le rôle exact qu'elle avait joué lors de la soirée de la veille, il lui ferait trancher la gorge avant qu'elle puisse essayer de se justifier. C'était le risque couru par tout agent, se rappela-t-elle. Pour se tester, elle souleva le petit pot en porcelaine posé sur la table devant elle et se servit un café. Sa main ne tremblait pas.

Il était impératif que son esprit reste en alerte et concentré sur sa mission.

Pourtant, ne pas penser à Bennett lui était difficile.

— Lady Hannah.

Deboque entra dans le salon, puis referma la porte derrière lui.

— Quel plaisir de vous revoir.

Avec des gestes prudents, elle ajouta un soupçon de lait.

— Le message que j'ai reçu ce matin ne me laissait guère le choix.

— Ah, je me suis montré brusque…

Il traversa la pièce jusqu'à elle, et prit sa main, qu'il effleura des lèvres.

— Mes excuses. Les événements de la nuit passée m'ont contrarié.

— Vous n'êtes pas le seul, répondit-elle en retirant sa main.

Son instinct lui soufflait que feindre l'agacement était la meilleure défense à adopter. D'un ton cassant, elle poursuivit :

— Je me demande même si j'ai fait le bon choix.

Deboque s'assit à côté d'elle, puis, en prenant son temps, choisit une cigarette dans un coffret en cristal. Il portait des émeraudes aujourd'hui, remarqua-t-elle.

— C'est-à-dire, mademoiselle ?

— Il y a de cela quelques mois à peine, j'ai dû réparer les bêtises d'un de vos employés.

Elle but une gorgée de café ; il était à la turque et brûlant.

— Hier soir, un autre d'entre eux a failli réduire à néant tous mes efforts pour approcher les Bisset.

— Puis-je vous rappeler, mademoiselle, que l'on vous avait conseillé de rester hors de notre chemin ?

— Je vous rappellerai alors, monsieur, que je ne suis pas arrivée là où j'en suis en ne me préoccupant que de mes seuls intérêts. Si je n'avais pas suivi Bennett, vous et moi pourrions très bien nous trouver en ce moment même dans une bien moins confortable position.

Deboque rejeta la fumée de sa cigarette.

— Expliquez-vous.

— La pièce ennuyait un peu Bennett. Il a donc eu l'idée d'aller attendre l'actrice américaine dans sa loge jusqu'au tomber du rideau. Comme je savais que vous prépariez quelque chose en coulisses, j'ai jugé préférable de le suivre. Lorsque les lumières se sont éteintes, j'ai dû choisir entre retourner dans ma loge et surveiller Bennett. Si j'avais opté pour la première option, monsieur, le prince aurait sans doute été tué.

— Et vous voulez que je vous remercie d'avoir empêché cela ?

— Il aurait sans doute été tué, répéta-t-elle, et un membre de votre organisation aurait été arrêté. Voulez-vous un peu de café ?

— Oui, merci.

Il attendit patiemment qu'elle remplisse une seconde tasse. Elle l'interrogea du regard pour savoir s'il voulait du lait et, comme il acquiesçait, en ajouta un nuage.

Hannah se rassit et croisa ses mains sans bague.

— MacGee et les gardes étaient déjà en chemin. J'ai aperçu votre homme, dit-elle avec une expression de dédain. Il se promenait avec une lampe torche. J'ai réussi à distraire Bennett en jouant les femmes hystériques, mais cet idiot n'en a pas profité pour filer. Les lumières se sont rallumées. Bennett l'a vu, ainsi que son arme. Vous devriez être flatté car, depuis votre libération, le prince porte en permanence un petit calibre sur lui. Il s'en est servi et bien servi, ce dont je suis heureuse. Car, voyez-vous, les morts ne parlent pas.

Jouant son rôle jusqu'au bout, elle se leva.

— Je vous le demande à présent : cet homme avait-il

reçu l'ordre de tuer l'un des Bisset ? Et me faites-vous confiance pour exécuter ce contrat, oui ou non ?

Dis-le ! ordonna-t-elle silencieusement. *Dis-le à haute et intelligible voix pour que tout ceci puisse enfin être terminé.*

La fumée monta en colonne jusqu'au plafond lorsqu'il posa sa cigarette dans un cendrier.

— Je vous en prie, très chère, gardez votre calme. L'homme en question avait peut-être été encouragé à prendre certaines initiatives si l'occasion se présentait, mais aucun ordre spécifique ne lui avait été donné. Et je vous fais confiance, bien sûr.

— Nous avons passé un accord. Il a été conclu que je m'occuperais des Bisset en échange de cinq millions de dollars.

Il sourit, comme un oncle généreux et bienveillant.

— Nous nous sommes mis d'accord pour que, si une telle chose survenait, vous receviez une compensation.

— J'en ai assez de ce petit jeu, rétorqua-t-elle en saisissant son sac. Si vous ne voulez pas parler franchement, si vous ne voulez pas honorer notre engagement, je ne vois aucune raison de continuer.

— Asseyez-vous, commanda-t-il d'une voix nette et tranchante, alors qu'elle se dirigeait vers la porte.

Hannah s'arrêta, se retourna, mais ne revint pas sur ses pas.

— Vous vous égarez, lady Hannah. Personne ne me quitte sans avoir été relevé de ses fonctions.

Elle savait que des hommes étaient postés de l'autre côté de la porte, pour la retenir ou pour disposer d'elle, selon le bon vouloir de Deboque. Elle tabla sur le fait qu'il respecterait son audace.

— Il vaut peut-être mieux que je trouve un autre employeur, alors. Je n'ai pas l'habitude d'agir avec seulement une partie des cartes en main.

— Rappelez-vous que c'est moi qui les détiens. Je réitère ma demande : asseyez-vous.

Cette fois, elle obéit. Elle laissa son impatience affleurer, mais très légèrement, afin qu'il la voie reprendre le contrôle de ses émotions.

— Très bien.

— Dites-moi comment les Bisset ont réagi.

— Avec dignité, bien sûr.

Elle fit semblant d'être amusée.

— Bennett est fier de lui. Armand est inquiet. Eve a été vivement encouragée à prendre une journée de repos. Gabriella lui tient compagnie. MacGee s'est enfermé avec Malori — vous le connaissez, n'est-ce pas ?

— Oui.

— J'imagine qu'ils essaient de comprendre quel était le but du petit incident d'hier soir. Votre homme a bien fait sauter le générateur principal, même s'il me semble qu'il y est allé un peu trop fort sur la dose d'explosifs, dit-elle en haussant les épaules, comme pour souligner une faute de goût. En tout cas, ils ont dû mettre en route un groupe électrogène auxiliaire pour le reste de la soirée, et une équipe s'active en ce moment au Centre pour réparer les dégâts. Ils pensent que le courant a été coupé pour permettre à l'assassin de se faufiler jusqu'à la loge royale.

— Une supposition qui me paraît naturelle, même si une action aussi confuse et inélégante n'aurait pas vraiment été dans mon style.

Un sourire aux lèvres, il but une gorgée de café.

— Et vous, très chère ? Comment réagissez-vous après avoir été témoin d'un horrible drame ?

— J'ai choisi d'être choquée et secouée par les événements. Mais je fais face avec courage, naturellement. Nous sommes comme cela, nous les Anglais.

— C'est une qualité que j'ai toujours admirée.

Il marqua une pause, la scrutant du regard.

— Je dois vous féliciter pour l'ampleur de votre talent. On dirait vraiment que vous n'avez pas fermé l'œil de la nuit.

Ce serait une erreur de se souvenir de sa nuit avec Bennett, ou même de penser à lui un seul instant. Donc, Hannah enchaîna le plus vite possible :

— J'ai bu suffisamment de café pour rester éveillée jusqu'à l'aube, dit-elle avec naturel, alors qu'elle sentait son estomac se nouer. En ce moment même, je suis censée être en train de faire un tour pour me remettre de mes émotions.

Pour faire diversion, elle attira l'attention de Deboque sur le dernier point qu'elle avait abordé avec Reeve :

— Etes-vous au courant que toute la famille royale sera réunie au palais pour le bal de Noël ?

— C'est la tradition.

— Comme Eve est un peu fragile, la princesse Gabriella a prévu de s'installer au palais avec toute sa famille pendant plusieurs jours pour l'aider aux préparatifs. Les appartements des MacGee et ceux d'Eve et Alexander occupent la même aile du palais.

— Intéressant.

— Et pratique. Je n'aurai pas besoin de commander plus de trois charges plastiques.

Deboque se contenta d'acquiescer.

— Mais le plus jeune prince ne loge pas dans la même aile, objecta-t-il.

— Le plus jeune prince se blessera fatalement en essayant de porter secours au reste de sa famille. J'ai déjà tout prévu, laissez-moi faire. Assurez-vous juste que les cinq millions sont prêts.

Elle se leva de nouveau, puis inclina la tête, comme si elle attendait la permission de se retirer. Deboque se leva à son tour, puis la surprit en lui prenant les deux mains.

— Je m'étais dit qu'après les fêtes je prendrais de longues vacances. J'ai besoin de voyager, d'être au soleil. Mais les vacances sont souvent mornes sans compagnie.

Une sensation de nausée l'envahit. Elle pria pour ne pas montrer sa répulsion, même pendant une seconde.

— J'ai toujours aimé le soleil, fit-elle.

Elle ne protesta pas lorsqu'il s'approcha, mais sourit.

— Vous avez la réputation de jeter les femmes aussi facilement que vous les prenez.

— Lorsqu'elles m'ennuient, dit-il en posant sa main autour de son cou.

Ses doigts étaient légers, lisses, et lui faisaient toujours autant penser à une araignée.

— J'ai le sentiment que ce ne sera pas votre cas. Ce qui m'attire chez une femme, ce n'est pas la beauté, mais l'intelligence et l'ambition. Tous les deux ensemble, nous ferions des étincelles.

Si ses lèvres touchaient les siennes, elle aurait un haut-le-cœur. Pour éviter cela, Hannah inclina très légèrement la tête.

— Peut-être... après avoir conclu notre affaire.

Autour de son cou, les doigts se serrèrent, avant de se détendre. Les marques qu'ils y avaient laissées ne disparaîtraient pas avant de longues minutes.

— Vous êtes une femme prudente, Hannah.

— Assez prudente pour exiger mes cinq millions avant de coucher avec vous. A présent, si vous voulez bien m'excuser, je devrais rentrer avant que quelqu'un ne s'inquiète de mon absence.

— Bien sûr.

Elle se dirigea vers la porte.

— J'aurai besoin des fournitures que vous savez avant la fin de la semaine.

— Attendez-vous à recevoir un cadeau de Noël de la part de votre tante de Brighton.

En hochant la tête, elle quitta la pièce.

Deboque se rassit en se disant qu'il l'aimait décidément beaucoup.

Quel dommage qu'elle dût mourir.

10

L'après-midi était déjà bien avancé lorsque Bennett quitta le bureau de son père pour aller la trouver. Il avait lu dans leur intégralité tous les dossiers qu'Armand lui avait confiés. Certaines choses l'avaient fasciné, d'autres l'avaient terrifié, d'autres encore l'avaient mis en colère, mais il n'était toujours pas certain de savoir qui était vraiment lady Hannah Rothchild.

Lui aussi, à présent, était entré dans la supercherie, se dit-il, tout en grimpant les escaliers qui menaient aux appartements d'Eve. Il ne pouvait rien confier de ce qu'il avait lu ou de ce qui lui avait été dit à son frère. Il ne pouvait pas rassurer sa sœur ni Eve en leur certifiant que chaque geste de Deboque était épié. Il n'avait d'autre choix que de jouer son rôle jusqu'au bout, comme Hannah devait jouer le sien. Quoi qu'il en soit, il était grand temps qu'ils parlent calmement ensemble.

Il trouva Eve et Gabriella assises à la même table, devant une pile de papiers et une théière.

— Bennett, dit Brie en tendant une main vers lui. Tu arrives juste à temps. Nous avons besoin d'un point de vue masculin sur le bal de Noël.

— Faites en sorte qu'il y ait assez à boire.

Il se pencha pour embrasser sa sœur. Même si elle lui avait souri, sa tension était perceptible, tout comme celle d'Eve.

— Hannah n'est pas avec vous ?

— Non.

Eve posa son crayon, comme Bennett s'approchait pour l'embrasser à son tour.

— Je lui ai dit que je voulais me reposer aujourd'hui. La nuit dernière..., commença-t-elle en serrant ses doigts. La nuit dernière a dû être horrible pour elle. Et pour toi.

Il haussa les épaules, pas près d'oublier la façon dont il l'avait laissée, murée dans un silence de pierre.

— Ce n'était pas une soirée ennuyeuse, en tout cas.

— Ne plaisante pas, Bennett. Tu aurais pu te faire tuer. Je n'arrête pas de me répéter que c'est la seconde fois qu'il se passe quelque chose au théâtre. La seconde fois que l'une de mes pièces...

Sans lâcher la main d'Eve, il se baissa pour être à sa hauteur.

— Je n'ai pas été blessé, et je ne veux pas que tu laisses libre cours à ton imagination fertile. Je serais vraiment contrarié si mon neveu naissait avec des rides de crispation. Où est Marissa ?

— En train de faire la sieste.

Il passa son pouce sous ses yeux cernés.

— Tu devrais l'imiter.

Sur le visage d'Eve, l'agacement prit la place de l'angoisse, comme il l'avait espéré.

— J'ai l'impression d'entendre Alex.

— Dieu m'en garde. Où est-il, d'ailleurs ?

— Il avait des rendez-vous.

Elle tapota nerveusement les papiers entassés devant elle.

— Toute la journée, poursuivit-elle. Ils ont tous été reprogrammés ici, dans son bureau, à cause de... A cause de la sécurité, qui préfère cela.

— Alors tu devrais te détendre, dit-il en posant sa main sur la sienne. Tu devrais avoir compris, maintenant, que les Bisset sont indestructibles. Et puis, au moins, tu devrais être contente qu'Alex soit occupé pour un bon moment, sinon tu l'aurais sur le dos.

Elle parvint à sourire.

— Là, tu viens de marquer un point.

En se redressant, il sourit à Gabriella.

— Je suppose que je peux te faire confiance pour essayer de lui remonter le moral, bien que tu n'aies pas non plus l'air au mieux de ta forme.

— Toujours galant.

— Je te taquine... C'est à cela que servent les frères, non ?

Il aurait voulu les serrer toutes les deux dans ses bras et leur dire que rien ni personne ne leur ferait plus jamais le moindre mal. A la place, il tira les cheveux de sa sœur.

— Maintenant, je vous laisse toutes les deux vous remettre à un travail qui me paraît des plus fascinants.

Il s'apprêtait à redescendre l'escalier lorsque Brie le rattrapa.

— Ben.

Il se retourna. Son sourire se figea, puis disparut, lorsqu'il vit l'expression de sa sœur.

Gabriella regarda derrière elle, sans doute pour s'assurer qu'Eve ne pouvait les entendre, avant de poser sa main sur la rampe, par-dessus celle de Bennett.

— Reeve n'est pas très bavard sur certains sujets.

Une légère mauvaise humeur se lut dans ses yeux, mais elle passa vite.

— C'est ainsi, je dois faire avec. Mais, depuis mon amnésie, j'ai développé un instinct très sûr pour tout ce qui concerne la famille.

— Je sais que tu es inquiète, commença-t-il. C'est notre cas à tous.

— C'est plus que de l'inquiétude, car tout revient encore à Deboque et à son obsession de nous détruire.

Sais-tu que je fais encore des cauchemars, même après toutes ces années ?

Il songea à l'enlèvement de sa sœur, à la peur qu'elle avait dû ressentir.

— Brie, dit-il en posant la main sur sa joue. Ce que tu as vécu ne se reproduira jamais.

Elle serra légèrement ses doigts autour de son poignet.

— Et je te revois, touché à l'épaule, allongé sur la terrasse, baignant dans ton sang. Je me revois dans la salle d'attente de l'hôpital, avec Eve entre la vie et la mort. Deboque.

Son visage était très pâle, mais il dégageait de la force, tout comme sa main qui était toujours posée sur la sienne.

— Tout est arrivé à cause de Deboque. Et il est encore là.

— Plus pour longtemps, dit-il, tandis que la rage grondait en lui. Cela, je te le promets.

— Je veux que tu fasses attention, Bennett.

Il lui sourit du mieux qu'il put.

— Comment peut-il en être autrement, alors qu'une dizaine de gardes armés jusqu'aux dents me suivent partout ?

— Très attention, répéta-t-elle. Je ne savais pas que tu portais un pistolet sur toi, au théâtre.

Elle savait qu'il s'agissait d'un mensonge, bien entendu. Il n'avait pas besoin qu'elle le lui dise, la regarder dans les yeux suffisait. Elle le savait, mais ne le comprenait pas. Et, puisqu'elle était Gabriella, elle n'abandonnerait pas tant qu'elle ne saurait pas le fin mot de l'histoire.

— Arrête d'y penser, Brie.

— C'est ce que Reeve m'a dit, rétorqua-t-elle avec un geste impatient. Mais il s'agit de ma famille. Comment pourrais-je faire autrement ?

— Je sais seulement que tout sera bientôt terminé. Entre-temps, nous devons tous nous soutenir. Quelque chose est en cours, Brie. Accroche-toi à cette idée.

— C'est ce que je fais. Mais je veux que tu me promettes de ne rien faire sur un coup de tête.

— Traînerais-je la réputation d'être impulsif ?

— Ben, s'il te plaît.

— Très bien, je te le promets.

Il l'embrassa une nouvelle fois.

— Je t'adore, même si tu as mis Dorian au monde pour mon malheur.

Il tapota une dernière fois sa main avant de descendre les escaliers.

— A bientôt.

Elle le regarda partir. Mais son inquiétude ne disparut pas avec lui.

— A bientôt.

Hannah ne se trouvait pas dans ses appartements. Bennett en fit le tour et dut se rendre à l'évidence : elle n'était pas là. Son absence le contrariait. Etait-elle de nouveau sortie ? S'était-elle placée en ce moment même dans une situation dangereuse pour protéger sa famille ?

Il détestait cela. Il ne pouvait pas accepter l'idée qu'elle puisse risquer sa vie, qu'elle puisse se servir de son corps comme bouclier pour faire écran au sien, comme la veille au soir. Il protégeait bien sa famille, ses amis ou son pays. Comment pourrait-il ne pas le faire pour la femme qu'il aimait ?

Ne pouvant se résoudre à quitter la chambre d'Hannah, il se dirigea vers la commode, où était posée une petite boîte émaillée avec un paon sur le couvercle. Il l'effleura du doigt, se demandant d'où lui venait cet objet. Etait-ce un cadeau ? De qui ? Un achat fait dans une petite boutique londonienne ? Il avait besoin de connaître tous les détails, même insignifiants, la concernant. Ne pouvait-elle pas comprendre que, pour tirer un trait sur ses sentiments, il devait connaître la femme à qui il les avait donnés ?

Il leva les yeux. Le lit où ils s'étaient battus et aimés la nuit précédente se reflétait dans le miroir. S'il ne faisait aucun bruit, il pourrait presque entendre l'écho de la passion et de la découverte. Allait-elle le détester pour ce qu'il avait fait ? Même si leur étreinte avait pour tous les deux été aussi intense que stupéfiante, lui pardonnerait-elle d'avoir brisé ses défenses par la force ?

Il s'était montré brutal..., songea-t-il en regardant ses mains. Oui, brutal. Et cela ne l'avait pas gêné. Toute sa vie, il avait pris soin de ne jamais faire de mal à aucune femme. Maintenant qu'il avait trouvé LA femme, il s'était laissé aller à ses instincts les plus sauvages.

Il se planta devant la fenêtre, essayant d'analyser ce qu'il ressentait. Il lui en voulait toujours. Quoi que sa raison lui dise, son cœur était toujours meurtri d'avoir été trompé. Et plus encore, il ne pouvait se débarrasser de l'impression tenace d'être tombé amoureux de deux femmes sans pouvoir faire confiance à aucune d'entre elles.

Puis il l'aperçut en train de marcher dans le jardin.

Hannah inspira profondément l'air parfumé du jardin. Il lui fallait un peu de temps. Juste une heure, toute seule, pour mettre un peu d'ordre dans ses pensées et calmer ses nerfs. Elle savait qu'elle avait manœuvré Deboque aussi habilement que possible le matin même. Si tout allait bien, le piège se refermerait sur lui d'ici une semaine. Et ils auraient réussi. Dans son dossier viendrait s'ajouter un nouveau rapport favorable. Une mission de deux ans couronnée de succès pourrait très bien lui apporter une promotion. Elle n'était pas loin d'être nommée capitaine. Pourquoi cette idée ne l'enthousiasmait-elle pas autant que par le passé ?

Du temps, se répéta-t-elle. Il lui fallait juste un peu de temps.

Elle prendrait les vacances dont elle avait tant besoin et qu'elle avait bien méritées. Elle pourrait peut-être se rendre aux Etats-Unis : New York, San Francisco... Avec un peu de chance, dans de pareils endroits, elle réussirait à se perdre et à s'oublier quelque temps.

Ou peut-être rentrerait-elle en Angleterre. Elle pourrait aller en Cornouaille, pour marcher dans la lande et chevaucher le long de la côte. En Angleterre, elle ne pourrait pas se perdre, mais elle pourrait peut-être se retrouver.

Où qu'elle aille, elle quitterait Cordina. Et Bennett.

Une glycine grimpait en formant une arche protectrice au-dessus d'un banc, comme une invitation à de longues et paresseuses rêveries. Elle s'assit et, les yeux fermés, essaya d'apaiser son esprit troublé.

Qui était-elle ? Pour la première fois depuis des années, elle était forcée de se poser la question et d'admettre qu'elle ne connaissait pas la réponse. Elle était en partie cette femme tranquille qui adorait passer ses après-midi à lire, qui aimait parler art et littérature. Et elle était en partie cette femme qui ne quittait jamais son arme et qui guettait les bruits de pas dans son dos.

Le fait qu'elle pût être ces deux femmes à la fois avait jusqu'ici toujours été un avantage pour elle, et non pas, comme c'était le cas à présent, un puzzle compliqué à assembler. Elle aurait aimé parler avec son père, ne serait-ce qu'une heure. Lui savait ce que c'était de vivre deux vies, et de trouver une source de contentement et de défi dans chacune d'entre elles.

Mais elle ne pouvait même pas prendre ce risque. Devant ce problème, comme dans la mission qui l'avait amenée à Cordina, elle était et resterait seule.

Lasse, elle soupira. Il la détestait. C'était Bennett qui

avait amené la souffrance et semé le doute en elle. C'était Bennett qui l'avait forcée à s'interroger sur ce qu'elle avait toujours tenu pour acquis. La nuit dernière, il avait ravi son âme, son cœur et son corps, avec l'intention de l'humilier. Et il y était parvenu. Personne ne lui avait jamais montré combien elle pourrait recevoir ni combien elle pourrait donner. Personne ne l'avait jamais laissée si vide et seule.

Il ne saurait jamais le mal qu'il lui avait fait. Il ne pourrait pas le savoir, songea-t-elle, alors que les larmes qu'elle avait réussi à contenir toute la nuit se mettaient à couler. Parce qu'il ne saurait jamais à quel point les sentiments qu'elle éprouvait pour lui étaient forts, et sans espoir.

Elle avait choisi son chemin, se rappela-t-elle, et toute sa vie elle le suivrait. Dans quelques jours, elle ne croiserait plus le sien.

Dans quelques jours, Bennett ne risquerait plus rien. Sa famille ne risquerait plus rien. Et elle s'en irait.

Il la trouva assise sur le banc, les mains croisées sur les genoux, les yeux fermés et les joues baignées de larmes. Tant de sentiments se déchaînaient en lui qu'il ne pouvait les démêler les uns des autres. Le regret, la confusion, l'amour, la culpabilité...

Elle avait voulu quelques instants de solitude et de quiétude, c'était quelque chose qu'il pouvait comprendre. Il était encore suffisamment amer pour avoir envie de la laisser tranquille, de toute façon. Mais sa souffrance était si évidente qu'il ne pouvait pas plus la laisser seule sur ce banc qu'il n'aurait pu laisser un chien blessé sur le bord de la route.

Dès qu'il s'approcha, elle se leva d'un bond. Il vit la surprise et l'humiliation passer sur son visage. Il crut tout d'abord qu'elle allait s'enfuir en courant. Mais finalement, elle ne bougea pas.

— Je me croyais seule, dit-elle d'une voix froide.

Il lui tendit un mouchoir. Pour la consoler, c'était tout ce qu'il pouvait lui proposer. Elle n'aurait de toute façon rien accepté d'autre.

— Je m'excuse de vous avoir dérangée, répondit-il d'une voix aussi sèche que la sienne. Je crois que nous avons besoin de parler.

— N'est-ce pas déjà fait ?

Elle essuya ses larmes, puis roula le mouchoir en boule dans sa main.

— Voulez-vous vous rasseoir ?

— Non, merci.

Il mit ses mains dans ses poches. Elle n'avait pas dormi de la nuit, comprit-il en voyant les cernes sous ses yeux. Lui non plus. Donc peut-être étaient-ils quittes, finalement.

— J'ai parlé avec mon père, ce matin. Vous avez déjà vu Deboque aujourd'hui.

Hannah voulut l'interrompre tout de suite, mais se ravisa. Le jardin était aussi sûr que le palais, pour le moment.

— Je n'ai pas à vous rendre compte de ce genre de choses, Votre Altesse.

La colère lui fit plisser les yeux et serrer les poings, mais il ne haussa pas la voix.

— Non, mais je suis au courant de tout, à présent. J'ai lu vos dossiers.

Elle poussa un soupir, contrariée. Rien de ce qu'elle était ni de ce qu'elle avait fait ne lui appartenait plus.

— Très bien alors, vos questions ont trouvé réponse, votre curiosité est satisfaite. Vous savez tout ce qu'il y a à savoir sur moi, j'espère que la lecture a été divertissante.

— Je ne cherchais pas à me divertir. Bon sang, Hannah, j'avais le droit de savoir.

— Vous n'avez aucun droit sur moi. Je ne suis ni votre servante ni votre sujet.

— Vous êtes la femme avec qui j'ai couché la nuit dernière.

— Mieux vaut l'oublier. Non, lança-t-elle en se raidissant, alors qu'il approchait. Je ne veux plus jamais que vous me touchiez.

— Très bien, répondit-il sèchement. Mais nous savons très bien tous les deux que certaines choses ne s'oublient pas.

— Les erreurs, si. Je suis ici en tant qu'agent du SIS chargé de votre protection et de celle de votre famille, et j'ai pour mission d'empêcher que les plans conçus par Deboque pour ruiner Cordina aient des répercussions sur toute l'Europe. Je ferai tout ce qu'il faut pour y parvenir, mais en aucun cas je ne vous laisserai m'humilier encore.

Ses larmes, qui s'étaient remises à couler, l'aveuglèrent.

— Oh ! et puis, ne pouvez-vous pas me laisser tranquille, à la fin ? Les tourments que vous m'avez infligés la nuit dernière ne sont-ils pas une punition suffisante à vos yeux ?

Il avait jusque-là réussi à contenir son emportement. Mais là, c'en était trop. Bennett la saisit, refermant ses doigts autour de son bras fin mais puissant.

— C'est ainsi que vous avez vécu la nuit dernière ? Comme une punition et rien d'autre ? Pouvez-vous me regarder dans les yeux et me dire que vous n'avez rien ressenti, ni que vous ne ressentez rien en ce moment ? Etes-vous aussi bonne menteuse que cela ?

— Peu importe ce que j'ai ressenti. Vous vouliez me punir et c'est ce que vous avez fait.

— Je voulais vous aimer, et c'est ce que j'ai fait.

— Arrêtez.

Cela faisait mal, davantage qu'elle ne pouvait le

supporter. Elle voulut le repousser, mais il la rattrapa et l'agrippa encore plus fort.

— Vous pensez que je n'ai pas vu à quel point vous me détestiez ? cria-t-elle. Vous me regardiez d'une façon qui m'a fait me sentir méprisable. Pendant dix ans, j'ai été fière de mon travail, et vous avez fait voler tout cela en éclats en une nuit.

— Et vous alors ? demanda-t-il d'une voix plus basse, mais tout aussi rageuse. Pouvez-vous me dire que vous ne saviez pas que j'étais amoureux de vous ?

Elle commença à secouer la tête pour le nier, mais il serra ses doigts plus fort.

— Vous saviez que j'étais amoureux d'une femme qui n'existe même pas. D'une femme calme, timide et honnête, à qui je ne voulais montrer que tendresse et patience. Pour la première fois, il y avait dans ma vie une femme à qui j'aurais pu donner mon cœur et ma confiance, mais elle n'était rien d'autre qu'un mirage.

— Je ne vous crois pas.

Mais elle voulait le croire, et dans sa poitrine son cœur se mit à cogner plus fort.

— Vous étiez insatisfait, vous vous ennuyiez même. Je vous ai diverti.

— Je vous aimais.

Il saisit son visage et, très calmement, s'en approcha. Elle vit dans ses yeux la même expression prédatrice que la nuit précédente.

— Maintenant, poursuivit-il, vous allez devoir vivre en sachant cela.

— Bennett…

— Quand je suis venu dans votre chambre la nuit dernière, j'ai trouvé une autre femme, une femme qui m'avait menti et s'était servie de moi.

Il passa la main dans ses cheveux pour les détacher.

— Une femme qui ressemblait à une sorcière, murmura-t-il, alors que ses cheveux retombaient en cascade sur ses épaules. Et j'ai eu autant envie d'elle, mais sans plus éprouver ces tendres et doux sentiments. Pauvre de moi, j'ai toujours envie d'elle !

Lorsqu'il posa sa bouche sur la sienne, elle ne protesta pas. Elle avait aussi lu dans ses yeux qu'il disait la vérité. Il l'avait aimée. Ou il avait aimé son image. Si le désir était tout ce qu'il pouvait lui donner maintenant, elle l'accepterait. Par devoir, elle avait renoncé à l'amour, mais le devoir ne lui ferait pas renoncer au peu qu'il pouvait encore lui offrir.

Elle passa ses bras autour de lui. Si elle lui donnait la passion, peut-être un jour lui pardonnerait-il ses mensonges.

Avec quelle facilité il se perdait et s'oubliait en elle... Dévoré par une passion presque douloureuse, mais cela n'avait pas d'importance. Bennett était une nouvelle fois en train de perdre le contrôle. Sa bouche soyeuse était chaude, son corps svelte était tendu. Si elle ne l'aimait pas, au moins le désirait-elle. Il s'était contenté de bien moins que cela par le passé.

— Dites-moi que vous avez envie de moi, demanda-t-il, tout en promenant sa bouche avide sur son visage.

— Oui, j'ai envie de vous.

Hannah avait jusqu'alors ignoré qu'il était possible de se sentir triomphante et vaincue en même temps.

— Venez avec moi.

— Bennett, je n'ai pas le droit.

Elle enfouit son visage dans son cou, pour s'imprégner le plus possible de lui une dernière fois.

— Si je suis ici, c'est pour...

Il posa les mains sur ses épaules et la repoussa doucement.

— Aujourd'hui, nous allons mettre de côté votre devoir et le mien.

— Et demain ?

— Demain viendra, que nous le voulions ou non. Donnez-moi ces quelques heures, Hannah.

Elle lui aurait donné sa vie, et d'une certaine façon cela aurait sans doute été plus facile que ce qu'il exigeait d'elle en ce moment. Pourtant, elle prit la main qu'il lui tendait.

Ils allèrent à cheval, Hannah galopant à côté de Bennett. De toute évidence, il connaissait parfaitement le chemin qu'ils suivaient. Ils obliquèrent dans les bois où ils avaient fait la course, et il prit la tête de la marche. Chaque fois que des doutes naissaient en elle et la torturaient, elle les rejetait. Elle prendrait les quelques heures qui lui étaient offertes.

Elle entendit le ruisseau avant de le voir. C'était un murmure simple et musical qui allait à merveille avec le paysage verdoyant et ombragé qui s'offrait à leur contemplation. Une fois au ruisseau, Bennett prit vers le sud. Pendant quelques centaines de mètres, ils longèrent la rive en silence.

Le ruisseau traçait des boucles et des courbes, puis, à un endroit où trois hêtres le bordaient, il devint tout à coup plus large. Bennett s'arrêta là et descendit de cheval.

— Quel endroit charmant, dit Hannah, qui n'osait pas mettre pied à terre. Chaque fois que je crois avoir trouvé le plus bel endroit de Cordina, j'en découvre un autre. Est-ce que vous venez souvent ici ?

— Pas assez à mon goût.

Il avait attaché son cheval et se dirigeait à présent vers elle. Sans rien dire, il lui tendit la main.

Il lui laissait le choix, cette fois, contrairement à la nuit précédente. Mais peut-être ne le faisait-il que parce qu'il savait qu'elle avait déjà pris sa décision. Hannah saisit sa main, attendit un moment, puis descendit. Toujours en silence, elle attacha son cheval à côté du sien.

— Je suis venu ici quand ma mère est morte, expliqua Bennett.

Il lui semblait soudain très important de le lui dire.

— Pas pour pleurer, mais parce qu'elle aimait beaucoup les endroits comme celui-là. Vous voyez les petites fleurs blanches au bord de l'eau ? fit-il en reprenant sa main pour l'emmener plus près du ruisseau. Ma mère les appelait des « ailes d'ange ». Elles ont sûrement un nom latin très compliqué, mais elle trouvait que ce nom d'« ailes d'ange » leur allait particulièrement bien.

Il se pencha pour en cueillir une. Elle n'était pas plus grosse que son pouce, avec des fins pétales disposés autour d'un petit cœur bleu.

— Chaque été, avant de retourner à Oxford, je venais ici. Pour une raison mystérieuse, cela rendait mon départ moins douloureux.

Il piqua la fleur dans les cheveux d'Hannah, avant de poursuivre :

— Quand j'étais enfant, je pensais que des fées vivaient ici. Je les cherchais parmi le trèfle et sous les champignons.

— Et vous en avez trouvé ? demanda-t-elle en souriant.

— Non.

Il la saisit par le poignet et embrassa sa paume.

— Mais je crois qu'elles sont toujours ici. C'est pour cela que cet endroit est magique. C'est pour cela que j'ai envie de faire l'amour avec vous ici.

Leurs bouches à quelques centimètres l'une de l'autre, ils s'allongèrent dans l'herbe. Leurs corps à quelques centimètres l'un de l'autre, ils se déshabillèrent. A genoux, les yeux dans les yeux, ils offrirent leurs corps nus à l'ombre et la lumière, qui s'empressèrent de tacheter leur peau. Leurs lèvres s'effleurèrent, puis se soudèrent.

Il ne pouvait pas contrôler cet accès de désir, ce besoin de puissance. Au bout de quelques secondes, ils roulaient dans l'herbe. Il la caressa partout, cherchant, trouvant, se servant, jusqu'à ce que, sous ses lèvres, il l'entende gémir. Le besoin de la prendre vite, fougueusement, était irrépressible et attisé par les caresses qu'elle-même lui prodiguait.

Sans plus attendre, ils s'unirent et embarquèrent pour un voyage foudroyant et fiévreux qui les combla tous les deux.

Allongée nue dans l'herbe qui chatouillait délicieusement son dos, Hannah regardait les rayons du soleil filtrer à travers les feuilles des arbres. La veille, dans la nuit, elle avait éprouvé une palette d'émotions allant de la colère à la honte, puis de l'extase à la honte encore. A présent, en plein jour, elle ne ressentait plus aucune honte.

A cet instant, ils n'étaient qu'un homme et une femme. Le lendemain, ils seraient de nouveau un prince et une espionne.

— A quoi penses-tu ?

Elle réussit à sourire et à tourner la tête vers lui.

— A cet endroit, qui est magnifique.

Cela faisait longtemps qu'il avait envie de l'y emmener. Et il s'était imaginé ce moment. Comment, lentement, patiemment, il l'initierait aux plaisirs de l'amour. Refusant d'y repenser, il l'attira plus près de lui. C'était un autre jour, et une autre femme.

— Tu n'as pas froid ?

— Non. Mais je…

Elle s'interrompit, sachant qu'elle allait lui paraître stupide.

— Mais ?

— Eh bien, c'est la première fois que…

Comment formuler cela ?

— C'est la première fois que je suis allongée toute nue dans l'herbe.

Amusé, Bennett rit, sans même se rendre compte qu'il s'adressait à la première Hannah qu'il avait rencontrée.

— Il faut toujours faire de nouvelles expériences dans la vie.

— Je suis sûre que tu t'es déjà retrouvé nu dans des tas d'endroits inhabituels.

Sa voix un peu mal à l'aise le ravit. Il roula vers elle pour l'embrasser, puis prit un peu de recul pour la regarder. Ses cheveux s'étalaient dans l'herbe sombre. La petite fleur blanche s'y trouvait toujours, comme si elle y avait poussé. Les ombres sous ses yeux la faisaient paraître à la fois sensuelle et délicate, comme une vierge initiée à la féminité par une longue nuit d'amour.

C'était ainsi qu'il l'avait imaginée, ainsi qu'il l'avait voulue, ainsi qu'il l'avait aimée.

— Tu es si belle.

Elle sourit, l'air détendu.

— Cela aussi, c'est nouveau.

Il caressa sa pommette du bout des doigts.

— Quel manque d'observation, Hannah. Ou quelle bêtise. Te rendre moins séduisante ne changeait rien à la réalité. Cette peau parfaite, commença-t-il en l'embrassant partout sur le visage. Ces traits élégants et racés qui me font me demander si tu es faite de chair et de sang ou de cristal. Ces yeux calmes et intelligents qui m'ont rendu fou, parce que je voulais à tout prix les voir s'assombrir sous mes caresses. Et cette bouche, poursuivit-il en passant son doigt sur ses lèvres. Si douce, si généreuse.

Il approcha son visage, pour tracer le contour de sa bouche du bout de sa langue.

— Est-ce que tu te souviens de la première fois où je t'ai embrassée ?

Grisée par ses caresses, Hannah ferma les yeux.

— Oui, je me souviens.

— Je me suis demandé comment une femme aussi tranquille pouvait me donner le vertige d'un seul baiser.

— Embrasse-moi encore, demanda-t-elle en l'attirant à elle.

Elle ne s'attendait pas à cela. Il y eut de la tendresse à la place de la passion, de la langueur à la place de la précipitation. Troublée, elle murmura son prénom tout contre sa bouche. Alors, il caressa son visage du bout des doigts, comme s'il attendait qu'elle se détende. Comme s'il attendait qu'elle accepte. Même lorsque son baiser se fit plus intense, il resta tendre. Le feu était là, mais il couvait plutôt qu'il ne dévorait.

Il faisait l'amour avec la première Hannah qu'il avait connue, comprit-elle soudain. Et cette révélation lui donna envie de pleurer. Il éprouvait du désir pour l'une, de l'affection pour l'autre. Comment lutter avec une autre femme quand cette autre femme, c'était elle ?

Laissant échapper un soupir saccadé, elle laissa son esprit se vider. Elle lui donnerait tout ce dont il avait besoin aujourd'hui.

Il sentit un changement s'opérer en elle, tandis qu'elle s'abandonnait lentement entre ses bras. Avec un murmure d'approbation, il posa ses lèvres sur son cou. Il voulait lui montrer qu'il existait autre chose que la fulgurance et la rapidité. S'il ne leur restait que quelques heures, il les passerait à lui donner toute la tendresse qu'elle voudrait bien accepter de lui.

Avec légèreté, il caressa son corps souple. La nuit précédente, il avait exigé ; à présent, il allait cajoler et offrir. Il prit le temps de voir son excitation grandir, en admirant le soleil caresser son visage et en écoutant le ruisseau couler tout près d'eux. Il murmura doucement tout en l'embrassant dans le cou. Il murmura des promesses, des mots tendres, des serments. Elle lui répondit par des mots si fragiles qu'ils semblèrent prêts à se perdre dans les airs.

On ne l'avait jamais aimée de cette façon, comme si elle était quelqu'un de précieux et d'infiniment spécial. Malgré la brume dans laquelle baignait son esprit, Hannah entendait le doux bruissement de l'eau qui courait sur les pierres. Elle sentait l'odeur de l'herbe et des fleurs sauvages qui leur servaient de tapis. A travers ses yeux mi-clos, la lumière du soleil parait la peau de son amant de reflets dorés et diaprés. Incapable de résister, elle tendit la main pour la toucher : elle était douce, soyeuse et chaude.

Son amant. Hannah attira sa bouche à la sienne et lui donna tout ce que contenait son cœur. Si l'endroit était magique, l'instant l'était également. Elle laissa parler ses rêves et s'y abandonna totalement.

Elle donnait avec prodigalité, et recevait avec bonheur. Bennett sentait enfin cette émotion qu'il voulait susciter en elle depuis si longtemps. Une émotion qui allait bien au-delà de la chaleur, bien au-delà du désir. Elle le touchait comme si elle l'avait attendu toute sa vie. Elle l'embrassait comme s'il avait été son seul et unique amant. Plus elle offrait, plus il donnait en retour. Le temps passa, les ombres s'allongèrent, et sans fin ils caressèrent, donnèrent, découvrirent.

Même lorsqu'il fut en elle, leur étreinte resta lente et douce. La passion qui avait grandi en eux était toujours bridée par de plus fortes émotions. Ils bougeaient dans une harmonie presque douloureuse de perfection. Soudain, elle prit son visage entre ses mains et leurs bouches se soudèrent. Peu à peu, ils grimpèrent jusqu'au sommet et s'y installèrent doucement.

— Vous vouliez me voir, monsieur Deboque ?

— Oui, Ricardo.

Deboque souleva sa théière et se servit. Il adorait cette coutume anglaise de prendre le thé en fin d'après-midi. C'était tellement civilisé et raffiné.

— J'ai une petite liste de courses pour toi, dit-il, en désignant d'une main le bureau près de la fenêtre. J'aimerais que tu supervises cela personnellement.

— Bien sûr.

Toujours content qu'on lui fasse confiance, Ricardo s'empara de la liste écrite sur un épais papier crème. A la lecture, il eut un très léger haussement de sourcils.

— Dois-je m'approvisionner au sein de la compagnie ?

— S'il te plaît, répondit Deboque en ajoutant du lait à son thé. Je préfère que cela reste entre nous. Que la marchandise soit livrée à lady Hannah, disons... jeudi. Ce n'est pas la peine qu'elle la reçoive trop tôt.

— Elle risque gros en faisant entrer ce genre de matériel au palais.

— J'ai une confiance totale en les capacités de notre amie anglaise, Ricardo.

Il repensa à la façon dont elle s'était présentée à leur rendez-vous le matin même. Impeccablement vêtue et apprêtée, élégante. Que ses plans se trouvent entre d'aussi jolies mains ne donnait que plus de saveur à son entreprise.

— Elle possède un certain style, tu ne trouves pas ?

— La classe, même lorsqu'elle s'exprime discrètement, reste toujours la classe.

Deboque sourit, et avala une gorgée de thé.

— C'est exactement cela. Je ne doute pas un seul instant qu'elle ne s'acquitte de sa tâche avec classe.

Il prit une nouvelle gorgée de thé, puis soupira.

— J'admire vraiment les Anglais, Ricardo. Si traditionnels, si opiniâtres. Pas aussi expansifs que les Français, mais si merveilleusement pragmatiques. En tout cas, fais en sorte que la marchandise soit expédiée depuis l'adresse figurant sur la liste. Je ne veux surtout pas qu'on puisse remonter jusqu'à moi.

— Bien sûr.

— Je suis en train de préparer un itinéraire, Ricardo. Nous levons l'ancre à la fin de la semaine prochaine. D'ici là, je verrai lady Hannah encore une fois. Tu t'occuperas des détails ?

— Il sera fait selon vos désirs.

— Merci, Ricardo. Oh ! mais, j'y pense, as-tu veillé à envoyer une couronne pour l'enterrement de Bouffe ?

— Des roses comme vous l'aviez demandé, monsieur.

— Parfait.

Deboque choisit un petit gâteau sec sur l'assiette en Wedgwood posée à côté de la théière.

— Tu es quelqu'un de très précieux, Ricardo.

— Je fais mon possible, monsieur.

— Eh bien, passe une bonne soirée, Ricardo. Avertis-moi s'il y a du nouveau à propos de l'accident survenu au théâtre. Le rapport qui m'en a été fait ne me satisfait pas du tout.

— Je n'y manquerai pas. Bonne soirée, monsieur.

Deboque se cala dans son fauteuil pour savourer son petit gâteau. Ricardo continuait à beaucoup lui plaire. Un homme intelligent possédant des tendances sociopathes était une recrue de choix. Deboque était certain que Ricardo serait ravi qu'il lui demande de s'occuper d'Hannah lorsqu'elle aurait terminé son travail. C'était tentant, mais il rejeta l'idée.

Il s'occuperait d'Hannah lui-même. Après tout, le moins qu'il puisse faire après qu'elle aura réalisé son souhait le plus cher était de s'assurer qu'elle meure en souffrant le moins possible.

11

Hannah buvait calmement son thé dans la bibliothèque, tout en écoutant Reeve présenter son dernier rapport à Malori. Ce dernier n'intervenait que lorsqu'on le lui demandait, avant de replonger dans le silence.

Elle se souvenait parfaitement du soir où Bennett, peu de temps après son arrivée à Cordina, l'avait emmenée dans cette même bibliothèque. Ensuite, ils étaient allés vers le salon de musique. Et il l'avait embrassée. Etait-ce à ce moment que les choses s'étaient mises à changer ? Etait-ce à ce moment, ou bien le jour où, sur la plage, il lui avait tendu un coquillage ? Ou peut-être avait-ce été la première nuit, dans le jardin...

— Etes-vous d'accord, Hannah ?

Elle leva la tête, se maudissant d'avoir laissé son esprit vagabonder à un moment aussi crucial. Ils n'avaient que trente minutes pour ce briefing, et la moitié s'était déjà écoulée. Même entre les murs du palais, il était dangereux pour eux quatre de se rencontrer.

— Excusez-moi. Pouvez-vous répéter ?

Armand l'observait attentivement, se demandant sans doute si elle avait les épaules assez solides pour supporter une charge aussi lourde.

— Ces derniers jours ont été difficiles, dit-il.

La voix du prince ne contenait nul reproche, comme elle l'eût préféré, mais seulement de la préoccupation.

— Ces deux dernières années ont été difficiles, Votre Altesse.

Puis elle haussa les épaules dans un geste plus de résignation que de regret.

— Si vous commencez à marquer le coup, dit Malori de sa voix blanche, mieux vaut que nous le sachions tout de suite.

— Je ne marque pas le coup, dit-elle en soutenant son regard. Je crois que les rapports que je vous ai présentés le montrent.

Avant que Malori ne puisse répondre, Reeve prit la parole. Elle marquait le coup, il le savait, mais il devait tabler sur le fait qu'elle tiendrait encore quelques jours.

— Pouvons-nous revenir au sujet qui nous préoccupe ? Nous pouvons supposer que Deboque a déjà commandé le matériel que vous avez réclamé. Une idée de l'endroit où il se l'est procuré ?

— A Athènes, répondit-elle aussitôt. Je suis pratiquement certaine qu'il s'est fourni au sein de sa propre organisation. Il s'y sent en sécurité totale et invulnérable. Il ne voudrait pas prendre le risque de s'approvisionner à l'extérieur. Nous savons à présent qu'il possède un entrepôt d'armes et de munitions à Athènes. Ce n'est pas le seul, bien sûr, mais je pense que c'est là qu'il s'adressera, car c'est le plus proche de Cordina.

— Nous allons voir avec notre contact sur place s'il a remarqué des mouvements suspects dans les stocks d'explosifs, dit Malori, en le notant aussitôt. Avec un peu de chance, nous réussirons à démanteler sa succursale athénienne une fois que nous l'aurons coincé ici.

— Le SIS ne fera rien à Athènes, Paris, Londres ou Bonn tant que nous n'aurons pas de preuves irréfutables contre Deboque ici, dit Hannah en reposant son thé. J'insiste sur ce point, monsieur.

— Bien.

De toute évidence, Malori n'avait pas apprécié la remarque d'Hannah, mais il acquiesça.

— Les explosifs que recevra Hannah ne constitueront-ils pas, en eux-mêmes, une preuve irréfutable ? demanda Armand, en regardant Hannah puis Reeve. Hannah a accepté le contrat, commandé ses fournitures. Une fois la livraison faite, ne pourrait-on mettre fin à tout cela ?

Hannah voulut répondre, mais se ravisa. Elle allait laisser Reeve donner les explications nécessaires. Il faisait partie de la famille.

— Ce serait suffisant pour une arrestation, voire pour un procès. Mais, même si nous prouvons que les munitions proviennent de l'entrepôt que Deboque possède à Athènes, cela ne suffirait pas à l'accuser de tentative de conspiration. Il est assez prudent pour opérer une séparation nette entre ses différentes activités.

Ses « activités »..., songea Armand, en pianotant sur l'accoudoir de son siège.

— Et l'accord qu'il a passé avec Hannah pour qu'elle assassine toute ma famille ?

— Vous voulez dire, son hypothèse théorique à propos de ce qui pourrait arriver si une telle chose se produisait ? corrigea Reeve. Votre Altesse, je comprends très bien que le fait que nous ne puissions pas nous contenter des preuves que nous possédons pour l'instant vous contrarie. Nous avons déjà arrêté Deboque il y a dix ans, et cela ne l'a pas empêché de frapper de nouveau. Si nous voulons le mettre hors d'état de nuire une bonne fois pour toutes, démêler puis couper toutes les ficelles qu'il tire depuis des décennies, et porter un coup fatal à son organisation dans l'Europe tout entière, nous devons posséder la preuve solide et indiscutable de son implication dans une tentative de meurtre et de conspiration. Et cette preuve, c'est Hannah qui nous l'apportera dans quelques jours.

Armand sortit une cigarette.

— De quelle façon ? demanda-t-il à Hannah.

— Grâce à mon salaire.

Elle se sentait redevenue solide et sûre d'elle. Sans doute en partie grâce à Malori, qui l'observait d'un œil sévère et légèrement désapprobateur.

— Lorsque Deboque sera convaincu que j'ai bien fait mon travail, il me paiera. Dès que l'argent changera de mains, nous le tiendrons.

— Ce n'est pas quelqu'un de stupide. N'est-ce pas ?

— Non, Votre Altesse, ce n'est pas quelqu'un de stupide.

— Mais vous parviendrez à le convaincre que vous avez assassiné ma famille ?

— Oui. Si vous voulez bien jeter un œil à ce schéma, Votre Altesse.

Elle se leva et attendit qu'il l'accompagne jusqu'à une table. Avec l'aide de Reeve, elle déroula une grande feuille de papier.

— Sur les plans que j'ai fait passer à Deboque, il est indiqué que cette aile est occupée par le prince Alexander et sa famille. J'ai fait savoir à Deboque que la princesse Gabriella et sa famille y logeraient également pendant les quelques jours précédant le bal de Noël.

— Je vois. En réalité, l'aile occupée par la famille de mon fils se trouve ici, dit-il en pointant du doigt l'autre bout du plan.

— La nuit précédant le bal, je placerai des explosifs ici et ici, dit-elle en désignant différents points. Ils seront d'une puissance très inférieure à ce que pense Deboque, mais, avec les effets spéciaux mis au point par Reeve, l'explosion n'en sera pas moins spectaculaire. Il y aura certes des dégâts, Votre Altesse, mais pas aussi importants qu'il n'y paraîtra de l'extérieur. Il faudra seulement replâtrer et repeindre les murs.

Il leva un sourcil, mais elle n'aurait su dire si c'était par amusement.

— Certaines pièces du palais auraient bien besoin d'être redécorées.

— Il sera impératif, toutefois, de vider totalement cette aile. En toute discrétion.

— Bien sûr.

— Dix minutes avant l'explosion, je partirai rencontrer Deboque ou son envoyé. Il me paiera dès qu'il considérera que j'ai fait mon travail.

— Avez-vous songé au fait qu'il veuille avoir la preuve que mes enfants sont bien morts avant de vous payer ?

— Oui, répondit Hannah en s'éloignant du plan. Dans une certaine mesure, nous nous servirons des médias. En outre, j'ai clairement précisé que le paiement devra être effectué la nuit même de l'explosion, et que je souhaitais pouvoir quitter le pays dans la foulée. Deboque m'a invitée à m'enfuir avec lui à bord de son yacht. Je vais accepter.

Elle pinça les lèvres d'un air décidé, alors que Malori grommelait.

— L'argent changera de mains parce que Deboque me croira facilement accessible en cas d'imprévu.

— Et ce sera le cas ?

— Oui, puisque je serai avec lui.

— Le SIS surveillera à la fois la villa de Deboque et son yacht, précisa Reeve. Nous guetterons le signal d'Hannah pour intervenir.

— Est-ce le seul moyen ?

Sa voix était de nouveau inquiète. Cette fois, Hannah ne put s'empêcher de poser la main sur le bras du prince. Sur le bras du père de Bennett.

— Nous pourrions peut-être le coincer pour d'autres crimes. Avec les informations que j'ai accumulées ces deux années, il y aurait forcément matière à le faire. Mais cela prendrait des mois, voire des années, et sans garantie que cela aboutisse. C'est la seule façon, Votre Altesse, de l'arrêter une bonne fois pour toutes.

En acquiesçant, le prince se tourna vers Reeve.

— Vous êtes d'accord ?

— Oui.

— Malori ?

— J'aurais sans doute préféré une action moins spectaculaire et moins risquée, mais, oui, je suis d'accord, Votre Altesse.

— Dans ce cas, je présume que vous avez tous les deux encore des derniers détails à régler afin que tout se passe pour le mieux. J'attends vos rapports toutes les quatre heures.

Comprenant que l'entretien était terminé, Malori s'inclina. Hannah s'apprêtait elle aussi à faire sa révérence pendant que Reeve roulait les plans, quand le prince lui adressa un signe de tête.

— Hannah, quelques minutes encore, s'il vous plaît.

— Oui, Votre Altesse.

Lorsque les deux hommes les laissèrent seuls, elle se tenait près de la table, raide et tendue. Il devait connaître ses sentiments pour Bennett, songea-t-elle. Le peu de temps qu'elle avait passé à Cordina lui avait suffi pour se rendre compte qu'Armand était à la fois intelligent et observateur. Il ne régnait pas depuis un trône, mais depuis son bureau et ses nombreuses salles de réunion. Si son pays était en paix et prospère, c'était en grande partie parce qu'il savait gouverner, faire des choix et rester objectif.

Oui, il devait savoir, et il ne devait pas approuver. Elle était européenne. Elle était aristocrate. Mais, par choix et par profession, elle était espionne.

— Vous ne devez pas être à l'aise, debout, commença Armand. Asseyez-vous, je vous en prie.

En silence, elle prit un siège et attendit.

Elle ressemblait à une colombe, songea-t-il. Une petite colombe blanche qui attendait, résignée, qu'un renard la dévore. En l'observant, il avait du mal à croire qu'elle était celle qui mettrait fin au cauchemar qui avait hanté sa famille pendant plus de dix ans.

— Reeve vous fait confiance.

— Je vous promets que c'est mérité, Votre Altesse.

Elle se détendit presque. Il ne voulait pas lui parler de Bennett, mais de Deboque.

— Pourquoi avez-vous accepté cette mission ?

Elle haussa les sourcils, car la question lui paraissait aussi simple que la réponse.

— On me l'a demandé.

— Et aviez-vous le droit de refuser ?

— Oui, Votre Altesse. Un agent a toujours le choix.

Ce n'était pas le cas d'un prince. Il comprenait la différence, mais n'enviait pas Hannah pour autant.

— Vous avez accepté cette mission parce que vos supérieurs vous l'ont demandé.

— Oui, et parce que les agissements de Deboque affectent mon pays et le reste de l'Europe. Un terroriste, quel que soit le costume qu'il porte, reste un terroriste. L'Angleterre veut que Deboque se retrouve pieds et poings liés, et vite.

— Vous avez d'abord pensé à votre pays ?

— Comme toujours.

Il acquiesça de nouveau, sachant qu'aimer son pays pouvait causer joie aussi bien que tourments.

— Avez-vous choisi cette profession par goût de l'aventure ?

A présent, elle se détendit tout à fait, et rit.

Lorsqu'il entendit son rire, Armand comprit ce qui avait fasciné et captivé son fils.

— Excusez-moi, Votre Altesse. Je sais que le mot « espion » traîne derrière lui un cortège d'images assez cinématographiques : quais brumeux, impasses humides, revolvers en nickel, voitures de sport… Mais en vérité, c'est un métier bien souvent très calme, voire ennuyeux. Durant ces deux dernières années, j'ai donné plus de coups de téléphone et passé plus de temps derrière mon ordinateur que la moyenne des secrétaires.

— Vous n'allez pas me dire que le danger ne fait pas partie de votre vie ?

— Non, certes, dit-elle en soupirant légèrement. Mais pour chaque heure de danger, il y a une année de travail et de préparation. En ce qui concerne Deboque, Reeve, Malori et le SIS ont pris part à l'opération de bout en bout.

— Pourtant, au final, vous serez seule.

— C'est mon travail. Et je le fais bien.

— Oh ! je ne le remets pas en question une seule seconde. Dans des circonstances normales, je ne me serais pas inquiété plus que cela.

— Votre Altesse, je vous assure que nous mettons en œuvre tout ce qui peut l'être.

Il savait que c'était la vérité, comme il savait que, pour le moment, il avait les mains entravées.

— Et, si une erreur était commise, que pourrais-je dire à mon fils ?

— Je vous promets que, quoi qu'il se passe, Deboque sera puni. Si vous…

— Je ne parle pas de Deboque, mais de vous et de Bennett, fit-il en levant la main pour l'empêcher de répondre. C'est assez rare que je puisse m'exprimer en tant que père et seulement en tant que père. Je vous demande de m'accorder ce luxe en ce moment même.

Hannah prit une grande inspiration et essaya d'être claire.

— J'ai bien conscience que Bennett est en colère parce qu'on lui a caché les vraies raisons de ma présence ici. Je crois qu'il ressent une certaine responsabilité vis-à-vis de moi, car je suis ici pour protéger sa famille.

— Il est amoureux de vous.

— Non.

La panique revint, accompagnée d'un sentiment de honte et de l'envie éperdue que ce fût vrai.

— Il le pensait peut-être, avant. Quand il croyait que j'étais... A un moment, il a commencé à ressentir une certaine affection, mais, quand il a appris qui... enfin, ce que j'étais, tout a changé.

L'air calme, Armand posa les mains sur les accoudoirs de son siège. L'anneau symbolisant son pouvoir et son titre brillait dans la lumière.

— Ma chère, seriez-vous capable, au moins, d'être un peu plus claire sur les sentiments que vous-même éprouvez pour lui ?

Elle soutint son regard, troublée. Les yeux sombres qui l'observaient étaient bienveillants. Bien sûr, le prince Armand pouvait se montrer dur. Mais elle comprenait à présent pourquoi sa famille et son pays l'aimaient et lui faisaient confiance.

— Cela restera-t-il entre nous, Votre Altesse ?

— Bien sûr.

— Je l'aime plus que je n'aie jamais aimé. Si je pouvais changer les choses, revenir en arrière, et être ce qu'il croyait que j'étais, et rien d'autre, je vous jure que je le ferais.

Elle ne versa aucune larme. Elle avait déjà pleuré une fois, et avait juré de ne plus jamais recommencer. A la place, elle baissa les yeux.

— Mais, bien entendu, c'est impossible.

— Certes, il est impossible de changer ce que l'on est. Mais quand on aime, et qu'on aime profondément, on peut accepter beaucoup. Bennett possède une rare générosité de cœur et une rare sensibilité.

— Je le sais. Je vous promets de ne plus le faire souffrir.

Il esquissa un sourire.

— Je vous crois sur parole. Quand tout sera terminé, je veux que vous restiez quelques jours de plus à Cordina.

— Votre Altesse, je pense qu'il serait mieux que je rentre immédiatement en Angleterre.

— Nous désirons que vous restiez, répéta-t-il, redevenu prince.

Puis il se leva.

— Vous souhaitez peut-être vous reposer avant le dîner, ajouta-t-il.

Hannah n'eut d'autre choix que de se lever et s'incliner.

— Je vous remercie, Votre Altesse.

Le dîner fut long et formel. Hannah fut présentée au secrétaire d'Etat et à sa femme, ainsi qu'à un armateur allemand et à une vieille dame française, vague parente des Bisset, qui visitait Cordina pour les vacances. Cette dernière avait un défaut de prononciation, si bien qu'Hannah — qui voulait lui répondre aussi poliment que possible — était obligée de fournir des efforts considérables pour la comprendre. L'Allemand, qui parlait de façon saccadée et d'une voix très forte, était de toute évidence ravi d'avoir été invité au palais royal. Hannah était heureuse qu'il se trouve à l'autre bout de la table pour ne pas avoir à lui faire directement la conversation.

Bennett était absent. Une réunion tardive au conseil d'administration du musée, suivie d'un dîner à la Société équestre... Hannah tâcha de se rappeler que Claude avait été rejoint par deux autres gardes qui agaceraient et protègeraient Bennett durant toute la soirée.

Alors que la vieille Française n'en finissait pas de parler, Hannah se dit que, finalement, Bennett avait de la chance.

De l'autre côté de la table, Eve buvait de l'eau gazeuse en écoutant avec une apparente fascination l'armateur lui raconter des anecdotes à propos de son travail. Ce ne fut que lorsqu'elle se tourna pour prendre sa cuillère à dessert que son regard croisa assez longtemps celui d'Hannah pour qu'y percent sa lassitude et son ironie. Répondant à une question à voix basse et polie, elle leva les yeux au ciel, très brièvement, avec une expression qui voulait tout dire. L'instant d'après, elle souriait de nouveau à l'armateur.

Hannah dut lever son verre pour cacher son amusement. Les princes et les princesses étaient des êtres humains, après tout. Pas tout à fait ordinaires, mais des êtres humains. L'enfant qu'Eve portait régnerait peut-être un jour, mais il rirait et pleurerait aussi, il ressentirait des émotions et nourrirait des rêves.

Elle-même avait aimé un prince. Hannah saisit sa cuillère et commença à jouer avec la très sophistiquée crème au chocolat posée devant elle. Elle avait donné son cœur à un homme qui était le second dans l'ordre de succession à l'un des derniers trônes européens. Et, dans quelques jours, elle pourrait très bien donner sa vie pour lui.

Car telle était la vérité, songea-t-elle, alors que sa voisine de table parlait et parlait encore. Au départ, elle avait peut-être agi par devoir, envers son pays et envers ses employeurs, mais tout ce qu'elle ferait au final, elle le ferait pour Bennett.

Elle ne pourrait jamais le lui dire, de la même façon qu'elle n'avait pas pu tout expliquer au prince Armand, plus tôt dans la soirée. Si le bruit des sentiments qu'elle éprouvait pour Bennett venait à se répandre, ses supérieurs pourraient décider de lui retirer sa mission.

Elle ne dirait rien, alors, et se contenterait d'aimer en silence. Et c'est en aimant en silence qu'elle assisterait à la fin de Deboque, si elle vivait… Ensuite, elle devrait choisir entre être promue capitaine ou se retirer. Le travail de terrain n'était pour l'instant plus pour elle. Elle ne pensait pas être capable de tenir une nouvelle fois le rôle de la tranquille et naïve lady Hannah. Pas alors qu'elle avait aimé un prince et qu'elle avait été aimée par lui.

Il était presque minuit lorsque Hannah réussit à prendre poliment congé. Alors qu'elle grimpait vers sa chambre, elle hésitait entre se détendre en prenant un bain chaud et sombrer le plus rapidement possible dans un sommeil qu'elle espérait réparateur. Eve avait insisté pour retourner au Centre dès le lendemain, elle n'aurait donc d'autre choix que celui de l'y accompagner. Le paquet qu'elle attendait arriverait-il le lendemain, ou bien Deboque s'y prendrait-il au dernier moment ?

Elle avait déjà parcouru la moitié de sa chambre lorsqu'elle fut gagnée par cette sensation qu'elle connaissait bien. Son signal d'alarme s'était déclenché. Elle regarda autour d'elle. Il n'y avait personne dans la pièce, et rien n'avait été dérangé. Pourtant…

Elle recula prudemment et ouvrit le tiroir de son chevet, pour en sortir son arme. La lumière dans le dos, elle se mit à avancer vers la pièce voisine. La porte était légèrement entrouverte, mais cela pouvait très bien être l'une des femmes de chambre qui l'avait laissée ainsi. Elle foula le tapis à pas silencieux. Puis, d'une main, elle poussa doucement la porte, qui s'ouvrit sans bruit.

Il n'y avait rien de notable de l'autre côté de la porte, excepté l'odeur des gardénias qui s'épanouissaient dans un vase.

C'était bien une femme de chambre, songea-t-elle, en se détendant peu à peu. L'une d'entre elles était venue déposer un bouquet de gardénias dans le petit salon, et…

Ce fut alors qu'elle entendit un bruit, comme un froissement de tissu. Sur le qui-vive, et gardant son pistolet en main, elle se plaqua contre le mur et avança jusqu'au milieu de la pièce.

Là, sur le petit canapé, Bennett était allongé, la cravate défaite, les chaussures enlevées, et le visage enfoncé dans un coussin de velours bleu.

Hannah jura doucement, tout en baissant son pistolet. Il semblait épuisé, et tout à fait à l'aise, songea-t-elle, en levant un sourcil. Son premier réflexe fut de vouloir le couvrir d'un plaid, et d'aller se coucher, mais elle avait assez le sens des convenances — ce qu'elle devait à la très bien éduquée lady Hannah — pour se douter que Bennett de Cordina ne serait pas ravi d'être surpris en train de dormir ailleurs que dans ses propres appartements. Elle commença à se pencher vers lui, puis se souvint qu'elle tenait toujours son arme.

Presque avec curiosité, elle retourna son pistolet dans sa main. Il ressemblait à un jouet, même s'il s'était déjà révélé fatal. Cela faisait partie de son travail, songea-t-elle. Partie de sa vie. Pourtant, elle savait que Bennett n'apprécierait guère de la découvrir armée. Elle retourna dans sa chambre pour ranger son pistolet en lieu sûr. Elle devait réveiller Bennett et le renvoyer chez lui, mais elle n'était pas obligée de le faire en exhibant ce qu'il détestait tant chez elle.

Elle revint vers lui et, s'agenouillant devant le canapé, elle posa la main sur son épaule.

— Bennett.

Elle le secoua doucement et, en guise de réponse, ne récolta qu'un marmonnement. Elle sourit, résistant à l'envie irrésistible de passer la main dans ses cheveux ébouriffés. Dans le sommeil, l'énergie, l'amusement ou la mauvaise humeur étaient mis au repos. On aurait dit qu'il aurait été parfaitement heureux de dormir là pendant des jours, allongé à moitié hors du sofa. Hannah se rapprocha encore, et lança d'une voix forte :

— Bennett, réveille-toi.

Il ouvrit à demi les yeux, mais son regard était déjà vif et perçant. Se redressant, il l'attrapa par le lobe de l'oreille.

— Tu n'as donc aucun respect pour un homme mort ?

— Aïe !

Elle saisit son poignet pour se défendre, mais c'était trop tard : il l'avait déjà attirée à lui.

— Si c'est du respect que tu veux, je peux appeler un ou deux domestiques pour qu'ils te transportent jusqu'à ta chambre. En attendant, lâche-moi ou je vais devoir te montrer comme il est facile de faire perdre connaissance à quelqu'un par une simple pression sur ses centres nerveux.

— Hannah, il faut que tu apprennes à être un peu plus romantique.

— C'est dans mon sang, je n'y peux rien, répondit-elle en reculant pour se masser l'oreille. Bennett, pourquoi étais-tu en train de dormir sur mon canapé plutôt que dans ton lit ?

— Je ne sais pas qui a conçu cette chose. Il lui manque une bonne dizaine de centimètres pour qu'on puisse y être bien installé.

Il se redressa un peu et posa ses pieds sur l'accoudoir.

— Je voulais te parler, poursuivit-il en passant ses mains sur son visage. Quand je suis rentré, j'ai vu que nos invités n'étaient toujours pas partis. Je suis rentré par une porte dérobée et j'ai pris l'escalier de service.

— Je vois. Et dire que Mme Beaulieu a parlé de toi en bien toute la soirée.

— Mme Beaulieu ne parle pas, elle chuinte.

— Je sais. J'étais à côté d'elle à table.

— J'aime autant que cela ait été toi plutôt que moi.

— Quelle galanterie.

— Tu veux de la galanterie ?

En un seul mouvement, précis et puissant, il la souleva et l'allongea sur lui. Il posa la main sur sa nuque et attira sa bouche à la sienne pour la prendre tout entière.

— Qu'est-ce que cela a à voir avec de la galanterie ? réussit-elle à demander au bout de quelques minutes.

Il sourit et passa son doigt sur son nez.

— Je suis déçu, ma galanterie a favorablement impressionné toutes les autres femmes que j'ai connues.

Hannah recula de quelques centimètres. En souriant à son tour, elle fit courir son doigt le long de son cou.

— Donc, ces centres nerveux dont je te parlais...

Il prit son poignet, puis l'autre.

— C'est bon, je n'ai rien dit.

Elle essaya de se libérer, mais il la maintenait fermement.

— Reste. Je ne t'ai pas vue de la journée, dit-il en posant ses lèvres chaudes et caressantes sur sa joue. Sais-tu, Hannah, qu'il faut que je te prenne dans mes bras, que j'embrasse ta peau pour sentir ton odeur ? Le fais-tu exprès ?

Elle ne portait pas de parfum. En partie pour ne laisser aucune trace derrière elle.

— Tu disais que tu voulais me parler.

— J'ai menti, répondit-il avant de mordiller doucement le lobe de son oreille. Je voulais faire l'amour avec toi. En fait, j'ai éprouvé toutes les peines du monde à penser à autre chose pendant cette interminable réunion et ce dîner bruyant.

Tout en parlant, il défit la fermeture Eclair située dans le dos de sa robe.

— J'ai dû faire un discours.

Sous le tissu épais, il trouva de la soie. Une soie fine et délicate.

— J'ai eu du mal à ne pas bafouiller, parce que je m'imaginais ici, avec toi.

— Je ne veux pas t'empêcher d'accomplir tes tâches officielles.

Les yeux fermés, elle posa ses lèvres dans son cou et savoura la douce caresse de ses mains.

— Pourtant c'est le cas, mon amie. J'ai écouté les discussions interminables de dix hommes plus intéressés par la peinture que par les gens, tout en t'imaginant assise ici, les mains croisées sur tes genoux et le regard solennel. Et, dans mon imagination, tu ne portais rien à part tes cheveux.

Elle avait enlevé sa cravate, et allait s'attaquer au troisième bouton de sa chemise, lorsqu'elle s'interrompit.

— Tu pensais à cela pendant ta réunion ?

— Pendant ma réunion.

Cesserait-il, un jour, d'être fasciné par ce ton sec et sérieux et par ce regard sombre ?

— Tu vois pourquoi j'ai eu quelques petits problèmes de concentration.

Il ne lui dit pas qu'il avait aussi dû faire face à d'impromptus accès de peur en l'imaginant avec Deboque, à sa merci, sans défense, seule. C'était une image qu'il n'avait pas réussi à noyer dans les nombreuses tasses de café puis verres de vin qu'il avait bus.

— Alors je suis venu t'attendre ici.

— Et tu t'es endormi.

— J'avais espéré que l'ironie de la situation ne t'échapperait pas et que tu détournerais le conte de fées. Que tu réveillerais le prince d'un baiser. A la place, tu m'as crié dans les oreilles.

En souriant, Hannah prit son visage entre ses mains.

— Laisse-moi le faire maintenant, alors.

Elle toucha ses lèvres, les effleura, se retira, puis les taquina de nouveau. Tandis qu'elle sentait ses doigts se tendre dans son dos, elle poursuivit son exploration. Sa langue traça des dessins, ses dents mordillèrent. Grisée par le plaisir, elle ne protesta pas lorsqu'il attira son visage plus près du sien, ni lorsque sa bouche se referma avidement sur la sienne. S'il avait pensé à elle toute la journée, le désir qu'elle éprouvait pour lui n'était pas moins intense que le sien. Pour l'assouvir, il faudrait toutes les heures que comptait la nuit.

Elle avait complètement ouvert sa chemise; il avait fait glisser sa robe, révélant le chatoiement de la dentelle miel qu'elle portait sur sa peau. Bennett la caressait du bout des doigts, tout en appréciant les délicieux contrastes qui caractérisaient son Hannah. Il détacha ses cheveux pour qu'ils tombent en cascade sur ses épaules et les siennes. Leur odeur était aussi légère et discrète que celle de sa peau. Le charme ensorceleur qui émanait de sa personne était quelque chose d'inné et non pas le résultat d'un quelconque artifice.

Elle était naturelle, elle était réelle, et elle était sienne. Totalement enivré par elle, il acheva de la débarrasser de sa robe, qu'il laissa tomber sur le tapis.

C'est à ce moment-là que ses doigts rencontrèrent le stylet qu'elle portait attaché à la cuisse.

Hannah se raidit, se souvenant de son arme au moment où il la découvrait. La passion entre eux s'éteignit si vite qu'elle en frissonna. Lorsqu'elle recula, il n'essaya pas de la retenir.

— Bennett, je suis désolée.

Elle avait oublié qu'il ne pourrait y avoir ni excuses ni regret. En la regardant dans les yeux d'un air froid et impassible, il s'assit. Parce qu'elle ne pouvait rien dire, parce qu'elle ne pouvait rien faire pour lever cette barrière entre eux, elle se mura dans le silence.

Luttant contre la colère qu'il sentait monter en lui, Bennett la contempla un long moment. Sa chevelure était un entrelacs de mèches miel qui retombaient sur ses épaules et sur la dentelle de soie dont elles rappelaient la couleur. Ses yeux, sombres, profondément verts, étaient devenus solennels, tandis qu'elle attendait qu'il parle, ou s'en aille.

La peau laiteuse, les courbes minces, la soie délicate. Elle était ce qu'elle s'était persuadée qu'elle n'était pas : belle, époustouflante, désirable. Contre une cuisse longue et fine, ceinte d'une forte lanière de cuir, était posé un couteau qui évoquait les ruelles sombres et les bars enfumés. Sans rien dire, il s'en saisit. Aussitôt, elle attrapa son poignet.

— Bennett.

— Tais-toi, répondit-il froidement.

L'air éperdu, Hannah desserra ses doigts. Alors, lentement, il sortit l'arme de son fourreau. Sa peau l'avait réchauffée, et elle était assez petite pour tenir dans la paume de la main. Jusqu'à ce qu'il appuie sur le bouton et que la fine lame se déplie silencieusement et fatalement. Elle accrocha la lumière de la lampe et lança des éclairs argent.

Elle la portait de façon intime, songea-t-il. Il aurait voulu lui demander si elle s'en était servie, mais une partie de lui-même savait qu'il était mieux de garder cette question pour lui. L'arme était légère, mais pesait comme le plomb dans sa main.

— Pourquoi en as-tu besoin dans l'enceinte du palais ?

Le cœur battant, Hannah remonta une bretelle qui avait glissé de son épaule, qu'elle frictionna ensuite pour essayer de réchauffer sa peau, de plus en plus froide.

— J'attends des nouvelles de Deboque. Je ne sais pas quand ni comment elles arriveront. Comme il se peut que je doive y répondre immédiatement, je préfère me tenir prête.

— Quel genre de nouvelles ?

— Je crois que tu devrais le demander à…

— C'est à toi que je le demande, rétorqua-t-il avec

une virulence qu'elle lui avait rarement entendue, mais qui fit son effet. Quel genre de nouvelles, Hannah ?

Hannah replia ses genoux contre sa poitrine, les ceignit de ses bras, et lui dit tout. Elle ne commettait pas de faute, se rappela-t-elle, puisqu'il en savait déjà trop.

— Donc, nous sacrifions une partie de l'aile est, conclut-il, pensif. Supercherie.

Bennett fit danser la lame sous la lumière. Il savait, sans l'ombre d'un doute, qu'il pourrait la planter dans le cœur de Deboque.

— Il faut que notre subterfuge ait toute l'apparence de la vérité pour que Deboque soit convaincu, expliqua-t-elle. Il ne lâchera pas ses cinq millions de dollars tant qu'il ne sera pas certain que Cordina n'a plus d'héritier.

— Il est prêt à tuer les enfants, murmura-t-il, dégoûté. Même le futur enfant d'Alexander. Et tout cela pourquoi ? Pour se venger, pour le pouvoir, pour l'argent ?

— Pour tout cela à la fois. S'il cherche d'abord à se venger de ton père, le chaos engendré ne ferait que renforcer son propre pouvoir, et l'argent suivrait. C'est son avidité démesurée qui le conduira à sa perte, cette fois. Je te le promets, Bennett.

Il y avait tant de passion dans sa voix qu'il la regarda de nouveau. Ses yeux étaient secs, mais néanmoins habités par l'émotion. C'était pour protéger sa famille qu'elle était armée, songea-t-il en serrant sa main autour du manche du stylet. Et pour se protéger elle-même. Aussi subitement qu'il était tombé amoureux d'elle, la réalité s'imposa à lui. Il était prêt à tout pour qu'elle reste en vie.

Il replia le couteau. Elle n'avait plus besoin d'arme, c'était lui qui veillerait sur elle, désormais. Puis il posa le poignard et détacha la lanière de sa cuisse. Sa peau était devenue glacée, découvrit-il, bien qu'il fasse chaud dans la pièce. Cela l'émut, car il y vit un besoin de protection. Elle ne bougea pas, ne parla pas, et ne fit que tressaillir légèrement lorsqu'il se leva. Elle attendait qu'il la repousse, qu'il la rejette, qu'il la quitte.

Il sentit à la fois sa surprise et son scepticisme lorsqu'il la prit dans ses bras.

— Tu devrais me faire davantage confiance, Hannah, dit-il d'une voix tranquille.

Lorsqu'elle se détendit contre lui, lorsqu'elle s'abandonna assez pour poser sa tête sur son épaule, il la conduisit jusqu'au lit.

12

Le paquet fut livré de la façon la plus banale qui soit. Il fut apporté par Dartmouth Shippers, qui était, parmi les sociétés contrôlées par Deboque, l'une des moins rentables, mais aussi l'une des plus utiles. Sur le colis figuraient l'adresse de la tante d'Hannah en Angleterre, ainsi que la mention « fragile ».

La seule difficulté vint du fait qu'Eve était présente au moment de la livraison.

— Oh ! quelle belle surprise ! s'exclama-t-elle en tournant autour du paquet. C'est un cadeau de Noël, n'est-ce pas ? Pourquoi ne l'ouvres-tu pas ?

— Ce n'est pas encore Noël, répondit Hannah d'une voix posée.

Puis elle rangea le paquet sur une étagère de son armoire. Elle le remettrait à Reeve à la première occasion.

— Hannah, comment réussis-tu à rester aussi calme ? demanda son amie, en jetant des coups d'œil curieux autour d'elle dans la chambre. Tu n'as jamais regardé sous les lits et dans les placards à la recherche de cadeaux cachés, à cette époque de l'année ?

— Non.

Avec un sourire, Hannah retourna arranger les fleurs qu'Eve lui avait apportées.

— Je n'ai jamais voulu gâcher la surprise du matin de Noël.

— Cela ne la gâche pas, cela ne fait qu'ajouter à l'excitation, répondit Eve en regardant de nouveau l'armoire. On ne pourrait pas se contenter d'entrouvrir la boîte ?

— Certainement pas, même si je peux te dire que le paquet contient sans doute cinq douzaines de petits gâteaux maison durs comme la pierre. Tante Honoria est absolument prévisible.

— J'ai du mal à croire que Noël approche...

L'air mélancolique, Eve se dirigea vers la fenêtre. Elle posa une main protectrice sur son ventre et tritura nerveusement le rideau de l'autre.

— La salle de bal a été briquée et ses sols lustrés pour l'occasion, le sapin est déjà décoré. Des odeurs délicieuses s'échappent des cuisines. Mais je n'ai pas l'impression que c'est Noël.

— Aurais-tu le mal du pays, Eve ?

— Le mal du pays ?

Visiblement surprise, elle se tourna, puis sourit.

— Oh ! non. Alex et Marissa sont avec moi. Bien sûr, j'espère bien que ma sœur réussira à laisser sa galerie une ou deux semaines pour venir nous voir, mais les Etats-Unis ne me manquent pas vraiment. Ce qui m'attriste, en revanche, c'est de constater que tout le monde me couve et essaie de me protéger en me cachant des choses.

En soupirant, elle se dirigea vers la commode d'Hannah et se mit à jouer avec la petite boîte émaillée que Bennett avait admirée.

— Je sais qu'Alex est tendu et inquiet, même s'il fait son possible pour me faire croire que tout va bien. Même quand je parle avec Bennett, j'ai l'impression que son esprit n'est qu'à moitié avec moi. Il faut que cela cesse, Hannah. Je ne supporte pas de voir les gens que j'aime dans cet état d'angoisse.

Hannah aussi s'apprêtait à la protéger en lui cachant

des choses, mais c'était le seul moyen dont elle disposait pour apaiser un peu son amie.

— C'est Deboque, n'est-ce pas ? fit-elle doucement.

L'air désemparé, Eve reposa la boîte.

— Comment peut-on avoir tant de haine en soi ? demanda-t-elle d'une voix tremblante. Comment peut-on causer autant de souffrances ? Après toutes ces années, je n'ai toujours pas compris ses motivations, mais je sais que cet homme ne sera pas satisfait tant qu'il ne nous aura pas détruits.

— Pour la plupart des gens, il est impossible de comprendre réellement le mal, commença Hannah. Mais je crois que nous ne faisons que l'aggraver lorsque nous le laissons affecter nos vies.

— Tu as raison, bien sûr, répondit Eve en tendant les mains vers elle. Si tu savais comme je suis contente que tu sois là. Sans toi, je crois que je passerais mes journées à broyer du noir. Brie arrivera tout à l'heure avec les enfants. Il nous reste encore à nous occuper des fleurs et de la musique.

Elle serra les mains d'Hannah, tout en prenant une grande inspiration.

— Je déteste me sentir inutile. Ce que j'aimerais, c'est aller cracher au visage de Deboque, mais si tout ce que je peux faire, c'est préparer le bal, alors je dois m'en contenter.

Hannah se jura, à la première occasion, de cracher au visage de Deboque pour elle.

— Et si nous allions maintenant à la salle de bal pour que tu me montres ce qui a été fait et ce qui reste à faire ? Je peux peut-être t'aider.

Elle voulait rendre service, et elle voulait aussi éloigner Eve du paquet qui se trouvait dans son armoire.

— Très bien, mais je voudrais que tu m'accompagnes d'abord dans ma chambre. J'ai un cadeau pour toi.

— Les cadeaux, c'est pour Noël, lui rappela Hannah alors qu'elles quittaient la pièce.

— Celui-là ne peut pas attendre, répondit Eve avec gaieté.

Elle devait absolument chasser de son esprit les sombres pensées qui les minaient tous. Le Dr Franco lui avait déjà dit qu'une trop grande tension pouvait avoir des conséquences néfastes sur l'enfant qu'elle portait.

— On ne doit rien refuser à une princesse, surtout lorsqu'elle est enceinte.

— C'est malin de ta part de te servir de cet avantage quand cela t'arrange.

Elles empruntèrent une petite volée d'escaliers pour rejoindre l'aile adjacente.

— Tu as dit que Gabriella arriverait bientôt. Est-ce que toute la famille sera là ?

— Oui, ils débarquent en force cet après-midi.

Hannah se détendit un peu. De cette façon, ce serait plus facile de remettre le paquet à Reeve et de parfaire leur plan.

— Bennett a-t-il mis son trésor en sécurité ?

— Son trésor ? Oh ! son Yo-Yo…

En riant avec insouciance pour la première fois de la journée, Eve entra dans sa chambre.

— Il adore cet enfant, tu sais. Je n'ai jamais rencontré quelqu'un qui aime autant les enfants que Bennett. Il consacre énormément de son temps à l'Aide aux enfants handicapés, même s'il doit pour cela sacrifier ses chères balades à cheval.

Tout en parlant, elle se dirigea vers le dressing.

— Une autre raison pour laquelle je suis un peu triste, c'est que je sais qu'il devrait en ce moment savourer sa victoire, alors qu'il a plutôt l'air de ne plus fermer l'œil de la nuit.

— Quelle victoire ?

— Cela fait six mois qu'il essaie de faire adopter son projet portant sur la construction d'une aile réservée aux enfants, au musée. Il a enfin réussi à convaincre le conseil d'administration l'autre soir, mais il a dû pour cela batailler ferme. Il ne t'en a pas parlé ?

— Non, répondit-elle lentement. Il ne m'en a pas parlé.

— Cela fait deux ans qu'il monte ce projet. Cela lui a pris des mois pour trouver le bon architecte, celui qui réussirait à allier les aspects pratiques aux détails auxquels Bennett tenait. Ensuite, comme le conseil d'administration n'était pas disposé à coopérer, Bennett a dû payer les plans de sa poche. Mais le résultat est fantastique.

Eve revint dans la chambre avec une longue boîte à la main.

— Tu devrais lui demander de te montrer les plans, un de ces jours, poursuivit-elle. Il voulait absolument que ce soit ouvert, qu'il y ait beaucoup de fenêtres pour que les enfants ne se sentent pas prisonniers. Les administrateurs ont grommelé et protesté lorsqu'il a parlé de sculptures que les enfants pourraient toucher, et d'illustrations tirées de livres d'histoire plutôt que de Rubens et de Renoir sous verre.

— Je n'avais pas compris qu'il était à ce point engagé.

— Tout ce que Bennett fait, il le fait avec un engagement total. Son idée est de faire appréhender l'art aux enfants par l'intermédiaire de ce qu'ils sont capables de comprendre et d'aimer. Il a également prévu toute une salle pour que les enfants puissent à leur tour s'essayer à la peinture et à la sculpture.

Eve posa la boîte sur le lit et sourit.

— Je suis surprise qu'il ne t'ait rien dit. D'habitude, il en parle à tout le monde. Cela lui a pris deux ans pour mettre ce projet sur pied, et six mois pour le faire accepter.

— Cela me paraît une très belle idée, dit-elle tandis que son cœur se gonflait d'amour. On présente souvent

Bennett comme quelqu'un qui ne s'intéresse qu'aux chevaux et aux soirées.

— Il assume cette image, mais Bennett ne se résume pas à cela. D'ailleurs, tu dois le savoir, car il me semble que vous êtes devenus assez proches tous les deux.

— Bennett est adorable.

— Hannah, s'il te plaît...

Avec un soupir, Eve s'assit au bord du lit.

— Il te suit des yeux jusqu'au dernier instant quand tu quittes une pièce et, lorsqu'il se trouve dans une autre, guette ton arrivée avec angoisse.

— Vraiment ?

— Vraiment, répéta-t-elle en riant. Au milieu de l'anxiété et de la tension des dernières semaines, j'ai au moins eu le plaisir de voir Bennett tomber amoureux. Tu tiens à lui, n'est-ce pas ?

— Oui, répondit Hannah avec sincérité.

C'était presque terminé. Certains mensonges n'étaient plus nécessaires.

— Je n'ai jamais rencontré quelqu'un comme lui, ajouta-t-elle, émue. Mais Eve, je ne veux pas que tu imagines ou que tu espères quelque chose qui ne se produira pas.

— Au contraire, tous les espoirs sont permis.

Eve posa la main sur la boîte posée à côté d'elle et tapota le couvercle.

— Mais maintenant, ouvre ton cadeau.

— Est-ce un ordre royal ou une simple demande ?

— Prends-le comme tu veux, du moment que tu l'ouvres. S'il te plaît... Je meurs d'envie de savoir si tu vas l'aimer.

— Bien, c'est contre mes principes d'ouvrir un cadeau avant Noël, mais...

Capitulant, Hannah souleva le couvercle. Elle écarta le papier de soie, puis fut frappée d'admiration.

Elle resplendissait comme un bijou et étincelait comme

le feu. La robe était d'un splendide vert émeraude, rehaussé de centaines de minuscules perles qui capturaient la lumière de l'après-midi.

— Déplie-la, insista Eve, qui, dévorée par l'impatience, finit par la sortir elle-même de la boîte.

La soie ondoya, murmura et se déploya. La robe était près du corps, avec une encolure haute dont la bordure perlée descendait jusqu'au décolleté. Les bras et le dos étaient nus, jusqu'à la taille, où le drapé reprenait et se prolongeait jusqu'à terre. C'était une robe faite pour briller sous les lustres et scintiller sous la lune.

— Dis-moi que tu l'aimes. J'ai rendu la couturière folle pendant un mois.

— Elle est magnifique.

Hannah tendit une main timide. La robe frémissait et s'animait au moindre contact.

— Eve, je n'ai jamais rien vu d'aussi magnifique. Je ne sais pas quoi dire.

— Dis-moi que tu la porteras au bal de Noël.

Fière d'elle, Eve tourna Hannah vers le miroir en tenant la robe devant elle.

— Regarde comme elle flatte la couleur de tes yeux ! Je le savais.

En riant, elle abandonna la robe entre les mains d'Hannah pour pouvoir reculer et avoir une vue d'ensemble.

— Oui, j'en étais sûre. Avec ta peau… Oh oui, ajouta-t-elle en tapotant ses lèvres d'un doigt. Dès le premier regard, Bennett sera subjugué. J'ai hâte de voir ça.

— Je ne pense pas que je devrais…

— Bien sûr que si. Et tu as plutôt intérêt à la porter, sinon je le prendrais mal.

Elle avança, les yeux plissés, et dégagea une des mèches de cheveux d'Hannah.

— Ma coiffeuse s'occupera de toi, également.

— Là, je commence à m'inquiéter.

Elle en mourait d'envie, mais elle ne pouvait pas se le permettre. La très comme il faut lady Hannah Rothchild n'aurait jamais l'audace de porter une robe comme celle-là.

— Eve, cette robe est très belle, tu es adorable, mais je ne crois pas être faite pour ce type de toilette.

— Je ne me trompe jamais.

Eve fit taire les protestations d'Hannah d'un petit coup de poignet. Cela ne faisait peut-être que deux ans qu'elle était une princesse, mais elle savait de toute évidence se montrer autoritaire.

— Je travaille depuis trop longtemps dans le monde du théâtre pour ne pas savoir ce qui va à qui. Fais-moi confiance et, si c'est trop te demander, porte-la pour faire plaisir à une amie.

A ces mots, Hannah sourit. Oui, elles étaient vraiment amies ; peu importait désormais comment était née cette amitié et quel but final elle servait. Où serait le mal si elle acceptait ce magnifique cadeau ? De toute façon, il était fort possible qu'elle ne se trouve même pas à Cordina pour le bal.

— J'ai l'impression d'être Cendrillon, murmura-t-elle, en souhaitant que ce pût être vrai.

— Parfait. Mais tu dois te souvenir que les douze coups de minuit ne retentissent pas toujours.

Tandis qu'elle traversait silencieusement le palais en compagnie de Reeve, Hannah se rappela les mots d'Eve. Pour elle, les douze coups de minuit retentiraient bel et bien. La partie était presque terminée, et son temps, presque écoulé.

Le paquet qu'elle avait reçu contenait les explosifs qu'elle avait demandés, ainsi qu'un message codé. Elle devait passer à l'attaque le soir même et rencontrer l'envoyé de Deboque sur les quais à 1 heure du matin. Ensuite, elle recevrait son paiement.

— Cela doit marcher, murmura-t-elle en installant prudemment la première charge.

Le matériel qu'elle était en train de mettre en place avait été fourni par le SIS. Quant au paquet qu'elle avait reçu, il était déjà entre les mains des experts. Deboque perdrait bientôt Athènes, et bien plus encore.

— Depuis dehors, on aura l'impression que le feu est en train de tout ravager, dit Reeve, tout en travaillant aussi rapidement et efficacement qu'elle. L'explosion fera plus de bruit que de dégâts. Nous allons souffler quelques fenêtres et mettre le paquet sur les effets spéciaux. Malori et ses hommes seront là pour veiller à ce qu'un véritable incendie ne se déclare pas.

— Le prince est avec eux en ce moment ?

— Oui. Armand est en train de mettre au courant le reste de la famille. Malori n'est pas d'accord, mais je pense que vous avez raison. Qu'ils sachent ce qui se trame ne va pas mettre notre mission en péril au point où nous en sommes à présent. Et si cela peut soulager leur angoisse…

Il songea à Gabriella. Après ce soir, même ses cauchemars disparaîtraient peut-être.

— L'idée qu'Eve soit réveillée par l'explosion en croyant à une attaque de Deboque m'était insupportable. Et Bennett ? Se trouve-t-il en sécurité dans l'autre aile en ce moment ?

— Bennett est en sécurité, répondit-il sans s'attarder. Je vous donne dix minutes. Cela suffit pour prendre la poudre d'escampette. Les quais sont quadrillés par nos hommes, donc, s'il s'y passe quelque chose, nous serons prêts à vous couvrir. En ce qui me concerne, je me trouverai à bord du bateau qui surveille le yacht de

Deboque. Nous interviendrons à votre signal. Hannah, je sais que l'opération est risquée. Si vous êtes fouillée…

— Si je suis fouillée, je ferai avec.

Le micro, un petit chef-d'œuvre mis au point par le SIS, ressemblait à un délicat pendentif. Hannah le porterait autour du cou.

— S'il comprend, il agira vite.

— J'agirai plus vite encore.

Elle posa sa main sur celle de Reeve lorsqu'il voulut reprendre la parole.

— Reeve, l'enjeu est de taille pour moi aussi. Je ne veux pas mourir.

Il garda le silence un moment.

— J'ai la réputation de garder mes partenaires en vie.

Elle lui fut reconnaissante de la faire sourire.

— J'y compte bien. Mais si quelque chose tourne mal, acceptez-vous de transmettre un message à Bennett de ma part ?

— Bien sûr.

— Dites-lui…

Alors qu'elle hésitait, peu habituée à confier ses sentiments, les douze coups de minuit retentirent, et elle pria pour que le charme ne se dissipe pas.

— Dites-lui que je l'aimais, que les deux femmes qui sont en moi l'aimaient. Et que je ne regrette rien.

Elle quitta le palais par la porte principale et franchit lentement les grilles. Quelques minutes plus tard, les gardes qui n'avaient pas été informés de la supercherie réagiraient exactement comme ils le devaient. Après le choc, ce serait l'effervescence, que n'importe qui pourrait constater. Mais, lorsqu'elle quitta l'enceinte du palais, tout était encore tranquille.

Elle garda un œil sur sa montre tout en conduisant, écoutant les minutes s'égrener et pensant à Bennett. Bientôt, il ne craindrait plus rien. Quoi qu'il se passe cette nuit, lui et sa famille ne craindraient plus rien. Si Deboque la payait, il serait arrêté pour conspiration. S'il la tuait, il serait arrêté pour le meurtre d'un agent du SIS. La fin justifiait les moyens.

Hannah arrêta sa voiture, attendit, et entendit l'explosion. Malori avait promis du lourd, et il n'avait pas menti. Elle ouvrit sa portière et sortit de sa voiture. Dans la nuit, le palais formait une grosse masse blanchâtre, mais l'aile était éclairée comme en plein jour. Le feu était impressionnant vu d'ici, et sachant qu'aucun homme de Deboque ne pouvait s'approcher davantage elle fut satisfaite. Vingt minutes plus tard, l'un des hommes de Malori annoncerait que la famille royale, à l'exception d'Armand, avait péri dans l'explosion.

Quand elle arriva aux quais, ils étaient déserts. Le bruit s'était déjà répandu jusque-là. Hannah gara sa voiture dans un coin sombre, puis alla attendre sous la lumière des réverbères.

Elle faisait une excellente cible.

Le bateau ancré au large avait l'apparence d'un petit yacht luxueux et très cher. Plusieurs fois dans la journée, une femme très brune était sortie sur le pont, pour prendre le soleil, pour lire. De temps en temps l'avait rejointe un homme, torse nu, jeune, bronzé. Ils avaient bu du vin, s'étaient enlacés, avaient dormi. Tout cela sous les yeux des agents chargés de la surveillance de *L'Invincible*, qui ne s'étaient pas privés de lancer des paris pour savoir si, oui ou non, le couple allait faire l'amour sur le pont. Mais ils avaient été déçus.

Le bateau du SIS était parfaitement équipé : il possédait tout, depuis les postes de télévision jusqu'aux lance-grenades. Huit hommes et trois femmes s'entassaient dans la cabine, et attendaient.

Bennett était enfermé avec eux depuis l'aube. Durant les trois dernières heures, il avait tenté de noyer son impatience dans le café. Il avait fixé l'écran de contrôle jusqu'à l'éblouissement. Par une seule fois, Deboque n'était apparu dans le faisceau de la caméra à longue portée. Pourtant, il voulait le voir. Il voulait le regarder dans les yeux, alors que le piège se refermait sur lui. Mais, plus que tout, il voulait que le transmetteur lui dise que tout était terminé, et qu'Hannah était saine et sauve.

— MacGee arrive, dit un homme avec des écouteurs sur les oreilles.

Quelques secondes plus tard, Reeve pénétrait dans la cabine déjà bondée. Il était vêtu de noir de la tête aux pieds. Même ses mains et son visage en étaient barbouillés. Il enleva son bonnet de marin et le posa sur une table.

— La première phase est terminée, dit-il en hochant la tête vers Bennett. Depuis les grilles du palais, on dirait que l'aile est a été totalement dévastée. Le SIS dispose de moyens spectaculaires.

— Et la famille ? demanda Bennett sans quitter l'écran de contrôle des yeux.

— En sécurité.

Bennett tendit la main vers son café qui était en train de refroidir, posé à côté de lui.

— Et Hannah ?

— On devrait avoir de ses nouvelles d'ici quelques minutes. J'ai mis les meilleurs hommes sur les quais, et ils sont prêts à intervenir.

Bennett le regarda longuement dans les yeux. Il aurait voulu se trouver sur les quais, aussi près d'Hannah que possible. Il s'était heurté à son père, à Reeve et à Malori, qui avaient tous les trois fait bloc contre lui, et il avait finalement dû capituler. Si quelqu'un l'avait vu ou reconnu, toute l'opération aurait été menacée.

Mais maintenant, c'était Hannah, et elle seule, qui risquait sa vie.

— Deboque n'a pas été aperçu de toute la journée.

— Il est là, répondit Reeve en allumant une cigarette, prêt à attendre. Pour rien au monde, il ne se serait éloigné, avec ce qui était prévu ce soir.

— Contact.

Un agent porta la main à ses écouteurs.

— Le contact vient d'être établi.

La brise qui soufflait depuis la mer était fraîche, et la nuit, claire. Hannah reconnut l'homme qui l'approcha : c'était celui qu'elle avait rencontré dans le petit bar enfumé quelques semaines plus tôt. Il vint seul et les mains vides.

— Mademoiselle.

— J'ai rempli ma part du contrat, monsieur. Avez-vous ma petite compensation ?

— C'est une belle nuit pour une promenade en mer.

Le yacht. Elle ressentit comme une légère décharge dans le dos, mélange d'appréhension et d'excitation.

— Vous comprenez que je ne suis plus en position de retourner à Cordina ?

— Nous l'avons très bien compris, dit-il en désignant un petit bateau à moteur. Et nous nous occuperons de ce problème.

Comme la dernière fois, elle avait le choix. Elle pouvait sortir son arme maintenant et l'arrêter. Si la chance était avec eux, il échangerait Deboque contre sa propre liberté. Mais c'était de la sécurité de Bennett dont il était question, et ce n'était pas sur la chance qu'elle devait compter pour la garantir. Sans un mot, elle grimpa dans le bateau et alla s'asseoir.

Elle risquait sa propre vie maintenant, songea-t-elle

en croisant les bras. Mais, quoi qu'il se passe, Deboque était perdu.

Son contact ne dit plus un mot, mais son regard parcourait de long en large les flots sombres. Tout le monde attendait et observait. Comme la nuit était claire, la masse blanche et massive du yacht de Deboque était bien visible depuis le petit bateau à moteur. Alors qu'ils approchaient, elle vit trois personnes sur le pont, Ricardo et deux hommes. Ce fut Ricardo qui l'accueillit à bord.

— Lady Hannah. Quel plaisir de vous revoir.

Il y avait quelque chose dans ses yeux, une espèce d'autosatisfaction narquoise. Elle sut alors, aussi sûrement que s'il lui avait placé un couteau sous la gorge, qu'elle n'était pas censée quitter *L'Invincible*. Lorsqu'elle répondit, ce fut d'une voix calme et, espéra-t-elle, parfaitement audible à quelques centaines de mètres de là.

— Merci, Ricardo. J'espère que nous n'allons pas traîner. Je dois admettre que je ne me sens pas très à l'aise sur les eaux cordiniennes.

— Nous levons l'ancre dans une heure.

— Pour quelle destination ?

— Pour un climat plus agréable. La radio vient d'annoncer la disparition tragique de plusieurs membres de la famille royale. Le prince Armand se retrouve seul pour pleurer.

— Oui. Cordina est privé de son cœur, et de son héritier. M. Deboque a-t-il été informé ?

— Il vous attend dans sa cabine, répondit Ricardo en tendant la main vers le sac d'Hannah.

— Les employés de M. Deboque sont-ils toujours fouillés, Ricardo ?

— Nous pouvons nous en dispenser, lady Hannah, si vous me permettez de prendre vos armes.

Sans attendre sa réponse, il sortit son pistolet et l'empocha.

— Et votre couteau ?

En haussant les épaules, Hannah releva sa jupe à mi-cuisses. Elle sentit le regard de Ricardo sur ses jambes, pendant qu'elle dégageait son couteau. Elle pressa sur le bouton et, aussitôt, entendit autour d'elle le cliquetis des pistolets.

— Une arme admirable, dit-elle doucement, en plaçant la lame dans la lumière. Silencieuse, stylée, efficace.

Elle sourit, puis replia la lame.

— Une arme que je n'utiliserais jamais contre un homme sur le point de me donner cinq millions de dollars.

Elle abandonna son couteau dans la paume de Ricardo, sachant que, pour se défendre, elle ne pouvait à présent plus compter que sur son cerveau et ses réflexes.

— Y allons-nous ? reprit-elle. J'aime l'odeur de l'argent quand il est encore chaud.

Il saisit son bras de sa main de chirurgien et, avec théâtralité, la conduisit jusqu'à la cabine de Deboque.

— Lady Hannah.

La cabine était éclairée par une dizaine de bougies. Cette fois, les haut-parleurs diffusaient une sonate de Beethoven. Deboque portait une veste bordeaux et des rubis. La couleur du sang. Un magnum de champagne avait été placé dans un seau en argent.

— Quelle promptitude, lady Hannah. Tu peux nous laisser, Ricardo.

Hannah entendit la porte se refermer derrière elle. Elle n'avait pas besoin qu'on lui dise que Ricardo ne s'en éloignerait pas.

— Une ambiance chaleureuse, remarqua-t-elle. Ce n'est pas souvent qu'une transaction se conclut à la lueur des bougies.

— Entre nous, la froideur n'est plus nécessaire, Hannah.

En souriant, il saisit la bouteille de champagne.

— Les annonces provenant de Cordina sont un peu hystériques et tragiques.

Il fit sauter le bouchon et la mousse afflua vers le goulot.

— J'ai pensé que cela méritait d'être célébré dignement.

— Je refuse rarement un verre de champagne, monsieur, mais il me paraît meilleur lorsque je tiens une liasse de billets à la main.

— Patience, ma chère.

Il remplit deux flûtes et lui en tendit une. Son visage était d'une pâleur marmoréenne dans la faible lueur des bougies, ses yeux, presque noirs et emplis de plaisir.

— A un travail bien fait, et à un futur très, très riche.

Elle fit tinter son verre contre le sien et avala une gorgée.

— Un excellent millésime.

— J'ai cru comprendre que vous préfériez ce qui est très bon et très cher.

— Exactement. Monsieur, j'espère que vous ne serez pas vexé si je vous dis, tout en appréciant le vin et la lumière douce, que je les goûterai davantage une fois que nos affaires seront réglées.

— Toujours aussi intéressée, à ce que je vois.

Il lui caressa la joue. La lumière des bougies la flattait, songea-t-il. Il allait la voir s'épanouir et se colorer davantage sous ses mains. Quel dommage qu'il ne puisse pas prendre le risque de la garder avec lui quelques mois. Il n'avait qu'une heure à lui consacrer. Une heure qu'il essaierait d'utiliser au mieux.

— Vous devez m'excuser, mais je suis d'humeur particulièrement légère. J'ai envie de célébrer votre succès, notre succès.

Hannah l'aurait volontiers repoussé, mais elle devait rester dans son personnage. Lorsque les mains de Deboque glissèrent vers son cou, à quelques centimètres du micro, elle retint son souffle.

— Est-ce pour détendre l'atmosphère, monsieur,

dit-elle en souriant, que vous avez commencé par prendre mes armes ? Avez-vous une préférence pour les femmes sans défense ?

— Je préfère les femmes accommodantes.

Il leva la main vers ses cheveux et y enfouit ses doigts. Hannah se cuirassa pour recevoir son baiser. Elle pouvait montrer de la résistance, mais pas de la répulsion.

— Vous êtes forte, murmura-t-il, avant de poser de nouveau ses lèvres sur les siennes. J'aime autant cela. Avant de vous faire l'amour, j'aurai droit à un petit combat.

— Vous aurez droit à plus que cela. Après que j'aurai vu l'argent.

Il serra les doigts autour de sa nuque, lui causant une douleur si fulgurante qu'elle haleta. Puis il la libéra dans un éclat de rire.

— Très bien, ma cupide amie. Vous allez voir votre argent, et ensuite vous m'offrirez quelque chose en retour.

Lorsqu'il tourna le dos pour se diriger vers le coffre-fort, elle essuya ses lèvres d'un revers de main.

— Il me semble que vous avez déjà reçu ce que vous attendiez.

— La vie des membres de la famille royale, acquiesça-t-il.

Il composa la combinaison, alors que le cœur d'Hannah commençait à cogner dans sa poitrine. Allait-il enfin parler ?

— Cinq millions de dollars pour assassiner les Bisset. Cinq millions de dollars pour me servir ma vengeance sur un plateau d'argent. Cinq millions de dollars pour accroître ma puissance. Vous trouvez que cela fait beaucoup ?

Les yeux brillants, il se tourna, une grosse mallette à la main.

— Ma chère enfant, vous auriez pu en demander dix fois plus. Pendant plus d'une décennie, j'ai comploté, et par deux fois j'ai failli réussir à tuer l'un des membres de la famille royale. Aujourd'hui, pour la ridicule somme de cinq millions de dollars, vous les avez tous supprimés pour moi.

— Ça y est, annonça Reeve en entendant la voix de Deboque dans le récepteur. Allons-y. Lentement.

Bennett posa la main sur celle de son beau-frère.

— Je viens avec vous.

— C'est hors de question.

— Je viens avec vous, répéta-t-il d'une voix dure et glaciale.

Seconde après seconde, il avait écouté, et souffert, quand Hannah était seule avec Deboque. Quand Deboque avait posé les mains sur elle. Quand Deboque s'était apprêté à la payer pour le meurtre de tous ceux qu'il aimait.

— Donne-moi un pistolet, Reeve, ou j'y vais sans arme.

— Mes ordres sont de t'empêcher de sortir de cette cabine.

— Si c'était Brie ? fit-il en lui adressant un regard bouillant et intrépide. Si c'était Brie, resterais-tu aux arrières postes, laissant à d'autres le soin de la protéger ?

Reeve regarda la main posée sur la sienne. Elle était forte et adroite. Et jeune. Puis il regarda les yeux qui, plus sombres que ceux de sa femme, contenaient la même passion. Il se leva, puis alla chercher un 45 millimètres dans l'arsenal.

Ils allaient lancer l'offensive à présent, songea Hannah en luttant pour garder une voix impassible.

— Vous me dites cela maintenant pour que j'aie des regrets ?

Elle rit et se dirigea vers le bureau.

— Cinq millions m'iront bien. J'ai l'intention de les

placer et de vivre tranquillement à Rio pendant quelques années.

Sans la quitter des yeux, Deboque déverrouilla la mallette. L'argent était bien là, mais il resterait entre ses mains.

— Vous n'avez pas envie de continuer à travailler pour moi ?

— Malheureusement, cela serait risqué pour nous deux, après les événements de cette nuit.

— Oui.

C'était exactement ce qu'il pensait. Mais il souleva le couvercle pour qu'elle ait au moins le plaisir de voir l'argent avant qu'il ne la tue.

— Magnifique.

Jouant son rôle jusqu'au bout, Hannah fit un pas en avant et s'empara d'une liasse de billets de cent dollars.

— Savez-vous que l'argent neuf a une odeur particulièrement sensuelle ? demanda-t-elle en humant les billets.

— C'est vrai, et je l'apprécie beaucoup également.

Il entrouvrit le tiroir de son bureau. Il contenait un élégant revolver à la poignée de nacre. C'était ce qu'il fallait pour la tuer avec style. Il refermait les doigts autour du manche lorsque des coups de feu retentirent sur le pont.

Hannah se tourna vers la porte, espérant qu'il prendrait son excitation pour de l'inquiétude.

— Qu'est-ce que c'est que cette mascarade ? demanda-t-elle avec colère.

Elle referma le couvercle de la mallette et, s'emparant de l'argent, se dirigea vers la porte. Comme elle posait la main sur la poignée, Deboque l'arrêta.

— Ne bougez pas, lança t il.

Il pointait à présent une arme vers elle, et visait sa poitrine. Un fin filet de sueur perla à son front quand ils entendirent qu'on courait au-dessus de leurs têtes. Son doigt était posé sur la gâchette, mais il n'appuya pas. Sans doute voulait-il éviter d'attirer l'attention.

— La mallette, Hannah.

— Vous voulez me doubler ?

Elle plissa les yeux en calculant le temps qu'elle pouvait espérer gagner.

— Oui, vous auriez facilement pu me payer dix fois plus, puisque vous n'aviez pas l'intention de me payer du tout.

— La mallette.

Deboque avança vers elle, lentement. La peur était en train de s'installer en lui. Pas la peur de la mort, ni de la défaite, mais la peur de la prison. Il savait qu'il ne survivrait pas à une nouvelle incarcération.

Hannah attendit qu'il fût à moins d'un mètre d'elle puis, en tenant la poignée des deux mains, donna un coup de mallette sur son bras armé.

Les hommes de Deboque, par loyauté ou par peur, se battirent comme des forcenés. On échangea des coups de feu depuis les deux bateaux. Une mitrailleuse tira une salve de balles qui alla s'encastrer dans le bois situé au-dessus de Bennett, constellant son dos de poussière et de débris. Il vit un homme tomber depuis la rambarde du yacht et s'abîmer dans les eaux sombres.

Déjà, les coups de feu tirés depuis le camp de Deboque étaient plus sporadiques, mais le temps filait à toute vitesse. Et Hannah était toujours avec Deboque. En vie, se dit Bennett en visant, puis tirant. Elle était en vie. Si cela n'avait pas été le cas, il l'aurait su, car son propre cœur aurait cessé de battre. Bien au contraire, une espèce d'urgence frénétique s'était emparée de lui, le faisant réagir bien plus que la sauvagerie de la nuit ou l'odeur du sang. Incapable de tenir en place, il se fraya un chemin vers la poupe et sauta à l'eau.

La nuit retentissait du bruit des tirs et des cris des hommes qui se battaient. Il vit un homme plonger du yacht de Deboque et nager désespérément en direction du rivage qui se trouvait à plus de quinze kilomètres de là. Soudain, sa main rencontra un corps qui flottait, sur le ventre. Agent du SIS ou ennemi ? Impossible de le savoir. Alors que la bataille faisait rage, il contourna silencieusement le yacht à la nage.

Comme le combat était presque terminé, Reeve fit signe à ses hommes de se regrouper. Ce fut alors qu'il remarqua l'absence de Bennett.

— Le prince, lança-t-il, pris de panique. Où se trouve le prince Bennett ?

— Là-bas.

L'un des hommes remarqua Bennett, juste avant qu'il ne disparaisse derrière la poupe du yacht.

— Bon sang, souffla Reeve. Dépêchez-vous. Préparez-vous à l'assaut.

Il n'y avait personne à tribord lorsque Bennett se hissa sur le pont. On entendait encore quelques coups de feu isolés, mais les cris avaient cessé. Au cours de cette longue et interminable journée où il était resté enfermé dans la cabine, il avait passé une heure à étudier le plan du yacht de Deboque dessiné par Hannah.

Et maintenant, il allait la chercher.

Elle avait réussi à envoyer l'arme à l'autre bout de la pièce, mais Deboque était plus rapide et plus fort qu'il le paraissait. Alors qu'elle se précipitait pour la récupérer, il se jeta sur elle. Il serra son cou, l'empêchant de respirer. Hannah réussit à libérer l'un de ses bras et le frappa à la trachée, ce qui, à son tour, lui coupa le souffle.

Elle se pencha en avant, et réussit à effleurer le manche du revolver. Mais déjà, il la tirait par les cheveux, lui arrachant un cri de douleur et de rage. Pendant trente sinistres et épuisantes secondes, ils luttèrent sur le sol de la cabine. Son chemisier se déchira à la couture. En dessous, elle était couverte de bleus. Elle fit saigner Deboque à la lèvre, mais regretta de ne pas lui avoir infligé une blessure plus sévère.

Enlacés comme des amants, ils roulèrent de nouveau vers le revolver. Elle tendit la main, l'attrapant presque. Du coin de l'œil, elle vit son poing venir, et voulut l'esquiver. Il la toucha pourtant, sans doute pas aussi fort qu'il ne l'aurait voulu, mais assez pour qu'elle chancelle. L'instant d'après, elle avait le canon du revolver braqué entre les deux yeux.

Elle s'était préparée à mourir. Tout en reprenant son souffle, elle rassembla ses forces. S'il n'y avait plus rien à faire, elle pouvait au moins exaucer son vœu de lui cracher au visage.

— Je suis un agent du SIS. Les Bisset sont sains et saufs, et vous ne pourrez pas vous échapper.

Elle vit la fureur s'emparer de lui. Elle lui sourit et attendit qu'il tire.

Lorsque Bennett surgit dans la pièce, il vit Deboque accroupi au-dessus d'Hannah, pointant un pistolet sur sa tête. Tout se passa par flashes, si rapides que sur le moment il ne sut pas qui avait tiré le premier.

Deboque tourna la tête. Leurs regards se croisèrent. Comme il changeait de cible, Hannah cria et bondit. Deux gâchettes furent pressées. Deux coups retentirent.

Bennett sentit une balle le frôler, de si près que sa peau frémit puis s'échauffa. Il vit le sang couler de la poitrine de Deboque, avant qu'il ne s'écroule sur Hannah.

Elle se mit alors à trembler. Hannah oublia toutes ses années d'entraînement et se mit à trembler, écrasée sous le corps inanimé de son ennemi. Elle s'était préparée à sa propre mort. C'était son destin, et son devoir. Mais elle avait vu la balle s'encastrer dans le bois à quelques centimètres du visage de Bennett.

Même lorsqu'il s'approcha d'elle, la libérant de ce qui avait été Deboque, pour la prendre dans ses bras, elle continua de trembler.

— C'est terminé, Hannah.

Il la cajola, la berça, couvrit ses cheveux de baisers.

— C'est terminé, maintenant.

Au lieu de la satisfaction et même du triomphe qu'il s'était attendu à ressentir, Bennett n'éprouva que du soulagement. Elle était saine et sauve. Et il veillerait à ce qu'elle le reste.

— Tu aurais pu te faire tuer. Bon sang, Bennett, tu étais censé être à la maison.

— Oui.

Il leva les yeux, alors que Reeve entrait dans la pièce.

— C'est là que nous serons bientôt, tous les deux.

Des larmes coulaient à présent sur les joues d'Hannah. Elle les essuya, puis fit un effort pour se relever. Elle réussit à se tenir face à Reeve, mais dut reprendre son souffle avant de parler.

— Je suis prête à faire mon rapport.

— Au diable les rapports, dit Bennett en la prenant dans ses bras. Je la ramène à la maison.

Épilogue

Elle avait dormi plus de douze heures. Ce ne fut que vingt-quatre heures plus tard qu'Hannah se rendit compte que le Dr Franco, le médecin personnel de la famille Bisset, lui avait administré un sédatif.

Elle s'était réveillée reposée et pleine de ressentiment. Et, même si cela lui coûtait de l'admettre, le corps très endolori.

Le médecin était resté à son chevet pendant toute une journée, murmurant au-dessus de ses bleus et bosses de son ton bienveillant mais implacable. Puisque l'ordre qu'elle reste au lit émanait de Son Altesse royale en personne, ni le docteur ni la patiente ne pouvaient s'y opposer.

Elle protesta néanmoins et se plaignit. Malgré les nombreuses visites qu'elle reçut, l'inactivité lui était très pénible. Reeve vint lui transmettre un message venu tout droit de l'état-major du SIS, un message qui aurait dû la réjouir. L'opération contre Deboque avait été un succès sur toute la ligne. En récompense, elle était promue au grade de capitaine. Mais Hannah boudait au lit et ne rêvait que de fuite.

Ce fut Eve qui lui en donna enfin l'occasion, le soir du bal de Noël.

— Tu es réveillée. Fantastique.

— Bien sûr que je suis réveillée.

Engourdie après deux jours passés au lit, Hannah

se tourna vers son amie. Et put constater que ses côtes étaient toujours douloureuses.

— Je deviens folle.

— Je veux bien te croire.

En souriant, Eve s'assit sur le bord du lit.

— Et je ne vais pas t'embarrasser en répétant à quel point nous te sommes reconnaissants pour tout ce que tu as fait pour nous. Non, ce que je viens faire, c'est te transmettre les derniers ordres du Dr Franco.

— Oh ! pitié...

— Ordres qui sont de te lever, de t'habiller, et de danser jusqu'à l'aube.

— Comment ? demanda Hannah qui se redressa aussitôt, en grimaçant à peine. Je peux me lever ? Tu es sérieuse ?

— Absolument. Et tout de suite.

Eve se leva pour tendre son peignoir à Hannah.

— Enfile ça. Ma coiffeuse doit arriver d'une minute à l'autre, et c'est d'abord sur toi qu'elle va poser ses doigts de fée.

— Plus qu'un tour de magie, c'est un miracle qu'il faudrait, soupira Hannah en touchant ses cheveux. Eve, je meurs d'envie de me lever, mais je ne pense pas que le bal soit une très bonne idée.

— C'est la meilleure des idées : elle est tout simplement parfaite.

Après avoir aidé Hannah à enfiler son peignoir, elle se pencha au-dessus du pot de gardénias qui était posé près du lit, pour les sentir.

— Cela vient de Bennett ?

— Oui.

Hannah tendit le bras pour toucher les feuilles épaisses et brillantes du bout des doigts.

— Il me l'a apporté ce matin. Je ne l'ai pas beaucoup vu.

Refusant de sombrer dans la morosité, elle noua la ceinture de son peignoir.

— Je sais que vous avez tous été très occupés, et que vous avez enchaîné conférences de presse et déclarations officielles pour que tout le monde comprenne bien ce qui s'est réellement passé.

Eve leva un sourcil. Elle décida de ne pas dire à Hannah que Bennett n'avait pas quitté son chevet durant toute la première nuit. Elle avait l'esprit assez romantique pour leur laisser le temps de faire eux-mêmes ce genre de découverte.

— Si tu voyais l'aile est, Hannah, enchaîna-t-elle. Tout n'est que verre brisé. Cela va prendre des semaines entières pour tout nettoyer.

Puis Eve prit une grande inspiration et posa ses mains sur les épaules de son amie.

— Je crois que je vais t'embarrasser, finalement. Je sais que tu étais en mission, mais, quelles que soient les raisons qui t'ont amenée ici, tu nous as offert la paix. Il n'y a rien que je puisse dire ou faire en échange de cela. Mon enfant…

Elle sourit un peu.

— Marissa et celui-là n'ont plus rien à craindre. Je sais ce que Deboque avait prévu.

— C'est terminé, maintenant, Eve.

— Oui.

Avec solennité, Eve embrassa Hannah sur les deux joues.

— Je te dois ma vie, et la vie de tous ceux que j'aime. S'il y a quoi que ce soit que je puisse faire — et je parle en tant qu'amie et en tant qu'épouse de l'héritier de Cordina —, tu n'auras qu'à demander.

— C'est gentil, mais tu ne me dois rien, Eve. En revanche, je n'ai jamais réussi à me faire des amis et à les garder. J'aimerais que cela puisse changer.

Eve observa la femme qu'elle commençait à peine à connaître.

— J'ai deux sœurs. Celle que j'ai reçue en naissant, celle que m'a offerte Alexander. J'aimerais en avoir une troisième, dit-elle en tendant la main vers elle.

— Votre Altesse, l'interrompit une des jeunes femmes de chambre qui venait d'arriver à la porte. Je m'excuse de vous déranger, mais Mme Frissoutte est ici.

— Merveilleux, dit Eve en prenant le bras d'Hannah. Prépare-toi à la transformation.

Pour une transformation, c'était une transformation, songea Hannah en observant son reflet dans le miroir. Ses cheveux, qui bouclaient librement dans son dos comme ceux d'une bohémienne, étaient maintenus par deux peignes en brillants. La robe, avec son drapé somptueux, étincelait et resplendissait. Et, grâce à un maquillage habile, elle avait réussi à dissimuler toutes les ecchymoses de ses bras et de son visage.

Tout ce qui lui manquait, c'étaient des pantoufles de vair, songea-t-elle, amusée. Pour ajouter encore à l'illusion. Mais si cela devait être sa dernière nuit avec Bennett, elle était prête à tout. Elle voulait ne rien regretter quand les douze coups de minuit retentiraient.

Il y avait déjà de la musique dans la salle de bal. Hannah fit une entrée discrète, comme à son habitude, et absorba la lumière. Les miroirs avaient été polis pour refléter le glamour et les paillettes des robes et des bijoux. Les lustres brillaient comme des étoiles. La salle était décorée tout en bleu glacier et argent chatoyants, dans une surenchère de guirlandes et de boules. Dans un sapin de plus de cinq mètres de haut étaient accrochés des centaines d'anges en cristal, qui prenaient la lumière.

Cela faisait un long moment qu'il la guettait. Qu'il

l'attendait. Lorsque Bennett la vit, il cessa tout simplement de respirer. Le couple avec qui il discutait se tut, et haussa les sourcils lorsqu'il s'éloigna sans un mot.

Il prit ses deux mains, alors qu'elle s'inclinait devant lui.

— Mon Dieu, Hannah.

Pour la première fois de sa vie, aucun compliment ne lui venait.

— Tu es exquise, finit-il par dire.

— C'est grâce à Eve.

Il portait un habit blanc, avec l'insigne de son rang et une épée au côté. Elle savait que, parmi tous les souvenirs — et ils seraient nombreux — qu'il lui resterait de lui, ce serait cette image qui s'imposerait à elle dès qu'elle fermerait les yeux.

— Tout est tellement beau, dit-elle en regardant autour d'elle.

— Maintenant, ça l'est.

Il passa sa main autour de sa taille et l'emmena valser.

Tout était magique, songeait-elle. La musique, les lumières, les miroirs. Pendant des heures, ils dansèrent ensemble, tourbillonnant aux quatre coins de la salle, laissant la nourriture et le vin aux autres. Lorsqu'il l'entraîna vers la terrasse, elle ne protesta pas. Il restait encore quelques minutes avant minuit.

Elle le lâcha et s'approcha de la rambarde pour regarder Cordina paré de ses illuminations de fête. C'était Noël, mais la brise avait une tiédeur et une odeur printanières.

— Existe-t-il plus belle vue ? murmura-t-elle, grisée.

— Non, répondit-il en venant la rejoindre. Et je crois qu'elle est encore plus précieuse pour moi maintenant.

Elle comprenait, mais elle ne voulait surtout pas convoquer le fantôme de Deboque lors d'un pareil moment.

— En Angleterre, il ferait froid et humide. Il pourrait neiger un peu le matin, sinon le ciel serait gris et lourd. Toutes les cheminées seraient allumées et on servirait du vin chaud. Toutes les cuisinières du pays seraient en train de préparer le pudding et la dinde, et cela sentirait Noël partout.

— Nous ne pouvons t'offrir la neige, dit-il en embrassant sa main. Mais les feux de cheminée et le vin chaud, si.

— Ce n'est pas grave, répondit-elle en prenant une grande inspiration. Quand je rentrerai chez moi, je me souviendrai de ce Noël particulier. De ce Noël aux senteurs de rose et de jasmin.

— Est-ce que tu peux m'attendre ici quelques instants ?

— Si tu veux.

— Ne bouge surtout pas, lui demanda-t-il en embrassant sa main une nouvelle fois. Je n'en ai que pour une minute.

Quand il fut parti, elle se tourna pour regarder encore les lumières et la mer. Elle serait chez elle dans quelques jours, et, bientôt peut-être, Cordina ne lui semblerait plus qu'un rêve. Cordina, mais jamais Bennett. Elle leva les yeux vers une étoile, sans toutefois oser faire de vœu.

— J'ai quelque chose pour toi.

Tout sourires, elle se tourna. Et, aussitôt, elle reconnut l'odeur.

— Oh ! des châtaignes !

En riant, elle prit le petit sac qu'il lui tendait.

— Et elles sont chaudes.

— Je voulais que tu aies quelque chose qui te rappelle ton pays.

Emue, elle le regarda dans les yeux. Elle aurait eu tant à dire, mais il y avait si peu qu'elle puisse dire. Alors, elle se hissa sur la pointe des pieds, et l'embrassa.

— Merci.

Il caressa sa joue.

— Je pensais que tu partagerais.

Hannah ouvrit le sachet et, les yeux fermés, respira l'odeur.

— C'est merveilleux. Maintenant, j'ai vraiment l'impression d'être à Noël.

— Si Cordina peut te faire penser à chez toi, tu vas peut-être rester.

Elle ouvrit les yeux, puis les baissa rapidement.

— J'ai reçu l'ordre de rentrer à la fin de la semaine.

— L'ordre...

Bennett voulut s'approcher d'elle, mais se retint.

— Ta carrière est très importante pour toi, dit-il sans pouvoir masquer une pointe d'amertume dans sa voix. Il paraît que tu as eu une promotion.

— J'ai été nommée capitaine, répondit-elle en se mordant les lèvres. Je vais rester derrière un bureau pendant un certain temps. A donner des ordres, ajouta-t-elle en esquissant un vague sourire.

— Tu n'as jamais songé à tout laisser tomber ?

Le regard stupéfait qu'elle lui adressa l'inquiéta. Etait-il possible qu'elle ne puisse penser à rien d'autre qu'à son travail et à son devoir ?

— Si tu avais quelque chose en remplacement pour t'occuper, bien sûr. L'action et le danger te sont-ils à ce point indispensables ?

Il prit son visage entre ses mains, et le tourna vers la lumière pour regarder les marques que Deboque y avait laissées.

— Je ne sais pas, je n'y ai jamais réfléchi. Je fais mon travail, c'est tout.

Troublée, Hannah prit une profonde inspiration.

— Bennett, nous n'avons jamais parlé de ce qui s'est passé à bord du yacht. Je ne t'ai jamais remercié de m'avoir sauvé la vie. J'imagine que c'est parce que j'ai toujours eu l'habitude de veiller seule sur moi.

— Je l'aurais tué rien que pour cela, murmura-t-il en effleurant l'ecchymose sur sa joue.

Elle voulut reculer, mais d'un regard il l'en empêcha.

— Ne me fuis pas. Je n'en ai pas encore parlé, parce que Franco tenait à ce que tu puisses te reposer et récupérer dans le calme. Mais bon sang, je ne veux plus me taire.

Il s'avança et elle sentit toute son intrépidité et toute la rage qu'il contenait à grand-peine.

— J'ai dû rester assis, attendre, et t'écouter traiter avec cet homme. J'ai dû rester où j'étais, impuissant, pendant que tu étais seule avec lui. Et, quand j'ai surgi dans la cabine et que je l'ai vu pointant son arme sur ton front, j'ai eu un flash atroce de ce que serait ma vie sans toi. Alors ne me fuis pas, Hannah.

— Je n'ai pas l'intention de te fuir.

Elle s'efforça de respirer calmement, puis posa une main apaisante sur la sienne.

— C'est terminé, Bennett. Cordina ne craint plus rien. Ta famille ne craint plus rien. Ni moi non plus.

— Je n'accepterai pas que tu risques de nouveau ta vie, pour qui que ce soit.

— Bennett…

— Non, vraiment, je ne l'accepterai pas.

Il attrapa ses cheveux et l'embrassa, mais cette fois avec une force et une puissance qui la laissèrent hors d'haleine. Puis il recula, et lui sourit.

— Est-ce que tu vas les goûter, ces châtaignes, ou bien est-ce que tu vas te contenter de les sentir ?

— Pardon ?

Elle avait refermé le sachet, qu'elle serrait de toutes ses forces, à présent. Se sentant stupide, elle le rouvrit.

— Je suis sûre qu'elles sont délicieuses, commença-t-elle, tout en sachant qu'elle allait bafouiller. C'était vraiment délicat de ta part de…

Elle s'interrompit lorsque ses doigts rencontrèrent une petite boîte. Surprise, elle la sortit du sachet.

— C'est une tradition américaine. Un petit paquet

dans une boîte de pop-corn. J'étais pressé de t'offrir ton cadeau de Noël.

— J'ai toujours été très intransigeante sur le fait d'attendre le matin de Noël pour ouvrir les cadeaux.

— Je pourrais user de mon autorité princière, Hannah, dit-il en caressant de nouveau sa joue. Mais si je pouvais l'éviter…

— Bon, puisque c'est le bal de Noël…

Elle souleva le couvercle et, pour la première fois de sa vie, faillit s'évanouir.

— Elle a appartenu à ma grand-mère. Je l'ai faite remonter, mais je tenais à t'offrir celle-là plutôt qu'une neuve.

Il toucha ses cheveux du bout des doigts.

— Ma grand-mère était anglaise, comme toi.

C'était une émeraude, brillante, magnifique, que la symphonie de diamants qui l'entouraient rendait plus étincelante encore. La regarder suffit à lui donner le vertige.

— Bennett, je ne peux accepter un tel présent. Cette bague appartient à ta famille.

— Ne fais pas semblant, dit-il en lui prenant le sachet des mains pour le poser sur la rambarde, mêlant l'odeur des châtaignes à celle des roses. Tu as très bien compris que je te demande de m'épouser.

— Tu… Tu es fou, dit-elle, en reculant bien, cette fois. C'est à cause de tout ce qui s'est passé. Tu as perdu la tête.

— Ma tête est bien sur mes épaules, je te rassure.

Il lui prit la boîte, et en sortit la bague.

— Nous allons faire les choses à ma façon, alors.

Il s'empara de sa main, et lui passa la bague au doigt.

— Maintenant, soit je te ramène à l'intérieur et j'annonce nos fiançailles à tout le monde, soit nous commençons par en discuter entre gens raisonnables.

— Entre gens raisonnables ?

Que lui arrivait-il ? Elle avait soudain envie de rire et de pleurer en même temps.

— Bennett, tu es tout sauf raisonnable.

— Je t'aime… déraisonnablement, si tu veux.

Il la prit dans ses bras et l'embrassa. Il sentit le cœur d'Hannah cogner dans sa poitrine, il sentit sa respiration saccadée, il sentit à la fois le désir et la peur.

— Je ne vais pas te laisser partir, Hannah. Ni maintenant, ni demain, ni jamais. Tu vas devoir passer de capitaine à princesse. Crois-moi, cela peut être tout aussi trépidant.

Etait-ce un sortilège, ou était-ce un rêve devenu réalité ? Prise dans un tourbillon d'émotions, elle essaya de se raccrocher à son bon sens.

— Tu sais, je ne suis pas la femme qui t'avait plu. S'il te plaît, Bennett, écoute-moi.

— Tu me prends pour un idiot ?

Il parlait d'une voix si posée qu'elle aurait pu croire qu'il était calme.

— Bien sûr que non. Je voulais juste dire que…

— Tais-toi.

Il prit son visage entre ses mains, et elle vit à ses yeux qu'il était tout, sauf calme.

— J'ai cru que la femme dont j'étais tombé amoureux au début n'était qu'une illusion.

Il se radoucit en effleurant sa joue de ses lèvres.

— Je me suis trompé, car elle se trouve ici même. Il y avait une autre femme que je désirais dès que je la voyais.

Ses baisers devinrent plus fiévreux, plus possessifs.

— Elle se trouve ici également. Ce n'est pas donné à n'importe quel homme d'aimer deux femmes et de les avoir toutes les deux. Mais je t'aurai, Hannah.

— Tu m'as déjà.

Elle était presque prête à croire que ce pût être vrai, et que cela pût durer.

— Mais, malgré tout, tu ne peux pas m'obliger à t'épouser.

Il leva les sourcils, plein d'arrogance et de confiance.

— N'en sois pas si sûre. Tu m'as dit une fois que tu me voulais. Etait-ce un mensonge ?

— Non.

Elle essaya de se calmer en posant ses mains sur son torse. Elle s'apprêtait à franchir un grand pas, pour se retrouver dans un endroit où la duperie n'était pas permise. Il lui offrait la chance d'être elle-même, d'aimer au grand jour et honnêtement.

— Non, ce n'était pas un mensonge.

— Je te demande à présent si tu m'aimes.

Elle ne put répondre. Au loin, dans l'une des pièces du palais, l'horloge avait commencé à sonner. Minuit. Elle compta les coups, prête à voir le charme se dissiper. Puis tout devint silencieux et elle constata qu'elle était encore dans ses bras. En baissant les yeux, elle vit la bague briller à son doigt. Une promesse. Une promesse d'amour éternel.

— Je t'aime, et rien n'a jamais été plus vrai.

— Partageons le même toit, alors.

Il prit sa main gauche — celle où brillait la bague — et embrassa sa paume.

— Oui.

— Et la même famille.

Elle entrelaça ses doigts entre les siens.

— Oui.

— Et les mêmes devoirs.

— Dès maintenant, si tu veux.

Elle l'enlaça, puis attendit qu'il l'embrasse. A leurs pieds et à perte de vue s'étendait Cordina, prêt à s'endormir.